U0534412

国家社会科学基金项目《当代西方文论范式转向及其中国化问题研究》最终成果
广西师范大学文学院学术文库
广西优势特色重点学科·中国语言文学经费资助成果
广西2011协同创新中心·桂学研究经费资助成果

当代西方文论
范式转向

麦永雄 ◎ 著

中国社会科学出版社

图书在版编目（CIP）数据

当代西方文论范式转向/麦永雄著. —北京：中国社会科学出版社，2019.4
ISBN 978-7-5161-9445-4

Ⅰ.①当… Ⅱ.①麦… Ⅲ.①文学理论—研究—西方国家—现代 Ⅳ.①I109

中国版本图书馆 CIP 数据核字（2019）第 030395 号

出 版 人	赵剑英
责任编辑	郭晓鸿
特约编辑	王 潇
责任校对	石春梅
责任印制	戴 宽

出　　版	中国社会科学出版社
社　　址	北京鼓楼西大街甲 158 号
邮　　编	100720
网　　址	http://www.csspw.cn
发 行 部	010-84083685
门 市 部	010-84029450
经　　销	新华书店及其他书店

印　　刷	北京明恒达印务有限公司
装　　订	廊坊市广阳区广增装订厂
版　　次	2019 年 4 月第 1 版
印　　次	2019 年 4 月第 1 次印刷

开　　本	710×1000　1/16
印　　张	25.75
插　　页	2
字　　数	368 千字
定　　价	99.00 元

凡购买中国社会科学出版社图书，如有质量问题请与本社营销中心联系调换
电话：010-84083683
版权所有　侵权必究

目　　录

绪　论 ··· 1
 第一节　研究现状述评 ··· 2
  一　宏观层面西方文论研究简述 ····································· 3
  二　21世纪西方文论代表性论著简述 ······························ 5
 第二节　社会文化语境对学术范式转向的影响 ··················· 7
 第三节　当代西方文论话语星丛与学术范式转向 ··············· 10

第一编　语境交叠与观念流转

第一章　语言符号论转向：结构与后结构主义理论范式 ······ 21
 第一节　学术范式转向 ·· 21
 第二节　主要代表人物与理论话语 ································· 23
  一　索绪尔：语言符号学的系统模式 ···························· 23
  二　皮尔斯：符号论的"三元组合"系统 ······················ 26
 第三节　文学理论与批评实践 ······································· 29
  一　符号论：结构/后结构思维范式举隅 ······················ 29

1

二　希利斯·米勒的文学观与批评实践 …………………………… 32

第二章　精神分析转向：无意识欲望诗学 ……………………………… 38
　第一节　学术范式转向 ……………………………………………………… 38
　第二节　主要代表人物与理论话语 ………………………………………… 40
　　一　弗洛伊德的个体无意识 …………………………………………… 40
　　二　拉康的语言文化无意识 …………………………………………… 43
　　三　德勒兹/加塔利：反俄狄浦斯的欲望机器 ……………………… 53
　第三节　文学理论与批评实践 ……………………………………………… 57
　　一　弗洛伊德：梦的阐释与文学批评 ………………………………… 57
　　二　拉康—德里达—琼生释爱伦·坡《窃信案》 …………………… 61
　　三　德勒兹/加塔利：卡夫卡小说的精神分裂分析 ………………… 63

第三章　西马转向：（后）马克思主义文论 …………………………… 67
　第一节　学术范式转向 ……………………………………………………… 67
　第二节　主要代表人物与理论话语 ………………………………………… 71
　　一　卢卡奇的意识形态观与异化论 …………………………………… 72
　　二　葛兰西的文化霸权与知识分子论 ………………………………… 74
　　三　威廉斯的文化唯物论与三种意识形态 …………………………… 76
　　四　阿尔都塞的意识形态国家机器论 ………………………………… 79
　　五　詹姆斯政治无意识与晚期资本主义批判 ………………………… 83
　　六　齐泽克：当代"从天而降的第欧根尼" ………………………… 87
　第三节　文学理论与批评实践 ……………………………………………… 96
　　一　"美国梦"的蕴含与米勒《推销员之死》 ……………………… 96
　　二　症候阅读法与柔石《为奴隶的母亲》 …………………………… 98

第二编 二元论陷阱与边缘话语转向

第四章 性别研究：女性主义理论与批评 …… 103
  第一节 学术范式转向 …… 104
    一 女性主义视野与理论前提 …… 104
    二 女性主义三波发展与理论范式 …… 107
  第二节 主要代表人物与理论话语 …… 109
    一 第一波女性主义理论范式：维吉尼亚·伍尔芙 …… 109
    二 第二波女性主义理论范式：波伏娃与"三剑客" …… 113
    三 第三波女性主义理论范式：里奇、维蒂希、胡克斯 …… 124
  第三节 文学理论与批评实践举隅 …… 129
    一 莎士比亚戏剧的女性主义阐释与争议 …… 129
    二 经典童话的女性主义分析与逆写 …… 130

第五章 种族研究：后殖民批评与"帝国"彩虹 …… 134
  第一节 学术范式转向 …… 135
  第二节 主要代表人物与理论话语 …… 137
    一 安莎杜娃：奇卡娜诗学与"新美斯蒂莎" …… 138
    二 艾伦：文化混杂与"部落—女性主义"范式 …… 144
    三 哈特与奈格里："帝国"三部曲 …… 146
  第三节 文学理论与批评实践举隅 …… 156
    一 奇卡娜诗学与印第安故事《黄色女人》跨界阐释 …… 157
    二 《帝国》：新世纪理论文艺复兴与全球化范式 …… 164

第六章 亚文化维度：酷儿理论 …… 168
  第一节 学术范式转向 …… 168

第二节　主要代表人物与理论话语 …………………………… 171
　一　德勒兹/加塔利：游牧主体的"千面性"范式 …………… 172
　二　塞吉维克：同性社会欲望 ………………………………… 174
　三　贝兰特与沃纳："异性规范"论 …………………………… 178
第三节　文学理论与批评实践举隅 …………………………… 182
　一　酷儿批评视野中的英美文学 ……………………………… 182
　二　酷儿批评的范式意义 ……………………………………… 189

第三编　空间理论与文化媒介

第七章　空间转向：理论范式与文化媒介 …………………… 196
第一节　学术范式转向 ………………………………………… 196
第二节　主要代表人物与理论话语 …………………………… 198
　一　巴舍拉的"诗意空间" …………………………………… 198
　二　列斐伏尔的"空间生产" ………………………………… 200
　三　索雅的"空间三元辩证论" ……………………………… 203
　四　麦克·克朗的"文化地理空间" ………………………… 205
　五　巴赫金的时空对话 ………………………………………… 207
　六　德勒兹的空间游牧美学 …………………………………… 210
　七　福柯的异质空间（异托邦） ……………………………… 213
第三节　文学理论与批评实践 ………………………………… 216
　一　经典重释：《简·爱》的多元空间 ……………………… 216
　二　比较美学："拱廊计划"与梧州骑楼的空间差异 ……… 220
　三　数字媒介：《蒙娜丽莎》的美学阐释 …………………… 221

第八章　文化诗学转向：新历史主义 ………………………… 226
第一节　学术范式转向 ………………………………………… 226

第二节　主要代表人物与理论话语 …………………………… 232
　　一　福柯：权力话语对同质性历史观的颠覆 ………………… 232
　　二　海登·怀特：历史文本化与文学历史化 ………………… 233
　　三　格林布拉特：新历史主义与文化诗学范式 ……………… 236
　　四　纳普与迈克尔斯的"反理论" …………………………… 239
第三节　文学理论与批评实践举隅 …………………………… 240
　　一　新历史主义视野：《黑暗的心》《宠儿》和《丁登寺》…… 240
　　二　莎士比亚《暴风雨》的新历史主义解读 ………………… 244

第九章　文化研究转向：范式赓续与当代拓展 …………………… 252
第一节　学术范式转向 ………………………………………… 252
第二节　主要代表人物与理论话语 …………………………… 256
　　一　苏珊·波尔多的身体研究 ………………………………… 257
　　二　迪克·赫伯迪格的青年亚文化研究 ……………………… 259
　　三　骆里山的亚裔美国文化研究 ……………………………… 262
　　四　保罗·吉尔罗伊的"黑色大西洋"文化研究 …………… 266
　　五　安德鲁·罗斯的文化研究 ………………………………… 269
第三节　文学理论与批评实践举隅 …………………………… 273
　　一　人类学的文化阐释：《印象·刘三姐》的
　　　　"薄描"与"厚描" ………………………………………… 274
　　二　历史生成：《印象·刘三姐》的"羊皮纸" ……………… 276

第四编　当代西方文论的中国化问题探索

第十章　三重语境的交叠：审美意识形态论 …………………… 283
第一节　当代审美意识形态论的三种主要话语 ……………… 283
　　一　保罗·德曼：美国解构论语境的《审美意识形态》要旨 …… 284

二　伊格尔顿：英国马克思主义语境的
　　　　《美学意识形态》特质 ………………………………… 295
　　三　童庆炳：中国辩证论语境的审美意识形态论 ………… 308

第二节　三重交叠语境：审美意识形态范式及理论启迪 ……… 314
　　一　德曼"审美意识形态"范式 ………………………………… 314
　　二　伊格尔顿"美学意识形态"范式 …………………………… 315
　　三　中国"审美意识形态"范式 ………………………………… 316
　　四　审美意识形态的语境交叠与思想启迪 ………………… 317

第十一章　全球化语境中的东方文化与文学研究 …………… 326

第一节　当代西方"东方研究"的主要理论图式 ………………… 326
　　一　后殖民批评理论图式：赛义德"东方主义" …………… 326
　　二　后冷战图式：亨廷顿"文明论冲突"论 ………………… 327
　　三　全球"解辖域化"图式：哈特和奈格里"帝国研究" …… 328
　　四　电子传媒时代图式：穆尔"万花筒"阐释学 …………… 329

第二节　全球化与数字化语境：审视中国东方研究的三重视野 …… 331
　　一　内文化视野：以东方理论话语研究东方文学 ………… 331
　　二　交叉文化视野："东方学"的理论纠结及其语境转化 … 334
　　三　跨文化视野：东方文学史论的"轨迹"与定位 ………… 336

第三节　东方主义范式的转换与当代中国东方学的建构 ……… 338
　　一　传统东方语境："东方主义"二元论范式 ……………… 338
　　二　现代西方语境：赛义德后殖民批评范式与理论纠结 … 339
　　三　当代"后东方主义"语境：反思中国东方学学科建设 … 341

第十二章　思想张力：英美"理论"之争与西方文论中国化 …… 346

第一节　后理论与反理论 …………………………………………… 347
第二节　理论重估与 21 世纪理论文艺复兴 …………………… 352
第三节　当代西方文论"黄金标准"中的东方学者 …………… 357

  一 阿多尼斯：阿拉伯诗学的"稳定与变化"论 …………… 357
  二 柄谷行人：现代日本文学（史）的起源论 ……………… 361
  三 李泽厚："原始积淀"说 ……………………………………… 364
  四 纳拉辛哈亚：印度梵语诗学的现代化 …………………… 367
 第四节 关于西方文论中国化的当代反思 ……………………… 371
  一 西方理论的"全球旅行"与中西文论关系 ……………… 371
  二 理论 vs 文学的张力场及若干阐释范式 ………………… 374
  三 螺旋式回归：从跨语境视野审视世界文论 ……………… 380

结 语 ……………………………………………………………… 383
附录 中英文译名对照表 …………………………………………… 387
主要参考文献 …………………………………………………………… 395
 一 英文文献 ……………………………………………………… 395
 二 中文文献 ……………………………………………………… 397

绪　　论

当代西方文论首先需要从时限加以界说。"当代"是与古代、中世纪、近现代相对应的历史阶段，其字面意义是"当今时代"。[①] 它以人的寿限为特征，使人联想到生命和事件尚未成为过去式的鲜活存在的状态。本书立足于中国学术立场，以20世纪中叶至今的文艺理论研究为时间范围，在欧洲"奥斯维辛"以来的社会文化背景下，紧密追踪与过滤西方文论的前沿发展和重要范式转型，尤其关注已进入国外西方文论著作的新生代重要思想家，或国内学界相对较陌生的学术方式与理论方法精粹，论析其重要范畴的生成、代表人物和理论话语，梳理其增殖、交叠与对话关系，选择其中国化的一些重要维度进行跨语境研究。

追踪当代西方文论的前沿发展，凸显创新意识，意味着要注重采用第一手外语权威文献资料，结合更新频度快的互联网信息。基于这种认识，我们研究当代西方文论的主要依据是国外一些代表性的英文专著如《诺顿理论与批评选集》《21世纪理论文艺复兴中的文学批评》（V. B. Leitch，2010/2014）、《现代文学批评与理论史》（M. A. R. Habib，2008）、《当今批判理论》

[①] 据360百科"当代"辞条：从全球来看，当代应是指以第三次世界科技革命为标志以后的时期延续至今。第三次科技革命以原子能、电子计算机和空间技术的广泛应用为主要标志，涉及信息技术、新能源技术、新材料技术、生物技术、空间技术和海洋技术等诸多领域的一场信息控制技术革命。其当代大体界定时间应该是20世纪40—50年代以后的时期。http://baike.so.com/doc/5406640-5644509.html。2016.09.08查阅。

(Lois Tyson，2006)、《布莱克威尔文学理论导论》(G. Castle，2007) 等。在理论代表性人物研究方面，本书尽可能采用最新成果，充分利用赛博空间的网页信息，尤其是维基百科英文辞条。同时，也密切关注、借鉴和评价国内学界相关研究的前沿性的重要成果，以保证研究的时效、水准与质量。

当代西方文论中国化问题的探讨，是一种跨文化、跨语境的系统研究工程。20世纪西方文艺理论臻于"黄金时代"，众多非传统文学领域的哲人走向文艺理论话语的前台，构成当代"哲性诗学"的理论景观。[①] 在新千年前后，一系列思想观念和学术范式转向凸显。贝斯特和凯尔纳《后现代理论：批判性质疑》认为："新兴话语的激增意味着社会和文化正在发生重要的转变。"[②] 一方面，社会经济与文化蕴含的重大变化促进了文学批评和文化理论的新兴话语激增，催生了一系列重要的学术范式转向。另一方面，这些与日俱增的理论话语和范式转向，反过来又激活了社会文化的反思，成为当代西方语境交叠变异、文艺思想对话增殖的重要标志。20世纪以来，西方文论在主导世界文艺思潮的发展，但是其理论全球巡航也不断地激发非西方的批判性反响。而在世界文论视野中，西方与中国、印度鼎足而立，各具悠久传统与思想特质。[③] 当代西方文论研究不仅本身具有重要的学术价值，而且是中国文论乃至东方文论的互补性推力和重要理论参照系。

第一节　研究现状述评

当代西方文论作为异质文化背景的重要学术资源，一直对中国文艺思想产生着持续而重大的影响。当代西方文论中国化问题应该说一直受到国内学

[①] 王岳川：《20世纪西方哲性诗学》，北京大学出版社1999年版，第1、6页。
[②] [美]史蒂文·贝斯特、道格拉斯·凯尔纳：《后现代理论：批判性质疑》，张志斌译，中央编译出版社1999年版，第9页。
[③] 参阅黄宝生《印度古典诗学》，北京大学出版社1993年版；倪培耕《印度味论诗学》，漓江出版社1997年版。

术界的关注与思考。如针对近代以来西方文论强势的"全球理论旅行",国内学者曾经提出引发争议的中国文论"失语症"问题（曹顺庆）；近期发起批判性反思西方文论"强制阐释"弊端、倡导"本体阐释"和"公共阐释"的高端讨论（张江）。文艺美学界借鉴伊格尔顿、阿尔都塞、保罗·德曼的文艺思想,提倡作为"审美意识形态"的文学观念,对促进新时期中国学界走出文学的"政治工具论"的窠臼发挥了积极的建设性作用（钱中文、童庆炳、董学文、王元骧、王向峰等）。一些中国学者过滤福柯、格林布拉特等人的西方新历史主义理论话语,倡导中国式的"文化诗学",阐释文化研究与文学研究的辩证关系（童庆炳、蒋述卓、李春青等）；或从康德哲学人类学、弗雷泽《金枝》、弗莱神话－原型批评理论模式汲取营养,构建中国特色的文学人类学（肖兵、叶舒宪等）、审美人类学（王杰、覃德清等）、艺术人类学（方李莉、郑元者、纳日碧力戈等）的理论形态。他们卓越的研究工作构成了我们进一步深入与丰富当代西方文论中国化的思想空间。

传统西方文论在当代产生了重要的疆域裂变、理论增殖、焦点迁移和范式转向。美国比较文学学会《伯恩海默报告》（1993）令人印象深刻地描绘了作者、民族、时期和文类等旧的文学研究模式已让位于更丰富复杂的理论话语、文化、意识形态、种族和性别领域的研究,乃至电子新媒介与赛博空间研究,以至于"文学"这个词已经不再能有效地描述我们的研究对象了。[①]加拿大著名学者琳达·哈琴则认为,文学研究已成为与哲学、美学、电子媒介、政治、法律、社会学、伦理学等多元语境密切相关的"后现代诗学"或"问题学"。[②]进入21世纪,当代西方文论进一步呈现出动态发展、复杂多元、交织互渗的形态。

一 宏观层面西方文论研究简述

目前国内外相关研究现状大致可归纳为三方面。

[①] 杨乃乔、伍晓明主编：《比较文学与世界文学》第一辑,商务印书馆2004年版,第22页。
[②] ［加］琳达·哈琴：《后现代主义诗学：历史·理论·小说》,李杨、李锋译,南京大学出版社2009年版,第18、304、310页。

（一）较为新近且具有丰富学术含金量的外文文献。胡亚敏教授曾经收集50部英美文学批评的高校教材进行类型分析，包括导论型、选本型、手册型和教师用书等，简略讨论了英美文学理论教材的编写立场、逻辑思路、编排风格的问题。她特别选列了较为典型的20部著作的目录，其中英文版15部，大多为世纪之交出版的图书。① 21世纪以来，著名的洛特律治（Routledge）出版社陆续推出"批判思想家：文学研究精华导读系列"。我们曾先后作为研究生教材的《现代文学批评与理论史》（M. A. R. Habib, 2008），资料翔实且前沿性突出，较好地描述了20世纪以来西方文论话语的生成、增殖和交叠关系；《当今批判理论》（Lois Tyson, 2006）内容丰富翔实，论边缘话语转向范畴的基友、蕾丝边和酷儿批评的专章颇为精彩，且每一章皆注意文学理论专题与美国著名的菲茨杰拉德的长篇小说《了不起的盖茨比》的文学批评实践结合；《布莱克威尔文学理论导论》（G. Castle, 2007）编排颇具匠心，分为文学理论范围、文学理论关键人物、文学文本的理论阐释三大板块，脉络清晰，构思独到。分量最重的当推美国文学与文化理论史家雷奇主编的《诺顿理论与批评选集》（V. B. Leitch, 2010），精选从古希腊圣哲至今一系列重要的文艺思想家（其中不乏"50后"理论家）的代表性文论，甚至突破欧美学术常规，收入包括中国美学家李泽厚在内的四名东方国家学者的文论，从多个侧面体现了当代文艺思想的发展脉络与理论形态。此外，在"理论终结"议题上，雷奇的专著《21世纪理论文艺复兴中的文学批评》（V. B. Leitch, 2014）可视为与伊格尔顿美学名著《理论之后》（Terry Eagleton, 2003）的思想对话。

（二）日渐增多的中文理论译著。如美国卡勒《结构主义诗学》（1975）、迈纳《比较诗学》（1990）、法国贝埃西《诗学史》（2002）、英国沃尔弗雷斯《21世纪批评述介》（2009）、加拿大哈琴《后现代主义诗学》（2009）、美国布莱迪《人类学诗学》（2010）、布莱斯勒《文学批评：理论与实践导论》（2015）、于连·沃尔夫莱《批评关键词：文学与文化理论》（2015）、英国安德鲁·本尼特《文学的无知：理论之后的文学理论》（2015）等。这些成果

---

① 胡亚敏：《英美高校文学理论教材研究》，《中国大学教学》2006年第1期。

以中文为载体,是重要而便利的学术资源。

(三)国内学者的"西方文论"。如朱立元、童庆炳、马新国、王宁、赵毅衡、赵一凡、王岳川、王一川、陶东风、陈永国、胡亚敏、曹卫东等人的著述,其中不乏优秀成果。较为新近的著述如高建平、丁国旗主编的六卷本《西方文论经典》(2014),共300多万字,体例上设置"选文正文"和"阅读识解"两个部分,分量上堪与雷奇主编的《诺顿理论与批评选集》相媲美。

二 21世纪西方文论代表性论著简述

(一)雷奇主编的《诺顿理论与批评选集》(Vincent B. Leitch ed., *The Norton Anthology of Theory and Criticism*, 2001;2010)。雷奇是美国俄克拉荷马大学的杰出讲席教授,享有"最重要的当代文学批评和理论史学家"之誉,其编辑团队六位成员分属两代人,皆为学界精英,代表着英美文学教授的旨趣。"诺顿书系"在国外久负盛名,《诺顿理论与批评选集》被亚马逊网站誉为理解文学理论的发展与现状的"黄金标准"(the Gold Standard),堪称美国乃至当今西方世界一部最全面、最权威、最有参考价值的文艺理论选集。这部皇皇巨著的2010年第二版共2758页,精选从古希腊高尔吉亚、柏拉图至今一系列重要的思想家与代表性文论。若以"奥斯维辛"为新生代的时间标志,其中属于20世纪四五十年代以来出生的理论家有J. 汤普金斯、A. 柯诺蒂妮、克里斯蒂娃、劳拉·马尔维、斯皮瓦克、葛洛莉亚·安莎杜娃、H. A. 小贝克、伊格尔顿、格林布拉特、唐娜·哈拉维、B. 克里斯丁、芭芭拉·史密斯、芭芭拉·约翰逊、B. 齐默尔曼、S. 波尔多、霍米·巴巴、L. J. 戴维斯、H. L. 小盖茨、E. K. 塞吉维克、D. 赫伯迪格、S. 纳普与W. B. 迈克尔斯、贝尔·胡克斯、巴特勒、S. 莫斯罗普等人,有一些是已经成名者,还有一些则是中国学界比较陌生、亟待研究的对象。2010年版从原来的148位入选者中去掉20人,增换15人;增添了新主题"伦理与文学批评""全球化""新历史主义"和"反理论";新增当代阿拉伯的阿多尼斯、中国的李泽厚、印度的纳拉辛哈亚和日本的柄谷行人四位学者的代表性理论文本;微调或调换新旧选文;采用"曼陀罗"(Mantra)式的选文标准:融合其意义、影响、独特、深刻、中肯、可读、可教和共鸣等考量。在目录编排方面颇具匠心：除了将入选者依诞生年份排序外（方便按照编年史方式查询），还设置了一个功能强大的"选择性目录"（Alternative Table of Contents），分四个部分将西方文论代表人物做了灵活的安排：（1）现当代流派与运动；（2）文类；（3）历史时期；（4）问题与论题。每个辞条包括著者评介、评注式书目及包含详细注释的选篇。由此将原来串珠式的脉络变成马赛克式的题旨"簇群"（The Matic Cluster）。该书的六个附录，提纲挈领地展示了西方文论的各个重要层面。雷奇另一部近著《21世纪理论文艺复兴中的文学批评》题旨独特，也是我们的重要参考书。① 雷奇与中国文学理论界有良好联系。据王宁教授言，中国美学家李泽厚进入该书，曾经认真咨询过中国学者的意见。雷奇曾经参加北京"文化研究语境中文学经典的建构与重构国际学术会议"，其论文《文学的全球化》收入童庆炳、陶东风主编的《文学经典的建构、解构和重构》（北京大学出版社，2007）；雷奇与南京大学教授朱刚关于"批评理论的今天与明天"的访谈录（英文版）可见于《外国文学研究》2009年第5期。

（二）哈比卜《现代文学批评与理论史》（M. A. R. Habib, *Modern Literary Criticism and Theory*: *A History*, 2008）。该书材料翔实，重点评介了一批中国学界较为陌生的西方文艺理论家，目录上的亮点是文学理论新生代的代表人物，如后现代主义范畴的胡克斯（1952— ）、社会性别研究方面的G. 鲁宾（1949— ）、酷儿理论等亚文化研究领域的塞吉维克（1950— ）、后殖民批评理论家小盖茨（1950— ）、文化研究与电影理论领域的赫伯迪格（1951— ）和波尔多（1947— ）、代表当代回归公共知识分子取向的新自由主义理论家玛莎·努斯鲍姆（1947— ）、"新革命理论家"齐泽克、"帝国研究"倡导者哈特和奈格里及其对德勒兹思路的继承等，多侧面体现了西方文论的当代发展形态，是追踪文学理论前沿的重要参考文献。

（三）帕克主编的《如何阐释文学：文学与文化研究的批判理论》

---

① V. B. Leitch, *Literary Criticism in the 21st Century Theory Renaissance*, London: Bloomsbury Publishing Plc. 2014, pp. 60 – 61.

（Robert Dale Parker, ed., *How to Interpret Literature: Critical Theory for Literary and Cultural Studies*, Third Edition, 2015）。帕克是美国伊利诺伊大学杰出的英语教授，他审视了20世纪30年代以来文学研究的主要运动并查遗补缺，尤其是对酷儿理论、后殖民批评和种族问题的研究用功甚勤。该书将清新风格与严谨的知性融合，紧随文学理论与批评实践前沿发展，以批判理论的取向对文学与文化研究进行了新颖、简洁而广泛的历史考察，主要章节包括新批评、结构主义、解构论、精神分析、女性主义、酷儿研究、马克思主义、历史主义与文化研究、后殖民与种族研究、读者反应论、生态批评和残疾研究，注意典型的文学阐释举隅；其中一些领域设置理论话语的"关键词"。同时，它具有种类丰富的各种教学功能（图表、文本框、照片和拓展阅读），适于作为研究生文学理论教材和教学参考书。

第二节　社会文化语境对学术范式转向的影响

当代欧美社会文化特质构成了西方文论存废、赓续与发展的重要语境。文学理论的范式转向往往与重大政治事件、经济全球化、文化多元化、传媒电子化、后现代状况等社会文化变化密不可分。在西方社会，"奥斯维辛""五月风暴"与"9·11"国际恐怖袭击可视为三大标志性政治事件。社会文化的巨变与重大政治事件反过来促发了西方思想家、文论家、美学家一系列前所未见的理论思考。

第二次世界大战期间法西斯惨绝人寰的"奥斯维辛"集中营事件[①]，激发了德国法兰克福学派美学家阿多诺著名的断言："奥斯维辛之后，诗人何为？"，美国著名耶鲁学派文论家保罗·德曼由于"二战"期间的法西斯言论被揭露，在其声誉日隆的20世纪80年代初陷入尴尬并且引发争议，影响了

[①] 奥斯维辛——第二次世界大战期间德国法西斯设在波兰的一个著名的灭绝人性的集中营，当时上百万的犹太人在那里被纳粹军队用毒气等非人道手段杀死。著名电影《辛德勒名单》形象地再现了类似场景。

他的学术生涯。赫施的文学理论专著《文学的解构：奥斯维辛之后的批评》（David Hirsch，1991），以"奥斯维辛"为关键词审视当代文学批评理论。阿甘本著有《奥斯维辛的残余》（Giorgio Agamben，1999）。奥斯维辛事件蕴含着一种历史的凝重感和思想的震撼力，自它发生之后，欧洲知识分子已经无法温文尔雅地思考历史与现实了。

20世纪60年代是全世界动荡不安的时代，欧洲"五月风暴"和美国的反越战运动、中国的"文革"、东帝汶的"骚乱"等是代表性事件。1968年5月的"五月风暴"期间，法国左翼知识分子和激进的青年学生因德雷布事件①、反越南战争签名运动和抗议苏联侵入捷克（布拉格之春）纷纷走上街头，"5万示威者在里昂火车站怒吼"，举行了数周请愿抗议游行，向玻利维亚、苏联和法国统治当局示威。运动继而波及整个欧洲，影响深远。它折射出20世纪60年代"遍及西方的社会政治运动、新思潮和文化反叛，把斗争的矛头指向了战后那种众口一词地歌颂'富裕社会'的令人窒息的文化氛围"，以"激进主义对现代社会结构、社会实践、文化及思维模式提出怀疑"。②当时流行的结构主义手足无措，导致人们喊出著名的口号"结构不要上街！"结构主义理论家阿尔都塞被斥为"无能之辈"。③虽然"五月风暴"最终烟消云散，预期落空，但是它否弃了法国结构主义理论，催生了后结构主义思潮。欧美许多文史哲论著都间或提及五月风暴。譬如，对法国思想家德勒兹和加塔利而言，它是"一个巨大的震撼"，而他们的学术名著《反俄狄浦斯》是"五月风暴的一个产物"。④接踵而来的20世纪最后30年，新科技发展加速，电脑和电子终端不断升级换代，信息内爆、新媒体和点击经济花

---

① 德雷布——1967年4月，26岁的巴黎高师哲学教师、作家与记者雷·德雷布因为参加古巴革命运动在国外被玻利维亚政府秘密关押并且面临死刑。巴黎知识界发动了一场为其辩护的运动，向玻利维亚政府示威。签名者包括10名法兰西学院院士和其他学院的20多位院士。

② [美]史蒂文·贝斯特、道格拉斯·凯尔纳：《后现代理论：批判性质疑》，张志斌译，中央编译出版社1999年版，第9页。

③ [美]大卫·迈希：《用借来的概念思想：阿尔都塞与拉康》，麦永雄译，《马克思主义美学研究》第一辑，广西师范大学出版社1998年版。

④ [法]吉尔·德勒兹：《哲学与权力的谈判——德勒兹访谈录》，刘汉全译，商务印书馆2001年版，第17页。

样翻新,"资本主义重新调整,政治的激烈变动,新的文化形式和新的时空经验等等,让人们感觉到文化和社会已经发生了剧烈的变化","福柯、德勒兹和加塔利、拉克劳、墨菲及其他一些人的著作乃是在表述某种新的观点,借以描绘他们所谓的后现代社会文化状况,并发展新的理论模式、写作模式、主体性模式及政治模式",[①] 西方文论一系列范式转向的生成与这些情况密切相关。

21世纪美国"9·11"暴恐袭击事件之后,恐怖袭击已经成为不分国家、地区、时间和地点的威胁,国际反恐的影响提上文学理论议程。雷奇《21世纪理论文艺复兴中的文学批评》(2014)将"大屠杀研究""创伤研究""记忆研究"等纳入"效应研究"板块。芬兰学者托尼·拉赫蒂宁认为:"新千年之交,恐怖主义出现、环境行动论和全球气候变化的影响,改变了芬兰文学的性质。"[②] 近期的国家社会科学基金项目(如《战后中西大屠杀文学书写比较研究》,2016)和硕博论文的选题(如《屠杀纪录片的记忆叙事》暨南大学,2016),皆可以看到以"大屠杀"等政治事件为标志的文学研究题旨。伊格尔顿《理论之后》调侃西方理论面对重大政治问题无所作为。而齐泽克针对"9·11"事件却很快做出反应,出版了《欢迎来到实在界的荒漠》(2002),以及探讨第二次海湾战争的《伊拉克:借来的水壶》(2004)。[③] 21世纪全球化、电子化快速发展的情境,催生了"帝国研究",更新与拓展了批评与理论的空间。

目前全球化和数字化趋势的快速发展,促进了世界范围不同理论资源的思想文化交流、冲突、磨合、过滤、扬弃与创新,把当代西方文论范式转向的前沿研究及其跨语境的中国化问题提上了学术议程。这意味着一项重要课题:批判性地研究、过滤与借鉴当代西方文艺思想的学术范式、学理品性和

---

① [美]史蒂文·贝斯特、道格拉斯·凯尔纳:《后现代理论:批判性质疑》,张志斌译,中央编译出版社1999年版,第9页。

② [芬]托尼·拉赫蒂宁:《生态批评的芬兰视角》,曾繁仁、谭好哲主编《文艺美学研究》2015年秋季卷,第48页。

③ V. B. Leitch ed., *The Norton Anthology of Theory and Criticism*, New York: Norton & Company, Inc. 2010, p. 2403.

"文化精魂",取长补短,扬优弃劣,循"守正创新"之途,努力建构"正大气象"的当代文艺理论的新形态。

第三节 当代西方文论话语星丛与学术范式转向

当代西方文论生成了星罗棋布的话语星丛。在美国文艺理论界"后理论""反理论"和"理论文艺复兴"的论争中,雷奇作为一个热爱文学的理论家,提出"原子化、总体化、多元化"的原则,勾勒了一幅"21世纪文学与文化理论的文艺复兴"(Twenty–first Century Literary and Cultural Theory Renaissance)图表(见表1)。这个"星丛"式的图示,为我们研究当代西方文论本身及其范式转向提供了一个良好的基础。

表1蕴含了丰富的元素和理论话语,它们构成了"21世纪文学与文化理论的文艺复兴"的基本格局。不同于中国建设性的社会主义主旋律和"双百"方针的理论形态,西方文论的范式转向是在资本主义批判和学术研究旨趣的张力中生发的,它们的社会文化批判和质疑现实的取向,体现了其文学和美学的"精魂"。

当代西方学术范式嬗变的基本趋向呈现出一种复杂的机制。一方面,柏拉图以来的同一性(基要主义、本质主义、中心主义、二元论、等级制等)普遍失效;另一方面,"后学"倡导的差异性(多元开放、关系互渗、语境交叠等)思想范式在占据优势的同时,又带来了相对主义、无政府主义、虚无主义的弊端。在这种情况下,如何描绘西方文论形形色色的概念、话语、矩阵、格局、范式和关系,无疑是一种思想挑战。在这里,我们借用经伊格尔顿阐发的本雅明的"星丛"(Constellation,或译"星座化")图式与德勒兹/加塔利的"横截线"(Transversality,或译"横截性、横截面")概念,尝试论述这种复杂形态。

绪 论

表1 21世纪文学与文化理论的文艺复兴

				档案研究	
	帝国			专业化研究	
	后殖民研究			出版史	
	边界研究			正典化研究	
	全球化			制度研究	
	流散研究			批判教育学	电子文学
新自由主义	多元文化主义	抵抗研究	名人研究	学术劳动研究	宗教与文学
晚期资本主义	新美国研究	监视与安全研究	公共知识分子	公司式大学	流行诗歌
新经济批判		身体研究	公共领域	数字人文	黄色书刊
赞助研究		赛博研究	亚文化		表演研究
政治经济		生态政治学	流行文化		文类
贱民研究		性别研究	流行音乐		叙事研究
工人阶级研究		残疾研究	时尚研究		小说新史
诸众		老年研究	运动研究		生命书写
债务研究		闲暇研究	游戏研究		口头文学
					门外汉艺术
		美国新南方研究	声音研究		
认知理论		白人研究	视觉文化研究		效应理论
客体研究		本土研究	电视研究		证据研究
科技研究		族群研究	电影研究		感伤性研究
生态批评		身份认同	媒介研究		效应研究
动物研究	华语风	妇女研究	图书史		创伤研究
食物研究	葡语风	酷儿研究	期刊研究	文化程度研究	记忆研究
地理批评	西语风	男性研究	新媒介	话语分析	大屠杀研究
	法语风	性向研究	社会媒介	创作研究	
	英语风			修辞史	
	文学比较主义			修辞学	
	黑色大西洋			比喻运用	
	跨大西洋			口头表达	
	跨太平洋			认知诗学	
	多种语言			接受研究	
	翻译研究				

伊格尔顿认为，本杰明通过星座化概念拒绝同一性和总体性的诱惑。星座化既拒绝独一无二的差异性，也拒绝无休无止的自我同一性，它典型地体现在现代寓言之中。星座化概念是破除总体性的传统观念的最引人注目、最

具独创性的努力，它给妄想式的总体性思想予致命的一击。① 本雅明美学的"星丛"话语的优点在于，它具有辩证综合同一性与差异性、总体性与特殊性的特征，同时有效地规避了备受诟病的本质论和中心主义霸权，给"总体化、多元化、原子化"留存了合理化的定位，把一般描述性的文论话语提升到美学理论高度。

雷奇提供的21世纪西方文论"星丛"，类似于德勒兹/加塔利所强调的一致性与差异性结合的"千高原"（千重台）。它由多元化的星座构成，各星座则是一个个不受权威意志主宰的内在性平台，既把原子化的元素聚集在类似的框架内，形成题旨簇群，同时又让它们异彩纷呈。譬如，"文学比较主义"（Literary Comparativisms）是这个总星丛的一个特殊星座，"华语风/葡语风/西语风/法语风/英语风"② 等构成了其话语簇群。它们的文学形态，如华语风文学/英语风文学，意谓在各语言宗主国之外，世界其他地区以宗主国语言写作的文学。据考证，英文 Sinophone（华语风）最早为西方学者基恩（Ruth Keen）于1988年使用，他以"Sinophone Communities"（华语风共同体）的表达式来定义包含"中国大陆、中国台湾、中国香港、新加坡、印度尼西亚和美国"在内的汉语文学。在中国语境中，"Sinophone"的术语汉译有"华语风"（陈鹏翔）、"华语语系"（王德威）、"汉声"（刘俊）和"华夷风"（王德威）等不同译法。华人学者史书美认为英语学界惯用"离散"（Diaspora）概念不适于研究散居世界各地的中国人，因此采用 Sinophone Literature（华语风文学）术语"指称中国之外各个地区说汉语的作家用汉语写作的文学作品，以区别于'中国文学'——出自中国的文学"。③ 针对史书美"去中国大陆主流文学"化和"反中国中心论"，王德威在既包容中国大陆文学又取消"万流归宗"的前提下，重视开放性和包容性，提出自己的"三民（移民、夷民、

---

① 参见朱立元主编《西方美学名著提要》，江西人民出版社2000年版，第724页。
② "华语风/葡语风/西语风/法语风/英语风" 分别对应英文 Sinophone/Lusophone/Hispanophone/Francophone/Anglophone。
③ 刘俊：《"华语语系文学"的生成、发展与批判——以史书美、王德威为中心》，《文艺研究》2015年第11期。

遗民）主义论""后遗民"理论视野和"势"的诗学。① 作为美学图式，"21世纪文学与文化理论的文艺复兴"是宏观意义的星丛矩阵，"文学比较主义"是中观意义上该矩阵的结构性星座与题旨簇群，而"华语风/葡语风/西语风/法语风/英语风"等则分别是微观意义的特殊话语场域，尽管它们的构词法近似，但华语风的蕴含显然不同于具有西方殖民主义背景的葡语风/西语风/法语风/英语风。

雷奇的"21世纪文学与文化理论的文艺复兴"图表是静态的描述，而当代西方文论的范式转向则是动态的过程。借助"横截线"的概念，我们可以尝试论述这种学术范式的转向问题。在数学领域，横截线的概念可描述空间是如何交叉互嵌的，它构成了一种差异拓扑学的种属交叉的观念，可以定义为"在交叉点上的交叉空间的线性化"。② 法国哲学家德勒兹在出版其文学论著《普鲁斯特与符号》第一版（1964）和第二版（1976）之间，遇到社会心理学家加塔利，从此两人结成当代思想史上著名的双赢的学术搭档，写出了《反俄狄浦斯》《千高原》等资本主义批判和文化研究的经典著作。在西方后结构主义思潮中，他们颇为喜欢借用不同学科或领域的思想资源，创造了一系列富于穿透力的思想观念，其中不乏各种"线"——逃逸线、横截线、分子线、克分子线等。作为哲学、美学和心理学概念，"横截线"一般认为是加塔利的创造。三卷本《德勒兹与加塔利：一流哲学家评价》（Gary Genosko，2001）第六部分设置加塔利"应用横截线"（Applied Transversality）专栏，收入《当裸露的空间被横截时》及讨论高乃依著名悲剧《熙德》等五篇论文。③ 德勒兹曾经为加塔利《精神分析与横截线》（1972）作序，承认是加塔利创造了"横截线"的生产性概念，用以阐释无意识的交流与联系。④ 德勒兹在

---

① 刘俊：《"华语语系文学"的生成、发展与批判——以史书美、王德威为中心》，《文艺研究》2015 年第11 期。
② https://en.wikipedia.org/wiki/Transversality_ (mathematics)，2016 年12 月9 日查阅。
③ Gary Genosko, *Deleuze and Guattari: Critical Assessment of Leading Philosophers*, New York: Routledge, 2001, pp. 805 – 878.
④ F. Doss, *Gilles Deleuze and Felix Guattari: Intersecting Lives*, D. Glassman trans., New York: Columbia University Press, 2010, pp. 5, 127 – 128.

《普鲁斯特与符号》中采用了横截线的题旨，精彩地阐发了后结构主义美学和诗学观念。据称，加塔利"横截线"观念对日本建筑美学颇有影响。作为一种"反逻各斯方式"，横截线迥异于柏拉图先验性的总体化预设，意指一种基于内在性的后结构主义交流方式和写作方式。动态的横截线可以多元生成全新的方向或分支。横截线在统一视野中装配异质要素，"这些异质碎片是不同整体的组合，拒绝成为整体，或根本就不是整体，而是风格"。譬如，婚姻是爱情的横截线——个体在茫茫人海中存在多种遇合与选择的可能性，终成眷属则意味着暂时或长期，乃至一生的家庭生活和责任。旅游是空间多元性的横截线——坐火车观景，旅游者的视野横截线般地把风景的各视角统一起来，把这些视角带入交流状态，同时，又仍然让不同风景自身保留着非交流状态。

本雅明"星丛"隐含静态的"格局"之义；而德勒兹/加塔利的"横截线"作为一种动态交流图式更加适于描述当代西方文论范式转向的形态与特征。德勒兹/加塔利扬弃柏拉图以来的静态僵硬的 Being（是、存在）模式，倡导富于当代学术意识的动态开放的 Becoming（生成、变化）观念，提出"横截生成"（Transversal Becoming）概念。譬如，电影可以提供一种"横截生成"的形式："这并非是一种基于 Being 且通过时间展开自身的生成，而是一种随着每次新际遇而改变的生成。"[①] 美国著名浪漫主义作家麦尔维尔的长篇小说《白鲸》亦是"横截生成"的一个例证。该小说叙事由事件构成。事件把两种不同的生成——亚哈船长执迷不悟地追杀与白鲸移动多变的身影——合并，形成一种"横截生成"的形态：既不是"人"（亚哈）的生成与图谋，亦非自然（在此白鲸作为普遍生命的表征）的生成与意愿。"横截"是一种致思方式、构造方式和行动方式，一个截面容纳了异质的多元性，成为"一种跨越艺术、政治、科学、文化诸领域的联结方式"，提供了一种"开

---

① Claire Colebrook, *Gilles Deleuze*, New York: Routledge, 2002, pp. 37, 133.

放的总体"模式,① 充盈着游牧美学的创造性。

概念史构成思想史和问题史,反之亦然。"横截线"概念赋予我们一种横贯差异的既通且隔的美学图式;"横截生成"则是开放理论空间的一把钥匙。它们能够更好地处理西方文论各范式转向的主要思潮、流派、代表人物和理论话语的跨界、混杂、交叉、互动的复杂情况。譬如,德勒兹和加塔利的影响波及众多领域,包括空间、媒介、文艺、文化、帝国研究、新巴洛克美学,等等。拉康既属于精神分析文论范畴,又牵涉结构主义与后结构主义思潮,同时还对法国女性主义理论影响甚深。福柯是洒脱不羁的后结构主义哲学家,但是对美国新历史主义、赛义德后殖民批评理论、酷儿批评等产生了微妙而重要的影响。雷奇主编的《诺顿理论与批评选集》也较好地处理了这些复杂关系。例如,齐泽克及其选文,既能够在编年史排序的目录中找到,也可见于"选择性目录"的分类如文化研究、马克思主义、精神分析、大众文化、意识形态与霸权、主体性与身份认同等栏目。从"星丛"到"横截线"与"横截生成",它们体现了当代文史哲领域语境交叠、多元互涉、开放流变的学术意识。

综之,文艺美学范畴是一个极为丰富复杂、开放多维的世界。当代西方文论的范式转向及中国化研究需要星丛、横截线和"原子化"(雷奇语)等概念的有机结合。宏观的"星丛"体现了当代西方文论总体上的一与多、统一性与差异性的关联图式;中观的"横截线"适于对待各种重要的范式转向既独立又交叉的动态关系;微观的"原子化"则意味着要对代表人物与理论范式进行具体的深入探讨(同一个理论家可以在不同的部分出现,也体现出理论的多维度交互渗透)。三者共同构成了审视当代西方文艺理论形态与范式的问题框架。理想的形态是:形成文学理论"星丛"纵横交错、史论结合、交叠谐振的效应。

在西方语境中,本书的关键术语"范式"(Paradigm)的词源学可溯及古

---

① R. Bogue, *Deleuze's Way: Essays in Transverse Ethics and Aesthetics*, Hampshire: Ashgate Publishing Limited, 2007, pp. 3 – 5.

希腊。著名的《文学术语与文学理论辞典》解释说:"范式"(希腊文"范例"),一种模型、范例或模式,作为一种文学设置,强调一种相似性。① 在当代世界,范式具有交叉学科的含义。一般认为,美国哲学家托马斯·库恩在其经典著作《科学革命的结构》(1962)提出"范式"概念并且作为其理论核心。范式一词随即被广为接受,指一种公认的范例或模式,包括定律、理论、方法、应用等,是共同体所共享的一种范例,在心理上形成学术共同体的共同信念。学术范式就是看待研究对象的方式和视角,它决定了我们如何看待对象、把对象看成什么、在对象中看到什么、忽视什么。一个既有而稳定的范式如果不能提供解决问题的适当方式,它就会变弱,从而出现范式转移(Paradigm Shift)。范式的突破导致科学革命,从而使研究领域获得全新的面貌。② 因此,范式研究具有极为重要的意义。

当代西方文论的范式转向和跨语境的中国化问题研究既具有良好的基础和拓展空间,也可以有多种分类方法与理论观念。在中外理论话语关联域,德国哲学家卡西尔认为西方文艺思想发展是从秘索思(Mythos)到逻各斯(Logos);而中国社科院陈中梅则认为两者分别标志着西方文艺思想或隐或现发展的两条主线。在中国语境中,复旦大学朱立元教授主编的《现代西方美学史》(1992)就提出人本主义美学和科学主义美学构成了现代西方美学的两大主潮。③ 它们历史性的对立和多元交叠地展开,形成了丰富的理论形态。朱立元主编的《当代西方文艺理论》(1997)进一步概说了两大主潮(人本主义与科学主义)、两次转移(从重点研究作家转移到重点研究作品文本,从重点研究文本转移到重点研究读者和接受)、两个转向(非理性转向和语言论转向)。④ 中国社会科学院外国文学所吴元迈研究员在全国外国文学"西方现实

---

① J. A. Cuddon ed., (revised by M. A. R. Habib) *A Dictionary of Literary Terms and Literary Theory*, 5th ed., Wiley – Blackwell, 2013, p. 509. (A pattern, exemplar or model, which as a literary device, points up a resemblance.)

② http://wiki.mbalib.com/wiki/%E8%8C%83%E5%BC%8F, 2017 年 1 月 9 日查阅。

③ 朱立元主编:《现代西方美学史》,上海文艺出版社 1992 年版,第 1—28 页。

④ 朱立元主编:《当代西方文艺理论》,华东师范大学出版社 1997 年版,第 1—9 页。

绪　论

主义"苏州会议（1997）总括说，20世纪外国文论有三个主义：科学主义、人本主义和马克思主义。周宪教授认为，文学理论的范式转向，主要是现代和后现代的转换。这种范式转型，在七个方面特别突出：（1）从知识形态看，有一个从文学理论向理论（以及后理论）的转型；（2）从基本方法论看，有一个从语言到话语的范式转变；（3）从研究对象看，有一个从作品向文本（包括电子超文本）的转变；（4）就文学活动的主体而言，有一个从强调作者到关注读者的重心迁移；（5）从文学研究的基本工作文本解释来看，有一个从解释到"过度解释"的变迁；（6）从文学理论的思维逻辑看，有一个从同一性逻辑向差异性逻辑的转变；（7）从文学史的经典阐释来看，有一个从审美理想向政治实用主义的发展。[1] 朱国华教授主持的国家社会科学基金重大招标项目"当代西方前沿文论研究"（2014）提出四大转向：伦理转向、政治转向、语言转向和社会文化转向。[2] 这些理论范式转向的研究，往往伴随着当代西方文论前沿发展的中国化问题研究，为我们的后续研究奠定了良好的基础。

　　本书的内容构成分成两大板块。一是深化当代西方文论的前沿性问题与重要转向研究。当代西方文论的丰硕成果本身构成了重要的研究领域，且新世纪以来有一系列重要动态发展。主要内容包括"语言符号论转向""精神分析转向""西马转向""边缘话语转向""空间与媒介转向""文化研究转向"等，拟侧重梳理其学术范式，归纳代表人物及其理论话语精粹，关注他们之间理论增殖、思想交叠与对话关系。同时，注意将文学理论范式转向与批评实践相结合，举隅论析具有典型意义的文学艺术对象。二是选择性地对当代西方文论中国化的重要维度进行研究。主要内容包括：从"西马"语境交叠维度探讨审美意识形态的中国化问题；借助全球化语境和后殖民批评"东方

---

[1] 周宪：《文学理论范式：现代和后现代的转换》，《中国社会科学报》2012年1月16日第B-05版。
[2] 此外，王一川教授撰写过关于"语言论转向"的著作《语言乌托邦》（云南人民出版社1999年版）；陆扬教授发表了关于后现代"空间转向"的论文《空间理论和文学空间》，《外国文学研究》2004年第4期。前国际美学协会主席约斯·德·穆尔与笔者在广州"南方国际文学周·书香节"（2014年8月）关于"新媒体"的跨文化美学对谈中，做过关于"媒介转向"主旨演讲。

主义"范式,讨论当代中国东方学的建构;论述西方文论"理论"与"反理论"之争及其对中国文论的参照意义等问题。我们旨在借鉴既有成果,进一步推进语境交叠的文艺理论研究。

第一编 语境交叠与观念流转

当代西方文论的"星丛"格局、热闹非凡的理论场域、多元互渗的思潮流派、形形色色的话语簇，奠定了"当代西方文论范式转向及其中国化研究"的基础。本编聚焦于西方文论范式转向的问题，涵括三个重要的话语簇或"横截线"领域：

1. 语言符号论转向与结构—解构—后结构主义文论；
2. 精神分析转向与无意识欲望诗学；
3. 西马转向与（后）马克思主义文论。

这些领域分别围绕着当代西方文论的三个"原点"——索绪尔语言符号学、弗洛伊德无意识学说和卢卡奇"西马"思想观念。这些话语簇各自的思脉衍生发展，尤其是一些代表性的思想家和重要的理论话语跨越单一范式的"横截线"，形成理论对话关系，促使西方文论生成丰富多彩的交织形态。如拉康无意识欲望诗学与阿尔都塞结构主义、马克思主义文论具有重要的关联性；齐泽克的思想观念在结构主义、精神分析和马克思主义领域呈现出奇异的交叠；福柯的权力—知识—主体塑形的系谱学对当代西方文论的面貌，尤其是新历史主义、后殖民主义的影响；德勒兹/加塔利的千高原、块茎、褶子和游牧美学等关键术语昭示了后结构主义多元流变的范式，改变了哲学、美学、文学、空间、媒介、文化、政治等多个领域的思想观念，是后现代思维方式转向的重要组成部分。

我们认为，应当审视与梳理当代西方文论语境交叠与观念流转的特殊形态，概观其丰富复杂的理论生态、问题与未来。

第一章　语言符号论转向：结构与后结构主义理论范式

法国学者弗朗索瓦·多斯撰写的《从结构到解构：法国20世纪思想主潮》被誉为"法国文化革命的百科全书，西方思想巨变的忠实记录，史诗般的巨著"，描绘了"结构主义及解构主义时代，法国知识界激情燃烧的岁月。法国知识分子经历了痛苦的磨难……最终创造了一个崭新的知识王国，重绘了人类的知识地图，改变了世界知识的走向，成为20世纪最具冲击力的思想之源"。[①] 从更为宏阔的视野看，西方文论领域的符号观分别以索绪尔和皮尔斯为标志，体现了从二元论到多元论的共存与嬗变，从结构主义语言学到后结构主义符号诗学的转型。西方解构主义主将德里达以"文迹学"消解索绪尔的"语音中心主义"，另辟蹊径，在西方文论领域从结构主义到后结构主义的嬗变中具有重要意义。

第一节　学术范式转向

当代西方学术范式的语言符号论转向，属于科学主义美学一脉，深刻地

---

① [法] 弗朗索瓦·多斯：《从结构到解构：法国20世纪思想主潮》（上、下），季广茂译，中央编译出版社2004年版（封底文字）。

影响了20世纪中叶以来结构主义—解构主义—后结构主义文论的思想和发展脉络。瑞士语言学家索绪尔普通语言学的二元论"符号学"（Semiology）与美国实用主义哲学家皮尔斯的多元"符号论"（Semiotics），奠定了"符号学转向"的理论基础，分别影响了西方文论范畴的两大思脉：结构主义与后结构主义文论。在"语言符号学"范式转向的语境中，索绪尔的结构语言学（Structural Linguistics）影响了结构人类学（如列维－斯特劳斯结构主义神话观），文化研究（如罗兰·巴尔特的现代神话的大众文化阐释），心理学（如拉康的结构主义精神分析），"西马"理论（如阿尔都塞的结构主义马克思主义），文学理论（如弗莱的原型批评模式，格雷马斯、托多罗夫和热内特的结构主义叙事学，卡勒的结构主义诗学）。巴赫金可谓孤峰独起，将人们对语言的关注，拓展到"话语"的哲学美学维度。皮尔斯"符号论"一脉则与尼采为标志的后现代美学转向结合，影响了一代"后主义"思想家，包括法国哲学家福柯的话语权力论、德勒兹"普鲁斯特与符号"的文学批评实践、电影哲学，以及后现代先锋理论家、社会学家鲍德里亚的文化与符号经济学批判，等等。

　　语言符号论转向促使西方文论在结构、解构与后结构思想观念之间形成张力场。在欧洲，索绪尔的符号靠语言—言语关系自足地生成意义；而罗兰·巴尔特的图式则是，大写层面（神话）扭曲小写层面（语言）；但是各自意义皆在。神话制造意识形态幻象，将历史转化为自然。巴尔特关于现代神话的文化诠释、拉康的结构主义精神分析呈现出从结构主义、解构论到后结构主义的动态发展特征。后结构主义的思想贡献之一是否定深层/表面的二元对立。后结构主义关注：谁在说？对谁说？因此必然进入历史和权力领域。正是在此意义上，福柯权力话语观启迪了美国新历史主义与赛义德后殖民批评的东方主义范式。

　　在美国，耶鲁解构学派将德里达等人的欧陆哲学与文学批评实践融合，特色斐然。1966年，德里达的著名演讲《人文科学话语中的结构、符号与嬉戏》将解构论引介到美国，俘获了一批听众的心，赢得众多信徒与捍卫者。"最令人瞩目的是浪漫派学者保罗·德曼（《盲视与洞见》，1971）、修辞解构论者海登·怀特（《话语修辞》，1978）、略带玄思的解构论者杰弗里·哈特曼（《荒野中的批评》，1980）、声音强劲的芭芭拉·约翰逊（《批评的差异》，1980），以及由现象学批评家转变为解构论者的希利斯·米勒（《小说与重复：七部英国小说》，1982）。"① 他们的理论哲思和文学阅读策略构成了诸多后现代文学实践的基础，不少代表性著作被迻译为中文，进入汉语语境。

第二节　主要代表人物与理论话语

索绪尔符号学和皮尔斯符号论是两个迥异的理论体系。索绪尔一脉的结构语言学以二元论为特征，而皮尔斯一脉的"符号论"则以实用主义的三元论为标志，超越了语言范畴。自索绪尔、皮尔斯以降，20世纪中叶以来，西方各种学术话语交叠互渗，语言符号论转向所衍生的理论景观，可谓特色斐然，异彩纷呈。

一　索绪尔：语言符号学的系统模式

学术领域地位：瑞士著名语言学家、符号学家
主要代表著作：《普通语言学教程》（1916）
重要理论话语：语言/言语；能指/所指；共时/历时；任意性原则

de Saussure

索绪尔（Ferdinand de Saussure，1857—1913）享有"现代语言学之父"的称誉，是欧洲结构主义思潮的开创者。索绪尔的代表作《普通语言学教程》

---

① ［美］查尔斯·布赖斯勒：《文学批评》（第三版）英文影印版（Charles E. Bressler, *Literary Criticism: an Introduction to Theory and Practice*），高等教育出版社2004年版，第113页。朱立元教授主持了"耶鲁学派解构主义批评译丛"，包括哈特曼《荒野中的批评》、德曼《阅读的寓言》、米勒《小说与重复：七部英国小说》和布鲁姆《误读图示》（天津人民出版社），此外，广西师范大学出版社推出希利斯·米勒《文学死了吗?》等。

(*Cours de linguistique générale*, 1916），堪称结构主义文论的"圣经"。他的"符号学"主要通过语言维度和二元论的模式奠定了结构主义思潮的理论基础。索绪尔语言符号学系统模式强调语言/言语、能指/所指、共时/历时等一系列二元对立关系，隐含了 Positive/Negative（积极/消极、主动/被动、在场/缺席）的语言特征，以及任意性原则，上承柏拉图、笛卡尔一脉的二元论逻辑，下启当代西方文论领域的结构主义诸模式。关于索绪尔，需要在学理上辨析与澄清一些重要问题。

（一）"结构"未必等于"结构主义"。文学批评和文本阐释的"结构"，未必等于"结构主义"。在建筑学和文学批评实践中，所谓的结构分析可谓司空见惯。如在高等院校中文院系骨干课程"外国文学史"关于雨果浪漫主义长篇小说《巴黎圣母院》的"圆心结构和多层次对照"的分析，得益于张世君教授早年的论文，可谓比较经典。但是分析一座建筑的物理结构以判断其稳固程度，分析一个文学文本的结构以理解其美学特质，通常并不是结构主义的旨趣。结构主义并不对单独的建筑体或文学文本之类的"表面现象"（Surface Phenomena）感兴趣，而旨在揭示特定结构系统中组构建筑或文学文本的"支撑原则"（the Underlying Principles），揭示表意系统所隐含的结构规则。这种结构不是物质实体，而是概念框架。结构作为概念系统具有三个属性：整体、转换和自调节。

（二）从历时到共时：索绪尔结构主义语言学定位。在索绪尔之前，语言研究是从历时性的维度关注单词的嬗变史，假设单词是摹仿其所代表的客观对象的。索绪尔意识到，我们需要理解的语言并不是作为单词嬗变史的聚合，而应该是一种词语关系的结构系统，因为它们是共时性应用的。索绪尔的结构主义语言学成功地把语言研究的焦点从历时性转向了共时性。相应的，结构主义并不寻求语言（或任何其他现象）的原因或源头，而是考量结构。这些结构支撑或组织语言，发挥其功能。索绪尔把个人说话称为"言语"（*Parole* = Speech），把语言结构称为"语言"（*Langue* = Language），前者是"表面现象"，后者是"支撑原则"。个人的言语只有置入语言结构，才能让语言共同体成员互相理解。语言以系统的方式支撑所有的人类经验、行为和生产，形成基本结构。

（三）符号生成的关键概念"能指"和"所指"并不指向物质实体。索绪尔关于符号生成的关键概念"能指"和"所指"分别指向"音像"与"概念"。在他看来，世界由两个基本层面组成：一个是可见世界，充盈着纷纭复杂的"表面现象"；另一个是不可见世界，蕴含着支撑结构和组织原则。我们能够通过规律感知和把握表面现象。由此它启迪了结构主义穿透表面现象以抽绎出规则的理论范式。"出于这个原因，结构主义不应该被视为一个研究领域，而是一种将人类经验系统化的方法，可以用于众多不同的研究领域：如语言学、人类学、社会学、心理学和文学研究。"① 索绪尔一脉的结构主义具有唯心论色彩，虽不否认现实实体，但强调人类意识固有的结构机制，认为结构源于人类心灵，并且将秩序投射给物质世界，因此，需要用概念系统来限定和组织众多的事实现象。索绪尔认为语言学符号犹如一枚硬币的两面，由不可分割的两部分构成：能指与所指。两者结合才能产生符号意义：

$$\text{符号（sign）} = \frac{\text{能指（signifier）}}{\text{所指（signified）}}$$

这里的能指（signifier）＝音像（sound-image）；所指（signified）＝概念（concept）

结构主义文论认为语言是文学结构的根基。能指（或语言学音像），不指向世间事物而指向我们内心的概念，这是结构主义至关重要的观念。能指与所指之间的关系，遵循的是"任意性"（Arbitrary）的原则，即音像与其意指的概念、能指与所指之间的关系是约定俗成的，索绪尔的例证是"树"：英文的"tree"和法文的"arbre"。

（四）"能指"和"所指"二元论隐含着逻辑陷阱。刘禾教授曾在"美国

---

① Lois Tyson, *Critical Theory Today*, 2nd ed. New York: Routledge, 2006, p.210.

伯克利—清华大学暑期高级理论研讨班"（北京，2001）提出一个耐人寻味的问题：意义如何可能？她认为，语言使言语存在，系统使概念存在，如官僚体制使当了几年官的人行为符号改变，差异生成意义。用索绪尔术语来说，就是能指进行仲裁，所指被仲裁，由此符号（意义）生成。概念空无一物，只是它与其他类似的价值相联系才能决定自己的价值。这种结构性指涉的逻辑，体现在比较对象的设定上。后结构主义认为，索绪尔语言符号学设置了二元论逻辑陷阱，如女性主义和性别研究理论领域的他/她隐含着互为指涉，互为否定；后殖民批评领域的东方/西方意味着——讲东方是什么，则隐含了西方是什么。赛义德《东方主义》受福柯后结构主义哲学影响，把这种理论方法引入后殖民研究，置入历史话语，比索绪尔的语言学走得更远。

二　皮尔斯：符号论的"三元组合"系统

学术领域地位：美国实用主义哲学家、数理逻辑学家和符号学家

主要代表著作：两卷本《皮尔斯精粹》（1992—1998）

重要理论话语：三元符号论（Icon；Index；Symbol）

Charles S. Peirce

查尔斯·桑德斯·皮尔斯（Charles Sanders Peirce，1839—1914）美国实用主义哲学奠基人，有"实用主义之父"之称。皮尔斯生于美国马萨诸塞州，父亲是哈佛大学天文学和数学教授。皮尔斯1862年获得哈佛大学硕士学位，1879年任约翰·霍普金斯大学逻辑学讲师。皮尔斯堪称美国哲学史上划时代的人物，生前鲜为人知，但辞世后其著述不断被发掘和整理出来，影响日隆。其主要贡献体现在逻辑学、数学、哲学、科学方法论和符号学。他生前出版的唯一完整的著作是《光谱研究》（*Photometric Researches*，1878）。其声誉在很大程度上有赖于他在美国学术期刊上发表的众多学术论文，如主要符号学

论文《符号学元素和符号分类》(Semiotic Elements and Classes of Signs) 等。他辞世后人们出版了两卷本《皮尔斯精粹》(The Essential Peirce, 1992—1998)。

作为才华横溢的学者,皮尔斯在数学、统计、哲学、研究方法,以及形形色色的科学中扮演了革新者的角色。他以逻辑学家自居,为逻辑学(现在多属于科学认识论和哲学)做出了重大贡献。皮尔斯把逻辑视为符号学的正式分支,成为当代符号学真正的创始人。这预示了逻辑实证论者与主导20世纪西方哲学的语言哲学的支持者之间的争论。[①] 皮尔斯的符号学被认为是最复杂的符号理论之一,被誉为"后一代思想家的金矿"和"宝库"。

皮尔斯的符号理论主要以非语言符号维度和三元论为特征,在后现代领域产生了重大影响。其主要内容是两个交叉的"三元组合"(Two Interlocking Triads)。首先是"符号媒介""指称对象"以及"符号意义"三者的结合;其次是三种符号类型:Icon(形象或图像)、Index(索引或引得)和Symbol(象征或标志)。这三类符号相互补充,有机结合,产生了符号的丰富性。第一种Icon的联系基于类似性或共享特征,例如,画像与真人之间、冰天雪地的照片与冬天主题之间的关系。第二种Index涉及因果关系,例如烟与火之间、冰凌与寒冬之间、晴雨表(气压计)与气候之间的因果联系。第三种Symbol指涉传统的(因袭的)联系,因此是一种任意的联系,例如,头上有角的魔鬼象征着撒旦,国旗标志一个国家的尊严,而同样的冰天雪地的照片放在文学故事里,对大多数英语世界的人士来说,则可能是死亡的象征(如欧·亨利《最后一片树叶》)。"在这三种符号中,惟有象征事关解释。"[②] 符号学经过皮尔斯得以拓展到语言之外的广袤领域,由此,符号学有雄心把生活万象纳入分析系统。皮尔斯多元符号理论,启迪了后结构主义文论和后现代思潮的学术范式。

索绪尔创立符号学的目的是赋予语言学一个科学的地位,而皮尔斯的三位一体符号观则是认知的、交际的符号观,归根结底是为了阐述哲学的基本

[①] 参见维基百科·皮尔斯 https://en.wikipedia.org/wiki/Charles_Sanders_Peirce。
[②] Lois Tyson, *Critical Theory Today*, 2nd ed. New York: Routledge, 2006, pp. 217–218.

问题:思维与存在的关系。皮尔斯的符号论则在很大程度上是一种实践,跳出了语言符号的樊篱。刘禾在关于哈特和奈格里《帝国》(Empire,2000)①学术话语的访谈中,从"跨文化的帝国符号学"的维度评介了西方"符号学转向"。她认为:索绪尔普通语言学的二元论"符号学"(Semiology)与皮尔斯的多元"符号论"(Semiotics)差异明显。耐人寻味的是,这两位符号学家在构想符号学的同时,国际政治也在经历"符号学转向"的过程。各种各样的人造符号,比方说海军使用的旗语、灯语、电报符码、路标、聋哑人的手语、世界语等,都在这时候纷纷出现,使得19世纪后半叶出现了一次符号系统的大爆炸。当时的主权国家(当然是被列强承认的主权国家,后来也包括日本)在一起开国际会议的时候,除了讨论战争与和平、主权和领土问题,也开始讨论怎样统一度量衡、怎样使用信号和符号,比方说商船和军舰怎样互通信息而不致产生混乱。19世纪末20世纪初出现了一系列专门的国际会议来决定各国采用什么信号和符号,如何统一符号系统,而这在当时还是一件新事物。我们今天习以为常的许多信号和符号都是在那个时候开始出台、继而被承认或被淘汰的。② 这种高屋建瓴的"跨文化的帝国符号学"视野,为当代西方文论领域的语言符号学转向展示了宏观背景与社会文化意义。

欧洲1968年"五月风暴"前后,索绪尔一脉的结构主义静态、封闭、保守等弊端凸显,重大转向契机出现。哲学传统上斯宾诺莎关于语言作为"持续流系统"与"离散装配"的哲学观念,语言学维度丹麦语言学家叶尔姆斯列夫(1898—1965)的语言意蕴理论关于"内容的形式"和"表现的形式"等概念,尤其是尼采作为后现代美学转向的关键哲学家与美国哲学符号学家皮尔斯的"符号论"结合,影响了德里达、福柯和德勒兹等一代思想家,他们的哲学和语言符号学思想逐渐渗入文学理论领域,标志着后结构主义思潮的崛起与新的学术范式生成。

---

① 美国学者哈特和意大利学者奈格里合著的《帝国》在新千年面世时,引发国内外重大反响。江苏人民出版社将《帝国》纳入"现代政治译丛",中译本由杨建国、范一亭所译(2004年)。
② 黄晓武:《帝国研究——刘禾访谈》,《国外理论动态》2003年第1期。

第三节　文学理论与批评实践

索绪尔二元论语言符号学渊源的结构主义的理论模式，曾经大行其道，催生了西方文论多个领域的理论方法，形成了结构/后结构思维范式。美国耶鲁解构学派希利斯·米勒的文学批评名著《小说与重复》（1982），借助尼采—德勒兹"差异与重复"美学范式讨论英国小说，是解构论和后结构主义结合的例证。

一　符号论：结构/后结构思维范式举隅

（一）拉康与阿尔都塞的结构主义范式。法国马克思主义美学家阿尔都塞与结构主义、精神分析理论都有着或隐或显的联系。最能够体现其理论特征的是他从拉康的视野重读了弗洛伊德《图腾与禁忌》所讲述的"杀不死的父亲"的故事，把个体无意识的"父亲之实"变成了"父亲之名"的语言文化符号。阿尔都塞在著名论文《弗洛伊德与拉康》的结尾以拉康"镜像误认"阐释意识形态的"误认结构"：

> 由于哥白尼，我们懂得了地球并非是宇宙的"中心"。由于马克思，我们知道了人类主体即经济、政治或哲学的自我并不是历史的"中心"——甚或，与启蒙运动的哲学家们和黑格尔相悖，历史也没有"中心"，而是一种结构。这种结构也未必是"中心"，除非是意识形态的误认。至于弗洛伊德，则为我们发现了真正的主体……人类的主体是偏离中心的，是由一种也没有"中心"的结构构成的，除非是对"自我"想象性的误认，即它在意识形态建构中"认识"了自身。[①]

在法国，存在主义与结构主义观念相抵牾。萨特提出"存在主义是一种

[①] 俞吾金、陈学明：《国外马克思主义哲学流派》，复旦大学出版社1990年版，第493页。

人道主义"，而阿尔都塞则认为：人的主体或意识并不是"其房间里的主人"，从而体现了一种解人类中心论：结构决定主体！

（二）德里达的"文迹学"及其意义。德里达出生于犹太人家庭，禁止偶像崇拜，故对"踪迹"（Trace）感兴趣。他做助教20年，在法国社会长期做"边缘人"，故有反叛精神，离经叛道，一生反形而上学，与福柯同气相通。雅克·德里达有着比较复杂的阅读策略，斯皮瓦克译德里达《论文迹学》（Of Grammatology）并附长序，极大地影响了美国学界。从词源学看，"Of Grammatology"的希腊文意为Something Written，指书写学，但中文版译为《论文字学》（上海译文出版社，2005），并不妥当。因为"文字学"容易与中国小学混淆，宜译为"文迹学"。索绪尔既是德里达阅读策略的基础，又是针锋相对的靶子。德里达认为"文本无定解"（与中国"诗无达诂"异曲同工），他不"缝合"，认为没有"自身认同"（Self-identity）。德里达主要否定二元对立的思维模式，福柯否定的是给历史一个本质的合理的解释。德里达从"逻各斯"（Logos）入手，因为西方人一开始就是声音，"逻各斯"意为"神言"，是上帝的声音。口语即声音＝在场，与真理隔一层；书写＝不在场，与真理隔得更远。德里达选择言说（声音）与书写关系作为突破口，颠覆传统。他批判索绪尔的语音中心主义；他喜爱的"踪迹"无始无终，可以取代索绪尔的"符号"（Sign）。德里达思想中充满陷阱，他喜欢把一大堆问题扔出来，自由间接引语多，他人的思想与自己的东西常常纠缠在一起，不易厘清。德里达常常采用迂回战术，咄咄逼人地提出问题，但并不直接回答，而是进入对方的内部逻辑关系，从内部瓦解结构，"以子之矛，攻子之盾"。引起我们很多期待，又常常使期待落空。德里达的观念难以定义，只能大致勾勒。德里达采用了皮尔斯的一些重要观念。皮尔斯在美国创造Semiotics，异于索绪尔在欧洲所创造的Semiology。皮尔斯不在二元对立中肯定一个、牺牲一个，不陷于二元模式，其图像（Icon）、指示（Index）、象征（Symbol）三种符号是可以交叠并置的；他的观念无限指涉，并不追求事物之背后的意义。德里达把世界万物皆视为文本。德里达写作的寄生性很强，如他置换了索绪尔一些主要概念：文迹——随写随抹，用字上打叉，但又是思想与行为的踪迹。踪迹不是自然的，而是文化的；不是生理的，而是心理的；不是生物学的，而是精神性的。① 以皮尔斯—德里达符号论范式看待中国"现代化"，能指与所指之间并不是固定的，而是一直在变化，无法最终确定。譬如，现代化在20世纪70年代＝土豆牛肉；80年代＝三转一响；90年代＝高级电器；21世纪00年代＝轿车豪宅。

（三）德勒兹符号诗学与理论意义。② 德勒兹享有"哲学领域中的毕加索"之誉，甚至在伊格尔顿所谓的"理论之死"的今天，德勒兹与福柯、德里达、拉康、鲍德里亚等人一道，仍然是对当代西方学术界有着强劲而持续性影响的思想家和文艺美学家。③ 在德勒兹著作中，符号诗学是一个重要的维度。他曾经借助皮尔斯非语言学的多元符号理论，写出电影哲学名著《电影1：动像》（1983），侧重阐发艺术动像与文化符号的关系，讨论了"16种电影符号形式"，包括感知形象（Perception-image）、动作形象（Action-image）、效应形象（Affection-image）、关联形象（Relation-image）、冲动形象（Impulse-image）和反思形象（Reflection-image）六种动像。这六种形象分别与皮尔斯三种符号相关联，实际上关涉18种符号与动像的关系。德勒兹认为文学家是文化症候的诊断者。他的文论著作《普鲁斯特与符号》（1964）体现了其符号诗学的特征，描述了四个不同的符号世界：世俗符号（Worldly Signs）世界、爱情符号（Signs of Love）世界、感性体验符号（Signs of Sense Experience）世界和艺术符号（Signs of Art）世界。这些不同的符号世界与时间结构相互缠绕，犹如文学机器不断地装配出不同的效果，形成充满"差异与重复"的意义生成的机制，旨在创造新形象与新思想。

虽然语言无疑是人类交往的最基本的形式，其重要性怎样强调也不为过，

---

① 这里关于德里达的论述，借鉴了刘禾教授在2001年"美国伯克利—清华大学暑期高级理论研讨班"的一些观点。
② 参阅麦永雄《论德勒兹哲学视域中的东方美学》，《文艺理论研究》2010年第5期；《论德勒兹符号诗学与理论意义》，《梧州学院学报》2011年第1期。
③ Jeffrey T. Nealon, *Foucaut Beyond Foucaut*, Calif.：Stanford University Press, 2008, p.1.

但各种文化符号并不囿于语言，而是广泛地呈现为线条、色彩、音调、画面、象征、意象、意境等多元形态。德勒兹从中国艺术理论家"谢赫画论"得到启迪，区分了"呼吸空间"与"骨架空间"。耐人寻味的是，在中国古典诗学中，语言并非是令人瞩目的亮色，而是形而下的基础，往往遭到扬弃。在中国诗学理论中，从言、意、象到意境构成了一个不断攉升的多元色谱。所谓言不尽意、立象以尽意，境由象生，因此，需要得鱼忘筌、得意忘言，甚至追求大音希声、大象无形的至高艺术意境。当代西方后结构主义符号诗学与中国古典诗学的跨语境共振与耦合，能够激活异质诗学的潜质，有助于我们开辟新的思想探索空间。

二 希利斯·米勒的文学观与批评实践

在美国文论界，耶鲁大学的保罗·德·曼、希利斯·米勒、哈罗德·布鲁姆和杰弗里·哈特曼等人被称为"耶鲁学派"。美国耶鲁学派，尤其是希利斯·米勒赓续了亚里士多德诗学传统，重视文学文本分析，又从当代欧陆哲学和美学中汲取了文艺思想养料，形成特色斐然的文学批评范式。重复经差异而生成意义，具有潜在的无限性，隐含着丰富多彩的生成、变异与创造。

希利斯·米勒《小说与重复》的副标题是"七部英国小说"。它分章论析了"重复的两种形式"、康拉德的《吉姆爷》、艾米丽·勃朗特的《呼啸山庄》、萨克雷的《亨利·艾斯芒德》、哈代的《德伯家的苔丝》和《心爱的》、伍尔芙的《达罗维太太》和《幕间》。中译本封底文字是英美媒体如《英国书讯》《纽约书评》的相关评论，称誉说：米勒无疑是他那一代人里最有洞见的文学分析家，他对意义的探索精彩绝伦，具有特殊的细心且优秀的批评特质。米勒讨论的所有小说都因他的阅读而光彩照人。就小说分析而言，毋庸置疑，这本书是十年来最重要的著作，是当代批评思想的重要贡献。它向熟悉的文本提出当代问题，重新激发了它们的活力。

米勒的"重复的两种形式"用哲学阐发文学，理论思维与文学批评结合，体现了哲性诗学特色。他认为，西方文艺思想史上有关"重复"的观念源远流长，希伯来"圣经"与古希腊荷马史诗、前苏格拉底哲学和柏拉图分别是其两大源头。"现代有关重复思想的历史发展经历了由维柯到黑格尔和德国浪漫派，由克尔凯郭尔的'重复'到马克思（体现在《雾月十八日》中），到尼采永恒轮回的思想，到弗洛伊德强迫重复的观念，到乔伊斯《为芬尼根守灵》，一直到当代形形色色论述过重复的理论家：拉康、德勒兹、米尔恰·伊利亚德和德里达。"米勒从德勒兹《感觉的逻辑》里抽绎出"重复的两种形式"。第一种重复是柏拉图式的重复。它"要求我们在预先设定的相似与同一的基础上思考差异"，因此强调同一性、原点和封闭性；第二种重复是尼采式的重复："它恳请我们将相似、甚至同一看作一种本质差异的产物"，因此倡导差异性、开放性，蕴含尼采式永恒轮回的哲理。这两种重复，"前者精确地将世界定义为摹本或表现，它将世界视为图像；后者与前者针锋相对，将世界定义为幻影，它将世界本身描绘为幻象。"① 概言之，柏拉图式的重复是同一性的重复，而尼采—德勒兹式的重复则是差异性的重复。差异与重复意味着不断地生成意义！

《小说与重复》对哈代长篇小说《德伯家的苔丝》的文学论析，② 堪称后结构主义理论与当代文学批评实践相结合的佳例。米勒解读文学的策略是：识别作品中那些重复出现、形成链形联系的现象，进而理解其衍生的意义。《德伯家的苔丝》存在的多种重复形式，包括言语的重复，场景的重复，命运的重复等。米勒对红色意象重复的论析尤为精彩。

红色意象的重复。小说开端女主人公苔丝就以"白衣裙衬托红丝带"形象印入我们的脑海。"红色"意象在《苔丝》中重复出现，贯穿于小说，是哈代巧妙设计的完整结构。当红色最初在小说中出现时，显得平淡无奇，往往被视为单纯的修辞描写，容易被读者置于脑后，因为苔丝姑娘头系一条红丝带完全合乎情理。在接下来的小说叙事中，苔丝目睹巡回传教士涂写的色彩鲜亮的红色大字："你，犯，罪，的，惩，罚，正，眼，睁，睁，地，瞅，

---

① ［美］希利斯·米勒：《小说与重复》，王宏图译，天津人民出版社2008年版，第5—7页。
② 这一章见米勒《小说与重复》中译本第132—166页，下面有关《苔丝》的论述选择与抽绎其中的精彩部分不再一一注释。

着，你。"苔丝去认亲的德伯家的房子是"红砖门房的新建筑物"。亚雷强迫她两片殷红的嘴唇吃下红草莓。苔丝的嘴在爱人安玑眼中是"红赤赤的"，收割时她手腕上出现红色的伤痕。苔丝在结婚后向安玑忏悔时，壁炉下反射来"一道笔直的血色红光"……当读者三番五次见到红色描写后，重复的红色开始作为一个醒目的主题凸显出来，富含隐喻或象征意味。米勒认为，红色反映了人类现实生活的两个基本要素：死亡与性爱。应栩栩如生地展现这类事件。亚雷诱骗苔丝失贞，满足了自己的肉欲，却开启了苔丝不幸一生的历程。小说将抽雪茄烟的亚雷描写为苔丝"那妙龄绮年的灿烂光谱中一道如血的红光"，太阳光"像燃红的通条一般"射入她房间，而且，阳光与庭院中阳物形状的花"赤热火钳"非常相似。这些图画式的隐喻，具有苔丝被侵害、被蹂躏的蕴含。在"粗俗鄙野"的亚雷眼中，苔丝是一个自己送上门来的肥嫩的大妞儿。苔丝纯洁真诚、美丽动人却涉世未深，因此在围场林中被亚雷所糟蹋。在小说中，这种场景画面感极强。

　　哈代在苔丝身上倾注了极其强烈的同情，或许远远超过他塑造的其他文学人物，他甚至暗暗地与她一块儿品尝甘苦，同呼吸共命运。他创造了她又爱上了她。小说的副标题是"一个纯洁的女人"。哈代摘自莎士比亚《维洛纳两绅士》的卷首语，确证了哈代对苔丝的感情："可怜你这受了伤害的名字！我的胸膛就是卧榻，要供你栖息！"小说尾声长方形的白色天花板正中"硕大无朋红心A"是死亡的象征，既是亚雷被杀的标记，又预示了苔丝悲剧结局的命运。远处升起的黑旗是苔丝已经被绞死的标识。由此，米勒认为哈代《德伯家的苔丝》展现了"自身内在意义的重复系列"，是前述"两种重复形式缠结交叉的另一种变体"。哈代在《苔丝》中"想用艺术形式表现出一连串真正互相连贯的事情。……一连串意义各个环节间的联系总是带有差异的重复，差异与重复有着同样的重要性"。米勒认为小说具有多元结构，描写苔丝遭亚雷蹂躏的问题有五种阐释模式：白鹿传说模式、自然生命模式、神学反讽模式、婚配哲理模式和神话命运模式。

　　（一）白鹿传说的重复模式。苔丝遭侵害的围场"是英国残存的少数几片史前时代的原始森林之一",历来传说国王亨利三世追上了美丽的白鹿,没舍得杀,却让一个名叫林德的人杀害了,因此受到国王的重罚,因此这个谷被称为"白鹿苑"。苔丝重复了白鹿的传说,但是她的故事里却没有国王主持公道,相反她多次受到男人的欺凌,直至她亲手杀死亚雷复仇,从而为自己敲响了丧钟。这是对虚构历史和神话原型的重复与差异。

(二)自然生命的重复模式。小说副标题"一个纯洁的女人"意味着苔丝所作所为与自然和谐一致。苔丝所经受的一切暗合于生机盎然的大自然。她的生殖力与围场林中"上下蹦跳的大小野兔"不相上下。生下亚雷的孩子是由于"干了那颇为自然的事",汇入了大自然的生命洪流之中。然而,苔丝不仅像野兔、山鸡一样寄居在自然界,而且还置身于人类社会文化。她没有破坏自然法则,却不由自主地违背了公认的社会法律。她对自然行为的重复是一种带有差异的重复。苔丝故事的动人之处部分在于它表明人类已经远离自然界。

(三)神学反讽与场景重复模式。苔丝生命中最重要的男人安玑(Angel)的名字意为"天使",但事实上他却没有像天使一般神圣地护卫苔丝,反而曾世俗地抛弃失贞的妻子。因此苔丝的不幸遭遇不仅重复了"圣经"的原型,而且还颠覆了原有的阐释框架,不给苔丝任何希望,因此充满着反讽意味。此外,还有场景与命运的"重复与差异"。小说曾描述:"毫无疑问,苔丝有些戴盔披甲的祖宗,战斗之后,乘兴归来,恣意行乐,曾更无情地把当日农民的女儿们同样糟蹋过。"[①] 假冒德伯家贵族的亚雷,是寒微之家暴富起来的后裔,"他的行径是对苔丝贵族世家残忍的高贵气质的一种卑鄙拙劣的模仿"。这种重复可归纳为:苔丝贵族祖先强暴贫贱而漂亮的农妇(贵族欺凌平民)与亚雷诱奸苔丝(暴发户平民欺凌贵族后裔)相对照。

(四)婚配哲理的重复模式。哈代以独特的差异描写重现了人生困境:数千年没有一种哲学体系能圆满解释男女不相配的情形与道理。哈代头脑中萦回着柏拉图《会饮篇》中阿里斯托芬言及的伟大的喜剧神话:男女原为一人,

---

[①] [英]托马斯·哈代:《德伯家的苔丝》,张谷若译,人民文学出版社1984年版,第90页。

被神分为两半，从此互相寻找，重新结合为一体。这种纵横交错的图案也表现于苔丝的地理空间活动和人生轨迹。苔丝一生遇见的两个男人，无论是肉欲的亚雷还是情欲的安玑，都充满着差异与重复的遇合，凸显了命运的捉弄。

（五）神话命运与偶然的重复模式。米勒认为，哈代也许表达的是这种思想：苔丝一生早已载入命运的册书，现今一切不过是预先制成的图样在整个实际生活中的复制而已，有一种事先预定的意向操纵着她的生命轨迹。苔丝纯洁的肉体"命中注定"要描绘上"粗俗鄙野"的花样。小说中各个关键事件仿佛掷骰子，将命运与偶然结合在一起。苔丝与安玑的偶遇；王子马意外的不幸死去；苔丝忏悔信滑落在安玑房间地毯导致的灾变……形成一个链条，制成一幅苔丝命运的许多整齐有序的重复事件的图案。在小说结尾，"苔丝的妹妹莉莎·露似乎命中注定要以另一种方式重演苔丝一生的悲剧。一个人物可能在重复他的前辈，或重复历史和神话传说中的人物，苔丝遭强奸便重复了她祖辈中的男子对长眠地下的农家女所犯下的罪行，她的毁灭则重复了耶稣被钉死在十字架上这一惨剧，或者说重复了史前时代在悬石坛举行的祭典"。[①] 无疑《德伯家的苔丝》明显具有古希腊悲剧色彩。苔丝被亚雷诱奸，"祖宗的罪恶报应到子孙身上"是桩无法补救的"公案"。[②] 这易于让人联想到循环报仇的古希腊悲剧《俄瑞斯忒亚》三部曲。小说结局，莽莽荒原上荒茫悲凉，苔丝躺在犹如祭坛的古老悬石坛上，仿佛神话祭仪中的牺牲品。同时耐人寻味的是，一群现代警察围拢过来。作者在此特地点明："典刑明正了（The Justice Was Done），埃斯库勒斯所说的那个众神的主宰对于苔丝的戏弄也完结了。"苔丝的命运轨迹与她本人的意愿背道而驰，暗示了她主观意图之外有某种超验力量——"众神的主宰"。哈代的名著《德伯家的苔丝》作为"性格与环境小说"，展现了现代资本主义社会悲剧。警察围捕苔丝的场景或可视为资本主义司法制度和国家机器的象征，"众神的主宰"（The President of the Immortals）也可解读为整个资产阶级国家机器形象化的比喻。据此，聂珍钊教

[①] ［美］希利斯·米勒：《小说与重复》，王宏图译，天津人民出版社2008年版，第2页。
[②] ［英］托马斯·哈代：《德伯家的苔丝》，张谷若译，人民文学出版社1984年版，第102页。

授认为：哈代将古希腊命运悲剧和莎翁性格悲剧发展到了一个新阶段：现代社会悲剧。

上述诸模式充满了"有差异的重复"及其所衍生的美学意义，凸显了哈代小说的丰富蕴含。此外，哈代悲剧小说与莎士比亚性格悲剧的血缘联系是一个突出特点。张中载教授的《托马斯·哈代——思想和创作》认为：苔丝在五个关键时刻都表现出性格和意志上的脆弱，苔丝杀亚雷之前的一大番话，不禁令人想起莎翁笔下的麦克白和李尔王绝望的哀声。

总体而言，哈代生活与创作于19世纪与20世纪之交的英国维多利亚时代，是"古希腊悲剧指导原则的现代阐释者"（维吉尼亚·伍尔芙语），同时也是英国现代小说家。[①] 在米勒"小说与重复"的理论框架中，哈代小说代表作《德伯家的苔丝》重复了古希腊命运悲剧、莎翁性格悲剧和自己深有体验的维多利亚社会（环境）悲剧，并且将它们融为一体并且呈现出重要差异。用德勒兹的术语说，这种"差异与重复"意味着从辖域化、解辖域化到再辖域化，丰赡的文学意义由此衍生，且绵延不绝。

[①] 聂珍钊：《悲戚而刚毅的艺术家》，华中师范大学出版社1992年版，第217页。

第二章 精神分析转向：无意识欲望诗学

西方精神分析学派的理论原点和核心是弗洛伊德所揭橥的"无意识"概念，它驱动了无意识欲望诗学。无意识不仅是人类精神发展史中的一个重要领域，而且也是20世纪西方文艺学美学乃至整个人文社会科学使用频率最高的关键词之一。乐黛云教授曾经在中国比较文学学会成立大会（深圳大学，1985）上充满情感地宣称：在地球这个蔚蓝色星球上，栖居着神奇的人类。20世纪三大发现——马克思社会学关于历史发展的学说、爱因斯坦物理学关于时间空间关系的相对论、弗洛伊德心理学关于无意识的学说，日益使人类成为一个同质的整体，并开拓了广袤而丰富的研究空间。

第一节 学术范式转向

精神分析的主要理论话语衍生的基点是"无意识"（The Unconscious）。在人们的日常生活经验中，除了理性空间，似乎还有一个隐含着"黑暗力量"的神秘国度。苏格拉底、柏拉图、亚里士多德、普罗提诺、奥古斯丁和托马斯·阿奎那、笛卡儿、卢梭、黑格尔、谢林、柯尔律治等哲学家、思想家都曾对人类心灵的隐秘世界和一些"不为人的灵魂所探知"的知识予以关注。叔本华和尼采的"意志"和"强力意志"自由无羁、无所不在，实与无意识相似。1868年哈特曼《无意识的哲学》出版,1870年至少有7本冠以"无意识"的书面世。当弗洛伊德谈无意识之时,它已是欧洲文化界所熟悉的术语了。

美国著名文艺理论家伦特里契亚主编的《文学研究批评术语》设置了"无意识"专章,对该术语进行了梳理与辨析。首先是词性之辨:若视"The Unconscious"(无意识)为名词,则指实体、物体;但很多人认为,无意识从来就不是一个实体或处所,因此只能用形容词加上定冠词the的构词形式。其次是由词性之辨引发的意义之辨,涉及两个核心问题:其一是无意识究竟是一个能占据位置的实体抑或还是某种心理力量的活动,因而用"How"比用"It"指代它更为贴切?其二是如果我们不能以意识来察觉无意识,那么如何界定其存在?弗洛伊德很难论证这种概念,因而只能用意识所不能解释的东西来作为论据,如梦幻、口误、双关隽语、健忘症等。[1] 悖谬的是,无意识只能在意识的领域及其规则下加以描述与理解,未知之物被迫使从已知之物的维度加以解析,而这恰是精神分析与文学理论的交会点:弗洛伊德不得不采用类比、隐喻、文字游戏等修辞手法对无意识进行描述。这些修辞转义的深层"机制"和叙事功能,导致文学批评理论与精神分析领域相通。

从弗洛伊德的"个体无意识",荣格的"集体无意识",拉康的"语言文化无意识"到詹姆逊的"政治无意识"话语……不仅在时间上有着历时性的层层递加的关系,而且在空间上具有共时性的多元互补的功能,成为现当代思想文化领域中无可回避的关键词。如詹姆逊《政治无意识》的副标题是"作为社会象征行为的叙述",他认为意识形态就是对人的深层无意识的压抑,因此称为"政治无意识"。文学艺术则是一种特殊的意识形态话语,是在不同的阶级和社会力量之间进行战略思想对抗的象征活动,一切第三世界的文学都是"民族寓言"。由此詹姆逊的"政治无意识"话语把无意识问题框架拓

---

[1] F. Lentricchia and T. Mclaughlin. ed., *Critical Terms for Literary Study*, Chicago: University of Chicago Press, 1993, pp. 147-162. (这里关于"无意识"的描述主要参考此书。另可参阅麦永雄《文学领域的思想游牧:文学理论与批评实践》第11章"无意识与意识形态:精神分析视界中的阿尔都塞",中国社会科学出版社2002年版,第203—220页。)

展到政治、历史和民族国家领域。上述这些无意识话语进一步与德勒兹"欲望机器""反俄狄浦斯"和齐泽克等人的思想相结合,不仅形成了既盘根错节又丰富多彩的理论增殖与对话关系,而且生成了当代精神分析转向的主要脉络。本章主要选择弗洛伊德、拉康和德勒兹/加塔利三个节点予以探讨。他们分别在核心家庭的个体无意识、结构主义的语言文化无意识和后结构主义的欲望诗学领域构成了既一脉相承又异彩纷呈的"横截线"范式。

第二节 主要代表人物与理论话语

弗洛伊德最伟大的贡献就是发现了无意识。时至今日,尽管弗洛伊德无意识学说的弊端常常遭人诟病,但是它导致人类开始关注自身的深层心理世界——这个世界甚至比宇宙空间更为深邃与微妙,因此,这一发现功不可没,无论怎样褒扬其意义都不为过。

一 弗洛伊德的个体无意识

学术领域地位:奥地利著名神经学家、西方精神分析理论奠基者

主要代表著作:《梦的解释》(1900);《图腾与禁忌》(1913);《文明及其不满》(1930)

重要理论话语:无意识;俄狄浦斯情结等

Sigmund Freud

西格蒙德·弗洛伊德(Sigmund Freud,1856—1939),出生于奥匈帝国统治下的弗赖堡一个犹太人家庭,父亲是一个木材商人。1938年为逃避纳粹而离开奥地利,流亡英国,卒于1939年。1881年弗洛伊德获得维也纳大学医学博士学位,翌年在维也纳总医院开始医疗工作,后辗转多所医院或诊所,从事临床实践。弗洛伊德钟爱阅读尼采和莎士比亚,曾经购买尼采选集,毕生

阅读英文版莎士比亚戏剧。他对人类心理的理解，部分受益于莎翁。① 主要著述包括《释梦》（1900）、《性理论三论》（1905）、《图腾与禁忌》（1913）、《文明及其不满》（1930）等，其中论文《（朵拉）歇斯底里个案分析片段》是弗洛伊德最著名且最具争议性的著述之一。

弗洛伊德的理论建模，囿于核心家庭的个体无意识范畴。他提出心理三区的第一套理论模型：无意识—前意识—意识。其中无意识作为与前意识—意识系统相对的独立系统居于核心地位。弗洛伊德着力从梦、遗忘、误记、失言或笔误、玩笑、病征以及言行癖习等日常生活现象中探索无意识心理机制，指出移植与压缩为无意识思想的初级过程。自我分裂为无意识和意识，不再是自己心理宅邸的主人，无意识的存在使人的主体性彻底地去中心化。在拉康看来，弗洛伊德对无意识的发现，对于传统的自主的自我观念的打击并不亚于哥白尼的日心说革命对地心说、达尔文的进化论革命对人类中心的幻觉的打击。

弗洛伊德后来提出以"力比多"性欲驱动力为核心的第二套理论模型（本我—自我—超我），使得自我开始成为意识的主体，并且扮演着主要的角色。结果，弗洛伊德的后期思想压抑了他自己的天才发现，而他的那些所谓"忠实"的追随者根据其后期思想而将无意识实在化（将其视为被压抑的本能）的做法，根本上就忽视了弗洛伊德早期思想隐含的洞见。

弗洛伊德《论精神分析中的无意识》（1912）将无意识分为三类：（1）描述性无意识（The Descriptive）；（2）动态性无意识（The Dynamic）；（3）系统性无意识（The Systematic）。描述性无意识涉及三个概念：意识—前意识—潜意识。表现在我们心中的是意识；不表现出来但可以追溯的是前意识；潜隐着而无法追溯的则是无意识，是某种一直被压抑的童年恐惧。

（一）描述性无意识。值得注意的是，描述性无意识概念是建筑在弗洛伊德关于心灵的"拓扑图形"（Topographical）绘制模式的基础上的：

---

① 参阅维基百科 https：//en.wikipedia.org/wiki/Sigmund_Freud。

$$\frac{\text{CS（意识）}}{\text{UCS（无意识）}}$$

这一模式驱动着弗洛伊德所有著述中的"拓扑地形"隐喻：心灵中"诸层面"定位的空间概念。由此我们有了"心灵领域""心灵图式""未制图地带""未知区域"等隐喻；梦则是"通向无意识的捷径"。换言之，无意识是通向客厅（意识）的前厅（候见厅），而客厅是由哨兵警戒着的（哨兵是表现障碍的拟人化）。描述性或拓扑图形的无意识是空间化的名词，是记忆、思想、希望、恐惧、梦幻的居所。

（二）动态性无意识。如果无意识的描述性模式为"图式"隐喻，那么动态模式则为"水力"隐喻。动态性的无意识不是地点、居所，而是一种力量流。批评家们称之为"水力学"模式。这种模式视受压抑的无意识欲望的积累恰如水之蓄，无处宣泄则压力增高，因此一旦得泄则使人从紧张（非愉悦）变为平静（愉悦）。个体的欲望在压抑下寻找宣泄口，缓解紧张与痛苦，达到动态平衡。"死亡本能"是一种回归生命原态的（静态＝愉悦）的驱动力；"爱欲本能"则是一种无意识（匮缺—满足）的力比多动因。希腊死神 Thanatos 之名意味着死亡冲动；希腊爱神 Eros 之名则象征着爱欲冲动。死亡是最终的弃绝，属于个人，无法代替，无关身份和地位，需要孤独面对。死亡冲动是一种自我毁灭行为，既可以是个人行为也可体现于整个民族。哲学意义上的"向死而生"乃属最高美学形态。

（三）系统性无意识。弗洛伊德以"力比多"（Libido）为核心，描绘他关于心灵构成的"三重性"，提出著名的本我（遵循快乐原则）、自我（遵循现实原则）、超我（遵循道德原则）的系统性三层次说。泰森认为本我（Id）属于无意识层面；自我（Ego）属于意识层面，超我（Superego）属于文化禁忌层面。[1]而伦特里契亚主编的《文学研究批评术语》则认为：自我既属无意识的本我，亦属意识（超我）。20世纪50年代对此模式的争议，导致了美

---

[1] Lois Tyson, *Critical Theory Today*, 2nd ed. New York: Routledge, 2006, p. 25.

国与法国的精神分析分道扬镳。美国人接受三层次模式并发展了"自我心理学",法国人则追寻拉康,坚持回到"真正的弗洛伊德"——拓扑图式无意识和动态无意识的弗洛伊德。

爱欲冲动与家庭情结(Family Complex)有关,家庭在精神分析理论中具有重要性。每一个人都是"家庭情结"的产物,无意识"诞生"于各人对自己在家庭中位置的感知和反应。弗洛伊德式的理论话语,如孩子与父母之间发生的"俄狄浦斯冲突"(Oedipus Conflict)、家庭同辈之间的"同胞争宠"(Sibling Rivalry)、男孩的"阉割恐惧"(Castration Anxiety)、女孩的"阴茎嫉妒"(Penis Envy),都基于家庭范围,是我们理解个体差异和行为差异的出发点。如俄狄浦斯情结以母亲为无意识欲望的理想对象,往往牵涉"好女孩/坏女孩"的社交模式。无意识中对母亲性欲的肮脏感、罪疚感,驱使"我"只能与"不像母亲"的"坏女孩"交往,却又不屑走进婚姻殿堂,这容易导致"始乱终弃"模式的发生。若"我"引诱的是"好女孩",那么会发生两件事:一是她变成了"坏女孩",不值得厮守终生;二是我因"玷污"她而内疚,只能抛弃她以避免罪疚感。[①] 无意识动因,决定了我们的行为方式。弗洛伊德式的精神分析学说探索人类隐秘神秘的心灵世界,不乏洞见。但是其理论话语进入文学批评实践领域,也容易遭到滥用。

二 拉康的语言文化无意识

学术领域地位:法国著名精神分析学家、结构主义与后结构主义哲学家

主要代表著作:《文集》(1966)

重要理论话语:镜像阶段;想象界;象征界;真实界;L图式;欲望图式等

Jaques Lacan

雅克·拉康(Jaques Lacan,1901—1981),生于法国巴黎,父亲是一个

---

① Ibid., pp. 14-15.

成功的皂油销售商，母亲是热忱的天主教徒。20世纪20年代中期，拉康不满于宗教，变成无神论者，与家庭在宗教问题上发生争吵。他以身体瘦弱为由拒绝服兵役。1927—1931年拉康在巴黎大学医学系学习，继而在圣安妮医院专门从事精神病学工作。在此期间，他对卡尔·雅斯贝尔斯和马丁·海德格尔的哲学特别感兴趣，并且参加柯耶夫主持的黑格尔研讨班。1932年，拉康以基于个案观察与分析的学位论文《论偏执狂精神病及其人格关系》获得大致相当于医学博士的学位，这篇论文标志着他进入精神分析领域。同时，拉康开始翻译弗洛伊德的著述。拉康喜爱哲学、文学艺术，对超现实主义保有浓厚的兴趣，两次世界大战期间与巴塔耶、萨尔瓦多·达利、毕加索皆有联系，并且出席关于詹姆斯·乔伊斯的《尤利西斯》公开阅读会。年轻的拉康把疯狂视为"抽搐之美"，分享超现实派的文化艺术旨趣。1968年五月风暴，拉康曾经发出同情学生的声音。拉康广泛地从多个学科汲取营养，借用拓扑学和语言学表达无意识的结构、欲望图式和分裂主体概念。拉康曾与程抱一密切合作，研究中国古代文学。作为"弗洛伊德以来最富于争议的精神分析学家"，拉康的思想观念对后结构主义、批判理论、语言学、法国哲学、电影理论、女性主义，以及临床心理分析等具有重要的影响。[①] 在当代西方思想文化界，雅克·拉康是少数几个处于核心位置的思想家之一。拉康打开了后结构主义的"潘多拉盒子"，极大地改变了当代思想的面貌，重绘了当代人的心灵地形图，致使一系列激进的解构观念相继出笼，极大地推动了西方当代学术改造工程。拉康几乎影响了"人文科学"的所有领域。[②] 像库恩一样，拉康给众多学科提供了革命性的理论范式。

（一）拉康的重要思想遗产：研讨班与《文集》。拉康倡导"回归弗洛伊德"，所开设的阅读弗洛伊德的研讨班长达27年（1953—1981），闻名遐迩，众听云集。犹如当年柯耶夫的"黑格尔讲座"一样，拉康的研讨班亦成为巴

[①] 参阅维基百科 https://en.wikipedia.org/wiki/Jacques_Lacan。
[②] 严泽胜：《雅克·拉康的主体性理论初探》，博士学位论文，北京师范大学，2002年，第1页。

黎思想生活的中心。罗兰·巴尔特、福柯、阿尔都塞、利科、德里达、克里斯蒂娃等法国思想界的重要人物都参加过他的研讨班；他的密友包括超现实主义诗人、电影明星和社会名流，如杰出的结构主义文化人类学家列维－斯特劳斯、语言学家雅克布森等人。拉康30多年学术思想的精华浓缩在长达900多页的《文集》（*Écrits*，1966；一译《著作》）中，该书的出版成了巴黎当时知识界的一件大事。出乎意料的是，这部学术性极强，内容艰深，文风晦涩的大部头著作，一时竟成为公众争相购买的畅销书。[1] 拉康《文集》获得成功，被译为德文、英文、中文等，他也受邀到意大利、日本和美国，曾经在耶鲁大学、哥伦比亚大学发表演讲。

拉康主要是从无意识话语、语言结构、宏观文化修辞等角度来阅读弗洛伊德的，他将弗洛伊德神秘化的个体潜欲望和无意识学说加以历史化、政治化，并置于宏阔的文化语境中，以意识形态结构消解人的主体中心位置。拉康思想颇为复杂，他经常会修订自己的理论话语，因此其关键词蕴含多变，增加了人们理解他的难度。美国《现代语言研究》主编D. H. 赫施在《文学的解构：奥斯维辛之后的批评》（1991）中耐人寻味地说：

> 至1982年雅克·拉康博士辞世时，世界上只有两个人能真正理解他的理论：他本人和上帝。[2]

拉康思想具有"文化无意识"的理论特征。他从语言结构和菲勒斯社会文化象征的维度解读弗洛伊德的学说，认为无意识对主体而言就是未知或异质的东西，因此"无意识"的概念导向了他者的概念。拉康赋予主体的符号是$——其内部永远是分裂的。鉴于主体是由某种丢失了的东西构成的，反过来又创造了欲望。欲望被主体体验成一种缺失（Lack），欲望的满足则是对缺失的弥补，表现出一种动力或动态。在拉康学说的忠实阐释者齐泽克看来，

---

[1] 严泽胜：《雅克·拉康的主体性理论初探》，博士学位论文，北京师范大学，2002年，第1页。

[2] David H. Hirsch, *The Deconstruction of Literature: Criticism After Auschwitz*, Hanover & London: Brown University Press, 1991, p.38.

自我认同的轴心经过弗洛伊德式的隐/显线轴游戏，从 S（完整的实体性主体）转向了 $（遭禁制的空洞主体）。① 在拉康看来，主体总是分裂、禁制或呈现出偏心轮式的运动。

（二）拉康精神分析的黑格尔渊源。拉康认为心灵的表征仍应是拓扑图式的，他坚持一种二元辩证和动态转换的模式：无意识/意识、主体/客体、紧张/平静等。黑格尔著名的主奴辩证法影响了拉康。自我和他者双方欲望的联系与斗争构成了主体范式：主人征服与强迫奴隶劳动，然而正是通过劳动，奴隶反而成了自然的主人，最终使自己成为胜利者，导致主人必然会失败。拉康说，黑格尔从主奴冲突论推断出历史的整个主客观进程。黑格尔范式为拉康提供了重读弗洛伊德的途径，拉康据此建构了主体与他者的联系：主体与他者正如主/仆关系一样，意识可与主人置换，无意识可与仆人置换。主体将其欲望投射到他者身上，他者则在主体身上看到自己。主体与他者互相纠缠，辩证转化。南非诺贝尔文学奖得主戈迪默的长篇小说《七月的人民》关于主奴角色与身份的转化描写堪为例证：主人似乎是主体，处于主导位置，但是在革命动乱中，实际上主人束手无策，作为奴隶的他者才是真正的主角。

（三）拉康精神分析的语言学渊源。20 世纪西方哲学美学的"语言学转向"是一个突出的现象，弗洛伊德对语言——尤其是词源学和哲学感兴趣，索绪尔和雅克布森是在语言学方面对拉康影响最大的人。

1. 拉康与索绪尔。索绪尔在《普通语言学教程》中提出著名的观点：语言符号的构成并非是物与名，而是概念与音像（Sound – image）。索绪尔将音像称为能指，概念称为所指。他的例子是与树的音像（能指）相对应的是概念或图画，是我们心中的"树"（所指）。意义产生于能指，不仅关乎它们的

---

① 弗洛伊德著名的隐/显线轴游戏（Fort – Da Game）是一个婴幼儿游戏：德语 Fort（隐，缺席）和 Da（显，在场）是其表达方式。母亲将一个代表她的棉纱卷轴作为一个随意操纵的客体，使其或隐或显，以鼓励她的小孩的观察能力，从而达到一种前俄狄浦斯的双重交流。在镜像阶段它暗示了自我的镜像分裂，主体诞生和第三者（他者）的侵入。另参见斯拉沃热·齐泽克《实在界的面庞》，季广茂译，中央编译出版社 2004 年版，第 33 页。

所指，也根据它们在句子中的位置上与其他能指的关系。拉康把无意识比照能指的运动，它根据自己在"意义链"上的位置而产生意义。

2. 拉康与雅克布森。雅克布森于1956年论证了两个语言基轴：隐喻（Metaphor）和转喻（Metonymy）。隐喻是词对词的替换，而转喻则是从词到词的转换，是一条意义联系链。隐喻是"Semantic"（符号语义学的），而转喻则是"Syntactic"（句法的）。拉康把雅克布森语言轴作为无意识的修辞，跟索绪尔的符号学、弗洛伊德的心灵拓扑图模式相印证：

| 意识 | 所指 |
| 无意识 | 能指 |

索绪尔认为符号只有能指与所指结合，才能产生意义。相应地，人们通常认为意识是主动的能指，而无意识则是被动的所指，意识决定无意识。然而自从弗洛伊德发现无意识概念之后，两者的位置完全颠倒了，无意识成了能指（S），意识反而成了所指（s）。拉康对索绪尔的结构主义和雅克布森转喻理论做了"许多意味深长的修正"，提出下列公式：

| 能指 | S |
| 所指 | s |

拉康认为，一个能指能够作为所指而置换给另一个能指。能指以"下落"的方式来到所指的位置而与另一个能指相对应：

$$\frac{S}{s} \searrow \frac{S}{s}$$

这一点涉及拉康对隐喻、转喻和普通语言学的所有复杂的看法。能指与所指不再是一一对应的隐喻关系，而是转喻形态："漂浮的能指"可在意义链上不断寻找"滑动的所指"，形成解构论的延异。这种范式转向提示了从结构主义中经解构论到后结构主义的嬗变（参见本章"文学理论与批评实践"关于拉康—德里达—琼生释爱伦·坡《窃信案》的例证)。

(四)拉康与"鲍罗密欧结"及俄狄浦斯情结。拉康从隐喻的维度分析俄狄浦斯情结,以"父亲之名"(The Name-of-Father)的概念置换了弗洛伊德"母亲之欲"(The Desire of the Mother)概念。拉康以三环相连互扣的新几何学"鲍罗密欧结"("想象界""象征界"和"真实界")三个"秩序"置换了弗洛伊德关于核心家庭的"爹地-妈咪-我"俄狄浦斯三维结构。

拉康的"鲍罗密欧结"(The Borromean Knot)即ISR或RSI(见图2-1):

象征界(The Symbolic)

真实界(The Real)　　　想象界(The Imaginary)

图2-1　拉康的"鲍罗密欧结"

"鲍罗密欧结"因欧洲著名的鲍罗密欧家庭(The Borromeo Family)用于臂徽而得名,是一种由三个等大的圆环构成的几何图案或链接。该图形结构原来主要属于数学领域。它们互相扣结,部分向心式地均衡交叠,若一环被离断,其他三环也被分开。拉康将其想象界/象征界/真实界之间的关系以此三环图式标示,认为它表征了婴幼儿走向成熟的过程,覆盖了精神分析的全部领域,构成了人类全部精神生活。而在阿尔都塞看来,拉康的象征秩序是标志、凌驾并统治着想象界和现实界这两种秩序的。

1. 想象界(The Imaginary)。属于前俄狄浦斯的母/婴二元结构:婴儿与部分对象(乳房、声音……),想象界以弗洛伊德著名的隐/显线轴游戏为标志。母亲以其在场(Da)和缺席(Fort)分隔了孩子的生活,线轴则暗示了他者(第三者)的侵入。"想象秩序也是创造性的丰沛源泉,没有它,我们就可能无法自认为是完整的人。"想象秩序的深远意义在于它不像象征秩序那样控制我们的生活方式,"反讽的是,正是这种控制的'缺失'可能给我们提供了对构成象征秩序的意识形态系统惟一的抵抗"。① 想象界的概念以女性世界为主导,由此启迪了女性主义理论。

镜像阶段意味着从想象界到象征界的临界点,而镜像阶段理论凸显了"他者"的诞生。主体(自我与他者)问题是拉康思考的核心问题。镜像阶段:1岁半的婴孩异于同龄的非洲黑猩猩,他在镜子里认识自己的形象之际是人类意识发展中的一个重要时刻。这种镜像是想象界与象征界之间的临界点,充满了黑格尔式的辩证哲学意味,既以自我的想象性误认令人困惑,又以自我异化(他者)的方式第一次萌发出个体的自我意识。拉康"镜像阶段"不仅是一个"阶段",而且还是一个"舞台"(stage一词本身是拉康玩弄语义双关游戏的一个实例)。这个舞台演示了主体异化的悲剧命运,意味着幼儿即将被抛出那短暂的欢乐时刻(想象界)而进入充满焦虑的"社会历史"(象征界),一如亚当和夏娃被逐出伊甸园而进入人间的坎坷之途。

2. 象征界(The Symbolic)。象征界是俄狄浦斯阶段的父/母/子的三元结构。父亲作为结构的第三维侵入了儿童与母亲的想象界二分体,导致了菲勒斯强力和阉割恐惧的象征秩序。镜像阶段由于第三者(从镜像误认到实际上的父亲,再到父亲之名亦即权威、法律、菲勒斯中心、意识形态)的出现而打破了想象界原来的二元结构的自足状态,将孩子置入拉康所谓的"象征秩序"。这是一种客观语言文化结构,可以分辨三种主体:我、你、他(她、它)。象征界代表着意识形态功能的秩序与律则。婴幼儿一旦进入意识形态世界,就告别"自然"和欢乐,迎来"历史和文化"的焦虑。拉康经常用"父亲隐喻"(Paternal Metaphor)来与弗洛伊德的"俄狄浦斯情结"相联系。俄狄浦斯情结被转换成一种语言学现象和文化结构,生物学意义上的父亲变成了文化无意识意义上的父亲之名。父亲隐喻的焦点是文化象征的菲勒斯(The Phallus),它对男孩女孩都有权威,使女性屈从和边缘化,从而把不同性别的男孩和女孩都导向了象征秩序。由此,拉康把弗洛伊德式的个体精神分析拓

---

① Lois Tyson, *Critical Theory Today*, 2nd ed. New York: Routledge, 2006, p.32.

展到社会文化领域。

3. 真实界（The Real）。拉康的"真实界"概念的解释是理解拉康思想中的一个难点，聚讼纷纭。拉康认为真实界即是"不可能"（The Impossible），或被认为类同于弗洛伊德的"本我"概念。布雷斯勒的《文学批评》认为：真实界是"人类心灵最遥远与无法抵达的部分，一方面，真实秩序由物质世界构成，包括物质宇宙和宇宙万象；另一方面，真实秩序也象征着个人无法企及的一切"。① 英文维基百科综合了多种见解，指出：拉康的真实界概念可追溯到他早年论精神病的博士论文。这是20世纪30年代的一个流行词。1953年拉康重回真实界的主题，直到辞世都一直在发展它。在拉康看来，真实界并不等同于现实。它不仅对立于想象界，也外在于象征界。象征界由对立（在场/缺席）构成，而真实界则没有缺席。象征界"在场/缺席"的对立，暗示了某物从象征界失踪的可能性，而"真实界总是在其位置"。倘若象征界是一组差异元素（能指），那么，真实界本身则是无差异的——没有裂隙。象征界在意义生成的过程中导致了"真实界的一个伤口"。真实界外在于语言，绝对抗拒象征化。拉康把真实界定义为"不可能"，是因为它无法想象，无法融入象征界，不可能实现。正是对象征界的这种抵抗，让真实界具有了创伤的品性。最终，真实界是焦虑的对象，因为它缺乏任何可能的中介，它让所有的词语和范畴失效。② 或许思考真实界的一个途径，就是视其为"超越我们所有的意义制造系统，它置身于意识形态社会所创造、用来解释存在的世界外部。也就是说，真实界是无法解释的存在维度……当我们看透意识形态的瞬间，当我们意识到正是意识形态——而且不是某种亘古永存的价值或永恒真理——制造我们所知的世界时，我们就体验了真实界。我们觉得，意识形态就像一幅窗帘，我们整个世界就是上面的刺绣，而且我们知道窗帘后面就是真实界。但是，我们却不能够看到窗帘后面。我们除了无时无刻拥

---

① 参见 [美] 查尔斯·布赖斯勒《文学批评》（第三版）英文影印版（Charles E. Bressler, *Literary Criticism: an Introduction to Theory and Practice*），高等教育出版社2004年版，第131页。

② 维基百科 https://en.wikipedia.org/wiki/Jacques_Lacan，2017年1月28日查阅。

有它就在这里的情感焦虑外，真实界就是我们一无所知的某种东西。这就是为什么拉康把这种体验称为真实界的创伤（the Trauma of the Real）的原因"。① 精神分析与马克思主义两者皆基于历史，皆涉及故事与叙事。两者皆揭示了中心的领域：前者从性的角度，后者从社会历史和阶级动力学的角度表明了人的意识并不是"其房间里的主人"。因此，一些学者认为：真实界就是历史本身。拉康欲将精神分析学科化、科学化，借用很多跨学科的资源（如莫比乌斯带、克莱因瓶），设置繁复的图式（如"L 图式"），难免晦涩难懂，因而也招致了一些学者的批评。

拉康的问题框架和理论核心聚焦于主体与他者关联域，在分裂的主体与他者之间形成张力。在拉康的所有图式中，最基本的是"L 图式"（The Seminar. Book Ⅱ, 243），他在该图式中设置了自我与"小他者"（other）、"大他者"（Other）的关系。可以说，拉康的欲望诗学集中体现于"L 图式"与"鲍罗密欧结"的结合。拉康以探讨儿童的心理结构与发展为起点，想象界是一个前语言的形象/镜像世界，隐含想象性误认空间，但是却是一种充盈着满足感和力量的孩子—母亲二元结构，拉康称这种体验为"母亲之欲"（Desire of the Mother）。镜像阶段预示了他者的诞生，语言的来临则开启了象征界。一旦进入象征界，我们与母亲的亲密联系就分离了。我们与母亲的分离是最大的分离，以致在无意识欲望的驱动下，要用余生在象征界中寻求母亲的替代物以弥补这种联系的缺失。

象征界以"父亲之名"告诉我们要追求的各种目标，实际上是欲望对象的替代物——完美的配偶、大量的金钱、靓车豪宅、出人头地、衣锦还乡……拉康把这种失去的欲望对象称为"小他者"（*Objet Petit a*）。② 小他者只属于个人，只影响个人，而"大他者"则影响每一个人。普鲁斯特《追忆似水年华》中著名的"玛德莱纳甜点心"堪为前者的佳例。叙事者品尝浸泡在椴花茶中的玛德莱纳甜点心，激活了他关于童年时代在家乡贡布雷生活的

---

① Lois Tyson, *Critical Theory Today*, 2nd ed. New York: Routledge, 2006, p. 31.
② 在法语中，a 是 autre 的缩略形式，意为 other（他者）。

不由自主的回忆。往昔玛德莱纳甜点心－贡布雷体验与现在玛德莱纳甜点心体验凝聚成为富于诗意的客观对应物。象征界是后者即大他者主宰的世界，是通过语言获知的世界，标志着主体心灵的意识与无意识的分裂。

拉康的名言之一是："无意识像语言一样结构而成。"（The Unconscious is Structured Like a Language, *The Seminar. Book* II, 243）无意识欲望总是寻求着我们缺失的欲望对象，恰如语言总是寻求把客观（对象）世界置入词语一样。无意识的运作类似于两种普通语言学过程：隐喻与转喻。隐喻是把一个客体用另一个客体来替代，如红玫瑰替代爱情。转喻则是本体与喻体的联系被用来以部分喻整体，如以"王冠"代替"国王"，或在一个隐喻与另一个隐喻之间形成转化关系，如"笔胜于剑"。拉康认为：修辞形象提供了无意识工作的方式，从而产生意义。隐喻犹如无意识压缩，属于索绪尔结构主义语言学范畴，只有本体与喻体结合、能指与所指结合，才能产生符号意义；转喻则像是无意识移植，属于雅各布森语言学范畴，呈现出动态与开放的意义滑动。因此，从隐喻关系到转喻关系的重点转移，意味着西方文论从结构主义到解构主义甚至后结构主义范式的嬗变。

拉康还有另一句名言"欲望总是大他者的欲望"。（Desire is Always the Desire of the Other, *The Seminar. Book XI*, 235）这在"L图式"和"欲望诗学"中意义非凡。我们自以为有个人的意志、判断与个性，而实际上，"我们的欲望对象是我们被教导去欲求的东西。倘若我们在不同的文化中长大——亦即在不同的象征秩序中长大——那么，我们就会有不同的欲望。易言之，象征秩序由社会意识形态构成：其信仰、价值与偏见；其政府系统、法律、教育实践、宗教信条，等等，正是我们对社会意识形态的反应使我们如其所是"。[1] 拉康在《主体的颠覆与弗洛伊德无意识中的欲望辩证法》一文中提出"欲望图式"，用"欲望矢量"（The Vector of Desire）把语言学的符号（S）和意义（S'）结合，表达被分裂或禁锢的主体（$），该图式中两条交叉的途径，意指干预与限制。在隐喻的意义上，欲望矢量能够用形形色色的对象代

---

[1] Lois Tyson, *Critical Theory Today*, 2nd ed. New York: Routledge, 2006, p.31.

替失去的原初欲望对象。大他者创造了我们的主体性，在此意义上，"象征秩序、语言、意识形态"实际上是同义词。拉康认为文化是一种无意识规则、一种生命意义的密码和人类主体镜像（幻象）的结构，他解读弗洛伊德的《图腾与禁忌》中杀不死的父亲的故事，凸显了"父亲之名"的结构主义精神分析特征。拉康把弗洛伊德的个体无意识概念拓展为语言文化无意识领域，上承弗洛伊德精神分析的无意识话语，下启阿尔都塞结构主义马克思主义的意识形态体系营构。

三 德勒兹/加塔利：反俄狄浦斯的欲望机器

学术领域地位：法国著名哲学家、美学家、文学批评理论家

主要代表著作：《反俄狄浦斯：资本主义与精神分裂症》（1972）；《千高原：资本主义与精神分裂症》（1980）

重要理论话语：千高原；块茎；游牧；褶子；分裂分析；生成；少数族文学；辖域化—解辖域化—再辖域化与逃逸线；无器官身体；横截线；条纹空间—光滑空间—多孔空间等

Gilles Deleuze

吉尔·德勒兹（Gilles Deleuze, 1925—1995），是当代西方最富于思想文化挑战意义的人物之一。德勒兹有"概念工厂"、思想"雷暴"之称,[1] 被视为是后结构主义、后现代学术思潮和后马克思主义理论的重要代表。

德勒兹的生平展示了一条特殊的"哲学中的生命"的轨迹。他曾自述出生于巴黎17区一个"没有文化"的资产阶级家庭。德勒兹在多维尔国立中学读书期间培养了文学兴趣。战争期间，德勒兹回到巴黎，在卡诺大学预科就读。1944—1948年，他在巴黎大学（索邦神学院）研习哲学，确立了自己人

---

[1] Gary Genosko, *Deleuze and Guattari: Critical Assessment of Leading Philosophers*, New York: Routledge, 2001, p. 466.

生追求的目标，1949 年通过教师资格考试，此后他曾在巴黎公立中学教授哲学。1957—1960 年，德勒兹回到巴黎大学讲授哲学史。1960—1964 年，在国家科学研究中心（CNRS）从事研究工作。1964—1969 年，德勒兹在里昂大学任教，在学术界崭露头角，成为他那一代最优秀的哲学阐释者之一。德勒兹作为一个"游牧美学家"驰骋于精神的千高原，但在现实生活中他却是一位孤独的思想者。1969—1987 年，德勒兹在法国巴黎第八大学任教直至退休。1992 年他的健康状况开始急剧恶化，饱受肺部疾患的折磨，致使他于 1995 年 11 月 4 日从巴黎寓所跳楼自杀身亡。[①] 德勒兹近 70 年的人生轨迹，跨越了 20 世纪大部分时段，给当代哲学和美学留下了丰富的思想遗产。

菲力克斯·加塔利（Felix Guattari，1930—1992），法国心理学家、哲学家、符号学家和激进斗士。生于法国巴黎西北部郊区的一个工人家庭。20 世纪 50 年代早期，他曾经在精神分析学家雅克·拉康指导下接受训练和分析。著有《精神分析学与横截线》（*Psychanalyse et transversalité：Essais d'analyse institutionnelle*，1972）、《分子革命：精神病和政治》（*Molecular Revolution：Psychiatry and Politics*，1984）、《机器无意识》（*The Machinic Unconscious*，1979）、《分裂分析制图学》（*Schizoanalytic Cartographies*，1989）、《三种生态学》（*The Three Ecologies*，1989）和《混沌互渗：一种伦理—政治范式》（*Chaosmosis：an Ethico - Aesthetic Paradigm*，1992）等。

哲学家德勒兹与社会心理学家加塔利的学术合作是 20 世纪西方思想界最佳的成功范例之一。1968 年欧洲五月风暴之际，德勒兹出版其重要哲学著作《差异与重复》，邂逅拉康一脉的社会心理学家加塔利。两人成功地合著了《反俄狄浦斯：资本主义与精神分裂症》（1972）和《千高原：资本主义与精神分裂症》（1980）。它们皆聚焦于"资本主义与精神分裂症"，前者将社会机制与心理机制的分裂分析融为一体，后者是当代文化哲学的力作。这两部学术著作现已成为当代西学经典，给他们带来了极高的国际声誉。

---

① Robert Wicks, *Modern French Philosophy：From Existentialism to Postmodernism*, Oxford：Oneworld Publications, 2003, pp. 269 - 270.

德勒兹其他重要著作（部分与加塔利合著）包括《什么是哲学?》《福柯》《培根：感觉的逻辑》《褶子：莱布尼兹与巴罗克》《批评与诊疗》《柏格森主义》《受虐癖》《普鲁斯特与符号》《卡夫卡：走向少数文学》《康德的批判哲学》《对话》《哲学中的表现主义：斯宾诺莎》《斯宾诺莎：实践哲学》《尼采》，以及两部电影哲学著作《电影Ⅰ：运动—影像》《电影Ⅱ：时间—影像》等。德勒兹差异论与德里达解构论并行不悖，两人都扬弃了20世纪60年代的结构主义，继承和发展了西方思想史更为激进、另类、反常、叛逆和扰攘不安的一面。德勒兹与加塔利善于创造富有力量的新概念，唤起新感受，促成新思想。重要概念包括千高原、块茎、游牧、褶子、分裂分析、生成、少数族文学、辖域化—解辖域化—再辖域化、逃逸线、横截线、分子线—克分子线、条纹空间—光滑空间—多孔空间、无器官身体等。他们对文化研究、社会学、酷儿理论、女性主义研究、电影、音乐和哲学产生了重大影响。德勒兹秉持流变之哲思，因此，其哲学和美学概念抗拒画地为牢的定义。

在精神分析领域，德勒兹与加塔利的思想观念集中体现在他们合著的《反俄狄浦斯：资本主义与精神分裂症》（1972）。该书以论"欲望机器"一章开篇，论述了具体机器和内在的抽象机器的关系、属性与机制：

> 机器到处都在运作……它呼吸，它发热，它吃喝。它拉屎和性交。言说那种本我（The Id）是多么的荒谬。到处皆是机器——真实的机器，而不是比喻的机器：机器驱动着其他的机器，机器被其他的机器驱动着，伴随着必然的搭配与联系。[①]

德勒兹和加塔利的"欲望机器"概念呈现出多元开放的理论特征。这种机器具有动态的装配与链接的功能，可以不断地"生成"（Becoming），导致意义根据语境嬗变与增殖。因此，它不同于弗洛伊德精神分析理论和狭隘的核心家庭无意识专制，也迥异于拉康结构主义精神分析的"能指暴政"。欲望

[①] Deleuze and Guattari, *Anti-Oedipus: Capitalism and Schizophrenia*, Minneapolis: University of Minnesota Press, 2000, p.1.

生产与社会生产之间的联系则构成了《反俄狄浦斯》的基本脉络。由此，精神分析话语可以与资本主义批判结合起来。德勒兹赞扬弗洛伊德发现了无意识欲望，但同时他又反对"精神分析的唯心主义"把欲望生产简化成为一套制造幻觉的无意识表现系统，简化为以俄狄浦斯、哈姆雷特作为主角的一种戏剧舞台，倡导以"战斗的、经济力比多的、政治力比多的"精神分裂分析取代荒唐狭隘的精神分析，"将生产引入欲望之中，并且反过来将欲望引入生产之中"。① 德勒兹和加塔利认为：无意识欲望与弗洛伊德学说的"父亲"无关，甚至与拉康式的"父亲之名"无关，而是与社会历史之名相关。他们创造"欲望机器"的后结构主义概念，旨在批判当时欧洲思想封闭的结构主义范式及其树状思维（树状思维具有基要主义、中心主义、二元论、等级制等特征）。

1980年，差异哲学家德勒兹和加塔利的另一部名著《千高原：资本主义与精神分裂症》面世时，欧洲结构主义范式已开始淡化成为记忆。从欲望诗学的维度，我们可以把弗洛伊德、拉康、德勒兹与加塔利思想旨趣的差异归纳于下面的表格（见表2-1）：

表2-1 弗洛伊德、拉康和德勒兹与加塔利的思想旨趣

关键人物	弗洛伊德	拉康	德勒兹与加塔利
无意识欲望	个体无意识·核心家庭	语言文化无意识·社会	欲望生产与社会生产
标志性理论话语	俄狄浦斯情结	鲍罗密欧结	欲望机器
理论旨趣	生物学意义的父亲	大他者的父亲之名	千高原的游牧美学
文学相关性	文学史的弑父主题	《窃信案》的能指异延	卡夫卡的多元块茎
Keywords	Lack; Need/ Sex (penis)	Lack; Demand /Gender (Phallus)	Creative/ Productive; a thousand tiny sexes

---

① ［法］德勒兹：《哲学与权力的谈判——德勒兹访谈录》，刘汉全译，商务印书馆2001年版，第15—28页。

尤其是这里的英文关键词的对比与辨析，能够凸显他们彼此之间的差异与特征。弗洛伊德与拉康的欲望观皆建立在"匮缺"（Lack）及其补足的基础上：弗洛伊德个体无意识以核心家庭的生物学父亲、个体的"需要"（I need…）和生理性别（Sex、Penis）为特征；拉康语言文化无意识则以大他者的"父亲之名"、主体的"被要求"（I am demanded by…）和社会性别（Gender、Phallus）为特征，主要从结构主义维度启迪了女性主义理论、电影研究、意识形态批评和文化研究等领域。德勒兹和加塔利不满于弗洛伊德和拉康的"匮缺"论，他们的欲望诗学倡导反俄狄浦斯，将后结构主义理论与资本主义批判结合，强调"欲望机器"不断地链接与装配的创造性与生产性，把性别视为充满着差异的"千面性"，为差异哲学、游牧美学、亚文化研究、酷儿批评、少数族理论话语等提供了思想武器。

弗洛伊德、拉康和德勒兹/加塔利，构成了西方文论范式转向中精神分析"横截线"上的三个重要节点，其理论话语的交叠与对话关系，反映了本书题旨的一个重要的剖面。

第三节 文学理论与批评实践

关于弗洛伊德理论与文学阐释的关系；拉康—德里达—琼生释爱伦·坡《窃信案》的著名个案；德勒兹与加塔利论卡夫卡小说世界与少数族文学所凸显的后结构主义思想；是下面主要论析的内容。

一 弗洛伊德：梦的阐释与文学批评

弗洛伊德无意识学说认为，由于人的心理防御机制，睡眠中的无意识的自由表达仍然会受到移植（Displacement）与压缩（Condensation）两大原则的安全检查。前者以"安全"的替身取代更有威胁性的人和事件，如女孩梦中受到小学老师的性骚扰，可能是受家长性骚扰的一种无意识移植。后者指在梦中我们用单一的梦像或事件去表达多个创伤或冲突。如梦见小学老师的性骚扰可以是女孩自卑心理的无意识再现，折射出她在日常生活中受到了家庭成员、朋友、同学的侮辱和攻击。移植与压缩可以在一个梦中同时发生。我们实际上梦见的东西是梦的"显在内容"（Manifest Content），梦的实际意义则是梦的"潜在内容"（Latent Content）。在梦中，人们对梦的潜在内容或无意识信息进行伪装属于"首次修订"（Primary Revision），梦醒后的选择性遗忘或记忆则称为"再次修订"（Secondary Revision）。如此这般生成的梦像被分为两大类：一是"男性意象或菲勒斯象征"（Male Imagery or Phallic Symbols），它们包括塔、火箭、枪、箭和刀剑等杆状或柱状的意象；二是"女性意象"（Female Imagery），它们包括能够替代、象征子宫、乳房和引发养育情感的意象，如洞穴、房间、围墙、花园、杯具、乳汁、果汁，等等。① 精神分析理论，包括这些梦像阐释，既开辟了文学批评的心理学途径，又带来了阉割文学的一些弊端。

在建设性的维度，将现代精神分析理论话语与美学传统、社会批判、后殖民批评等模态结合起来，有助于打开文学研究的新空间，丰富我们对文学的理解与阐释。黑格尔《美学》在讨论"象征型艺术"时，注意到作为自然界普遍生命力象征的性崇拜艺术，认为崇拜雌雄生殖器力量的文化心理催生了印度的男根崇拜（"林伽"崇拜），以及象征男性生殖器的石柱和塔形建筑艺术。黑格尔还提及希罗多德用希腊人的眼光解释东方石坊，说古埃及国王塞梭斯特里斯在征伐异族时若没有遭到抵抗，那么，他就会在石坊上铭刻女性生殖器图形以羞辱在战场上那些"显得很怯懦"的民族。② 弗洛伊德式理论模式在解释 T. S. 艾略特的名诗《荒原》时还可以与神话—原型批评理论模式兼容，富于启迪性地诠释作为该诗结构框架的两个神话原型："死而再生"与"寻找圣杯"。丧失性机能而垂危的渔王导致其王国一片荒芜，草木不生、人畜不育，象征着西方乃至人类的生存危机。荒原中心的小教堂藏着杯（女性的象

---

① Lois Tyson, *Critical Theory Today*, 2nd ed. New York: Routledge, 2006, pp. 18–20.
② 黑格尔：《美学》第3卷上册，朱光潜译，商务印书馆1982年版，第40—41页。另参见麦永雄《当理论遭遇文学：文学理论和批评实践的"迷阵"及反思》，《中国社会科学评价》2015年第4期。

征）和长矛（男性的象征），只有待一名骑士历尽艰险，找到圣杯和长矛，阴阳相济，才能获得活命之水，让荒原重变生命绿洲。这是后期象征主义诗人艾略特援引欧洲渔王神话和圣杯传说创作《荒原》的"诗魂"所在，蕴含丰富。

泰森的《今日批评理论》（2006）列举了关于精神分析理论与文学批评实践相结合的三个例证——亚瑟·米勒《推销员之死》、托尼·莫里森《最蓝的眼睛》和玛丽·雪莱的恐怖小说《弗兰肯斯坦》，富于启迪性。[1] 首先，把精神分析与社会批评结合起来，有助于论析美国剧作家亚瑟·米勒《推销员之死》（1949）。这部戏剧被誉为"20世纪欧美话剧里程碑"，它通过推销员威利·洛曼这个小人物悲剧性的一生，揭露了美国梦神话的欺骗性。主角威利现在的心理创伤——他和儿子在商业社会受挫，可以追溯到其童年时被父亲和哥哥抛弃的无意识记忆。个人心理、家庭关系、社会竞争三个因素叠合于他的形象——威利表现出心理上的不安全感、社会上的不适应性和商业上的失败。因此，该剧可以读解为对家庭与社会心理动力学的探索。其次，把精神分析理论话语与后殖民文学批评结合起来，则会加强关于诺贝尔文学奖得主美国黑人女作家托尼·莫里森《最蓝的眼睛》（1970）的讨论。该小说反映了美国白人与黑人之间微妙的社会文化与心理机制。白人认为黑人有很多负面品性，许多黑人文学形象因自恨心理的投射，认为自己的黑肤与相貌丑陋，甚至皮肤浅的美国黑人姑娘不仅看不起自己，更看不起深黑肤色的同胞。而比外在的白人殖民主义压迫更为可怕的是，作为被殖民者的黑人把白人审美标准"内化"！小说中心人物黑人女孩皮科拉认为自己在家庭、学校和社会被别人厌恶，是由于她的黑皮肤黑眼睛造成的丑陋，因此自我否定，整天憧憬有像好莱坞白人影星那样的一双蓝眼睛，最后心灵扭曲的皮科拉彻底疯狂，幻想自己已经拥有了世界上最蓝的眼睛。她的故事引人注目地诠释了种族主义心理"内化"（Internalized）的破坏性。此外，玛丽·雪莱的恐怖小说《弗兰肯斯坦》（1818）被誉为科幻小说之母，讲述的是年轻科学家维克多·弗兰肯斯坦制造丑陋怪物的恩怨复仇故事。维克多五岁时父母收养了

---

[1] Lois Tyson, *Critical Theory Today*, 2nd ed. New York: Routledge, 2006, pp. 35–36.

"完美"的孩子伊丽莎白，而维克多遭到忽视，由此造成了家庭中的"同胞争宠"（Sibling Rivalry）关系。精神分析维度的解读可以认为，维克多童年的被遗弃感和内心深处的压抑感，是他创造怪物的内驱力，这与他想要惩罚父母的无意识欲望有关。

但是，精神分析理论话语的滥用也容易导致诸多弊端，遭人诟病。早年一些中国学者生搬硬套西方精神分析的文学理论，将弗洛伊德理论直接用于文学批评，虽然具有令人耳目一新的效果，但同时又常有牵强荒谬之处。如将一切柱状、竿状的意象视为男性生殖器的象征，将一切凹陷的意象视为女性生殖器的象征，形成一种简化式的文学理论批评。而一旦滥用理论，超出合理化的范畴，则精神分析文学批评就很可能会误入歧途，难以做出令人信服的理论诠释。譬如认为莎士比亚《威尼斯商人》中安东尼奥出场时的"忧郁"是一种同性恋的表现。再如将唐朝著名诗人李商隐《无题》"春蚕到死丝方尽，蜡炬成灰泪始干"名句里的"丝"解读为"思"，认为暗含"相思"之苦的意蕴，蜡炬之"泪"则是女方别后"相思之泪"；蜡炬因为是竿状物，所以是"男性"的文学意象和象征。但是，这同一文学批评模式却无法解释同一作者的另一首名诗《夜雨寄北》（一作《夜雨寄内》，可知此诗为作者寄予妻子王氏之作）"君问归期未有期，巴山夜雨涨秋池。何当共剪西窗烛，却话巴山夜雨时"中的"西窗烛"的意象，因为人们无法想象男女/夫妻"共剪西窗烛"的诗歌意境。① 美国著名的文艺理论家伦特里契亚主编的《文学批评研究术语》曾经以弗洛伊德关于霍夫曼短篇小说《睡魔》的精神分析为例，提示生搬硬套"无意识"理论会产生简化批评和阉割文学的弊端。弗洛伊德《怪异》（The Uncanny，1917）一文论德国浪漫主义作家霍夫曼短篇小说《睡魔》（The Sandman，词义为"撒沙者"）的无意识叙事问题。传说睡魔会剜走不肯睡觉孩子的眼睛，去喂自己的小睡魔。这篇小说主人公纳撒尼尔童年时因为家庭惹上官司，父母不想影响他，因此戴眼镜的律师一来，父

---

① 早年港台学者曾经尝试进行以西释中的文学理论批评，随之在大陆地区"引进西方理论方法热"时期，一些滥用理论阉割文学的弊端渐渐显露出来。记得曹顺庆教授曾在学术讲座中提及这些例证。

母就用这个故事恐吓他,撵他进房间睡觉。因此纳撒尼尔一直害怕失去眼睛,最终在幻觉中看见睡魔召唤,从高塔跳下自杀。弗洛伊德认为这里的眼睛代表着生殖器,害怕失去眼睛是阳物阉割恐惧的无意识伪装和移植。这种说法令读者—批评家感到不妥和缺乏说服力,他们有理由担忧以文学的毁损或终结为代价换来批评理论的开始。① 文学批评毕竟不是心理学的临床精神病诊断,人的精神病态和生存危机还有更深层的文化哲学和社会历史的原因值得探究,不切实际地单纯用精神分析理论方法剖析文学显然有其偏颇之处。

二 拉康—德里达—琼生释爱伦·坡《窃信案》

美国著名作家爱伦·坡《窃信案》的故事梗概是:王后在客厅阅读一封情信时,国王突然走了进来。王后急中生智,索性将信摊在桌面上,国王没有起疑心,得以瞒天过海。殊不料政敌 D 部长借机当面用调包计窃走此信,王后碍于丈夫在场,不敢声张,事后许以重金,请警长找回此信。D 部长是诗人兼数学家。警长使出浑身解数,一众警员竭尽所能,18 个月竟然一无所获,只得请大名鼎鼎的私家侦探杜宾出山。杜宾仅两次拜会 D 部长寓所,通过观察、推理和设局,识破在壁炉文件袋似乎漫不经心插着的破信封暗藏玄机,居然将此信巧妙拿回。王后的情信失而复得,而 D 部长却懵然无知,还在盘算如何要挟王后。

拉康对这个故事进行了结构主义的精神分析,认为它存在着两个场景,结构重复,但意义却有变异,如图 2-2 所示。

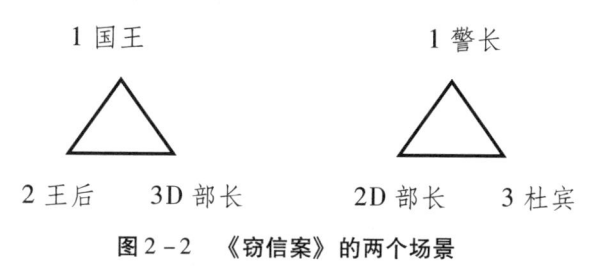

```
      1 国王                1 警长
       △                    △
  2 王后   3 D 部长      2 D 部长   3 杜宾
```

图 2-2 《窃信案》的两个场景

---

① F. Lentricchia and T. Mclaughlin. ed., *Critical Terms for Literary Study*, Chicago: University of Chicago Press, 1993, pp. 147-162.

拉康认为：第一个场景中有三双眼睛，1号位国王的眼睛视而不见；2号位王后的眼睛看到国王视而不见，自以为保住了秘密；3号位D部长的眼睛看到了前两者的情况，调包窃走情信。第二个场景重复了前景的结构，地点从王室客厅变成了D部长的寓所，同样有三个人物出场：警长、D部长和杜宾。位置的属性与前景相仿：1号位警长居原来国王的位置，同样视而不见；2号位D部长居原来王后的位置，同样自以为高明，实际上如鸵鸟藏身露出破绽；3号位杜宾居原来D部长的位置，一眼看出本该善匿之物被置于众目睽睽之下，调包轻松取回失窃之信。

在拉康看来，两个场景中国王和警长的1号位是纯客观的立场，国王至高无上却目空一切，警长自以为聪明却无功而返，皆位高而无能之人。王后与D部长的2号位是纯主观位置，两人皆以为唯我独知且掌握秘密。因此，对于居于1号位和2号位的人来说，失窃之信作为能指，只有自己所理解的单一意义。而居于3号位的人D部长与杜宾则具有更为优越的双重阅读能力：不仅读出他人的理解，还有自己的理解。在小说中，情信变成了"漂浮的能指"，关于其内容、作者，我们一无所知，也无必要有固定的所指。情信（能指）难以捉摸的流落与漂浮的过程即是符号在意义链上的滑动。文学文本呈现出重复的结构与开放的特征，蕴含着从结构主义向后结构主义范式嬗变的趋向。但是拉康最终没有突破结构主义精神分析的樊篱，将作为漂浮能指的情信定位于王后的"菲勒斯匮缺"。

解构论主将德里达对拉康这种"菲勒斯—逻各斯中心主义"不满，认为拉康全部的理论皆旨在把"菲勒斯"确立为能指之冠，撰文《真理供应商》斥责拉康在这里把流变的能指落实为固定的所指，从而把无限播散、异延的文字化为一种真理的目的和意义。因此，"窃信案"的结局最富于意义的特征是该信的空间流变——它被搁置在什么地方，以什么方式发挥作用并且把当事人彼此联系起来。

芭芭拉·琼生后来发表《指涉的框架：坡、拉康、德里达》一文，对德里达对拉康的解构进行再解构。她认为，德里达对拉康的解构，主要体现在两方面：一是批评拉康自相矛盾地把意义硬性充填进"漂浮的能指"，在小说中失窃的情信本是空白，却被解读为王后的"菲勒斯匮缺"乃至阉割情结；二是不满于拉康解构不彻底。但琼生尖锐地指出：德里达实际上重蹈了拉康的覆辙。当德里达指责拉康把自己捆绑在3号位时，他本人何尝不是站在3号位对拉康评头论足。当解构主义声称文字无限播散、文本意义不可确证时，它自己的每一次阅读和文学批评实践却总是在确证另一种"真理"与意义。因此，德里达同样是个喋喋不休的"真理供应商"。[①] 当代西方文论这桩著名的文学批评三折屏式的"公案"，反映了拉康在结构主义和解构主义的十字路口徘徊的轨迹，折射了结构主义、解构主义内部，乃至后结构主义之间的不同理路和范式转向。

韦斯特-帕弗洛夫《理论中的空间：克里斯蒂娃、福柯、德勒兹》（2009）认为：这封信存在于一个动态的社会空间，信件与空间在互动关系中重新互相界说，德里达以"空间化"的论述阐明了这种互动性。解构论与后结构主义同气相求，在以克里斯蒂娃、福柯、德勒兹/加塔利所代表的后结构主义范式中，体现出一种"现代思想基本范式的转型"[②]：人们不再寻求隐匿于陈述、文本、文艺作品或形象后面的深层次真理，而是关注这些实体的生产机制或过程，质询意义"如何"产生的问题。

三 德勒兹/加塔利：卡夫卡小说的精神分裂分析

E. W. 霍兰德的《德勒兹与加塔利的反俄狄浦斯：分裂分析导论》（1999）认为，欧洲1968年五月风暴是德勒兹与加塔利合作的契机，《反俄狄浦斯》中具有方法论意义的"分裂分析"（Schizoanalysis）是丰富多彩的法国思想领域近年来最具魅力、最发人深思的思考之一。[③] 在资本主义体制和世界历史的发展中，无意识欲望具有两极：一极是"精神偏执症"（Paranoia），另

[①] 参见陆扬《德里达·解构之维》，华中师范大学出版社1996年版，第162—172页。
[②] Russell West-Pavlov, *Space in Theory: Kristeva, Foucault, Deleuze*, Amsterdam, Netherlands: Editions Rodopi B. V., 2009, p. 24.
[③] E. W. Holland, *Deleuze and Guattari's Anti-Oedipus: Introduction to Schizoanalysis*, New York: Routledge, 1999, pp. vii–viii.

一极是"精神分裂症"（Schizophrenia）。它们既是富于特征的精神病学的症状类型，更是哲学和美学意义上互相对照的范式，分别代表着不同的力量和运动方向。精神偏执狂类型属于树状体制，顽固地追求统一、秩序、类同、整体、身份认同和辖域化，因此是法西斯式的、恐怖主义的类型；而精神分裂类型则是块茎式的，没有由中心与边缘构成的僵硬的结构，而是具有多元、弥散、增殖、生成、流变、片断、游牧、解辖域化等特色。"精神分裂分析"是一种"欲望微观政治学"，生命体按照自身的规则或符码行事，逃逸出主流社会文化符码的桎梏。反俄狄浦斯旨在将生产和欲望结合，以"经济力比多、政治力比多"的精神分裂分析取代荒唐狭隘的精神分析，[1]表现出一种以尼采哲学解构与重构弗洛伊德与马克思的复杂取向。

德勒兹和加塔利合著的《卡夫卡：走向少数族文学》（*Kafka: Toward a Minor Literature*，1975）一书，堪称他们后结构主义"精神分裂分析"的理论观念的富矿。卡夫卡的小说世界被他们视为具有多种入口与出口的"城堡""块茎"或"洞穴"，蕴含着复杂多变的"逃逸线"。在卡夫卡的小说世界，欲望的内在性、化身与变形无处不在，欲望机器的"装配"持续不断。该书"前言"《卡夫卡效应》指出：这是一部"短小精悍的书"，"德勒兹和加塔利是首先强调卡夫卡小说中欲望的重要性和力量的人"。英译本"序言"进一步把它比喻为解辖域化符号学的宏大"万花筒"，卡夫卡只是其中的一个事件。

欧洲1968年五月风暴的语境催生了德勒兹和加塔利"反俄狄浦斯"的学术话语，他们对弗洛伊德关于文学批评最具影响的概念"俄狄浦斯情结"进行了解辖域化的努力。弗洛伊德这种理论建模囿于核心家庭的三角关系，一旦遇到逸出其促狭范畴的情况，如遇上多子女家庭或中国式的"三代同堂"关系，则会显出其弊端，导致其理论阐释捉襟见肘，基本失效。德勒兹和加塔利的《反俄狄浦斯：资本主义与精神分裂症》第二章聚焦于批判"神圣家

---

[1] 参阅德勒兹《哲学与权力的谈判——德勒兹访谈录》，刘汉全译，商务印书馆2001年版，第15—28页；麦永雄《德勒兹与当代性：西方后结构主义思潮研究》，广西师范大学出版社2007年版，第91—112、166—170页。

庭"的俄狄浦斯三角结构"爹地—妈咪—我"（Daddy - Mommy - Me）模式，调侃和讽喻这是一种幼稚的表达式。由此观之，"父子冲突"的主题在卡夫卡的小说世界比较突出。倘若我们以精神分析的"俄狄浦斯情结"模式来印证卡夫卡的《变形记》，就可能会专门寻绎与论析其中的"格里高尔—母亲—父亲"家庭三角关系。但这样一来，该小说中颇为重要的妹妹形象就只好忽略不论，或者视为母亲形象的替身（显然不妥当）。而从德勒兹和加塔利的精神分裂分析维度而言，妹妹的形象本身就交叠着"姐妹—侍女—妓女"三位一体的三角关系，其中妓女属性（她拉小提琴愉悦三位官僚房客，犹如歌伎）指向宏阔而悠久的社会文化中的下层女性的不幸命运，其形象的意义显然突破了弗洛伊德主义核心家庭的拘囿。这是弗洛伊德模式的致命谬误，因为卡夫卡小说的价值不仅仅限于核心家庭和无意识樊篱。

德勒兹和加塔利《卡夫卡：走向少数族文学》第二章"被夸大了的俄狄浦斯情结"致力于"解家庭化"，指出卡夫卡的文学世界的"块茎"结构——在俄狄浦斯情结中"家庭三角"（Familial Triangle，即 Father - Mother - Child）模式之外活跃着很多更有意义、更具有增殖性的三角关系，构成丰富多彩的差异、分裂和流变，如卡夫卡本人身份交叠着"德国人—捷克人—犹太人"三角形，还有《变形记》的"秘书主任—父亲—三个官僚房客"三角，《审判》等小说中"法官—律师—疑犯"三角、"叔父—律师—布洛克"三角、"银行雇员—警察—法官"三角等。家庭三角是与其他众多三角——商业三角、经济三角、官僚三角、法律三角联系在一起的，它们决定了家庭三角的价值。[①] 德勒兹和加塔利把卡夫卡作品变成了"反俄狄浦斯"精神分裂分析的范本，体现了后结构主义"块茎"式的思维特点。

德勒兹和加塔利认为，在基于核心家庭的俄狄浦斯情结与资本主义偏执狂之间，是一种同质异构的同谋关系。弗洛伊德的"俄狄浦斯情结"忽视了复杂多元的社会文化结构，囿于一隅；拉康强调父亲之名（象征界、菲勒斯、

[①] Gilles Deleuze and Felix Guattari, *Toward a Minor Literature*, Minneapolis: University of Minnesota Press, 1993, p. 11f.

文化律则、权威）和侧重能指功能，则具有结构的等级制和压制性的特征。德勒兹与加塔利认为"欲望不是一种形式，而是一个程序，一个过程"。[1] 因此，他们不遗余力地反对弗洛伊德式核心家庭的固化范畴，反对拉康式"能指的暴政"，倡导欲望机器的流变、链接、装配、生成与创造，刷新经典文学的阐释。

---

[1] Gilles Deleuze and Felix Guattari, *Toward a Minor Literature*, Minneapolis: University of Minnesota Press, 1993, p. 8.

第三章　西马转向：（后）马克思主义文论

西方马克思主义在西方社会文化土壤中产生，同时继承、扬弃和发展经典马克思主义的理论与实践，针对当代资本主义的机制、特征与弊病表现出鲜明的批判性和思想力量，是马克思主义中国化的重要参照系。如果说"无意识"是精神分析理论与文学批评实践的核心，那么，"意识形态"则是当代马克思主义文论的关键词。鉴于西方马克思主义阵容强大，名人众多，显然不可能面面俱到地讨论。因此，本章在策略上拟以"意识形态"范式或话语为脉络进行论述。首先，我们需要对经典马克思主义美学要旨和意识形态问题框架进行简要梳理。其次，我们还需要在"西马"（西方马克思主义）范式转向的意义上，对当代马克思主义文论的阵营进行盘点，选择代表性人物和理论话语，探讨其理论交叠与对话关系。

第一节　学术范式转向

尽管鲍姆加登创建了作为感性学的"美学"学科，但在某种意义上，则是德国古典哲学鼻祖康德（1724—1804）开拓了批判美学与自恋美学[①]两

[①] 自恋美学——英语中自恋（Narcissism）一词，直译成汉语是"水仙花"。根据古希腊神话：那喀西斯（Narcissis，水仙花，自恋者）是河神与水泽神女利俄珀的儿子，著名俊美少年，面对清澈的湖水顾影自怜，竟然爱上了自己的倒影。欲拥抱或吻一吻他水中的影子，却一触即化作一片漪涟。水静则倩影又现，从此每天茶饭不思，憔悴而死，倒下的地方，长出一株株娇黄的水仙花，散发出淡淡的幽香。

条路径。康德由此成为文艺美学思想史上的重要节点。康德《纯粹理性批判》(1781)、《实践理性批判》(1788) 和《判断力批判》(1790) "三大批判"构成其伟大的哲学体系。康德又认为审美的本质特征是"无目的的合目的性",主张审美的无利害性和无功利性。其名言影响深远:最神圣恒久而又日新月异,最使我们感到惊奇和震撼的两件东西,是天上的星空和我们心中的道德律。

批判美学是西方马克思主义主脉。国别差异主要体现在英国马克思主义的大众与工人阶级立场;德国法兰克福学派贵族精英式的批判理论;法国哲学美学的解构论特征。自恋美学一脉则把美学视为纯粹精神领域的探讨,是具有内视、静观特征的浪漫美学,其正面意义在于抵抗俗世喧嚣,坚持审美纯度。康德、海德格尔哲学(人诗意地栖居)以及中国静观美学具有这种维度;负面则是有象牙塔之弊。

意识形态与美学旨趣构成辩证统一的张力与"迷阵"。意识形态批评是马克思主义美学和当代文艺理论重要的理论焦点之一,尤其是"审美意识形态"问题构成了当代文艺美学跨语境的话语场,意义十分重大。美国耶鲁解构学派的保罗·德曼、英国马克思主义美学家特里·伊格尔顿和中国著名学者童庆炳都对这个话语有代表性的贡献(参见本书第十章《三重语境的交叠:审美意识形态论》)。

关于意识形态的界说,可谓形形色色,生成了特定的理论对话关系。在此仅简单举隅。

德国知识社会学家卡尔·曼海姆《意识形态与乌托邦》(Karl Mannheim, *Ideology and Utopia*, 1936) 是较早关注意识形态与乌托邦问题框架的著名学者。他认为:

> 马克思主义也提出了意识形态问题,不过是从试图揭露"编织的谎言""神秘化"和"虚构"的意义上提出来的。……今天的乌托邦可能会变成明天的现实:"乌托邦往往是早熟的真理。"(拉马丁语)往往总是与现存秩序完全一致的统治集团来决定应该把什么看作乌托邦;而与

现存事物冲突的上升集团则决定把什么看作意识形态。①

不同于曼海姆的知识社会学，比较文学领域的"形象学"把意识形态与乌托邦归入"社会总体想象物"：意识形态是被理想化的诠释，具有整合功能；乌托邦式的想象本质上是质疑现实的，具有社会颠覆功能。"文学虚构的异国形象都处于想象实践的这两极之间。……凡按本社会模式，完全使用本社会话语重塑出的异国形象就是意识形态形象；凡用离心的、符合一个作者（群体）的对相异性独特看法的话语塑造出的异国形象则是乌托邦形象。"②而在鲍尔德曼看来，意识形态包括两方面的基本内涵：一是"作为特定社会群体观念的意识形态"；二是"作为一套虚幻信念的意识形态"。③前者侧重于不同社会的文化交流，后者侧重于社会文化批判。在当今资本主义、社会主义等多种社会制度并存的阶段，"西马"美学家根据不同的国别与社会环境，调适与推进马克思主义理论。

经典马克思主义美学的要旨和力量体现在对资本主义的揭露与批判。关键概念包括经济基础与上层建筑的辩证关系；历史辩证唯物论；五种社会形态论；阶级斗争学说；商品与物化；资本的秘密（使用价值—剩余价值—交换价值）；劳动与生产观等。

乔治·卡索尔在《布莱克威尔文学理论导论》中指出："特里·伊格尔顿坚持文学文本不是意识形态的'表达'，也不是意识形态这种社会阶级的'表达'。毋宁说，文学文本是某种特定意识形态的生产。""马克思主义是一种辩证唯物论的形式；它坚持认为一切社会现实基本上都是物质的，它们在特定的劳动与生产中拥有自己的渊源与存在，社会史就是劳动与生产之间关系的辩证转化史。"④马克思主义的一个基本原则由此凸显：文学是社会经济力量

---

① ［德］卡尔·曼海姆：《意识形态与乌托邦》，黎鸣、李书崇译，商务印书馆2000年版，第141、207页。
② 陈惇、孙景尧、谢天振：《比较文学》，高等教育出版社2011年版，第127页。
③ ［英］阿雷恩·鲍尔德曼等：《文化研究导论》，陶东风等译，高等教育出版社2004年版，第87页。
④ Gregory Castle, *The Blackwell Guide to Literary Theory*. MA：Blackwell，2007，p.109.

与意识形态的产物。

雷奇主编的《诺顿理论与批评选集》在"马克思主义"栏目列入的名单包括阿尔都塞、本雅明、葛兰西、斯图亚特·霍尔、唐娜·哈拉维、哈特与奈格里、赫伯迪格、霍克海默与阿多诺、詹姆逊、李泽厚、骆里山、卢卡奇、斯皮瓦克、托洛茨基、雷蒙·威廉斯、爱德蒙·威尔逊、齐泽克。这个按照姓氏字母排序的名单颇具启迪意义,但显然有重要的遗漏(如著名英国美学家伊格尔顿、法国哲学家朗西埃)。国内南京大学张一兵教授则认为:

> 在文本学的意义上,西方马克思主义哲学中值得认真解读的人不是很多。……固然他们当中无愧于思想大师称号的人不少,可为我们留下的文字却很少能像古典哲学文本那样经得起细细的推敲,或者说,值得后人去反复捉摸,从中一次次展开历史解读的效用(张一兵提到早期的卢卡奇《历史与阶级意识》、戈德曼的《隐蔽的上帝》等)……而作为后马克思主义思潮开端的阿多诺,有一本堪称一绝的《否定的辩证法》。后现代之后,文本本身被解构了,在后马克思主义理路之中的人物里,值得好好耕作一下的恐怕只有德波、德勒兹、鲍德里亚、齐泽克的几本书。(这些都是人本主义理论架构的文本,思辨性、逻辑性、精密性突出)阿尔都塞则是例外。①

综之,马克思主义文论的主要阵营强大,重要成员的入选可能见仁见智,存在着争议。自卢卡奇以来,"西马"学术转向内容丰富多彩,前沿性发展(如审美—政治转向、审美资本主义问题探讨)引人瞩目,意识形态范式及其衍变处于核心地位。"西马"国别代表性思想家如法国的阿尔都塞、英国的伊格尔顿、美国的詹姆逊、德国的法兰克福学派阿多诺和本雅明等各具特色;(后)马克思主义人物如德勒兹/加塔利、鲍德里亚、德波、齐泽克、拉克劳、

---

① 张一兵:《问题式、症候阅读与意识形态》,中央编译出版社2003年版,第352—353页。

墨菲、朗西埃等人的思想仍然具有争议和讨论的空间。

德里达《马克思的幽灵》(*Spectres de Marx*, 1993) 一书是其在美国加州大学马克思主义的未来研讨会期间关于"马克思主义何去何从？"(Whither Marxism?) 题目下的系列演讲集，堪称令人荡气回肠的《共产党宣言》著名开端的现代版。翌年马格努斯主编的论文集《马克思主义何去何从？：国际视野中的全球危机》(Bernd Magnus, *Whither Marxism?: Global Crises in International Perspective*, 1994) 折射了柏林墙倒塌、东欧剧变之后西方学界对马克思主义的关注。针对福山的"历史终结"和"意识形态终结"论 (the End of Ideologies)，德里达声称要继承马克思的批判精神，坚持伟大的解放话语，列举资本主义十大瘟疫，倡导"新国际" (New International)。[①] 在西方，"马克思主义仍然会给我们提供理解历史与当代事件的一种富于意义的途径"。[②] 在中国，马克思主义则是社会文化的主旋律。马克思主义作为富有生命力与增殖性的理论范式，需要与时俱进，经受实践检验，才能永葆常青！

第二节　主要代表人物与理论话语

西方马克思主义文论话语丰赡，具有多重对话关系，是众声喧哗的理论场域一股强劲的思想旋律！在西马范式转向的进程中，经典马克思主义是话语交叠、语境滑动的原点。我们以"意识形态"为关键词，重点论析对当代文学思潮影响较大的、特色斐然的西方（后）马克思主义理论家及其对话关系。

[①] https://en.wikipedia.org/wiki/Specters_of_Marx, 2016年9月28日查阅。
[②] Lois Tyson, *Critical Theory Today*. New York: Routledge, 2006, p.53.

一 卢卡奇的意识形态观与异化论

学术领域地位：西方马克思主义奠基人、匈牙利哲学家、美学家、文学批评家

主要代表著作：《历史与阶级意识》（1923）；《小说理论》（1916）；《历史小说》（1937）

重要理论话语：物化；阶级意识；先验的无家可归；伦理范畴的悲剧

George Lukács

西马之父卢卡奇（George Lukács, 1885—1971），生于匈牙利布达佩斯，父亲是投资银行家，母亲来自一个富裕的犹太人家庭。卢卡奇在匈牙利皇家布达佩斯大学和柏林大学学习，并于1906年获得匈牙利皇家赛盖德大学法学博士学位。1909年获得布达佩斯大学哲学博士学位。卢卡奇早期属于新康德主义流派，后期则是西方马克思主义的标志性人物。在第一次世界大战和1917年的俄国革命期间，卢卡奇成为一个坚定的马克思主义者，于1918年加入羽翼未丰的匈牙利共产党，1919年曾任短暂的匈牙利苏维埃共和国政府的文化部长。

在哲学上，卢卡奇开创了一个异于苏联马克思主义正统意识形态观的诠释传统。他发展了物化论，推进了马克思主义阶级意识理论，把列宁务实的革命实践改造成意识形态意蕴的革命哲学。卢卡奇是杰出的文学史家和文学批评家，他捍卫文学上的现实主义，推进现实主义的理论发展，对作为文类的小说做出了精辟论述。卢卡奇被描述为斯大林时代卓越的马克思主义知识分子。但如何评估卢卡奇的思想遗产颇为困难，因为卢卡奇似乎既支持斯大林主义，把他作为马克思主义思想的象征，同时也推进回归前斯大林主义的马克思主义运动。卢卡奇的重要理论观念包括：物化（Reification）、阶级意识（Class Consciousness）、先验的无家可归（Transcendental Homelessness）、

作为伦理范畴的悲剧文类（the Genre of Tragedy as an Ethical Category）。① 卢卡奇的著作《历史与阶级意识》（*History and Class Consciousness*，1923）有西方马克思主义"圣经"之誉；其文学批评与美学著作《小说理论》（*The Theory of the Novel*，1916）、《历史小说》（*The Historical Novel*，1937）引人瞩目。

　　作为西方马克思主义的奠基者，卢卡奇的意识形态观具有总体性特征。G. 卡索尔认为："意识形态一词意指引导和组织上层建筑的社会与文化因素的观念与信仰。意识形态典型地与控制了生产方式的统治阶级的观念、信仰相联系；马克思本人正是在此意义上使用该术语的。自马克思以降，这个术语经历了一系列精练化与复杂化，意识形态与生产方式之间的联系备受关注。例如，卢卡奇在《历史与阶级意识》中认为，唯物主义的分析必须关注自身与'作为总体的社会关系'，他的意思是指'社会作为一种具体的总体性'，即在历史特定节点上并且导致把社会分成阶级的生产体系。……对卢卡奇来说，意识形态是一种虚假意识（False Consciousness）的形式。总体而言，每当一个特定阶级的主观意识（统治阶级堪为典型）被认为是社会的客观意识时，意识形态就产生了。"② 卢卡奇的意识形态观与"异化论"密切相关。异化是卢卡奇文化批判的核心范畴，它成为西马美学批判资本主义异化现实的最主要的工具。卢卡奇受黑格尔"对象化"和马克思《资本论》"物化"概念的影响，强调人道主义维度，大量使用"异化"概念，批判现代资本主义意识形态的"商品拜物教"，分析资本主义条件下劳动异化问题。马克思视异化为社会历史范畴；卢卡奇认为异化是本体论问题。从对文学理论的影响与价值而言，卢卡奇的文化批判从理论上为欧美现代主义文学中的"异化"主题提供了一种重要的文艺美学的阐释策略。

---

　　① 参阅维基百科 https：//en. wikipedia. org/wiki/Gy% C3% B6rgy_ Luk% C3% A1cs#Literary_ and _ aesthetic_ work。
　　② Gregory Castle, *The Blackwell Guide to Literary Theory*. MA：Blackwell，2007，p. 109.

二　葛兰西的文化霸权与知识分子论

　　学术领域地位：意大利著名的马克思主义理论家、政治家
　　主要代表著作：《狱中札记》
　　重要理论话语：双层上层建筑模式；文化霸权；传统知识分子；有机知识分子

Antonio Gramsci

　　安东尼奥·葛兰西（Antonio Gramsci，1891—1937），生于意大利撒丁岛爱丽斯，1911 年获得奖学金进入都灵大学学习，对文学和语言学有浓厚的兴趣，1913 年加入意大利社会党，因经济拮据和健康状况不佳于 1915 年辍学。葛兰西是西方马克思主义的主要代表人物之一，具有"马克思主义殉道者"（a Marxist Martyr）之称。[1] 葛兰西的著述涉及政治理论、社会学和语言学。葛兰西最负盛名是其文化霸权（Cultural Hegemony，或许该术语更佳的中译是"领导权"）理论。[2] 霸权理论受到马基雅维利等人的影响，旨在描述在资本主义社会，国家如何利用文化机构维护权力。

　　葛兰西作为意大利共产党领袖，曾经被墨索里尼的法西斯政权囚禁。他 1926 年入狱，在狱中写了 30 多本札记和 3000 余页的历史和社会分析文字。他的代表著作《狱中札记》尽管缺乏系统性，仍然被认为是对 20 世纪政治理论高度原创性的贡献。该札记涵盖了一系列广泛的话题，包括意大利历史和民族主义、法国大革命、法西斯主义、福特主义、公民社会、民间传说、宗教、高雅文化和流行文化。《狱中札记》写于 1929—1935 年，30 年代被偷传出监狱，直到 50 年代才公开出版，于 70 年代首次被译成英文。葛兰西的一些思想观念深刻地影响了西方马克思主义理论、批判理论和教育理论，如文

---

[1]　V. B. Leitch ed., *The Norton Anthology of Theory and Criticism*, New York：Norton & Company, Inc. 2010, p. 998.
[2]　参阅维基百科 https：//en.wikipedia.org/wiki/Prison_Notebooks。

化霸权作为一种维护资本主义国家的手段；工人大众的教育需要鼓励工人阶级的知识分子发展；政治社会（Political Society，包括警察、军队、法律体系等）与公民社会（Civil Society，如家庭、教育系统、工会等）的区别——前者是直接统治和强制性的，后者则是通过意识形态或舆论一致而营造领导权。[①] 葛兰西的主要思想观念包括双层上层建筑模式、文化霸权概念和知识分子论。

基于经典马克思主义原理，葛兰西进一步提炼了卢卡奇的意识形态观念，论证了"双层上层建筑模式"（A Two-Tier Model of the Superstructure）：(1) 私人性质的"公民社会"，它呼应主流社会的"领导权功能"；(2) 国家性质的"政治社会"，它呼应国家与"合法"政府的"直接的领导权"控制实践。领导权通过公共机构（即大学、政党、官僚政治、社团）舆论一致的模式运作。主流社会群体的目的是通过将其意识形态——其价值、信仰和理想——拓展到所有社会层面而获取领导权。

文化霸权意味着领导权机制，是葛兰西对西方马克思主义影响最大的理论。霸权原来是列宁等马克思主义者使用的一个概念，意指在民主革命中工人阶级要获得政治领导权。葛兰西采用这个概念来解释为什么正统马克思主义所预测的"不可避免的"社会主义革命在20世纪初并没有发生，而资本主义却似乎比以往任何时候都更加根深蒂固。葛兰西认为，资本主义不仅通过暴力、政治和经济压力，而且也通过意识形态的霸权文化维护统治。这种霸权文化让资产阶级的价值观成为普适"常识"的主流价值观，由此形成一种共识文化。这导致工人阶级认同资产阶级的利益并帮助维持现状，而不是奋起反抗。因此，工人阶级需要发展自己的文化，推翻资产阶级伪装成"自然"或"正常"的价值观。列宁认为文化是政治目标的"辅助"，而葛兰西则视之为实现权力的基础，首要的问题是要获得文化霸权。在葛兰西看来，任何阶级在现代条件下想要进行统治，都必须要超越自身狭隘的"经济—共同体"利益，运用知识和道德的领导权，与各种各样的力量形成联盟和妥协。这种

[①] 参阅维基百科 https://en.wikipedia.org/wiki/Antonio_Gramsci#Thought。

社会力量联盟是一种"历史性集团"（Historic Bloc），它形成某种社会秩序的共识基础，通过机构、社会关系和思想观念的关联，生产和再生产统治阶级的霸权。葛兰西的文化霸权理论强调了上层建筑在维护和破坏经济基础两方面都具有重要性。他在西方社会文化语境中考察了中世纪以来的宗教精神统治和资本主义的社会机制，认为霸权统治最终依赖于胁迫，在某种"权威的危机"中"共识的面具"会滑落，露出力量的铁拳。

葛兰西描绘了两种不同的知识分子群体。（1）传统知识分子（Traditional Intellectuals）。传统知识分子由牧师、教授、作家、艺术家等人组成，他们享受相对自主性。传统知识分子属于专业与行会，自命为自主的社群，独立于主流社会群体。（2）有机知识分子（Organic Intellectuals）。这些有组织的知识分子是"每一个新阶级伴随自身所创造的"专家，他们乐于扮演主流意识形态的助推者角色。两种知识分子都维持着现存的社会条件并且在其中工作。葛兰西提出，对于这种完全扭曲的社会网络，唯一可选择的途径就是要创造反霸权的多种形式，尤其是需要工人阶级和知识分子的积极行动。

三 威廉斯的文化唯物论与三种意识形态

学术领域地位：英国马克思主义著名代表人物、文化唯物论者

主要代表著作：《文化与社会：1780—1950》；《漫长的革命》；《马克思主义与文学》；《关键词》

重要理论话语：文化唯物主义；意识形态的交叠；关键词研究

Raymond Williams

雷蒙·威廉斯（Raymond Williams，1921—1988），英国著名学者，享有"一流文学思想家""杰出戏剧批评家"和"文化传媒研究奠基者"等称誉。威廉斯生于威尔士一个铁路工人的家庭，就学于剑桥大学三一学院时参加英国共产党。"二战"期间中断学业，1940年冬被征入英国军队，曾经参加诺曼底战争。1946年获得剑桥三一学院的硕士学位，继而在牛津大学成人教育

机构任教数年，1948年创办《政治与文学》(Politics and Letters)杂志，出版《阅读和批评》(Reading and Criticism, 1950)。威廉斯1973年成为美国斯坦福大学政治学访问教授。1974年担任英国剑桥大学耶稣学院戏剧教授，1983年退休，在英国萨弗伦沃尔登安度晚年。威廉斯勤奋多产，广涉小说、戏剧、文化、媒介与传播诸领域，尤其以清晰阐释马克思主义及其与文学的关系而著名。威廉斯在《马克思主义文化理论中的基础与上层建筑》（1973）中，"修订了传统马克思主义的文化概念，推进了安东尼·葛兰西更富于弹性的霸权概念，发展出一种关于历史嬗变的三元阐释：伴随着主流形式的新兴形式与残余形式"。[1] 这是威廉斯关于文化和意识形态的理论创新，在今天看来仍富于价值。

威廉斯早期研究现代戏剧，但学术声誉却始于两部文学和文化史著作：《文化与社会：1780—1950》（Culture and Society: 1780—1950, 1958）和《漫长的革命》（The Long Revolution, 1961）。它们赓续和改造了英国文化唯物主义新左派的传统。前者从"文化"发展的维度重新审视经典文学作品和文化产品的作用，采用葛兰西的术语，把文化视为一个意识形态认同和"情感结构"的复杂网络。后者批判有机主义概念，因为这种概念营造了始于埃德蒙·伯克的社会理论的保守传统。尤为重要的是他对英国教育机构及其在创建和保存文化中所扮演角色的分析。这些著作奠定了威廉斯在学界的地位，是他对英国文化研究和文化唯物论的重要贡献。

20世纪七八十年代，威廉斯将文学批评、文化研究和马克思主义结合，撰写了一些重要著作。包括文学史论《从狄更斯到劳伦斯的英语小说》（The English Novel from Dickens to Lawrence, 1970）、英国田园传统论著《国家和城市》（The Country and the City, 1973）、《关键词：文化与社会的词汇》（Keywords: A Vocabulary of Culture and Society, 1985; 2005年修订版）和《马克思

---

[1] 参阅维基百科 https://en.wikipedia.org/wiki/Raymond_Williams; V. B. Leitch ed., The Norton Anthology of Theory and Criticism, New York: Norton & Company, Inc. 2010, pp. 1420–1421.

主义与文学》(*Marxism and Literature*, 1977)。① 威廉斯早期的《传播学》(*Communications*, 1967)成为英美教材,中晚期著作关注大众媒体和文化唯物论的问题,曾出版《电视:科技与文化形式》(*Television: Technology and Cultural Form*, 1974)。最后一本书《现代主义的政治》在其辞世后出版,探讨了激进政治与现代主义之间的关系问题。

在意识形态问题框架方面,威廉斯很早就醉心于葛兰西关于意识形态的思想。70年代威廉斯的思想与著作出现了所谓的"葛兰西转向"(Gramscian Turn)。威廉斯认为意识形态是复杂而多价的现象,至少具有三种含义:(1)意识形态是特定阶级或群体信仰特征系统+幻觉信仰系统。意识形态不仅能够指以特定阶级或群体为特征的一种信仰系统,而且还可以指卢卡奇称之为"虚假意识"(False Consciousness)的幻觉信仰系统。(2)意识形态意味着,一切基于阶级的信仰,在某种层面上皆是幻象。(3)意识形态是意义与观念生产的总体过程。

威廉斯受益于葛兰西关于社会与文化构型的交叠时代的讨论,认为在这种时代里,意识形态的不同功能是共时运作的。他的文化唯物论蕴涵了三种意识形态的交叠:主流意识形态(Dominant Ideology)、残余意识形态(Residual Ideology)与新兴意识形态(Emergent Ideology)。残余意识形态和新兴意识形态分别代表着一种更早时代的文化构型和在主流群体边缘出现的新兴社会群体及其信仰体系。这种模式,不仅阐释了晚期资本主义的复杂性和矛盾性,而且还承认在社会总体性内部存在着反霸权的可能性。② 在任何特定的历史阶段,三种意识形态都可以交叠并置,处于动态发展过程。

这种意识形态模式,在文学理论与批评实践领域具有特殊的价值。譬如,在文化误读与后殖民批评视野下,欧美大学的东方学系、汉学系乐于收藏鉴赏东方古董、中国古钱币,甚至冥钞、香炉等而罕见现代意味的物品,这种事实不仅折射出西方人厚古薄今的"东方情结",而且还提示了一种政治无意

---

① Gregory Castle, *The Blackwell Guide to Literary Theory*. MA: Blackwell, 2007, pp. 247–248.
② Ibid., pp. 111–112.

识的审美旨趣：欣赏中国封建社会的残余意识形态，拒斥当代中国主流意识形态乃至新兴意识形态。

就学理性而言，威廉斯的理论图式颇具思想启迪意义，但还可以丰富与深化。譬如，除了主流—残余—新兴意识形态分类外，还可以进一步划分意识形态范畴——边缘意识形态、青年亚文化意识形态、电子网络意识形态、审美意识形态、宗教意识形态、政治意识形态等。当代社会文化是立体多剖面的，包括白领、蓝领、精英、土豪、草根、农民工、贱民、酷儿、闲逛者、少数族、媒介分众等各种共同体及其意识形态，呈现富于差异性的范畴和关系。

四　阿尔都塞的意识形态国家机器论

学术领域地位：法国著名结构主义马克思主义哲学家

主要代表著作：《保卫马克思》（1965）；《阅读〈资本论〉》（1968）

重要理论话语：意识形态国家机器（ISAs）；意识形态"召唤"说；多元决定论；症候阅读法

Louis Althusser

路易·阿尔都塞（Louis Althusser, 1918—1990），[①] 巴黎高等师范学院哲学教授，通常被视为法国结构主义马克思主义的代表人物，堪称20世纪最具影响力的"西马"思想家之一。阿尔都塞生于法属阿尔及利亚，1939年在里昂公立中学读书时就是一位才华横溢的学生，后来进入培养精英的巴黎高等师范学院。该校被称为孕育当代法兰西思想家的"母胎"和"羊水"。第二次世界大战法国沦陷后，阿尔都塞曾经被囚禁在德国战俘集中营，导致他毕生伴随着严重的精神疾病。1980年，阿尔都塞在精神错乱的情况下扼死妻子，被拘禁在精神病院三年，此后基本停止学术工作，直至辞世。

[①] 参阅维基百科 https://en.wikipedia.org/wiki/Louis_Althusser。

阿尔都塞有"1968年五月风暴一代的哲学将军"之称,是法国共产党资深党员和个性十足的批评家。他是坚定的毛泽东主义者,推崇毛泽东思想。毛泽东的《矛盾论》启迪了他的"多元决定论"。阿尔都塞的主要代表作包括《保卫马克思》(*For Marx*,1965;英译本1969)和《阅读〈资本论〉》(*Reading Capital*,1968;英译本1970)等著作,以及"里程碑式的论文"《意识形态与意识形态国家机器》(*Ideology and Ideological State Apparatuses*,1970,缩略为ISAs)、单篇重要论文《弗洛伊德与拉康》(*Freud and Lacan*,1964)等。阿尔都塞的重要理论概念包括:意识形态国家机器(ISAs)、意识形态"召唤"说(Interpellation)、"想象性联系"(Imaginary Relations)、多元决定论(Overdetermination)和症候阅读法(Symptomatic Reading)。这些重要概念渗透了当代文学话语与文化理论。

在西方马克思主义领域,阿尔都塞的"意识形态国家机器"(ISAs)理论是对经典马克思列宁主义的国家机器概念的重要发展:在这种理论框架中,国家的结构既是镇压性的又是意识形态的,在进行国家机器与意识形态国家机器之间的基本划分之后,后者又可以再次多元划分为不同的各种功能。概言之,经典马克思列宁的国家机器是一种"压迫性的国家机器"即RSAs(Repressive State Apparatuses)。这种国家机器是单元概念,以暴力镇压和强制为特征,包括政府、军队、机构、警察、法庭、监狱系统等;而ISAs不同于RSAs。[1] ISAs即意识形态国家机器是多元概念,一个社会不同于另一个社会,是具有法律地位的公民机制,靠意识形态功能发挥作用,包括学校、宗教、家庭、政党、媒介、体育、文艺等。ISAs主要在私人领域运作,不是通过明显的暴力而是借助隐含的舆论认同加以践行。譬如,人们在教堂、学校、家庭或体育运动中潜移默化地学会了服从权威。阿尔都塞认为在现代社会,学校取代了教会,扮演着主流ISAS的角色。学校将特定的习惯灌输给学生,以便他们将来毫无问题地在现代资本主义社会的工厂或办公室变成生产性的工

---

[1] V. B. Leitch ed., *The Norton Anthology of Theory and Criticism*, New York: Norton & Company, Inc. 2010, p.1335.

作者。一方面，阿尔都塞保留了经典马克思主义对经济原因的强调；另一方面，他的 ISAs 概念又以"相对自主性"运作，是多元决定的，可以具有差异性和矛盾性，由此对意识形态形形色色的社会程序做出了更为完整丰满的阐释。可以说，阿尔都塞的理论是在与葛兰西霸权（领导权）理论对话的基础上，进一步修改和发展了经典马克思主义意识形态的定义。

阿尔都塞的意识形态观体现在其著名定义：意识形态是人与其所处的世界之间的一种活的联系，是个体生活于其中的想象性联系。① 阿尔都塞的意识形态观综合了马克思主义与拉康精神分析的思想资源。赓续马克思，阿尔都塞认为意识形态是一种基于统治阶级的虚假观念与信仰系统；追随拉康，他认为意识形态的虚假意识是一种镜像结构，易于导致想象性误认。意识形态再现了个人与其真实生存状态的"想象性联系"。阿尔都塞修改了弗洛伊德无意识、自我和超我的概念，采用了拉康的想象界、镜像阶段和主体构型的理论话语，认为"意识形态构型"（Ideological Formations）产生了现实的双重扭曲：它们代替了我们无法知晓的实在界，它们伪装了社会关系（即象征秩序）的真实性。他还认为拉康的"实在界"体现了一种潜在性，可以批判与干涉意识形态的象征秩序。雷奇在《诺顿理论与批评选集》中指出："想象界构成了人类早期生存的前语言国度，这不是虚假的，而是一种无意识的原初结构。在阿尔都塞看来，意识形态取代了想象界，人们'生于'想象界，想象界如同弗洛伊德的无意识一样，深不可测地影响了我们的行为方式。而不同于拉康的是，他认为个人的主体性是通过社会力量生成的。"② 但在笔者看来，阿尔都塞结构主义马克思主义的意识形态概念，具有结构凌驾于主体的"父亲之名"的统治功能，实际上更类同于拉康的象征界或文化无意识。阿尔都塞的意识形态作为一种社会文化结构，具有特殊的决定性功能：意识形态把个

---

① 参阅大卫·迈西：《用借来的概念思想：阿尔都塞与拉康》，麦永雄译，《马克思主义美学研究》第一辑，广西师范大学出版社 1998 年版。
② V. B. Leitch ed., *The Norton Anthology of Theory and Criticism*, New York: Norton & Company, Inc. 2010, p. 1334.

体召唤为主体①。由此构成镜像式的主体间性，不断地发挥 ISAs 的功能。"西马"思想家对意识形态功能的阐释大多体现出资本主义批判的特征，但也有普适化的文化政治的指向——以此来诠释国家政体的双重作用：以软性的"意识形态国家机器"的强大功能弥补了刚性的国家机器的统治政体的不足。由此观之，阿尔都塞揭示了主权国家运作机制的秘密。

　　阿尔都塞揭露了资本主义机器中的幽灵：意识形态。他阐释了资本主义的一些重要机理：资本主义如何以 ISAs 延续生命，主流社会体制如何通过意识形态微妙地给我们的主体塑形，继而意识形态又如何再造社会系统。ISAs 聚焦的问题是：一个社会如何才能再生产它的基本社会关系以保障自己的存在。这个恒常的社会理论可以追溯到柏拉图的《理想国》。柏拉图认为维持一个公正城邦的关键是要控制其公民的教育，尤其是控制其统治阶级的教育。在经典马克思主义思想范畴，意识形态通常是第二性的，而阿尔都塞却将意识形态置于首要和核心的位置。阿尔都塞将马克思主义、列维－斯特劳斯式的结构主义理论方法和拉康式的精神分析结合起来，旨在解释人民如何会赞同一个大多数人受压迫的资本主义社会的机理。他关于社会机制的著名界说揭示了意识形态是如何创造顺从公民并且让他们践行主流价值观的。阿尔都塞在"五月风暴"时期以一系列重要论述（收入《保卫马克思》和《阅读〈资本论〉》）吸引了英法学界的注目，他曾经以受黑格尔、卢卡奇、萨特影响的新马克思主义人道主义改变了西马的面貌，认为马克思主义旨在恢复被异化的人性。他的训谕鼓舞了 1968 年法国五月风暴的参与者，但是他本人却在骚乱期间因精神抑郁症而缺席。阿尔都塞也遭到一些指责，如过于强调社会结构的决定性，忽视经验历史。作为结构主义马克思主义哲学家，阿尔都塞强调社会结构决定活的经验。后来他摒弃了倡导自由意志的标准的人道主

---

　　① 阿尔都塞曾经设计了一个基本场景：有人与一个正走在街上的个体打招呼——"嗨，你好"——然后交臂而去。这位个体因此变成了一个主体。阿尔都塞还曾颇为幽默地在一个脚注中提到"警察招呼嫌疑犯的特殊"形式。当一个人在街头闲逛时，处于本雅明美学意义的"人群中的孤独"的个体独特体验，但是，一旦有人或警察与这个人打招呼，就意味着这个人被置入了社会网络关系，从而在意识形态的召唤下由个体变成了主体。

义观念，提出"反人道主义"（Antihumanism），帮助塑造了后现代、后结构主义理论。

尽管如此，阿尔都塞的意识形态理论仍然是文化研究的重要话语。迪克·赫伯迪格的《亚文化：风格的意义》（1979）、斯图亚特·霍尔的《文化研究及其理论遗产》（1992）都体现了受影响的痕迹。尤其是阿尔都塞的意识形态论已经成为当代英美一流马克思主义批评家伊格尔顿和詹姆斯等人的重要思想资源。伊格尔顿的《批评与意识形态》（1976）借重阿尔都塞意识形态思想，聚焦于艺术生产的意识形态问题。詹姆斯的《政治无意识：作为社会象征行为的叙事》（1981）讨论现代小说的意识形态蕴含，既褒扬又批判了阿尔都塞。布尔迪厄关于教育和"文化资本"的话语也体现了其受阿尔都塞的影响。阿尔都塞意识形态论作为一个重要节点，几乎影响了后续所有关于意识形态题旨的严肃著述，在今天仍然是当代文学批评和文化研究的试金石。[①] 尽管阿尔都塞似乎已被时光磨旧，犹如大海上颠簸已久的瓶中纸条，但是在嬗变不定的当代西方文论中，他的思想观念仍蕴含着难以泯灭的伟大价值。

五　詹姆斯政治无意识与晚期资本主义批判

学术领域地位：美国著名马克思主义美学家、后现代文化批评家

主要代表著作：《后现代主义，或晚期资本主义的文化逻辑》；《政治无意识》；《马克思主义与形式》

重要理论话语：政治无意识；认知图式；民族寓言

Fredric Jameson

詹姆斯（Fredric Jameson, 1934—　）是美国新马克思主义代表人物、当代西方著名美学家、文学评论家和后现代文化批评家。在当代文化趋势的分

[①] 参阅维基百科 https：//en.wikipedia.org/wiki/Frederic_ Jameson; V. B. Leitch ed., *The Norton Anthology of Theory and Criticism*, New York: Norton & Company, Inc. 2010, pp. 1332 – 1334.

析与阐释领域影响深远，享誉国际。20 世纪 70 年代中期以来，詹姆斯和伊格尔顿被拥戴为最有价值的英美马克思主义文学批评家和理论家。詹姆斯生于美国俄亥俄州克利夫兰。1954 年毕业于哈佛福德学院，前往欧洲慕尼黑和柏林等地短暂求学，熟悉大陆哲学的新发展，包括结构主义的崛起。翌年返回美国到耶鲁大学攻读博士学位，师从埃里希·奥尔巴赫，完成博士论文《萨特：风格之源》(Sartre: the Origins of a Style, 1961)。詹姆斯是德国慕尼黑大学和柏林大学富布莱特奖学金访问学者（1956—1957），耶鲁大学法语与比较文学博士（1959），先后在哈佛大学、加州大学、耶鲁大学和杜克大学任教。詹姆斯现为杜克大学比较文学和罗曼司研究的杰出教授（Knut Schmidt-Nielsen Professor）和批判理论中心主任。2012 年，美国现代语言协会授予詹姆斯第六届终生学术成就奖。

在美国新批评盛行一时的背景下，詹姆斯几乎以一人之力对抗学界潮流，携《马克思主义与形式》（1971）、《语言的牢笼》（1972）和里程碑式的《政治无意识：作为社会象征行为的叙事》（1981）让马克思主义文学批评在美国学术界重新恢复活力。它们被伊格尔顿誉为"西方马克思主义"的三部曲。[1]詹姆斯是一个坚定、敏锐而热情的马克思主义批评家，他注意到欧美语境的差异，认为："马克思主义在欧洲是一种无处不在的活生生的思维方式，每个知识分子都必然以这样或那样的方式与它接触，并且不得不对它做出反应"。[2]继而詹姆斯把视野拓展到当代文化艺术领域，对"后现代主义与消费社会""晚期资本主义的文化逻辑""第三世界文学"等题旨展开讨论。他在理论方法上博采众长，包括阐释学、符号学、诺斯罗普·弗莱的四重阐释说（可追溯到中世纪托马斯·阿奎那阐释图式）、拉康的无意识理论和阿尔都塞的意识形态诠释。不同于保罗·德曼对书写文本的关注，詹姆斯强调文本的意识形

---

[1] ［美］弗雷德里克·詹姆斯：《语言的牢笼·马克思主义与形式》，钱佼汝、李自修译，百花洲文艺出版社 1995 年版，第 356 页。
[2] 同上书，第 175 页。

态甚于对其语言学的说明。① 从 20 世纪 80 年代中期以来，詹姆斯多次到中国访问交流，对中国学界具有持续而强劲的影响，成为硕博论文的热门题旨，主要著作大多被迻译为中文出版。尤其是他的核心思想观念"政治无意识"（Political Unconscious）、"认知图式"（Cognitive Mapping）和"民族寓言"（National Allegory）受到广泛的理论关注。1984 年詹姆斯担任加州大学圣克鲁斯分校的文学和历史意识教授期间，在《新左派评论》杂志上发表了著名的《后现代主义，或晚期资本主义的文化逻辑》的论文，引发争议。詹姆斯后来把该文拓展成书。这是他从辩证角度分析晚期资本主义和后现代主义一系列著述的重要组成部分。

詹姆斯《政治无意识：作为社会象征行为的叙事》的出版，标志着其迈向了成熟的黑格尔—马克思主义哲学观念。经典马克思主义的意识形态观认为，文化"上层建筑"完全是由经济"基础"决定的，而西方马克思主义者的批判性分析则将作为历史和社会现象的文化连接到经济生产、分配或政治权力关系中去。他们认为，必须用黑格尔内在批判的概念研究文化。马克思早期作品就借助黑格尔的辩证思维，倡导内在批评的途径。詹姆斯的《政治无意识》强调历史是文学和文化分析的"终极视界"。"政治无意识"体现了其重视历史契机的意识形态观念。在对文学文本的阅读（消费）和写作（生产）的解释中，詹姆斯认为历史日益发挥着核心作用。他强调"永远历史化"（Always Historicize）和"形式意识形态"（Ideology of Form），注重形式与内容的辩证关系。在他看来，政治无意识的对象，不是文学文本本身，而是建构它们的解释框架。詹姆斯不仅倚重历史分析，而且还大胆地提出理论主张，声称要建立以艺术生产方式的概念为核心的马克思主义的文学批评，把它作为理解文学的最广泛和最全面的理论框架。詹姆斯借助结构主义传统和雷蒙德·威廉斯文化研究的观念，以马克思主义原理分析文艺家的主体性选择和无意识驱动的辩证关系，以历史视野和文学实践重塑原来通常被视为纯粹审

---

① V. B. Leitch ed., *The Norton Anthology of Theory and Criticism*, New York: Norton & Company, Inc. 2010, pp. 1332–1334.

美的艺术选择。詹姆斯从巴赫金和克里斯蒂娃那里借用"意识形态素"(Ideologeme)一词,把它描述为"社会阶级本质上敌对集体话语的可理解的最小单位"。因《政治无意识》的面世,詹姆斯在美国被尊为一流的马克思主义文学批评家。

詹姆斯把后现代"对元叙事的怀疑主义"视为一种"体验模式",这种模式源于资本主义生产方式所强加的知识劳动的条件。后现代主义者声称,基要主义危机和随之而来的真理相对性克服了政治、社会、文化、商业等生活领域和各领域不同社会阶级之间复杂的差异。詹姆斯反对这种把所有的话语都合并成一个无区别整体的观点,认为这是文化领域的殖民化的结果。詹姆斯循着阿多诺和霍克海默文化产业分析的路径,通过建筑、电影、叙事和视觉艺术研究,批判性地论析后现代现象。詹姆斯关于后现代主义有两个著名论断:后现代性以无规范根基、形式并置的"拼贴"(Pastiche)为特征;后现代主义是一种历史性危机,道德判断或社会规范已经被"戏仿"(Parody)所取代。詹姆斯认为,后现代所遭受的历史性时代危机,似乎让我们痛感曾经学过的美国历史教科书与当前的生活经验之间不再有任何有机联系。詹姆斯基于对卢卡奇总体性与异化论的批判性反思,发展了马克思主义辩证阐释学与后现代文化政治学。①詹姆斯不同于一开始就全盘否定后现代主义的那些学者,他坚持黑格尔的内在批判,辩证地把后现代状况下晚期资本主义的文化嬗变视为既是灾难,也是进步。詹姆斯既坚持经济基础决定上层建筑、后者又反作用于前者的马克思主义原理,同时又赋予了文化艺术思潮和学术范式的相对自主性。

西方资本主义经济发展的第四波浪潮对文化艺术生产的影响是文艺理论和文学史领域的重要问题。尼隆在《福柯超越福柯》(2008)中认为詹姆斯思想观念涉及全球资本主义第四波浪潮的表征"后—后现代主义"——当代金融资本主义,它"不依靠商品或服务利润的抽取,而在于直接由钱生钱的

---

① 参阅陈永国《文化的政治阐释学:后现代语境中的詹姆斯》,中国社会科学出版社2000年版,第36—69页。

虚拟生产——通过参与投资未来结果而受益"。① 此前，詹姆斯曾经受曼德尔《晚期资本主义》模式的启迪，阐发过现实主义、现代主义和后现代主义三波历史分期，尤其是对第三波浪潮即晚期资本主义的阐释颇为精彩。"第四波"金融资本的经济逻辑与全球化的文化逻辑具有同源性。虚拟现实的赛博空间是金融资本社会的文化表征，属于詹姆斯所言的后—后现代主义、福柯的生态权力领域和德勒兹论述的控制社会。

六　齐泽克：当代"从天而降的第欧根尼"

学术领域地位：当代西方著名马克思主义理论家、斯洛文尼亚精神分析哲学家、社会学家、文化批评家

主要代表著作：《意识形态的崇高对象》；《实在界的面庞》

重要理论话语：意识形态作为无意识幻象；视差之见

Slavoj Zizek

斯拉沃热·齐泽克（Slavoj Zizek，1949—　），当代西方著名左翼激进理论家，生于斯洛文尼亚首都卢布尔雅那，1971 年获卢布尔雅那大学艺术学士学位，1975 年获艺术哲学硕士学位（学位论文探讨法国结构主义与后结构主义者拉康、德里达、克里斯蒂娃、列维-斯特劳斯、德勒兹等人对欧洲思想界的影响），因与持不同政见者过从甚密而无法找到工作，齐泽克服了两年兵役。1977 年前后，齐泽克与一些热衷于拉康精神分析的学者一道，创建"理论精神分析学会"，被称为"卢布尔雅那学派"（Ljubljana School）。他 1979 年进入卢布尔雅那大学社会学学院工作，1981 年获得该大学艺术哲学博士学位，此后移居巴黎研究精神分析，1985 年获得巴黎第八大学博士学位。齐泽克回国后任斯洛文尼亚卢布尔雅那大学社会学和哲学研究所高级研究员、美国纽约大学特聘教授和英国伦敦大学伯克贝克学院人文研究院国际主任，其

---

① Jeffrey T. Nealon, *Foucault Beyond Foucault*, Calif.: Stanford University Press, 2008, pp. 62 – 63.

著述交汇了一系列主题，包括大陆哲学、政治理论、文化研究、精神分析学、电影批评和神学，融合了政治、通俗文化和高冷理论，题旨广泛多样。齐泽克最著名的观点包括："作为无意识幻象，意识形态结构现实，复兴辩证唯物主义。"[1] 作为国际学术明星，齐泽克作为访问学者经常穿梭于英美大学，如英国伦敦大学、美国哥伦比亚大学、普林斯顿大学等。齐泽克富于传奇色彩，可以一本正经地胡说八道，风格疯狂、谐趣、眼光独特，富于挑衅性，有"学术界摇滚明星"（An Academic Rock Star）[2]之称。

在齐泽克自选集《实在界的面庞》"序言"中，丽贝卡·米德以"齐泽克：从天而降的第欧根尼"为题，称他是"一位拉康化的马克思主义哲学家"，由于他的影响，斯洛文尼亚知识分子相当熟悉拉康，杂志编辑、艺术家、电视访谈节目编导随手都可以抛出几个拉康术语，几乎有一半政府官员在大学时期研究过拉康。齐泽克以自己的"政治不正确"为荣，是"虎背熊腰的美髯公，衣柜里塞满无产阶级才穿的衬衫和牛仔裤……能说六种语言……魅力源于他尽人皆知的荒诞不经"。丽贝卡·米德引用美国新学院大学自由研究部主任詹姆斯·米勒对齐泽克的评价："在美国学界，他就像从天而降的犬儒派哲学家第欧根尼。"[3] 公元前4世纪，古希腊哲学家第欧根尼是犬儒学派的代表人物。关于他有大量的传闻轶事流传。[4] 英文"犬儒主义"（Cynicism）一词，具有愤世嫉俗、玩世不恭、乖戾无情等含义。

齐泽克自称"披着左派外衣的小资装逼犯"，有"文化理论界的猫王""乔姆斯基与Lady Gaga合体"之称。名满天下，谤亦随之。他擅长天马行空

---

[1] 参阅维基百科 https://en.wikipedia.org/wiki/Slavoj_%C5%BDi%C5%BEek。

[2] V. B. Leitch ed., *The Norton Anthology of Theory and Criticism*, New York: Norton & Company, Inc. 2010, p. 2402.

[3] ［斯洛文尼亚］齐泽克：《实在界的面庞》，季广茂译，中央编译出版社2004年版，第1—16页。

[4] 傲楚阁博客（http://blog.sina.com.cn/s/blog_5b072bbd0100bhs2.html）收集了大量第欧根尼的逸事小段子，称：古希腊哲学家第欧根尼的小段子比郭德纲好玩、比李泽厚深刻。据说第欧根尼崇尚简朴的生活，不修边幅，以木桶为家。其最著名的逸事恐怕是以下这个。一天第欧根尼在晒太阳，亚历山大对他说："现在你可以向我请求你所要的任何恩赐。"他老兄躺在酒桶里，伸着懒腰说："靠边站，你挡住了我的太阳光。"亚历山大大帝感慨地说："我若不是亚历山大，我愿是第欧根尼。"

式的说话风格和思考风格,以将心理分析、政治和黄色段子融为一体而著称,印证了好的笑话本身就是出色的哲学。在 MIT 出版社《齐泽克笑话集》(2014)[①] 中,齐泽克把自己的笑话分成"小荤腥"与"重口味"两种。他对 18 世纪欧洲一个著名荤段子的齐泽克式的分析,体现出文化心理迥异于理性逻辑分析的差异与优势。该荤段子的大致内容如下:

>一座女子监狱的典狱长准备在 3 个女囚中释放一人。他安排了一项智力测验,三人中胜者出狱。他在一间密室里放了一张大圆桌,让 3 名女囚分 120 度各占一点趴在桌上。密室里另有 5 个男子,其中 3 个白人,2 个黑人。测验开始,3 名女囚身后各站立 1 个男子与她交合。每个女囚只能看见对面另外 2 个女囚身后男子的肤色,知道屋里只有三白两黑共五名男子。哪个女囚能够第一个判断出自己身后男子的肤色,就能够起身出狱。

第一种情况:女囚对面两名男子都是黑人,她可以断定自己身后是白人。第二种情况:女囚对面男人一黑一白,则女人可以推想,如果我身后是黑人,对面身后是白人的女囚会看见两个黑人,她就能断定自己身后是白人,起身获胜。而她现在无所表示,就说明她看见的是一黑一白,所以我背后一定是白人。第三种情况:对面是两个白人。如果我身后是黑人,对面的女囚会推断出自己身后是白人(参见第二种情况),起身获胜。她们无所表示,说明她们看到的是两个白人,我身后必是白人。

齐泽克认为不必进行那么烦琐周全的推理。黑人交合感觉舒服,但 18 世纪欧洲人歧视黑人,认为与黑人苟且很丢脸。所以如果感觉良好,而对面同伴嘴角挂着一丝冷笑,女囚可以猜出背后是黑人;感觉平平,同伴一脸敬仰,背后必定是白人。

中国学者胡大平认为:齐泽克既不是传统的马克思主义者,亦非"后马

[①] 小宝:《听怪叔叔讲笑话》,《文摘周报》2014 年 5 月 9 日第 11 版。

克思主义者",而是全部西方马克思主义历史轨迹的新制高点。齐泽克在其成名作《意识形态的崇高对象》(1989)中甚至公开表示,自己是比拉克劳和默菲后马克思主义还要"后"的彻底反本质主义者。① 齐泽克著作皆以英文撰写。《意识形态的崇高对象》引起西方批评理论家的关注,他现身于脱口秀、大众出版业、YouTube 视频,成为艺术设计的主题和两部电影的明星(《齐泽克》和《变态者电影指南》)。齐泽克毕生反对偶像崇拜,"抵制官方文化的教条,不管是马克思主义的教条,还是资本主义、基督教、后结构主义或精神分析理论的教条"。② 齐泽克其后的一系列著作持续了意识形态批判题旨。这些马克思主义主脉的著作包括《延搁否定》(1993)、《幻想的瘟疫》(1997)、《棘手的主体:政治本体论的缺席中心》(1999)、《视差之见》(2006)。齐泽克以大众文化阐释拉康精神分析理论的另一脉著作包括《斜目而视:透过通俗文化看拉康》(1991)、《享受你的征候:雅克·拉康在好莱坞与外界》(1992;修订版 2001)、《真泪的恐惧:理论与后理论之间的 K. 凯芝诺斯基》(2001)、《歌剧的再次死亡》(2001)、《如何阅读拉康》(2007)等。

齐泽克将黑格尔辩证法、马克思主义政治学、拉康精神分析和文化研究杂糅一体,是西马转向范畴语境交叠,思想对话、个性十足的重量级人物。其政治思想受益于马克思主义良多,尤其是马克思主义对资本主义的批判和意识形态批判。尽管意识形态有时被视为虚假意识,但是对齐泽克来说,它构成了思想的视界与限度。齐泽克把他熟悉与钟爱的拉康精神分析融入了意识形态批判的范式,以挽救笛卡儿式的主体。

在拉康的鲍罗密欧结中,"象征界构成了大部分我们通常称之为'现实'的东西,或包括语言、象征和法律的社会秩序"。在某种意义上,拉康难以捉

---

① 胡大平:《齐泽克:当代西方左派激进思想的幽灵》,《山东社会科学》2016 年第 6 期。
② V. B. Leitch ed., *The Norton Anthology of Theory and Criticism*, New York: Norton & Company, Inc. 2010, pp. 2402 – 2405. 其中比较容易混淆的两部书是《视差之见》(*The Parallax View*, 2006) 和《斜目而视:透过通俗文化看拉康》(*Looking Awry: An Introduction to Jaques Lacan Through Popular Culture*, 1991)。

摸的真实界，正是一个被语言刻绘之前的世界，因此无法跟随我们进入象征界。象征界切割了真实界，而真实界抵抗被象征界同化吸收。很多研究拉康的理论家都聚焦于阐明想象界与象征界的关系，而齐泽克却另辟蹊径，关注在主体塑形问题上真实界与象征界的互动性。笛卡儿的主体凸显了人类的意识与理性，相反，齐泽克的主体题旨则关注无意识和非理性的复杂心理动力，因此他喜欢探究力比多欲望、幻觉、反常人性（受虐癖、施虐癖、自恋狂）等。如齐泽克论证"典雅爱情"（Courtly Love）是一种受虐癖类型。他把受虐癖视为开启典雅爱情的力比多经济学的钥匙，并且秉承法国哲学家德勒兹论述马佐赫著名虐恋小说《穿皮裘的维纳斯》的观点，认为受虐癖绝非是施虐癖的颠倒版本，而是一种完全不同的"享受"形式，类似拉康的"极乐"（Jouissance）高潮体验，且体现在形形色色的文化作品中，如小说、戏剧、电影。齐泽克强调受虐癖的表演性，认为女愿打男愿挨的受虐癖模式隐含黑格尔的主/奴范式。齐泽克的政治思想仍囿于传统范畴（尤其是马克思主义阶级分析的范畴），其著作大多是基于对拉康和黑格尔的有意误读，喜欢对当代任何问题（从资本主义到种族主义）轻率断言。虽然女性主义者批评齐泽克对"女性"的阐释兼具菲勒斯中心主义和异性恋的特征，认为他把女性作为拉康真实界的标志缺乏哲学依据，但是齐泽克确实为女性主义理论提供了一种迷人的重要方式，帮助人们解读厌女症关键的幻象结构。[1] 齐泽克的理论阐释往往不循常规，新颖谐谑，不乏让人脑洞大开之语，也招致了多方批评：如说他风格不平衡，失于晦涩，论证天马行空，易于跑题。

在意识形态问题上，齐泽克的路数与目的是"将下列两者融为一体：其一是以马克思主义批判资本主义，其二是在精神分析层面揭露资本主义左右公众想象的方式"。一个典型例证是他对"电梯关门钮"的阐发：齐泽克注意到（某些）电梯关门钮实际上无法加快关门速度，它只是给人们生产错觉，认为自己的行为富有成效而已。"齐泽克把上当受骗的按动关门钮者与西方自

---

[1] V. B. Leitch ed., *The Norton Anthology of Theory and Criticism*, New York: Norton & Company, Inc. 2010, pp. 2404–2405.

由民主社会中无助的公民相提并论，这些公民觉得自己通过投票参与了政治进程，但是因为两个政党已经在基本问题上达成了共识，这些公民实际上没有任何选择可言。"① 齐泽克对比利时超现实主义画家马格利特（1898—1967）的《望远镜》（见图 3-1）（The Field Glass, 1963）阐释颇具启迪意义，促使我们反思虚假意识形态与真实界的关系。

图 3-1　《望远镜》　　　图 3-2　《虚假镜像》　　　图 3-3　莫比乌斯带

我们在《望远镜》画面看到两扇透明的玻璃窗上美好明媚的"蓝天与白云"；而从微微打开的窗户缝隙中露出的却是令人惶惑的漆黑一团，"空空如也，只是个一无所有的大黑块。这幅画可以用拉康的术语做如下解释：窗玻璃的框架就是幻象—框架，正是幻象—框架构成了现实；借助于裂缝，我们得以观察'不可能'的实在界，观察自在之原质"。② 在这里，前述泰森的"意识形态绣花窗帘后面就是真实界"的内涵得以进一步丰富。按照这种思路，我们认为，在马克思主义意识形态批判与拉康镜像阶段理论关联域，马格利特另一幅绘画《虚假镜像》（见图 3-2）（The False Mirror, 1928）的意蕴可能更为复杂丰赡。主流意识形态将美好的图景投射为现实镜像，并且加以自然化（罗兰·巴尔特曾讨论过法国主流意识形态将黑人致敬的图像自然化，从而践行了帝国主义"神话"的功能），但真实界却是"个人所感知的实际世界"，"一方面，真实秩序由物质世界所构成，包括物质宇宙及其万物，

---

① ［斯洛文尼亚］齐泽克：《实在界的面庞》，季广茂译，中央编译出版社2004年版，第2页。
② 同上书，第45页。

另一方面，真实秩序又象征着个人所没有的一切"。① "真实界意味着不可意指之物，是无法通过象征界和想象界所思或所知的东西……但其存留能够作为征候而感知"，②透过瞳孔，有时会露出深不可测的真实界或历史渊薮。齐泽克在《实在界的面庞》第三章《黑格尔'本质逻辑'作为一种意识形态》中说：在拉康那里，实在界并没有被悄悄地神圣化，被想象为不容亵渎之域，依旧是深不可测的X，它抵抗文化的"高贵化"，拉康的策略就是阻止真实界之禁忌化。③此外。齐泽克还借用拓扑学的"莫比乌斯带"（见图3-3）（Möbius Band）以解释文学叙事结构："如果在现实一面走得太远，我们就会突然发现，我们已经走向了反面，走进了纯粹幻象王国。……在一系列标志着绝望最低点的悲剧（《哈姆雷特》《李尔王》等）之后，莎士比亚戏剧的语调发生了天翻地覆的变化，我们也进入了仙境般的和谐之中。在那里，生命受制于慈祥的命运之神，它给所有的冲突画上了幸福的句号（《暴风雨》《辛柏林》）等。"④对于反差性明显的文学叙事结构，尽管这种跨学科的阐释有机械论之嫌，但也不失为基于一定心理机制的一家之说。

上述西方马克思主义范式转向，以意识形态和资本主义批判为脉络，显现出一种图式：各代表人物既做出了独特的理论贡献，又在不同程度的对话中推进了马克思主义的当代发展。欧洲文艺复兴以来的资本主义嬗变，是世界历史和文学理论的重要研究对象。从西方马克思主义到后马克思主义，诸多学者一直在不遗余力地对资本主义进行分析、总结与批判，范式转向而"精魂"不变，呈现出马克思主义批判美学的生命活力。

---

① ［美］查尔斯·布赖斯勒：《文学批评》（第三版）英文影印版（Charles E. Bressler, *Literary Criticism: an Introduction to Theory and Practice*），高等教育出版社2004年版，第152、131页。
② G. Castle, *The Blackwell Guide to Literary Theory*, Ma: Blackwell Publishing, 2007, p.314.
③ ［斯洛文尼亚］齐泽克：《实在界的面庞》，季广茂译，中央编译出版社2004年版，第89页。
④ 同上书，第62页。根据360百科：公元1858年，德国数学家莫比乌斯（Mobius, 1790—1868）和约翰·李斯丁发现：把一根纸条扭转180°之后，两头再粘接起来做成的纸带圈，具有魔术般的性质。普通纸带具有两个面（即双侧曲面），一个正面，一个反面，两个面可以涂成不同的颜色；而这样的纸带只有一个面（即单侧曲面），一只小虫可以爬遍整个曲面而不必跨过它的边缘。这种纸带被称为"莫比乌斯带"（只有一个曲面）。http://baike.so.com/doc/5869111-6081968.html，2016年10月7日查阅。

需要指出的是，马克思主义理论形态丰富多彩，尽管意识形态是其中的重要问题框架，但也仅是一个引人瞩目的构成要素。近年来，当代美学的政治转向成为马克思主义美学的重要议题。法国著名哲学家雅克·朗西埃的审美政治、意大利左翼哲学家阿甘本的生命政治和阿苏利等人的"审美资本主义"的话语在中国趋热，受到学界的关注。

朗西埃作为阿尔都塞的学生开始学术生涯，他匠心独运，开辟了马克思主义理论的旁支，聚焦于政治与美学关系，视二者互为因果。朗西埃亲身观察和参加了工人和学生掀起的五月风暴，看到没有像阿尔都塞之类的马克思主义知识分子的引导，普通人照样纷纷走上街头，由此萌生了他关于平等的政治哲学观念，把所有的阶级都视为"智力平等"之人，"从朴质的工人到知识分子和政治领袖"。朗西埃关于平等的基本信念导致了他与老师阿尔都塞的决裂。阿尔都塞和其他一些马克思主义领袖的意识形态理论把大多数人视为易受愚弄的芸芸众生，自认为能够启蒙、阐释和引导大众脱离意识形态的迷途。朗西埃认为这种绛尊纡贵的姿态恰是违背马克思主义思想精髓的。在他看来，政治哲学的平等观可以抽绎成为"共识"（Consensus）与"异议"（Dissensus）的对立：前者是依赖专家和职业政治家而达成舆论一致的政治界域，后者则是在这种"共识"之外生活的籍籍无名的移民、失业者和持异议者。由此，"什么是我们可以和应该感知，能够看、想、了解、听、做、造和说的概念，导致朗西埃理论化了自己所说的政治的美学。反过来，这也导致了他所说的美学的政治"。[1] 这催生了朗西埃关于感觉分配的三领域论：形象的伦理领域、艺术的再现领域和艺术的美学领域。它们既是历时的不同阶段，也是共时的新旧交叠、矛盾共存关系。前两个领域的关键哲学家分别是柏拉图和亚里士多德。柏拉图以真实、准确的伦理标准评判，视艺术为虚假，把诗人和艺术家从理想国放逐，遵循的是因果律和等级制。亚里士多德则肯定艺术的价值，艺术虚构自有其逻辑、规则，隐含着政治共识。如悲剧意味着

---

[1] R. D. Park, *How to Interpret Literature: Critical Theory for Literary and Cultural Studies*, New York: Oxford University Press, 2015, pp. 244–246.

高雅艺术，喜剧和讽刺则为鄙俗体裁。19世纪，艺术的美学领域显现，文类规则消解，语言与风格不限，唤起超越意识形态叙事的自由，政治与美学互相塑形，因而体现了现代、民主和平等的特征。现代主义碎片化的美学，似乎无关政治，钟爱虚无主义，但它仍然可能折射出资本主义社会的异化和混乱。

阿甘本的代表性著作《神圣人：至高权力与赤裸生命》(*Homo Sacer*: *Sovereign Power and Bare Life*，1995；英译本1998；中译本2016)的"Homo Sacer"一译"牲人"。阿甘本把源于古希腊、罗马哲学的"赤裸生命"概念化，赋予其当代意义，以描绘诸如纳粹集中营、卢旺达种族灭绝和前南斯拉夫的强奸监狱等情境。他认为，政治基础不是社会契约或敌我之分，而是最高当局宣称的例外状态。正是这种例外状态生产了"赤裸生命"：古罗马的"神圣人"、欧洲的非法移民，或古巴关塔那摩监狱的格斗者。这些作为"原始政治要素"的赤裸生命是政治理论与实践的"真正的基质"。[①] 阿甘本这部先知般的书预言了六年后的美国反恐战争，也由此在21世纪重获新生命和广泛关注。阿甘本将海德格尔的此在现象学本体论加以政治化，重铸了福柯的生命政治学。当然，阿甘本的"赤裸生命"论也招致了批评，被认为忽视了当今时代的不平等性，例如种族、性别和性向的不平等，抽空了众多社会运动抵抗不平等境况的力量基础。况且，它还隐含着生命的解主体性，体现了一种不稳定的无政府主义母题，罔顾政治经济学。

"审美资本主义"议题刷新了艺术审美与政治经济之间的视界。在新世纪，文化艺术审美已经成为当代政治策略和商品消费的重要动因。传统的浪漫主义美学囿于时代语境，往往将艺术审美视为抵抗经济中心主义和人性异化的形态。而当代审美活动从经济因素的对立面转化为经济发展的动力，由

[①] V. B. Leitch, *Literary Criticism in the 21st Century Theory Renaissance*, London: Bloomsbury Publishing Plc. 2014, p. 139; 另参阅 [意] 阿甘本《神圣人：至高权力与赤裸生命》，吴冠军译，中央编译出版社2016年版。

此暴露了现代美学理论的欠缺，体现了一种辩证的张力和美学的当代理论意义。① 该题旨的一些相关著作逐渐引起了中国学界的关注，包括阿苏利《审美资本主义：品味的工业化》（中译本，2013）、墨菲等人主编的《审美资本主义》（Peter Murphy and Eduardo de la Fuente ed., *Aesthetic Capitalism*, 2014）等。此外，法国学者托马斯·皮凯蒂的《21世纪资本论》（Thomas Piketty, *Capital in the Twenty-First Century*, 2014）高居美国亚马逊畅销书榜首，引发重大反响，赞誉者认为它可以媲美马克思的《资本论》。随着 2016 年 9 月"第五届国际马克思主义美学论坛·乌托邦的力量：当代美学的政治转向"（杭州）的召开和"中华美学学会马克思主义美学专业委员会"的成立，人们可以预期关于意识形态、资本主义批判和马克思主义文论中国化问题研究，将会得到更好地推进。

第三节　文学理论与批评实践

马克思主义文学理论与批评实践可以丰富与深化我们对文化艺术的认知和阐释。同时，马克思主义还可以与其他多种理论方法，如批判理论、后殖民批评、女性主义、结构主义、解构论、文化研究等进行交叠与结合，多维度地切近研究对象。② 我们主要以美国著名戏剧家亚瑟·米勒的《推销员之死》和中国现代作家柔石的小说《为奴隶的母亲》为例进行论析。

一　"美国梦"的蕴含与米勒《推销员之死》

马克思主义重视"人类文化的经济现实"，认为可以从经济力量的分配与动力学维度解释一切人类行为。因此，社会经济的阶级差异要比宗教、种族、

---

①　参阅［法］奥利维耶·阿苏利《审美资本主义：品味的工业化》，黄琰译，华东师范大学出版社 2013 年版，第 1—4 页。

②　参见泰森《今日批判理论》第三章《马克思主义批评》（Lois Tyson, *Critical Theory Today*, 2nd ed. New York: Routledge, 2006）和蓝棣之《现代文学经典：症候式分析》，清华大学出版社 2002 年版。

性别差异更具有意义。在当代，欧美发达国家普遍从自由—工业资本主义时代贫富悬殊的金字塔形社会结构进入晚期资本主义以中产阶级为主体的洋葱型社会结构，社会阶层更为丰富复杂。国别不同，差异凸显。年轻的美国没有欧洲悠久的贵族传统，麦尔维尔的著名长篇小说《白鲸》描写的"裴阔德"号捕鲸船聚集了五湖四海、不同肤色的船员，堪称美国社会历史的一个缩影。进入当代社会，泰森认为在美国简单地划分资产阶级与无产阶级已经日益困难，而依照社会经济生活方式，至少可以划分出五种群体：（1）无家可归者（the Homeless）；（2）穷人（the Poor）；（3）温饱型（the Financially Established）；（4）小康型（the Well-to-do）；（5）巨富（the Extremely Wealthy）。这些群体构成了美国五种阶级（阶层）：底层阶级、低层阶级、中层阶级、上层阶级和"权贵"。同时，在马克思主义者看来，意识形态扮演了重要的社会文化角色。意识形态是一种信仰系统，是文化状况的产物。资本主义、消费主义、马克思主义、爱国主义、宗教、伦理体系、人文主义、环境保护主义、占星学和空手道都是意识形态，男尊女卑则是一种"性别意识形态"。美国梦是一种资本主义意识形态，它与粗粝的个人主义、家庭和消费主义密切相关。美国梦宣扬人人可致富与成功，家家有其屋和土地，关键词是"更好"（Better）：不仅好于此前的自己，也要好于他人。一些人之所以穷困，被归因为他们的呆滞和懒惰。实际上，掌握了生产方式（自然资源、金融资本和人力资源）的权势者会不可避免地成为占主宰地位的阶级。因此，美国梦遮蔽了大家的视野，让人们难以看到其过去与现在的错误行径：对本土印第安人的种族灭绝、奴役非洲黑人、奴役合同制雇员、虐待移民群体、扩大贫富鸿沟。美国梦作为一种意识形态，不啻一种虚假的理想。此外，马克思早年研习过人类行为，成熟的马克思深刻地揭露和批判了资本主义商品经济的奥秘，对"异化"做过精彩的阐发。这些美国梦的蕴含和马克思主义"异化"的视角，构成了我们分析亚瑟·米勒《推销员之死》的语境。

美国戏剧家亚瑟·米勒的著名戏剧《推销员之死》（1949）体现了世界文学中恒常的家庭母题，可以作为马克思主义文学批评的佳例。这出戏是揭露美国梦瑕疵的杰作，主角威利是纽约一家服装公司年逾花甲的推销员，老伴琳达理解和体贴他。威利一直被美国商业文化虚幻的光晕所笼罩，盲目估计自己的能力，幻想通过商品推销实现"美国梦"。他辛勤地忙碌了30多年，非但没有成功，反而落得一个被老板霍华德解雇的下场。威利倾注了极大希望的两个儿子比夫和哈皮均一事无成。哥哥比夫30岁了工作没有着落，弟弟哈皮也不务正业，成了投机钻营、乱搞女人的浪荡子。在生活环境和经济困境的压力下，父子之间的矛盾越来越尖锐，以至于后来相互欺骗、反目成仇。然而，他们谁也没搞清楚生活不下去的社会原因。为了死后的保险赔偿给家人带来的福利，威利最终自杀了。这部话剧刻画了一个小人物悲剧性的一生，揭露了美国梦神话的欺骗性。

若以精神分析理论解读这出戏，人们关注的可能是下列情况：主角威利·洛曼的精神创伤（他幼年时曾经被父兄所遗弃，导致了他有不安全感，在现实生活中处处碰壁）；欲望移植（威利把自己的心理需要投射到大儿子比夫身上）；比夫和哈皮两兄弟的"同胞争宠"（Sibling Rivalry）；家庭动力学的俄狄浦斯维度；威利嫌弃妻子琳达另寻新欢的情节（儿子比夫在旅店里看见父亲威利与另一个女人在一起是核心场景）。而形成对照的是，若以马克思主义文学批评视野解读，则会聚焦于资本主义社会的物质环境、历史现实和意识形态对这个家庭和个人的影响。"美国梦"的虚假意识形态让威利认为，他只能通过经济成功获得自我价值；消费主义作为意识形态潜滋蔓长，促使威利·诺曼一家购买他们负担不起的信用卡；商业界的竞争使威利不堪重负；社会经济系统潜在的剥削无法让雇员得到足够的年金。在该剧的核心场景中，资本主义意识形态"适者生存"的丛林法则，导致老板霍华德不顾威利已经恶化的精神状态，炫耀自己的经济成功之后，炒了威利的鱿鱼，导致了他的悲剧结局。

二 症候阅读法与柔石《为奴隶的母亲》

症候阅读法（Symptomatic Reading）源于西方马克思主义美学家、法国结构主义代表人物阿尔都塞，化用了精神分析催眠医疗法，脱胎于弗洛伊德对梦境的阐述和拉康的语言学心理结构分析。阿尔都塞在《列宁与哲学》(1971)中，将弗洛伊德和拉康的观念运用到阅读马克思著作和理论建构，具体提出了"症候阅读法"。弗洛伊德认为无意识具有复杂和隐蔽的结构症候，他在《释梦》中把五花八门的梦幻语言功能归结为"移植"与"压缩"两大类，而拉康则视二者为说话的两种类型，用语言学上的转喻和隐喻（Metonymy and Metaphor）来称代它们。故此，疏忽、错漏、玩笑等症候就像梦本身的因素一样变成了能指，镌刻在无意识话语之链上。由此印证了拉康的名言："无意识是像语言一样结构而成的。"

阿尔都塞"症候阅读法"的要旨是从白纸黑字的"第一文本"（the First Text）无意识的疏忽、错漏、缺失、空白、沉默等症候中读出深层的"第二文本"（The Second Text），并与其他文本相联系，从而揭示出结构性的理论框架及其意义。一个著名的论证是：阿尔都塞从《德意志意识形态》和《关于费尔巴哈的提纲》读出了青年马克思与成熟马克思之间有一个"毫不含糊的认识论上的断裂"。以1845年为界，马克思的思想发展轨迹分为两段：前段是以1844年手稿为标志的"意识形态"的、人本主义的马克思，后段则是"科学"的、理论上反人本主义的马克思。清华大学蓝棣之教授借助阿尔都塞的症候阅读法与德里达解构论观念，解读了中国现代作家柔石的小说《为奴隶的母亲》的双重结构及意义，颇具启迪性。

柔石小说的背景是解放前浙东农村的"典妻"习俗。主要情节是贫下中农（皮货商）家庭中，丈夫因为经济困窘将妻子典当给地主秀才家三年：传宗接代（承担生子任务，因为地主婆无生育能力）。"典妻"是封建宗法制社会生育工具和商品交换双重罪恶的牺牲者。人们很容易发掘其显在结构与主题：劳动妇女在家庭关系和社会结构中的不幸、屈辱与悲惨命运——妇女解放因此具有必要性！但是，通过症候阅读法，该小说的潜在结构与主题得以显现：从"妻子"的立场看，自己的皮货商丈夫凶残暴躁，而地主秀才丈夫却温存体贴；从经济环境和女人感受看，原来的家庭生活贫困，自己的感情痛苦，而地主秀才家则是生活富足，自己的感情得到安抚。因此，她希望在三年典当期满后，继续留在秀才家生活，并把与丈夫生的孩子春宝接过来。蓝棣之认为：这是一个特殊的爱情故事，长期受到丈夫奴隶主般压迫的少妇，与长期受到老婆压抑的秀才，双方都有不幸的婚姻，同病相怜，互相安抚，这两个婚姻的弱者渴望共同长期生活下去。显在结构表现阶级性，潜在结构却叙述人性，两者并不兼容，潜在结构并没有加深显在结构的意义，而是互相颠覆与瓦解（解构）。文本的两重意义结构相互瓦解，并不意味着其"意义"的消解。譬如，苏联作品《第四十一个》，显在结构是写红军女战士面对战俘白匪军官"蓝眼睛"如何战胜感情的迷惘而觉醒的故事；潜在结构却写一个贫农少女对贵族子弟的爱情，是写一个没有多少文化的农村姑娘对有较高文化程度的大学生的爱情，是写一个处于青春期的姑娘对漂亮蓝眼睛青年的爱情，以及这种爱的幻灭。事物皆有通例与特例，必然与偶然，这才构成了世界的真实性与复杂性。[①] 莎翁名剧《威尼斯商人》也是如此，具有双重结构和人物性格动态发展的复杂性：其显在结构与主题表达了文艺复兴时期鲍西娅等年轻人的人文主义智慧和情怀，折射了资本增值海外贸易的新风尚；而其潜在结构与主题却是异教徒夏洛克为了维护自己犹太人的尊严，违背旧式高利贷资本的本性，宁可要对自己毫无用处的"一磅肉"，也不要巨大的金钱赔偿。这些文学作品并不因两重结构相互瓦解与颠覆而失去意义，相反，它的内涵更丰富深刻，可谓充满着张力。

---

① 蓝棣之：《现代文学经典：症候式分析》，清华大学出版社2002年版，第160—161页。

第二编
二元论陷阱与边缘话语转向

20世纪西方文论进入"批评理论"的黄金时代，至今仍然保持着强势的影响力。随着欧美社会文化的发展，文学旨趣与文艺理论的边界不断裂变与融合，促发了当代西方文论一系列边缘话语范式的转向，拓展了更为宏阔的理论空间。其中一些学理性的机制，需要史论结合，予以梳理和论析。

当代西方文论和文学旨趣呈现的边缘话语范式转向，贯穿了种族、性别、阶级、生态、文化、主体、身份等一系列重要理论领域。本编侧重从性别、种族和亚文化三个领域的二元论结构的解辖域化，揭示边缘话语转向的理论意义。西方文论一系列同质异构的二元论结构模式，蕴含着西方哲学思维吊诡的传统机制。诸如后殖民批评领域的西方白人中心论/非西方族群（种族）；女性主义理论领域的菲勒斯中心论/女性权利（性别）；马克思主义理论领域的资产阶级/工人阶级（阶级）；生态美学领域的人类中心论/自然整体论（生态）；文化研究领域的主流文化/边缘亚文化（文化）；精神分析批评领域的自我/他者（主体）；性别研究领域的异性恋/同性恋（身份）；等等。前者占据主流地位，具有不对称、强势、积极、主动、在场诸特征，而后者则往往归于边缘话语，陷入弱势、消极、被动、缺席的处境。西方文论的边缘话语呈现出共通的理论取向——站在弱势者立场发出批判性的声音，解构二元论所携带的中心主义、等级制、基要主义的思想文化霸权，倡导生命权利。长期以来，边缘话语备受压迫或忽视，因此，人们需要倡导诗学正义，以历史理性与人文关怀结合的目光审视性别、种族和亚文化及其范式的转向问题。

第四章 性别研究：女性主义理论与批评

女性堪称人类永恒的话题。古今中外哲人、文学家历来对女性内涵、特质和话语十分重视。意大利诗人但丁在《神曲》中把心目中的女神贝娅德丽采作为信仰的象征，引导自己走向至善至美的上帝天国。德国文豪歌德的名言："永恒的女性，引导我们上升！"老子曰："谷神不死，是谓玄牝。玄牝之门，是谓天地根。绵绵若存，用之不勤。"司马光注："中虚故曰谷，不测故曰神，天地有穷而道无穷，故曰不死。"[1] 谷神、玄牝反映了古代的女性生殖崇拜。女性空灵、神秘、神奇、永恒，大自然将孕育后代的重大任务托付给女性，婴儿躁动于母腹内，周国平据此称"在东西方哲人眼中，女性都是永恒的象征，女性的伟大是包容万物的"。女性生命体验最深刻，而老子"也许是世界历史上最早的女性主义者"。[2] 这些论述，无疑都具有审美人类学蕴含和女性主义的理论意义。当代西方文论的性别转向，前所未有地丰富了关于女性的理论话语，对文学批评实践产生了持续、深刻、重大的影响。

---

[1] 老子等：《老子·庄子·列子》，杨伯峻前言、张震点校，岳麓书社1997年版，第2页。
[2] 周国平：《爱与孤独》，人民文学出版社2012年版，第26页。

第一节　学术范式转向

20世纪女性主义理论崛起之前，关于女性的传统描述是碎片化和散在的。当代欧美女性主义思潮的崛起，改变了关于女性的问题框架和理论范式。女性主义理论聚焦于"性别"核心问题，侧重从性别差异和两性之间不平等的历史现实出发，力图多方面揭示父权制意识形态对女性的语言文化构造，促成了性别研究范式的转向。长期以来，西方思想文化二元对立的模式，以男性+理性为中心的社会机制建构了女性软弱无力、消极被动、邪恶神秘的属性。主流文化的神话、话语、文学等则强化了女性的文化属性、社会角色与性别模式（第二性）。西方文学正典的标准具有白人男性的内涵与特征，文学史蕴含着性别歧视。文学史上著名女性作家的名字寥寥无几，女性被边缘化，很难进入文学正典。因此，早期女性主义理论著述如英国伍尔芙《自己的一间屋》、法国波伏娃《第二性》、美国米利特《性政治》、吉尔伯特和格巴的《阁楼上的疯女人》、肖瓦尔特《她们自己的文学》等，致力于揭露西方思想文化与文学的菲勒斯—逻各斯中心主义（Phallogocentrism）[①]，居心叵测地弱化或欺压女性的情境，开拓了西方文论性别研究的问题框架。

一　女性主义视野与理论前提

女性主义是一种跨学科理论，以各种方式与其他思想流派交叠。如女性主义与精神分析结合能够更好地揭示父权制意识形态的投射、缝合与内化。女性主义与马克思主义结合有助于理解经济力量与父权制的合谋与操控，因而女性作为下层阶级受到经济、政治、社会的多重压迫。女性主义与结构主义的结合可以揭示女性受压迫的社会文化机制。女性主义与解构论结合有助于颠覆文学作品蕴含的虚假、简单、僵硬的二元对立（如爱与恨、善与恶、

[①] 菲勒斯-逻各斯中心主义（Phallogocentrism）的构词法是"菲勒斯""逻各斯"与"中心主义"的拼缀（即Phallogocentrism = phallus + Logos + centrism）。

理性与情感）。在女性主义理论视野中，传统的社会性别角色受到了质疑。父权制女性（Patriarchal Woman）内化了父权制规范与价值，反映了父权制的"男性偏见"（Sexist）和"生物本质主义"（Biological Essentialism）的偏颇。传统的社会性别角色固化了男性特权和女性弱势的模式，男性往往被视为理性、强壮，具有保护性和决定性，女性则大多情感冲动（非理性）、脆弱，具有持家和顺从等属性。"歇斯底里"（Hysteria）一词可能最能说明父权制男性偏见和生物本质主义问题。该词源于希腊文"子宫"（Hystera），尤指女性精神失常，具有过度情感冲动和极端行为的特征。由于父权制假设歇斯底里症候专属女性问题，因此男性的歇斯底里行为并不会被同样看待，而是往往被忽视，或被归于脾气不好。但同时需要指出的是：父权制社会性别角色实际上是一枚双刃剑，不仅伤害女人，也同样伤害男人。中国俗语有言：男人有泪不轻弹！男儿膝下有黄金！男人要养家糊口，遇到困难需要硬扛，尤其是经济失败最令人羞辱，却难于公开哭泣或示弱，因此无论是在精神世界还是物质世界，男人都承受了不逊于女性的巨大压力。此外，女性对男性的性骚扰，尤其是成年女性对小男孩的性骚扰，往往不被认为构成禁忌问题。

女性主义认为父权制意识形态无所不在，根深蒂固。泰森认为其理论前提包括以下几个方面。

（一）女性受父权制的经济、政治、社会、心理等多重压制，父权制意识形态是主要压迫方式。

（二）在父权制领域，女性是他者，被对象化和边缘化。

（三）西方文明深植于父权制意识形态，文学史上可见无数父权制塑造的女性形象，如古希腊古罗马文学与神话的女妖魔形象，圣经关于夏娃的父权制原罪之阐释。传统西方哲学把女性作为非理性的生命表达，体现了菲勒斯-逻各斯中心主义思维。

（四）生物学决定我们的生理性别（Sex），文化决定我们的社会性别（Gender）。

（五）所有女性主义行动，包括理论与文学，最终目标是通过促进妇女平等，改变世界。

（六）社会性别在人类生产与经验的各方面都扮演了角色。

女性主义理论针对父权制意识形态的运作与正典文学的男性偏见，所关注的题旨可谓广泛多样。譬如，文学作品是如何刻画女性的？作品是加强还是暗中破坏了父权制意识形态？作品是否包含父权制、女性主义和意识形态冲突等重要议题？作品是否提示了跟女性经验密切相关的性别、种族和阶级，以及其他文化要素的交织互动的方式？在经济、政治、社会、心理学意义上"姐妹情谊"是如何形成的？作品的接受史是否反映出父权制的遮蔽？自传资料与历史数据是否有助于提示女性的经验、创造性和风格（如女性书写）？作品在女性文学史和文学传统中扮演了什么角色？[1] 这些问题，有助于我们将女性主义理论与文学批评实践结合，丰富诗学理解与文学阐释。概言之，可以简括女性主义理论的三个主要维度。

（一）女性是一种语言文化构造。女性主义理论旨在揭露菲勒斯－逻各斯中心主义居心叵测地弱化或欺压女性的情境。在后殖民批评与女性主义的关联域中，莎士比亚一直是白人优越论和菲勒斯中心主义的一个现成的神话！20世纪60年代以来，一些文学批评家认为莎士比亚是典型的"死白欧男"——死去的白种欧洲男作家，是白人殖民主义和帝国主义的典型代表！[2] 西苏细读了古希腊文学、莎翁戏剧和当代文学，论证了女性在文学和历史叙事中总是被置于边缘。德勒兹认为"女性"是社会编码效应的一种装配，而文学则是所有这些情感效应和强度的最佳表达方式。文学通过各种描绘，塑造了众多符合男性欲望的腰身纤细、娇柔可人的"女性"。而在"男人"或"父亲"的个人形象出现之前，社会机器（通过诸如古希腊悲剧中的事件）已经塑造了国王、暴君、强者、银行家、警察、税务官、政治家之类的形象。

---

[1] 泰森还认为，女性主义理论与性别研究有四个交叠交织互渗的议题：压迫女性的父权制假设；突破二元论性别概念的可选择途径；生理性别与社会性别的关系；性取向与社会性别的关系（参见 Lois Tyson, *Critical Theory Today*, 2nd ed. New York: Routledge, 2006, pp. 92, 108, 119–120)。

[2] 陆谷孙：《莎士比亚十讲》，复旦大学出版社2005年版，第66页。

"男人"（Man）也是从社会角色中生成的。这种社会投注在集体观看中创造意识形态意义：从古代磨难仪式到现代电影和大众文学都是这种投注式的观看。这意味着文学不是再现性的，而是生产性的。

（二）女性需要讲述自己的故事。母亲或他者即 M（other）；历史即 History = his story（他的故事），而女性需要 Her story（她的故事）！拉康"想象界"提供了一种女性主导的空间。古希腊索福克勒斯的著名悲剧《安提戈涅》讲述了"母亲的女儿"安提戈涅的故事，而不是菲勒斯中心主义的"俄狄浦斯故事"。法国女性主义理论家露西·伊丽格蕾认为，男性快感是视觉的、单一的或统一的，是对女性的强力凌驾；而女性的体验却不是单一的，她的性器官不同于男性，由很多不同的因素（嘴唇、阴道、阴蒂、阴唇、宫颈、子宫和乳房）构成，因而她的快感是多重的、无止境的。触觉比视觉给女性带来更多的愉悦。由此倡导一种新的"流动"语言，寻求从菲勒斯逻辑中解放出来。它是一种母亲或他者即 M（other）的声音，具有异质、多元和开放的特质。

（三）两性关系宜合理化。伍尔芙的雌雄同体论，荣格的"阿尼玛与阿尼玛斯"（两性互相之潜倾），德勒兹/加塔利的"千高原"游牧美学衍生的"千面性"概念，尤其是哈贝马斯的交往行为合理化观念，为这个题旨奠定了良好的基础。

二 女性主义三波发展与理论范式

女性主义理论发展至今，积累丰厚，且新兴代表人物和理论话语层出不穷，间或形成对话关系。因此，在西方文论领域，一些学者试图归纳女性主义理论发展的阶段。譬如，克里斯蒂娃曾提出女性主义的三个发展阶段。（1）女性要求平等地进入父权制和象征秩序，认同于父权制及其价值观。（2）女性以差异之名否弃男性的象征秩序，激进的女性主义揄扬女性，视女性不同于男性又强于男性。（3）女性否定男性与女性之间的形而上学的二元对立，认识到要超越孤立、静止的两性差异范畴，尊重两性之间复杂多元的文化构成与开放性，超越父权制与二元论的陷阱。第一阶段实质上是女性想要在父权制意识形态结构中分一杯羹；第二阶段女性采取的是一种分庭抗礼的姿态，旨在颠覆菲勒斯中心主义的性别霸权。第三阶段侧重性别问题的混杂流变的属性，具有合理化交往的理论特征。

目前讨论女性主义问题，尤其需要正视反女性主义理论的偏见与误解。由于在女性主义理论发展历程中前两个阶段的特殊形态，初步涉足女性主义理论和文学批评领域的人倾向于过分简单地看待女性主义者的权利主张，视之为敌视男性、脾气乖张，不戴乳罩，不愿居家相夫教子的"怪咖"。最典型的例证是一些女性主义者要求废除用来指称男女两性的第三人称"他"（He），因为该称谓体现出男性中心主义的特征。而实际上依据语言约定俗成的规律，这种表达式含义通俗明确，即使换用一个新称谓意义也不大，因而多数人认为这种主张体现了女性主义者琐碎、幼稚、斤斤计较的特点。泰森认为这是偏见与误解，她说：时至今日，众多女性主义者与男性一样，认为女性应该能够居家过日子、养育孩子、佩戴乳罩。因此我们需要从定义上明确女性主义理论与文学批评的宗旨："考察文学（以及其他文化生产）究竟是是加强还是暗中破坏了妇女的经济、政治、社会和心理压迫的方式。"[①] 女性主义理论内部"雌雄同体"等概念，有助于避免这类偏见与误解。

在主要理论范式方面，G. 卡索尔的《布莱克威尔文学理论导论》提出了女性主义理论发展的三波浪潮论：第一波女性主义关注选举权与自主性问题。美国 19 世纪中期社会文化的代表人物为 E. C. 斯坦顿和 S. B. 安东尼；文学的卓越代表是维吉尼亚·伍尔芙及其标志性的"自己的一间屋"女性话语。第二波女性主义理论范式主要是寻求性别平等，聚焦于白人女性的公民权利，在 20 世纪 60 年代臻于高潮，代表人物波伏娃的《第二性》堪称女性主义的"圣经"，法国女性主义"三剑客"伊莉格蕾、西苏、克里斯蒂娃的思想风靡一时，格里尔、米莉特、肖瓦尔特、吉尔伯特与格巴都写出了代表著作。第三波女性主义在 80 年代崛起，矫正欧美中产阶级学者忽视女性肤色与蕾丝边倾向等偏颇，关注边缘群体和第三世界女性状况，代表人物是里奇、维蒂希、

[①] Lois Tyson, *Critical Theory Today*, 2nd ed. New York: Routledge, 2006, p. 83.

胡克斯、巴特勒等人。① 本章借鉴卡索尔模式，从史论维度论述女性主义理论三波发展，重点是当代女性主义代表人物、理论范式和领域拓展问题。

第二节 主要代表人物与理论话语

性别研究的范式转向，促使女性主义理论阵营涌现出一系列代表人物：伍尔芙、波伏娃、里奇、维蒂希、西苏、伊莉格蕾、斯皮瓦克、亚伦、玛尔维、柯诺蒂妮、吉尔伯特和格巴、哈拉维、波尔多、鲁宾、骆里山、巴特勒等等。② 同时，女性主义理论并非铁板一块，而是呈现出国别差异。如英美女性主义信奉和推行妇女平等的女权观念，法国女性主义则借鉴德里达解构论和拉康精神分析理论，强调女性的差异，对菲勒斯逻各斯中心主义思想和父权制语言结构提出挑战。女性主义理论的主要类型包括：黑人女性主义与后殖民女性主义（种族）、马克思主义女性主义（阶级）、生态女性主义（自然）、蕾丝边女性主义（同性恋）、后现代女性主义（解构论）、奇卡娜女性主义（混杂）、"赛博格"女性主义（科技），等等。

一 第一波女性主义理论范式：维吉尼亚·伍尔芙

第一波女性主义在文学上的卓越代表包括维吉尼亚·伍尔芙等人。在女性主义理论发展史上，第一波女性主义关注选举权，倡导女性自主性的理论范式。伍尔芙以"自己的一间屋""莎士比亚姐妹""雌雄同体"等女性话语开拓了宏阔而开放的现代性别研究领域。

---

① G. Castle, *The Blackwell Guide to Literary Theory*, Ma: Blackwell Publishing, 2007, pp. 94 – 100.
② 这些女性主义理论代表人物的列举，主要依据雷奇总主编的英文版《诺顿理论与批评选集》(2010)"女性主义理论与批评"栏目。

弗吉尼亚·伍尔芙

学术领域地位：英国著名女作家、文学批评家和文学理论家

主要代表著作：《自己的一间屋》（1929）；《墙上的斑点》（1919）；《达洛卫夫人》（1925）；《到灯塔去》（1927）

重要理论话语：自己的一间屋；雌雄同体

弗吉尼亚·伍尔芙（Virginia Woolf, 1882—1941），西方现代女性主义理论先驱，英国意识流文学代表人物，影响在文学上经久不衰，其重要理论话语包括"自己的一间屋"（A Room of One's Own）和"雌雄同体"（Androgyny）等。

伍尔芙生于文学世家，她父母都是再婚。父亲莱斯利·斯蒂芬爵士是英国维多利亚时代著名的编辑和文学批评家，母亲茱莉亚美貌动人，与拉斐尔前派（Pre-Raphaelite）成员[①]过从甚密。父亲曾出版过数部哲学与文学史著作，首任妻子是小说家萨克雷之女。家庭生活属于典型的维多利亚时代的模式，丈夫挣钱与写作，妻子相夫教子，家里拥有一个藏书丰富的大图书室。这对伍尔芙的教育成长影响重大。1904 年父亲去世之后，她迁居到了布卢姆斯伯里。后来以她和几位朋友为中心创立了布卢姆斯伯里派（Bloomsbury Group）文人团体，伍尔芙是核心人物，享誉伦敦文坛。1912 年伍尔芙嫁给伦纳德·伍尔芙，夫妇创立"霍格斯出版社"，出版了 T. S. 艾略特的诗集、凯瑟琳·曼斯菲尔德的短篇小说，以及伍尔芙自己的一些作品。婚姻之外，伍

[①] 英国维多利亚时代画坛由皇家美术学院的古典主义艺术思想主宰，以拉斐尔的艺术为典范，同时社会上流行秀媚甜俗和空虚浅薄的匠气艺术。当时青年画家亨特、米莱斯和罗塞蒂欣赏与向往文艺复兴初期感情真挚、形象生动的艺术风格，认为真正的艺术存在于拉斐尔之前，企图以此挽救英国绘画。他们三人于 1848 年发起成立一个画派，史称"拉斐尔前派"。拉斐尔前派持续影响许多英国画家直至 20 世纪。罗塞蒂后来成了欧洲象征主义的先驱（参阅 http：//baike. so. com/doc/6120296-6333443. html）。

尔芙与外交家之妻、女作家"维塔"（Vita）[①]结识，两情相悦，巧合的是，她的文学创作这时也开始进入丰产期。伍尔芙是创造力沛然的文学家，同时也饱受精神疾患的困扰。1941年，伍尔芙病情加剧，加上当时欧洲法西斯主义战争阴云密布（她丈夫是犹太人，夫妻俩曾经在纳粹入侵事件时准备自杀），伍尔芙留下一纸绝命书，投河自尽。关于伍尔芙的性取向、阶级立场和疯癫，一直是热议话题。

1928年10月，伍尔芙受邀在剑桥大学就"女性与虚构小说"（Women and Fiction）题目发表了两次演讲，后来修改与拓展成为其名著《自己的一间屋》（*A Room of One's Own*, 1929）。在西方现代女性主义筚路蓝缕的阶段，伍尔芙的《自己的一间屋》与《三个基尼》（*Three Guineas*, 1938）一道，被视为女性主义理论的奠基之作。在以道德要求严苛著称的英国维多利亚时代，性事成为被压抑的秘密（伍尔芙在童年曾经遭到两个同母异父兄弟的猥亵，成人后非常厌恶性生活，更不愿生儿育女，对于同性的依恋甚至一度成为她感情世界里的重心）。伍尔芙所在的布卢姆茨伯里派打破性别禁忌，几乎所有成员都同时与男女两性保持着关系。然而，即使是在较为自由开放的布卢姆茨伯里派，女人的创造性仍然被分类为"疯癫"。伍尔芙属于欧洲白人文化精英阶层，关注女性与金钱、自由与财产之间的关系。她指出：欧洲文学史至18世纪末发生了一个重要的变化，中产阶级女性开始写作，简·奥斯汀、勃朗特姐妹等显现了才华。女人能够以笔为稻粱谋，只需要500英镑年薪就能独立生活，就能够扼住"屋里的安琪儿"的喉咙。她认为自己的职业生涯有两种冒险：第一种是将安琪儿杀死在屋里——我想我解决了；第二种是真实地倾诉我作为一个血肉之躯的自己的体验。[②]她振聋发聩地提出：一个女人要想写小说，就一定要有钱，还要有自己的一间屋。这里的"钱"和"屋"隐喻的是妇女从事写作的必要条件是经济独立，以及由此保障写作的独立时空。

[①] 即 Victoria Sackville-West.
[②] ［英］弗吉尼亚·伍尔芙：《妇女的职业》，玛丽·伊格尔顿编《女权主义文学理论》，胡敏、陈彩霞、林树明译，湖南文艺出版社1989年版，第89—91页。

"显而易见，伍尔芙通过描述妇女生活的经济细节，打破了性别禁忌，而不是仅仅宣示一种阶级特权。"[1] 伍尔芙的小说《达洛卫夫人》(*Mrs Dalloway*, 1925)、《到灯塔去》(*To the Lighthouse*, 1927)皆是西方现代文学领域意识流叙事的典范之作。此外，伍尔芙还有三部"传记"作品及大量文字出版。

伍尔芙《自己的一间屋》提出了一个耐人寻味的"莎士比亚姐妹"的议题。伍尔芙假设莎士比亚有一个极富天资的妹妹朱迪斯·莎士比亚，她同样富有冒险精神和想象力，却无法上学，只能待在家里，被文艺复兴时期的舞台排斥（英国黄金时代——伊丽莎白时期所有的舞台角色都由男子扮演）。她"像哥哥一样热爱戏剧"，想演戏，却引起男人们一阵哄笑，一个胖乎乎、胡说八道的剧院经理怜悯她，最后她发现怀上了"那位绅士"的孩子，在一个冬夜自杀了，被埋在一个交叉路口，现在成了停车场。"如果莎士比亚时代的妇女具有莎士比亚的天赋，故事大概就是这么个样子。……任何一个16世纪的妇女只要有天赋伟才，她必然会发疯，毁灭自己或在村子外面一间破房子里了却残生……"[2] 吉尔伯特和格巴评论说：伍尔芙本人编造的朱迪斯·莎士比亚自杀并且被埋在十字路口的故事富于象征意义："技术使得现代伦敦烟雾笼罩，父权制猖獗。它从可怕的十字路口成长起来。就在这十字路口，那位神话式的女诗人僵尸横陈。……她猝然在传统、类型、社会和艺术的十字路口死去。"[3] "莎士比亚姐妹"的议题是令人震惊的性别话语，引发人们的反思。

雌雄同体观念在女性主义理论范畴具有重要意义。伍尔芙在《自己的一间屋》里设想了两个人坐上一辆出租车的景象。她认为由此可以追问：男女两性能否像这样需要统一，以获得完全的满足与幸福。她勾画了一幅灵魂的方案，想让我们每一个人都统辖着两种力量。一种是男性，一种是女性；在

---

[1] V. B. Leitch ed., *The Norton Anthology of Theory and Criticism*, New York: Norton & Company, Inc. 2010, p. 894.

[2] [英]弗吉尼亚·伍尔芙：《自己的房间》，玛丽·伊格尔顿编《女权主义文学理论》，胡敏、陈彩霞、林树明译，湖南文艺出版社1989年版，第82—84页。

[3] [美]桑德拉·吉尔伯特和苏珊·格巴：《莎士比亚的姐妹们》，玛丽·伊格尔顿编《女权主义文学理论》，胡敏、陈彩霞、林树明译，湖南文艺出版社1989年版，第194—195页。

男人的头脑里,男性胜过女性,而在女人的头脑里,女性胜过男性。两者和谐共生、心心相印,方为正常和舒适的状态。她引证柯尔律治说,一颗伟大的心灵是雌雄同体的。诗歌应该既有母亲,也有父亲。莎士比亚、柯尔律治、兰姆、济慈、普鲁斯特是雌雄同体的,雪莱或许是无性的,而弥尔顿、本·琼生、华兹华斯和托尔斯泰则男性意味更多一点。[①] 伍尔芙的举例或许有争议,但是她的"雌雄同体"观无疑具有稳健宽容的辩证特征,避免了后来激进女性主义的偏颇,也解构了女性主义理论发展的线性观。

二 第二波女性主义理论范式:波伏娃与"三剑客"

第二波女性主义理论范式主要聚焦于白人女性的公民权利,寻求性别平等,乃至强调女性优越论。它在 20 世纪 60 年代臻于高潮,具有解构论特征,在性别研究领域最具革命性,在发挥摧枯拉朽的非凡力量的同时也带来了偏激之见。代表人物波伏娃的《第二性》堪称女性主义理论的"圣经",法国女性主义理论"三剑客"伊莉格蕾、西苏、克里斯蒂娃的思想风靡一时,格里尔、米莉特、肖瓦尔特、吉尔伯特与格巴都写出了其标志性的著作。

在第二波女性主义浪潮中,最具代表性的理论范式是法国女性主义。法兰西作为 20 世纪思想重镇,解构论哲学、后结构主义美学、精神分析理论、社会学话语等丰富多彩,强烈地影响了女性问题框架。法国女性主义主要呈现为两种范式[②]:唯物论女性主义与精神分析女性主义。前者从外部和群体维度考察那些控制物质与经济条件的父权制传统与机制,揭示其意识形态,后者则从内部与个体维度追溯父权制导致的心因性症结。

(一)唯物论女性主义理论(Materialist Feminism)。以波伏娃、德尔菲和吉约曼为代表人物。父权制观念认为:女性不生孩子则人生不完整,女性应该相夫教子。波伏娃反对这种观念。受她的影响,克里斯汀·德尔菲基于马克思主义原则批判父权制,在 20 世纪 70 年代初创造了"唯物论女性主义"

---

① V. B. Leitch ed., *The Norton Anthology of Theory and Criticism*, New York: Norton & Company, Inc. 2010, pp. 901 – 904.

② 这两种范式及其阐发,主要参考泰森的《今日批判理论》(Lois Tyson, *Critical Theory Today*, 2nd ed. New York: Routledge, 2006, pp. 95 – 104)。

这一短语。德尔菲聚焦于家庭作为经济体的分析，认为婚姻是一个劳动合同，将妇女拴住，使其从事无报酬支付的劳动，而且通常是琐碎的"家务劳动"。男主外、女主内的家庭模式意味着家庭主妇 24 小时全天候的劳动，无价值、无工资。科莱特·吉约曼则指出，界定男性主要是根据其社会价值，界定女性主要是根据其生物性别。男性对女性的直接占用，主要形式是经济意义的侵占，犹如奴隶制和农奴制，吉约曼称这种占用是"性盘剥"（Sexage），表现为四种主要形式：一是占用女性的时间；二是占用女性身体的产物；三是占用女性的性义务；四是占用女性的持家之心。波伏娃《第二性》实际上是唯物论女性主义理论的奠基之作，具有社会构成论的特征。

西蒙·德·波伏娃

　　学术领域地位：法国著名作家、存在主义哲学家、女性主义与社会理论家
　　主要代表著作：《第二性》（1949）
　　重要理论话语：女性社会构成论

Simone de Beauvoir

　　法国女作家西蒙·德·波伏娃（Simone de Beauvoir，1908—1986）是第二波女性主义的奠基人物，以西方女性主义宣言书《第二性》（The Second Sex，1949）蜚声世界。她的理论话语"女性社会构成论"涉及女性伦理学、存在主义女性主义等范畴。

　　波伏娃出生于巴黎一个家境殷实的中产阶级家庭，天资聪颖，受过良好教育，属于获得大学精英教育的第一代女性，1929 年以论莱布尼兹的论文获得索邦大学哲学学位。学生时代的波伏娃遇上了在巴黎高师学习哲学的萨特，两人终身保持着情侣的关系。她的同学包括后来的现象学家梅洛·庞蒂、人类学家列维－斯特劳斯等人。波伏娃是通过严格的国家哲学教职考试的最年轻的学生，1931—1934 年在多处任教，后来因与一个学生的绯闻被控而离开教育界，余生以写作度日。在任何有组织的女性主义运动出现之前，波伏娃

的《第二性》为欧美女性主义提供了理论基础，被尊为现代西方妇女解放运动的圣经，是"有史以来讨论女人的最健全、最理智、最充满智慧的一本书"。它范围广泛、内容丰富，堪称跨学科之作，涉及历史、生物学、人类学、文学、精神分析、马克思主义和存在主义哲学，且批判性地把它们作为理解女性生活体验的工具。该书最著名的观点是："女人不是天生的，是后天造成的"（One is not born, but rather becomes, a woman）[1]。换言之，决定两性性别特征的主要原因是社会属性而非生理属性。《第二性》在当代女性主义运动的各方面都留下了深刻的印记。

波伏娃呼应伍尔芙的观念，认为父权制历史一贯视女性为"他者"，否弃了她们的主体性，导致女性成为妄自尊大的男性的镜像。波伏娃的性别批判，展示了男性基本假设如何主导了社会、政治、文化生活，且女性如何将这种意识形态内化，从而形成了男主外、女主内的社会性别模式。《第二性》采用了多重视野探讨女性问题。第一部分考察女人的"客体性"，即把女性作为分析对象，通过一系列文化透镜，包括生物学、精神分析、马克思主义、历史、文学与神话，批判性地审视女性问题。第二部分考察女人的"主体性"，通过女性自身生活体验的视角，展示女性内化父权制意识形态的过程。波伏娃认为人的存在，尤其是性别之分，是由社会文化所决定的。这些论述，揭示了女性作为"第二性"和男性"他者"的机制，凸显出关于永恒女性的神话与女人实际生活体验的反差。

批评家对波伏娃也有所指责，如认为波伏娃从受过良好教育的欧洲白人中产阶级妇女的立场出发，却倾向于把自己的特殊观察和体验普适化，宣称适用于所有的女性。尽管如此，"《第二性》在那个时代是革命性的，它提供了关于女性地位的强有力的分析，至今仍然是女性主义理论的奠基之作"。[2]波伏娃的《第二性》对20世纪70年代凯特·米丽特的女性主义经典《性政

---

[1] V. B. Leitch ed., *The Norton Anthology of Theory and Criticism*, New York: Norton & Company, Inc. 2010, p. 1262.

[2] Ibid., p. 1264.

治》影响深远，更重要的是，它的理论策略促使第二波女性主义借助丰富的思想资源进一步建构新的理论话语。

（二）精神分析女性主义（Psychoanalytic Feminism）。按照泰森《今日批判理论》（2006）的说法，西方精神分析女性主义以所谓的"三剑客"西苏、伊莉格蕾和克里斯蒂娃为代表，侧重从哲学与心理学维度关注女性差异的语言、符号问题。

埃莱娜·西苏

学术领域地位：当代著名女性主义理论家、法国小说家、戏剧家、英语教授

主要代表著作：《美杜莎的笑声》（1975）

重要理论话语：女性书写

Hélène Cixious

埃莱娜·西苏（Hélène Cixious，1937—　）[1]深受德里达、弗洛伊德、拉康的影响，在西方以"女性书写"（écriture féminine/feminine writing）的理论话语影响文论界，她的代表性论文《美杜莎的笑声》（*Le Rire de la Méduse*，1975；英译本 *The Laugh of the Medusa*，1976）面世后，在英语世界声名鹊起，被视为女性主义理论标志性的著作。

西苏生于阿尔及利亚一个犹太人家庭，在流散文化和多元语言的环境中生活。西苏在家里说德语与法语，与周边的人说西班牙语和阿拉伯语。她亲身见证过反犹太主义和法国殖民统治。18 岁时嫁给 Guy Berger，育有两个孩子，1964 年离婚，阿尔及利亚独立战争期间移居巴黎，学习英语并且获得教师资格，博士论文是《詹姆斯·乔伊斯的流放》（*L'Exil de James Joyce ou l'art du remplacement*，1969；英译本 *The Exile of James Joyce*，1976）。她在索邦大学任教，而后在 Nanterre 大学获得英语文学教席，经常与德里达、拉康讨论

---

[1] 根据《诺顿理论与批评选集》，西苏的姓名 Cixous 发音应该是"西克苏"（Seek‑Soo）。

乔伊斯。法国五月风暴期间，西苏进入巴黎第八大学，那里名人汇聚，法国文学与哲学领域一些最有才华的人物都到此任教，包括托多罗夫、福柯与德勒兹。法国第一个精神分析系创建于此，精神分析一脉的女性主义理论家伊莉格蕾在该系任教直至1974年。西苏与热内特、托多罗夫一道创建了颇有影响的《诗学》杂志，并且负责当时法国唯一的博士项目"女性研究"。

西苏的"书写"（écriture）可能是把当代"法国理论"与"德国唯心论"或"英美实用主义"区分开来的最佳称谓。60年代末，法国一系列重要思想家——德里达、克里斯蒂娃、罗兰·巴尔特等人——开始探讨书写对西方思想的意义。1968年法国社会骚动之际，《如实》杂志宣称：新的"书写科学"必将带来革命性的变化。它关注一切话语的"文本性"，且受到马克思主义的影响。书写理论的渊源可以追溯到柏拉图所描述的苏格拉底。在当代文艺思想领域，德里达的贡献尤为显著。柏拉图以降的西方哲学旨趣，聚焦于不可能却无法抗拒的基要主义真理或逻各斯的寻求，德里达称之为"逻各斯中心主义"。黑格尔哲学对此加以最清晰的概念化。他通过一系列二元对立（心灵/物质、光明/黑暗、在场/缺席、自然/文化、善良/邪恶，等等）把逻各斯中心结构组织起来。[①] 德里达《论文迹学》（*Of Grammatology*，1967）、《书写与差异》（*Writing and Difference*，1967）将"言说"与"书写"对举，解构逻各斯中心主义，启迪女性主义理论否弃语音中心论的等级制与父权制一言堂的窠臼。

西苏是"女性书写"理论的倡导者和一流的实践者。她已经撰写超过55部作品，包括小说、戏剧、诗歌、传记、理论著作等，苏珊·塞勒斯编辑与翻译了访谈录《埃莱娜·西苏的书写笔记本》（2004）双语版，以及主编她与西苏的访谈录《白色墨水：关于性、文本与政治的访谈》（2008）。西苏细读了古希腊文学、莎翁戏剧和当代文学，论证了女性在文学和历史叙事中总是被置于边缘。她揭示了"父权制二元对立思维"的吊诡，诸如头脑/心灵、父亲/母亲、文化/自然、可知/可感、太阳/月亮、主动/被动/，等等。在这

[①] V. B. Leitch ed., *The Norton Anthology of Theory and Criticism*, New York: Norton & Company, Inc. 2010, pp. 1938–1940.

类二元关系中，女性总是被置于对立项的右边，具有低级、弱势、被动的特征。这些居心叵测的语言结构，助长了父权制意识形态。西苏认为，女性自身是生命之源、力量之源，因此需要女性新语言来破除这种父权制二元对立书写的方式。她倡导更为流变自然的"女性书写"，表达女性非线性、非理性、非逻辑的情感直觉体验。

《美杜莎的笑声》① 号称"法国新女权主义"宣言，充满激情地声称："妇女自己必须进入本文——就像她必须侧身人世和历史一样——通过她自己的奋斗。""妇女的想象力是取之不竭的，像音乐、绘画、写作，她们的幻觉之流简直不可思议。""写吧，写作属于你，你自己也是你的，你的躯体是你的……写吧，任何人都无法阻止你"。"现在，妇女从遥远的地方、从常规、从'没有'中回来了，从还住有巫婆的荒野回来了，从'文化'的潜层和彼岸回来了"。② 像这样抛弃父权制惯例或许具有乌托邦色彩，但托莉·莫伊却认为："乌托邦之思永远是女性主义灵感的源泉。"③ 值得指出的是，西苏质疑二元论逻辑，但是并未像其他书写理论家那样，赋予现存男女二元关系中女性"半边天"以特权。在某种程度上她突破了结构主义的樊篱，呈现出后结构主义的理论倾向。西苏宣称"我不是一个女性主义者"，因为她认为，女性主义像传统的逻各斯中心主义或它的伙伴菲勒斯中心主义一样，陷入了同样的二元论逻辑。新的二元对立不在于男女两性之间，而在于同一性逻辑与异质性、多元性逻辑之间。西苏的"女性书写"逻辑貌似悖反，一方面强调女性作家白色墨水的反抗性书写，另一方面她又宣称，鉴于男女都有接触母亲的体验，因此男人也可以进行"女性书写"。实际上，"男性"与"女性"的逻辑在西苏这里，已不是"A"与"B"的关系，而是"A"与"非A"的

---

① 西苏《美杜莎的笑声》是她 1975 年所主持项目的组成部分，该项目的另一个部分"突围"（Sorties）收入《新生的女人》（英译本 *The Newly Born Woman*，1986）。
② [法]西苏：《美杜莎的微笑》，玛丽·伊格尔顿编《女权主义文学理论》，胡敏、陈彩霞、林树明译，湖南文艺出版社 1989 年版，第 396—399 页。
③ Lois Tyson, *Critical Theory Today*, 2nd ed. New York: Routledge, 2006, p. 101.

关系。① 由此观之，杜拉斯、热奈特、莫里森、伍尔芙、乔伊斯和福克纳皆属"女性书写"的例证。

露西·伊莉格蕾

学术领域地位：当代法国著名女性主义哲学家、心理语言学家和文化理论家

主要代表著作：《他者女性的窥镜》（1974）；《此性非一》（1977）；《性别差异的伦理学》（1984）

重要理论话语：男性凝视；女言

Luce Irigaray

露西·伊莉格蕾（Luce Irigaray，1931— ），② 比利时出生的法国著名作家，以著作《他者女性的窥镜》（*Speculum of the Other Woman*，1974）和《此性非一》（*This Sex Which Is Not One*，1977）闻名于世，伊莉格蕾的重要理论话语包括男性凝视（Male Gaze）和女言（Womanspeak）等。

伊莉格蕾获得比利时鲁汶大学的学士学位（1954）和硕士学位（1956），1956年任教于布鲁塞尔一所高中。1960年进入巴黎大学攻读心理学硕士学位，翌年拿到学位，1962年获得精神病理学执照。在20世纪60年代她参加雅克·拉康的精神分析研讨班，成为由拉康领导的巴黎弗洛伊德学校成员，获得语言学博士学位，继而以《他者女性的窥镜》学位论文获得哲学博士学位。从1964年起，她在巴黎国家科学研究中心获得研究职位，担任中心的哲学研究主任。1982年获得荷兰鹿特丹艾拉斯谟大学的哲学教授职位，出版《性别差异的伦理学》（*An Ethics of Sexual Difference*，1984）。该书奠定了她作为一个主要的大陆哲学家的地位。20世纪90年代她在巴黎的国家科学研究中心工作，专门探讨两性语言的差异。

伊莉格蕾的女性主义理论话语密切地结合符号经济学和马克思主义原理。

---

① V. B. Leitch ed., *The Norton Anthology of Theory and Criticism*, New York: Norton & Company, Inc. 2010, pp. 1940–1941.

② 参阅维基百科 https://en.wikipedia.org/wiki/Luce_Irigaray。

她的首部主要著作《他者女性的窥镜》面世后，在法国拉康学派内部引起争议，导致她失去了大学的工作。1977年她出版《此性非一》。两部书1985年迻译为英文。《此性非一》加重了对精神分析的评论，不仅包括讨论拉康的作品，还借鉴结构主义作家如列维-斯特劳斯的思想观念评论经济学与女性的关系。如她认为，菲勒斯经济把女性作为符号和货币，因为一切形式的交换只在男人之间进行。她采用马克思的资本论和商品理论，声称女性跟其他商品一样，在男性之间被交换。她认为"我们整个社会皆基于这种女性交换"。女性的交换价值是由社会决定的，而女性的使用价值则是她的自然品质。因此，女性自我被分为两种价值：使用价值和交换价值。这个系统创建了三种类型的女性：完全是使用价值的母亲；完全是交换价值的处女；同时体现了使用价值和交换价值的妓女。

伊莉格蕾重视父权制以语言为媒介对女性界说所产生的意义和精神压抑。西方哲学家、思想家只是把女性视为其男性气质之镜。弗洛伊德的"阉割焦虑"和"阴茎嫉妒"实为一种男性假设。女性只有两种选择：一是保持缄默；二是仿照父权制贬低女性的表达式。她富于思想力量的关键概念"男性凝视"（Male Gaze）揭示了父权制视觉权力（男人观看、女人被看）的机制，女性是男人经济的标志与商品。这种"男性凝视"论深刻地影响了玛尔维的女性主义电影理论，反转过来又启发了人们对"女性凝视"的思考。伊莉格蕾认为，在父权制结构中，女性的功能展现了男人世界的规则：父权制男人携美女是秀给其他男人看，折射出男—男关系。男人创造游戏规则，而女人只是游戏奖品。她对照男女两性的性兴奋差异，认为女人不同于男性的单一因素，女性的性兴奋点复杂、多元、微妙，超乎想象。鉴于男女两性的差异重要而微妙（如说男人是视觉动物、女人则是听觉动物，等等），伊莉格蕾还在语言层面提出了源于女性身体的"女言"（Womanspeak）概念（中国湖南女书可以作为伊莉格蕾"女言"的例证）。但是她的"女言"概念也特别容易引发争议，因为女言那种看似语无伦次的疯癫和不可解的状态实际既是对父权制的挑战，同时又可能强化了父权制意识形态关于女性情感与表达"非逻辑"

"非理性"的刻板印象。

许多女性主义者争论伊莉格蕾性别差异理论的本质主义立场，批评其基于二元论的思维方式和激进的异性规范偏见，认为她的菲勒斯中心论误解了西方哲学的"非确定性"。虽然她非此即彼的公式——男性＝决定性，而女性＝非确定性——蕴含了一定程度的文化和历史的有效性，但并不是全然如此。她视"女性"为流动的，而"男性"是僵硬的观点，不公正地忽视了流动机制。

朱丽娅·克里斯蒂娃

学术领域地位：当代法国著名哲学家、女性主义理论家、语言符号学家、文学批评家

主要代表著作：《诗歌语言的革命》（1974）

重要理论话语：互文性；穹若

Julia Kristeva

朱丽娅·克里斯蒂娃（Julia Kristeva，1941— ），当代法国学术界的核心人物之一，在哲学、女性主义理论、语言符号、文化研究和精神分析领域皆有影响。其重要理论话语包括互文性（Intertextuality）和穹若（Chora）等。克里斯蒂娃像其他当代理论家如拉康、罗兰·巴尔特、德里达一样，长期关注主体性与语言的关系，但是她的思想的特异之处在于坚持主体性和艺术实践的物质起源，强调主体与意义的前语言、本能与感性因素的重要性。数十年来，她从抽象语言学到精神分析学，始终关注身体及其驱动力。

克里斯蒂娃原籍保加利亚，1965年底移居法国，现为巴黎第七大学教授。早年在保加利亚期间她开始了解巴赫金的著述，同时就读于两所学校，上午去保加利亚学校，下午去法语学校。在巴黎她师从罗兰·巴尔特，很快以先锋姿态脱颖而出。《如实》（*Tel Quel*）在当时是法国年青一代结构主义与后结构主义理论家的大本营，主编是魅力非凡的作家、理论家菲利普·索罗斯，1967年克里斯蒂娃在《如实》等一流刊物发表论文，1970年成为该刊编辑，后来嫁给索罗斯并育有一子。克里斯蒂娃1974年受聘为巴黎第七大学教授，

创建罗兰·巴尔特跨学科中心。2004 年她因对"语言、文化与文学交叉问题的创新探讨"而获霍尔堡国际纪念奖；2006 年获汉娜·阿伦特奖，以表彰她的政治思想贡献。克里斯蒂娃受到多方面的学术思想影响，文学社会学批评家吕西安·戈德曼和人类学家列维-斯特劳斯是她的授业恩师，巴赫金、拉康、弗洛伊德等人让她受益匪浅。克里斯蒂娃引介巴赫金，使其凸显于法国理论的前景。她将巴赫金的"对话论"（Dialogism）与索绪尔"易位构词法"（Anagrams）的诗歌语言论融为一体，创造了"互文性"概念。

关于语言渊源与意义多元性的互文观，催生了克里斯蒂娃第一部著作《符号分析研究》（1969）[①] 的符号理论。继而她的博士论文《诗歌语言的革命》（1974）[②] 对"象征"与"符号"两大诗歌语言的力量做了细致的辨析，前者类似于拉康的"象征界"，是一种社会文化结构，后者则承载着语言使用者自身体验和母亲前语言呈现的轨迹，如婴儿的牙牙学语——诗歌的音乐就来自这个维度。在互文性理论的观照下，克里斯蒂娃认为女性具有无限复杂多样的属性，任何本质化的理论都可能是对女性的错误表达。她拒斥西苏的"女性书写"或伊莉格蕾的"女言"，认为女性气质（Feminine）无法界定，而女性（Femininity）则可确定。而父权制则界定与控制我们的 Sex（Female）与 Gender（Feminine）联系的方式，仿佛它们是同一回事。

克里斯蒂娃倡导从"语言的符号维度"摆脱父权制，认为语言由象征和符号两个维度构成，前者是语言运作并且赋予意义的领域，后者则指涉音调（声音、语气、音量、乐感）、节奏与身体语言。科学话语要求简明，相反，诗歌语言和符号占优势的话语具有繁复多姿的特点。婴儿与母亲接触，首先感知的是符号（音调、姿态、身体接触）交流方式，无意识地遗留至成人。而语言则属于父权制领域，属于象征界。符号超越父权制编程。"克里斯蒂娃

[①] *Séméiôtiké*: *recherches pour une sémanalyse*, Paris: Edition du Seuil, 1969. （English translation: *Desire in Language*: *A Semiotic Approach to Literature and Art*. Oxford: Blackwell, 1980.）

[②] *La Révolution Du Langage Poétique*: L'avant - Garde À La Fin Du Xixe Siècle, Lautréamont Et Mallarmé. Paris: Éditions du Seuil, 1974. （English translation: *Revolution in Poetic Language*, New York: Columbia University Press, 1984.）

并非提议我们能够并且应该回归婴儿状态，但是我们能够而且应该接近符号所栖居的我们无意识的组成部分，譬如，通过文学艺术这样的创造方式。因为这些媒介能够让我们有新的途径与语言联系，并且由此摆脱父权制的束缚。"[1] 在女性主义理论领域，克里斯蒂娃的"穹若"概念，是对拉康鲍罗密欧结的三元秩序的进一步拓展。

关键词"穹若"（Chora），按照克里斯蒂娃《诗歌语言的革命》的说法，借用于柏拉图《蒂迈欧篇》，意指一种本质意义的运动及其极短暂的静态，类似于发音或动态的韵律，是一种不确定、非决定的 Articulation（关节衔接、清晰发音）[2]。作为符号，"穹若"在希腊文中的字面意义是"空间"，可以意指"容器"或"子宫"，它表达前俄狄浦斯的本能力量的释放和语言的内驱力，因此与想象秩序的母亲身体相联系，与女性相关，与一切仍然保留着神秘难解属性的事物相关。克里斯蒂娃"试图把握主体创作文本的轨迹，而不仅仅关注文本的意义何在"，[3] 因此，她进一步区分了"基因文本"（Genotext）与"显现文本"（Phenotext）。前者具有造就文本的能量，大致相当于弗洛伊德的原初（无意识）过程，是梦的"潜在内容"，后者则是它产生的语言学结构，是梦的"显在内容"，是由象征秩序的语言结构与社会结构所塑形的一种文本。

法国精神分析女性主义理论以富于思想难度而著称，其主要代表人物是具有良好高等教育背景的知识精英。它源于欧洲哲学传统和精微复杂的当代哲学反思，尤其是基于德里达的解构论和拉康的精神分析理论，虽然它在跨语境的文艺思想领域足以挑战人们的理解力，但是仔细琢磨与过滤，仍然堪称物有所值。

---

[1] Lois Tyson, *Critical Theory Today*, 2nd ed. New York: Routledge, 2006, p. 104.
[2] Julia Kristeva, *Revolution in Poetic Language* [selections], in V. B. Leitch ed., *The Norton Anthology of Theory and Criticism*, New York: Norton & Company, Inc. 2010, p. 2072.
[3] V. B. Leitch ed., *The Norton Anthology of Theory and Criticism*, New York: Norton & Company, Inc. 2010, p. 2068.

三 第三波女性主义理论范式：里奇、维蒂希、胡克斯

第三波女性主义理论范式矫正欧美中产阶级学者忽视女性肤色与蕾丝边倾向等偏颇，关注边缘群体和第三世界女性状况，将女性主义理论与蕾丝边、种族、阶级结合起来。这一浪潮强调女性，尤其是有色人种女性的经验，揭示男女两性被白人文化、强制性异性恋的意识形态边缘化的境遇，漫卷西方和形形色色的后殖民地区，体现出多元交叠的理论特征，代表人物是朱迪斯·巴特勒、芭芭拉·史密斯、贝尔·胡克斯、A. 里奇、M. 维蒂希等人。

法国女性主义者西苏、伊莉格蕾等人声称女人的身体是不可分割的，具有无可辩驳的女性身份和自我表现的核心，因此经常被指责为"本质主义"。美国加州大学伯克利分校修辞与比较文学系教授朱迪斯·巴特勒以"性别角色扮演"的理论话语，在女性主义理论范畴占据一席之地，她的《性别麻烦》（*Gender Trouble*, 1990），副标题是"女性主义与身份的颠覆"；《身体之重：论"性别"的话语界限》（*Bodies that Matter*: *On the Discursive Limits of "Sex"*, 1993），则将理论焦点转向身体问题。巴特勒和苏珊·波尔多和伊丽莎白·葛洛思一道，改变了法国女性主义的身体理论，把身体视为镌刻了社会、文化和政治铭文的复杂场域。在第三波女性主义理论范式中，芭芭拉·史密斯的《走向黑人女性主义批评》（*Toward a Black Feminist Criticism*, 1977），可说是黑人女性主义的第一部重要著作，体现了女性主义的政治化和身体转向。

艾德里安娜·里奇

学术领域地位：美国激进女性主义理论的重要代表人物，著名诗人、散文家

主要代表著作：《强制的异性恋与蕾丝边存在》（1980）

重要理论话语：强制的异性恋（Compulsory Heterosexuality）

Adrienne Rich

艾德里安娜·里奇（Adrienne Rich, 1929—2012），生于美国一个犹太人

家庭，以其人格与才华备受尊敬。1966年任教于美国哥伦比亚大学，20世纪70年代中期公开蕾丝边身份。1981—1987年成为康奈尔大学访问教授，1987—1997年任教于斯坦福大学，获得很多荣誉博士和文学奖项。她被誉为"20世纪下半叶读者最多、影响最大的诗人之一"，她的诗集《潜入沉船》赢得了美国国家图书奖，奠定了她作为重要文学人物的声誉。她把"受压迫的女性和蕾丝边带到诗学话语前沿"。[①] 里奇对女性主义思想的贡献尤以"强制的异性恋"理论话语著名。她探讨女性声音的沉默、儿童养育和母亲身份等诸多话题，广泛地影响了女性主义理论。像苏珊·波尔多一样，里奇把父权制压迫与直接施加于女性身体的权力（通常是暴力）联系起来。而她对性别认同的心理与社会基础的关注，则跟巴特勒和塞吉维克的酷儿理论相互关联。

里奇的论文《强制的异性恋与蕾丝边存在》（1980）影响深远。在某种意义上，它标志着女性主义理论"姐妹情谊"话语的终结。所谓的"姐妹情谊"是假设一切女性都是遭受压迫的"姐妹"。里奇昭示了在女性主义运动中蕾丝边和异性恋女性共同存在，这篇论文与她关于有色妇女和工人阶级女性的著述一道，挑战了异性恋、中产阶级白人妇女的女性主义理论。里奇认为，异性恋不是自然的，而是社会的，因此可以像社会机制一样进行分析。异性恋是强制性的，制造了男女两性的不平等，其功能是确保女性认可男性的性取向。概言之，强制的异性恋是一种体制，旨在惩罚那些非异性恋者，系统性地确保男性凌驾于女性。里奇这篇论文有三个话题对女性主义文学理论特别重要：一是体制内性别化的权力关系；二是蕾丝边体验；三是性身份认同的问题。富于理论个性的里奇厌弃后结构主义和法国精神分析理论，因为它们躲在酷儿理论的背后。她宁可使用自己的术语。在她看来，欲望不是永远统一不变的，而是流动不拘。但是，在僵硬的异性恋世界，女性，尤其是蕾丝边遭受了磨难。

---

① 参阅维基百科 https：//en. wikipedia. org/wiki/Adrienne_ Rich 和 V. B. Leitch ed.，*The Norton Anthology of Theory and Criticism*，New York：Norton & Company, Inc. 2010，pp. 1588 – 1590。

莫妮卡·维蒂希

学术领域地位：法国著名小说家、戏剧家，激进蕾丝边—女性主义理论家

主要代表著作：《女游击队员》（1969）；《蕾丝边身体》（1973）；《直心》（1978）

重要理论话语：异性恋契约；"蕾丝边化"

Monique Wittig

莫妮卡·维蒂希（Monique Wittig, 1935—2003），法国著名作家、蕾丝边和女性主义运动的核心人物，其重要理论话语包括"异性恋契约"（Heterosexual Contract）和"蕾丝边化"（Lesbianizing）等。维蒂希的第一部小说《没药》（*L'Opoponax*, 1964）获得法国著名文学奖"美第西斯奖"（Prix Médicis）。1966年美国出版英译本，引起国际文坛关注。在20世纪60年代中后期，她积极参与法国女性主义运动，出版《蕾丝边身体》（*The Lesbian Body*, 1973）等著作。她最有争议、最有影响的小说《女游击队员》（*Les Guérillères*, 1969）虚构男女性别大战，是"蕾丝边女性主义的里程碑"。[①] 她参加激进的"革命女性主义者"团体，1971年成为巴黎第一个同性恋群体"红色堤坝"的创始人。维蒂希在法国获得博士学位，1976年和她的蕾丝边伴侣移居美国，致力于社会性别理论研究，探讨蕾丝边主义、女性主义和文学叙事的彼此联系和相互作用。她在法国和美国编辑出版了大量著述。它们通常用法语和英语发表，获得国际公认。她在美国各大高校任客座教授，包括加州大学伯克利分校、瓦萨尔学院和图森市亚利桑那大学，通过妇女研究项目讲授唯物论思想。2003年1月3日，维蒂希死于心脏病发作。

早期女性主义理论的语言与性别研究存在缺陷——笼统假定所有女性都是异性恋者，而没有考虑到女同性恋问题。维蒂希创造"异性恋契约"的重要术语，质疑第一波和第二波女性主义理论对蕾丝边存在的忽视。她认为，

---

① 参阅维基百科 https：//en.wikipedia.org/wiki/Monique_Wittig。

语言隐含了一种理想或原初的"契约",全球化的强制性异性恋认识体系则蕴含着语言的不对称关系,形成"异性恋契约",从而扭曲并掩盖了平等互惠关系。

维蒂希以"激进的蕾丝边"自诩,在其《直心》(*The Straight Mind*,1978)一书中,她认为蕾丝边不是女性。人们说蕾丝边关系密切,共同生活,彼此做爱是不正确的,因为"女人"只有在异性恋系统思想体系和异性恋的经济系统里才有意义。而作为一个蕾丝边,就意味着走出了男性出于自身目的所定义的异性恋规范。20世纪80年代初,维蒂希与其他一些蕾丝边在法国推行"激进蕾丝边主义"运动,把异性恋作为一种必须推翻的政治体制。她强调以世界性的"蕾丝边化"摧毁强制性异性恋秩序。维蒂希也是一个马克思主义唯物论的女性主义者,她认为男女对位,相依相生,这是一种政治和经济范畴。女性主义的历史任务就是要关注物质条件、阶级地位,认识到女性和男性的性别范畴仅仅存在于异性恋体制。只有摧毁这种异性恋体制才能终结女性和男性的僵硬分类。

贝尔·胡克斯

学术领域地位:美国著名黑人女性主义批评家、社会活动家

主要代表著作:《女性主义理论:从边缘到中心》(1984)

重要理论话语:交叠性

贝尔·胡克斯(bell hooks,1952—),出生于工人阶级家庭,原名"葛劳瑞亚·晋·沃特金"。她的笔名取自曾祖母之名,故意以小写名字 bell hooks 来表明与主流文化抗拒的姿态。[①] 贝尔·胡克斯的"交叠性"(Intersectionality)是其重要理论话语。胡克斯系美国斯坦福大学英语文学学士(1973)、威

---

① 参阅维基百科 https://en.wikipedia.org/wiki/Bell_hooks。

斯康辛—麦迪逊大学英语硕士（1976）、加州大学圣克鲁斯分校文学博士（1983）。贝尔·胡克斯撰有《我不是妇女？：黑人妇女与女性主义》(*Ain't I a Woman?：Black Women and Feminism*, 1981)、《女性主义理论：从边缘到中心》(*Feminist Theory：From Margin to Center*, 1984)、《一切有关爱情：新愿景》(*All About Love：New Visions*, 2000) 和《我们真酷：黑人男性和男子气概》(*We Real Cool：Black Men and Masculinity*, 2004) 等。

早期女性主义理论大多忽略了女性构成的多元性问题，很少触及种族或阶级差异。贝尔·胡克斯里程碑式的著作《女性主义理论：从边缘到中心》呼吁女性主义扩大视野，在身份认同、社会性别和性暴力的问题框架中反思有色女性的生活环境和种族角色的问题。从 20 世纪 80 年代中期以来，贝尔·胡克斯一直置身于第三波女性主义的最前沿。她主要通过后现代角度来讨论问题，其著述聚焦于种族、资本主义和社会性别的交集，批判它们生产和维系压迫和阶级统治的系统，广涉在教育、艺术、历史、性、大众传媒和女性主义范畴的种族、阶级和性别问题。

世界历史发展到 21 世纪，女性主义已成为一种全球话语，向各界越来越开放，重视各种各样的妇女经验，从而克服了自身的许多局限性。[①] 在全球化的语境中，贝尔·胡克斯的女性主义与后殖民批评密切结合起来，她在《女性主义理论：从边缘到中心》中认为：种族主义在根本上是女性主义问题，因为它是与性别压迫相互联系的。贝尔·胡克斯关注婚姻、家庭和孩子养育，认为家暴和寡妇殉葬是性别压迫的典型表现。性别压迫是父权制的基础，也是女性主义理论关注的重点。同时，贝尔·胡克斯关注黑人男女两性被边缘化的问题，呼吁重构文化框架，她的《我们真酷》包括十篇文章，论白人文化把黑人男性边缘化的问题。主标题源自格温多林·布鲁克斯的名诗《我们真酷》(1959)。她揭示美国文化的种族主义和性别歧视的态度污化和残害黑人男性的方式，批判帝国主义白人优越论和资本主义父权制。贝尔挑战狭隘的女性主义者，更为宏阔地思考社会性别与种族、阶级和性别的关系，把批

[①] G. Castle, *The Blackwell Guide to Literary Theory*, Ma：Blackwell Publishing, 2007, pp. 47 – 48.

判种族主义的"交叠性"范式出色地用于女性主义理论。"交叠性"或"交叠理论"[①] 关注多元身份，包括性别、种族、社会阶层、民族、国籍、性取向、宗教、年龄、精神残疾、肢体残疾、精神疾病和身体疾病以及其他形式身份的"交叠"（Overlapping），揭示压迫、统治和偏见的社会形态，是一种重要的多元论理论范式。

第三节　文学理论与批评实践举隅

在女性主义理论视野中，欧美文学史上莎翁戏剧和经典童话的女性形象往往被分别塑造为两个极端——"女神"与"女巫"或"好女孩"（Good Girls）与"坏女孩"（Bad Girls）。古希腊荷马史诗中的女性形象耐人寻味：既有红颜祸水的第一美女海伦，又有坚贞睿智的佩涅罗帕。莎士比亚戏剧也是典型例证。莎翁37个剧本共写人物1000多个，其中女性140多个。既有热情赞美的女性，也有遭到严厉谴责的女性，从而引发莎剧是否有厌女意识的争论。

一　莎士比亚戏剧的女性主义阐释与争议

就正题而言，莎翁具有健康、明朗、向上、进步的女性观，塑造了一系列光彩照人的女性角色，如罗瑟琳（《皆大欢喜》）、朱丽叶（《罗密欧与朱丽叶》）、鲍细娅（《威尼斯商人》）、苔丝狄梦娜（《奥赛罗》）和考狄利娅（《李尔王》）。但就反题而论，莎剧则表现出显而易见的菲勒斯中心主义的思想倾向和厌女症。莎翁塑造了一系列女巫或女魔式的戏剧形象，或有意贬低、嘲讽、妖魔化女性。例如，诸神秘的女巫、残忍的麦克白夫人、颠倒众生的埃及艳后（克丽奥佩特拉）、脆弱的水性杨花的王后（哈姆雷特之母）、忤逆不孝的高纳里尔和里根（《李尔王》）、悍妇凯瑟丽娜（《驯悍记》）。一方面莎

---

① "交叠理论"（Intersectional Theory），参阅维基百科 https://en.wikipedia.org/wiki/Intersectionality。

翁被视为人文主义的代表作家，是欧洲文艺复兴时期英国文学黄金时代，乃至世界戏剧成就的高峰。但另一方面，在后殖民批评与女性主义理论视野，莎士比亚是典型的"死白欧男"![1] 这种关于莎翁戏剧的女性主义阐释与悖论式的争议，折射出父权制意识形态在文学作品中的矛盾性，以及叙事学的"隐含作者"的问题。

二　经典童话的女性主义分析与逆写

父权制意识形态的渗透无所不在，甚至渗透世界文学的经典童话。从西方经典童话故事，可以看出父权制的社会性别角色对男与女的损害。譬如，《灰姑娘》的童话塑造了顺从的女性形象，鼓励女人忍受家庭虐待，耐心等待某个男人的拯救，同时视婚姻为"正确"行为梦寐以求的报偿。同样，白马王子（Prince Charming）的角色要求男人成为物质富裕、心地高洁的拯救者，要对其女人"从此以后"的幸福负责。因此促使这样的观念的固化：男人必须成为孜孜不倦的优越条件的超级提供者，以至于可以罔顾自己的情感需求。童话还体现出男性偏见的意识形态。《白雪公主》《睡美人》和《灰姑娘》这三个西方经典童话故事的女主角都是美丽可人的年轻姑娘（倘若她们值得罗曼蒂克的企羡，那么就必须甜美可人，年轻漂亮）等待一个冲动的年轻男子拯救（因为自己无能力自救）出可怕的困境，嫁给他并且从此以后过着幸福的生活。在这些童话故事中，"好女孩"与"坏女孩"，或"天使"与"魔鬼"泾渭分明。前者温柔、顺从、贞洁、宽容，宛如天使；后者暴戾、乖张、俗气、虚荣、小气、斤斤计较，犹如恶魔（如《白雪公主》的邪恶皇后、《睡美人》的邪恶仙女、《灰姑娘》的邪恶继母和姐姐都是如此）。从情节构成和性别话语看，睡美人需要等待王子的"性唤起"，灰姑娘嫁给白马王子则意味着通过婚姻获得了幸福的保障，这些都是给"好女孩"恰如其分的回报。

女性主义理论视野的童话批判有助于我们看出美满幸福的文学描写所隐藏的问题："事实上，对童话的女性主义阅读能够提供一种奇妙的途径去阐明

---

[1] 陆谷孙：《莎士比亚十讲》，复旦大学出版社 2005 年版，第 66 页。

父权制意识形态渗透我们甚至最纯真行为的方式。"① 罗兰·巴尔特《神话——大众文化诠释》对儿童玩具的符号学阐释,与泰森的西方经典童话女性主义分析有异曲同工之妙。巴尔特将玩具视为现代神话的表征,分析玩具将儿童引入成人的世界秩序和现存的意识形态符号系统:"我们常见到的所有玩具,基本上都是成人世界的微宇宙;它们都是人类物象的浓缩版……玩具完全是社会化的,由现代成人生活中的神话或技巧所组成:军队、广播、邮局、医药(迷你医药箱、洋娃娃的手术室)、学校、美发、空军(伞兵)、交通(火车、雪铁龙等)、科学(火星人玩具)。"玩具展示了成人不觉得奇怪的东西,如战争、官僚体系等,并由此塑造儿童:"甚至在儿童能够思考之前,其个性便已消失成为军人、邮差和伟士牌机车。"② 同理,孩子们从小所接受的童话故事,隐含着成人习焉不察的父权制意识形态"自然化"的秘密。

在女性主义与后殖民批评领域,"逆写"是重要的理论方法。世界文学史上的经典作品,往往成为当代作家颠覆性的"逆写"对象——反其道而行之,揭橥其隐匿不显的另类意义。文学正典与逆写之作之间构成了互文性关系,多带有反讽意味。美国著名儿童文学作家朱迪斯·维奥斯特出版了她的女性主义"逆写"的诗体版《灰姑娘》(1972),重述王子终于找到灰姑娘的场景:"然后,王子跪下来,试着将水晶鞋穿在灰姑娘的脚上",这时出现了令人捧腹的意外情境。维奥斯特写道:

> I really didn't notice that he had a funny nose.
> And he certainly looked better all dressed up in fancy clothes.
> He's not nearly as attractive as he seemed the other night.
> So I think I'll just pretend that this glass slipper feels too tight.

原来我真没有注意他有着滑稽的鼻子,

---

① Lois Tyson, *Critical Theory Today*, 2nd ed. New York: Routledge, 2006, p. 89.
② [法]罗兰·巴尔特:《神话——大众文化诠释》,许蔷蔷等译,上海人民出版社1999年版,第46页。

若他全身穿上花哨的服装肯定会显得更好。

看起来他似乎并没有那天晚上那么迷人，

于是我想，我只好假装这水晶鞋太紧脚。

维奥斯特重塑的灰姑娘形象，让我们莞尔，颠覆了我们童年听父母师友讲故事或自己阅读《灰姑娘》童话的感受，颠覆了传统文学史的美学阐释。我们原来心目中的灰姑娘是美丽而贫苦的女孩，饱受傲慢、阴险的继母和丑陋的姐姐残酷无情的对待。她要负责打扫房间，无法参加城堡舞会。美丽的仙母成全了她的梦想，让她穿上美丽的衣裳，在舞会上遇见英俊的白马王子。她的美丽、优雅和魅力让王子倾倒。午夜钟声催灰姑娘仓促离开，上马车时弄丢了一只鞋子。一切恢复原状，衣衫褴褛的灰姑娘重新陷入悲惨的家务劳作，忍气吞声地遭受虐待。王子携鞋寻来。我们记得她两个邪恶的姐姐的大脚无法穿上小小的水晶鞋，唯有灰姑娘适合此鞋。于是王子认出灰姑娘。美梦成真，婚姻降临，两人从此过着幸福的生活。而在维奥斯特的"灰姑娘"逆写版的童话里，女主人公有了自己的想法，她发现光天化日之下的王子全然失去了那晚城堡舞会时的魅力，于是独立自主地做出了自己的选择，假装鞋子太紧脚，因此也就拒斥了这桩婚姻，跳出了传统菲勒斯文化的窠臼。正典童话的灰姑娘美丽、善良、温顺，继母和两个姐姐丑陋、邪恶、无情，王子则英俊、高贵、富有，负责灰姑娘日后的幸福生活。他们之间的关系形成一种刻板的模式。而这个新灰姑娘的叙事与形象，打破了美女在贫困中忍受压迫与虐待，最终获得幸福报偿的父权制意识形态的模式。新灰姑娘自主选择，不再让自己被社会塑型，成为文化的俗套。维奥斯特希望自己重塑的"灰姑娘"可以暴露正典童话所蕴含的社会生活与文学领域关于女性的虚假标准与信念，体现女性独立自主的意志与选择，积极创造自己的未来。由此观之，女性有必要否弃许多传统文化的俗套，如"邪恶继母"综合征，婚姻是女性的最终目标，等等。

逆写版新灰姑娘童话否弃父权制标准，凝聚了女性主义理论的核心题旨：无论是有意识还是无意识，男性一直在压迫女性，很少甚或不让她们在政治、社会或经济问题上发出自己的声音。男性得以压制女性,界说和贬低女性,由此使得女性成为"无意义的他者"。因而女性应该在政治、社会、教育、艺术各领域发出自己的声音,创造一个男女声音俱有的平等价值的社会。[①] 维奥斯特逆写《灰姑娘》童话,就是一个佳例。

---

① 参见［美］查尔斯·布赖斯勒《文学批评》(第三版) 英文影印版(Charles E. Bressler, *Literary Criticism: an Introduction to Theory and Practice*),高等教育出版社2004年版,第142—144页。

第五章　种族研究：后殖民批评与"帝国"彩虹

当代西方文论领域的种族研究（Race Studies）聚焦于族群混杂、边界、跨界与多元文化身份等问题。在美国的拉丁娜/拉丁诺、奇卡娜/奇卡诺研究中，墨西哥与美国之间的地理、政治与文化边界成了一种征候，表征着混杂族群与文化压抑不住却又有争议的移动性。安莎杜娃颇具影响的《边境/荒界：新美斯蒂莎》（1987）坚持将国家、民族、性别，以及社会性别与文化身份混杂在一起，包括墨西哥、奇卡娜、印第安、美斯蒂莎（种族"混血"）、蕾丝边、工人阶级等。她认为殖民主义与父权制假设试图否定这种塑造身份的混杂性。R. D. 帕克指出："当代种族、区域和族性研究，像女性主义和酷儿研究一样，往往与后殖民批评相互结合，反思关于身份、历史、政治和文学的基要主义假设。……安莎杜娃并不是设想不同的身份能够各自偏于一隅，固守成规，而是呼吁跨越多元身份的边界。"[①] 边界不再被视为铁板一块的实体，而是缝隙丛生的多孔空间，兼容了混杂的理论话语。

[①] R. D. Park, *How to Interpret Literature: Critical Theory for Literary and Cultural Studies*, New York: Oxford University Press, 2015, p. 312.

第二编 二元论陷阱与边缘话语转向 第五章 种族研究：后殖民批评与"帝国"彩虹

第一节 学术范式转向

在今天的中国文艺美学界，以后殖民批评"三剑客"为代表的一系列理论范式已基本为人们所熟知，包括赛义德的"东方主义""文化与帝国主义"，霍米·巴巴的"文化定位""混杂"理论和斯皮瓦克的"贱民研究"。

据卡索尔《布莱克威尔文学理论导论》，西方后殖民批评呈现出三重浪潮。第一波浪潮的理论话语代表人物是弗朗兹·法侬和阿尔伯特·梅米，他们深受黑格尔主奴辩证法和马克思唯物论传统的影响，关注（后）殖民主义心理学，在20世纪五六十年代写出了各自最重要的著作，揭示了现代社会的后殖民机制：所谓的文明西方（善）征服、驯化和同化野蛮的东方（恶）。法侬的《黑皮肤，白面具》（*Black Skin, White Masks*）分析殖民和后殖民社会种族差异，否弃西方作为"普世观"的民族国家概念。第二波浪潮以赛义德《东方主义》（1978）为代表，借鉴福柯话语理论与阿尔都塞问题框架，反思东方作为西方"他者"的吊诡关系。潜在东方主义（Latent Orientalism）与显在（Manifest Orientalism）东方主义的区别在于：前者是旅游者或本土人可在特定地理空间的体验，后者则是西方知识分子生产的话语。第三波浪潮的新一代理论家在80年代崛起，以霍米·巴巴、斯皮瓦克、安莎杜娃和莫娜佳等为代表。他们关注的主要问题是主体与主体性、民族主义、殖民话语等等。[1] 霍米·巴巴的"文化定位""混杂"理论和斯皮瓦克的"贱民"（Subaltern）研究、印度寡妇殉葬（Sati）论析、全球政治与第三世界女性问题研究、安莎杜娃和莫娜佳的奇卡娜诗学与跨界阐释等，丰富与深化了后殖民批评范式。

在当代美国少数族裔文学批评理论领域，安莎杜娃、艾伦、莫娜佳、格

---

[1] G. Castle, *The Blackwell Guide to Literary Theory*, Ma: Blackwell Publishing, 2007, pp. 135-139.

里桑和维兹诺等人共同奠定了族群混血、文化混杂、理论跨界的研究模式，代表着"跨界研究"范式的学术转向。他们大多以混杂（混血）的文化身份，颠覆欧美白人文化优势的立场，倡导奇卡娜/奇卡诺诗学，更多地以边缘文化视野关注第三世界、有色人种、混杂身份和特殊族群的审美体验和文学表达，丰富了后殖民批评与种族研究的理论视野。[1]美国少数族裔文学与理论批评近期也引起学界的关注，一些研究者将维兹诺纳入世界文学史加以思考，比较维兹诺的长篇小说《悲伤者：一个美国猴王在中国》（*Griever: An American Monkey King in China*, 1986）与汤亭亭的《孙行者》，认为希腊神话的赫尔墨斯、美国印第安文学的郊狼、中印文学中的神猴，都是这类恶作剧者的典型形象。恶作剧精灵形象"在美国文坛的复苏，不是偶然与个别的现象"，他们"既有神话中恶作剧者的影子，又体现了美国少数族裔的精神状态：他们徘徊在主流社会边缘，无视权威，常常以局外人的眼光，敏锐地意识到主流社会与文化的荒谬及弊端，他们以恶作剧的形式，'松动'、挑战，甚至颠覆主流社会的价值体系"。[2] 种族研究范式转换及其前沿发展，需要重点关注。

新千年以来，美国左翼激进政治思想家哈特和意大利奈格里合著的"帝国"三部曲（《帝国》《诸众》《共同体》）引发了广泛的关注与强烈反响。《帝国》尤其被视为21世纪文艺理论复兴的标志性著作，它所催生的"帝国研究"刷新了当代西方文论的符号学、后殖民批评等思想观念；《诸众》聚焦于抵抗帝国的新主体，对全球化、数字化时代的赛博空间博弈具有特殊意义；《共同体》则构想了一种反抗帝国统治的民主政治。当代西方左翼政治和马克思主义文艺美学有着丰富复杂的思想赓续或空间对话关系，"帝国"三部曲堪为典型。它们体现出审美乌托邦的力量，启迪人们对当代世界体系和文艺美学新形态的反思。

---

[1] 麦永雄：《奇卡娜诗学与〈黄色女人〉的文学阐释》，《北京第二外国语学院学报》2016 年第 1 期。

[2] 方红：《美国的猴王：论杰拉尔德·维兹诺与汤亭亭塑造的恶作剧者形象》，《当代外国文学》2006 年第 1 期。

第二节　主要代表人物与理论话语

当代全球化进程促使异质族群混杂而居的境况日益凸显，族群的混血、文化的混杂往往引发不同文化视界的冲突与融合，跨界研究日益成为文艺美学的重要领域。奇卡娜诗学关注混杂族群的审美经验和女性文学表达，具有后殖民抗争文化和跨界研究的特征。奇卡娜诗学伴随着"种族与族性"（Race and Ethnicity）问题框架的研究而兴起。这类研究称谓甚多，变异繁复。它交叠着诸如南亚研究、非洲研究、拉丁美洲研究和太平洋研究等众多领域，而在美国，它包括亚裔美国人研究、拉丁娜/拉丁诺研究、奇卡娜/奇卡诺研究、美国印第安人研究、夏威夷研究、土著研究、白人性研究，最稳固的是非裔美国人研究。"在当代实践中，它还包括所谓的批判性种族研究或批判性种族理论（Critical Race Studies or Critical Race Theory）……这些运动差别微妙，各自拥有远比后殖民研究更为悠久的历史。"[1] 如加勒比人混杂了非洲人、法国人、英国人、西班牙人、土著和南亚族群，加勒比文化将分离的诸族群历史相互合并，形成了动态的混杂性，远非传统欧洲静态的身份模式所能描述与界说。[2] 拉美马提尼岛文化批评家爱德华·格里桑将"混杂性"（Métissage）理论化，关注"克里奥耳化"（Creolization）和加勒比性（Antillanité）诗学问题。"克里奥耳"指出身于美洲的欧洲人及其后裔，也指这些人与黑人的混血儿。格里桑的加勒比性与混杂性代表了一种"关系诗学"（Poétique De La Relation）或"跨文化诗学"（Cross-cultural Poetics）。其著

---

[1] R. D. Park, *How to Interpret Literature: Critical Theory for Literary and Cultural Studies*, New York: Oxford University Press, 2015, p. 311.

[2] 根据"360百科"词条，加勒比位于中美洲，包括古巴、多米尼加共和国、海地、牙买加、英属维尔京群岛、波多黎各和美属维尔京群岛等。加勒比国家联盟成立于1994年，成员共37个，包括加勒比地区所有国家和未独立的岛屿，总面积达500多万平方公里，人口超过2亿，年国民生产总值达5000亿美元，对外贸易额1800亿美元。http://baike.so.com/doc/4755677-4971132.html。2016年2月21日查阅。

作鼓舞了马提尼岛年轻一代"把克里奥耳（克里奥耳化）作为加勒比语言与文学的标识"。① 美国印第安裔作家杰拉尔德·维兹诺提供了类似的学术范式。他致力于暗中破坏铁板一块的种族纯洁观念或固定刻板的印第安文学套话，如恬淡寡欲的森林印第安人、戴着羽毛头饰的野蛮战士、罗曼蒂克的印第安公主、天然的生态主义者，等等。② 维兹诺把诸如此类的关于印第安人的信念视为"垂危的教条"，倡导"混血与杂交"（*Mixedblood* and *Crossblood*）等跨界概念，叙事策略上采用原始民间故事、神话传说中常见的"恶作剧精灵"（Trickster）作为文学形象，讲述他们诙谐幽默、诡计多端的部落故事，具有滑稽嘲讽的嬉戏风格，从而挑战和改变了殖民主义者关于印第安种族的"他者"文化想象。

以下侧重评述奇卡娜诗学代表人物安莎杜娃的"新美斯蒂莎"蕴含、艾伦的文化混杂身份与"部落—女性主义"跨界阐释范式、哈特与奈格里著名的"帝国"三部曲。

一　安莎杜娃：奇卡娜诗学与"新美斯蒂莎"

学术领域地位：当代美国墨西哥裔女性学者、酷儿批评、女性主义理论家，奇卡娜文化理论学者、诗人和社会活动家

主要代表著作：《边境/荒界：新美斯蒂莎》（1987）

重要理论话语：奇卡娜/奇卡诺；新美斯蒂莎；边界/荒界；身份政治

Gloria Anzaldua

葛洛莉亚·安莎杜娃（Gloria Anzaldua，1942—2004），以奇卡娜作家自况，女性主义与酷儿批评结合，将边界经验入书，重要理论话语包括"奇卡娜/奇卡诺"（Chicana/Chicano）、"新美斯蒂莎"（New Mestiza）、"边境/荒

---

① R. D. Park, *How to Interpret Literature: Critical Theory for Literary and Cultural Studies*, New York: Oxford University Press, 2015, p. 313.

② Ibid., p. 314.

界"（Borderlands/La Frontera）和"身份政治"（Identity Politics）等。安莎杜娃出生于美国南得克萨斯州一个墨裔美国家庭，系家中唯一受过高中以上教育的人。她在1969年获得泛美大学本科学历，1972年获得得克萨斯大学的英语与教育硕士学位，任教于高中，曾经返回得克萨斯大学攻读比较文学博士学位，但因她聚焦于奇卡诺（墨裔美国人）研究遇阻而放弃学业。继而任教于旧金山大学和加州大学。曾获多种奖项，包括国家资助的艺术虚构奖、蕾丝边权利奖（1991）等。2004年因糖尿病辞世，距她获加州大学博士学位仅有数周。

安莎杜娃的主要学术著作《边境/荒界：新美斯蒂莎》（*Borderlands/La Frontera*, *The New Mestiza*，一译《新混血边界》，1987），以双语标题凸显边界特征，诗文杂糅，将自传、历史和辩护融为一体，混杂采用英语、西班牙语、西班牙式英语以及墨美印第安人的纳瓦特尔语，融合自传体、散文、诗歌多种元素。

该书以后殖民批评、性别研究、奇卡娜的跨界问题研究为题旨。根据台湾学者黄心雅的评介：它原预定以诗集形式面世，拟附约10页序言，不料竟成书200页，开启了边界研究先河，成为当代文化研究典范。"艳光四射，引发众家齐鸣"，促使90年代成为跨疆越界话语的高峰期。书名"Borderlands"的辞典含义为"边界、边陲、中间地带"，意指墨美边界含混未定、开放多元的边陲文化经验，既是自然（地理）界线，也是充盈着多种可能性的含混空间。书名的微妙斜线，既分割又连接英文Borderlands与西班牙文Frontera。西语Frontera是待屯垦或开拓的交界区域，类似于中文"北大荒"之意，指涉墨美作家"垦荒"的边界话语。西班牙语"美斯蒂莎"（Mestiza，类似于英语Mixed or Hybrid）指称墨美族裔女性血统及文化的混杂（Mestiza为阴性；Mestizo为阳性），折射原住民、西班牙、墨西哥以及盎格鲁-撒克逊诸多族裔的新混杂形态。安莎杜娃采用阴性语汇，再现混血女性多元、含混的血统、语言与文化意蕴。该书1999年再版时，加入索尼娅·萨尔蒂娃·胡的导读，阐释边界女性主义及混血意识，深入浅出。书后为卡琳·伊卡斯长达20页的专访，安莎杜娃由童年生活谈起，话题多元，触及族裔、阶级、性别、情欲、旧作新品、书写语文的符码转换、殖民主义、边界分化、含混、跨越、中间地带、美斯蒂莎（混血）意境、儿童文学创作、多元文化教育、间性文化（Intercultural）及内在文化（Intracultural）的理解与未来创作展望。① 安莎杜娃探索多元文化身份的困境、矛盾与出路，激活后殖民批评、性别研究、亚文化话语的思考与灵感，其著作在教学与学术领域具有广泛而重要的影响。

"奇卡娜"理论涉及两个术语：奇卡娜（Chicana）与奇卡诺（Chicano）。它们在词性上分属阴性与阳性词汇，指墨西哥裔美国人（分别指女性与男性），即美国西南部横越墨美边界的混杂住民，包括阿兹特克族原住民、西班牙、盎格鲁与非裔美洲血统族群。奇卡娜/奇卡诺族裔经验非"西美"（Spanish–American）或"墨美"（Mexican–American）等词汇所能涵盖，它强调边界混血意识（Mestiza Consciousness）及后殖民抗争文化。在当代西方文论发展史上，奇卡娜/奇卡诺研究伴随着非裔美国研究兴起而来，最初以加利福尼亚州和得克萨斯州为中心，包括劳动阶级的罢工斗争。这场政治活动激发了文艺理论的批判性思考。台湾学者如梁一萍、黄心雅采用陌生的音译方式，较好地传达了安莎杜娃基于边缘文化和女性立场所倡导的混血/边界文化抗争的意涵。

安莎杜娃的《边境/荒界：新美斯蒂莎》被视为奇卡娜诗学的奠基之作。它开拓了人们的新视野，审视有色妇女的女性主义理论和亚文化跨界族群身份问题。安莎杜娃也因此成为第三波女性主义理论代表人物之一。② 安莎杜娃和萨尔蒂娃–胡聚焦于主流、移民、混血文化之间与内部的冲突。卡索尔《布莱克威尔文学理论导论》（2007）将当代奇卡娜/奇卡诺研究表述为"Chicano/a Studies"（奇卡诺/一种研究），认为："在奇卡诺/一种研究将民族、种族特性和文化差异理论化之时，它呈现出先锋派姿态。雪莉·莫娜佳、萨尔蒂娃–胡等人……致力于 21 世纪的司法系统、女性主义、双重文化体验和种

---

① 黄心雅：《同志论述的奇哥那想象：安莎杜娃的美斯蒂莎酷儿》，《中外文学》2003 年第 3 期。
② G. Castle, *The Blackwell Guide to Literary Theory*, Ma: Blackwell Publishing, 2007, pp. 94–100.

族形态研究工作,这种方兴未艾的项目提示,美国民族、种族身份理论家在后现代语境中仍然要面对问题的复杂性。"① 大多数奇卡娜/奇卡诺研究聚焦于种族、意识形态和文化研究,认为欧美主流文艺理论以其无知忽略了跨界种族、性别和身份的复杂互动关系。

安莎杜娃的"新美斯蒂莎"从政治与艺术上推进和引导了加勒比种族混杂性研究的前沿发展,促进了奇卡娜/奇卡诺与拉丁娜/拉丁诺研究之理论范式的建构。

在身份政治问题上,安莎杜娃颇有建树。她认为,种族差异必须与社会性别、性差异互相作用,因此,性别、性向与身份的差异不再是简单二元性的,而是由多元接触与互动所决定的。身为墨美混血的蕾丝边女性作家,安莎杜娃否弃一切凭借种族与性向对个人的简单分类。她倡导以新美斯蒂莎(混杂)意识取代美国白人所践行的"民族纯洁性政策",直面当代社会文化和文艺理论的种族、性别、亚文化解放运动的纠结与问题,清晰有效地阐述了20世纪六七十年代美国"新社会运动"的意义。而"对于文学研究而言,这类解放运动最明显的结果,就是导致文学教学与批评的政治化"。② 安莎杜娃认为文化就是战场,是解释我们所居世界的一个故事,带有意象与象征,是一种让我们彼此互联并且与宇宙相关的价值系统。

当时美国的"新社会运动"强调混杂与差异,安莎杜娃站在奇卡娜立场上,积极探讨多元文化政治身份问题,要求非主流社会文化的边缘族群或个人拥有平等权利与经济机会,寻求获得对新美斯蒂莎即新混杂的宽容、承认和尊敬。这种新社会运动以三种突出的方式促进了文学理论的发展,并且产生互动:一是关注美国文化中不同身份的新旨趣,时间上暗合法国后结构主义的"差异"观,探讨身份的异质性,以混杂身份挑战固定边界。二是聚焦于"声音"(Voice)的辨析与关联域。新批评以意图谬误否弃作者及其声音,

---

① G. Castle, *The Blackwell Guide to Literary Theory*, Ma:Blackwell Publishing, 2007, p. 50.
② V. B. Leitch ed., *The Norton Anthology of Theory and Criticism*, New York:Norton & Company, Inc. 2010, p. 2095.

认为叙事者只不过是一种人格面具。新社会运动关注并且发现美国历史上遗失的或被压制的声音，因为这些声音可以作为证据，与寻求个体经验叙事的新价值融为一体，引发文学批评家特异的审美体验，促进他们重新发现被忽视或遗忘的边缘族群（非白人、非男性、非异性恋者）的作品。雷奇《诺顿理论与批评选集》（2010）节选了安莎杜娃的《边境/荒界：新美斯蒂莎》。应安莎杜娃本人的要求，该选本中的西班牙语段没有翻译成英语，因为她欲在美国文学与文化中为西班牙声音创造一个特异空间，展示声音的新旨趣。三是新社会运动对"身份"与"文化"的双重聚焦，契合于1965年以后文学研究从文本到语境的普遍性范式转向。① 安莎杜娃《边境/荒界：新美斯蒂莎》被《饥饿心灵评论》（Hungry Mind Review）和《Utne读者》（Utne Reader）杂志评为20世纪最佳图书。该书体现了她汪洋恣肆的率性风格，具有文化、文体和语言开放混杂的特征，内容杂糅了历史、个人记忆、诗歌、政治，甚至引证中国《易经》。此外，安莎杜娃与雪莉·莫娜佳合编的《这桥呼唤我回来：激进有色妇女作品集》（This Bridge Called My Back: Writings by Radical Women of Color, 1981）亦颇负盛名。

作为安莎杜娃的亚文化思想的关键概念，新美斯蒂莎强调"边境"中间地带的特质和"荒界"可拓展的跨越性空间，具有几个特征。

（一）文化政治的柔性特征。它呈现于内心世界与外部现实的张力，因为两者往往并不完全等同。文化政治首先是注重内心世界的体验，然后才是外部现实的改观。废除种族主义的合法性与创造一个非种族主义社会几乎不是同一回事，人们在现实生活中通过立法让同性恋婚姻合法化，也并不意味着法律能够终结歧视。

（二）身份政治的跨界特征。奇卡娜研究把边界视为既是社会活动与文化生产的具体语境，又是一种以族群、语言与性混杂为特征的心态。在第三波女性主义理论中，安莎杜娃和莫娜佳都强调边界，认为地理边界和心理边界，

---

① V. B. Leitch ed., *The Norton Anthology of Theory and Criticism*, New York: Norton & Company, Inc. 2010, p. 2096.

决定了社会性别与生理性别的身份。① 旧有的传统身份观念是固定静止的，有迹可循，而安莎杜娃的墨裔美国人的混血身份和奇卡娜文化体验，导致她认为墨美边界是一个开放性的有疤痕的伤口，形成第三国度——边界文化。她在《边境/荒界：新美斯蒂莎》中自况道：

> 以一种文化为摇篮，三明治般地居于两种文化之间，骑跨于三种文化及其价值系统，美斯蒂莎经历了一场肉体战争、边界战争、内心斗争。像所有人一样，我们感受到自己文化交往的现实版，像其他居于两种文化以上的人那样，我们获得的是多元的、往往是压制性的信息。……作为一个美斯蒂莎（混血儿），我没有国家，我的祖国遗弃了我；然而所有的国家都是我的，因为我是每个女人的姐妹或潜在的爱人。（作为一个蕾丝边，我没有种族，我的人民否认我；但是我属于所有的种族，因为在所有的种族中我是一个酷儿）我是无文化的，因为作为一个女性主义者，我挑战印欧墨裔美国人与盎格鲁人的集体、文化/宗教、男性衍生的信仰；但我也是文化的，因为我参与创造了另一种文化……以一种带有意象与象征的新价值体系彼此相联，与这个星球相联。②

安莎杜娃借用普里高津的耗散结构论"形态发生"（Morphogenesis）观念，表达了无法预期的创新空间和多元生成的可能性。

（三）宽容含混的思想特征。安莎杜娃在《边境/荒界：新美斯蒂莎》中倡导宽容含混的思想，认为僵硬意味着死亡，而新美斯蒂莎则凭借对矛盾和含混的宽容打开了生命空间。新美斯蒂莎意识让我们"学会在墨西哥文化中做一个印第安人，从盎格鲁视角做一个墨西哥人"。③ 安莎杜娃认为未来属于美斯蒂莎，因为美斯蒂莎创造了一种新意识，未来有赖于打破僵硬的范式，逃逸出固定的边界。她认为美斯蒂莎与酷儿共在于现世，血肉交融，孕育了

---

① G. Castle, *The Blackwell Guide to Literary Theory*, Ma: Blackwell Publishing, 2007, p. 99.

② V. B. Leitch ed., *The Norton Anthology of Theory and Criticism*, New York: Norton & Company, Inc. 2010, pp. 2099 – 2101.

③ Ibid., p. 2100.

类似的灵魂。作为诸文化的超级越界者，亚文化边缘群体错综复杂地交集在一起。如同性恋与白人、黑人、亚洲人、本土美国人、拉丁美洲人有着强大的联系纽带，而且与意大利、澳大利亚以及世界其他地域的酷儿有着天然联系。她宣称：我们来自所有肤色、所有阶级、所有民族、所有时代。她也知道路途坎坷，因此不乏诗意地说道："玫瑰是墨西哥人最喜爱的花。我想，多么富于象征意味——荆棘与一切。"[①] 新美斯蒂莎观念与霍米·巴巴的文化混杂和第三空间概念，德勒兹少数族文学和千高原范式有着重要的交集，形成思想共振。

二 艾伦：文化混杂与"部落—女性主义"范式

学术领域地位：美国当代诗人、作家和文学批评家，印第安文学与奇卡娜理论家

主要代表著作：《圣环：重新发掘美国印第安传统的女性气质》（1986）；《蜘蛛女的孙女：美国本土女性的传统故事与当代书写》（1989）

重要理论话语：部落—女性主义

Paula G. Allen

波拉·甘·艾伦（Paula Gunn Allen，1939—2008）以"部落—女性主义"（Tribal-Feminism）理论话语在当代西方文论领域独树一帜。她生于美国新墨西哥小镇库贝罗，母亲是印第安拉古纳-苏人，父亲是黎巴嫩裔美国人，具有种族混杂身份。艾伦在俄勒冈大学获得英语文学硕士（1966）和美术学硕士（1968）学位；任教于新墨西哥大学并且以美国印第安人研究获该校博士学位；此后到加州大学从事博士后研究工作和任教，1999年退休。艾伦系加州大学伯克利分校英语教授。著有诗歌集《盲狮》（*The Blind Lion*，1974）、《皮与骨》（*Skins and Bones*，1988）、《生命是一种致命疾病》（*Life is a Fatal Disease*，1997）；小说《拥有阴影的女人》（*The Woman Who Owned the*

---

① V. B. Leitch ed., *The Norton Anthology of Theory and Criticism*, New York: Norton & Company, Inc. 2010, pp. 2104-2109.

Shadows, 1983）；美国本土文学故事集《蜘蛛女的孙女：美国本土女性的传统故事与当代书写》（*Spider Woman's Granddaughter: Traditional Tales and Contemporary Writing by Native American Woman*, 1989）；学术论文集《圣环：重新发掘美国印第安传统的女性气质》（*The Sacred Hoop: Recovering the Feminine in American Indian Traditions*, 1986）、《离开居留地》（*Off the Reservation: Reflections on Boundary – Busting Border – Crossing Loose Canons*, 1998）；自传《风中奇缘：巫医、间谍、企业家、外交官》（*Pocahontas: Medicine Woman, Spy, Entrepreneur, Diplomat*, 2004）；等等。艾伦从独特的美国本土文化惯例切入女性主义理论和种族研究，以美国本土印第安人女性主导的社会文化矫正白人女性主义理论的偏颇，补充与丰富了性别研究与种族研究交叠领域的批评形态。大多数奇卡娜/奇卡诺研究聚焦于种族、意识形态和文化研究，质疑欧美主流文艺理论的错误导向，认为它以其西方式的傲慢无知和一厢情愿的文学标准忽略了跨界种族、性别和身份的复杂互动关系，从而导致了强制阐释或过度阐释。艾伦以美国本土印第安人女性主导的审美文化经验矫正白人女性主义理论的偏颇，凸显了独特的奇卡娜文化特征。

艾伦的文化混杂身份促使她从跨界研究的维度倡导"部落—女性主义"（Tribal – Feminism）或"女性主义—部落主义"（Feminism – Tribalism）。颇负盛名的《诺顿理论与批评选集》（2010）收入艾伦的著名论文《柯琴尼纳科在学术界：解释凯雷斯人印第安故事的三种途径》（Kochinnenako in Academe: Three Approaches to Interpreting a Keres Indian Tale）。艾伦以凯雷斯人的印第安黄色女人故事个案分析为例，比较了三种阐释的差异。无论是凯雷斯人的传统部落阐释，还是白人女性主义理论话语，都囿于单一固定的视角，而艾伦采用"部落—女性主义"的"混杂"理论视野进行跨界解读，更富于现代学术意识，具有更好的阐释力。从文化诗学维度看，这种文学阐释凸显了文化选择与审美表达。艾伦关于凯雷斯人"黄色女人"故事的三重阐释是富于策略性的，它提示了在文化混杂境况中固守一隅的文学阐释的限度与缺憾。前两种阐释分别囿于凯雷斯本土文化习惯和西方白人文化的女性主义盲视，为了避免这种不足,艾伦提出"部落—女性主义"的跨界理论范式。

这种文学阐释既揭示"黄色女人"英文版故事的西方殖民语境,同时又强调在部落生活中女性扮演的核心角色,呈现出传统种族研究与性别研究的交叠形态,将美国凯雷斯族群的"地方性知识"与盎格鲁—欧洲文艺理论的"阐释共同体"相互链接且又超越两者,具有奇卡娜诗学的跨界特征,体现了"新美斯蒂莎"文化混杂的理论蕴含与创新意义。安莎杜娃的新美斯蒂莎观念,艾伦关于美国凯雷斯"黄色女人"印第安故事的文学阐释,聚焦于对边缘文化与土著族群的理论探索,具有文艺美学跨界研究的范式意义。

三 哈特与奈格里:"帝国"三部曲

学术领域地位:哈特,当代美国左翼哲学理论家;奈格里,意大利激进政治哲学家

主要代表著作:《帝国》(2000);《诸众》(2004);《共同体》(2009)

重要理论话语:帝国研究;诸众;共同体

Michael Hardt

当代美国左翼哲学理论家哈特和意大利激进政治哲学家奈格里以"帝国"三部曲蜚声国际,他们堪为当代左翼激进政治的重要代表人物,其主要理论话语包括"帝国研究"(Empire Study)、"诸众"(Multitude)和"共同体"(Commonwealth)等。

米歇尔·哈特(Michael Hardt,1961—)生于美国华盛顿特区,早期受过工程学的学术训练。1983年在美国顶尖的文理学院宾夕法尼亚州索思摩学院获理学学士学位。他对政治和第三世界国家抱有浓厚兴趣,毕业后在中南美非政府组织从事政治与慈善项目工作。20世纪80年代,哈特研究比较文学,获得华盛顿大学硕士(1986)与博士学位(1990)。他撰写了论奈格里与德勒兹的学位论文,还翻译了奈格里《野蛮的异端:斯宾诺莎的形而上学与政治学的力量》(*The Savage Anomaly: The Power of Spinoza's Metaphysics and*

Politics，1981；英译本 1991）。1993 年哈特任教于美国杜克大学，讲授文学与意大利语。

安东尼奥·奈格里（Antonio Negri，1933— ）的生涯交织着学术研究与政治活动。他 1956 年获帕多瓦大学理学学士学位，同年参加意大利共产党并且任职于该大学法学系。两年后获帕多瓦大学法哲学博士学位。1967 年奈格里任帕多瓦大学政治学院院长，1979 年因参加激进政治活动被捕而终止教授职位，但并未阻止其学术生涯和政治承诺。从 1983 年至 1997 年，奈格里在巴黎过着流亡生活，在巴黎大学任教和著书立说。在此期间，奈格里遇见其著作的译者哈特，两人开始了硕果累累的学术搭档工作。哈特与奈格里的合著迄今已成为当代西方学术界令人瞩目的现象，几乎可以媲美于德勒兹与加塔利学术合作的著名传奇。哈特与奈格里最具影响力的著作《帝国》以左翼政治的构想叩击全球化的脉动，见解独特，面世后被译成 20 多种语言，引发众多争议与讨论。

当代全球化、电子化快速发展的情境，催生了当代西方文论的"帝国研究"领域，更新与拓展了文学批评与理论的空间。新千年伊始，美国左翼理论家米歇尔·哈特和意大利激进政治哲学家安东尼奥·奈格里合著的《帝国》（*Empire*，2000）一书就引发了广泛的关注与强烈反响，享有新世纪共产党宣言之誉。《帝国》和他们后续的《诸众》（*Multitude*，2004）、《共同体》（*Commonwealth*，2009）一道，被称为当代左翼激进政治"帝国"三部曲。它所衍生的"帝国研究""诸众"和"共同体"等重要理论话语，对于拓展当代资本主义批判、符号学、后殖民批评理论、赛博空间和马克思主义美学研究具有特殊的理论价值和思想启迪意义。

（一）左翼激进政治的"帝国"论与资本主义批判

总括而言，国际畅销书《帝国》讨论的是政治哲学的经典题域——帝国的兴亡。它面世于新千年来临之时，受益于双重语境：一是法国后结构主义思潮，尤其是德勒兹和加塔利的《千高原：资本主义与精神分裂症》（1980）；二是意大利左翼政治。奈格里亲历了意大利激进社会与政治传统，尤其是20世纪六七十年代"工人力量"与"工人自主"运动，感时论世，著述立说。《帝国》论证了旧帝国失效，新帝国崛起的图景。全书分四个部分（共18章）：一是"今日世界的政治构造"；二是"主权的转变"；三是"生产之道"；四是"帝国的衰落"。20世纪末，美国白宫智囊团成员、哈佛大学政治学教授亨廷顿曾经提出著名的"文明冲突论"，引起关于多种文明与不同政治势力能否和谐共存的广泛争议。而哈特与奈格里的《帝国》则另辟蹊径，探索一种全球民主政治范式：随着跨国资本不断向外扩张和西方式全球化凸显，是否也会出现一个具有不同的政治、经济、文化背景的全球性秩序，我们能否超出民族国家视野看到一种全球共同体，一种去中心的、网状形态的全新主权形式——"帝国"。

马克思主义在福柯、德勒兹、加塔利、德里达、阿甘本、哈特与奈格里等人的著述中时有出现。哈特与奈格里认为，讨论趋势的方法是马克思著作的一个特征。2004年他们造访中国，在华东师范大学、清华大学的演讲中把帝国与新自由主义秩序、全球战争联系在一起，其中心假设是：在今天的全球层面上，在帝国主权网络中，一种新的主权形式正在以去中心化的形式出现。帝国不是一个既成事实，而是一种趋势。在20世纪最后10年中，工业劳动失势，新的生产形式"非物质劳动"代之而起，占据了统治地位，"情感劳动"成为主要形式，知识、信息、语言和情感关系走向前台。若把这种新的统治形式称为"生命政治劳动"，会更恰当一些。它不仅生产物质产品，也生产各种关系，最终，生产社会生活。① 帝国研究的生命权力概念受到福柯的影响：谈论生命权力就是谈论生命政治。每年世界的统治者聚集在一起，确立统治世界、控制全球剥削进程的游戏规则。瑞士达沃斯变成了帝国构成的图谱，是现今全球权力再现的佳例，也是一种俄罗斯套娃结构：美国主权是外壳，内部是跨国公司和资本主义国家的各政治阶层，大众则被警察、催泪瓦斯、雪球阻挡。② 而处于行动中的诸众就是反帝国的抵抗力量。奈格里认

---

① ［意］奈格里：《超越帝国》，李琨、陆汉臻译，北京大学出版社2016年版，第132—138页。
② 同上书，第40页。

为，德里达和阿甘本是从边缘策动抵抗策略，而福柯和德勒兹则采用以中心为出发点的策略，更有意义也更有效。[①] 福柯晚期的伦理学转向侧重个人技术，而哈特与奈格里则在全球化的帝国视野谈论问题。

哈特与奈格里认为，奥匈帝国的国徽双头鹰可以用作当代帝国形式的标识。不同的是，今天它的两个头不再远眺。而是互相对视，互相啄咬。帝国之鹰的第一个头是由生态政治控制机器建构的司法结构与宪制力量，另一个头则是由全球化的生产主体、创造主体构成的芸芸众生，他们既生存于帝国之内，又反抗帝国。《帝国》坚持了欧美左翼思想家立足于社会底层的大众立场。哈特与奈格里认为："穷人"是真正的社会主体，是生活的基础，也是人类一切可能的基础。穷人是"永恒的后现代者：穷人的形象代表着一种差异的、流动的主体"。《帝国》最后一章讨论"反对帝国的民众"，为《诸众》的撰写埋下了伏笔。作为新帝国主体的诸众必须在行动中创造一个共同体才有未来。概言之，《帝国》主张这个世界没有外部，论述了全球层面上主权的扩张、重构和新功效等方面的趋势；《诸众》认为抵抗是一切历史发展的动力，分析了新主体的出现及意义，哈特和奈格里称之为"反帝国"；《共同体》则试图以共同体超越、摧毁和重构私人空间和公共领域，是一种乌托邦色彩的未来政治哲学构想。

（二）《诸众》：民主政治与赛博空间博弈

哈特与奈格里的"帝国三部曲"，通过赋予诸如"民主""共产主义"等政治概念以新的含义，把"爱""穷人"等概念提高到政治学的高度，探索一种资本主义和共产主义之外的另类政治形式：在"帝国"时代建立在"共同体"之上的"诸众"民主政治。[②]《诸众》努力要回答的是生命权力和生命政治的问题。作为全球化和数字化的新主体，诸众有别于构成现代民族国家基础的人民。人民对内同质化，对外具有排他性；而"诸众"则是阶级斗争

---

① ［意］奈格里：《超越帝国》，李琨、陆汉臻译，北京大学出版社2016年版，第224—225页。
② ［美］迈克尔·哈特、秦兰珺：《概念的革命与革命的概念》，《马克思主义与现实》2012第1期。

新形势的基本模式。它涉及被剥削的劳动力,因而比工人阶级的概念更宽泛、更全面。同时,诸众不是毫无区别的乌合之众,不是民族,而是诸个体构成的网络,是多元异质的大众,包括家庭妇女、农业工人、学生、研究者等。他们构成了反帝国的主体,具有民族和国家所无法统摄的包容性和开放性。诸众作为很有用却难于操作的政治概念,具有不可测的"可怕"特点,"是今天充满对抗的世界里哲学、人类学、政治学的理解的核心"。[①] 鉴于资本在全球层面的变化,诸众表达了一种生命政治的活动、民主政治的生产和生命权力的反抗。

《诸众》的副标题是"帝国时代的战争与民主"。它认为只有帝国底层的大众才有足够的创造力来反抗帝国并超越帝国。世界市场的意识形态颇为有力地说明了这种状况。一方面,在世界市场中,差异(商品、人口、文化等差异)宛若无限裂变增生的形态,给任何二元划分的固定边界以沉重的打击。另一方面,在新的自由空间出现的无数差异并没有在全球光滑空间内自由嬉戏,而是被控制在由高度分化、高度流动的结构所组织的全球权力网络之中。联结全球系统的跨国大公司并不像旧式的现代主义模式那样简单地排斥性别、种族的"他者",而是力求容纳差异性,允许不同种族、性别、性向的人加入,形成多样性、流动性的自由创新的工作空间,为利润服务。美国霸权统治是帝国治理的象征,体现了当今全球政治结构的特征。帝国通过更多生活领域的互联,实际上创造了新型民主的可能性,让更多不同的群体组成反抗帝国的新力量——诸众在此意义上类同"芸芸众生",可以打造不同于现存秩序的一种可选择的民主世界。针对悲观主义的误解,该书认为在"帝国"时代,可以克服恐惧,践行民主之梦。《诸众》以其乐观主义的欣快与深邃的目光,巩固了哈特与奈格里作为当今世界最重要的两位政治哲学家的地位。

哈特与奈格里的左翼政治三部曲的关键概念"帝国""诸众"与"共同体",无疑受到了德勒兹与加塔利等人的影响,并且与当代思想家如福柯、韦

[①] [意] 奈格里:《超越帝国》,李琨、陆汉臻译,北京大学出版社2016年版,第55页。

伯、阿尔都塞、哈拉维等人的话语形成重要的空间对话关系。① 譬如，在德勒兹的游牧美学图式中，光滑空间/条纹空间/多孔空间互相交织缠绕，分别代表了三种基本的哲学力量。三者可以并存于电子传媒虚拟现实的赛博空间。因此，在诸众主体与赛博空间关联域，德勒兹的空间哲学与哈特/奈格里的民主政治思想交叠互渗，启迪人们更深入地认知主观能动性与空间结构之间的纠缠不休、持续生成的博弈特征。

哈特与奈格里将后结构主义理论话语与马克思主义的政治经济学加以结合，将他们的理论洞见融入政治与民主的致思，描绘了一幅特异的图景：人们所熟悉的传统帝国主义与现代主权国家可能在加速"解辖域化"，一种无疆界、多元化的新"帝国"全球化政治秩序正在出现，但是这种"帝国"又绝非自由狂欢的嘉年华。数字媒介的无形"帝国"或列斐伏尔所言的"技术乌托邦"，隐含着当代赛博空间的雅典式民主嘉年华与罗马式角力斗兽场的博弈。福柯的"生命权力"（Biopower）观、德勒兹的差异哲学及游牧美学使他们认识到："社会形态从规训社会向控制社会的历史过渡。……控制实现于灵活、多变的网络之中。"② 在他们设想的"全球体制的金字塔"中，顶端是超强权，包含着武力霸权、金融霸权和联合体；中间是跨国资本主义公司的世界网络，覆盖着民族国家；下层是利益团体，是民众的代表。"帝国控制通过三种全球的专制手段来运作：炸弹、金钱和无线电。……这种控制手段使我们又想到帝国权力金字塔的三个层次。炸弹是一种君主权，金钱是贵族权，而无线电则是民主权。"③ 在帝国全球治理中，热核武器是炸弹的标志，金融机制是基本手段，无线电则是主要媒介。诸众作为新主体，在数字化媒介的赛博空间尤为活跃，同时，诸众民主政治的复杂境况在电子网络空间得到了典型的体现。在中国，尤其是在新时代反腐败曝光和舆论监督方面，作为诸

---

① V. B. Leitch ed., *The Norton Anthology of Theory and Criticism*, New York: Norton & Company, Inc. 2010, pp. 2615—2619.
② ［美］哈特、［意］奈格里：《帝国》，杨建国、范一亭译，江苏人民出版社2004年版，第29页。
③ 同上书，第394—396页。

众的网民在赛博空间发挥了非常重要的作用。虽然诸众似乎可以在赛博空间自由无羁地跟帖发言、参与娱乐与操控电子终端（如手机、电脑），但是，网络管理者、利益攸关方、权力机构或主流意识形态也在无时无刻地加以规训与管理，不同的利益力量在进行博弈。

（三）《共同体》：共同栖居的"欧依蔻斯"（Oikos）

左翼政治哲学关注全球资本主义力量的内部机制，往往将帝国的现实反抗与未来构想联系起来，带有特定的乌托邦色彩。奈格里曾经论及帝国的多种趋势使得"建构一个全球化的反帝大众体系的假设成了可能"，《帝国》和《诸众》"在最大的限度上代表了乌托邦式的潜能和表达上的意图"。[①] 哈特与奈格里的"帝国"三部曲之《共同体》论述了一种反抗帝国统治设想的理想社会，试图破除私人领域与公共领域的樊篱，以"共同体"取代西方资本主义财产共和国，把本来属于人民的财产与权力重新归还给人民，创造共享的新世界。这种愿景正是古希腊以降的欧依蔻斯传统主题在当代政治生态学的策略性回归。在此意义上，这种"共同体"构想与法国社会学家、哲学家、人类学家布鲁诺·拉图尔的自然政治之间蕴含着某种空间对话的韵味。

在古希腊，"欧依蔻斯"（Oikos）意为人的家宅、住处或栖息地，在今天则意味着一种政治生态学的"栖居科学"模式。哈特与奈格里的"共同体"憧憬，既赓续了希腊思想传统，又与当代政治生态学相呼应。拉图尔在其名著《自然的政治》凸显了这种"探索共同世界"的政治生态学题旨。他认为"必须将欧依蔻斯（Oikos，栖居）、逻各斯（Logos，理性）、菲希斯（Phusis，自然）和波利斯（polis，城邦）这四个概念同时运用"，才能解开政治生态学的谜题。[②] 拉图尔提出：政治生态学需要献身于一个细致分诊的可能世界，生命的宇宙蓝图（The Cosmograms）历时常新。[③] 因此，人们要破除柏拉图"洞穴"神话的两院制旧政体，启动包括人类与非人类在内的集体"议题"，运转

[①] ［意］奈格里：《超越帝国》，李琨、陆汉臻译，北京大学出版社2016年版，第6页。
[②] ［法］布鲁诺·拉图尔：《自然的政治：如何把科学带入民主》，麦永雄译，河南大学出版社2016年版，第4页。
[③] 同上书，第365页。

网络状的"行动者网络",实施非现代主义的新宪政,落实新分权——考量权、排序权和跟进权,让科学家、政治家、经济学家、道德家等得其所哉,通过学习曲线和集体实验,分别做出自己的贡献,从而逐步构成共同栖居的"欧依蔻斯"美好世界。

毫无疑问,不论是哈特/奈格里的"共同体"还是拉图尔的"欧依蔻斯",都具有乌托邦理想蕴含。北京大学出版社推出的奈格里的演讲集《超越帝国》(2016)封套设计凸显了这样的宣传文字:如何反抗并超越"帝国"统治下的全球秩序?《帝国》作者奈格里的又一力作,展现"美丽的新世界"的另一种可能![①] 奈格里并不认可线性历史观,他关注帝国的各种"运动"、多种趋势,以及帝国之中的秩序机制和反抗问题。奈格里曾辩解说,人们对传统的乌托邦常常嗤之以鼻,不屑一顾,予以挖苦和耻笑。但在今天全球化、后现代的帝国政治秩序中,已经不存在所谓的"外部"世界,因而这种新的乌托邦代表着一种卑微的声音在讨论可能之事,我们可以直面并且实现帝国中的乌托邦抵抗功能。目前正值一个现代结束和后现代开启、民族国家消亡和帝国奠基的"空当",矛盾丛生,而"文学和美学的前卫性要创造出乌托邦。只有乌托邦竭力去抓住构建现实的集体实践的这种极端可能性,世界的终结才变得越来越有可能"。[②]

(四)"帝国"三部曲:马克思主义美学的赓续与对话

我们将"帝国"三部曲纳入马克思主义美学的时空坐标,可以更好地揭示左翼政治与马克思主义纵横交错的赓续关系和对话特征,凸显其当代理论价值与思想弱点。

从历时性的维度看,"帝国研究"在马克思主义美学的发展脉络上是重要的一环。在英美学术视野中,马克思主义美学可追溯到不同国别的一系列标志性著述,它们包括俄罗斯早期奠基作——普列汉诺夫的《艺术与社会》(1912,英译本1936)和托洛茨基的《文学与革命》(1924,英译本1925);

---

① [意]奈格里:《超越帝国》,李琨、陆汉臻译,北京大学出版社2016年版,(书籍封套)。
② [意]奈格里:《超越帝国》,李琨、陆汉臻译,北京大学出版社2016年版,第75页。

德国法兰克福学派霍克海默和阿多诺的《启蒙辩证法》(1947，英译本 1972、2002) 和本雅明辞世后出版的论文集《启明》(*Illuminations*, 1968)；中国毛泽东的英文版毛选《论文学与艺术》(*On Literature and Art*, 1956)。此外，匈牙利卢卡奇著名的《历史小说》(1937，英译本 1962) 基于黑格尔对欧洲的理解，提出一种社会主义美学。布莱希特则在其论文集《布莱希特论戏剧：一种美学的发展》(1964) 反对卢卡奇现实主义美学的理论方法，倡导先锋体验。其他富于意义的著述包括英国雷蒙·威廉斯《文化与社会，1780—1950》(1958)、法国阿尔都塞《列宁与哲学》(1971)、美国詹姆斯《政治无意识：叙事作为一种社会象征行为》(1981)、意大利葛兰西《狱中札记》(1929—1935) 和苏联巴赫金《对话的想象：四篇论文》(1973，英译本 1981)。导论性质的著述包括英国伊格尔顿的《马克思主义与文学批评》(第二版，2002)、托尼·本内特《形式主义与马克思主义》(第二版，2003)。更为翔实的著述包括詹姆斯《马克思主义与形式：20 世纪文学辩证理论》(1971)、戴夫·莱恩《马克思主义艺术理论》(Dave Laing, 1978) 和波林·约翰逊《马克思主义美学》(Pauline Johnson, 1984)。马克思主义文学理论史著作则有佩里·安德森《深思西方马克思主义》(1976) 等，以及工具书如汤姆·博托莫尔《马克思主义思想辞典》(Tom Bottomore, 第二版, 1991) 等。"帝国"三部曲的主要作者奈格里成名较早，曾著有《马克思超越马克思》(1979，英译本 1984)，它与拉克劳、墨菲合著的《霸权与社会主义策略》(1985，第二版 2001) 一道，反映了后马克思主义对传统马克思主义观念的转换。值得注意的是，哈特/奈格里的《帝国》(2000) "提供了一种富于影响的马克思主义关于全球化的描述"；菲利普·戈尔茨坦《后马克思主义理论·导论》(Philip Goldstein, 2005) 则致力于探讨当代经济、政治和女性主义理论对马克思主义的影响。[①] 这些具有里程碑意义的著述甚多，不胜枚举。

　　从共时性的维度看，左翼政治和当代马克思主义文艺美学有着丰富的、

---

① 以上列举的主要著述引自 V. B. Leitch ed., *The Norton Anthology of Theory and Criticism*, New York: Norton & Company, Inc. 2010, pp. 2676 – 2678。

甚至错综复杂的对话关系,"帝国"三部曲具有典型意义。

《帝国》作为"新世纪的共产党宣言",发展了马克思的社会阶段论学说。它的主要贡献在于其富有影响的诸众概念、对非物质劳动的阐释和帝国作为晚近全球霸权的刻画。《帝国》描绘了后殖民、后冷战世界的全球化,发展了左翼政治文化理论,"是马克思主义文学批评与理论对新世纪的重塑"。[①] "帝国"赓续了马克思、恩格斯著名的《共产党宣言》的世界性眼光,形成了与当代世界体系论如沃勒斯坦地缘政治和大卫·哈维新自由主义全球理论的对话关系。如前所述,《帝国》标志着21世纪文艺美学理论的复兴。它刷新了当代世界文学观,丰富了文艺美学范式。

《诸众》聚焦于抵抗强大的全球资本主义秩序的新主体,丰富了全球化与数字化背景下阶级论的内涵与外延。"诸众"是世界性多极集体的命名,具有真实而潜在,团结又散落的形态,被哈特和奈格里用来取代人民、工人阶级或贱民概念。在笔者看来,"诸众"的概念一方面赓续了马克思主义和国际歌关于全世界受压迫者团结和抵抗的话语,坚持了马克思主义美学的大众立场,从而与后殖民批评,女性主义,后现代理论形成对话关系,推进了种族,性别与时代研究,但另一方面具有失于笼统的弱点:包括它随意摒弃民族国家主权的取向,简化和泛化后现代主义、后殖民主义和原教旨主义复杂问题的特征。

《共同体》凸显了新世纪左翼乌托邦的政治构想,拓展了马克思主义目的论的审美维度。奈格里把乌托邦分成三类。一是右翼乌托邦。它带有强烈的形而上学色彩,体现为对天堂的怀旧之情和理想国的记忆。从柏拉图到卢梭,例子不胜枚举。二是左翼乌托邦。它带有强烈的未来主义色彩,将乌托邦作为超越的审美经历。从但丁到社会主义,这一直是不断出现的主题。三是潜隐的物质主义乌托邦。从拉伯雷到巴赫金,不乏例子。而今天的乌托邦以未曾预料的形式在劳动的权力中得到重生。谈论帝国,不是在思考乌托邦,而

[①] V. B. Leitch, *Literary Criticism in the 21st Century Theory Renaissance*, London: Bloomsbury Publishing Plc. 2014, pp. 133 – 134.

是在思考一种趋势性进程。因此，乌托邦不是一个梦，而是一种可能性。[①] 哈特/奈格里的"共同体"和拉图尔的"欧依蔻斯"都有审视当下、破旧立新、建构未来的审美乌托邦意味和思想启迪意义。同样是资本主义批判的取向，大卫·哈维作为社会科学出身的文化理论家，倚重数据、统计与经验个案研究，比较务实，而哈特和奈格里像阿甘本一样，皆属于欧洲哲学传统的人文主义者，他们致力于法律史和政治体制比较研究，难免带上钟爱美好幻象的务虚色彩。当然，这些文化理论家采用不同的方式探讨从资本主义福利国家到新自由主义政治经济霸权过渡的后果，"在此过程中，他们激活了马克思主义社会科学、大陆哲学和新实用论的理论方法，同时也复兴了公共知识分子的使命"。[②] 这种审美政治的"共同体"话语，兼具左翼乌托邦的力量与偏于人文想象的弱点。

哈特和奈格里的当代左翼激进政治"三部曲"具有丰富的思想内涵和良好的外延，涉及新世纪文艺理论复兴、资本主义批判、当代西方文论的符号学、后殖民批评思想观念更新、全球化、数字化时代诸众民主政治与赛博空间博弈，共同栖居社会——"欧依蔻斯"等多方面的问题。他们的帝国研究将现实思考与审美乌托邦的力量结合起来，体现出某种与马克思主义美学思想的赓续，蕴含着与众多领域的话语对话关系，影响了既有的文艺美学范式，启迪人们更深入地对当代世界体系和文艺美学新形态进行反思。

第三节　文学理论与批评实践举隅

从文学理论与批评实践关联域看，基于美国"墨美"混杂族裔经验的"奇卡娜"诗学以跨界研究开拓了人们的新视野，丰富了文学阐释的空间。奇卡娜诗学代表人物安莎杜娃出色地描绘了"新美斯蒂莎"的混杂空间，而文

[①] ［意］奈格里：《超越帝国》，李琨、陆汉臻译，北京大学出版社2016年版，第32—36页。
[②] 同上书，第142页。

学批评家艾伦则以墨美印第安人"黄色女人"故事的跨界阐释印证了在混杂空间进行思想创新的可能性。安莎杜娃的混杂理论话语与艾伦的跨界文学解读可以互相印证与强化，凸显奇卡娜诗学的文化混杂身份、审美体验与跨界研究的特质，突破西方本质主义范式与正典文学批评的樊篱。

一 奇卡娜诗学与印第安故事《黄色女人》跨界阐释

美国新墨西哥族裔的"黄色女人"故事群属于印第安文化的"地方性知识"。艾伦对其中典型故事"柯琴尼纳科"（Kochinnenako，意为"黄色女人"）做了别开生面的个案释读，富于思想启迪性。[①]

（一）奇卡娜文学叙事：《黄色女人》的文本差异

在文学叙事维度，这个故事呈现出不同的版本，一种是印第安本土故事，另一种是迻译为英文的西方口味的叙事。它们的文本差异，折射出不同的文学观。艾伦对英文版故事的批判性理解与改写则凸显了她"部落—女性主义"跨界文学阐释的特色。

1. 美国凯雷斯人的印第安故事《黄色女人》

美国新墨西哥的凯雷斯人有许多印第安故事被称为"黄色女人的故事"。这些故事主题或"母题"总是以女性为中心，且从女性视角加以讲述。在凯雷斯人中，黄色是女性专享的色彩，恰如粉红色与红色之于盎格鲁—欧美人士一样。一些庆典场合，凯雷斯女人会把脸涂成黄色，并且在临死时也会这样做，以便魂灵世界的门卫 Naiya Lyatiku（玉米女人的母亲）认出新来者是女人。在黄色女人的故事群中，神圣的玉米母亲扮演着重要角色。这些故事覆盖万事万物，充满着生活气息。黄色女人的姐妹（蓝色玉米、白色玉米、红色玉米）在故事中常常扮演角色，如蜘蛛祖母及其助手蜘蛛男孩，太阳神或太阳神模样的角色，以及黄色女人的孪生子、巫师、魔术师、赌棍和婆母。在许多故事中，黄色女人与祖母住在村庄边缘，足智多谋，具有特异才华，

[①] P. G. Allen, "Kochinnenako in Academe: Three Approaches to Interpreting a Keres Indian Tale", in V. B. Leitch ed., *The Norton Anthology of Theory and Criticism*, New York: Norton & Company, Inc. 2010, pp. 2000 – 2021.

可能拒绝结婚。在许多方面，"黄色女人"是一种角色模式，体现了一种女性精神。"柯琴尼纳科"及其人民的历险往往结局幸福，但有时因为某人不守规则或在仪式中行为不端，也偶有悲剧发生。其他一些"柯琴尼纳科"故事则体现出女人对部落的权力平衡、关系和谐与繁荣富强发挥的核心作用。凯雷斯"黄色女人"故事群具有明显的文化仪式的特征。美国印第安人的众多部落都属于古老的"女人当政"（Gynarchical）、平等主义与神圣信仰的传统，因此，"黄色女人"故事的核心体现为每年要举行的一种仪式——反映以一个黄色女人为中介的季节转换（从冬季到夏季）。在凯雷斯部落文化中，这种仪式是为了平衡与轮换凯雷斯部落两个分支即半偶族（Moieties）的政治权力，是一种传统社会文化机制。通过文学文本的细致分析，艾伦揭示了西方思维方式的悖谬——如果采用父权制和白人中心论的范式来迻译和解释凯雷斯黄色女人"柯琴尼纳科"的故事，那么就难以避免地以西方文化偏见改变了凯雷斯印第安人的思想观念和叙事焦点，把属于"地方性知识"的部落文化弄得面目全非。

2. 约翰·甘英文版"黄色女人"故事

艾伦选择其母舅约翰·甘迻译为英文的《史阿赫考克与缪钦或季节的战斗》（Sh-ah-cock and Miochin or Battle of the Seasons）作为文本分析对象。这是凯雷斯人传统的印第安口述故事"柯琴尼纳科"（黄色女人）的代表作之一。约翰·甘英文版的故事梗概如下：

> 从前，在北方白色村庄有一个统治者名叫"祈祷者的破碎手杖"，他的女儿柯琴尼纳科（Ko-chin-ne-nako）成为史阿赫考克（Sh-ah-cock，即冬天精魂）的新娘。史阿赫考克性格暴戾、挟风带雪，冷酷无情。他与统治者的女儿联姻后大多数时间都住在白色村庄里，月复一月，年复一年。白色村庄的人发现他们的庄稼不再成熟，最终被迫靠吃仙人掌叶片维持生活。
>
> 一次，柯琴尼纳科离家外出漫游，寻找仙人掌，收获颇丰，准备把仙人掌刺去掉后回家。这时她遇见一个大胆英俊的年轻男人，目光顿时

第二编 二元论陷阱与边缘话语转向 第五章 种族研究：后殖民批评与"帝国"彩虹

为他的衣着打扮所吸引。只见他穿着一件玉米须织成的黄衬衫，腰间系一根玉米叶编织的绿腰带，"莫卡辛"软帮鞋非常漂亮，缀满了鲜花与蝴蝶，手上拿着一束玉米穗……这个陌生人用十分愉快的声音对惊讶的柯琴尼纳科说话，问她在干什么。她告诉他白色村庄的人因寒冷与干旱陷入饥馑，不得不吃仙人掌叶片过日子。年轻小伙子把那束绿色玉米穗给她吃，还要找更多的玉米让她带回去。

他很快离开她，朝南方走去，消失不见，不久就带回一大堆青玉米。柯琴尼纳科问他在哪儿弄到玉米的，是否很近，他回答说："是离我家非常遥远的南方，那儿一年四季玉米生长、鲜花盛开。你是否愿意陪我回到我家乡？"柯琴尼纳科因为自己已经嫁给史阿赫考克为妻，丈夫冷酷无情，尽管自己不爱他，但是也不能陪年轻的陌生人到那个美丽温暖的地方。年轻小伙子力劝无效，只得让她回家，同时提醒她不要把玉米壳扔在门外。离别时他对她说："明天你再来这个地方，我会带更多的玉米给你。"

柯琴尼纳科未走多远就遇见她的姐妹们。她们见她很久未回，担心来寻，却惊讶地看见她带回的是玉米而不是仙人掌。她把奇遇告诉她们，继而回家告诉了父母。父亲听说她描绘那个年轻人的衣着和模样之后，宣称：他就是"缪钦"（Miochin，夏天的精魂）！母亲也随声附和说："他就是缪钦！他就是缪钦！"父母让她明天带他回家里。

第二天，女儿把夏天精魂缪钦和丰盛的玉米一块带到白色村庄，解除了饥馑。在欢乐与感恩的氛围中，他在"霍切尼"（Hocheni，统治者）的家中受到欢迎。傍晚，冬天精魂史阿赫考克回家，携带着狂暴的风雪，他从骨子里感到缪钦的存在，于是大声咆哮。两个精魂争斗起来。史阿赫考克气势骇人，但缪钦靠近时，寒风变成了温暖的夏季和风，雪霜和冰凌消融。史阿赫考克眼见要败，宣布停战，约定四天后决战统治权，胜者将获柯琴尼纳科为妻。次日缪钦返回南方家中备战，派老鹰送信，找来在阳光灿烂气候里生活的朋友、飞鸟和四条腿动物帮忙。史阿赫考克则回到北方家中备战，找来所有在冬天气候生活的飞鸟和四条腿动物帮忙。这场冬/夏、南/北大战打得天昏地暗。最终缪钦占据上风，史阿赫考克提出停战以避免全败。双方达成协议：各自统治半年。①

上述故事选自艾伦学术论文集《圣环：重新发掘美国印第安传统的女性气质》英文版。尽管约翰·甘的意图是要中性客观地记录口述文化的传统故事，但是为了让欧洲读者便于理解，他赋予了该故事某种统一性，于是在迻译中添加了冲突主题、暴力情节、性别歧视、种族主义等因素。但是这种翻译导致叙事结构与阐释策略等方面问题丛生，凸显了文化偏见造成的误译与误读。

3. 艾伦对英文版故事的批判性理解与改写

艾伦认为，约翰·甘英文版叙事结构的改变，扭曲了原作品，把凯雷斯社会居于核心地位的母系意识形态和季节转换的文化仪式，变成了一个西方式的父权制冲突叙事，从而落入了欧洲白人女性主义、后殖民批评理论话语的窠臼：两个强悍的男人争夺一个弱势的黄色女人（Yellow Woman）；从冬天到夏天的转换仪式，竟然被当成代表民众福祉的反叛者缪钦（Miochin）打败暴戾的白人殖民者、推翻殖民权力的一种隐喻。某些古老的记载把黄色女人作为"霍切尼"（Hocheni）的女儿。约翰·甘把该词译成"统治者"（Ruler）。但是在凯雷斯人的观念中，"霍切尼"是酋长或母亲酋长（Mother Chief），迥异于西方式的领导权观念和欧洲民间故事传统。约翰·甘也明白这一点，因此他在译序中说明：虽然该故事是关于战斗的，但是罕见凯雷斯人讲述战争故事，因为他们不是"好战之人"。

艾伦不满于约翰·甘的英译本倚重西方趣味的叙事而相对忽略了故事的本土仪式属性，于是她直接基于凯雷斯仪式拟写了一个新版本：

很久以前，嗯。在北方有一个黄色女人。她往北走。然后她拾取仙

---

① V. B. Leitch ed., *The Norton Anthology of Theory and Criticism*, New York: Norton & Company, Inc. 2010, pp. 2000-2021.

人掌。然后夏天到了。他从南方来。他抵达了上面说的地方。于是夏天说话。"你在这儿？怎么回事啊？"夏天说道。接着黄色女人回答。"我拾取这些破东西，因为我饿啊。""为啥你不吃玉米和西瓜呢？"夏天问道。于是他给了她一些玉米和西瓜。"拿着！"这时黄色女人说，"很好。咱们走。我带你去我家。""你丈夫不在那吗？""不在。他猎鹿去了。今晚才回来。"

于是他们到了北方。朝西往前走。后来他们到了东方。"你在这儿？""祈祷者有记忆力的手杖"说。"是的。"夏天说。"怎么回事啊？"夏天说。于是他说，"是你的女儿黄色女人把我带到这儿的。""嗯，很好。""祈祷者有记忆力的手杖"说。

故事会持续下去，很多元素都包含在甘的叙事里，只是围绕着方向轴、参与者的运动、母系关系（女儿、母亲、女酋长）进行组织，而事件则与季节/仪式相关，与当地两个主要半偶族相关：夏天即缪钦属于住在南山一族，冬天即史阿赫考克属于住在北山一族。在完成关于该故事的改写后，艾伦针对性地提出她的三种理论阐释。

（二）艾伦对"黄色女人"故事的三种文学阐释

艾伦的三种解读途径分别是：凯雷斯人的传统部落解读；现代女性主义解读；部落—女性主义的跨界解读。

1. 凯雷斯人的传统部落解读

在传统的凯雷斯人解读中，约翰·甘英文版的统治者"祈祷者的破碎手杖"实为"祈祷者有记忆力的手杖"之误。这涉及对酋长身份的（神圣）仪式认同与文化记忆。该故事反映了凯雷斯人玉米种植的节庆活动，"黄色女人"柯琴尼纳科的意愿是仪式的核心元素。在仪式中，形形色色的飞禽走兽和各种力量如暖风、热火、冰雪出场，时间守护者（Hutchamun Kiuk）或仪轨官扮演了中心角色。仪式轴上的力量焦点出现了改变：两种季节（冬天与夏天）/两个半偶族（史阿赫考克与缪钦）轮流掌控主导权。

凯雷斯人的社会意识有两个基本点——平衡与和谐。西方叙事诗学的常见做法可能把故事主题归纳为青春战胜老朽、自由战胜暴政（俊男缪钦战胜老丑之敌史阿赫考克，拯救民众于水火，赢得美妻），但是这种解读在凯雷斯社会文化语境中没有意义，因为这类西方式的文学观念与凯雷斯核心价值观相抵牾。约翰·甘的故事所具有的英雄浪漫情调与涉及统治者的描写，显然是西方式的改写。当然，退一步说，虽然它会使凯雷斯人感到困惑，但仍然会满足他们的审美期待心理，因为故事的幸福结局带有季节与半偶族之间焦距的有序转换。总之，凯雷斯人和谐、平衡、女性核心的原初价值观保留了合法性，凯雷斯人固有的基本秩序原则得到了庆祝并且再次确立。

2. 现代女性主义解读

非凯雷斯文化的女性主义者会误读约翰·甘所译的英文版故事，容易落入父权制压迫的释读窠臼：虽然"黄色女人"柯琴尼纳科是统治者的女儿，但是被迫嫁给了一个暴戾无情的丈夫，过着毫无幸福感的日子，因而憧憬温暖的爱情。女性主义者很容易想象，该女主人公像广大妇女一样，被社会建构，软弱顺从，孤苦无依。父亲滥用财富与权力，或许提示了传统的凯雷斯社会系统类同于盎格鲁—欧洲的社会形态，由此让读者把故事误读如欧洲民间故事（如罗宾汉故事）一样，把缪钦视为社会正义的代表。

激进的女性主义者阐释范式则乐于把故事解读为反种族主义和抵抗菲勒斯压迫的性别叙事。史阿赫考克和村庄是"白色"的，冬天、冰雪和暴风雪也属于"白色"——具有政治意味。在这种语境中，故事具有白人压迫印第安人的属性。凯雷斯人有责任推翻可恨的白人殖民权力和专制统治，实现社会公平正义。耐人寻味的是，即便故事清晰地将敌人设定为暴戾的白人，也会使激进的蕾丝边感到不舒服，因为那是男人之间的争斗。柯琴尼纳科的命运由父亲决定，等待一位英俊的陌生男子拯救，她自己被动、不幸，竟然无人询问其本人的想法。艾伦否弃激进女性主义的基要主义弊端，指出这类女性主义理论假设，要么认定女性本质上是无权力的，要么就是遵循盎格鲁—欧洲思维，认为人类的存在是以斗争为基础的。这两种假设皆非凯雷斯人的思维特征，扭曲了关于"黄色女人"故事的人类学与文学蕴含。艾伦提到，她和一些读者则对故事怀有希冀和遐想：缪钦是否在女扮男装，因为其服装以玉米的颜色——黄色与绿色为特征，因为在凯雷斯人文化中，玉米这种植物总是与女人联系在一起的。柯琴尼纳科及其姐妹们都是玉米女人（Corn Women），母亲是玉米族首领，凯雷斯人的大地母亲伊亚蒂库（Iyaticu）也是玉米女人！

3. 部落—女性主义的跨界解读

艾伦认为叙事结构蕴含着政治意义。通过女性主义—部落分析的视野，她讨论了"黄色女人"叙事结构的差异。当西方式假设用于部落叙事时，会引发混淆不清、令人不安的后果。艾伦提问说：倘若夏天精魂与冬天精魂的战斗是关于温暖、慷慨与善良战胜冷酷无情，好战胜坏的题旨，那么，为什么取胜的英雄要允许敌手每年有权掌管村庄与女人半年呢？实际上，凯雷斯人的社会结构与文学叙事都奉行一种平等主义的模式，而不是西方人的等级制模式。凯雷斯人倾向于在一个领域里将价值平等分配于各个元素，不管这个领域是社会领域、文学领域还是美学领域。在这种结构框架中，没有哪个单一元素一定要被凸显为"前景"而让其他元素成为"背景"。犹如大森林里一切元素平等共存，而哪个元素凸显成为前景，走向前台，则取决于季节。因此可以恰如其分地说，没有英雄，没有恶棍，没有次要角色……前景从一个焦点滑移到另一个焦点，直到仪式般的会话中所有的关联性元素都能说话。西方人长期以来有一种背景偏见，往往高估前景而忽视背景——阴影凸显光明。然而耐人寻味的是，在部落语境中背景（而非前景）具有特殊的重要性，光与影是互相关联的，体现于不同程度的、形形色色的宇宙万物。默默无闻的大地母亲和女性都是万物之源。凯雷斯部落的一切因素，不管是社会形态、美学形态还是感知方式，都重视平衡感，迥异于西方式男性主义焦点单一的模式。故而传统美国印第安人叙事异于英语叙事。它松散互联、没有固定的视角，无中心人物却有中心点，焦点人物是动态转换的。女主人公是代理人而不是西方式的英雄（主角）。

西方技术工业的心智不适合解释部落题材。盎格鲁—欧洲语境多方面迥异于凯雷斯的印第安人社会生活环境,包括季节观念、婚姻观念和冲突观念。譬如,冬夏季节转换在凯雷斯人的生活中具有神圣的仪式,非常重要。凯雷斯人以女人核心形象为中介,每年季节有序、适时转换,构成了主要题旨。盎格鲁—欧洲文化以冲突为中心,而凯雷斯人的部落文化厌恶战争。在传统凯雷斯文化中,父权不成为问题,孩子属于母亲部族。在标识意义上,女性文化几近于部落文化:包罗万象犹如拼缀百纳被,而不是排除异己、凸显自身。故事阐释的重点也就不再落在人物形象分析上,而是关于季节/半偶族权力的象征转换,关于女人作为核心代理人的功能,关于人们进入社会秩序和精神宇宙的方式,关于仪轨、互动和生活环境变化的动力学。

概言之,西方分析范式是线性、固定的,而部落文学却要求天然与流动;前者是单维、排斥异己与历时性的,而后者则是多维和共时性的,包罗万象。因此,艾伦建议把约翰·甘的英译标题《史阿赫考克与缪钦或季节的战斗》(*Shahcock and Miochin or Battle of the Seasons*)改为《柯琴尼纳科如何平衡世界》(*How Kochinnenako Balanced the World*)。由此,可以解释缪钦与史阿赫考克各自统治半年的疑问。与此类似,古埃及有一个著名神话讲述奥西里斯与塞特两兄弟之争,最终双方轮番分治国土的故事。该神话在结构上与凯雷斯"黄色女人"故事有异曲同工之妙。奥西里斯神话折射出绿洲文化的特质,揭示了在尼罗河流域的生活状态,蕴含着上埃及与下埃及、红土地与黑土地、游牧族与农耕族、南风与北风、鹰与蛇等二元因素互为依存且交替于万物的浑融型思维模式。① 艾伦倡导的"部落—女性主义"释读途径,将现代女性主义理论与奇卡娜部落经验融为一体。倘若认知了美国本土特殊族群的季节与半偶族(自然与社会)互补转换的伦理关系和象征意味,熟悉其色彩文化与仪式蕴含,那么,人们就会以新的眼光对"黄色女人"故事做出更符合实际、更具说服力的文学审美阐释。

二 《帝国》:新世纪理论文艺复兴与全球化范式

当代西方文论的"理论"与"反理论"之争近年来颇令人瞩目。不同于

---

① 参见麦永雄《古埃及神话的基本背景与文化蕴含》,《外国文学研究》1996年第2期。

第二编　二元论陷阱与边缘话语转向　第五章　种族研究：后殖民批评与"帝国"彩虹

英国马克思主义美学家伊格尔顿的"理论之后"的基本判断，美国著名文论史家雷奇在《21世纪的文学批评：理论的文艺复兴》（2014）中提出，"一系列新世纪的奠基之作共同提示了一种理论的文艺复兴"。他特地遴选了六部具有开创意义的理论奠基著作：（1）新世纪的全球化问题的主要著作——左翼思想家哈特与奈格里的《帝国》（Empire，2000）；（2）当代少数族身份认同研究最令人瞩目的学术著作——克莱格·沃马克的《红又红：本土美国文学分离主义》（Craig Womack，Red on Red：Native American Literary Separatism，1999）；（3）21世纪最尖锐热情的身份认同理论批判——文学批评家迈克尔斯《多样性的麻烦：我们如何学会身份认同与忽视不平等》（W. B. Michaels，The Trouble with Diversity：How We Learned to Love Identity and Ignore Inequality，2006）；（4）意大利著名哲学家阿甘本《神圣人：至高权力与赤裸生命》（Giorgio Agamben，Homo Sacer：Sovereign Power and Bare Life，1995；英译本1998）；（5）抨击自由市场资本主义的巅峰之作——大卫·哈维的《新自由主义简史》（David Harvey，A Brief History of Neoliberalism，2005）；（6）刻画新自由时代残酷画面法国畅销书——政治哲学家巴迪欧的《萨科齐的意义》（Alain Badiou，The Meaning of Sarkozy，2007）。[1] 哈特与奈格里借鉴马克思、福柯、德勒兹等人的理论资源，揭示了全球"帝国彩虹"的"解辖域化"形态，以"帝国研究"范式将符号学、后殖民批评理论引入更悠久宏阔的新视野。

国际畅销书《帝国》言说和倡导了一种全球化与数字化语境中的理论新图式。刘禾教授在关于哈特和奈格里《帝国》学术话语的访谈中，从"跨文化的帝国符号学"的维度评介了资本主义全球发展和西方"符号学转向"。[2] 这种宏阔的审美政治视野，将全球化和当代西方文论领域的语言符号学转向结合起来，给人以有益的启迪。

---

[1]　V. B. Leitch，Literary Criticism in the 21st Century Theory Renaissance，London：Bloomsbury Publishing Plc. 2014，p. 133f.

[2]　黄晓武：《帝国研究——刘禾访谈》，《国外理论动态》2003年第1期。

哈特与奈格里合著的《帝国》堪称将后殖民批评理论拓展到全球化视界的重要著作。20世纪末期，世界历史发生了巨大变化。《帝国》第七章"转变的迹象"被收入雷奇主编的当代文学批评理论汇编《诺顿理论与批评选集》(2010)。它认为，随着世界上形形色色的殖民统治政体退出历史舞台，尤其是随着1989年柏林墙倒塌，1990年两德统一，1991年苏联和东欧阵营解体，冷战终结，海湾石油战争波谲云诡，中国作为经济"巨人"崛起，跨国大公司与电商快速崛起……"全球化"戏剧性地改变了东西方之间的政治与经济关系，一种新的现象——"帝国"——物化了我们的后现代生活。由于出色地描述了"帝国全球政治的新秩序"，《帝国》成为21世纪畅销书。

对后现代和后殖民批评理论而言，"帝国研究"标志着文艺美学范式的重要转向。在政治哲学维度，现代主权的世界是一个二元论世界，它分裂为一系列二元对立：自我和他者、白人和黑人、内部和外部、统治者和被统治者。而从差异政治学维度看，后现代主义思想挑战的正是现代性的这种二分逻辑，它为那些同父权、殖民主义、种族主义作斗争的人提供了重要的理论资源。后现代主义者坚持差异性与具体性，也挑战着极权主义、统一化话语和权力结构。后现代理论关于文化的混杂性、流动性为这些斗争提供了支持。一方面，哈特与奈格里质疑僵硬的种族研究二元论，认为："我们必须注意，殖民地世界从来就没有服从于这种二分式的辩证结构。……我们不能仅仅考虑白人和黑人，至少我们还要考虑混血人群的立场。后者有时同白人联盟，因为他们拥有自由和财产，有时又与黑人联盟，因为他们的肤色还不够白。"[①] 另一方面，他们的"帝国研究"范式又拓展了全球化历史视野，使得后现代主义思潮和后殖民理论呈现出滞后性和局限性。

哈特与奈格里进一步认为："殖民主义的结束和国家力量的式微，显示了一场由现代主权范式到帝国主权范式的普遍转变已经到来。20世纪80年代以来，林林总总的后现代和后殖民理论首先向我们展示了这场转变，但这些理

[①] [美]哈特、[意]奈格里：《帝国》，杨建国、范一亭译，江苏人民出版社2004年版，第153页。

论仍有局限",因为正如这些理论所带的"后"字所显示的,"它们不知疲倦地批判旧的统治形式,以及旧形式在现在的遗留,从中寻求解放"。但后殖民批评的理论阐释力开始失效:

> 我们怀疑,后现代主义和后殖民主义理论会走入死胡同,因为它们未能充分认识到当今世界的批判对象,也就是说,它们认错了敌人。这些理论家花那么大的气力来描述、抗争现代权力形式,可如果这种权力形式已不再控制我们的社会了,怎么办?……它们模糊而混乱,并没有意识到主权形式变迁所带来的范式飞跃。后殖民主义观点基本上仍在关注殖民主权。这可能会使后殖民主义成为解读历史的一件得心应手的工具,但是在关于当代全球权力的理论表述方面,它却力不从心。即使爱德华·赛义德这位后殖民主义旗帜下最才华横溢的理论家,也只能做到批判当前的全球权力结构延续了欧洲殖民主义统治的文化和意识形态残余。可是他忽视了掌控当今世界的权力结构和逻辑的新颖性。帝国绝不是现在帝国主义的一声微弱的回响,而是一种全新的统治形式。①

鉴于今天第一世界发达国家的有色人种和少数族裔已经不限于第一代的社会文化体验及其文学表达,因此,后现代主义与后殖民主义理论话语只是在一定地理范围内,在一定人群、一定阶段范围内才有效,因为它们只不过是在同殖民主义的思想残余做斗争。总括而言,后殖民批评的主要对象只是"帝国"变迁的一个历史阶段。面对世界性散居族裔、移民文学和流散作家的第二代、第三代的繁复嬗变,后殖民批评理论日益显得捉襟见肘,而"帝国"观念在现阶段似乎更适合阐释当代世界。

---

① [美]哈特、[意]奈格里:《帝国》,杨建国、范一亭译,江苏人民出版社2004年版,第166—176页。

第六章　亚文化维度：酷儿理论

当代西方文论的边缘话语范式转向，犹如一条既通且隔的"横截线"，既贯穿种族、性别、阶级、生态、主体、身份、（亚）文化等一系列重要理论领域，又让这些领域保持各自的独立性。酷儿理论作为边缘话语范式转向的重要组成部分，聚焦于文化与文学中普遍存在的同性恋亚文化现象，既是长期被边缘化的"蕾丝边""基友"等异常态群体所共享的政治、文化、伦理和美学的理论基点，同时又借助解构论的力量超越僵硬的传统二元论模式。在酷儿理论与英美文学关联域，需要以历史理性与人文关怀结合的目光审视亚文化问题，倡导诗学正义。[①] 酷儿理论与奇卡娜诗学、新美斯蒂莎观念密切结合且有着重要的交集，它们在当代西方文艺美学领域形成互补性的思想共振。

第一节　学术范式转向

在某种意义上，酷儿理论的兴起，文学上与波德莱尔"恶之花"式诗歌、萨德和马佐赫 SM（施虐癖与受虐癖）小说旨趣相关，哲学上则与巴塔耶、福柯、德勒兹等人相关。法国激进思想家乔治·巴塔耶有"邪恶形而上学家"

[①] 参见麦永雄《边缘话语范式转向：酷儿理论与英美文学批评》，《澳门理工学报》（人文社会科学版）2016 年第 4 期。

之称，倡导异质论、粪石学和非生产性的耗费经济学，涉足哲学、经济学、伦理学、神学、文学、色情学等领域的禁区。在巴塔耶看来，文学异于哲学、宗教。文学向我们展示了诸如波德莱尔诗歌、萨德和马佐赫的虐恋小说这样的异质世界。巴塔耶认为人类具有两极形态：占有与排泄（同质与异质的对立）。① 前者揄扬真善美与形而上的题旨，是众所瞩目和关注的主流领域，而后者则关注假丑恶和形而下的另类情趣，历来遭到忽视和贬黜。巴塔耶倾向后者，其耗费经济学关注奢侈（金字塔建造、夸富宴）、哀悼、宗教膜拜、游戏、奇观、艺术、非生殖性意图的性行为、反常性行为（SM）等。作为"后现代的思想策源地之一"，巴塔耶的异质论启迪了众多后结构主义、后现代思想家。同为法兰西著名哲学家的福柯和德勒兹都是注重反常、强调差异的著名人物，都对边缘理论话语持有浓厚的兴趣。福柯本人是同性恋者，其晚年重要著作《性史》梳理与研究西方的性话语史；德勒兹曾撰写过关于19世纪奥地利作家马佐赫（受虐癖一词源于马佐赫的名字）的文学批评著作《受虐癖：冷酷与残暴的阐释》（1967），以马佐赫的长篇小说《穿皮裘的维纳斯》为据，探讨文学与心理学互相生成的亚文化虐恋题旨。

在酷儿理论与英美文学关联域，需要以历史理性与人文关怀结合的目光审视亚文化问题。英美酷儿文学及其诠释长期被遮蔽，实际上反映了一种"厌同症"（Homophobia）。作为宏大的文化语境的组成部分，心因性和机构性的厌同症偏见一直影响着同性恋者的就业、生存与权利，其中三种否定性的话语令人关注：一是认为同性恋者属于病态、邪恶的，"天生"是性贪婪的猎食者，骚扰儿童，勾引青年；二是认为同性恋者只占人口总数的极小部分（实际上占了美国总人口的10%）；三是认为同性恋者的后代也会是同性恋者，将会导致人类族群灭绝，削弱国力。尤其是心因性影响不容忽视，"内化的厌同症"（Internalized Homophobia）意味着同性恋者的自我憎恨与自卑，折射出外在的异性恋霸权主义的压制与渗透。这些术语犹如聚光灯，凸显了同

---

① M. A. R. Habib, *Modern Literary Criticism and Theory: a History*, MA: Blackwell Publishing, 2008, pp. 65 – 67.

性恋者作为受压迫社会群体和政治上少数族的境况。

男女同性恋者共同承受着政治、经济、社会、心理诸方面的压力。追溯英美历史文化，在19世纪之前同性恋被视为病态，且意味着医学或心理学上需要治疗的疾患，一切形式的非生殖的性行为都被教会与政府禁止。根据泰森的描述，在美国，人们会将基友送进精神病院进行处置，包括厌恶疗法、电击治疗和脑前叶切开术。1969年男同性恋解放运动影响广泛，格林威治村的"石墙运动"成为同性恋者争取平等地位和美国公民权利的标志性事件。1974年美国社会终止对同性恋的惩罚，同性恋类型在美国精神病学会精神错乱疾患名单上被正式删除。1952年以来实行的限制同性恋者移民美国的政策在1990年取消。[①] 类似的是，19世纪手淫在欧美曾经也被视为对儿童危害极大的病患，英国维多利亚时代对手淫的规训尤其严苛。一些著名医案记载手淫的孩子在夜间会被捆绑住手脚以防止"犯罪"；某些医生甚至烧灼女孩的阴部以"治疗"手淫。随着社会文化进步、科学日益昌明，如今适度的手淫已被视为一种正常、健康的宣泄途径。法国哲学家福柯的《性史》对西方世界的性话语史的吊诡与嬗变做出了颇多精彩诠释。

正如一般意义上的性观念的变迁一样，对同性恋这类亚文化现象的观念也随着不同时代、不同地域而有着不同的变化。虽然包括泰森在内的许多学者对同性恋者颇为同情，但是也需要指出，当前同性恋者仍然是感染和传播艾滋病的高危人群。1995年，美国纽约市议会出于对性安全与纯洁成人空间的考虑，通过新区域法，将成人业态局限于滨海码头等非居民区，导致酷儿活动场所纷纷关门歇业，引发边缘群体的抗议。美国学者贝兰特与沃纳的著名论文《公共领域的性》（Sex in Public, 2002）[②]，借鉴福柯《性史》关于英国维多利亚时代的性话语问题的阐释，论析当代美国文化，认为异性规范（Heteronormativity）是美国社会组织的基本引擎。他们将该话语与西方文艺理

---

① Lois Tyson, *Critical Theory Today*, New York: Routledge, 2006, pp. 317–319.
② Lauren Berlant and Michael Warner, "Sex in Public", in V. B. Leitch ed., *The Norton Anthology of Theory and Criticism*, New York: Norton & Company, Inc. 2010, pp. 2605–2606.

论的种族、阶级、性别结合，透彻分析美国文化结构和社会特点，同时也关注酷儿文化、酷儿政治、性安全的问题。

20世纪90年代，以美国加州大学酷儿理论研讨会为基础，酷儿理论以一种激进的理论姿态出现，糅合了当时性别研究、基友、蕾丝边批评，汇入了欧美文艺理论领域的解构论、后结构主义思潮，强调非确定性和多元流变的思想，试图解构异性与同性之间一切绝对的划分。[1] 在当代学术视野中，反对中心主义与霸权主义的各种边缘话语实际上互相关联：秘索斯诗性思维之于逻各斯理性中心主义，生态美学之于人类中心主义，少数族文学之于多数族文学，女性主义理论之于菲勒斯中心主义、酷儿理论之于异性恋中心主义，都具有革命性、颠覆性的思想意义，同时又保有它们自身的问题框架和理论话语。酷儿批评关注亚文化边缘话语，在由来已久的二元对立性话语模式中寻隙探微，对性政治、身份认同、意识形态批评、性取向、敢曝美学、他者伦理、亚文化诗学等重要维度提供了新的视界与特殊经验，能够丰富我们对文学的理解与诠释，进而关注和欣赏非异性恋的历史文化与文学生产。

总括而言，亚文化的范畴、边缘群体的诉求和酷儿文学的阐释应当纳入当代文艺理论议题。在今天日益开放、进步、宽容的社会文化语境中，只要不伤害自己、妨碍他人、危害社会，我们就应当尊重人的生命权利和生活方式的选择。历史理性、人文关怀和诗学正义的原则，有助于我们审视、宽容、理解边缘话语转向中的亚文化维度与酷儿理论的范式意义。

第二节　主要代表人物与理论话语

亚文化属性的文学问题往往需要从特定的社会文化语境中加以审视与理解。通行的西方文艺理论著作中有着大量聚焦于种族、性别、阶级、生态、

---

[1] M. A. R. Habib, *Modern Literary Criticism and Theory*: *a History*, MA: Blackwell Publishing, 2008, p.139.

散居族裔、亚文化等问题的边缘话语或理论范式。如巴塔耶的异质论显露被遮蔽的生命"排泄"领域。阿多诺的否定辩证法批判总体性、强调非同一性。列维纳斯的伦理哲学关注对"他异性"的尊重。在这里,我们选择德勒兹与加塔利"千高原"衍生的表达式"千面性"、塞吉维克的"同性社会欲望"、贝兰特与沃纳的"异性规范"等理论话语作为亚文化范畴的酷儿理论范式的例证。

一 德勒兹/加塔利:游牧主体的"千面性"范式

法国哲学家德勒兹和社会心理学家加塔利的思想观念能够较好地揭示酷儿理论的范式意义。[①] 他们关于酷儿批评的核心论旨是生成论与差异论。边缘话语范式转向蕴含了这些焦点的迁移:从异性恋霸权到酷儿政治民主,从实存(Being)到生成(Becoming),从二元论到多元论,从辖域化到解辖域化乃至再辖域化。异性恋的性别霸权具有等级制的权力话语,实存哲学具有静态的特征,二元论是一种封闭的结构,辖域化则强调不可逾越的固定边界。与此不同,德勒兹差异哲学则更多地强调内在性平台,倡导开放自由的美学取向。德勒兹与加塔利的"游牧美学"建构了后结构主义多元流变的"游牧主体";他们的"千高原"(A Thousand Plateaus)文化哲学概念,启迪一些当代西方学者在女性主义、性别研究和酷儿批评领域提出"千面性"(a Thousand Tiny Sexes)的命题。

德勒兹认为,关于性别的二元论说明不了千差万别的性欲。虽然常识告诉我们,可以依据科学与医学的标准判定男女生理两性的基本分野,但这种二元论的辖域却难以描绘丰富多彩的社会性别与个体变动不居的性取向。"正如单性内部的双性组织同样不能说明性欲一样。性欲导致了多种多样的婚姻生成;这就像 N 性别一样……重要的是,爱本身就是一台战争机器,具有奇怪而可怕的力量。性欲乃千万种性别的生产,生成繁多,几不可控"。[②] V. A. 康雷在《三万六千种爱欲形式:德勒兹与加塔利的酷儿》一文中指出:从德

---

① 关于德勒兹和加塔利的简介,参见本书第二章。
② 陈永国:《游牧思想:吉尔·德勒兹、费利克斯·瓜塔里读本》,吉林人民出版社 2003 年版,第 226—227 页。

第二编　二元论陷阱与边缘话语转向　第六章　亚文化维度：酷儿理论

勒兹与加塔利名著《反俄狄浦斯》到《千高原》，这两位思想家抨击资本主义制度的布尔乔亚"正常"规训社会与强化的行为方式，由此凸显关于酷儿讨论与酷儿扮演的意义。酷儿即生成；酷儿需要扮演与声音表达。酷儿功能在美学与伦理学层面上得以发挥，指涉大量文学文本（如普鲁斯特笔下的"多元同性恋"）。基友发明了前所未有的特异欲望方式，爱欲成为生产感情、感知与想象的新途径。德勒兹式的"作为生成的酷儿"超越了同性恋领域，囊括一切少数族性，是一种开放性的机器装配，甚至并不排除男性与女性之间的各种新联系：特殊的施虐与受虐（S & M）动态关系，易装癖的潜在性。爱欲形式可以有三万六千种或 N 性别（N–Sexes，既非单一之性，亦非两性）。[①]宇宙大化，千姿百态；人欲之异，千变万化。德勒兹差异哲学、游牧美学和机器诗学极为重视变异、生成与装配的思想观念，《千高原》作为一部文化哲学名著，揭示了酷儿理论的文化与文学意义，从边缘话语维度提供了特殊的诗学关怀，提醒我们注意尊重弱势群体的生活权利与生命价值，解蔽一方"新天地"。

在后现代理论范畴备受抨击的二元论、等级制、中心主义、基要主义、本质主义等传统观念的吊诡之处在于：一方面它们具有实存的主导性、合理性与现实性，另一方面它们又压制、遮蔽、滤除与扭曲了社会性别的开放、多元的向度，扼杀了生命/生活的丰富性与欲望（文学）表达的多种可能性。泰森在论酷儿理论时指出：个人的性偏好是流变生成的，受到诸如年长或年幼、人类或动物、个体行为或群体行为、独自一人（如手淫）或多性伴等因素的影响。人之性还可以用诸如"高潮/非高潮，商业/非商业，只用身体/使用器具，私密/公开，自然/人为"等对位概念加以界说。[②]塞吉维克也认为人类的性征的复杂机制无法仅在同性恋/异性恋的二元论限度内获得完全理解。男人之间的同性社会欲望可以呈现为两男一女的三角形结构，女性可以是男

[①]　V. A. Conley, "Thirty–six Thousand Forms of Love: The Queering of Deleuze and Guattari", in *Deleuze and Queer Theory*, edited by Chrysanthi Nigianni and Merl Storr, Edinburgh: Edinburgh University Press, 2009, pp. 25–36.

[②]　Lois Tyson, *Critical Theory Today*, New York: Routledge, 2006: 338.

子同性恋之间的一种中介与象征的"通道"。① 塞吉维克阐发的两大模式——同性社会型与同性色情型的边界,也并非是固定不变的。

同样,德勒兹提示我们,在主体性问题上,酷儿理论视野超逸了同性恋(基友、蕾丝边)与异性恋二元对立边界的固定模式,以解辖域化的视野将人类主体视为"游牧"式的主体,充满着"自我"聚合或再辖域化的可能性:"酷儿理论把个体之性界说为流变、碎片化、动态的可能性聚合。在生命历程的不同时段,甚至在一周内不同的时段,我们的性取向可能都会不同,因为性取向是一种动态的欲望漫游场域。"② 荣格著名的阿尼玛与阿尼玛斯的概念,分别意指男人心理中的女性潜倾与女人内心的男性潜倾。③ 艾德里安娜·里奇的"蕾丝边连续体"(Lesbian Continuum)的概念认为,每位女性生平可能具有一系列女性身份认同体验,既不排除性欲或性行为,也不对此提出要求。女性终其一生可以在蕾丝边连续体进出,也可以完全留在其中。基友之性、蕾丝边之性、双性恋之性,以及异性恋之性都是潜在的性向可能性,可以沿着一种性可能的连续体而嬗变。主客互动,因人而异。人们千姿百态的性征因此超越了二元论的生理性别和社会性别,具有自身的意愿、创造性与表达需要。

二 塞吉维克:同性社会欲望

学术领域地位:当代美国著名学者、性别研究、酷儿理论代表人物

主要代表著作:《男人之间:英国文学与男子同性社会欲望》(1985);《暗柜认识论》(1990)。

重要理论话语:同性社会欲望(Homosocial Desire)

E. K. Sedgwick

伊芙·科索夫斯基·塞吉维克(Eve Kosofsky Sedgwick,1950—2009)一

---

① Gregory Castle, *The Blackwell Guide to Literary Theory*. MA: Blackwell, 2007: 106.
② Lois Tyson, *Critical Theory Today*, New York: Routledge, 2006: 337.
③ 安东尼·斯托尔:《荣格》,陈静、章建刚译,中国社会科学出版社1989年版,第62页。

译"赛菊寇",生于美国俄亥俄州一个犹太人家庭,获康奈尔大学学士学位,耶鲁大学博士学位,2002年获耶鲁大学布鲁德纳奖(Brudner Prize)。曾经任教于波士顿大学、达特默斯学院、纽约城市大学等多所高等院校。2009年卒于乳腺癌,享年58岁。塞吉维克是美国著名的文学批评家、作家、诗人。杜克大学"纽曼·艾维·怀特英语教授"(The Newman Ivey White Professor of English)、纽约城市大学杰出教授,从事写作与文学教学。在性别研究、酷儿理论和批判理论领域卓有建树及影响。她的研究旨趣涉及酷儿表演性、实验性评述、非拉康精神分析、文艺作品、情感理论、物质文化、佛教、教育学和身份政治。塞吉维克的第一本书是她博士论文的修订版《哥特传统风格的连贯性》(*The Coherence of Gothic Conventions*,1986);她最后一本书《触发感情》(*Touching Feeling*,2003)强化了她自己的"酷儿表演性"的概念,勾勒出她对情感、教育学和表演性的兴趣,探索非二元论思想与教育学方面有前途的工具和技术。乔纳森·戈德堡编辑出版了她晚期的文章和演讲,主要涉及关于普鲁斯特的研究片段,以及佛教、客体关系和情感理论、精神分析作家和身份政治。

在杜克大学期间,塞吉维克和同事们充当文化战争的学术先锋,富于挑衅性与激进姿态,以文学批评质疑关于性向、种族、性别的主流话语,以及文学批评的界限。她在酷儿理论领域出版了多部"开创性"著作。主要著作《男人之间:英国文学与男子同性社会欲望》(*Between Men*:*English Literature and Male Homosocial Desire*,1985)旨在把"男人的同性联系及其禁锢结构展现于19世纪英国文学的男—女联系之中",聚焦于一种文化系统推定的女性与男性的压抑效应。在该系统中,只有经由一个女性,男—男欲望才能变成可理解的。"男同社会欲望"指涉所有的男性联系,潜在地包括从公开的异性恋者到公开的同性恋者在内的每一个人。塞吉维克采用当时社会学新词"同性社会"(Homosocial)以区分"同性欲望"(Homosexual),并且意指一种往往伴随着同性恋厌惧的男性联系的形式,挑战那种认为异性恋、双性恋和同性恋男人及经验很容易分辨的观念。她认为,由于把"性欲"概念化的依据是

"局部因素的不可预测、变动不居的序列",因此,人们要分辨这三种类别,绝非易事。塞吉维克所言的这种"同性社会欲望"揭示了西方文学中无所不在的现象,但是,人们往往要通过其他意识形态的视屏才能够警觉它们的存在。

塞吉维克的《暗柜认识论》(Epistemology of the Closet, 1990)堪称男女同性恋研究和酷儿理论的奠基文本。该书聚焦于麦尔维尔、王尔德、亨利·詹姆斯、普鲁斯特等小说名家,引领了同性恋文学研究的先河。这部著作关于认识论的灵感来自米勒《隐秘的主体,公开的主体》(D. A. Miller, Secret Subjects, Open Subjects)一文。塞吉维克《暗柜认识论》认为,若未能对现代同性恋/异性恋的定义进行批判性的分析,那么,对现代西方文化任何方面的理解实际上都是残缺不全的。此外,塞吉维克的散文集《倾向》(Tendencies, 1993)收入她20世纪80年代和90年代初的文章。塞吉维克在其中界说"酷儿"(Queer)一词,认为它意味着:任何人的社会性别、性取向的构成要素都不是铁板一块,而是充满着可能性和开放性,包括嘈杂和共鸣的声音,裂隙与交叠的意义,疏忽和过度的啮合。《倾向》的论旨不拘一格,题材广泛,包括哀悼死于艾滋病的活动家和学者,演出片段和关于诸如施虐—受虐狂、诗学和手淫之类题旨的学术论文。

塞吉维克持续关注文学世界的酷儿身份认同的问题,其争议性论文《简·奥斯丁和手淫的女孩》(Jane Austen and the Masturbating Girl, 1991)曾引发流言蜚语。她还合编了一些重要散文集,包括《表演性和表演》(Performativity and Performance, 1995)、《羞耻及其姐妹:西尔万·汤姆金斯读本》(Shame and Its Sister: A Silvan Tomkins Reader, 1995)。除了富于开创性的酷儿理论著作,塞吉维克还出版了诗集《肥艺术,瘦艺术》(Fat Art, Thin Art, 1994)。1991年她被诊断出患有乳腺癌,体验了特殊的思想情感。她的诗歌散文合集《爱的对话》(A Dialogue on Love, 1999)异于拉康的精神分析路数。这部犹如回忆录般的杂记,展示了自我探索的力量,表达了对死亡、抑郁、社会性别、佛教的看法,表达了对乳房切除术和痛苦诊疗的感悟,提供了思考家庭关系、性、爱和教育学的新方式。

塞吉维克的重要理论话语"同性社会欲望"受益于盖尔·鲁宾的著作。它指一种特殊的两性社会关系。其中一个女性（可以是真实女性或文学形象），充当两个男人的社会欲望或性欲的通道。在不同程度上，男人对其他男人的欲望由此得到升华，并且重塑了男性之间对女性的竞争。女性因此成为实际与她们无关的替换标记。在某种极端情况下，同性社会欲望可以表现为同性恋厌惧症。在塞吉维克的文学理论中，同性社会欲望是一种置换形式。男子之间的欲望，可能预示着色情化，甚至性器化（即导致性活动）的嬗变，因此可置换为一种把女性充当共同欲望对象的关系。同性社会欲望论基于勒内·基拉尔的"三角形欲望"（Triangular Desire）理论和鲁宾的"生物性别/社会性别系统"（Sex/Gender System）理论，尤其是她对列维－斯特劳斯亲属系统的批判。

在列维－斯特劳斯亲属系统中，女性功能被当成男人与男人之间经济交易的礼物。而在塞吉维克看来，男人之间的同性社会欲望可以用两男一女的三角形结构来表示，这个女人（或一种"女性话语"）至少作为其中一个假定对象："女人的终极功能是同性社会欲望的通道。"尽管这些关系未必是性欲的，但是由于异性恋有效地伪饰了同性恋的"偏常"，事实上因此在成功"模仿"异性恋身份时，性元素会明显增强效果。同性恋结构经常把同性恋厌惧症引向一种制度化的检查，导致"在强制异性恋转移期间男性生命体验的变化"。尤具影响的是塞吉维克"同性恋恐慌"（Homosexual Panic）理论。它指一种强烈的反应，反对任何同性恋性欲的体现或"性器化"的同性恋行为。她在《暗柜认识论》论亨利·詹姆斯的章节中，对同性社会网络与"同性恋恐慌"做了区分。[1] 前者肯定异性恋的现状，后者则强烈反对任何色情或性器接触的行为。

---

[1] Gregory Castle, *The Blackwell Guide to Literary Theory*. MA：Blackwell, 2007, pp. 48, 106, 242 - 243, 312.

三　贝兰特与沃纳："异性规范"论

学术领域地位：美国文艺理论界新生代批评理论代表人物、酷儿理论家

合作代表论文：《公共领域的性》（2002）

重要理论话语：异性规范（Heteronormativity）情感理论（Affect Theory）

L. Berlant'

劳伦·贝兰特（Lauren Berlant，1957— ）与米切尔·沃纳（Michael Warner，1958— ）①是20世纪90年代美国文艺理论界崭露头角的批评理论代表人物和酷儿理论家。贝兰特生于美国费城地区，于1979年获得欧柏林学院（Oberlin college）文学学士学位，1985年获得康奈尔大学博士学位，现为芝加哥大学乔治·穆·普尔曼（George M. Pullman）英语教授。贝兰特关注异性规范和情感理论，致力于研究与讲授流行文化领域问题，尤其是关于历史和公民幻想的亲密感和归属感等问题。她著有《国民幻想的解剖学：霍桑、乌托邦和日常生活》（*The Anatomy of National Fantasy: Hawthorne, Utopia, and Everyday Life*，1991）、《亲密感》（*Intimacy*，2000）、《女性抱怨：美国文化中多愁善感的未竟事业》（*The Female Complaint: On the Unfinished Business of Sentimentality in American Culture*，2008）和《残酷的乐观主义》（*Cruel Optimism*，2011）等。

米切尔·沃纳生于五旬节教派（该教派强调灵感和信仰治疗）家庭，他于1980年获得奥罗·罗伯特大学文学学士学位，1981年获威斯康星大学硕士（M. A.）学位，1985年获约翰·霍普金斯大学博士，现为耶鲁大学西摩·赫·诺克斯（Seymour H. Knox）英语教授。沃纳既是酷儿研究最重要的学院派理论家之一，也是酷儿运动坚定不移的积极分子，在酷儿圈子受到高度的尊

---

① 参阅https://en.wikipedia.org/wiki/Lauren_Berlant；V. B. Leitch ed., *The Norton Anthology of Theory and Criticism*, New York: Norton & Company, Inc. 2010, pp. 2597–2599。

敬,具有崇高的领导地位。贝兰特与沃纳深刻地影响了当代美国批评理论家设想公共领域、市民身份和性向的方式,凸显了关于酷儿理论与实践的先锋派思考,并且因鼓励同性恋而受到主流媒体的抨击。某位右翼权威专家甚至给沃纳打上了"危险教授"的标签。

贝兰特与沃纳合作的重要论文《公共领域的性》(Sex in Public, 2002)入选《诺顿理论与批评选集》(2010)。贝兰特与沃纳接受高等教育期间,正值欧陆解构主义思潮在美国如日中天且引发文学理论争论的时期,因此,他们与同时代人一样,熟悉和精通相关理论话语与学术旨趣,关注公共文化、当代政治和文学文本问题。他们的著名论文《公共领域的性》主旨是讨论以公共领域为中介的性(Sex)问题。某些公共领域显然是与性问题密切相关的,如色情电影、电话(网络)性爱、成人出版物市场、膝上艳舞、S&M俱乐部,等等。悖谬的是,通常认为极为私密的性爱,何以竟会成为公共问题,以及政治问题如何被私密化,并被归入个人感情。他们调侃:没有什么要比私密性更为公开的事情了。该文展示了两个场景。一是美国《时代》杂志1993年移民特辑"美国新面孔"的封面女郎像。凭借电脑技术,该封面女郎呈现出多面孔融合的形态:中东人、意大利人、非洲人、越南人、盎格鲁-撒克逊人、中国人、墨西哥裔或西班牙裔美国人的面孔。鉴于2004年美国白人将不再是统计学意义上的多数族,因此,这种美国新面孔应该可以代表现代美国市民的样貌。《时代》周刊想象,新世纪千百万混杂的面孔将会完全消除美国的种族主义,混杂的血脉将会组成一个幸福种族的单一文化。但是,这也可能意味着由白人主流社会引发的一种乌托邦想象,是一幅种族幻景。二是1995年纽约市议会通过的新区域法。该法出于性安全与纯洁成人空间的考虑,覆盖了成人图书音像店、餐饮业、剧场等。这些成人业态被局限于非居民区,大多数被置于滨海码头区,受到多方限制和打击,纷纷关门歇业,引发边缘群体的抗议。于是基友交往面临两种选择:要么转向私密化的电话性爱和虚拟的网络公共空间,要么旅行到远离市中心、交通不便的滨海区。《公共领域的性》关注酷儿文化、酷儿政治、性安全问题,提及克里斯托弗街道的基友酒吧、售卖彩虹旗的商店、奥斯卡·王尔德书店，还分小标题讨论了"规范与性文化""酷儿反公共领域"等问题，结尾甚至令人惊讶地描述了一个亚文化场所皮革酒吧（Leather Bar）里逆常的酷儿性表演，包括捆打屁股、鞭笞、刮毛、打烙印、捆绑、扭曲、呕吐等。

贝兰特与沃纳的理论话语带有文化政治民主的乌托邦色彩，他们拓展了哈贝马斯的公共领域概念，阐释反公共领域（Counterpublics）的价值：他们以多样性的公共领域观取代了哈贝马斯似乎是铁板一块的公共领域概念。反公共领域意味着存在着一些可选择的、少数族的或反主流的领域。他们关注亚文化的存在，从酷儿理论的维度，解构性向的范畴与分类。他们呼吁对人们践行多种（性）行为予以宽容，因为即使是自称异性恋者的身份、性向和实践，也是多样异变的。譬如，有些人的性行为是家常便饭，而有些人则很少做爱；有些人只愿意采用传统的传教士体位，而有些人则喜欢花样翻新，甚至实践 S/M（施虐/受虐癖）；有些人可以接受口交、肛交，而另一些人则未必如此。这就是为什么贝兰特与沃纳选择"酷儿"一词的原因，因为酷儿具有解构论特征：异性恋伴侣很可能并不适合异性规范所限的狭隘形象。《公共领域的性》提到一对非同性恋年轻夫妇，行迹却近于酷儿实践——他们谈论振动棒，根据女性杂志提供的信息网购性玩具，在使用中感到身心的兴奋。

贝兰特与沃纳的重要理论话语"异性规范"（Heteronormativity，一译父权规范）在学界独树一帜。沃纳于 20 世纪 90 年代初期发明了该术语（由"异质"Hetero–，"规范性"Normativity 构成）。贝兰特与沃纳的《公共领域的性》对此进行了拓展和完善。他们用异性规范的话语描述的情况，既有某些性行为，也有很多并非是"性"的实践。诸如家庭结构、罗曼司、伴侣法律权利、市民身份、财产权、分区制、国民特征等，旨在对美国社会以异性恋标准疏离与妖魔化民众的强制性行径做出反应。

作为霸权秩序的组成部分，异性规范构想了某种"单一文化"，使之凌驾于所有可选择的性文化与群体之上。性向不仅是个人的选择或生活方式，而且也决定一个人的社会生活定位。贝兰特与沃纳借鉴福柯《性史》关于英国维多利亚时代性话语问题的阐释，论析当代美国文化，认为异性规范是美国社会组织的基本引擎。两位作者将"异性规范"话语与西方文艺理论的种族、阶级、性别结合，透彻分析美国文化结构和社会特点，开创了新的思想范畴。贝兰特与沃纳宣称：我们讨论的不是异性恋，而是异性恋文化。"异性规范超越了意识形态或偏见，或对基友、蕾丝边的厌惧症；它的产生形式多样，几乎涵盖所有的社会生活安排：国民性、政体与法律、商业、医药、教育，再加上叙事、罗曼司的传统与影响，以及其他受保护的文化空间。……我们在描述一种实践的星丛，处处弥散着一种貌似缄默的异性恋特权，它实则是社会成员身份的核心组构的索引。"[1] 他们的锋芒指向"规范"，也激起学界的批判。对此他们反击道：我们反对"异性规范"而不是"规范"，也不是倡导无限制的生活。他们倡导民主的激进立场而不是自由主义立场。例如，他们似乎并不欢迎作为最终目标的基友婚姻，因为这种"同等权利"的赐予，实际上只不过是模仿"异性规范"的标准。

贝兰特与沃纳深受哈贝马斯、福柯的影响，同时他们的"异性规范"话语又在某种程度上弥补了哈贝马斯与福柯理论策略的缺陷：哈贝马斯《公共领域的结构转换》的旨趣在于规范政体与文明社会之间批判性的联系，忽略了社会科学知识领域中私密性所具有的管理与规范的维度；福柯的《性史》则忽略了这种能够转换"性"与其他私密关系的批判性文化，因为福柯远非是想让性的公共领域诞生，他只是意欲表明个人性身份的现代认识论是隔离技术。哈贝马斯与福柯着眼于正常的或反常的个人，都把性视为主体属性而不是一种公开或反公开的可接近的文化。性具有主体性和私密性，但也具有社会性。针对异性规范，贝兰特与沃纳倡导凭借公开性的途径，进入非异性规范的、更为宽容的社会文化语境。

---

[1] Lauren Berlant and Michael Warner, "Sex in Public", in V. B. Leitch ed., *The Norton Anthology of Theory and Criticism*, New York：Norton & Company, Inc. 2010, pp. 2605–2606.

第三节　文学理论与批评实践举隅

文艺理论领域的酷儿批评（Queer Criticism）视野主要审视与探讨文学领域的同性恋亚文化现象，其中"Queer"（酷儿）话语具有"怪异"的词义，以及性别表演和另类自炫的亚文化意蕴。欧美酷儿批评与女性主义、性别研究密切相关，以劳瑞提斯、塞吉维克和朱迪丝·巴特勒等人为理论代表，并且从后结构主义思想重镇法兰西差异哲学中汲取了丰富的营养，涵盖了蕾丝边批评、基友批评、易装癖、敢曝美学，以及艾滋病恐惧等理论话语。[①]随着对晚期资本主义全球文化霸权的批判性反思，尤其是当代文史哲学术思潮对形形色色的中心主义的质疑、解构与重构，聚焦于边缘性亚文化研究的酷儿批评构成了当代社会文化富于意义的探索领域，而揭示英美文学史所遮蔽的亚文化元素则是其中的一项重要任务。

一　酷儿批评视野中的英美文学

英美文学具有丰赡的亚文化元素，男女同性恋作家甚至构成了正典文学的重要组成部分，但在主流文化的钳制或潜移默化下往往被有意无意地遮蔽。美国学者泰森在《当今批判理论》（2006）特设"蕾丝边、基友和酷儿批评"专章，进行理论梳理，揭示英美文学中习焉不察、丰富复杂的亚文化元素。[②]她列出了一系列著名作家：奥斯卡·王尔德、田纳西·威廉斯、薇拉·凯瑟、詹姆斯·鲍德温、艾德里安娜·里奇、瓦尔特·惠特曼、弗吉尼亚·伍尔芙、伊丽莎白·毕肖普、兰斯顿·修斯、爱德华·阿尔比、葛楚德·斯泰因、爱伦·金斯堡、W. H. 奥顿、威廉·莎士比亚、卡森·麦卡勒斯、毛姆、T. S. 艾略特、詹姆斯·梅里尔、萨拉·朱厄特、哈特·克兰、威廉·巴罗斯、艾

[①] 酷儿批评范畴的"基友"（Gay）意为男同性恋、快乐放纵，港台译为"基佬"，含有贬义。"蕾丝边"（Lesbian）意为女同性恋，或译嫘斯嫔、拉拉。"敢曝"（Camp）或译坎普。

[②] Lois Tyson, *Critical Theory Today*, New York: Routledge, 2006, pp. 317–357.

米·洛威尔。这些英美作家往往被默认为异性恋作家。他们的文学生涯与传记中充斥着大量其他信息,但是却罕见关于他们亚文化属性如同性恋取向的描述。长期以来,文学批评对这些亚文化元素保持沉默,对文学文本中的酷儿形象视若无睹或者仅是用猎奇的眼光打量,很少去深究其丰富复杂的社会文化蕴含与文学表达方式。可以说,我们关于亚文化维度的文艺理论观照明显滞后于文学实践。在酷儿理论视野中,蕾丝边批评、基友批评与英美文学的关联域构成了一个重要研究领域。

(一) 蕾丝边批评与英美文学

"蕾丝边"一词意指女同性恋者,蕾丝边批评(Lesbian Criticism)则聚焦于"女—女身份认同"问题,可谓与女性主义理论同源异相。它们皆衍生于对父权制和菲勒斯中心主义的思想反拨:女性主义理论质疑男性的性偏见与性差异的特权,蕾丝边批评则要同时反抗父权制的性偏见与异性恋偏见。泰森讨论与辨析了一系列相关问题(如异性恋者婚内可能存在的蕾丝边体验、蕾丝边女性的性器接触和异乎寻常的"浪漫友谊"问题)并列举了丰富的文学例证,认为有色人种与工人阶级的蕾丝边共同经历了被边缘化的历史,因此"对大多数蕾丝边来说,蕾丝边主义是一种政治姿态,而不仅仅是个人的性取向的问题"。[1] 由此,蕾丝边批评变成了最丰富、最令人激动的理论探索与政治行动的领域之一,成为与我们日常生活体验中的种族、阶级、社会性别和性取向难以分割的问题域。在泰森提出的理论批评策略中,英美蕾丝边文学批评的任务可归纳为以下几方面[2]。

一是在堂而皇之的异性恋叙事中揭示蕾丝边编码的意义。美国作家亨利·詹姆斯的《波士顿人》(1885)描绘了一种富于意义的"波士顿婚姻"(Boston Marriage)。这一术语意指两位单身女性之间长期存在的单偶关系,虽然通常她们经济上是独立的,但是共享着文化旨趣——共同关注女性问题、社会改良和职业生涯的发展。尽管在这种关系中,我们无法获知究竟有多少

---

[1] Lois Tyson, *Critical Theory Today*, New York: Routledge, 2006, p. 325.
[2] Ibid., pp. 322-329.

女性密友之间包括了性行为的因素，但是明白无误的是她们之间有着互相关爱的强大情感纽带。在詹姆斯小说中，这种"波士顿婚姻"发生在两位女性人物奥利弗与维丽娜之间，她们积极参与当时的妇女运动，志同道合。但是这种关系由于第三者巴兹尔的介入而崩解。人们有一种习焉不察的正典思想观念：唯有异性恋才是正常而健康的两性关系，其他类型的爱情都是病态、怪异的，因而需要极力避免。但小说叙事却令人疑窦丛生。一些批评家不顾巴兹尔显而易见的性格缺陷，把他视为正面的甚至是英雄般的形象，认为巴兹尔坚强的男性意志和强大的爱情攻势征服了维丽娜，使她离开奥利弗而嫁给了他，回归正常。然而在詹姆斯笔下，巴兹尔实际上却是一个自私、残暴、控制欲强的人。他激烈反对妇女运动，给维丽娜带来不幸的婚姻生活；反而奥利弗与维丽娜之间才是充满活力的幸福生活。詹姆斯这部小说描绘了一种颇为吊诡的状态：在两女一男的情感生活或婚姻关系中，传统意义上被视为正常的异性恋是不幸的模式，反倒是另类的蕾丝边同性恋是值得肯定的幸福模式。在蕾丝边女作家薇拉·凯瑟的《我的安东尼奥》（1918）中，小说叙事者吉姆实为作者蕾丝边欲望的形象表达，男主角吉姆对安东尼奥的爱总是难以遂愿，他自己则扮演着传统女性的角色，待在厨房做家庭煮夫，从未参加捕鱼打猎等男人的活动。在他顶替安东尼奥在雇主维克·卡特家里干活时，饱受性侵，甚至跑回家避难，乞求祖母不要告诉他人。以往诠释这一形象时常使不少批评家感到困惑，而一旦把吉姆视为凯瑟的自传性形象，问题就迎刃而解了——凯瑟在通常的异性恋叙事中暗地里进行了蕾丝边编码。

二是以文本细读方式挖掘女性之间蕾丝边"浪漫友谊"的文学表达策略。如托尼·莫里森《最蓝的眼睛》（1970）中三位妓女芝娜、波兰和麦莉小姐的关系。在"浪漫友谊"的文学表达策略上，美国著名女诗人狄金森的诗歌蕴含着明显的同性恋维度：狄金森平生只与女性交好，因而诗歌中厌惧菲勒斯意象（如《我房间里的冬天》言说者为"粉红、苗条、温暖"的"蛆虫"诸意象所骚扰），乐于将诗歌意象与女性阴蒂、阴唇等相关联，歌颂"伊甸园之悦"和女性自身的魅力。耐人寻味的是狄金森致终生女友苏珊·吉尔伯特的信札是在诗人辞世后由其侄女出版的,而关涉狄金森对苏珊的激情表达内容则被审慎地加以删除。

三是揭示习焉不察的异性恋意图所隐含的蕾丝边重要维度。当代著名作家托尼·莫里森一贯对异性恋体制的男女关系、婚姻家庭持批判态度。她的小说《苏拉》(1973)叙述苏拉和奈儿两位黑人姑娘同心协力,对束缚她们生命的种族主义和性偏见进行抗争。她们之间的爱情体验深情而持久,维系其情感的首要因素不是男人(她们均不满于与男人的关系,包括奈儿的丈夫在内),而是同为女性的对方。后来苏拉采取反传统的行为,拒绝结婚生子,她与已婚男子的一夜情也体现出违逆父权制的蕾丝边特征——她跟男人上床不是为了男欢女爱,而是为了体验她自己内心的和谐,感受自己内在的力量!

四是努力探讨蕾丝边文学(史)传统和建构蕾丝边诗学的可能性。在蕾丝边诗学视野中,需要侧重考虑别具一格的蕾丝边文学创作方式。上述英美文学领域的种种蕾丝边元素和文学批评任务,无疑已经将重新审视文学史与建构蕾丝边诗学的问题提上了议程。它涉及一系列问题的探讨:蕾丝边文学传统如何构成?哪些作家作品属于蕾丝边文学传统?何以界定与众不同的蕾丝边诗学?蕾丝边作家的情欲取向如何对其文学表达产生影响?种族、情欲取向的交织如何影响有色人种蕾丝边的文学表达?阶级、种族、情欲取向的交织如何影响工人阶级出身的蕾丝边的文学表达?此外,蕾丝边批评还应分析特定文本的性政治,例如,在涉及蕾丝边的文学中检视蕾丝边、女汉子或"男人婆"女性形象是如何描写的,正典化的异性恋文本中对蕾丝边或隐或显的社会态度。当代蕾丝边代表性作家们创作了不少令人瞩目的文学作品,构成了亟待深入研究的重要领域。

(二)基友批评与英美文学

虽然辞典意义中"基友"(Gay)一词含有轻松愉快、放荡等意蕴,尤其是指男同性恋,但在不同文化、阶层、国别与时代,基友的含义可能颇为不同。如古希腊主要根据社会地位而不是生理性别来确定这种身份,上流社会的精英男性可以合法地拥有与下层女性、少年、奴隶、异乡人的性关系。现代基友的称谓则具有标新立异的另类文化特征。作为文艺理论，"基友批评"（Gay Criticism）意指一种迥异于主流社会文化的男同意识，旨在揭示文化与文学机制中受到异性恋社会文化隐性压迫的另类情感。

在英美文学乃至世界文学中，不乏男—男人物关系正面的甚至是美好的描写。目前已知的人类最早的史诗、古代巴比伦的《吉尔伽美什》描述了"灵智英雄"吉尔伽美什与蒙昧英雄恩启都的结交及生死别离的场面。颇有同性恋嫌疑的莎翁，把他的大部分十四行诗献给了一个同性的贵族青年。莎翁名剧《威尼斯商人》中，巴萨尼奥与安东尼奥两个大男人在著名的"一磅肉"场景中面对生死考验，直接抒发感人深情，重友轻色，让男扮女装的"法官"兼妻子鲍西娅在一边暗暗吃醋。美国经典文学更是大量存在同性（恋）人物关系，蕴含着美国文化的基本形态之一：纯洁的男性爱的心理情结或文化原型。在马克·吐温的《哈克贝里·费恩历险记》中，逃亡黑奴吉姆与白人少年哈克并躺在象征自由的密西西比河木筏上随波逐流；麦尔维尔《白鲸》里，白人流浪水手以实玛利醒来时发现自己躺在黑人土著鱼叉手魁魁格画着花纹的手臂上；库柏"皮袜子小说"中纳蒂·班波与金加古克之间的终生爱慕。"这种原始形态的不同肤色人们之间纯洁的男性爱，导源于对原型经验的直觉领悟，通过集体无意识的遗传一再表现在后世的文学作品中，在现代美国社会里唯有在孩子之间才有所保留，因而"美国人总是憧憬童年"。①

当代美国酷儿理论代表人物塞吉维克的学术名著《男人之间》（1985），聚焦于男性的同性社会欲望及其在 19 世纪一系列英国小说中的体现，揭示了西方文学中无所不在的"同性社会欲望"（Homosocial Desire）现象的存在。她的《暗柜认识论》（1990）在论析麦尔维尔、王尔德、亨利·詹姆斯、普鲁斯特等文学名家时认为，倘若未能对现代同性恋/异性恋定义予以批判性的分析，那就会实质性地损害对现代西方文化的全面理解。根据塞吉维克"同性社会欲望"理论，通常可以把同性（恋）关系分为两种基本类型：一是

---

① 叶舒宪选编：《神话—原型批评》，陕西师范大学出版社 1987 年版，第 350—351 页。

"同性情色型"(The Homoerotic),二是"同性社会型"(The Homosocial)。前者渲染诗意的情色描写(尽管不一定含有明显的性意图),展示同性之间的吸引力或唤起同性读者的性想象,例如女性互助脱衣服而裸露胴体的过程,或者男性在澡堂里裸裎肌体。这种描写可用各种文化艺术媒介表现,如电影、绘画、雕塑和文学(如美国好莱坞影片《断背山》堪为范本)。后者则指男性结盟行为中的同性友谊。例如莎翁戏剧里罗密欧与茂丘西奥的关系,以及上述美国文学跨种族、跨肤色的基友文化原型,显然都可以归入"同性社会型"。

基友批评的一个关键词是"基友敏感性"(Gay Sensibility)。这种复杂的受迫感主要在三个领域释放出来:易装癖、敢曝和艾滋病偏见。前两者与酷儿批评的关系尤为密切。易装癖(Drag)指男性穿着女性服饰的文化生活实践。尤其是"易装王后"(Drag Queens)特指常规性或专门男扮女装的基友。但并非所有的基友皆穿异性服装,并非所有的易装者都是基友,也并非所有的基友都赞成易装。男女两性实际上都可以在不同程度上通过易装方式表达其异性的潜倾。蕾丝边群体中也有某些以穿戴男性服装为特色的"易装国王"(Drag Kings),但是对蕾丝边而言,易装并不具有犹如对于基友那样的时髦感和戏剧效果。在亚文化意义上,蕾丝边、基友和酷儿三者之间的边界实际上是交织、流动的。易装癖可以是个人为博"出位"的另类表达或博取"酷感"的娱乐之源,也可以是一种反叛主流文化定位的亚文化标志,是一种抗拒传统社会性别角色的政治表达,或引发人们对亚文化群体的关注,批判厌同症的政府措施与宗教政策,以及为战胜艾滋病而募捐。

敢曝(Camp)一词具有营地、集团、忸怩作态、男同性恋者等一般辞典之义。但是在亚文化维度,敢曝者往往以夸张的状态与语言自炫,不循传统,戏仿权威或正典,因而颇具颠覆性,其反讽、巧智与幽默往往使得社会性别的边界交叉或变得模糊不清。虽然泰森认为敢曝主要与基友批评相关,但美国加州圣玛利学院英文系教授徐贲却认为敢曝不限于此,他在探讨"敢曝美学"(Camp Aesthetics)问题时引证桑塔格的《"敢曝"札记》(1964)、伯格曼的敢曝特征界说和巴特勒的"性别表演/扮演"论等丰赡的学术资源，认为敢曝亚文化是一种可以容纳各种"贱者"的边缘文化，包括"同性恋敢曝""女性敢曝""贱民敢曝"，甚至"百姓敢曝"等形态。敢曝是一种富有弹性的表演，敢曝美学可以用于阐释中缅泰旅游文化的"人妖"表演、香港影星张国荣"女角"的易装演技、"百变妖女"梅艳芳的表演政治等，甚至可以与当代网络红人"流氓燕"、木子美、凤姐、"芙蓉姐姐"等联系起来。敢曝是一种弱者的社会心理机制，往往离不开戏仿、谑戏、夸张、玩笑，但敢曝的幽默嬉笑后面隐藏着苦涩、辛酸、无奈和愤懑。不同历史时期，不同社会环境中产生过许多不同形式的敢曝，贯穿于其中的正是一种边缘弱者易受伤害的生存困境。

由于采取酷儿批评的理论视野，徐贲的敢曝美学使我们对英美文学经典有了全新的看法，如英国"诗歌之父"乔叟《坎特伯雷故事集》塑造的著名中年世俗女性巴斯妇形象，彪悍而另类，面色红润、缺牙露齿，自诩爱情专家，在教堂门口有过五个丈夫，而且随时欢迎第六个新欢。我们通常把巴斯妇作为欧洲文艺复兴文学女性意识崛起的标志性形象，但徐贲的分析却提供了一种别致的亚文化视野："巴斯妇艾丽森 12 岁结婚，无非就是性和金钱的交易，她受骂挨打，第五个丈夫有一次差点把她'打成了聋子'。她敢曝，并非是无缘无故地图口上痛快。尽管她嘴上逞强，嘻嘻哈哈，她实际上是一个易受伤害者……所幸她还可以敢曝，敢曝成为她灵活自卫的方式，扮演坏女人，扮演得越起劲、越投入，她就越能理直气壮地爱护自己，她的人生也就越精彩。"[①] 欧洲中世纪与文艺复兴之交的文学形象巴斯妇的敢曝犹如边缘弱者的文化面具，充满着戏剧夸张和诙谐，却出自女性弱者自我保护的需要。美国诗人惠特曼《自我之歌》也体现出一种表演意味十足的敢曝风格。诗人自我膨胀的角色扮演，热情洋溢的状态，夸张不羁的语调，咄咄逼人的声音和浮夸的语言，将其与大自然、与他人结合的浪漫主义超验理想染上了幽默的性色彩。在亚文化维度，"敢曝是一种消解异性恋主义并通过谑笑来治疗自

---

① 徐贲：《扮装政治、弱者抵抗和"敢曝（Camp）美学"》，《文艺理论研究》2010 年第 5 期。

己的方式，因此也是一种把牺牲者身份转换成权力的途径"①。由此观之，敢曝颇具几分巴赫金诗学中怪诞现实主义与民间笑文化的意味。

二 酷儿批评的范式意义

酷儿理论的范式意义在于追求社会公正和诗学正义。美国哈佛大学教授约翰·罗尔斯的政治哲学名著《正义论》（*A Theory of Justice*，1971）把正义视为人类社会体制和发展的第一美德与基石。在西方文论领域，玛莎·努斯鲍姆的《诗学正义：文学想象与公共生活》（*Poetic Justice: The Literary Imagination and Public Life*，1995）旨在考察文学想象如何作为公正的公共话语和民主社会的必需组成部分，强调锻造一种充满人性的公共判断的新标准，认为我们这个时代亟须诗学正义。努斯鲍姆以狄更斯的长篇小说《艰难时世》的主人公葛雷梗所代表的极端功利主义模式为否定对象，提出基于文学与情感的诗学正义。她强调"文学想象是公共理性的一个组成部分……是一种伦理立场的必需要素，一种要求我们关注自身的同时也要关注那些过着完全不同生活的人们的善的伦理立场"。尽管这种基于伦理立场和人性的正义观并不能代替经济学和司法的正义标准，但是"可以包容规则与正式审判程序，包括包容经济学所提倡的途径"。②诗学正义从生存权利、生活幸福和生命意义的维度关注公平正义，不仅在西方思想发展史上有着举足轻重的地位，而且在欧美文艺思想史上形成了一个重要传统。努斯鲍姆坚持平等、正义、尊严等普遍原则，她的思想观念促发我们关于亚文化的思考：虽然包括基友、蕾丝边、酷儿在内的亚文化边缘话语显得特异，但实际上都是人类社会文化的有机组成部分，它与主流文化既矛盾又互补，构成星丛式的多元生态文化。

酷儿批评作为一种特殊视野，用于英美文学研究领域可以呈现出革命性的理论意义。用德勒兹的术语说，文学是文化生活鲜活的"呼吸空间"与

---

① Lois Tyson, *Critical Theory Today*, New York: Routledge, 2006, p.331.
② ［美］玛莎·努斯鲍姆：《诗性正义：文学想象与公共生活》，丁晓东译，北京大学出版社2010年版，第7页。

"光滑空间",往往突破各种画地为牢的思想框框与规训的"条纹空间"。酷儿批评质疑文学文本关于性别分类与描述的抵牾,解构同性恋与异性恋二元模式,揭示多元性取向的交叠、互渗与变异。泰森的观点可谓与德勒兹的差异哲学异曲同工,她认为无法用传统社会性别与身份的定义(男性与女性的对立)和性取向(同性恋与异性恋的对立)令人信服地说明美国作家福克纳《艾米丽的玫瑰》(1931)中的女主角艾米丽的性格特征,因为她的性别分类并非是固定的,而是变动不居的。小说中荷马与艾米丽是一对异性夫妻,生理性别上是一男一女,但是在社会性别上,艾米丽却在两性之间摇摆不定,甚至可以说这两人都是男人,是同性恋夫妻。作为酷儿文本的《艾米丽的玫瑰》,揭示了关于社会性别与性取向的传统界定的局限性。惠特曼的《自我之歌》也是酷儿阅读的一个佳例。作为诗人化身的代言者情欲澎湃,充盈着敢曝美学的风格,向大自然、向美国同伴发出吁请,享受生命的纯粹欢乐,实已流溢出了白人中产阶级男同性恋的沟壑,带上了一种泛性欲色彩。"在惠特曼的凝视下,几乎一切经验皆具有了强烈的色情品性:他不仅描绘河中裸浴的小伙子(一种传统同性恋的意象),而且还刻画了远处观赏他们的大姑娘,还状写了既私密(隔离)又公开(旷野)的环境本身……对《自我之歌》的酷儿阅读可以说明,惠特曼的诗歌不是同性恋歌,而是宇宙恋歌。"[1] 唯有超越了基于生理性征的对象选择,才能充分理解惠特曼的同性恋主义。此外,在酷儿批评视野中,托尼·莫里森的《宠儿》(1987)具有多层次的丰富意蕴,超越了同性之爱与异性之爱、"自然"与"非自然"之间二元对立的传统界限。宠儿的"怀孕"是一种无父之孕,甚至可以说是一种双母之孕:宠儿与赛思是两位母亲。小说对她们激情关系的描绘,用了不少富于象征韵味、罗曼蒂克,甚至充满性欲的语言,因此《宠儿》不啻为打破传统性欲观与自然观的酷儿读本。

在传统二元论思维定式中,属于边缘话语的同性恋亚文化所面对的主要敌手是异性恋霸权主义。因此,酷儿批评的一个重要任务就是以理论挑战姿

---

[1] Lois Tyson, *Critical Theory Today*, New York: Routledge, 2006, pp. 339-340.

态肯定乃至自炫社会文化意义上的与众不同的"酷儿"身份与特征。一些理论家把"酷儿"一词作为基友、蕾丝边、双性恋，以及一切具有非异性恋意识的人所共享的伦理、审美、政治和文化基点，以此重组原来分裂的阵营，结成更广泛的亚文化"酷儿"联盟。文学往往会折射生活的五彩之光，在日益宽容、开放多元的当代社会，日常生活与文学审美领域的亚文化边缘话语开始得到前所未有的重视与研讨。

第三编 空间理论与文化媒介

当代文学理论伴随着"非理性转向""语言论转向""文化转向"和"人类学转向"等重要转向,"空间转向"(Spatial Turn)和"媒介转向"(Mediatic Turn)日益引人注目。当代理论的关注重点,明显地从时间转向了空间。巴舍拉、列斐伏尔、索雅、克朗、巴赫金、福柯、德勒兹、哈拉维、波斯特、穆尔等人可以说是空间转向和空间理论的代表性人物,其中部分学者的空间思想,兼及了文化媒介研究。

当代西方文论的学术范式转向是欧美社会文化和后现代思维方式的产物。如美国学者哈拉维的著名论文《赛博格宣言》(1985),以赛博新空间、电子新媒介的凸显为据,挑战西方思想史根深蒂固的二元论思维方式。她所谓的"赛博格"(Cyborg)将机器/生命融为一体,从而解构了男性/女性、白人/黑人、主体/客体、生物/机器、异性/同性之间的二元对立模式,刷新了女性主义理论与主体问题。赛博文化使西方传统观念的基石充满了裂隙。

当代空间理论具有跨学科的性质,同时后现代空间转向与文化媒介,尤其是数字媒介研究密切相关。荷兰洛多皮出版社推出的"空间实践:文化史、地理与文学跨学科系列丛书",其出版说明称:这个"空间实践"书系属于文化研究中的地形学转向,旨在出版新著,促进一种新型的跨学科文化史发展。该书系中与西方文论直接相关的著作是德国图宾根大学教授韦斯特-帕弗洛夫的《理论中的空间:克里斯蒂娃、福柯、德勒兹》(2009)。韦斯特-帕弗洛夫认为,克里斯蒂娃、福柯、德勒兹这三位法国批判思想家最适合作为人文科学领域"空间转向"的代表人物,分别表征了法国后结构主义三种思潮:克里斯蒂娃属于精神分析与性别研究的维度;福柯及布尔迪厄、拉图尔等人都是更多地采用历史或社会方法的一群理论家;德勒兹及德里达、罗兰·巴尔特、鲍德里亚、保罗·维希留都是更具有嬉戏、探索和反思精神的思想家。同时,这三位思想家在空间思想领域共享着鲍德里亚所谓的"生产范式"(Production Paradigm)的基本特征,都喜欢以某种方式把我们所栖居的空间理解为复数的过程——作为动态的、正在发生的系列事件,而我们是其组成部分。他们赓续了列斐伏尔的空间思想，促进了"空间转向"进程。空间既不是传统意义上的前存在的容器，也不是结构主义貌似真实的前文化的无差别领域。他们的"后结构主义空间范式"(The Spacial Paradigm of Poststructuralism)[1]强调：空间是在持续地对既有构型的不断重构，充盈着不同力量和利益的博弈。

---

[1] Russell West – Pavlov, *Space in Theory*: *Kristeva*, *Foucault*, *Deleuze*, Amsterdam, Netherlands: Editions Rodopi B. V., 2009, p. 25.

第七章　空间转向：理论范式与文化媒介

当代空间转向与媒介转向紧密结合，呈现出丰富的理论范式和多元话语交叠的形态。譬如，克里斯蒂娃以"穹若"（Chora）空间概念深化了女性主义理论，霍米·巴巴从文化"混杂"（Hybridity）维度拓展了后殖民批评理论空间，巴赫金以"空间对话理论"（Dialogical Theory of Space）启迪了人们对民间文化与官方文化、人际交往与文化交流、私密空间与公共空间的反思。唐娜·哈拉维《赛博格宣言》（1985）把科学哲学与女性主义、赛博空间与电子新媒体结合起来；波斯特的《第二媒介时代》以"数据库"和"界面"理论丰富了福柯的规训论以及德勒兹社会控制论在赛博空间的内涵；穆尔则从世界美学的维度审视前现代、现代和后现代空间交往范式，总结赛博空间的主要特征，论析"媒介转向"的三种范式（光韵、机械复制与数字重组）与当代西方哲学的学理联系。

第一节　学术范式转向

空间转向是当代知识和政治发展中最重要的事件之一，且空间理论近年大有成为显学之势。索雅"第三空间"理论已成为近年后现代学术中的一个热门话题。学者们开始把以前给予时间、历史和社会的青睐，纷纷转移到空间上来。空间反思的成果是最终导致建筑、城市设计、地理学、文学以及文化研究诸学科变得你中有我,我中有你,呈现出相互交叉渗透的趋势。[①] 当代空间理论具有丰富的学术话语和理论资源。

长期以来,空间分别被从两种途径考量:一是微观层面;二是宏观层面。空间是包罗万象的容器——这种广义的欧几里得式的空间的理解,主宰了西方传统的思维方式。它使得空间成为中性的、同质的、无意义的存在,唯有占据空间的事物,才具有哲学或科学的蕴含;而文学领域的空间,则往往仅是故事背景。福柯描绘了这种"空间无资格"(Disqualification de l'espace)的荒谬情境:空间被当作死亡、固定、非辩证、不移动的东西,而时间则恰恰相反,是丰富、肥沃、生机勃勃、辩证的领域。热内特和詹姆斯也抨击这种历史性凌驾于共时性之上的"暴政"。进入 20 世纪,以爱因斯坦相对论为标志,空间的差异性凸显。解构主义哲学家德里达的"异延"、后结构主义哲学家德勒兹的"差异与重复"、福柯的"权力话语"与"异质空间"等概念,质疑和颠覆了西方传统的空间观,开启了空间理论的新时代。在英语世界,现在已经无须对这种人文学科的"空间转向"争议不休,列斐伏尔的空间理论获得了广泛的接受,一大批有影响的学者和著作推波助澜,"空间的新凸显"已经来临,诸如英国文化地理学家德雷克·格利高里的《地理想象》(Derek Gregory, *Geographical Imaginations*, 1993)、约翰·厄里的《消费之地》(John Urry, *Consuming Places*, 1995)、爱德华·索雅的《后现代地理学》(1989)和《第三空间》(1996)。多琳·梅西的《保卫空间》(Doreen Massey, *For Space*, 2005)是巴立巴、阿尔都塞的《保卫马克思》的回响,是对近 10 年空间理论发展的总结。[②] 他们开启了巨大的思想探索空间。

[①] 参见陆扬《理论空间与文学空间》,《外国文学研究》2004 年第 4 期;麦永雄《后现代多维空间与文学间性》,《清华大学学报》2007 年第 2 期。

[②] Russell West - Pavlov, *Space in Theory*: *Kristeva*, *Foucault*, *Deleuze*, Amsterdam, Netherlands: Editions Rodopi B. V., 2009, pp. 15 – 21.

第二节　主要代表人物与理论话语

在编年史意义上，法国著名哲学家加斯东·巴舍拉的《空间诗学》（1957）以"诗意空间"为特色，开启空间范式转向的先河。法国哲学家列斐伏尔的名著《空间的生产》（1974）则几乎是西方文论领域空间转向的"原点"或基石。列斐伏尔的三种"空间认识论"打开了空间生产的"魔盒"。后来形形色色的空间理论，在某种意义上都是与列斐伏尔空间思想的对话，都是对空间范式转向的拓展、深化与增殖。这里拟评述的代表性人物及其理论话语包括美国后现代地理学家爱德华·索雅《第三空间：去往洛杉矶和其他真实和想象地方的旅程》（1996）、英国达勒姆大学地理系学者麦克·克朗《文化地理学》（1998）和《思考空间》（2000）、苏联文艺理论家巴赫金的时空体对话、法国哲学家德勒兹的空间美学和福柯的异质空间（异托邦）、美国科学哲学家唐娜·哈拉维《赛博格宣言》（1985）和波斯特的第二媒介空间，以及荷兰美学家穆尔《赛博空间的奥德赛》（2004）和新媒体美学等。

一　巴舍拉的"诗意空间"

学术领域地位：当代法国著名文学批评家和科学哲学家

主要代表著作：《火的精神分析》（1938）；《空间诗学》（1957）

重要理论话语：诗意空间；认识论断裂

Gaston Bachelard

加斯东·巴舍拉（Gaston Bachelard，1884—1962），生于法国奥布河畔的巴尔（Bar‑sur‑Aube），曾经当过法国地方邮政局长，后来研究物理学，最终因对哲学感兴趣而进入大学。1920 年获得巴黎大学文学学士学位，1927 年获文学博士学位。[①] 从 1930 年到 1940 年被聘任为法国第戎大学教授,继而担任巴黎—索邦大学历史和科学哲学的首届主席。曾经当选为伦理、政治科学院院士,1961 年获法兰西文学国家大奖。

巴舍拉在科学哲学领域的重要著述包括《新科学精神》(*Le nouvel esprit scientifique*,1934)和《科学精神的形成》(*La formation de l'esprit scientifique*,1938)。它们关注科学史与心理学的关系,重视科学精神的心理分析和"认识论障碍"的问题。巴舍拉主张科学进步的非连续性,批判孔德关于科学不断进步的实证主义,认为科学发展(如爱因斯坦的相对论)证明了科学史的非连续性。因此孔德把科学设定为连续发展的模型是简单的和错误的。巴舍拉表明,新理论可以采用新范式统合旧理论,他的"认识论断裂"(Epistemological Break)思想,因影响了阿尔都塞而著名。巴舍拉关于诗学的主要著述都迻译成为英文和中文,《火的精神分析》(*The Psychoanalysis of Fire*,1938)和《空间诗学》(*The Poetics of Space*,1958)是最负盛名的著作。萨特曾经在《存在于虚无》中引证巴舍拉的《火的精神分析》和《水与梦》;而《空间诗学》则在建筑理论圈子被广为接受,也成为空间理论转向的重要标志。《空间诗学》的中译本分别由中国台湾和大陆推出。[②] 巴舍拉的空间诗学强调内外辩证、圆融无碍的"圆的现象学",阐发"世界是人类的窝巢"之感悟。家宅和宇宙,日常栖居的茅屋、地窖、阁楼、角落乃至鸟巢和贝壳,构成了巴舍拉的"诗意空间"。它交织着两个轴线:"精神的沛然奔放,灵魂的深切。"[③]《空间的诗学》上海译文版"内容简介"指出:该书最精彩之处,莫过于对于亲密空间的描绘与想象。巴舍拉认为空间并非填充物体的容器,而是人类意识的居所,建筑学就是栖居的诗学。家是人在世界的角落,庇护白日梦,也保护做梦者。家的意象反映了亲密、孤独、热情的意象。我们在家屋之中,

---

[①] 参见维基百科加斯东·巴舍拉:https://en.wikipedia.org/wiki/Gaston_Bachelard。
[②] [法] 加斯东·巴舍拉:《空间诗学》,龚卓军、王静慧译,(台湾)张老师文化事业有限公司 2003 年版;《空间的诗学》,张逸婧译,上海译文出版社 2009 年版。
[③] [法] 加斯东·巴舍拉:《空间诗学》,龚卓军、王静慧译,(台湾)张老师文化事业有限公司 2003 年版,第 42 页。

家屋也在我们之内。我们诗意地建构家屋,家屋也灵性地结构我们。① 巴舍拉以"空间诗学"的想象对抗科技实证主义与建筑文化的抽象形式主义,重视栖居的闲适之美,构成了一种独特的"诗意空间"范式。

巴舍拉属于欧洲大陆哲学一脉,在诗学和科学哲学领域贡献卓著,影响了后来许多法国哲学家,如米歇尔·福柯、阿尔都塞、德里达,以及社会学家皮埃尔·布尔迪厄。在某种意义上,巴舍拉的著作《空间诗学》(1957)是当代空间诗学滥觞的一个标志。

二　列斐伏尔的"空间生产"

学术领域地位:法国马克思主义哲学家和社会学家

主要代表著作:《空间的生产》(1974);《日常生活批判》全三卷(1947—1981)

重要理论话语:空间认识论

Henri Lefebvre

昂利·列斐伏尔(Henri Lefebvre,1901—1991),1920 年毕业于巴黎大学(索邦)哲学专业并且获得硕士学位,1928 年参加法国共产党,成为法国马克思主义杰出代表人物。列伏斐尔关注资本主义社会机制,反对斯大林主义,是日常生活空间批判的先驱、城市社会学和空间理论的重要奠基人。列斐伏尔的学术旨趣包括:日常生活、辩证法、异化、神秘化、社会空间、都市风格、田园风味、现代性、文学、历史。② 其著作《辩证唯物论》(*Dialectical Materialism*,1940)、《日常生活批判》全三卷(*The Critique of Everyday Life*,1947—1981)、《空间的生产》(*The Production of Space*,1974)皆具有重要影响。1961 年,他成为斯特拉斯堡大学的社会学教授,1965 年加盟新的纳内特大学。作为受人尊敬的教授,他影响了 1968 年五月风暴。大卫·哈维曾经描述说:列斐伏尔似乎是理论与抽象的论述,大多是五月风暴的产物。列斐伏

---

① [法]加斯东·巴舍拉:《空间的诗学》,张逸婧译,上海译文出版社 2009 年版,内容简介。
② 参见维基百科昂利·列斐伏尔 https://en.wikipedia.org/wiki/Henri_Lefebvre。

尔有时被描绘为这个运动的"父亲"。他像火花一样点燃了成千上万学生心中的火焰，他们挤满了纳内特大学，热情地倾听他的演讲。① 列斐伏尔有"日常生活批判理论之父""现代法国辩证法之父"等称誉，堪称现代欧洲大陆思想大师。他是个多产作家，思想活跃、勤于耕耘，著述丰赡，给后世留下了逾60部著作和300余篇论文的丰厚精神遗产。列斐伏尔的声誉在学界时尚中几经浮沉，其思想在哲学、社会学、地理学、政治学和文学批评理论领域留下了深浅不一的印痕。

列斐伏尔重要的思想观念"空间的社会生产"（The Social Production of Space）是其卓越的学术贡献，他自称这是社会生产关系的再生产研究。他的《资本主义的生存》（*The Survival of Capitalism*）是名著《空间的生产》（1974）的序曲。1968年五月风暴之后列斐伏尔强化了空间生产与城市化两大交叠问题的研究，形成系列著作，《空间的生产》（1974）是巅峰之作。它分为七章，分别涉及全书撰写计划、社会空间、空间建筑学、从绝对空间到抽象空间、矛盾空间、从矛盾空间到差异空间、开放与收结。大多数西方历史学家都认为笛卡尔把亚里士多德的传统时空分类带向了终结，列斐伏尔则认为笛卡尔是空间概念及其形式成熟的关键点，既集大成，又预示了现代新空间。空间不再是几何学的空虚场域，而是充满了意义和张力。尽管"社会空间"听起来有点奇怪，但是形形色色的空间已经开始呈现。数学创造了无限空间，包括非欧几里得空间、曲线空间、X维度空间、构型空间、抽象空间和拓扑学空间等，我们也总是听见各种空间：文学空间、意识形态空间和梦幻空间……资本主义空间充斥着金钱与商品、阶级与霸权、知识与权力，空间扮演了积极的角色。空间科学诞生，空间话语和空间知识生成，宇宙似乎给我们提供了丰富多彩的空间，"因此我们际遇了无限多样的空间，每一个空间都与另外的空间堆叠起来，或可能被包含在内：地理、经济、人口统计学、社会学、生态学、政治学、商业、民族大陆、全球。遑论自然（物理）

---

① Henri Lefebvre, *The Production of Space*, trans. D. Nicholson–Smith, MA: Blackwell Publishing, 2001, p.430.

空间、(能量)流变空间,等等"。① 列斐伏尔的《空间的生产》"是当代空间问题的最为重要的著作之一,他提出一种独特的社会空间理论,用社会和历史解读空间,又用空间来解读社会和历史,并使用'空间实践—空间的表征—表征的空间'的'回溯式进步'来强调社会—历史—空间三者之间的辩证统一关系。这是对西方传统认识论的反叛,又是对于马克思辩证法的空间化的尝试……理论指向于一种'空间革命'——重建一个差异性空间"。②

在空间科学的框架下,列斐伏尔探讨了三方面的问题:(1)知识的政治用途(以新资本主义为例);(2)空间隐含的意识形态;(3)作为技术乌托邦的征候。他对三种"空间认识论"做了阐发:第一空间是可感知的物质空间,第二空间是构想或想象的空间,第三空间则具有无穷开放、不断解构与重构的属性。列斐伏尔努力建构某种"统一的理论"(a Unitary Theory),涵括三个领域:物质、精神和社会。物质领域由自然和宇宙构成,涉及逻辑—认识论空间。自然空间正在消失,但仍然是图画背景。它在我们的童年曾经迷住我们,现在人人保护自然,同时又在伤害自然,自然成为一种否定乌托邦。精神领域包括逻辑和形式抽象,与社会领域一起,关涉社会实践,充盈着感性现象,包括想象力的产物,如象征与乌托邦。技术乌托邦不仅是科幻小说的共同特征,而且也是一切空间构想的表征。一切社会都生产自己的空间,如古城有自身的空间实践。列斐伏尔用疑问句的形式提出问题:我们应该用什么术语来描绘形形色色的空间类型的分野,以使物质空间、精神空间和社会空间不交叠?扭曲?脱离?分裂?断裂?空间包容了互动的多元性,体现为三重空间观:空间的实践—空间的表征—表征的空间。③ 大卫·哈维在《空间的生产》英译本"后记"中总结说:列斐伏尔的空间生产以让人们颇感陌生的新方式,将全球与本土、城市与乡村、中心与边缘融为一体。日常

---

① Henri Lefebvre, *The Production of Space*, trans. D. Nicholson–Smith, MA: Blackwell Publishing, 2001, p. 8.
② 张子凯:《列斐伏尔〈空间的生产〉述评》,《江苏大学学报》(哲学社会科学版)2007年第5期。
③ Henri Lefebvre, *The Production of Space*, trans. D. Nicholson–Smith, MA: Blackwell Publishing, 2001, p. 33.

生活,这种五月风暴之前就引起他关注的话题,以及马克思主义理论和革命政治,都亟待在这种变化着的空间生产背景下加以阐释。

《空间的生产》是一本涵括了众多问题的多维哲思之书。列斐伏尔运用他熟悉的哲学知识,反思黑格尔、马克思、尼采和弗洛伊德,结合了自己对诗歌、艺术、歌曲和狂欢节的体验,将超现实主义者与情境论者相联系……读者不仅发现这里有无数的思脉可以追寻,而且还隐含着对结构主义、批判理论、后结构主义、符号学、福柯的身体与权力观、萨特的存在主义观的批判。然而列斐伏尔从来就不是对它们全盘否定,而总是深入其中,以便采用和转化它们,开启创造性的新途径。《空间的生产》是一座"充满活力的里程碑,值得广泛阅读,并且研究它所包含的无数可能性"。[①] 列斐伏尔空间思想的影响可以见诸大卫·哈维、多洛雷斯·海登和爱德华·索雅的著述和当代学者关于"空间正义"的讨论。尤其是列伏斐尔提出的空间生产的三元辩证论对当代城市理论,尤其是人文地理学,对文艺美学领域产生了重要影响。

三 索雅的"空间三元辩证论"

学术领域地位:美国著名后现代人文地理学家和城市理论家

主要代表著作:《第三空间:去往洛杉矶和其他真实和想象地方的旅程》(1996);《寻求空间正义》(2010)

重要理论话语:空间三元辩证论(Spatial Trialectics)

E. W. Soja

爱德华·威廉·索雅(Edward William Soja,1940-2015),美国加州大学洛杉矶分校和伦敦经济学院的杰出教授。曾获锡拉丘兹大学博士哲学学位,早期在肯尼亚致力于规划研究。索雅因关于空间形态和社会正义的著述而驰名世界,享有一流空间理论家的声誉。2015年,索雅被授予地理学家的最高荣誉"魏特琳路德奖"(the Vautrin Lud Prize),该奖项通常被称为地理学领

[①] Henri Lefebvre, *The Production of Space*, trans. D. Nicholson-Smith, MA: Blackwell Publishing, 2001, p. 431.

域的诺贝尔奖。

索雅曾经受美国女性主义文化理论家贝尔·胡克斯、法国哲学家福柯的影响。他对空间理论和文化地理学领域的最大贡献，是采借法国马克思主义城市社会学家列斐伏尔《空间的生产》的思想，以自己的"空间三元辩证论"（Spatial Trialectics）更新了列斐伏尔的"空间三合一"（Spatial Triad）的概念。索雅"空间三元辩证论"包含的"第三空间"（Thirdspace）概念，或那些既是真实的又是想象的空间，最富于影响力。索雅以美国洛杉矶城市人口和地方研究为特色，关注空间和社会的后现代批判性分析，他称之为空间性。重要著作包括《第三空间：去往洛杉矶和其他真实和想象地方的旅程》（*Thirdspace: Journeys to Los Angeles and Other Real – and – Imagined Places*，1996）、《寻求空间正义》（*Seeking Spatial Justice*，2010）、《我的洛杉矶》（*My Los Angeles*，2014），以及代表性论文《城市的空间书写》（Writing the City Spatially，2003）。索雅与弗雷德里克·詹姆斯、大卫·哈维等人都有过合作经历。在城市理论和地理领域，他曾经担任过许多著名学者的博士生导师。

爱德华·索雅的"第三空间"理论，堪称当代学术的一个热门话题。他综合了斯皮瓦克、贝尔·胡克斯、赛义德、霍米·巴巴等后殖民主义思想家的著述，借助列斐伏尔《空间的生产》所建构的空间三元辩证论和福柯的异质空间概念，构造"第三空间"观念。索雅的理论范式在中国文艺美学界影响颇大。朱立元教授主编的《当代西方文艺理论》（修订版，2005）将"空间理论"列为专章，论述了福柯、列斐伏尔、索雅和文学空间等题旨。在这种第三空间理论中，索雅把"一切都归总在一起……主观性与客观性、抽象与具体、真实与想象、可知与不可思议、重复与差异、结构与代理、心灵与身体、意识与无意识、学科与跨学科、日常生活和绵延历史"。索雅把"第三空间"定义为理解和行为的"一种另类方式"（an – Other Way），旨在改变人类生活的空间性，它是一种批判性空间意识的特殊模式，适用于空间性—历史性—社会性三元辩证论再平衡所带来的新范围和新意义。索雅的第三空间概念具有一元神秘主义倾向。他塑造的第三空间类似于博尔赫斯具有空间无限性的"阿莱夫"(Aleph)概念。第三空间是一个极度包容的概念,包括认识论、本体论,以及超越二元论并且迈向"一种另类"的历史性。这是一种累积性的三元辩证论,它彻底开放更多的他者性,持续扩张空间知识。第三空间是一种超越性概念,不断扩大到包括"一种另类",由此使得边界和文化身份可以争议与再协商。在这里,索雅的思想与霍米·巴巴的文化杂交理论相似。[①] 不同文化在不断融合杂交的过程产生新质,包括新的政治历史结构,新的意义与表达的领域。

四　麦克·克朗的"文化地理空间"

学术领域地位：英国人文地理学家和空间理论家
主要代表著作：《文化地理学》(1998);《思考空间》(2000)
重要理论话语：文化地理空间

Mike Crang

麦克·克朗(Mike Crang,？－　)英国达勒姆大学(Durham University,一译杜伦大学)文化地理学教授,毕业于剑桥大学,获布里斯托尔大学的博士学位。现为达勒姆大学地理系主任、英国皇家地理学会的社会和文化研究小组负责人。克朗主要研究领域是人文地理,涉及社会身份、空间理论和人类的空间感知,以及批判理论。克朗是学术期刊《旅游研究》与《时代与社会》的联合主编。他的文化地理空间著作尤以《文化地理学》(*Cultural Geography*, 1998)和《思考空间》(*Thinking Space*, 2000)最为著名。

文化地理学具有跨学科的属性,被视为生机勃勃的前沿领域。它与当代地理学研究中的"文化转向"密切相关,是研究人类文化分布、空间组合及发展演化规律的人文地理分支学科,旨在研究地理与文化空间的关系,涉及文化景观、文化的起源和传播、文化与生态环境的关系等方面的内容。麦克·克朗《文化地理学》关注文化的现实性和对日常生活的塑形,对当今社

---

① 参见维基百科 Edward Soja https：//en.wikipedia.org。

会变化和文化的"选择与融合"趋势进行了焦点透视，专章讨论了文化的定位、地理景观的象征意义、文学地理景观（文学创作与地理）、他者与自我（书写家园、书写空间、标记领土）和媒体空间的电影、电视和音乐的问题，阐发了文学与空间的相互关系，亮点纷呈。克朗在"文化的定位"一章中指出："文化地理学研究人类生活的多样性和差异性，研究人们如何阐释和利用地理空间，即研究与地理环境有关的人文活动。"他认为文化赋予生命以意义，文化通过一系列特定空间的形式和活动来获得再现，"文化对于不同地区的人有着不同的意义"，其论点往往有典型的例子予以佐证。比如，在"圣牛之邦"印度，牛这种动物是不受任何约束的，它们招摇过市并且随地大小便，虽然牛肉美味可口，但是人们决不会食用牛肉。而其他文化则迥异于此。"由此可见，文化地理学站在一个中立的立场上，一方面，它承认自己文化的特殊性；另一方面，它又不草率地判断其他文化。"在阐发"文化常常带有政治性和竞争性"的观点时，他举例说：一些国家建造纪念碑和特殊建筑，以强调民族共同利益，加强内部团结；不同的文化再现自我，最常见的方式之一就是活动区域的隔离。如城市各帮派总是在自己的地盘涂上帮派标识，足球比赛中，"粉丝"会穿着不同的服装来支持自己钟爱的球队。现代城市容纳多文化和多民族，包括亚文化，形成"一幅色彩斑斓的镶嵌画"。当代文化地理学一个引人入胜的题旨，是"必须关注这种现象，即分散的、零星的文化并置，以及在这种并置中所产生的新特征"。地理景观往往通过文学文本被人了解，并且被人为地赋予象征意义。书籍，尤其是畅销书，利用空间创造"文学地理景观"。人文地理学的核心是人的意义，在没有地区特征的全球化世界里，要研究"有意识地建设地理景观，使它们体现出异域文化，从而减少文化差异，缓和文化冲突。……应注意到全球化时代文化交融所产生的多元混合形式。"[①] 这些论述，颇具思想价值。在中国，文化地理学启迪了近年来国家和省部级层面的哲学社会科学规划指南的设置：文学地理学。

---

① [英]麦克·克朗：《文化地理学》杨淑华、宋慧敏译，南京大学出版社2003年版，第1—17页。

克朗也对当代时空问题颇感兴趣，关注电子技术和数字化带来的时空新变化，撰写了《数字人文地理的承诺和风险》(The Promises and Perils of a Digital Geohumanities, 2015)、《时间生态学：多元时间、多元空间和复杂时空》(Temporal Ecologies: Multiple Times, Multiple Spaces, and Complicating Space Times, 2012)等论文。早在21世纪伊始的2000年，他牵头主编的《思考空间》就集中了当时关于后现代空间转向的重要思想成果，选入的代表性论文题旨包括本雅明城市美学；巴赫金的对话哲学；维特根斯坦与日常生活空间；德勒兹与空间科学；德·赛都、西苏、布尔迪厄、列斐伏尔、拉康、法农、赛义德的空间思想；以及另类电影及地理政治空间；等等。麦克·克朗指出："空间在现代思想中无处不在。……空间在不同的学科领域呈现出不同的性质。例如在文学理论中，空间往往是操作者处理文本的一种方式，用来转换文迹。在人类学中，空间意味着在一个日益一体化的世界里社群如何建构的问题。在传媒理论中，空间呈现出叙事及时间的美学转向的特征——一种基于视觉传媒的建构模式。在地理学和社会学中，空间意味着物质性的问题；例如空间可以更为接近'经验'。如此等等。在所有的学科中，空间是一种表现策略。……当今这个世界无疑表现为一种'电子想象的全球拼贴画，永远在运动。"[①] 麦克·克朗的文化地理学和空间思想，为当代西方文论提供了一个"文化地理空间"的新领域。

五　巴赫金的时空对话

学术领域地位：俄苏哲学家、语文学家、符号学家

主要代表著作：《拉伯雷及其世界》(1941)；《陀思妥耶夫斯基的诗学问题》(1984)

重要理论话语：时空体；文学狂欢节化；怪诞现实主义；复调小说

M. M. Bahktin

---

① Mike Crang and Nigel Thrift ed., *Thinking Space*, London: Routledge, 2000, pp. 1 - 2. (参见麦永雄《后现代多维空间与文学间性》，《清华大学学报》2007年第2期。)

米哈伊尔·米哈伊洛维奇·巴赫金（Mikhail Mikhailovich Bakhtin, 1895 – 1975），生于俄罗斯西部城市奥廖尔一个贵族家庭，父亲是银行经理。巴赫金的学术生涯几乎一直笼罩着斯大林主义政治高压的阴影，曾经身陷劳改营，入狱，身患骨髓炎，右腿截肢，但是在艰难困境中和一群志同道合的朋友如V. N. 沃洛希诺夫、P. M. 梅德韦杰夫，坚持学术研究，形成所谓的"巴赫金小组"（The Bakhtin Circle）。20世纪20年代青年巴赫金撰写的著作，直到他晚年或死后才出版，托名同事的三部著作一直存在争议，它们包括V. N. 沃洛希诺夫的《弗洛伊德主义、马克思主义和语言哲学》（1926；英译本1976）、《马克思主义与语言哲学》（1929；英译本1973）和 P. M. 梅德韦杰夫的《文学研究的形式方法》（1928；英译本1978）。20世纪三四十年代巴赫金撰写论法国小说家拉伯雷的博士论文和论教育成长小说（Bildungsroman）的著作，"第二次世界大战"中断了他的写作，该著作仅余片段，后来他获允回到大学完成博士论文。尽管巴赫金获得博士学位，但是饱经争议的博士论文一直未能出版。1953年斯大林去世后，巴赫金学术生涯出现重大转折。莫尔多瓦国立师范学院邀请他任教，担任总体文学系主任，1957年该校升格为大学，巴赫金担任俄罗斯与世界文学系负责人，1961年因养病退休。20世纪60年代早期，巴赫金的博士论文被研究生从高尔基世界文学研究所（Gorky Institute of World Literature）的档案馆"发现"之后，声名鹊起。1975年，巴赫金死于肺气肿综合症，此其时他已经成为俄罗斯"圣者"型人物，克里斯蒂娃和托多罗夫等东欧移民作家将其声誉扩展到法国巴黎。巴赫金亦被称为"形式主义者、马克思主义者和基督教人文主义者"等。T. 托多罗夫赞誉巴赫金"或许是20世纪最伟大的文学理论家"。[1] 20世纪80年代始，其思想深刻影响了欧美文学批评、历史、哲学、美学、社会学、人类学和心理学多个领域，成为西方学界和中国学界高度关注的思想家。俄罗斯科学院版多卷本《巴赫金文集》问世，"红红火火的'巴赫金学'堪称20世纪下半期当代国际人文

---

[1] V. B. Leitch ed., *The Norton Anthology of Theory and Criticism*, New York: Norton & Company, Inc. 2010, p. 1072.

学界一道令人瞩目的景观"。① 从对世界文学研究的影响力而言，巴赫金的主要著作包括《拉伯雷及其世界》（*Rabelais and His World*，1941）和《陀思妥耶夫斯基的诗学问题》（*Problems of Dostoevsky's Poetics*，1984）。两者皆具有丰富的空间意蕴：前者涉及文学狂欢节化和怪诞现实主义等概念；后者以对话美学精神论证的复调小说概念，成为里程碑式的现代小说理论。中国著名学者钱中文为河北教育出版社中文版《巴赫金全集》（全七卷）撰写的长序《理论是可以常青的》，精彩而翔实地评介了巴赫金理论话语及其意义。

巴赫金的"时空对话"主要涉及三个理论范式。

（一）狂欢化（Carnival or Carnivalesque）。巴赫金在《拉伯雷及其世界》（20 世纪三四十年代撰写，1965 年出版）首次提出这个概念，以描绘非官方文化通过笑闹、戏仿和"怪诞现实主义"的方式表现对官方文化、政治压迫和极权主义秩序的反抗。在狂欢节的语境中，人人都听到别人的声音，且都必然塑造着他人的形象，从而呈现出众声喧哗的交互形态。这种嘉年华创造了特定的"临界值"情境，常规惯例被打破或颠倒，真正的对话成为可能。狂欢节的概念是巴赫金描述陀思妥耶夫斯基的复调小说风格的方式：每个文学人物既判然可分，同时读者又可以目击他们彼此之间的重要影响。

（二）时空体（Chronotope）。巴赫金在《对话想象》（*The Dialogic Imagination*，1975）一书收集了四篇关于语言和小说的论文，包括《小说中的话语》（1934—1935）、《小说的时间形式与时空体》（1937—1938）、《来自小说话语的前历史》（1940）、《史诗与小说》（1941），介绍了对于文学研究领域意义非凡的"杂语共生"（Heteroglossia，众声喧哗）"对话论"和"时空体"等重要概念。"时空体"字面意思是"时间—空间"，在文学理论与语言哲学中，是巴赫金意义理论的核心要素，指"文学中艺术表达的时间与空间关系的内在联系"。时空体是一种文学范式，它在建构文类时起到关键作用。譬如，史诗的时空框架就异于喜剧的结构与特征。

---

① 周启超：《"巴赫金学"的一个新起点——俄罗斯科学院版多卷本〈巴赫金文集〉述评》，《社会科学战线》2016 年第 4 期。

（三）对话论（Dialogism，对话主义）。巴赫金的对话哲学思想体现了其最富于意义的空间特征，意味着"人们言辞之间强烈的互相激发与斗争"。这种多声部话语的特质在《小说中的话语》臻于最充分的表达，该文也成为"叙事、语言和文学的关键文本"，入选《诺顿理论与批评选集》（2010）。[①] 巴赫金把俄国形式主义狭隘的"语言"关注变成宏阔的"话语"问题框架。霍洛威和卡莱尔的《米哈伊尔·巴赫金：空间对话》讨论了巴赫金提出的"超视"与"外位"的内外辩证关系，指出在巴赫金的空间思考中，不同实体皆拥有"视觉盈余"（Surplus of Seeing）的互补共存的关系。[②] 巴赫金基于对话哲学的时空思考，可以与哈贝马斯关于公共领域/私人领域的空间政治、交往行为论构成相映成趣的对话关系。巴赫金以"怪诞现实主义与文学狂欢节化"论拉伯雷，反对形形色色的单声部或一言堂，倡导民间笑文化的颠覆功能和鲜活语言的杂语共生。但一些西方马克思主义学者提醒人们切不可过于夸大狂欢化：狂欢是在非对称的权力关系中的对话，是暂时地逸出既定秩序的自由解放，充其量是主流意识形态的"安全阀"（Safety Valve）。[③] 巴赫金在西方文论史上占有重要地位，他的空间对话文艺美学思想，是当代西方文论空间转向的重要的一环。

六　德勒兹的空间游牧美学

吉尔·德勒兹是影响当代西方文论众多领域的思想家。[④] 他倡导多元流变、开放、链接、装配、生成等概念，享有当代西方"赛博空间哲学家与预言家"之誉。布坎南等人主编的《德勒兹与空间》（2005）称誉德勒兹是"20世纪最重要的空间哲学家……他设想出一种巨大的荒漠般的空间，而概

[①] V. B. Leitch ed., *The Norton Anthology of Theory and Criticism*, New York: Norton & Company, Inc. 2010, pp. 1072 – 1106.

[②] J. Holloway and J. Kneale, "Mikhail Bakhtin: Dialogics of Space", in Mike Crang and Nigel Thrift ed., *Thinking Space*, London: Routledge, 2000, pp. 71 – 88.

[③] Hans Bertens and Joseph Natoli ed., *Postmodernism: the Key Thinkers*, Massachusetts: Blackwell Publishers Ltd., 2002, p. 29; 另参阅麦永雄《当代空间诗学语境：巴赫金理论话语探赜》，《吉林大学社会科学学报》2009年第5期。

[④] 关于德勒兹和加塔利的简介，参见本书第二章。

念则犹如游牧者一样在其间聚居流散。德勒兹空间化的哲学赋予我们以众多概念：光滑与条纹、游牧与定居、解辖域化与再辖域化、褶子，以及其他许多使我们进行空间思维的概念"。① 齐泽克在《无身体的器官》（2004）中把德勒兹称为"晚期资本主义的意识形态思想家"，"赛博空间的诺斯替幻想"是晚期"数字"资本主义的重要组成部分。② 德勒兹的"游牧美学"源于其《褶子：莱布尼茨与巴洛克风格》（1986）一书，这种差异哲学的思想旨趣在于以当代开放性的"游牧论"（Nomadologie）取代莱布尼茨闭合的"单子论"（Monadologie），开拓新的思维空间。德勒兹及加塔利的学术名著《千高原》则被视为"游牧"星球——赛博空间的"哲学圣经"。《千高原》以其著名导论"块茎"为核心，多方面论述了光滑空间与条纹空间的美学思想，是审视空间理论的一个重要思想资源。作为哲学与美学思想的关键词，"块茎"体现出六个主要原则：（1）联系性原则；（2）异质性原则；（3）多元性原则；（4）反意义的裂变的原则；（5）制图学原则；（6）贴花的原则。20 世纪 90 年代以来，英国华威大学进行了一系列重要的赛博哲学研究。"块茎""褶子"美学图式居于赛博研究的"核心"地位。

德勒兹的空间理论主要包括："光滑空间"（Smooth Space）、"条纹空间"（Striated Space）与"多孔空间"（Holey Space）三重空间论，以及"呼吸空间"（Respiration-space）与"骨架空间"（Skeleton-space）艺术空间论。

光滑空间与条纹空间经常混杂。德勒兹和加塔利列举了游戏、城市、音乐、技术、战争、美学等众多条纹空间的例子。例如，棋艺有棋盘和游戏规则，是条纹空间最基本的游戏例证。城市有街道、建筑、地址等指定的条纹空间，可是孩子们在城市公园里玩耍，能够跑这儿跑那儿，从而划出他们的光滑空间。因此，两种空间是交叠的，它们可大可小，可全球化或本土化，

---

① Ian Buchanan and G. Lambert, *Deleuze and Space*, Edinburgh: Edinburgh University Press, 2005, back cover.

② John Marks, "Information and Resistance: Deleuze, the Virtual and Cybernetics", in Ian Buchanan and Adrian Parr ed., *Deleuze and the Contemporary World*, Edinburgh: Edinburgh University Press, 2006, p. 198. 另参阅麦永雄《光滑空间与块茎思维：德勒兹的数字媒介诗学》，《文艺研究》2007 年第12 期。

可具有视觉或听觉、物质或精神的属性。① 作为游牧美学图式,光滑空间/条纹空间/多孔空间互相交织缠绕,分别代表了三种基本的哲学力量。条纹空间是同质的、辖域化的、科层化、规训的、有固定边界的空间;光滑空间是充满差异的、解辖域化、无中心化组织、无高潮、无终点的游牧空间;多孔空间是鼠洞式或块茎式的多元空间,四通八达,是暗中连通前面两种空间的"第三空间"和"地下"空间。② 譬如,在电子传媒世界里,三者可以并存于虚拟现实的赛博空间:网民在互联网上自由自在地网上冲浪,随心所欲地打开一扇扇网页游牧,进入 QQ 聊天室私聊,任意组团玩网络游戏,进行人肉搜索,心血来潮时写一点微博,尽情地享受光滑空间;但是条纹空间的力量也在起着作用,网管、斑竹(版主)可以把犯规、犯忌者踢出局,儿童上网受到成人的限制,网络色情、电子犯罪受到规则、政策、法律等的监控或者处罚,光滑空间受到公理化的、定居的、条纹的、辖域化式条纹空间的遏制;在光滑空间与条纹空间的张力中,多孔空间的利用者有机可乘:人们因不同的利益驱动在赛博空间博弈,黑客或者居心叵测的骗子可能钻空子,巨大的利润空间和利益链使得色情网站在被打击之后很快就死灰复燃。

德勒兹从中国南朝齐梁时期绘画艺术理论家谢赫的画论得到启迪,提炼出"呼吸空间"与"骨架空间"的概念。呼吸空间意味着包罗万象的宏观宇宙脉动,蕴含各种微观运动,呈现"生命"的呼吸;而骨架空间则是一种具象空间,人们可以用各种文化艺术符号聚沙成塔的加以赋形,曲径通幽,体现出"宇宙之脉"的生命气韵:

> 谢赫强调画家首先要"反映生动的气韵,亦即创造运动",继而"寻求骨架。亦即知晓如何运笔"。……画家的任务就是要在这种生命呼吸的"呈现"与"赋形"之际阐明其脉动。但画家也需要细处着眼,精妙运

---

① R. Shields and M. Vallee ed. , *Demystifying Deleuze*, Ottawa: Red Ouill Books Ltd. , 2012, pp. 171–172.

② Mark Bonta and John Protevi, *Deleuze and Geophilosophy: A Guide and Glossary*, Edinburgh: Edinburgh University Press, 2004, p. 95.

笔，勾勒世界的骨架构造，揭示事物的"消匿"，犹如龙隐云翳。最终气韵的脉动孕育于宇宙大化的世界骨架之中……①

艺术家是观察者，也是生成者。天文、地文、人文皆是符号，需要通过文心，以具体的表现形态创造艺术作品。德勒兹以呼吸空间和骨架空间的区分为基础，论析了各种电影情节。如西部片中约翰·福特（John Ford）的呼吸空间和安东尼·曼（Anthony Mann）的骨架空间；日本导演黑泽明的呼吸空间与沟口健二的骨架空间。② 这种艺术空间论，体现了中西文艺美学的特殊情境，会通了中国古代画论与后现代欧洲空间美学观念。

七 福柯的异质空间（异托邦）

学术领域地位：法国著名哲学家、思想观念史家、文学批评家等

主要代表著作：《疯癫与文明》（1960）、《词与物》（1966）、《规训与惩罚》（1970—1975）、《性史》（1976—1979）等

重要理论话语：主体化、权力话语、知识型、考古学、系谱学、全景敞视主义、规训、机制、生命政治、生命权力、异质空间等

Michel Foucault

米歇尔·福柯（Michel Foucault, 1926 – 1984），法国著名后结构主义哲学家，生于法国西部城市普瓦捷一个中产阶级家庭，就读于著名的巴黎高等师范学校（1951—1955），继而在巴黎大学（索邦）学习哲学与心理学，曾经作为文化代表到瑞典、波兰和西德等国，辗转多所大学，包括法国克莱蒙—费朗大学、突尼斯大学、美国加州大学伯克利分校和纽约大学等。1972 年，任法兰西学院思想体系史教授。2007 年，福柯被网络（ISI Web of Science）评为法国哲学家中"引证最多的人文科学的学者"。福柯不仅和德勒兹、拉康

---

① E. W. Holland, D. W. Smith, C. J. Stivale, ed., *Gilles Deleuze: Image and Text*, London: Cromwell Press Group, 2009, p. 14.

② 麦永雄：《论德勒兹哲学视域中的东方美学》，《文艺理论研究》2010 年第 5 期。

一样是跨越西方文论多个领域的理论家，而且可能是在当代中国最有影响的哲学家之一。2016年，汪民安教授拍摄的学术纪录片《福柯》在北京、上海、广州等地放映，观众爆满，蔚为大观。

福柯作为富于创新和叛逆精神的哲学家难以定位。通常把他归于后结构主义范畴，但是他却反感所谓的后结构主义和后现代标签。他甚至被称为反启蒙的启蒙思想家，反人文主义的人文主义者。福柯早期的知识考古学、中期的系谱学和晚期的生命权力论体现了从哲学、美学到伦理学的重点转移。借用汪民安在他所主编的《福柯文选》三卷本"编者前言"的说法：福柯以权力理论闻名于世，但是他研究的总主题却不是权力，而是主体。他广为人知的四部著作《古典时代的疯癫史》《词与物》《规训与惩罚》和《性史》，分别讲述疯癫史、人文科学史、惩罚史和性话语史。这四个"不相关的主题在同一历史维度内平行展开……讲述这些从未被人讲过的沉默的历史"，就是为了探索一种"现代主体的谱系学"。① 福柯著名的思想观念包括主体化（Assujettissement/Subjectivation）、权力话语（Power－discourse）、知识型（Épistème）、考古学（Archaeology）、系谱学（Genealogy）、全景敞视主义（Panopticism）、规训（Discipline）、机制（Dispositif）、生命政治（Biopolitics）、生命权力（Biopower）、异质空间（Heterotopia，或译异托邦），等等。

我们这里无法面面俱到地评介复杂精深的福柯，只能侧重结合本章"空间转向"的题旨描述他的"异质空间"（异托邦）概念。它意指（后）现代社会的特色斐然的空间关系。1967年，福柯向对空间概念感兴趣的一群建筑专业学生发表了《异质空间》的演讲，它后来对西方学术界后现代"空间转向"产生了跨学科的广泛影响。

艾斯·索菲亚认为："异质空间是另类的、变幻不定的普通空间，在那里，短暂和永恒并存，交织着编年史、身份、性别、现实的正常和理想的结构。异托邦可被描述为一种物质空间，以及概念的、虚拟的、城市的，甚至

---

① 汪民安主编：《声名狼藉的生活——福柯文选 I》，北京大学出版社2016年版，III。汪民安只提到福柯前面三部著作，笔者添加了福柯的晚期著作《性史》。

地理政治学的空间结构……"① 异托邦折射出多样化的空间关系与空间焦虑。它包括古典的、崭新的、虚构性的、腐蚀性的、破坏性的、暂时的、英雄的和反英雄式的属性，同时也涉及私人空间与公共空间、家庭空间与社会空间、文化空间与实用空间、休闲空间与工作空间。福柯"异托邦"的例证繁多，俯拾皆是，如海船、穷乡僻壤、仙境、边境、妓院、军营、殖民地、图书馆、公墓、博物馆和节庆，等等。例如，就规训与处罚而言，被放逐的海上囚徒会产生这样的异托邦（空间）焦虑，海船是在最自由的空间——汪洋大海上一个封闭的异质空间，镜子则是一种典型的日常生活异质空间，镜子营造了既是绝对真实的同时又是极不真实的瞬间，当我们凝视镜子时，会与镜像的变形技术互动，导致这个世界异趣丛生。

"异托邦"既是真实的又是镜像的，它把迥然不同的话语秩序的碎片并置在一起，无须试图将它们简缩为一种共同的秩序。可以想象，这种情形类似于一台正在运行的电脑屏幕，同时打开了多个对话框，各自听凭着不同的指令而运行。② 异托邦就是这样犹如同时打开的电脑多重视窗，徘徊在现实与梦想边缘，开放而流变，发挥着与其他所有的空间相关联的功能。在福柯的现实社会—异托邦—乌托邦三联概念中，异托邦置于现实社会与乌托邦之间，指涉一种可以并置多种异质元素的空间，可以包容迥然不同的话语秩序的碎片。③ 美国后现代媒介理论家马克·波斯特拓展了福柯关于全景监狱与异托邦的概念。波斯特的超级数据库概念，把赛博空间视为一种超级的规训工具。权力在神通广大的电子传媒的运作下，犹如上帝，全知全能全在。人们不再需要全景监狱式的建筑，超级数据库通过电子终端（电脑、手机、电子眼、监视器等）几乎可以洞悉世界上每一个人的行为与踪迹。

---

① Ace Sophia. "Foucault's Heterotopia: The 'Other' Spaces Between What is Real and Utopian" (2008) http://www.socyberty.com/Philosophy/Foucaults – Heterotopia – The – Other – Spaces – Between – What – is – Real – and – Utopian. 83040.

② D. Downes, *Interactive Realism: The Poetics of Cyberspace*, Ontario: McGill – Queen's University Press, 2005, pp. 129 – 131.

③ 参阅麦永雄《厚描与生成：〈印象·刘三姐〉的审美文化分析》，《大学生 GE 阅读》（第 6 辑），中国传媒大学出版社 2011 年版。

第三节　文学理论与批评实践

数字媒介和赛博空间的出现，刷新了我们的审美体验，改变了我们观照欧美文学史和文艺作品的眼光。理论应该对电子传媒时代文化艺术的新情势做出回应，进行有效的审美阐释。当代学术范式的"空间转向"与"媒介转向"深刻地影响了文学艺术研究领域，蕴含着文艺理论的焦点转移，意味着文学疆域和审美空间拓展的巨大可能性。

一　经典重释：《简·爱》的多元空间

空间理论已经成为当代文艺研究的重要领域。当代知识和政治发展中的"空间转向"启迪了文学领域的空间研究。人们的传统观念认为空间是中性的，世界文学史赋予时间以重要的地位，而空间则长期遭受忽视。当代学术范式的空间转向促使人们认为，空间充盈着情感、生产、权力等复杂多元关系。赛博空间逐渐成为后现代主导空间并且混杂了其他众多空间。原来的电子高速公路的隐喻着眼于时间与速度，忽视了赛博空间后历史、后地理的虚拟现实特征（如数字成像可以让已故歌手与时髦明星同台演出），今天显然已经不足以阐释电子传媒时代多元空间的复杂性。"赛博空间并不是超越我们日常生活的一个自主、自由的地带，而是一个与我们的日常现实性紧密交织在一起的空间。我们在'移居赛博空间'之时，不仅仅带着我们离线的许多性格特征、组织机构和思想偏见，而且反过来说，赛博空间更是借助了工业机器、汽车、飞机、收音机、视觉设备、移动电话、银行信用卡、监视摄像头、玩具、武器和医用置入物（如电子起搏器、全功能电子耳）等等，对我们的日常生活开始了庞大的殖民化。"[①] 因此，当代学术范式的重点转移，把人们原来对时间、历史和社会的青睐，纷纷转移到了空间。

[①] ［荷］约斯·德·穆尔：《赛博空间的奥德赛：走向虚拟本体论与人类学》，麦永雄译，广西师范大学出版社2007年版，第2页。

媒介美学与空间批评形态交叠互渗，思想资源与分析方法丰富多彩。譬如，法国哲学家列斐伏尔的名著《空间的生产》(1974) 提出三种"空间认识论"：可感知物质的第一空间，构想或想象的第二空间和无穷开放、不断解构与重构的第三空间。当代美国后现代地理学家爱德华·索雅《第三空间》(1996) 成为热门话题。而在阐释赛博空间的理论话语方面，极富思想启迪性的是法国哲学家德勒兹的三种空间概念：光滑空间（Smooth Space）、条纹空间（Striated Space）和多孔空间（Holey Space）。光滑空间是自由无羁的空间，可以随心所欲地"冲浪"和欢度网络嘉年华；条纹空间是管理与规训的空间，讲究规矩与禁制；多孔空间则是鼹鼠洞穴式的游击空间，居无定所，防不胜防。三种空间的交叠互动与博弈嬗变，构成了复杂的空间关系。美国后现代媒介理论家马克·波斯特《第二媒介时代》采用超级数据库概念，把赛博空间视为一种超级的规训工具。

借助空间维度，可以刷新我们的文学史观，描绘欧美文学史的三种空间范式及其重点转移的形态：(1) 物理空间文学史——主题是奇幻的漫游叙事，例如荷马的《奥德赛》、西班牙《小癞子》(古罗马《萨蒂里孔》)，等等。(2) 心理空间文学史——主题是人类主体性的内在精神空间的探索，如现代主义文学中的意识流小说。(3) 赛博空间文学史——重点是虚拟现实空间的探索。如赛博朋克（Cyberpunk）文学。"赛博朋克"小说奠基人美国作家威廉·吉伯森创作了代表作数字科幻小说三部曲《神经漫游者》(*Neuromancer*, 1984)、《零计数》(*Count Zero*, 1986) 和《蒙娜丽莎超速档》(*Mona Lisa Overdrive*, 1988)。赛博朋克小说在当前文学构成了对哲学的最迷人的挑战之一。如果我们同意这样的观点，哲学家不囿于反思我们的存在，还关注对可能性的探索——海德格尔认为这甚至比现实性更重要——那么赛博科幻小说就可以视为哲理文学的最卓越超凡的形式。① 就此而言，赛博朋克小说是电子传媒时代最富于现实性的文类。

---

① [荷] 约斯·德·穆尔：《赛博空间的奥德赛：走向虚拟本体论与人类学》，麦永雄译，广西师范大学出版社 2007 年版，第 53—54 页。

世界文学经典作品《简爱》辐集了多种文学阐释,但仍可以借助空间理论对其进行重释,赋予其典型场景以新的意义。

首先,我们需要审视《简爱》的多元阐释所构成的话语星丛。[1] 卡索尔《布莱克威尔文学理论导论》(2007)认为《简爱》是一部"青春成长小说"(Bildungsroman),具有浓郁的哥特式氛围,蕴含着理论阐释与文学批评的丰富形态:理性与情感,自我与社会,自我实现与社会责任,被动服从与积极反叛,自立与奴役,妻子与小妾的冲突。这些极端冲突的属性构成了简爱形象的特征:分裂的自我与主体,在自我责任与社会责任之间被撕开。[2] 普通读者赞叹简爱坎坷人生的超凡爱情。传统阐释侧重于简爱弱小的女性身份与坚毅的性格特征:其貌不扬,身份低微,心地善良,追求平等,以及自主、自强、自尊、自爱的属性。小说著名场景"红房子"涉及外国文学伦理批评意义上的家庭扭曲关系与暴力,以及弱势者简爱的顽强反抗精神。"劳沃德学校"可以置于新历史主义视野,揭示19世纪英国的教育机构与实践问题。女性主义理论和后殖民批评关注的焦点则是"阁楼上的疯女人"。该场景具有哥特式恐怖氛围,叠加了女性主义理论与后殖民批评的"逆写"(桑德拉·吉尔伯特和苏珊·古芭《阁楼上的疯女人》、斯皮瓦克《三个女性文本与帝国主义批判》,尤其是简·里斯的《藻海无边》被视为"简爱前传",讲述男主人公罗切斯特在西印度殖民地娶回疯女人伯莎·梅森的故事)。在原型批评的意义上,《简爱》体现了"得乐园"(桑菲尔德庄园)、"失乐园"(桑菲尔德庄园火灾)、"复乐园"(芬丁庄园)的文学原型;简爱的文学形象属于"灰姑娘"的原型与变异;火具有丰富的原型意义(小说中140多处提及火),象征着毁灭、再生与净化。

其次,倘若我们从空间维度阐释《简爱》,那么,这部小说充盈着"三种空间"的交叠与滑动,主要场景构成了内涵丰富的空间关系。综合列斐伏尔

---

[1] 以下分析得益于近期高等院校本科外国文学教学实践。笔者曾经在文学院组织2012级国家文科基地班学生结合小说文本与电影《简爱》,分组进行PPT演示发言,探讨该作品丰富多元的理论阐释维度。

[2] G. Castle, *The Blackwell Guide to Literary Theory*, Ma: Blackwell Publishing, 2007, pp. 94 – 100.

第三编 空间理论与文化媒介 第七章 空间转向：理论范式与文化媒介

的三种"空间认识论"和索雅的第三空间分析，可以对《简爱》的小说世界进行归纳与分析。

第一空间：可感知的物质空间。小说《简爱》的众多文学人物生活的不同空间，既有具体的物质属性，又蕴含着复杂的情感关联。主要包括：（1）盖茨海德府（红房子）的细节、隐喻、象征、恐惧、反抗、红色、暗秘、冷、静，等等。（2）劳沃德学校的修道院式空间，古板、冷酷、封闭，等等。（3）桑菲尔德庄园（Thorn-field，荆棘地，象征"苦难"之途）、阁楼上的疯女人——"往事之家，回忆之所"。（4）沼屋（泽庄）简爱获得5000英镑遗产（人生转折）。（5）芬丁庄园：大自然、隐逸之地、爱的归宿。

第二空间：构想或想象的空间。这类空间中最富于意义的是关于圣约翰传教印度殖民地的描写，它隐含了后殖民批评的文学空间。简爱的表哥圣约翰是狂热的传教士，他对海外殖民地充满西方式的想象，要简爱做自己的妻子，共同到"日不落帝国"英国最大的殖民地印度去传播西方基督教。圣约翰"在研究他自己的一种神秘学问，研究一种东方语言，他认为学会这种语言对于他的计划是必不可少的"。[①] 圣约翰要简爱放弃学习德语，改学通行于印度中部、西北部和巴基斯坦的"兴都斯坦语"，甚至通知简爱已经订了"东印度人号"的舱位，六星期后动身，还振振有词地动员简爱说："上帝和大自然打算让你作传教士的妻子。他们给予你的，不是外貌上的，而是精神上的天赋；你是为了工作，而不是为了爱情才给造出来的。你必须成为传教士的妻子……"[②] 幸好简爱听从了自己的内心感受，听见心上人罗切斯特神秘的呼唤，没有答应圣约翰，而是义无反顾地来到火灾劫后、双目失明的男主人公身边。"第二空间"圣约翰的行径，折射了19世纪英国殖民主义的帝国意识形态。

第三空间：无穷开放、不断解构与重构的空间。列斐伏尔的"空间生产"是与资本主义批判结合在一起的。他指出了多种空间，包括非欧几里得空间、

[①] 夏洛蒂·勃朗特：《简爱》，朱庆英译，上海译文出版社1980年版，第519页。
[②] 同上书，第527页。

曲面空间、X维空间、构型空间、抽象空间、拓扑空间、文学空间、意识形态空间和梦幻空间,认为"搜寻任何文学文本的空间,会发现它处处皆在,处处伪装:闭合空间、描述空间、投射空间、梦想空间和思考空间"。[1] 列斐伏尔认识到,空间具有多元性和无限性的开放特征。《简爱》同名女主人公的坎坷人生体验和心路历程犹如主线,历时性地贯穿了小说的数个主要场景(空间)。童年时代的盖茨海德府(红房子哥特式空间);青少年时期的劳沃德学校(修道院式苦行空间);成人时期的桑菲尔德庄园(爱情的萌生与磨难空间);颠沛流离时期沼屋(泽庄)获得遗产蕴含着的伦理补偿空间;男女主角劫后相聚时期的芬丁庄园的幸福空间。众多空间充满了伦理上的善与恶,性别关系上的男与女、妻与妾,社会地位上的尊与卑、主人与家教,阶级关系上的压迫与抵抗、富与穷,人际关系上的爱情、友情与亲情。它们次第展开又有回旋之势,蕴含了丰富复杂的空间关系和思想情感。我们可以借用福柯"异质空间"关于不同空间多元并置的特征,设想这样的图式:《简爱》的上述空间呈现出如多重电脑视窗同时打开的形态,共时性地体现出简爱坚韧不凡而光影斑驳的多彩人生世界。

二 比较美学:"拱廊计划"与梧州骑楼的空间差异

从空间美学的维度看,德国法兰克福学派美学家本雅明著名的"拱廊计划"与中国南方建筑——广西梧州骑楼在空间维度上形成了微妙的比较美学意蕴。[2] 就建筑材料的特质而言,"拱廊街"以工业生产的玻璃和金属结合,而梧州骑楼采用中国传统的砖木结构。素有"百年商埠"之称的梧州,其骑楼街是名副其实的"中国骑楼博物城"。现存骑楼街道22条,总长7公里,最长的达2530米,骑楼建筑560幢,其规模之大、数量之多,国内罕见。梧州曾是岭南地区政治、经济、文化中心,骑楼则是昔日商贸繁华的标志。骑楼建筑街街相连,连绵成片,前店后厂,带有浓厚的商埠文化,当代旧城改

---

[1] Henri Lefebvre, *The Production of Space*, Massachusetts: Blackwell Publishers ltd., 2001, pp. 2-15.

[2] 参见段祥贵、麦永雄《本雅明城市美学:拱廊计划与梧州骑楼的空间理论阐释》,原刊于《南方文坛》2013年第2期;人大复印资料《美学》2013年第5期全文转载。

造后的骑楼，面貌基本保持了骑楼建筑的传统特色，同时也突出了大商场等时代特色和新面貌。结合前现代、现代、后现代三重视野，漫步梧州骑楼街，我们既能产生一种强烈的历史怀旧情绪，又能感受到全球化语境中日新月异的城市化、现代化、乃至后现代的进程。

从文明内蕴看，西方哲学主客二分的内核促成欧美形成了工业文明、商业文明、耗弃型文明的传统，近代资本主义扩张展示了一种冷酷的城市化或谓"金属文明"的发展轨迹，因此，本雅明的"拱廊计划"以现代性审美体验为特色，隐含着悒郁的怀旧情绪与批判美学意味。而梧州骑楼建筑则体现了中国文化传统天人合一的"砖木文明"的特征，具有丰赡的社会历史蕴含。两种不同的空间带来了不同的情感体验。如果说本雅明笔下的巴黎拱廊具有一副冷冰冰的资本主义面孔的话，那么梧州骑楼的空间更充满着日常生活中浓郁的人情味。梧州骑楼呈现出前现代—现代—后现代交叠，社会文化空间并存的多元形态——历史空间、记忆空间、现实空间、情感空间、虚拟空间、文化艺术空间、休闲旅游空间、商品消费空间……在此汇聚。梧州骑楼具有丰厚的历史沉积和新鲜的当代社会文化印记，既是吉尔兹阐释人类学意义上的"深描"，同时又具有电子传媒操控的可能性（数字骑楼）。

现代西方空间美学理论与中国审美经验可以创造性地结合起来，阐发两者的社会文化蕴含与美学特征："拱廊计划"体现了本雅明城市空间观念与批判美学思考，折射出西方资本主义现代性的审美体验，而中国梧州骑楼则是一种积淀的丰富多样的历史生成，蒙太奇般地交叠着中国从前现代、现代到后现代的多元社会文化空间及其复杂的审美体验。借助空间理论对骑楼进行个案研究，对于反思中国城市在全球化与旅游休闲文化的语境中的健康发展、促进中国文艺理论当代形态的建设具有积极意义。

三　数字媒介：《蒙娜丽莎》的美学阐释

当代媒介转向是以数字化的电子媒介技术为核心，从IT（信息技术）到ICT（信息与传播技术）的转型。该转型与从单向的现代控制到互动式的后现代控制的转型相伴而行。美国学者波斯特曾经著书讨论从"第一媒介时代"

到"第二媒介时代"的转型问题。前者以单向传播为特征（如广播、收音机），后者以"双向去中心化的交流"为特征（如电子传媒的因特网）。① 当代信息技术正在从一种单向控制工具发展成为一种多元传播、咨询、互动与合作的媒介。

我们需要辩证地面对数字媒介所带来的正面与负面的效应，关注其当下与未来可能的发展。美国学者唐娜·哈拉维的《赛博格宣言》（1985）宣称："我们都是赛博格（Cyborg）！"所谓的"赛博格"，就是机器和人的结合体。目前广泛应用的手机就是一个佳例。手机在中文里面意为手和机，就是人和机械的结合。手机+人=赛博格！实际上手机在今天已经变成了人体的一个特殊器官，成为我们自身的本体论，日益主导着我们的生活方式和当下存在感。可以做出一个基本结论：新媒体给我们带来的快捷便利与消极影响同样强大。"千里眼""顺风耳"今天都变成了现实，但是另一方面，手机也让我们成为低头族，隔绝了我们的亲情。"如今人们身上总是携带着两样金属物：一把钥匙，一部手机"，几乎无法离开须臾。钥匙可以让我们进入自己的房间，打开内部的私密空间。手机则让我们打开公共空间——通向外部的大千世界和电子智能空间。② 人机结合的手机跟赛博格主题密切相关，集中体现了数字媒介产生的正面与负面的效应。在文艺美学领域，美国学者艾布拉姆斯《镜与灯》曾经提出著名的"四因素"（世界、作品或文本、作者、受众）说。随着新媒体的不断发展壮大，媒介已经成为日益重要的"第五因素"。

荷兰哲学人类学教授穆尔的《赛博空间的奥德赛》（2007），曾经论及电子媒介引发的"世界观的信息化"转型问题。他认为，信息技术已经从根本上改变了我们复杂的世界。电子传媒具有多媒体、链接性、交互性和虚拟性。借助电脑，各种图像与声音蜂拥而至，湮没了我们，它们正在不断高频率地发展着，甚或在花样翻新。全球网络链接的电脑作为一种环境在不断地发挥

---

① ［美］马克·波斯特：《第二媒介时代》，范静晔译，南京大学出版社2000年版，第21—22页。
② 汪民安：《论家用电器》，河南大学出版社2015年版，第109—128页。

着作用，人类的交流与共享在其中生成。① 互联网具有解中心化、自我组织、自我调节和交流系统的特征，它深刻而持续地影响和改变着当代人类的生活方式和审美经验。2014 年 8 月国际文学活动周（广州）期间，主办方安排了主宾国荷兰王国嘉宾穆尔教授与笔者在琶洲南国书香节进行了"新媒体如何带来奇迹"的国际美学对谈。穆尔的主旨演讲"新媒体时代的大众传播"（Mass Communication of the New Media Era）关于艺术经典——永恒话题"蒙娜丽莎"——的美学重释颇具启迪性。

在审视"媒介转向"的语境中，穆尔教授认为，媒介主要有三个界面（Interfaces）：一是我们与世界之间的中介；二是我们与同伴之间的中介；三是我们与自我之间的中介。达·芬奇名画"蒙娜丽莎"的美学意义主要在三个阶段凸显出来：一是古典时代"蒙娜丽莎"充盈着"独一无二的光韵艺术品"（Unique，Auratic Artwork）的膜拜价值，人们要观赏它需要千里迢迢到法国卢浮宫才能一睹真容；二是现代工业时代的"机械复制艺术作品"（Mechanically Reproduced Artwork）"光韵"②流散却便捷传播的展示价值，大工业的机器能够大量制造"蒙娜丽莎"精美作品，脱离了原作，"形象"变成"类像"，因而可以借助现代技术无限"拷贝"，人们可以随心所欲地拥有和使用它；三是当今数字媒介时代仿真与拟像③所催生的"数字重组艺术品"（Digitally Recombined Artwork），文艺的"形象""类像"至此变成了"拟像"，凸显了社会操控价值。譬如，人们可以随时随地登录"蒙娜丽莎网站"（Mega Mona Lisa：www.megamonalisa.com/），看到全世界"粉丝"制作并且上传的形形色色的"蒙娜丽莎"，包括"肥婆蒙娜丽莎、本·拉登蒙娜丽莎、奥巴马蒙娜丽莎……"若你愿意，也可以提供自己制作的"蒙娜丽莎"。在数字媒介的无形"帝国"里，在列斐伏尔所言的"技术乌托邦"里，不仅是芸

---

① ［荷］约斯·德·穆尔：《赛博空间的奥德赛：走向虚拟本体论与人类学》，麦永雄译，广西师范大学出版社 2007 年版，第 10—11 页。穆尔教授 2007—2010 年任国际美学协会主席，多次造访中国。
② "光韵"（aura）一词来自德国法兰克福学派美学家本雅明著名的《机械复制时代的艺术作品》。
③ "仿真与拟像"是法国后现代先锋社会学家鲍德里亚的重要概念。

芸众生可以参与娱乐与操控，而且权力机构或主流意识形态也在不断地加以规训与管理，不同的利益集团在进行博弈。

穆尔教授关于"蒙娜丽莎"艺术品的阐释模式主要借助了本雅明和鲍德里亚的美学思想。尤其是鲍德里亚富于思想挑衅性的"后现代先锋理论"。鲍德里亚在对当代社会的分析中划分了人类文化价值所经历的三个"仿真"序列：（1）从文艺复兴到工业革命的"古典时期"，文化价值的主导形式是仿造；（2）文化工业化时代，文化价值主导形式是生产；（3）当今符号象征交换时代，文化价值的主导形式是仿真。当年鲍德里亚关于"海湾战争没有真正发生过"的惊人论断曾经引发人们的争议。其《完美的罪行》精辟地描绘了拟像比原作更真实的后现代景观。"另一个年代将诞生——虚拟现实元年。所有在此之前的东西都将成为化石。"媒介不再是复制现实的一种工具，数字虚拟（拟像）大行其道：

> 这种虚拟的基本概念，就是高清晰度。影像的虚拟，还有时间的虚拟（实时），音乐的虚拟（高保真），性的虚拟（淫画），思维的虚拟（人工智能），语言的虚拟（数字语言），身体的虚拟（遗传基因码和染色体组）。

《完全的罪行》这本薄薄的小书充满着愤激的言辞和独特的人文悲情，如"实在是一条母狗""世界利用技术来愚弄我们""世界是一个根本性的幻觉""在一定时间内，我们还是妇女所生，但不久，我们就和试管婴儿这一代人一起返回亚当的'无脐'的状态：未来的人类将不再有脐"。面对高度发展的科技所带来的负面影响和当代大众传媒文化中的新问题，鲍德里亚认为虚拟的社会现实是一种"完美的罪行"！"完美的罪行就是创造一个无缺陷的世界并不留痕迹地离开这个世界的罪行。"[①] 鲍德里亚以独特的洞察力揭示了后现代社会符号与现实的关系日益剥离、拟像要比真实事物更加真实的严峻景况。

---

① [法]让·鲍德里亚《完美的罪行》，王为民译，商务印书馆2000年版，第8、19—46页。

电影《西蒙妮》通过高科技手段制造视幻觉艺术,讲述了一个倒霉蛋男导演与电子虚拟一号美女演员"西蒙妮"(Simone = Sim one,虚拟一号)的故事。影片通过男主角之口,欢迎观众"来到数字新时代!"拟像西蒙妮的精彩表演,揭示了"骗十万人比骗一个人容易得多"的吊诡情境,近乎完美地诠释了鲍德里亚式"仿真与拟像"的"完美的罪行"。

第八章　文化诗学转向：新历史主义

新历史主义是与文化研究密切相关的研究领域，它们共同促成了文化诗学转向。本章侧重选择福柯、格林布拉特、柄谷行人、史蒂文·纳普与 W. B. 迈克尔斯、海登·怀特等新历史主义范畴的代表人物进行论述。

第一节　学术范式转向

新历史主义崛起于20世纪八九十年代欧美学界，以美国加州大学伯克利分校学者斯蒂芬·格林布拉特为代表，其他较引人注目的还有路易·蒙特罗斯、海登·怀特、多利莫尔等，尤其是在范式转向意义上，福柯是新历史主义最重要的哲学影响源。

在现代学术语境中，新历史主义（New Historicism）是对传统历史主义的赓续、反思、规律与扬弃，其倡导者格林布拉特后来采用"文化诗学"的术语表达文化与文学的相互关系。文化研究以英国伯明翰文化研究中心的花开花落为标志。美国学者泰森在《当今批判理论》（2006）把新历史主义与文化批评结合，共同设为专章，认为新历史主义和文化研究之间同大于异，交叠难分，共享着一些重要的理论前提和哲学渊源。如它们都认为"人类历史与文化构成了一个复杂的动态角力场，我们只能构建其部分的、主观的图像",人类个体的主体性(自我身份)在与其文化情境的交互联系中得到发展;它们都属于"跨学科乃至反学科的领域",因为被人为地分割为条条框框的社会学、心理学、文学等学科范畴,无法恰切地全面"理解作为人类历史与文化基本要素的人类经验"。[①] 新历史主义和文化研究倡导将文学置于历史文化语境,一方面拓展了文学研究领域,另一方面则有可能遮蔽和消解文学研究,引发了当代文学—文化关系的争议。关于文化与文学辩证关系的思考,导致文化诗学的崛起。美国格林布拉特的"文化诗学"与中国学界的"文化诗学"构成了跨语境问题框架。

比较历史主义与新历史主义的差异,可以凸显范式转向的内涵、特征与意义。

历史主义盛行于19世纪与20世纪之交。传统历史主义可以追溯到18世纪末德国作家赫尔德,中经19世纪历史学家冯·兰克和迈内克,到20世纪思想家,如狄尔泰、科林伍德、伽达默尔、卡西尔、曼海姆。黑格尔和马克思建构了强有力的历史分析模式;文学史家圣佩甫和泰纳也坚持文学是历史环境的产物。在欧美文学语境中,无论是传统历史主义还是新历史主义,都不同于新批评的内部批评和形式主义文学审美自足论,而主张历史对文学重要的决定性,坚持要把一切思想体系、现象、制度、文学艺术都置于历史视野,要在宏阔的历史文化语境中解读文学艺术。历史主义范式具有如下主要特征。

一是重视历史真实客观的认识论。基于事实与虚构二元划分,重视历史真实,认为历史由一系列有线性因果关系的事件构成,因而可以作客观分析和秉笔直书。

二是倡导历史宏大叙事的进步论。基于同质文化与异质文化的二元划分,历史撰写注重不同社会力量的发展嬗变,以及信仰与价值,力图揭示"时代精神"。

三是信奉历史不断前进的目的论。基于文明与野蛮的二元划分,关注线

[①] Lois Tyson, *Critical Theory Today*, New York: Routledge, 2006, p.295.

性历史进程，认为人类历史具有自己的终极目的，呈现为从必然王国走向自由王国的历史进程，因而重视历史时期的划分、代表人物的生平研究和传记批评。

1982年，格林布拉特为《文类》(Genre)文艺复兴文学专辑撰写的导言创建了"新历史主义"的术语。新历史主义将福柯权力话语论引入历史语境，融会文学与文化关系，建构文化诗学。它赓续、反思、质疑与颠覆传统的历史主义观念，凸显以下范式特征。

（一）破除事实与虚构的二元对立，倡导复数小写历史而否弃大写单数历史，以权力话语质疑历史真实。传统历史主义关注事实陈述是否确切，而新历史主义则关注事件在档案材料、报纸杂志、政府文件、文学故事、艺术造型中是如何表达的，且是谁表达的。若第二次世界大战纳粹获胜，我们会读到极为不同的战争及其历史的描述。因此，除了最基本的史实之外，历史的撰写无关于事实，而是事关解释。甚至一些所谓的基本事实都不可靠。如哥伦布1492年发现美洲的事件，就令人起疑："在1492年，美洲的名字甚至不存在，而如果发现就意味着第一个人找到了某物，那么哥伦布的行为就不是发现。在哥伦布之前，数不清的人都知道'美洲'，而他们并不认为这就是'新世界'。通过给哥伦布打上美洲和新世界发现者的标签，我们避免自己从这种视角看问题，这种视角会赋予他侵略者和统治者的特征，把他作为一个残酷的种族灭绝的入侵者和征服者。"[①] 国家、社会力量、集体、个人皆各有立场与利益及好恶，撰史者各自践行自己的话语权力，因而客观描述与分析几乎不可能。

（二）破除文明与野蛮的二元论吊诡，以批判性思维颠覆传统的线性历史进步观。文明与野蛮的二元论吊诡在于：在许多欧美历史学家看来，其他国家的本土"原始"文化是低劣野蛮的，因此弱于"文明化"的西方历史文化。这易于导致对具有辉煌成就的异质文化如美国本土文化、非洲文化的误

---

① R. D. Park, *How to Interpret Literature: Critical Theory for Literary and Cultural Studies*, New York: Oxford University Press, 2015, pp. 261-262.

解和强制阐释。根据传统历史主义的进步观和目的论的宏大叙事，在从野蛮迈向文明的进程中，历史是堂皇列阵，有序地走向日益美好的未来。而新历史主义却认为，"历史更像是由无限多样的舞步构成的一场即兴舞蹈，随时都会跳往新的路向，并无特殊的目标或目的。个人和群体可能会有目标，但是人类历史却没有"。[①] 在这里，新历史主义与后殖民批评、女性主义具有交叠互渗的批判理论旨趣。

（三）破除历史与文学二元划分的樊篱，倡导历史文本化、文本历史化。传统历史主义把历史作为文学的背景或语境，新历史主义则将历史与文学视为交叠互渗的对象。德里达认为文本之外一无所有，况且除了历史博物馆的实物观赏之外，我们对历史的了解，大体上都是以阅读文本的方式践行的。新历史主义解构了历史与文学的传统对位，将历史视为叙事，而讲述者会有意无意地注入自己的立场、情感或思想偏见，因此历史可以像文学文本一样加以解释。无论是历史文物还是历史文本，无论是第一手资料还是第二手资料，都是叙事形式。"确实，我们可以说，通过凸显边缘群体——如女性、有色人种、穷人、工人阶级、基友、蕾丝边、囚徒、精神病院患者等群体——被压制的历史叙事，新历史主义解构了白人和男性的欧美历史叙事，以揭示其蛊惑人心的、隐匿的副文本"，摈弃从单一文化视角讲述故事的"主人叙事"（Master Narrative）。[②] 聚焦于边缘群体的多元历史叙事，可以说是新历史主义的重要特征。

（四）方法论意义上借鉴解释人类学"厚描"等理论话语。上述特征与美国"解释人类学"代表人物克利福德·吉尔兹"薄描"（Thin Description）和"厚描"（Thick Description）的理论概念密切相关。吉尔兹的《文化的解释》（1973）与《地方性知识》（1983）蜚声社会科学研究领域。吉尔兹在其《文化的解释》中借用英国哲学家赖尔（Gilbert Ryle，1900-1976）关于两位男孩眨眼行为的比较描述，强调了"厚描"概念：第一个男孩只是一种不由

[①] Lois Tyson, *Critical Theory Today*, New York: Routledge, 2006, pp. 284-285.
[②] Lois Tyson, *Critical Theory Today*, New York: Routledge, 2006, p. 287.

自主地眼皮跳；而另一个男孩则是有预谋地向某个同伙眨眼睛。在最表浅的生理层面上，这两种眨眼的结构意义没有什么不同。但是，前者属于"薄描"，只提示单一的事实，而后者属于"厚描"，具有多重蕴含。而"按照赖尔的观点，薄描会把这些眨眼视为同一性，厚描则会辨识它们的多样性"。此外，还可能有第三个男孩出于逗乐之心，也故意眨眼以戏仿第一个男孩的行为。因此至少有三种不同的"眨眼"：生理性眨眼、社会文化约定的眨眼和后现代"戏仿"眨眼。总括而言，走马观花的薄描注重单纯的事实或事象，而厚描旨在寻求文化阐释的多层次的差异及意义。

新历史主义强调文学文本的语境化，属于"上层建筑"而非"经济基础"。它坚持"历史"本身就是一种文本或解释，拒斥历史与文化的同质性，否认单一和统一的历史，拒绝一切历史进步论或目的论，把文学视为一种话语，而且是众多文化话语之一。它不仅与雷蒙·威廉斯的"文化唯物论"同气相通，关注文学与文化的关系；而且也与福柯权力话语论紧密相关：文学文本不仅要置于宏阔的文化网络和权力结构之内，而且还参与形形色色的社会与政治权威之间的权力斗争。众多新历史主义和文化唯物论者深刻关注文化与权力关系：文学文本既置入权力结构，又参与权力斗争。文学具有挑战社会与政治权威的颠覆性潜力。从文学理论范式的比较视野看，新历史主义与新批评迥异其趣。新批评以"意图谬误"和"感受谬误"力证文学文本是自足的世界，历史只不过给文学史提供了一些有趣的背景材料，伟大的文学杰作具有无时间的永恒性。而新历史主义则认为，文学文本是文化制品，文本（文学作品）和语境（文学作品生产的历史文化条件）是互相生成、彼此构建的关系，文学文本为历史语境所塑造且塑造历史语境。这就开辟了文化诗学的途径。

新历史主义宣称历史分析具有主观性并不是为自我放纵寻找托词或者获得合法性，而是这种不可避免的偏见能够让人们意识到历史分析的心理倾向和意识形态立场，让读者拥有某种人类"透镜"的观念，审视历史问题。以美国文论为核心的新历史主义聚焦于莎士比亚评论，集中地体现了"文化诗学"的观念。譬如，格林布拉特的著作论析文艺复兴时期的文学，莎翁是其重点。主要著述包括《文艺复兴时期的自我塑造》(1980)、《莎士比亚式的协商：文艺复兴时期英国社会力量的循环》(1989)、《诺顿莎士比亚》(合编，1997)、《炼狱中的哈姆雷特》(2002)、《俗世威尔：莎翁新传》(2005)、《莎士比亚的自由》(2010)。美国文学批评家路易·蒙特罗斯是早期的新历史主义倡导者，现为加州大学英语文学教授，他的著名论文《宣示文艺复兴：文化诗学与政治学》(Professing the Renaissance: The Poetics and Politics of Culture) 阐发了新历史主义的"自我定位"，声言自己作为研究文艺复兴的学者和教授是有偏见的，会将自己的情感注入那些倍感亲切的文艺复兴时期的代表性文学文本中，尤其是对莎翁和"诗人中的诗人"斯宾塞及其作品有偏爱。他喜欢把当时伊丽莎白时期的文化与我们当代的文化结合起来予以反思。乔纳森·多利莫尔的奠基作《激进的悲剧：莎翁戏剧及其同时代人的宗教、意识形态和权力》(Radical Tragedy: Religion, Ideology and Power in the Drama of Shakespeare and his Contemporaries, 1984; 1989; 2004)，重估了莎士比亚及其同时代人的作品，拒斥了权威的莎评，诸如黑格尔式的冲突和解的悲剧观、艺术赋予混乱现实以秩序，以及把非连续性视为艺术失败的一致性标准等。多利莫尔主编的《政治的莎士比亚：文化唯物主义论文集》(Political Shakespeare: Essays in Cultural Materialism, 1985)，挑战关于莎翁作为跨越时代和宇宙天才的自由人文主义观念，强调莎翁作品的政治维度，倡导现代宏阔的问题域（性别、后殖民批评等）。众多研究者循着新历史主义和文化诗学路径，挑战因循守旧的莎评，开辟多元化的莎士比亚解读。

新历史主义遭到一些批评，由此也折射出其理论范式特点。新历史主义既反对形式主义的文学审美自律或自足观，又反对马克思主义经济结构最终决定论。基于此，它遭到一些抨击：政治上的静修主义，非确定性原则，不加批判地接受福柯脱离政治、经济中介的抽象权力观，文学之于文化的任意性……尽管如此，新历史主义因其重视文化语境的开放性与融通性而卓有影响。

第二节 主要代表人物与理论话语

新历史主义的理论话语颇为丰富，构成了当代西方文论领域的重要星座。美国学者雷奇主编的《诺顿理论与批评选集》在"新历史主义"的栏目中选择了福柯、格林布拉特、柄谷行人、史蒂文·纳普与 W. B. 迈克尔斯、海登·怀特作为其学术范式的代表人物。[①] 以下按照出生年份的编年史顺序，对其中一些主要人物及其理论范式进行简要评述。

一 福柯：权力话语对同质性历史观的颠覆

法国著名哲学家福柯（1926—1984）对新历史主义范式的影响主要是其中期思想。[②] 福柯以"权力话语"质疑与颠覆了传统的同质性历史观，关注档案还原，追问是谁在撰写历史，揭示标榜历史"真实"的线性大写历史隐含的话语裂隙。福柯关于历史系谱与机构性实践的研究聚焦于权力、知识、主体之间互相作用的关系，其名言："权力是践行的，而不是占有的"（Power is exercised, rather than possessed）；传统权力是"压迫性的"（Repressive），而现代权力则是"生产性的"（Productive）[③]。例如，学校有无数的方式管理师生的行为，生产出各种机构性话语，施行形形色色的规则与惩罚。师生都被置于体制的网络之内，老师对学生的实践权力，只不过是其在机制中的位置之功能。大家都依照自己的位置行事。福柯强调现代权力的"微观技术"，现代权力通过持续的分类、监视和干预而运作。例如，看看我们花费多少工夫训练小学生端正坐姿，师范生写出"好"板书就行了。权力依赖话语把各种各样的身体指定为不同的类别（种族、性别、IQ 等等），设定相关标准以

[①] 关于福柯简介，参见本书第七章。
[②] 参见雷奇主编的《诺顿理论与批评选集》"可选择性目录"（V. B. Leitch ed., *The Norton Anthology of Theory and Criticism*, New York: Norton & Company, Inc. 2010）。
[③] V. B. Leitch ed., *The Norton Anthology of Theory and Criticism*, New York: Norton & Company, Inc. 2010, p. 1472.

确定形形色色的行为的属性，分别进行褒扬、贬斥、处罚或刑罚。福柯的《性史》揭示：19世纪英国维多利亚时代"话语爆炸"，一系列全新的可辨识的"反常"性行为被命名。《规训与惩罚》则关注权力话语的机构性实践，以话语划分疯癫与文明，用权力培育驯良的身体，同时生产主体与历史，划分"性"及其他范畴。知识与生产性的权力结合，生成知识型。话语把万物各归其类。现代权力处处渗透，掌控世界，不留死角。

二　海登·怀特：历史文本化与文学历史化

学术领域地位：美国著名思想史家、历史哲学家、文学批评家

主要代表著作：《元史学：19世纪欧洲的历史想象》（1973）；《话语的转义：文化批评论集》（1978）；《形式的内容》（1987）

重要理论话语：历史诗学；情节设置及转义

Hayden White

海登·怀特（Hayden White，1928—　），生于美国田纳西州，在密歇根大学攻读历史，获硕士学位（1952）和博士学位（1956）。先后在韦恩州立大学（1955—1958）、罗切斯特大学（1962—1964，任历史系主任）、加州大学洛杉矶分校（1968—1973）、康乃狄克州卫斯理大学（1973—1977，任人文中心主任）、加州大学圣克鲁兹分校任教（1978年退休），系美国斯坦福大学比较文学杰出教授（Bonsall professor）。

海登·怀特博采众长，兼收并蓄。20世纪70年代，在欧美学界关于历史本质的文学争论中成为核心人物，此时，一些文学批评家如格林布拉特转向历史以解释文学文本的形式结构，怀特则致力于探讨历史的文学形式结构，出版了著名的《元史学：19世纪欧洲的历史想象》（*Metahistory: The Historical Imagination in Nineteenth - Century Europe*，1973）一书，以雄心勃勃的结构主义构思描绘了"历史诗学"（Poetics of History），借助原型批评的"圣经"、弗莱的《批评的剖析》（1957）寻绎历史叙事的"深层结构"，从而把史纂和

文论融为一体，反映了叙事与文化的宏阔联系。它标志着怀特明确介入文学与理论问题，跨越了历史与文学两个学科的樊篱。海登·怀特《话语的转义：文化批评论集》（*Tropics of Discourse: Essays in Cultural Criticism*, 1978）考察历史话语中转义与情节扮演的结构角色。《形式的内容：叙事话语与历史再现》（*The Content of the Form: Narrative Discourse and Historical Representation*, 1987）则探讨了当代叙事理论与历史著述之间的互相影响，涉及福柯、詹姆斯和保罗·利科等人，进一步对叙事、文化和人性本质关系进行了反思。《形象的现实主义：摹仿说效果研究》（*Figural Realism: Studies in the Mimesis Effect*, 1999）考察了文艺思想史上从柏拉图到奥尔巴赫的摹仿说[①]。怀特是美国20世纪80年代开始的"新文化史"（New Cultural History）运动的先驱。该运动受到来自多方面的影响，包括英国马克思主义者E.P.汤普森和雷蒙·威廉斯，法国年鉴学派（Annales School）的马克·布洛赫和吕西安·费弗尔，福柯、德里达和巴赫金的理论方法的影响。"众多与新文化史有关的历史学家都与新历史主义和文化研究的文学实践者有着密切的联系。"[②] 美国当代著名历史学家，新文化史运动的主要倡导者和领导者林·亨特《新文化史》（1989）是该运动的奠基之作，论及米歇尔·福柯的文化史、吉尔兹的地方性知识与历史、海登·怀特的文学批评、思想挑战及历史想象。

在传统学科观念中，寻求事实真相的历史与驰骋想象的文学迥然相异，历史现实与文学虚构判然而分，因此，历史与文学分属两个不同的学科。新历史主义则质疑和否弃这种观念。怀特《历史文本作为文学作品》（The Historical Text as Literary Artifact）一文被选入雷奇主编的《诺顿理论与批评选集》，它聚焦于历史真实与文学虚构的学科之辨，主张文史相通，认为历史的撰写与接受都以文本形式呈现，因此，历史与文学一样，都是一种"人工制品"（Artifact）。怀特认为史学家和文论家都是作家，采用语言修辞等工具，

[①] 德国学者、文学批评家奥尔巴赫著有《摹仿说：西方文学的现实再现》（Erich Auerbach, *Mimesis: The Representation of Reality in Western Literature*, 1945）。

[②] V. B. Leitch ed., *The Norton Anthology of Theory and Criticism*, New York: Norton & Company, Inc. 2010, pp. 1533–1534.

都有自己的个人情感、社会文化立场、史述风格和思想倾向；历史与文学都是文本，皆关乎叙事要素的取舍，讲究叙事结构与策略，因此历史与文学可以互通。

海登·怀特对新历史主义的主要贡献在于开拓了历史文本化与文学历史化的理论范式。在怀特看来。历史变成故事在于"情节设置"（Emplotment），这是把事实或事件进行"编年史"的过程，也是对情节要素的编码。历史事件本身并不构成故事、悲剧、喜剧或反讽，而是历史学家出乎心灵感受，从特定的叙事视角进行情节设置的结果。从"深层结构"和"表面结构"的关联看，怀特参考诺斯罗普·弗莱的原型批评范式，提出四种情节设置：悲剧、喜剧、罗曼司和反讽，辅以四种主要转义或形象再现模式：隐喻、转喻、提喻和反讽。转义深植于话语，生成情节。史学家与其受众通过共同文化的参与，共享这些深层的情节结构。尽管怀特没有直接借用结构语言学术语，但是他显然受惠于现代结构主义者如列维-斯特劳斯、雅各布森及语言学家乔姆斯基的影响。

怀特的学术思想与理论范式迥异于传统方式，遭到来自历史与文学两个领域的一些反对的声音。史学家抨击怀特把历史狭隘化，变成语言和文本问题。后结构主义文学批评家质疑怀特的结构主义简化论，认为他把丰富多彩、动态流变的历史与文学仅仅归纳为四种情节和转义。怀特所依赖的原型批评模式也过于简单，不由分说地把所有的叙事都减缩为抽象的、无时间的结构，而忽视了它们在特殊的文化语境中的功能。尽管如此，"怀特富于技巧地揭示了历史与文学之间的对应关系，为这两个领域众多富于生产性的研究铺平了道路。史学家与文论家都不再相信历史会赋予读者特权，以抵达真实或真理，他们转而调研历史的基础——历史的本质与形式、运用与滥用——以及历史与其他知识领域、与意识形态的联系。"[1] 怀特力图在文化理解和叙事的语境中把历史编纂和文学批评完美结合，成为新历史主义范式最主要的批评家之一。

---

[1] V. B. Leitch ed., *The Norton Anthology of Theory and Criticism*, New York: Norton & Company, Inc. 2010, p. 1535.

三　格林布拉特：新历史主义与文化诗学范式

学术领域地位：当代美国新历史主义的标志性人物、文学批评家

主要代表著作：《文艺复兴时期的自我塑形》（1980）；《莎士比亚式的协商》（1989）；《诺顿莎士比亚》（1997）

重要理论话语：文化诗学（Cultural Poetics）

S. Greenblatt

斯蒂芬·格林布拉特（Stephen Greenblatt，1943— ），美国"新历史主义奠基者"，著名的莎士比亚专家、文学史家和普利策奖（非虚构文学）得主，获哈佛大学人文科学的顶尖教授（John Cogan University Professor）的荣誉。格林布拉特生于美国波士顿地区，祖父是立陶宛移民，父亲是律师。格林布拉特分别于 1964 年和 1969 年获得耶鲁大学学士与博士学位，期间有两年赴英国剑桥大学深造，参与雷蒙·威廉斯的系列演讲工作，并且滋生了对欧洲文艺复兴时期的研究兴趣。1969—1997 年任教于加州大学伯克利分校，之后进入哈佛大学主持人文科学的大学教席，2002 年任现代语言学会会长。格林布拉特以擅长于研究文艺复兴时期文学著名，终成人文社会科学界杰出人物，曾获得多项荣誉。他常在世界各地演讲，选编大学教材《诺顿英国文学选》（1999），其主要著述包括《文艺复兴时期的自我塑形：从莫尔到莎士比亚》（*Renaissance Self-Fashioning：From More to Shakespeare*. Chicago：University of Chicago Press，1980/2005）、《莎士比亚式的协商：文艺复兴时期英国社会力量的循环》（*Shakespearean Negotiations：The Circulation of Social Energy in Renaissance England*，1989），以及主编《诺顿莎士比亚》（*The Norton Shakespeare*. 1997/2008）。[①] 格林布拉特是文学与文化批评杂志《表征》（*Representations*）的创办者之一，其文学观念和批评实践往往被称为"文化诗学"

---

① 格林布拉特英文著述目录详见维基百科 https：//en. wikipedia. org/wiki/Stephen_ Greenblatt。

(Cultural Poetics)。格林布拉特曾在牛津大学、柏林大学、东京大学、北京大学等世界知名大学任客座教授。现任哈佛大学人文学教授、美国艺术与科学学院成员，享有新历史主义文论泰斗和文化诗学之父的称誉。

20世纪80年代美国文学界关于理论，尤其是关于语言的论辩甚嚣尘上，这时以格林布拉特为首的一批青年批评家崛起，把人们的文学理论关注从新批评、解构论的范式转向新历史主义范式。他们不是简单地评价史实，而是创造性地通过钩沉逸事，关注具体的历史特殊性，阐发历史文化语境中的文学与文学史。此时，美国高校盛行的文学批评模式是新批评，耶鲁大学是其重镇，几位颇具影响的批评家如 C. 布鲁克斯、W. K. 卫姆塞特主张文学批评唯一要做的事就是关注文学文本的词语、意象和内在特征，可以忽略作者、受众或语境。"耶鲁大学三位博士生打破了这些形式主义的禁忌，扭转了文学理论的取向，声誉鹊起。哈罗德·布鲁姆直面'意图谬误'，聚焦于作者及其与前辈的心理斗争，以图在伟大的传统中建立自己地位的问题。斯坦利·费什直面'感受谬误'，假定意义不在于诗歌，而在于读者。格林布拉特直面外部研究禁忌，关注围绕着文学作品的作者生平与历史情境。他既不规避美学批评，同时又展示历史能够加强文学阐释，例如莎剧的阐释。《莎士比亚式的协商》（1989）可能是格林布拉特最负盛名的著作，讲述了文艺复兴时期法国一个异装癖的审判故事，由此阐释莎士比亚《第十二夜》中某些婚姻与性别困窘问题。"[①] 作为新历史主义理论范式的奠基者，格林布拉特全部著作的旨趣在于文学。尽管他以重振历史研究而蜚声学界，却不太专注于琢磨理论，而是认为鲜活的文本胜于枯燥的理论，因而重视文学鉴赏胜于理论抽象。

格林布拉特博采众长，同时又自铸特色。在学术范式上，格林布拉特主要受到雷蒙·威廉斯的马克思主义文学批评模式、福柯后结构主义思维和文化人类学等影响。他是马克思主义和后结构主义的"旅伴"，又受惠于人类学家关于文化实践的循环与交换的动力学观念。他自称在剑桥大学时，威廉斯

[①] V. B. Leitch ed., *The Norton Anthology of Theory and Criticism*, New York: Norton & Company, Inc. 2010, p.2147.

开拓了他关于文学的社会维度的眼界,但是他与主张阶级斗争目的论的马克思主义模式又保持距离。在思想表达的方式上,E. 奥尔巴赫的名著《摹仿》(1953) 以西方社会文化交叉视野研究文学经典,每一章开篇都引证一段文学作品立论;福柯《规训与惩罚》(1975) 以惊人的惩罚故事为开端,考察现代社会以微妙的规训而不是明火执仗的暴力对人们加以控制的方式;而格林布拉特也喜欢以非同寻常的佚事开篇,其入选《诺顿理论与批评选集》的论文《共鸣与奇迹》即是以红衣主教沃尔西(Wolsey)的帽子开篇。格林布拉特在《践行新历史主义》(2000) 中认为,佚事对他而言扮演了类似的角色。格林布拉特主张历史不是提供了事件实际发生的记录,而是自相矛盾的、文本的、建构的。例如,我们只是通过莎剧与其他文本及沃尔西的帽子才"知道"了亨利八世的统治。"共鸣"一词提醒我们文学作品不是"圣像",而是缠绕着文化实践网络的历史对象。"奇迹"则预示了不能缩减式地把作品纳入其历史语境,因而重新肯定了文学对象的独特性。"就此而论,格林布拉特表征了文学批评的复兴和高于理论的美学鉴赏"的旨趣。

尽管格林布拉特力避理论之争,但是其著作仍然招致多方批评。传统论者欣赏他对文学的高度评价,但是又不满于他把外部研究带到文学领域。激进的批评家(往往是来自马克思主义阵营的批评家),则抨击他没有坚定的政治立场,在历史因果性问题上含糊其辞;说他喜欢并置对象或事件(如法国审判与英国戏剧)而匮乏合理的历史联系。吊诡的是,或许恰是因为格林布拉特不喜欢剑走偏锋,同时又坚持文学的重要性,因而成了重视文学研究的代表人物和蜚声世界的一流莎士比亚评论家。[①] 盛宁研究员在中国文艺理论学会第十三届年会暨"百年中国文艺理论的回顾与反思"学术研讨会(山东济南,2016,11)上谈道:在美国文学研究同行看来,新历史主义与新批评大都是被视为文学批评与阐释方法而不是理论。盛宁与雷奇关于新历史主义的评论,可以互证,以帮助我们了解格林布拉特的学术方法、思想范式与文学意义。

[①] V. B. Leitch ed., *The Norton Anthology of Theory and Criticism*, New York: Norton & Company, Inc. 2010, p. 2148.

四　纳普与迈克尔斯的"反理论"

学术领域地位：当代美国文学批评家
主要代表论文：《反理论》（1982）
重要理论话语：理论谬误（the Theoretical Fallacy）

Steven Knapp

美国学者史蒂文·纳普（Steven Knapp，1951— ），耶鲁大学文学学士、康奈尔大学博士，2007年任乔治·华盛顿大学校长。迈克尔斯（W. B. Michaels，1948— ）在1970年和1975年分别获得美国加州大学圣塔芭芭拉分校文学学士和博士学位，后来成为美国文学与理论最著名、最具有挑战性的批评家之一，2001年入职位于伊利诺伊大学的芝加哥分校，任英语教授，以及系主任（2001—2007）。

纳普与迈克尔斯合作发表著名论文《反理论》（Against Theory，1982）时，都是在美国加州大学伯克利分校任教的青年教师。此文一出，震惊评论界。在美国文论界的文学研究传统、新批评、耶鲁解构学派和伯克利新历史主义之间的叠合与博弈中，20世纪60年代晚期维护文学纯粹审美性的传统学者抨击结构主义和后结构主义，但是，至20世纪80年代"理论"却成为文学研究的主导模式，此时《反理论》的面世，表征了"理论"内部的一场斗争：一方是耶鲁学派的解构论，另一方是纳普与迈克尔斯当时在加州大学伯克利分校的同事格林布拉特近期提出的新历史主义理论方法。《反理论》开启了80年代最轰动的争辩之一，预示了文学批评方法更为关注实践的转向——尤其是促使新历史主义与文化研究走向前台。在后结构主义改变欧美文学批评景观之前，新批评是主宰文艺理论的范式。类似于新批评反对"意图谬误"（Intentional Fallacy），《反理论》以反对"理论谬误"（the Theoretical Fallacy）为论旨，把 E. D. 赫施所代表的阐释学与德曼领衔的解构论作为主要标靶，视为当代理论的两个极端。前者倡导积极的阐释理论，主张发现作者的意图就是找到解读意义的一把钥匙；后者则为消极的阐释理论辩解，认为意图从来就不是可行的，因而根本无法获得可靠的阐释。纳普与迈克尔斯则认为意图与意义是互嵌的，不可能孤立地讨论它们，赫施的阐释学与德曼的解构论的错误在于，人为地把它们分隔开来了。纳普与迈克尔斯悉心界说"理论"，反对"高高在上或外在于"人文旨趣、信仰与实践的理论，拒斥用抽象的普遍原则来引导和控制文学批评实践，但是并不反对某种专注于技巧与形式领域的理论方法，如叙事学。他们的挑战姿态和强有力的文风，直接引发持不同观点的理论家的反驳。美国《批评探索》主编，芝加哥大学教授米歇尔主编的《反理论：文学研究与新实用主义》（W. J. T. Mitchell, *Against Theory: Literary Studies and the New Pragmatism*, 1985）收集了多篇关于这场论争的文章。① 且不论是非曲直，《反理论》对于新历史主义范式的意义在于它标志了一种文论的转向：从强烈的理论考量转向更具实践意味的文化与文学批评。

第三节　文学理论与批评实践举隅

露易丝·泰森《今日批判理论》（2006）和 R. D. 帕克《如何解释文学：文学与文化研究的批判理论》（2015）都从新历史主义维度对一些文学名著做了阐述，其中对于康拉德小说《黑暗的心》、莫里森小说《宠儿》和华兹华斯名诗《丁登寺》具有典型意义。在新历史主义视野中，莎士比亚传奇剧《暴风雨》更典型也更复杂，令人瞩目。

一　新历史主义视野：《黑暗的心》《宠儿》和《丁登寺》

关于历史主义与新历史主义理论范式的对位关系，最好通过典型文学作品的比较视野阐释予以彰明。泰森以约瑟夫·康拉德的《黑暗的心》（1902）

---

① 该书作者包括 Steven Knapp and Walter Benn Michaels、Daniel T. O'Hara、E. D. Hirsch, Jr.、Jonathan Crewe、Steven Mailloux、Hershel Parker、Adena Rosmarin、William C. Dowling、Stanley Fish、Richard Rorty。

和托尼·莫里森的《宠儿》(1987) 两部著名小说为例,聚焦于历史"真确性"和"非确定性"的不同观念问题。[①]《黑暗的心》让叙述者马洛以回忆者的身份出现,叙述了船长马洛在一艘停靠于伦敦港的海船上所讲的刚果河故事,除了马洛自己年轻时的非洲经历之外,主要涉及白人殖民者库尔兹的故事。库尔兹曾经是一个矢志以"文明"启蒙非洲的理想主义者,后来却堕落成贪婪的殖民者。美国诺贝尔文学奖得主莫里森的《宠儿》以一段真实历史为题材,小说以1873年美国俄亥俄州辛辛那提小镇的生活为背景,描述了一个令人触目惊心的故事:女黑奴塞丝携女逃亡,遭到奴隶主的追捕,因不愿看到孩子重新沦为奴隶,她毅然扼杀了自己的幼女。美国奴隶制废除后,被她杀死的女婴还魂归来,像梦魇一样日夜纠缠不休,以惩罚母亲塞丝。

传统历史主义对康拉德《黑暗的心》的阅读,可能会基于19世纪欧洲人在非洲刚果河的历史描述,关注小说在何种程度上忠实于"历史现实"(它是否像康拉德描写的那样臭名昭著),作品如何真确地反映欧洲殖民者在象牙贸易中涉及的人文和自然资源形态。抑或,为了确定小说的哪些部分取自于康拉德的真实体验(作为比利时某公司船长,他曾经有过刚果河之行),文学史家可能会考察康拉德的生平传记材料,论证他的创造性想象,琢磨小说人物马洛的经验在多大程度上实为康拉德的体验,以及19世纪海外殖民主义的时代旨趣对康拉德的文学作品有何影响。类似的是,传统历史主义对莫里森的《宠儿》的解读可能分析作者对美国经验的描写是否忠实于历史现实,是否符合19世纪美国奴隶制度的历史描写。她笔下的那些文学人物是否真实地表达了那个时代奴隶主和废奴主义者的各种价值观。为了寻求小说人物、场景和情节的历史渊源,传统历史主义会探究作品的写作环境。比如,塞丝的故事在多大程度上摹仿了具有"历史真实性"的逃亡女奴玛格丽特·嘉乐的杀婴事件,莫里森借鉴了哪些具体的历史资源,包括报刊描述、奴隶叙事、司法

[①] Lois Tyson, *Critical Theory Today*, New York: Routledge, 2006, pp. 292–295.

文献、"中央航道"（Middle Passage）①的记录、历史书籍，等等。传统历史批评家还可能会分析作者的阅读习惯，以便发现其他文学作品影响莫里森艺术技巧的证据。

迥异于传统历史主义的阅读范式和文学关注，新历史主义对康拉德《黑暗的心》的分析则可能考察康拉德的叙事表达式，关注其所属文化体现的两种话语冲突：反殖民主义和欧洲中心主义。该小说的反殖民主义主题似乎是主要焦点，文本的字里行间完全可以找到邪恶欧洲对非洲人民的征服与剥削的大量描写，但是，恰如钦努阿·阿契贝所言，《黑暗的心》的描述却呈现出一种欧洲中心主义视角的（显然是无意识的）偏见，在欧洲"文明"的虚饰下，非洲人及其部落文化是"野蛮"的，由此揭露了传统历史主义"进步论"隐含着偏见的朦胧面纱，反衬出新历史主义范式的要旨：我们无法切近明白无误、毫无偏见的历史观。

在文学与历史互相生成的意义上，历史进步论、社会达尔文主义、白人优越论、非洲中心论、多元文化主义和新历史主义等话语，既塑造文学阐释，又为文学叙事所塑形。同样，新历史主义批评家对莫里森的《宠儿》的论析，可能会考察关于传统白人历史学家奴隶制的现代争论的悖反观点：奴隶究竟是像孩童一样需要依附主人，还是设法建立统一的反抗系统，包括创造交流的编码形式，采取人格面具的掩饰策略（诸如"快乐的奴隶"或"缺心眼的奴隶"），等等。由此分析历史话语与文学文本的关系。新历史主义认为"事实"并不等于文献，历史不过是可读的"文本"，因而重视的不是单纯的历史事件，而是不同的历史话语对事件的解释。新历史主义批评家关注《宠儿》的话语问题，因此，可能会研讨小说中形形色色的人物对塞丝的看法究竟是加强还是减弱了19世纪中期流行的话语，包括母亲之爱、白人优越论、废奴主义、男人优越论，等等。

---

① "中央航道"（Middle Passage），指大西洋中央航线，历史上自非洲西海岸至西印度群岛或美洲贩卖黑奴的通道。

R.D.帕克《如何解释文学：文学与文化研究的批判理论》(2015)[①]评介了新历史主义学者关于华兹华斯《丁登寺》的文学阐释,对旧历史主义与新历史主义作了简洁的辨析,提供了一个新旧历史主义比较的图表(表8-1)。

表8-1 基于《丁登诗》文学解释的新旧历史主义比表

旧历史主义（Old Historicism）vs 新历史主义（New Historicism）

旧历史主义：单数历史（History）→文学
新历史主义：复数历史（Histories）→文学

帕克认为旧历史主义把历史视为大写的、确定的和稳态的,历史仅仅是文学的背景和语境,文学只是反映了大写历史,因而可以笼统地做出"时代精神"的断言。而新历史主义则认为文学与历史彼此影响,历史跟文学一样,都是驳杂不定的,因此应该把复数历史与文学搁在一块阅读,旨在做出不同的、富有意义的阐释。

以新历史主义透镜重读华兹华斯的《丁登寺》(1798)一诗,也可以发现这种复数的阐释与张力,迥异于传统浪漫主义评论关于"自然诗人"华兹华斯的思想旨趣：华兹华斯和浪漫主义诗歌不是醉心于与大自然心醉神迷的交流,而是表达"社会文化的压抑感"。如该诗的开端"五年过去了；五个夏天,还有/五个漫长的冬天!"——略去了春天和秋天,仿佛仅靠夏天和冬天就可以代表一年。《丁登寺》的背景只不过是"荒野"和"隔绝"的(第6行),丁登寺挤满了像华兹华斯一样的旅游者,他们手上拿着旅游指南,还有一些乞丐向游客索要施舍。附近的丁登镇有钢铁厂,忙碌地提供抗法战争的武器装备,污染着丁登寺旁边的河流。这里像大不列颠帝国的许多地方一样,

---

[①] R. D. Park, *How to Interpret Literature: Critical Theory for Literary and Cultural Studies*, New York: Oxford University Press, 2015, pp. 259–270.

封闭、隔绝的各种属地剧增，诗情画意的树篱保护了财产，反过来让无家可归的乞丐在丁登寺蜂拥成群。华兹华斯遮蔽了篱笆的社会意义，他笔下的小农庄"田园的绿色，一直绿到家门"（第17行），因为共同土地被树篱围起来后，农夫们只有自己的花园可以种植，需要打理每一英寸土地。华兹华斯用绿色面具和自然之美再次掩饰了社会、历史、经济的细节。在这种重读里，历史无可逃遁，社会文化在诗歌中并未缺席。名诗《丁登寺》中的大自然，自身就是历史文化。要点并不是华兹华斯跳过了历史与贫困，而是肮脏的贫困和理想化的抒情本身就是同一个历史景观的组成部分。

二　莎士比亚《暴风雨》的新历史主义解读

莎士比亚传奇剧《暴风雨》（1611）享有"诗的遗嘱"之誉。[①] 1603年随着伊丽莎白女王辞世和詹姆斯一世继位，英国文学持续60来年的黄金时代进入了尾声。普罗斯彼洛在《暴风雨》中"收场诗"的第一句"现在我已把我的魔法尽行抛弃"意味着折断自己的魔棍，被莎学家认为是象征着莎翁正式告别了剧坛。

数百年来，《暴风雨》一直被视为莎翁晚期浪漫传奇剧的代表作。《暴风雨》故事发生在一座渺无人烟的荒岛上，米兰公爵普洛斯彼罗因钻研魔术，荒于政务，被野心家弟弟安东尼奥与那不勒斯王阿隆佐联合起来篡夺爵位，自己和年幼的女儿米兰达两人漂流至荒岛。公爵普洛斯彼罗施展魔法，趁安东尼奥、那不勒斯国王和其王子费迪南乘船出游享乐时唤起一场剧烈的狂风暴雨报复。篡位者在面临暴风雨即将带来的死亡和失去自己的骨肉的巨大悲伤面前方才醒悟到生命中有远远比金钱和权力更重要的东西，从而改邪归正，自己也重获爵位。剧中神奇的魔幻法术、丑陋的荒岛土著卡列班、飞舞的缥缈精灵爱丽儿，以及奇妙纯情的米兰达爱情故事交会在一起，一场惊天动地的暴风雨最终带来戏剧性的情节转折和大家摒弃前嫌、皆大欢喜的结局，堪称典型的莎士比亚风格。《暴风雨》突出地体现出莎士比亚晚期思想与艺术的

[①] 关于莎士比亚《暴风雨》的论析，参见麦永雄《后经典理论烛照：审视外国文学的多重视窗》，《玉林师院学报》2014年第4期。

特质：莎翁传奇剧宽恕、和谐的思想特征和炉火纯青的艺术造诣。

关于《暴风雨》，不同时代、不同话语导致了不同的文学阐释。

在西方文艺复兴时期，莎翁是英国伊丽莎白黄金时代人文主义作家的代表。莎翁传奇剧虽然缺乏早期喜剧的光辉和戏剧创作盛期悲剧的伟大的批判力度，而更多地幻想以神话、魔术的力量来解决现实难题，但是仍然保持了人文主义的信念，《暴风雨》第五幕第一场临近宽恕和解的结局时，公爵的女儿米兰达情不自禁地惊呼：

啊，真神奇！
世上竟有这样俊美的人物！
人类有多么美妙！啊，勇敢的新世界！
竟有如此出色的人物！

在当时读者的视界中，普洛斯彼罗是社会和谐、公平正义、王朝延续的象征；但是在20世纪英国著名作家赫胥黎眼中，《暴风雨》中的孤岛却是乌托邦的象征，他曾以《暴风雨》中这段台词"勇敢的新世界"（Brave New World）[①] 作为自己反乌托邦小说的书名。而在现代读者看来，普洛斯彼罗在海岛上对土著卡列班的启蒙与控制，用魔术遮蔽了社会与政治的权力关系，折射出英国帝国扩张、殖民压迫的行径。"读者反应批评理论要求文学文本的读者对人物、情节、主题和象征的意义做出决定。它假设读者会完善手头的文本，不是通过去发现'隐藏的'意义，而是通过对诠释裂隙、矛盾和含混性来实施。"[②] 例如，在第三幕第二场中企图反叛主人普洛斯彼罗的卡列班对酗酒的膳夫斯丹法诺说：

我对您说过，他有一个老规矩，一到下午就要睡觉；那时您先把他

[①] 赫胥黎《勇敢的新世界》（1932，中译本分别为《美妙的新世界》2010，《美丽新世界，2013》）与乔治·奥威尔的《1984年》、扎米亚京的《我们》并称为20世纪"反乌托邦"三部曲，影响深远。

[②] G. Castle, *The Blackwell Guide to Literary Theory*, Ma：Blackwell Publishing, 2007, p. 253.

的书拿了去，就可以捶碎他的脑袋，或者用一根木头敲破他的头颅，或者用一根棍子搠破他的肚肠，或者用您的刀割断他的喉咙。记好，先要把他的书拿到手；因为他一失去了他的书，就是一个跟我差不多的大傻瓜，也没有一个精灵会听他指挥：这些精灵们没有一个不像我一样把他恨入骨髓。……但第一应该放在心上的是他那美貌的女儿。

在这段台词中，奴隶卡列班从好色的兽性土著变成了策略家，"不仅深谙普洛斯彼罗的弱点（午睡），而且还意识到他的魔法书就是他社会权威的象征。读者被导向这样的看法，卡列班不是对社会秩序的威胁，而是这种秩序的牺牲品。而普洛斯彼罗一旦没有了书，就是一个跟卡列班差不多的大傻瓜。《暴风雨》的读者必须填充裂隙，这种裂隙不仅由语言创造（'书'究竟意味着什么？），而且也是由该剧的历史语境与现代读者之间的'审美距离'所创造"。[①] 倘若历史由卡列班撰写，那么，它显然不同于米兰公爵体现的白人历史。

尽管如此，莎翁的旷世才情和博大深刻，使他成为迄今为止人类历史上最伟大的天才之一。莎翁戏剧被不断地上演、改编、颠覆和解构，重新赋予了意义。数百年岁月早已使莎士比亚成了一个文化符号、一种精神象征。莎剧的丰富性、多义性和包容性，使得人们可以仁者见仁、智者见智、各得所需。[②]《暴风雨》围绕着一个神奇的岛屿展开。2012年8月英国首都伦敦奥运开幕式名为"神奇之岛"的盛大演出灵感，就来自莎翁名剧《暴风雨》。奥运开幕式中，不仅有演员吟唱剧中的台词，舞台上还出现了草地、田野、河流、野餐家庭、在村庄草地上运动的人群，还有耕作的农民，更有布满各种真实动物的青青牧场和包括城堡在内的各种典型的英国乡村建筑……"伦敦碗"被打造成一个如诗如画的英国乡村。莎翁《暴风雨》的那句"不要怕，这岛上充满了各种声音"还被刻在现场悬挂的奥林匹克大钟上。跨时代的莎

---

① G. Castle, *The Blackwell Guide to Literary Theory*, Ma: Blackwell Publishing, 2007, p.254.
② 吴辉：《影像莎士比亚：文学名著的电影改编》，中国传媒大学出版社2007年版，第49页。

士比亚意味着莎剧中展示的种族关系、国家认同、性别政治和宗教宽容等主题对当今参与盛会的人来说也并不陌生。① 此时，莎翁名剧《暴风雨》已经成为当代英国文化的一个标志，其宽恕、和谐的思想主题则实现了意义转换，提示了全球化语境中世界各国民族四海一家的合理化交往愿景。

莎翁戏剧生成的历史语境与不同时代的受众之间具有"差异与重复"的审美距离，《暴风雨》的接受史是一种充盈着不同的期待视野和意义游移的过程。

美国新历史主义理论家格林布拉特等人的思想观念受惠于哲学家尼采系谱学和福柯权力话语论的影响。尼采系谱学以非历史（Unhistorical）和前历史（Supra-historical）的选择解构大一统的历史，追溯在不同语境中人类价值被出于不同目的之人加以解释或重释的过程。这种过程往往在时空中呈现出多元和散在的节点。② 福柯认为世界上并没有纯粹客观的大写历史，所谓的历史充满着裂隙与权力书写，他的《性史》精彩地考察了社会与文化的权力话语是如何建构现代关于性的观念的。福柯关注究竟是谁在撰写与叙说历史，是基于何种立场进行历史叙事。这有点儿像鲁迅《狂人日记》的描写：透过新历史主义的月光，我们看见的是堂皇叙事所遮掩的异质丛生的事件留下的斑驳印记。

新历史主义批评家受到后结构主义语言与文本理论的深刻影响，将文学文本历史化，历史文本化，关注文本的历史性问题。《暴风雨》作为文学文本与它所嵌入的殖民化历史语境的关系因此成为重要的问题框架。在资本主义殖民化的历史进程中，"《暴风雨》中具有特别重要意义的是新世界和爱尔兰，早期的移民在新世界参加了印度战争，爱尔兰则经历了 1607 年大危机，当时本土的贵族逃亡欧洲大陆，英国的庄园主取而代之，纷纷涌向爱尔兰北方省份阿尔斯特。此外，殖民主义的潜台词是另一个问题，很容易为莎士比亚同

---

① 杨美萍：《伦敦上演莎士比亚文化奥运》，《国际周刊》专稿，http://www.jfdaily.com/a/3761832.htm。2014 年 1 月 6 日查阅。
② G. Castle, *The Blackwell Guide to Literary Theory*, Ma: Blackwell Publishing, 2007, p.129.

时代人所了解：尤其是与新斯图亚特王朝相关的正当的统治与继承权。该剧的框架是由喜剧场景构成，表现了叛变的贵族（西巴斯辛与安东尼奥）与公民和谐的开明保卫者（普洛斯彼罗与贡柴罗）之间的君王之争。这场两败俱伤的争斗通过斯丹法诺、特林鸠罗和卡列班企图杀死普洛斯彼罗并且夺取海岛的滑稽可笑场景反映了出来。围绕着普洛斯彼罗的喜剧斗争反映了对在1603 年继承英国王位的詹姆斯一世的专制主义的不满……第四幕的假面舞会庆祝米兰达与费迪南的订婚礼，巩固了欧洲传统内部一种可以辨识的的权力，但是也留下了一个开放性的问题：这种权力，包括它对土著人的压迫在内，是否构成了一种'统治权'"。①在莎翁喜剧《温莎的风流娘儿们》中，花心胖老头福斯塔夫曾经把两封一模一样的情书送给两个女人，宣称："福德太太和培琪太太便是我的两个国库，她们一个是东印度，一个是西印度，我就在这两地之间开辟我的生财大道。"（第一幕第三场）在英帝国殖民扩张早期，新世界（the New World）是流行的热词，它意味着充满征服欲望的欧洲殖民者与被殖民者之间往往是戏剧化的文化接触与种族关系。这些社会历史意识，被有意无意地在莎剧里得到文学表达。

格林布拉特对文学文本情有独钟，同时又重视文学与相关的社会文化语境的关联性，他著有《文艺复兴的自我塑形》（*Renaissance Self-Fashioning*, 1980），借助福柯权力话语观念建构了文化诗学，旨在阅读他在文艺复兴文学发现的语言、文学和其他符号系统的复杂网络属性。而勾画文学文本与社会文化语境之间的多方面联系的"图式"则是新历史主义的任务。②故而莎剧的价值与意蕴可以置于社会历史矩阵中予以考察与阐释。批评家们把美洲与爱尔兰早期的现代殖民化作为其历史语境，剧中情节发生的海岛似乎位于地中海，可以用于讨论欧洲与非洲的关系。"在 20 世纪初，该剧被非洲和加勒比海地区反殖民主义艺术家和知识分子广泛借用。因此，《暴风雨》影响所及，几乎是全球性的，让我们得以思考世界各地种族史与殖民主义之间的网

---

① G. Castle, *The Blackwell Guide to Literary Theory*, Ma: Blackwell Publishing, 2007, p. 254.
② Ibid., p. 131.

络、交叠与差异。"① 而将《暴风雨》置入后殖民批评语境，可以更加凸显与深化新历史主义的意义。

当代西方文论中互相纠结着三大主题：种族、阶级、性别。这些关键词在《暴风雨》中皆可以得到落实：丑陋乖张的卡列班种族属于土著，阶级属性是白人主人普洛斯彼罗的"贱奴"，性别具有好色男性特征（他意淫公爵女儿米兰达，想象破坏她的贞操，繁殖自己后代，"使这个岛上住满大大小小的卡列班"）。后殖民批评"三剑客"赛义德、霍米·巴巴和斯皮瓦克受惠于福柯的"权力—知识"概念和德里达解构理论策略。赛义德《东方主义》以地理想象空间理论和批判策略为基石瓦解欧洲白人中心主义，确立了他的后殖民批评主要理论家的地位；霍米·巴巴的文化定位与"混杂"论削弱权威话语与主流文化的统制；斯皮瓦克则以"非主流（文化）研究"（如贱民研究）而著称。在后殖民批评与女性主义理论的关联域中，莎士比亚一直是白人优越论和菲勒斯中心主义的一个现成的神话！20 世纪 60 年代以来，一些批评家认为莎士比亚是典型的"死白欧男"——死去的白种欧洲男作家，是白人殖民主义和帝国主义的典型代表！② 由此，莎士比亚《暴风雨》的主角普洛斯彼罗从人文主义视野中的启蒙思想家形象蜕变成为大不列颠帝国殖民主义者和君主专制主义者的双重象征。

对众多《暴风雨》的受众而言，这是一部最清晰地展现出戏剧化的殖民主义情境的作品。在后殖民批评的视域中，《暴风雨》中野性而丑怪的奴隶卡列班对欧洲白种主人普罗斯彼洛有一番抱怨，令人注目：

> 这岛是我老娘西考拉克斯传给我，而被你夺去的。你刚来的时候，抚拍我，待我好，给我有浆果的水喝，教我白天亮着的大的光叫什么名字，晚上亮着的小光叫什么名字：因此我以为你是个好人，把这岛上的一切富源都指点给你知道，什么地方是清泉盐井，什么地方是荒地和肥

---

① Ania Loomba, *Shakespeare, Race, and Colonialism*, Oxford: Oxford University Press, 2002, p. 21.

② 陆谷孙：《莎士比亚十讲》，复旦大学出版社 2005 年版，第 66 页。

田。我真该死让你知道这一切！但愿西考拉克斯一切的符咒，癞虾蟆、甲虫、蝙蝠，都咒在你身上！本来我多么自由自在，现在却要做你的唯一奴仆；你把我禁锢在这堆岩石的中间，而把整个岛给你自己享用。（第一幕第二场）

卡列班作为被殖民者和奴隶，饱受殖民主义掠夺、剥削与压迫，莎剧对他野蛮无知形象的塑造，是一种居心叵测的社会文化的建构。"他被表现成为一个卑贱、野兽般的奴隶，全然是欧洲人的他者形象。由此卡列班变成了一面屏幕，征服者欧洲人把自己的欲望投射在上面。……对于现代读者而言，莎士比亚戏剧由此表现出对欧洲殖民主义秩序的批判，揭示了在一个特定时段里，它通过建构一种亟待征服与驯化的他者而第一次获得合法性。"[1] 由于受众与期待视野的差异，一方面，一些人把莎士比亚视为"死白欧男"，因此，认为其作品不免会带有西方中心主义的语言与文化无意识，如曼诺尼认为卡列班饱受普洛斯彼罗的辱骂与奴役确实是体现了殖民主义所维护的人类天生不平等的性质。另一方面，有些人则看到了它的客观效果，从而将其理解为一种社会文化批判，如塞泽尔则认为这出戏表达了殖民主义压迫的悲惨境况。[2] 由此观之，莎翁《暴风雨》凸显了在后殖民批评视域中较为复杂的矛盾性与诠释张力。

莎剧充满生命的骚动与思想的张力，无论是阅读、观赏还是理论阐释，都充盈着丰富的可能性。莎剧犹如无法蠡测的大海，取用不竭，历久常新。借助电子传媒时代新叙事学"窗口"概念和福柯的"异托邦"理论观念，可以打开莎翁名剧《暴风雨》的多重视窗。《暴风雨》本身就是混杂、流变、开放、多义的聚合空间，处于一种持续流变状态，而我们对文学艺术多重交叠"空间的理解与联系是在不断地重新谈判、重新绘制、重新链接的"。[3] 这

---

[1] G. Castle, *The Blackwell Guide to Literary Theory*, Ma: Blackwell Publishing, 2007, p. 255.
[2] Ania Loomba, *Shakespeare, Race, and Colonialism*, Oxford: Oxford University Press, 2002, p. 5.
[3] Ace Sophia. Foucault's Heterotopia: The "Other" Spaces Between What is Real and Utopian. http://www.socyberty.com. 2013 年 11 月 15 日查阅。

是一种充满动态审美意蕴的文化艺术空间。英国文学著名学者王佐良先生曾经精辟地论及莎士比亚的好处在于他无所不包，不会让人失望，什么样的人都可以在他身上找到喜欢的东西。借助新历史主义与后殖民批评结合的理论方法重读文学经典《暴风雨》，无疑能够启迪我们的思想，提升我们对人类精神结晶——文化与文学的价值判断与审美体悟。

第九章 文化研究转向:范式赓续与当代拓展

文化研究领域代表性的文学理论家群星灿烂,文化研究的范式转向是20世纪至今一直令人关注的领域,既富于争议性,又具有强劲的增殖性。雷奇主编的《诺顿理论与批评选集》"文化研究"栏目列出了罗兰·巴尔特、瓦尔特·本雅明、苏珊·波尔多、弗朗兹·法侬、福柯、保罗·吉尔罗伊、葛兰西、哈贝马斯、朱迪斯·霍伯斯坦、斯图亚特·霍尔、唐娜·哈拉维、赫伯迪格、霍克海默与阿多诺、布鲁诺·拉图尔、劳拉·玛尔维、骆里山、赛义德、雷蒙·威廉斯、安德鲁·罗斯、齐泽克等人。[①] 哈比卜《现代文学批评与理论史》(2008)则将文化研究与电影理论共同设为专章,侧重讨论文化研究领域雷蒙·威廉斯、斯图亚特·霍尔、迪克·赫伯迪格、约翰·费斯克、苏珊·波尔多等文化理论代表人物,以及麦茨、玛尔维等人的电影理论话语和学术范式。

第一节 学术范式转向

在学术范式意义上,文化研究(文化批评)与新历史主义之间存在着诸

[①] 参见雷奇主编的《诺顿理论与批评选集》"可选择性目录"(V. B. Leitch ed., *The Norton Anthology of Theory and Criticism*, New York: Norton & Company, Inc. 2010)。

多"交叠共识"或交织形态。"文化是一种过程,而不是一种产品;是一种鲜活的经验,而非一种固定的定义。更确切地说,一种文化是互动性诸文化的聚合,其中每一种文化都在生长和变化,都是通过性别、种族、族性、性取向、社会经济阶级、职业和属于其成员体验的类似因素在特定时刻适时建构起来的。"[①] 文化批评与新历史主义都认为人类历史和文化构成了一种复杂的动态力场;两者皆属于跨学科乃至反学科领域,共享着一些重要的哲学渊源(如福柯),皆相信个人主体性的发展与其文化环境处于一种互动联系。

但是无可讳言,文化研究与新历史主义之间存在着重要的差异,至少文化批评在三个方面不与新历史主义共享其前提。一是文化研究更重视政治取向,凸显于文化批评对受压迫群体的支持。它不把受压迫人民视为无助的牺牲品,而是认为他们既是受害者,又是反抗者。二是文化研究因其政治取向,更多地吸纳马克思主义、女性主义和其他政治理论的营养,践行文化分析。从渊源上说,文化研究是马克思主义批评发展的自然结果,在20世纪60年代中期形成了自身的理论方法。三是狭义的文化研究尤其关注大众文化批评。它认为工人大众的文化被误解和低估,而主流阶级钦定了什么是阳春白雪式的"高雅"文化,如芭蕾、歌剧以及其他"美的"艺术。大众文化形式,如电视情景喜剧、流行音乐和低级趣味小说则被视为下里巴人,降格为"低俗"文化。但对文化批评家而言,高雅与低俗文化之间并不存在有意义的区分,因为一切文化生产都可以分析,都在权力关系中扮演着文化角色。

在文化研究领域,雷蒙·威廉斯是英国文化研究传统的典型例证,其《文化与社会:1780—1950》(1958)和《漫长的革命》(1961)标志着文化研究的关键点,意味着阿诺德文化精英范式的重大转型。他颇具影响力的"文化唯物论"(Cultural Materialism)聚焦于艺术与社会的关系。20世纪早期,马克思主义理论家们以社会主义现实主义的名义,坚持艺术是直接反映社会的观念,20世纪晚期,理论家如阿尔都塞、詹姆斯则认为艺术具有"相对自主性"。威廉斯综合与扬弃了既有的理论话语,提出"文化唯物论"的途

[①] Lois Tyson, *Critical Theory Today*, New York: Routledge, 2006, p.296.

径。他既认为统治阶级及其利益塑造了社会,又看到了艺术与社会的互动性。"社会能够被文化影响,恰如文化能够被社会影响一样。由此,威廉斯被视为在批判形式主义,因为形式主义把艺术作品作为对象膜拜,而不是作为文化实践。威廉斯把自己的理论方法称为'文化唯物论',这个标志既包罗了马克思主义对社会物质基础的关注,又兼顾了文化塑造社会的流动方式。"① 这是威廉斯引人注目的理论的构想和贡献。

威廉斯赓续"葛兰西转向"的趋势,探讨资本主义文化与意识形态霸权(领导权)的独特形式,倡导那种创造与维系复杂组织即共同体"感情结构"(Structures of Feeling)的分析,勾勒了文化界定的三个普遍范畴:理想、文献和社会。他在《漫长的革命》中把文化理论界说为"整个生活方式中诸因素之间的关系研究。文化分析是试图发现这些关系复杂性的组织化的本质"。② 可以说,威廉斯引导英国文化研究"从精英主义和理想主义的文化幻象(这种幻象见于马修·阿诺德及其继承者),转向一种可选择的视野,辨认晚期资本主义的动力学和复杂性,这种网络式的联系在交叠着区域与国家的框架中,把亚文化与形形色色的阶级形式连接起来。威廉斯用'感情结构'的术语描绘生活在这种框架内部的生活经验"。③ 在某种意义上,威廉斯与福柯、布尔迪厄在文化观上精神相通:文化是一种动态关系网络,也是一种诸因素构成的活的总体性。

早期英国文化研究理论家强调大众文化,喜欢分析文化生产的新模式,特别是影视报刊等大众传媒和文化消费模式。英国伯明翰大学当代文化研究中心成为学术轴心。理查德·霍加特作为该中心的首位主任,不遗余力地研究英国大众文化模式、趋向、实践和机构。在20世纪60年代晚期,威廉斯也开始关注新媒体给文化研究带来的意义、功能和价值改变。霍加特的《文化的用途》(1958)、威廉斯的《文化与社会》(1958)和《漫长的革命》

---

① V. B. Leitch ed., *The Norton Anthology of Theory and Criticism*, New York: Norton & Company, Inc. 2010, p. 1422.

② G. Castle, *The Blackwell Guide to Literary Theory*, Ma: Blackwell Publishing, 2007, p. 72.

③ Ibid., pp. 72–73.

(1961)、汤普逊的《英国工人阶级的形成》(1963)等著作堪为伯明翰学派文化研究的奠基之作。斯图亚特·霍尔1968年接任该中心主任,致力于媒介符号与大众文化研究,将文化研究与后殖民批评融合,他关于批判种族理论、族性、移民和"流散身份认同"的著述尤具影响力,昭示了英国文化研究的新取向。1980年霍尔发表的论文《文化研究:两种范式》(Cultural Studies: Two Paradigms),意味着文化研究面临着一种困境,要在列维-斯特劳斯所代表的抽象结构主义人类学和威廉斯传统的社会文化论之间做出范式选择,同时一些理论家发现法国后结构主义思维对英国文化研究富有启迪意义。英国文学评论家凯瑟林·贝尔西关注国际理论创新,是第一批严肃地关注后结构主义批判潜力的学者之一,著有《批判性实践》(Critical Practice,1980;2002)一书。尽管有争议,但是她对后结构主义主要人物的研究,为英国学界带来了新的思想活力。

英美文化研究范式日益多样化,呈现出富有意义的差异和发展轨迹。威廉斯、霍加特领衔的英国文化研究以重视社会论、唯物论为特征,而大致同期(1950—1980)的美国文化研究则主要关注国民特征的历史分析,包括主要政治人物、党派和经济。20世纪80年代中期,美国新的文化研究形式崛起,其中最重要的是倡导文化的文本分析的人类学领域"书写文化"(Writing Culture)运动。美国著名文化人类学家克利福德·吉尔兹曾经认为,巴厘岛文化的某些方面(例如"斗鸡")可以像文本一样加以解读和阐释。基于吉尔兹的思想观念,1984年4月,美国一些中青年学者举办了一个题为"民族志文本的打造"(The Making of Ethnographic Texts)的研讨会,会议论文由克利福德和马库斯汇编成《书写文化:民族志的诗学与政治学》(Writing Culture: The Poetics and Politics of Ethnography,1986)一书,成为美国文化研究影响中国学界的一部著作。[①] 20世纪八九十年代英美文化研究也有很多理论关注和研究旨趣彼此交会,主要聚焦于大众文化(尤其是电影),重点落在社

---

① 高丙中、王建民、刘正爱、王宁、赵旭东、汪晖、汪民安、谢仲礼、翁乃群、刘北成、徐鲁亚、吕微:《关于〈写文化〉》,《读书》2007年第4期。

会性别和生理性别的身份认同问题。卡索尔《布莱克威尔文学理论导论》指出：这一趋向由英国的伊恩·钱伯斯和安吉拉·麦克罗比，美国的珍妮斯·拉德威为代表。麦克罗比的《女性主义与青年文化》（*Feminism and Youth Culture*，1991）关注青年女性的独特文化体验，拉德威《阅读罗曼司》（*Reading the Romance*，1984）则将浪漫小说类型与父权制文化批判结合起来。20世纪90年代人们对大众文化的兴趣明显增长，影视、摇滚乐、互联网、视频游戏等形成对文学艺术领域的文化正典的冲击，"话语"变成文化分析的宠儿，"米歇尔·福柯和皮埃尔·布尔迪厄在话语分析上给文化研究提供了重要的新范式。……特蕾莎·德·劳瑞提斯和劳拉·玛尔维受后结构主义语言理论和拉康精神分析学的影响，开始侵入大众文化领域。她们关注电影中的男性凝视权力及其角色——它把文化界说为一种空间，女性在其中被建构成为欲望对象和在男性社会机制中塑造时尚的工具。拉康式的文化研究最令人瞩目的实践者是斯拉沃热·齐泽克，他的《斜目而视：透过通俗文化看拉康》（1992），考察了范围广泛的形形色色的主题，包括侦探小说、希区柯克电影、色情文学、政治学和后现代主义。更为近期的发展，尤其是物质文化的研究，聚焦于文化客观对象及其生产、消费、收集和保存"。[①] 尽管文化研究的兴起对文学研究的消解、遮蔽或冲击经常遭人诟病，但是两者并不必然是对立关系。即使是大众文化分析，也不乏将文化的和文学的文本密切结合的佳例。经由新历史主义和文化诗学的淘洗后，文化与文学相得益彰的建设性趋向更令人鼓舞。

第二节　主要代表人物与理论话语

在文化研究领域，一系列人物赓续了雷蒙·威廉斯等人的文学研究途径，尤其是1950年前后出生的一些代表性人物做出了新贡献，体现了文化研究范式转向的前沿性。这里主要选择苏珊·波尔多、赫伯迪格、骆里山、保罗·

[①] G. Castle, *The Blackwell Guide to Literary Theory*, Ma：Blackwell Publishing, 2007, pp. 76–77.

吉尔罗伊和安德鲁·罗斯等人进行阐述。

一 苏珊·波尔多的身体研究

> 学术领域地位：当代美国女性主义哲学家、文化批评家
>
> 主要代表著作：《不可承受之重：女性主义、西方文化和身体》（1993）；《男性身体：公共和私人领域的男人新观察》（1999）
>
> 重要理论话语：身体作为文化文本
>
> Susan Bordo

苏珊·波尔多（Susan Bordo，1947— ），当代西方著名女性主义哲学家、美国肯塔基大学性别和妇女研究教授。她的主要贡献体现在当代文化研究，尤其是"身体研究"领域。波尔多1982年获得纽约州立大学石溪分校哲学博士学位，目前在肯塔基州大学讲授英语和妇女研究，专门从事当代文化及其与人体关系的研究，关注现代女性疾病，如厌食症和贪食症、整容手术等现象，还涉及种族主义、身体、男性和性骚扰等问题。

波尔多以《不可承受之重：女性主义、西方文化和身体》（*Unbearable Weight: Feminism, Western Culture, and the Body*, 1993）一书闻名西方学界。这是当年纽约时代杂志最令人关注的著作。该书剖析流行文化（例如电视、广告、杂志）对塑造女性身体的影响，同时也审视典型的女性疾病如歇斯底里、广场恐怖症（旷野恐惧症）、厌食症和贪食症等问题，把它们作为"文化的复杂结晶"。她的《暮光之城：从柏拉图到O.J.文化形象的隐秘生活》（*Twilight Zones: The Hidden Life of Cultural Images from Plato to O. J.*, 1997）借用柏拉图著名的洞穴隐喻，关注当代审美资本主义幻象和消费文化的"真实"。她认为形象所创造的令人眼花缭乱的景观并非隐喻，而是我们的实际生活情况。通过影视、流行报刊和形形色色的广告，当代消费文化构造出完美身体，诱导受众认同这些美妙的幻象，把它们作为自己的身体和生活的理想标准。因此，我们需要修复当代的"真实"概念，致力于帮助下一代人学会

批判性地看穿自己在其中成长的主流文化形象造成的错觉和神话。波尔多重视学术和非学术机构之间的联系和交流，认为理论必须接地气，学界的知识分子并不像他们自己宣称的那样高高在上，"外在于"文化神秘化的洞穴。波尔多另一部引起关注的著作《男性身体：公共和私人领域的男人新观察》(*The Male Body: A New Look at Men in Public and Private*, 1999)，旨在"从一个女人的视点对男性身体进行个人/文化的探索"。[①] 苏珊·波尔多的主要学术关切包括当代哲学话语、唯物主义、女性主义、文化研究、后结构主义等维度。她受过大学哲学专业训练，称自己的学术范式属于文化研究组成部分的社会性别研究。

波尔多在"女性认识论"领域强调作为物质实体的身体，结合了立场理论与身体理论。人人的身体皆有不同，而社会性别则是区分身体的一个关键方式。精神分析女性主义关注家庭三角关系（母亲—父亲—女儿）；而波尔多认为身体是一种"文化文本"，因而关注各种社会力量对身体的塑形——随着时代与社会的变化，这些社会力量的格局也变动不居。她的《不可承受之重：女性主义、西方文化和身体》聚焦于三种疾病：歇斯底里、广场恐怖症（恐惧进入公共场合）和厌食症。波尔多力图展示这些"抵抗病理学"的文化内涵与特殊意义。女性把她们的身体置入这种"实践、机构和技术的网络"，身体既被这些网络造就又反抗它们。波尔多对厌食症的论析堪称精彩。她认为，青年女性受到悖谬的双重束缚。一是以厌食减肥，追求苗条之美。在以男性审美旨趣为标准的社会文化语境中，无数媒体形象使苗条骨感成为女性的理想目标。二是她们同时被要求把握自己的生活，成为女强人、女超人。厌食症使人身体单薄，娇弱无力（Powerless），但是在策略上却保证了她还有一丁点力量，尚能控制胃口，抵制家人、朋友、治疗师催促她吃东西。厌食症实际上是自毁行为，无助于改变文化秩序。波尔多认为，女性气质（Femininity）是意识形态铭刻在身体上的印记，铸造了关于女性的主流文化观念。她像福柯一样，关注这些话语的社会生产、文化编码，分析它们所导致的对女性身体

[①] https://en.wikipedia.org/wiki/Susan_Bordo，2016年11月29日查阅。

的界说、理解和解释。《不可承受之重》的第五章标题为"身体与女性气质再生产",倡导重构女性主义关于身体的话语。她引证人类学家玛丽·道格拉斯、哲学家布尔迪厄和福柯的观点,认为身体是文化的媒介,充当文化隐喻;身体是女性的文本,是一种社会控制的实践,文化造就了身体。福柯的"系谱学"著作《规训与惩罚》《性史》出色地描绘了"驯服身体"的题旨。身体的形塑主要不是通过意识形态,而是通过我们日常生活中时空与运动的组织调节而实现的——我们的身体被规训、塑形,打上文化烙印。文化渗透了女性的饮食、化妆、服饰,青年杂志流行的主题是女性小鸟依人式地躲藏在男人的影子里,在他们的臂弯里寻求安慰。女性的身体实践渲染性感,凸显视觉,包含了媒介形象、华美盛装、高跟鞋、假装高潮,等等。女性要花更多的时间与精力来打理和"改善"她们的身体,使之"标准化"。鉴于此,波尔多声称:"在这样的一个时代,我们迫切地需要关于女性身体的一种有效的政治话语,这种话语适宜分析现代社会控制那种阴险的、常常是悖谬的途径。"[1] 波尔多主张重构20世纪中后期的女性主义和文化研究范式,褒扬"女性实践"和女性自我统一性。法国女性主义则认为,所谓的自我统一欲望本身就是压迫性的父权制理想的文化征候。由此生发的苏珊·波尔多与裘迪斯·巴特勒之争,折射了英美女性主义与法国女性主义的理论范式差异。

二 迪克·赫伯迪格的青年亚文化研究

学术领域地位:当代英国著名文化批评家、媒体理论家和社会学家

主要代表著作:《亚文化:风格的意义》(1979)

重要理论话语:青年亚文化

Dick Hebdige

迪克·赫伯迪格(Dick Hebdige, 1951—),生于伦敦工人阶级家庭。

---

[1] V. B. Leitch ed., *The Norton Anthology of Theory and Criticism*, New York: Norton & Company, Inc. 2010, p. 2241.

20世纪70年代伯明翰大学的当代文化研究中心（CCCS）如日中天之时，赫伯迪格在这个文化研究的发源地获得硕士学位，师从伯明翰学派的灵魂人物斯图亚特·霍尔。他曾经任教于伦敦大学哥尔斯密学院（1984—1992）；之后移居美国加州，任加州艺术学院批判研究中心主任。目前，赫伯迪格担任加州大学圣巴巴拉分校电影、媒介与艺术研究的教授。

赫伯迪格关注青年亚文化、当代音乐、艺术设计、消费社会和数字媒介文化，出版《亚文化：风格的意义》（Subculture: The Meaning of Style, 1979）、《切割与混合：文化、认同和加勒比海音乐》（Cut'n I Mix: Culture, Identity and Caribbean Music, 1987）、《躲在亮处：论形象与物品》（Hiding in the Light: On Images and Things, 1988）等。2008年他曾参编《释放的声音：采样数字音乐和文化》（Sound Unbound: Sampling Digital Music and Culture）。《亚文化：风格的意义》中译本"内容简介"称：亚文化，特别是青少年亚文化，日益引起社会关注并且成为文化热点。"第二次世界大战至今，从欧美的无赖青年、光头仔、摩登派、朋克、嬉皮士、雅皮士、摇滚的一代、迷惘的一代、垮掉的一代、烂掉的一代到国内的知青亚文化、流行歌曲、摇滚乐、美女写作、棉棉等另类作家、春树等'80'写作、戏仿经典、小资、漫画迷、网络文化（木子美现象、芙蓉姐姐）、超女追星族（玉米、凉粉、笔迷等）、恶搞文化、山寨文化，一代代青年亚文化让人眼花缭乱。《亚文化：风格的意义》是亚文化研究的经典著作，文笔优美，雅俗共赏。……是文化研究著作中接受最广泛的作品和影响最大的作品。仅英文版就重印近30次；截至2005年，该书被翻译为9种文字出版发行。"[①] 赫伯迪格《亚文化：风格的意义》从政治上对大众文化进行剖析，敏锐而富于同情心地考察亚文化，从而建立了他作为伯明翰青年亚文化研究领军人物的声誉。

亚文化往往借助另类"风格"和"仪式""抵抗""收编"，包括主流文化、权力、意识形态和商品化的"收编"。它具有暧昧复杂、半推半就的抵抗特点，以及抗拒、妥协和转化的动态空间。根据维基百科，赫伯迪格是一位

---

① http://item.jd.com/10077615.html，2016年11月28日查阅。

移居国外的英国媒体理论家和社会学家,人们通常把他与亚文化研究,以及亚文化面对主流社会的"收编"与抵抗联系起来。这些研究大多是关心战后英国的亚文化和社会阶层之间的关系。赫伯迪格从黑人和白人青年之间的对话看待青年文化,他认为,朋克是以白人为主的风格,而黑人青年面对20世纪70年代英国社会的歧视更多地变成了分离主义者。先前的研究描述了亚文化风格(服装、发型、音乐、毒品)的不同方面之间的同源性,而赫伯迪格认为,1976—1977年朋克在伦敦借鉴了之前所有的亚文化,它唯一的同源性就是混乱。克里斯蒂娃也曾在法国诗人如马拉美和洛特雷阿蒙那里发现了这种颠覆意义。[1]"二战"后,英国青年亚文化蓄意倡导类似达达主义的"噪音",远避意义,甚至要消灭意义。赫伯迪格的亚文化研究,迥异于纸上谈兵、书斋论道的主流文学批评。在他看来,"应该把朋克和其他青年亚文化——通过音乐、舞蹈、服饰、俚语表现出来的——反叛态度作为他们自己的权利严肃地看待,而不应视为隐喻或替代阶级斗争的征候。……除了触发朋克与历史上的先锋派达达主义、超现实主义之间的联系外,赫伯迪格还借用了社会学家斯坦·科恩的'道德恐慌'的概念,以解释针对激进地撕裂正常意义的焦虑和歇斯底里的社会反应"。[2]道德恐慌的动力学总是伴随着企图驯服反常的"另类"的努力。

赫伯迪格的主要学术范式之一是综合符号学分析与政治反抗以讨论鲜活的青年亚文化现象。他否弃了马修·阿诺德的文化精英观,赓续了威廉斯"文化是平凡的"观念。由此理解文化符号:女人拥有金发碧眼是事实,但是"金发碧眼"的意义却是文化的产物,在不同的文化和不同的亚文化中是变异的。金发碧眼在好莱坞可能是优势,而在耶鲁大学则可能是劣势。"受符号学的影响,文化研究既关注特定社会中附着于形形色色的对象与行为的意义,也关注产生意蕴的语言学和象征的过程。……符号学转向把文化研究与结构

---

[1] https://en.wikipedia.org/wiki/Dick_Hebdige,2016年11月28日查阅。

[2] V. B. Leitch ed., *The Norton Anthology of Theory and Criticism*, New York:Norton & Company, Inc. 2010, pp. 2477–2478.

主义、后结构主义联系起来","意义的生产不单是主观的或个体的过程；它还属于共同体。意义在语言内部设定，不是靠自身，而是取决于系统内部，事物来到我们身边，已经负载了意义。"[①] 赫伯迪格把朋克解读为一种社会征候，认为文化研究的符号学方法会导致两种结果。一是文学文本并不比其他文化实践与人工制品更重要。因而要强调文化意义的生产、循环和消费。二是文化包罗万象，忽视文学内在旨趣和美学价值，造成了广泛接受的感知，导致文化研究对文学理论造成困扰和威胁。

赫伯迪格的青年亚文化研究范式具有可辨识的意识形态维度，且与马克思主义形成对话关系。他借鉴罗兰·巴尔特的意识形态"自然化"的话语，既认同法国后结构主义对正统马克思主义统治阶级论的意识形态观的批判，认为意识形态模糊了主流信仰、习惯、实践和社会结构的阶级取向，又用"自然化"的方法作了传统马克思主义的观察。他指出：主流意识形态通过媒介、正规的专家话语、政府官僚重写了朋克亚文化，从而模糊了其渊源。但是，赫伯迪格对意识形态观念的应用，也并非是简单地褒扬青年文化。朋克是当代青年亚文化的典型现象，以视觉风格为特征。影视、广告培育了受众的观感。清醒的青年只有在更宏阔的社会领域中理解自我、不被意识形态蛊惑，才能成为有效的政治代理人。美学风格的政治维度往往问题丛生。简单地赞成或贬斥亚文化皆非正途。

三 骆里山的亚裔美国文化研究

学术领域地位：当代著名华裔美国学者、亚裔美国研究的杰出人物

主要代表著作：《批评的地形：法国和英国东方主义》（1991）；《移民行为：论亚洲美国文化政治》（1996）

重要理论话语：文学与文化遇合；解身份

Lisa Lowe

[①] V. B. Leitch ed., *The Norton Anthology of Theory and Criticism*, New York: Norton & Company, Inc. 2010, p. 2478.

骆里山（Lisa Lowe，1955— ），社会理论家和历史学家骆明达之女，1977年获得斯坦福大学历史学学士、1986年获得加州大学圣克鲁斯分校文学博士学位。此后任教于加州大学圣地亚哥分校，从1998年到2001年任加州大学圣地亚哥分校文学系主任。骆里山以比较文学教授的身份加入该校种族研究系和批判性别研究项目。2011—2012年，她被聘担任加州大学研究员，是伦敦大学和多伦多大学的芒克全球事务学院的高级访问学者，现为美国塔夫茨大学英语和人文学科特聘教授，人文中心主任，种族、殖民主义和流散文学研究联合会成员。[①]骆里山在2016—2017年主持塔夫茨大学的梅隆·索耶研讨班（Mellon Sawyer Seminar）和"比较全球人文学科"（Comparative Global Humanities）项目。

骆里山的著述聚焦于不同文学和文化的遇合问题，涉及殖民主义、移民和全球化历史。尤以论述法国/英国殖民主义和后殖民文学、亚洲移民和美国研究、比较全球人文学科研究而著名。骆里山以从事比较文学研究为学术生涯开端，曾经分别在斯坦福大学研究欧洲思想史，在加州大学圣克鲁斯分校研究法国文学和批判理论，在那里她与詹姆斯·克利福德、海登·怀特、唐娜·哈拉维、詹姆斯共事。她曾经获得古根海姆、洛克菲勒、梅隆基金会、加州大学人文研究所和美国学术团体的多项荣誉和奖学金。骆里山的第一部著作《批评的地形：法国和英国东方主义》（*Critical Terrains：French and British Orientalisms*，1991），考察了法国文学和英美文学的文化、阶级和性研究的交集问题，以及从玛丽·沃尔特利·蒙塔古夫人和孟德斯鸠到克里斯蒂娃和罗兰·巴尔特的理论。她的第二部著作《移民行为：论亚洲美国文化政治》（*Immigrant Acts：On Asian American Cultural Politics*，1996）从理论维度探讨亚洲移民来到美国的矛盾，观察社会文化隔阂问题。虽然亚洲移民已经被美国的工作场所和市场所容纳，但是仍然远离这个国家的民族文化，并且被构造成永久移民或"内部的外国人"。亚裔美国人的身份处于不断嬗变的过程

[①] 参阅维基百科https：//en.wikipedia.org/wiki/Lisa_Lowe 和V. B. Leitch ed.，*The Norton Anthology of Theory and Criticism*，New York：Norton & Company, Inc. 2010，pp. 2516 – 2519。

中，具有多元、异质杂糅的属性。它获得 1997 年亚裔美国研究协会的文化研究图书奖、1997 年美国研究协会约翰·霍普·富兰克林荣誉提名奖。该书作为亚裔美国研究的核心文本，具有高引用率。此外，她还著有《四大洲的亲情》(The Intimacies of Four Continents, 2015)。

骆里山的主要学术范式是在全球化语境中将比较文化研究与后马克思主义、批判理论相结合。她关注亚洲移民作为非白人的种族化问题，分析美国社会、经济、政治环境中亚裔族群与资本主义、民族国家的利益关系。她以马克思主义的方式审视亚裔美国种族形成的系谱学，不仅联系美国社会的经济基础，而且还重视其从民族国家到多元民族国家资本主义社会的历史转型。作为美国经济调整的组成部分，从 1850 年到第二次世界大战期间亚裔美国移民的劳动遭到剥削，受到各种法律限制，包括被剥夺政治选举权。骆里山借助阿尔都塞的"意识形态国家机器"话语，采用了"法律国家机器"（the Legal State Apparatus）的概念。"二战"后，美国在 1965 年通过的"移民与国家法"，促使大规模的亚裔移民群体流入美国。这些新近种族化的群体戏剧性地循着阶级、族性和社会性别等脉络而分层，构成了高度差异的低收入的灵活的劳动力，迎合了后工业全球资本主义的需要（据美国 2000 年户口调查，已经有 1200 万亚裔美国人）。骆里山认为，他们从"异乡人"转为"公民"，为亚裔移民在自由的多元文化主义的政治领域提供了平等表达的神话。然而，这种官方的多元文化主义却是对种族文化进行了解政治化和解历史化。骆里山著述的一个重要因素就是她尖锐地批判美国多元文化主义，认为它把亚裔美国人的身份认同予以审美化和商品化，同时又忽视了其历史的、物质的状况。

骆里山的《工作、移民、性别：文化政治的新主体》一文被选入雷奇主编的《诺顿理论与批评选集》。该文原载骆里山与大卫·劳伊德合编的《资本阴影中的文化政治》(The Politics of Culture in the Shadow of Capital, 1997)，讨论美国服装工业中当代亚裔移民妇女"劳动的种族化、女性化"问题。她指出当代移民有助于调整国家经济，以适应近数十年来资本主义全球重组。在文化研究领域，她与葛兰西、斯图亚特·霍尔的文化研究一脉相承，强调反霸权的行动主义的可能性，视亚裔美国文化生产为培育意识形态批评和政治干预的场域。为了抵抗文化偏执与种族歧视、社会性别欺凌和经济剥削，新殖民化的亚裔移民妇女必须团结起来，但是又必须采用不同于昔日男工的抵抗方式。这种新抵抗的形式不再是传统上孤立地以单轴（种族或性别）抗衡宰制，而是在策略上以"差异与解身份的辩证法"跨越种族与族群边界的联盟。在晚期资本主义时代，民族统一的基础已经被侵蚀，迫使一种联盟的微观政治学成为必需。

耐人寻味的是，骆里山的文化研究范式借鉴了后现代、后结构主义和后马克思主义的思想话语。她认为有效的当代有机抵抗必须在微观政治学层面演示，应该保持德勒兹差异哲学的"块茎"形态而不是"簇根"或"树状"模式（是解中心化的而不是组织化的），以避免传统现代革命的等级制结构特征。在她提到的十多个行动组织中，"亚洲移民妇女倡导者"（Asia Immigrant Women Advocate，AIWA）就是这种例证。它跨越民族边界，在各种民族与族群之间建立起联盟。在女性主义理论与文化研究关联域，骆里山像其他后现代思想家一样，警告要提防女性身份的普世性观念，认为在美国国内外的女性之间存在着许多差异，尤其是在性别与种族、阶级相关联的情况下。她以亚裔美国移民妇女为例，论证主体性是多面叠合的，因此倡导实用论政治学，建立不分内外、跨越民族边界的联盟。像第三世界女人一样，美国有色妇女经历了不同于官方承诺的民主权利和平等待遇。尤其是20世纪80年代以来，全球化带来了巨大的变化，在家庭、工作场所、学校、共同体、政治、媒介和法律引发了很多问题。骆里山批判性地探讨这些转变，设置全球化语境中比较文化的项目，成为当代文化研究的代表人物之一。她倡导的反霸权文化生产包括个人叙事、口述历史、家庭史、电影、视觉艺术等亚裔美国文艺作品和美学著作。虽然骆里山冒险把"解身份"（Disidentification）观念带到亚裔美国研究的美学领域遭到批评，但是，她把文化领域作为批判意识形态和政治行动主义的重要力量场域，揭示了亚裔美国文化的多样性，以及贯通着种族、阶级、性别互相作用的横截线，从而拓展了文化研究领域。

四 保罗·吉尔罗伊的"黑色大西洋"文化研究

学术领域地位：英国文学批评理论家
主要代表著作：《黑色大西洋：现代性与双重意识》（1993）；《帝国之后》（2004）
重要理论话语：黑色大西洋；阈境空间

Paul Gilroy

保罗·吉尔罗伊（Paul Gilroy, 1956— ）[①] 出生于英国伦敦东区，父母分别是英国人和圭亚那人（母亲是圭亚那小说家贝丽尔·吉尔罗伊）。他受过社会学训练，于1978年获得苏塞克斯大学的学士学位；1986年获得伯明翰大学当代文化研究中心博士学位，曾作为博士生与牙买加裔知识分子斯图亚特·霍尔共事。吉尔罗伊曾经任教于英国南岸大学、埃塞克斯大学等，1991年进入伦敦大学金史密斯学院，1995年成为社会学与文化研究教授，后赴美国耶鲁大学任非裔美国人研究系主任，系社会学和非裔美国人研究的杰出教授（Charlotte Marian Saden Professor），获得耶鲁大学终身职位。2005年以后，他进入伦敦经济学院，是社会理论领域首位安东尼·吉登斯教授。2005年吉尔罗伊被授予伦敦大学荣誉博士学位，2009年秋任荷兰乌特勒支大学人文中心客座教授，2012年9月加盟伦敦国王学院，2014年当选为英国研究院研究员，2016年获得比利时列日大学荣誉博士学位，现为伦敦国王学院英美文学教授。吉尔罗伊的人生多姿多彩，曾为大伦敦议会工作，做过画廊和柏林世界文化院客座馆长，是受欢迎的演说家，曾在大西洋两岸多次演讲，还是音乐"唱片骑士"（DJ）。

吉尔罗伊关于种族、跨国论和文化的著作强烈地影响了当代文化研究和后殖民理论。"黑色大西洋"（the Black Atlantic）的术语原为研究非洲大西洋艺术与音乐的美国历史学家R. F. 汤普森所创造。雷奇主编的《诺顿理论与批

[①] 参阅维基百科 https://en.wikipedia.org/wiki/Paul_Gilroy 和 V. B. Leitch ed., *The Norton Anthology of Theory and Criticism*, New York: Norton & Company, Inc. 2010, pp. 2553–2555。

评选集》称他为"文化研究的一流学者,其跨学科的理论方法融合了历史主义、马克思主义和批判性种族研究;他把文学、艺术、音乐用作透镜,考察西半球的黑人大西洋流散文化。尽管他不是'黑色大西洋'术语的发明者,但正是他把它变成了通用概念"。吉尔罗伊是伯明翰大学当代文化研究中心出版物《帝国反击战:20世纪70年代英国的种族和种族主义》(The Empire Strikes Back: Race and Racism in 1970s Britain, 1982)的作者之一,重要著作包括《英国种族问题:不能没有黑人》(There Ain't no Black in the Union Jack, 1987)、《小作为》(Small Acts, 1993)、《黑色大西洋:现代性与双重意识》(The Black Atlantic: Modernity and Double Consciousness, 1993)、《营地之间》(Between Camps, 2000;美国版为《反种族》Against Race),以及《帝国之后》(After Empire, 2004;美国版为《后殖民忧郁症》Postcolonial Melancholia)。在20世纪90年代,其种族、种族主义和文化的理论影响颇大,造就了黑色英国人的文化和政治运动。根据美国《黑人高等教育杂志》,吉尔罗伊在人文和社会科学领域方面的学者中一直是被人们最频繁引用的黑人学者,2002、2004、2006、2007、2008年在人文学科排名榜首。

作为文化研究学者,吉尔罗伊以"黑色大西洋"的流散文化研究而著名。第二次世界大战后,一波一波的有色人种从非洲、亚洲、加勒比地区等英国殖民地涌入英国。他们通常被称为"黑色的不列颠人"(Black Britons)。他们既是英国人又是局外人,创造了自己的融合文化并且影响主流文化。他们丰富的黑色历史和流散文化仍然有待于书写。在英国文化研究领域,牙买加出生的斯图亚特·霍尔是第一代的典型,吉尔罗伊则是第二代的代表人物。吉尔罗伊关注"黑色的英国文化的不胜枚举的表现",认为:有一种文化并非特定是非洲、美洲、欧洲、加勒比或英国文化,而是同时包含着这些文化。黑色大西洋文化的主题和技巧跨越了种族和国家属性,生成了某种新的、至今尚未命名的文化。在他看来,民族主义和种族中心论在学界和大众文化领域是危险的构造,而黑色大西洋可以矫正其弊。吉尔罗伊与杜波依斯、斯图亚特·霍尔、C.L.R.詹姆斯、小盖茨等人一道,把理论关注转向了现代黑人文化的跨国特征。此外，吉尔罗伊还在流散研究领域对黑色大西洋的音乐史做了开创性的工作。他是英国政治评论家，也是西半球黑人文学和文化生活的考古学家。

吉尔罗伊的《黑色大西洋：现代性与双重意识》是他最负盛名的著作，它标志着流散研究的一个转折点。"黑色大西洋"超越了种族和民族遗产，深刻地体现了黑格尔所描述的主奴辩证法。因此，他质疑传统历史分期与种族纯洁性的合法性。他借用杜波依斯《黑人的灵魂》(*The Souls of Black Folks*, 1903)的"双重意识"一词，强调文化的"混杂身份"：同时作为欧洲人和黑人，两者既互相排斥，又彼此混杂。因此他批判英国文化研究、美国黑人文化研究、左翼政治及其启蒙遗产，因为它们强调民族主义和民族国家的纯洁性。他运用文化研究的方法探讨非洲思想史及其文化建构。迥异于惯常的民族专制主义文化批评，吉尔罗伊把"黑色大西洋"的概念作为跨国文化建设的空间，把遭受了大西洋奴隶贸易的人民作为他关于流散人民新概念的象征。这个新概念打破了传统基于流散者是被与一个共同来源相分离的流散模式，提供了赋予混杂性以特权的第二种模式。他的双重意识的主题意味着：大西洋黑人通过他们与出生地及民族政治选区的关系，既努力成为欧洲人，又努力成为黑人。他认为，非裔美国人的传统并非被国界内所闭锁，许多非裔美国作家的欧洲和非洲旅行都具有实际意义。为了证明他的观点，吉尔罗伊重读了众多非裔美国作家以跨大西洋语境为背景的作品。吉尔罗伊的黑色大西洋的范式，从根本上破除了当代文化民族主义的形式，拓展了非裔美国人的研究领域，丰富了文化解释的问题框架。

吉尔罗伊更为宏阔的理论视野是把黑色大西洋研究与现代性/后现代性反思结合起来，认为现代性/后现代性是缠绕难分的。原先人们不承认奴役与流散是现代性的基石，现在可以清楚地看到，现代性与非人性、暴力是捆绑在一起的，现代自由与理性的概念悖谬地且不可避免地与残暴、恐怖并置。20世纪法西斯主义是重要的标志性事件，而现在法西斯主义仍然活着，并且体现在我们的文化体验中：当文化群体与个体把他者（包括种族和民族的他者）

变成"景观"时，它就浮现出来了。无论好坏，现代性的遗产仍然活在我们的后现代世界。耐人寻味的是，吉尔罗伊在《黑色大西洋》第一章"黑色大西洋作为一种现代性的反主流文化"中，用跨大西洋奴隶贸易来强调"路线"对黑人身份的影响，认为真正的黑人文化是由文化交流和商品交易所组成的。他的著名隐喻是以一艘航船的意象来表达流动开放的文化观念。航船跨越欧洲、美洲、非洲和加勒比地区，循环式地装载和传播思想观念和文艺作品，以这样的方式把这些区域联系起来，同时又打破了原来隔膜的种族、国家等或隐或现对立的范畴或分野。

吉尔罗伊和他的黑色大西洋概念直接影响了非裔美国研究的特定领域。面对传统民族国家的权威研究，他把海洋作为可选择的"阈境空间"（Liminal Space），从而在理论上为流散研究提供了一种富于增殖性的场域。他对水和迁移的意象的应用，也启迪了后来一批研究黑人流散问题的学者。他们通过酷儿批评、跨民族性和"中央航道"研究，拓展了吉尔罗伊的理论。吉尔罗伊的思想与著述引发了广泛的评论，也招致了批评。一些论者指责他只关注现代，忽视了环大西洋和全球范围的混杂黑人身份与文化的复杂性，未能考量黑人、穆斯林、印第安人或土著社会的交互作用。吉尔罗伊强调跨越性导致他忽视了本土问题。他关于美国黑人文化研究的民族主义、种族中心论和霸权论的批判，更是引起争议，因为他忽略了混杂身份的其他关键特征，尤其是社会性别与性取向特征。尽管如此，吉尔罗伊的黑色大西洋研究贡献非凡，成功地把新兴的跨大西洋黑色文化研究推向了交叠性模态和全球化语境。

五　安德鲁·罗斯的文化研究

学术领域地位：美国著名文化分析家、社会活动家

主要代表著作：《无尊重：知识分子和流行文化》（1989）；《无领：人性的工作场所和隐性成本》（2003）；《世界不平坦：来自上海的教训》（2006）

重要理论话语：文化折扣；成本疾病；无领

Andrew Ross

安德鲁·罗斯（Andrew Ross，1956— ），生于苏格兰，1978年毕业于阿伯丁大学（获硕士学位）后曾经在油田工作，1980年首次到美国，任教于伊利诺伊州立大学等，1984年以"论美国现代诗歌"的学术论文获得肯特郡大学博士学位，两年后冠以《现代主义的失败：美国诗歌的征候》(The Failure of Modernism: Symptoms of American Poetry，1986) 书名出版。罗斯1985年成为普林斯顿大学的教师，1993年成为纽约大学教授，任美国研究的项目主任，帮助筹建社会与文化分析系，兼系主任。2001—2002年获得古根海姆奖学金，分别在康奈尔大学和上海大学获得研究职位。[1] 罗斯个性斐然，著述甚丰，经常为《纽约时报》《卫报》《新闻周刊》和半岛电视台撰稿。他后续的数部早期著作，包括《无尊重：知识分子和流行文化》(No Respect: Intellectuals and Popular Culture，1989)、《奇怪的天气：有限时代的文化、科学、技术》(Strange Weather: Culture, Science, and Technology in the Age of Limits，1991) 和《芝加哥黑帮生活理论：自然的社会债务》(The Chicago Gangster Theory of Life: Nature's Debt to Society，1994)，确立了他作为一位文化研究的主要实践者的声誉，特别是在流行文化、生态学和技术史领域。

安德鲁·罗斯是美国纽约大学社会和文化分析教授，社会活动家。他采用社会理论和民族志的方法，质疑经济增长带来的人类和环境的成本。研究领域侧重于全球资本主义条件下劳动、城市环境和组织工作，范围涉及从西方世界的商业和高科技到南方海外劳动力的状况。在学术圈外，罗斯因参与索卡尔恶作剧而获得1996年度"搞笑诺贝尔文学奖"，[2] 由此声名远播。罗斯

---

[1] 参阅维基百科 https://en.wikipedia.org/wiki/Andrew_Ross_(sociologist) 和 V. B. Leitch ed., The Norton Anthology of Theory and Criticism, New York: Norton & Company, Inc. 2010, pp. 2575–2579.

[2] 索卡尔恶作剧（the Sokal Hoax）：20世纪90年代中期，美国纽约大学量子物理学家索卡尔（Alan Sokal）故意炮制了一篇题为"超越界线：走向量子引力的超形式的解释学"文章，美国杜克大学的著名文化研究杂志《社会文本》(Social Text) 于1996年发表了该文，大众文化研究的重要人物罗斯是该刊的编辑之一。索卡尔随即向媒体宣布：这篇"诈文"是"一个物理学家的文化研究实验"，充满了故意安排的常识性科学错误。索卡尔借此嘲弄了充斥着各种"时髦的胡说"的所谓"后现代知识界"。此事轰动一时，并产生了深远影响。"搞笑诺贝尔文学奖"(Ignoble Prize for Literature) 蓄意戏仿诺贝尔奖，自1991年以来，每个秋季授予十个非同寻常的科研成果，旨在"奖励那些先让人开怀大笑，然后让人思考的成就"。该奖项可以隐含批评或讽刺，但可展示特殊意义，譬如，即使貌似荒诞无稽的研究途径也可能产生有用的知识。

作为一个与"反血汗工厂运动"（the Anti-Sweatshop Movement）相关的学者和活动家，后期著作主要包括《无血汗：时尚、自由贸易和服装工人的权利》（*No Sweat: Fashion, Free Trade, and the Rights of Garment Workers*, 1998）和《低工资，高姿态：全球推动公平劳动》（*Low Pay, High Profile: The Global Push for Fair Labor*, 2002）、《无领：人性的工作场所及其隐性成本》（*No-Collar: The Humane Workplace and Its Hidden Costs*, 2003），《世界不平坦：来自上海的教训》（*Fast Boat to China: Corporate Flight and the Consequences of Free Trade*, 2006）、《如果你能被录用，这会是份不错的工作：在不稳定时期的生活和劳动》（*Nice Work if You Can Get it: Life and Labor in Precarious Times*, 2009）、《火烤鸟：世界上最不可持续的城市的教训》（*Bird on Fire: Lessons from the World's Least Sustainable City*, 2011）、《驱魔人与机器》（*The Exorcist and the Machines*, 卡赛尔文献展, 2012）和《信用政体：债务否决的案例》（*Creditocracy and the Case for Debt Refusal*, 2014）。

安德鲁·罗斯的学术研究范式具有跨界特征，跨越高雅文化与大众文化的樊篱，广涉形形色色的论旨：从美国现代派诗歌到麦当娜，从纽约思想界到迪士尼主题公园，从大学反思到天气频道。他既写商业贸易书籍，也写学术专著。他是大媒体的宠儿，尤其是《纽约时代杂志》，曝光率颇高。但是其著述并非是简单地迎合大众文化，而是深入探讨内在于科技、劳动中的文化政治。罗斯受过文学专业训练，美国二十世纪七八十年代"理论"之争，影响他成为具有理论取向的批评家，把精神分析理论用于现代诗歌。他择机把自己从文学教学中解放出来，自学社会文化分析理论方法，没有走上保罗·德曼的解构论道路，而是熟悉了有影响的英国文化研究人物如斯图亚特·霍尔。80年代晚期，罗斯转向对技术、生态学、大众文化和思想史的考察，终成正在崛起的年青一代批评家的定调者和引导者。

在理论方法上，罗斯不像德曼那样关注文学与哲学的文本阐释，而是采用了一种文化志的方法，他称之为"学术报告"（Scholarly Reporting）。他不少著作是面向非学术受众的，诸如在《无领：人性的工作场所及其隐性成本》

(2003)一书中,他报告了当代资本主义的工作状况,采用详细访谈和观察相结合的方法,且带有学术品味(如对劳动史的论述),问题探讨比通常的新闻报刊更为深入。罗斯突破文学阅读的惯例,有意弥补和训练自己的听力,努力从"扶椅理论家"(Armchair Theorist)蜕变为以经验为取向的观察者。罗斯别出心裁地把劳动分为三种类型:蓝领(体力劳动)、白领(脑力劳动)和无领(廉价劳动)。社会文化的发展致使许多工作消失,许多余留的工作成了"非技术"的低酬劳动,脑力劳动的白领承受的压力类同于蓝领,尤其是在学术界和创造性的工作领域,人们被鼓励把自己当成"订立契约者"(Contractors),短期雇用而获酬更少,境遇也比以前更差——"无领"(No-Collar)应运而生,他们更自由,也更不安定,超负荷工作的压力也更大。

罗斯采用了两个重要概念:"文化折扣"(the Cultural Discount)和"成本疾病"(the Cost Disease)。以波西米亚型艺术家的文化秉性为例,通常艺术家被设想为高雅无羁的群体,他们是因为喜欢自己的工作才搞艺术,而不是为了报酬,铜臭声名狼藉。目前许多工作,尤其是高科技领域,都渗透了这种秉性,但实际上,这种"自由无羁"是居心叵测地为了鼓励工作者多干活少拿报酬。很多大学生都遭受了罗斯所命名的"文化折扣"这种工作无报酬或仅获最少的实习生报酬的境遇。罗斯关注经济学家所谓的"成本疾病"。为了增加利润,商家期望不断地提高产量、减少成本,因而有赖于先进水平,不断改善生产线技术。但脑力劳动对此却似乎是免疫的,更高级的电脑未必能够转化成更快、更好或更赚钱的途径。因此,对经商者来说,需要采用"文化折扣"的策略:给自由脑力劳动者文化折扣并且鼓励他们。

罗斯的核心论旨是:为公平而恰当的工作条件辩护。他走出象牙塔,研究血汗工厂实践,溯源中世纪僧侣、罗曼司艺术家的"文化折扣"。罗斯努力阐明后工业经济的那些常令人困惑的问题。罗斯在一次访谈中承认马克思主义理论是他文化研究的主要影响源之一,其分析微妙地展示了当代新自由资本主义如何更多地榨取工人的时间。他尖锐有力地斥责说,当今很多工作都回到了血汗工厂的状况,雇主推行享受工作的文化观念,以榨取更长的工作时间，付更少的报酬。罗斯是话题人物，文风气势磅礴，常以新视野观察与分析日常实践。时尚杂志 GQ 抨击他属于"黑客学界"（Hackademia）。罗斯认为美国研究型大学并非"飞地"，因为它们在"二战"后获取了大量研究基金用于军事目的，讥讽国防部是"洗钱妇"（a Money‐Launderer）。[①] 罗斯对自然科学的侵掠也备受争议，被指责为后现代相对主义者，居然否定基本科学原则（如重力）。罗斯则不辩驳科学知识问题，而只争辩关于科学的文化立场和社会应用，认为科学的奠定与发展有赖于社会机构、公共政策和政治决定。他撰写《文化研究与科学挑战》（1996）一文予以反驳，提出科学意义上的核裂变和社会文化意义上的核武器之间关系的例子。他的基本观点是：在民主社会中值得公众讨论的，不是科学知识的方法，而是科学的目的与应用。罗斯的学术方法赓续了葛兰西、威廉斯一脉的思想特点，他促使人们关注晚期资本主义"文化折扣""成本疾病""无领"等问题，寻求以行动保证更人性化、更平等的工作条件。

罗斯的文化研究，被誉为当代批评理论家最强劲的声音之一。

第三节　文学理论与批评实践举隅

著名导演张艺谋及其团队策划的"印象系列"大型山水实景演出的开山之作《印象·刘三姐》是国家级"国家旅游胜地"桂林市"锦绣漓江—刘三姐歌圩景区"的核心工程，是当代中国少数民族地区的文化产业品牌和重大审美文化现象。原来属于地方性知识的"刘三姐"传说，经历草根阶段、红色美学阶段到当代全球化和消费社会的旅游文化阶段的嬗变之后，以《印象·刘三姐》的面貌呈现，其中有一系列问题亟待深入研究和理论阐释。[②] 在解

[①]　"黑客学界"（Hackademia）术语疑为仿"学术界"（Academia）构词。在此存疑。
[②]　麦永雄：《厚描与生成：〈印象·刘三姐〉的审美文化分析》，《大学生 GE 阅读》（第6辑），中国传媒大学出版社2011年版。

释人类学层面,"刘三姐"呈现出"厚描"的多重结构与意义;在历史生成层面,"刘三姐"阶段性的嬗变,折射出中国民间文学在不同时代的发展轨迹和社会文化特质。《印象·刘三姐》并置于交叠了民俗仪式、红色美学、先锋艺术和消费主义的多元辐辏的空间,具有丰富的审美文化蕴含。

一 人类学的文化阐释:《印象·刘三姐》的"薄描"与"厚描"

在当代文艺理论中,新历史主义和文化人类学都重视"薄描"(Thin Description)与"厚描"(Thick Description)的理论概念。美国学者吉尔兹在其《文化的解释》(*The Interpretation of Culture*,1973)第一章"厚描:迈向文化解释的理论"中引证了赖尔关于两位男孩眨眼行为的比较描述,强调了"厚描"概念:第一个男孩只是一种不由自主地眼皮跳;而另一个男孩则是有预谋地向某个同伙眨眼睛。前者属于"薄描",只提示生理层面的单一事实,而后者属于"厚描",具有多重蕴含。而"按照赖尔的观点,薄描会把这些眨眼视为同一性,厚描则会辨识它们的多样性"。至少有三种不同的"眨眼":生理性眨眼、社会文化约定的眨眼和后现代"戏仿"眨眼。吉尔兹认为:"民族志就是厚描。"[①]解释人类学意义上的眨眼具有层次分明的意义结构,它们通过眼皮跳、递眼色、伪装眨眼、戏仿、戏仿排练而生成,由此可以进行文化解释。"厚描"的概念渗入当代西方文论,成为一种特殊的理论阐释维度。露易丝·泰森《今日批判理论》探讨了"新历史主义与文化批评"对"厚描"概念的采借,她指出:厚描一词借用于人类学,它试图通过对某种特定的文化生产——诸如生育实践、礼仪、游戏、刑典、艺术品、版权法等等——加以细致的考察,以发现特定文化生产对于人们的意义(它发生于这些人所属的群体中),并揭示社会惯例、文化符码,以及审视世界的方式。"厚描并不寻求事实,而是追寻意义……"吉尔兹所举的眨眼例子具有多重结构与意义,"阐明了新历史主义的观念,即历史事关解释,而非限于事实,而这种解释总

---

① J. Hawthorn, *A Concise Glossary of Contemporary Literary Theory*, London: Arnold, 1998, pp. 246 – 247. 民族志(Ethnographies)原义为对某地方或某族群的社会文化的全面描述。

是发生于社会惯例的框架内"。① 总括而言，薄描注重单纯的事实或事象，而厚描旨在寻求文化阐释的多层次的差异及其意义。

作为文化事象，《印象·刘三姐》在"薄描"的层面主要是陈述事实，推介旅游项目，而更重要的问题是探询它作为人工艺术品的"厚描"审美文化的丰富意义。若从吉尔兹和赖尔"厚描"的理论视野审视《印象·刘三姐》，则可以看到——它是借用地方性知识（源远流长的刘三姐传说及嬗变）建构出来的国际旅游文化艺术品，背后以广西本土的历史与文化为支柱，但不再是传统少数民族地区原生态的自娱自乐的歌圩形态，而是渗透了当代商业社会消费主义的"新"民俗仪式和文化艺术产品，蕴含着多层结构：（1）策划者具有主观"预谋"意图，它是有意为之的文化创意产品；（2）目标受众或消费主体是国际旅游文化名城桂林的海内外游客，因此，迎合广西境外旅游休闲消费者的一过性欲望是其主要审美取向；（3）主要表演者是当地农民，乡土气息浓郁的本地演员与脍炙人口的广西山歌情调传达了"美在广西"的特定信息，已经成为塑造中国（广西桂林）的当代美好形象的顶级文化创意精品；（4）它采用的文化符码不仅是"可理解"的，而且大气磅礴、神奇美丽、余韵悠长——当然得益于得天独厚的桂林山水实景舞台、名导演的艺术筹划；（5）具有对审美主体的"召唤结构"与功能，实景演出作为一种生命充盈的艺术体，它在晴、烟、雨、雾、春、夏、秋、冬不同的自然实景氛围中向受众"频送秋波"，使得在场观摩《印象·刘三姐》的海内外受众，各个感受到一种心有灵犀的、共谋式"眨眼"的审美快感。

如果说，"薄描"囿于"生硬的事实"和"自我封闭的框架"的话，那么，"厚描"的精髓在于超脱这种境况，进行跨语境的解释，阐发审美人类学意义。厚描不仅要探讨《印象·刘三姐》本身的现实层面，而且还应该追溯其"前身"，穿越"层层叠叠的符码世界"进行跨时空漫游，② 探讨其阶段性

---

① Lois Tyson, *Critical Theory Today*, New York：Garland Publishing Inc., 1999, pp. 285–286.
② 此处的表述和观点部分借鉴了王铭铭《想象的异邦：社会与文化人类学散论》，上海人民出版社1998年版，第248—249页。

的历史嬗变及其意义。

二　历史生成：《印象·刘三姐》的"羊皮纸"

历史悠久、层积丰富的"刘三姐"既是一种"厚描"例证，也交叠着原生态—红色美学—全球化消费文化的多重踪迹。西方文化符号的"羊皮纸"可以视为厚描的一种隐喻，《印象·刘三姐》恰如这样的羊皮纸，在它的历史生成过程中被多次涂抹、刮削和重描，呈现出阶段性的社会文化轨迹。《印象·刘三姐》在历史与现实的流变交会中呈现出多层次蜕变与美学蕴含。从刘三姐传说故事、民间"刘三姐歌圩"、电影刘三姐到张艺谋的大型山水实景演出《印象·刘三姐》，它的嬗变主要经历了三个重要的历史阶段。

第一阶段是原生态的、草根的、歌圩的刘三姐（亦称刘三妹）的芜杂故事，对故事主角刘三姐可谓毁誉交织。刘禾教授在其《语际书写》中引证了丰富的资料：歌仙刘三姐的美丽传说在两粤民间少数民族口头传说中绵延千年，在广西尤甚。传说壮族本无歌，凡刘三姐所到之处，皆成山歌。这些口耳相传的少数民族故事与中国漫长的封建时代相伴而行，由文人记载下来，有几十种良莠不齐的传说与资料。明末清初诗人屈大均、清人王士禛（《粤风续九》）、张尔翮（《刘三妹歌仙传》）、闵叙（《刘三妹》），以及《贵县志》《宜山县志》《苍梧县志》《阳朔县志》等皆有记载，甚或有人将刘三姐与古希腊著名女诗人萨福相提并论，称之为中国的萨福。尽管如此，但也不乏丑化和贬斥刘三姐形象的民间传说：或敷衍其风骚浅薄的一面，"艳事说三姐、风流万代香"，或将其形容为不事劳动的女二流子和无聊女子，"唱歌得耍又得玩，唱歌坐得鲤鱼岩"，刘三姐好吃懒做，伶牙俐齿而又整天无事生非，却被贴上了"勤劳"的标签。[①]中国庙堂文学传统视民间文学为难登大雅之堂的东西，虽然有猎奇、尝鲜而于民间"采风"的传统，有时还能刷新文风，但民间文学边缘性的地位始终难以改变。因此，毫不奇怪，植根于民间文学土壤的刘三姐传说，在长期流传过程中呈现出丰富的歧义性与多义性。

[①] 参阅刘禾《一场难断的"山歌"案：民俗学与现代通俗文艺》，载《语际书写：现代思想史写作批判纲要》，生活·读书·新知三联书店1999年版，第135—187页。

第二阶段是在中国现当代红色美学氛围中走上现代舞台（歌舞剧、彩调剧、电影）的《刘三姐》。毛泽东《在延安文艺座谈会上的讲话》提出并强调文艺的"工农兵方向"，以往被视为"下里巴人"的民间文艺堂堂正正地登上了历史的舞台，在当时推动了"新秧歌"实践。1958年毛泽东指示"收集民歌"，掀起空前规模的"新民歌运动"，歌舞剧《刘三姐》也应运而生。1960年它四次被召进京，在中南海演出，成为"继《白毛女》之后，中国新歌剧发展史上的第二个里程碑"。[1]据彩调剧《刘三姐》编剧之一的郑天健的描述，《刘三姐》从草根传说到走上现代舞台，有一些重要的改编，包括对刘三姐的定位（她是劳动能手和劳动人民心目中的歌仙）；渲染阶级斗争（将莫老爷纳妾的"汉族风俗"与刘三姐对歌结亲的"壮家规矩"、少数民族女性反抗官家男性压迫的故事集中转化成劳动民众与地主秀才的阶级斗争）；改编亲哥哥刘二恨刘三姐惹是生非而将她杀害的故事（突出刘三姐与小牛的爱情）；柳州彩调剧刘三姐"跳崖成仙"的结尾方案改成玉林、南宁版本的"四处传歌"方案；等等。长春电影制片厂的电影《刘三姐》（1961）堪称红色美学典范。乔羽在剧本改编上将原歌舞剧中次要的刘三姐与小牛的浪漫爱情故事上升为主线（一见钟情—英雄救美—双双逃离—山盟海誓—结成佳侣），原剧中"我们壮家人……"之类的词语一律改成"我们唱歌人……"以消解"民族分野"而强调"阶级冲突"，艺术上由广西本土年轻演员黄婉秋（傅锦华配唱）主演，加入了原来没有的刘三姐被地主莫老爷绑架的情节，以"突出刘三姐不畏诱惑，品格高洁"，并且强化了"对歌"中对三个秀才"四体不勤五谷不分"的嘲讽，再加上著名作曲家雷振邦所改编的音乐，衬以美甲天下的桂林山水背景。这一切，使得电影《刘三姐》在政治上吻合红色美学，艺术上精彩动人，不仅在国内获得极大的成功，影响还波及东南亚一带。红色美学的《刘三姐》歌舞剧、电影的编创和改造，折射出复杂的意识形态和社会文化背景。一方面，民间文学从传统边缘走向现代中心，从幕后

---

[1] 参阅刘禾《一场难断的"山歌"案：民俗学与现代通俗文艺》，载《语际书写：现代思想史写作批判纲要》，生活・读书・新知三联书店1999年版，第164页。

堂堂正正地走向前台，体现出社会主义特定阶段的政治特点和审美意识形态旨趣。另一方面，红色美学话语，尤其是阶级斗争话语，不可避免地在《刘三姐》上留下了历史的印记。

第三阶段则是当代广西文化产业倾力打造的大型山水实景演出《印象·刘三姐》和国际旅游文化定位。在全球化语境和艺术品消费的如梦似幻的审美氛围中，它的文化内涵和构成要素呈现出前所未有的新质。

首先需要进行理论观照的是引发争议的刘三姐现代"裸舞"的噱头。它曾经以韶华女性裸体的展示配以音响与舞美，全面刺激受众的视觉、听觉和无意识欲望，引导走马观花的海内外游客的"新奇癖"（Neophilia）。显然，这种裸露女性胴体的审美展示既不属于中国文化传统，也不合于广西少数民族地区的本土文化习俗，而是一种全球化旅游文化推销策略与当代艺术商品消费策略的共谋。这种"印象"艺术，既折射出赛义德"东方主义"异邦情调的镜像意义，同时对国内受众来说，它多少令人联想到艺术表演市场化后一些低俗小剧团以女性"胴体裸露"招徕观众的噱头。尽管如此，当代文化艺术既需要充盈美感和诗意的梦幻漓江，又需要历史理性和人文关怀。作为国际旅游文化艺术，《印象·刘三姐》不同于贫困地区大造亭台楼馆、办公大楼的政府行为，它至少给当地村民带来了新型的就业机会，改变了他们的生活和审美方式，也增加了经济收入。从艺术上看，《印象·刘三姐》是成功的，它充分依托国际旅游文化名城桂林的"码头"和"人气"，利用甲天下的桂林山水的自然气候的丰富多彩的变化，以声、色、光、水、雾等媒介作为造型语言，创造出本雅明"光韵"美学意义上不可重复的神奇魅力，钟灵毓秀的阳朔广迎海内外宾客，超人气的人流保证了节目的受众率，值得注意的是外国游客在其中占据了较大的比例。《印象·刘三姐》是较为复杂的当代文化产业艺术品。

其次是需要关注它对中国传统文化元素浓墨重彩的演绎。《印象·刘三姐》请出具有世界影响的导演张艺谋主持策划，在这个日益追求休闲和"娱乐至上"的消费时代，名人效应就是成功的保证，更何况户口一直在广西电影制片厂的张艺谋一贯擅长营造气势磅礴、色彩鲜艳、光影对比强烈的艺术景观和具有震撼力的宏大场面。红色是中国喜乐与节庆仪式的主色。《印象·刘三姐》中的红色运用给人留下了深刻的印象。张艺谋对符号性的红色一直有偏爱，从《红高粱》红色高粱地里火红的野合，《菊豆》红色的大染房，《大红灯笼高高挂》乔家大院一个个火红的灯笼，《秋菊打官司》里一串串红色的辣椒，《印象·刘三姐》桂林山水实景演出光影交幻的红绸布，中国红犹如艺术之魂，引发民族悠久的红色记忆和观赏者繁复多姿的红色联想。

最后，在充满广西山歌韵味的舞美设计中凸显本土演员的生活情趣与优美祥和的田园风光。在喧嚣繁忙的当代城市生活中变得有些麻木的海内外受众，骤然在神秘的荒野夜景中观赏到仪式般的乡土之美的展示，在朦朦胧胧的光影烟霭中远观牧牛犁地，就近看到身着炫亮的少数民族服装、满脸真诚、话带土音的姑娘在你面前的表演，看到一队队粗犷的本地小伙子打着"××村"旗帜经过你的面前谢幕，就会沛然感受到一种澄怀静虑的审美体验和难得的精神洗礼。

"刘三姐"从民间草根传说走向现代文艺表演的前台，演绎成为当代大型实景演出艺术品牌《印象·刘三姐》，构成了颇为复杂的问题框架。它的每一个阶段或结构都凭依着某种标准"去芜存菁"，从而折射了特定的历史文化图景，凸显出不同的文化定位与审美选择。《印象·刘三姐》犹如多次刮除与重绘的羊皮纸，上面布满了历史与现当代纵横交错的纹路，构成厚描的褶子，一些显在的结构并未能够完全遮蔽其隐纹，历史的涂抹无法彻底覆盖其意义"异延"和矛盾的踪迹。

综上所述，只有把大型山水实景演出《印象·刘三姐》置入历史叙事的变迁和全球化语境中才能凸显出其丰富复杂的审美文化意义。《印象·刘三姐》作为多重空间交叠的异托邦，尽管异于日常生活，制造审美幻象，具有审美变形的特征，但也是一种充满审美意蕴的真实空间。广西是民间文化与文学的宝库，素有歌海之誉，是"天下民歌眷恋的地方"。《印象·刘三姐》正是一个多元沉积、不断发展嬗变、推陈出新的审美文化典范。在审美交流的维度，它已经成为一种文化媒介，在推进当今国际、国内旅游文化和本土演职人员转型就业方面取得了阶段性的社会效益和经济效益。而从文化批判与理论反思的角度而言，我们仍然需要在对《印象·刘三姐》这类当代文化艺术品牌的一片褒扬声中保持警惕：对原生态文化艺术的过度包装与修饰很可能导致伪民歌民俗的泛滥。

第四编 当代西方文论的中国化问题探索

当今全球化与文化电子传媒化催生的跨语境视野，有助于我们把握不同思想文化资源的文艺理论传统空前交叠互渗的形态，从而促进不同语境的文艺理论对话与中国文艺理论的创新。原为语言学范畴的"语境"（Context）概念，现已成为当代哲学人文社会科学领域的关键词，意指一种意义生成的场域，尤其是文学艺术的"文本"与哲学、美学、语言、社会、历史、文化、政治、心理学、伦理学、宗教学等领域交叠互渗的关联域，体现了当代学术思维的多元流变、开放互动的特征。本编采用这种理论视野，探讨当代西方文论中国化的一些重点问题。

在某种意义上，现当代西方文论已经渗透到东方文论（包括中国文艺理论）的肌理，一方面不断地激活不同语境的文艺思想观念交流，另一方面也产生了众多值得深入研讨的问题，但显然无法面面俱到地予以讨论。出于论述策略，我们从语境交叠的框架选择性地进行了三方面的工作。

1. 比较研究美国耶鲁解构学派的保罗·德曼、英国马克思主义美学家特里·伊格尔顿和中国著名学者童庆炳的审美意识形态问题。

2. 参照当代西方"东方研究"的若干理论图式，反思中国"东方学"建设问题。

3. 论析英美"理论与反理论"之争，为当前西方文论中国化的"强制阐释"热点问题的讨论提供参照系。

当代西方文论范式转向及其中国化研究的题旨，意味着一项浩大的学术工程。实际上文艺理论与文学批评形态极为丰富，其意蕴往往根据语境的不同而变化多端。

第十章　三重语境的交叠：审美意识形态论

无论西方还是中国，文学艺术与意识形态、美学与政治的关系研究都是一个重大问题，中外学者关于"审美意识形态"题旨的著述，构成了互相交叠的三重语境：美国耶鲁解构论语境（保罗·德曼）、英国马克思主义美学语境（特里·伊格尔顿）和中国辩证论语境（童庆炳）。我们旨在基于典型文本的细读与要旨归纳，通过语境交叠与逸出的图式，梳理与评述英美和中国审美意识形态论的基本形态、主要范式和理论启迪等问题，以期丰富、拓展和深化当代西方文论"意识形态"范式转向及其中国化的问题研究。

第一节　当代审美意识形态论的三种主要话语

在当代文艺理论领域，"审美意识形态"是一个意义重大的话语场。保罗·德曼《审美意识形态》（*Aesthetic Ideology*，1996）[①]和特里·伊格尔顿《美学意识形态》（*The Ideology of the Aesthetic*，1990）皆是类同题旨的专著，它们是西方审美意识形态范式中国化思考的主要参照系。中国学者童庆炳主编的《文艺理论教程》以"审美意识形态"为理论系统的核心，誉之为文艺

---

①　该书实为德曼晚年（1977—1983）的论文与演讲集，由美国明尼苏达大学出版社 1996 年出版。

美学的"第一原理"。这些同题旨的著述,代表着当代审美意识形态论的三种主要话语,构成了三重交叠的语境和本研究的核心对象。由此,我们需要梳理德曼与伊格尔顿关于"审美意识形态"著作的题旨及其与中国语境的关系。

1983年德曼因癌症辞世后,其在耶鲁工作时的同事、美国加州大学(厄湾)比较文学教授沃敏斯基(A. Warminski)收集德曼的文稿,编纂成《审美意识形态》一书。遗憾的是至今未见该书中译本,而伊格尔顿的《美学意识形态》中译本则由广西师范大学出版社于1997年出版(当时书名是《审美意识形态》),在2001年和2006年重印;后来主译者在访英期间经当面征求伊格尔顿本人的意见,确定将中译本改名为《美学意识形态》,2013年由中央编译出版社推出修订版。伊格尔顿大众立场的英国马克思主义美学旨趣与伯明翰文化研究渊源,使得他更容易获得中国学界的广泛接受。伊格尔顿《美学意识形态》进入汉语学术语境近20年,是中国学界高引用率的美学译著,且成为一些硕博论文的重要选题。笔者在精心通读德曼《审美意识形态》(2008)英文版和参与修订伊格尔顿的《美学意识形态》(2013年中文版)的基础上,尝试展开"审美意识形态论"跨语境研究的题旨。

一 保罗·德曼:美国解构论语境的《审美意识形态》要旨

(一)保罗·德曼文艺思想与学术路数略览

学术领域地位:当代美国文学理论家、耶鲁学派代表人物

主要代表著作:《盲视与洞见》(1971);《阅读的寓言》(1979);《审美意识形态》(1983)

重要理论话语:文学修辞;解构性阅读;审美意识形态

Paul de Man

20世纪中叶欧美文学理论经历了新批评高潮之后,美国学界20世纪60—80年代以耶鲁学派(Yale School)的崛起为标志,再次进入文学理论与批评的繁盛期。耶鲁学派是当时耶鲁大学著名的文学批评家群体,主要成员

第四编　当代西方文论的中国化问题探索　第十章　三重语境的交叠：审美意识形态论

为保罗·德曼、哈罗德·布鲁姆、雅克·德里达、杰弗里·哈特曼、希利斯·米勒、肖珊娜·费尔曼，以及德曼的学生巴巴拉·约翰逊。

保罗·德曼（Paul de Man，1919 – 1983），在比利时安特卫普出生和上学，父亲是医疗设备制造商。德曼于1937年入布鲁塞尔大学。大学期间，恰逢德军入侵比利时，实施军事统治（1940—1944）。1940年夏天，德曼曾经试图逃往西班牙，遭拒。1948年移居美国，从事出版与翻译工作，开始结识纽约知识界人士。翌年他进入教育界，幸遇哈佛大学比较文学教授哈里·列文，受邀参加列文家中的文学研讨班。1952年秋德曼正式参加哈佛大学比较文学学位项目，成为新批评家鲁本·布鲁尔的助教。德曼在哈佛大学任讲师期间，先后获得硕士（1958）和博士学位（1960），先后任教于康奈尔大学、苏黎世大学、约翰·霍普金斯大学，在《纽约评论》上发表了多篇精彩论文，论析欧洲重要作家荷尔德林、纪德、加缪、萨特、海德格尔，以及博尔赫斯，开始在学术界崭露头角。1966年德曼参加霍普金斯大学主办的结构主义研讨会，聆听德里达著名的会议论文《人文科学话语中的结构、符号与嬉戏》，两人很快变成了密友，从此开启了德曼的解构论转向。德曼采用解构论研究英国、德国和法国文学尤其是华兹华斯、济慈、布朗肖、普鲁斯特、卢梭、尼采、康德、黑格尔、本雅明、叶芝、荷尔德林、里尔克等作家。1970年进入耶鲁大学，1979年成为该校比较文学杰出教授（Sterling Professor）和比较文学系主任。德曼声誉日隆，却不幸于1983年死于癌症，享年64岁。他辞世不足四年，比利时研究者发现其战争期间的新闻写作中一篇文章有明目张胆的反犹言论，如声称若无犹太作家，欧洲文学也毫无贬损。还有一些文章则提示德曼与纳粹警察有串通合谋之嫌。这桩历史公案成为20世纪八九十年代学界争议的焦点。80年代后，尽管德曼的影响力因这桩历史公案和历史方法重新抬头而有所减退，但他仍是把欧陆理论，尤其是解构论，吸纳到北美学界的中枢人物。[①] 德曼的许多文学见解受益于德国哲学家，如康德、黑格尔和

[①] V. B. Leitch ed., *The Norton Anthology of Theory and Criticism*, New York: Norton & Company, Inc. 2010, pp. 1363 – 1364.

海德格尔，他也密切关注当代法国文学，批评和理论的发展。德曼的很多著作是论文集，或他辞世后才出版的。德曼的《抵制理论》一书实为他临终之际完成，论文与演讲集《审美意识形态》则由高校同事沃敏斯基编纂而成。

20世纪中叶欧美新批评时代之后，美国学界20世纪60—80年代以耶鲁学派的崛起为标志，再次进入文学理论与批评的繁盛形态。耶鲁学派深受欧洲哲学、语言学、精神分析，尤其是解构论的影响，重新激活了（他们的敌手则称之为毁坏了）美国文学批评理论。保罗·德曼博学多才，擅长于深入细致地解读文本，堪称"耶鲁学派最具影响力的文学理论家"，[1] 是这一代人的杰出代表。R. 雷德菲尔德《保罗·德曼的遗产》（Marc Redfield ed., *Legacies of Paul De Man*, 2007）指出：德曼是美国解构论领袖，堪称"卡里斯马式的人物"（a Charismatic Figure）。他辞世20余年后，其思想仍然在美国学术界和教育界活跃着，人们研究他伟大的阅读题旨、历史观、物质性和审美意识形态，以及作为教师的机构角色。[2] 德曼的文学理论和审美意识形态论是其重要的思想遗产。

德曼所处的主要学术语境是美国新批评与欧陆解构论的结合，他兼具两者之长。尽管新批评与解构论迥异其趣，但是在德曼的著述中仍然可以看出两者明显的连续性和变异性。德曼在哈佛大学期间谙熟新批评理论方法，秉承了其细读经典文本的特点，重视字里行间的寻微探幽，善于攫住微言大义，同时，他又深受欧洲哲学传统的陶冶，尤其是在布鲁塞尔时受到现象学的影响。法国解构论主将德里达曾经在耶鲁大学任教，保罗·德曼是其同事与朋友，他们之间有着重要的思想交会，促使德曼成为当时美国一流的解构论人物。[3] 德曼的解构论转向，导致他开始与新批评理论家分道扬镳，体现出一些新的思想取向与理论特征：否定新批评家所假设的确定性意义；强调寓意作

---

[1] V. B. Leitch ed., *The Norton Anthology of Theory and Criticism*, New York: Norton & Company, Inc. 2010, p. 1361.

[2] https://book.douban.com/subject/2474475/2016年8月9日查阅。

[3] V. B. Leitch, *Literary Criticism in the 21st Century Theory Renaissance*, London: Bloomsbury Publishing Plc. 2014, p. 97.

为文学首要的审美意识形态；不懈地探究阅读的理论基础，倡导以洞见克服盲视。德曼和耶鲁学派其他学者将欧陆前沿理论话语改造成当代美国文学理论与批评方法。

德曼的文学理论范式以杂糅美学与政治的"修辞学"为特色，其渊源可以追溯到柏拉图《高尔吉亚篇》。柏拉图描绘了高尔吉亚与苏格拉底关于"什么是修辞学"的讨论。苏格拉底的核心思想观念是：修辞学与政治技艺相似，不是一般的技艺，"凡是与灵魂相关的技艺我称之为政治的技艺"，"真正的政治技艺"关心的是心灵的"健康与强健"。[①] 美国耶鲁学派比较重视并且赓续了亚里士多德诗学传统，虽然扬弃了新批评理论方法，但是并未摒弃文学性的研究。希利斯·米勒论述希腊悲剧《俄狄浦斯王》和《德伯家的苔丝》等英国小说令人印象深刻；杰弗里·哈特曼文艺理论代表作《荒野中的批评》副标题是"关于当代文学研究"；而德曼则非常重视文学修辞学的理论研究，他以修辞意指形象语言与比喻，其著述中一脉相承的主线是致力于梳理修辞与意义之间的张力，寻求用语言学力量攫住文本理解的过程与契机。

保罗·德曼文艺思想的核心主题之一是对盲视与洞见的讨论。其早期论文集《盲视与洞见》（*Blindness and Insight: Essays in the Rhetoric of Contemporary Criticism*，1971）聚焦于"当代文学批评的修辞学"研究，也体现了他试图探寻新批评文本的悖反情境和超越形式主义的努力。该书分章讨论"文学批评与危机""美国新批评的形式与意图""卢卡奇的《小说理论》""文学史与现代性"等问题，论及布朗肖、德里达、乔治·普莱等人。德曼认为理解文学作品，要旨在于虚构而非事实的描述，符号与意义之间存在着裂隙。他在《回归语文学》一文中观察到英语系文学失位的现象，认为文学研究已经变成心理学、政治学、历史、语文学或其他学科的艺术。德曼倡导以批判性的阅读揭示盲视，激活评论者的思想，促成洞见。德曼削弱了新批评试图摆脱的"意图谬误"与"感受谬误"的诗学观念，认为诗歌的"有机"属性最

[①] 潘一禾：《与公职人员讨论正义和幸福——柏拉图〈高尔吉亚篇〉阐释》，《杭州师范大学学报》2014年第6期。

终是自我挫败的，诗歌内在的反讽与含混暗中破坏了词语的形象。

在德曼的文学批评理论中，"阅读寓言"是另一个标志性特征，颇具影响。欧洲中世纪美学"四义说"强调文学的"寓意""字面""哲理""秘奥"的关系。德曼以现代学术意识重新思考了"寓意"的地位和功用问题，认为一切文学文本都提供了语言与解释的叙事问题框架。在重要论文《时间修辞学》(Rhetoric of Temporality, 1969)和名著《阅读的寓言》(Allegories of Reading: Figural Language in Rousseau, Nietzsche, Rilke, and Proust, 1979)中，德曼以寓意阅读的方法进一步探讨尼采、卢梭、里尔克和普鲁斯特"形象语言"（Figural Language）的张力，集中分析具有元语言功能或元批判蕴含的关键段落，尤其是形象语言所依赖的那些居于西方话语中心的经典哲学对立项（必然与偶然、共时与历时、外观与现实）。"阅读的寓言"意味着细察文本并揭示其张力。德曼还擅长阅读英德（后）浪漫主义诗歌和哲学（浪漫主义修辞学），钟情于隽永的讽刺文章，由此声名鹊起。特别值得注意的是他对浪漫主义意识形态及其背后的语言假设的揭露与批判。德曼试图解构浪漫主义声称象征凌驾于寓言、隐喻凌驾于转喻的特权，分解浪漫派的隐喻概念所固有的自我同一性，从而克服主体与客体之间的二元论模式。

（二）保罗·德曼《审美意识形态》评述

保罗·德曼的《审美意识形态》原来的标题是《美学、修辞、意识形态》(Aesthetic, Rhetoric, Ideology)，原计划撰写的"误读"理论和"政治意识形态"论，未能完成而付之阙如。

《审美意识形态》英文版被收入美国明尼苏达大学出版社"理论与文学史丛书"（Theory and History of Literature）第65卷，封底的评介文字称，这卷令人期待已久的著作是由20世纪一位主要思想家所著，它或许是自20世纪六七十年代阿尔都塞那些论文发表以来对"意识形态"最具启迪性，最严肃且最重要的反思。《审美意识形态》为了解德曼关于哲学、政治和历史的思考提供了确切的思想之源。该书的核心是富于活力地探讨修辞学、认识论和美学之间的关系，体现了物质性的基本观念。德曼将哲学热情、阐释力量及其独特的幽默反讽融为一体,阅读康德和黑格尔,最终抵达了哲学美学的核心。

　　审美意识形态作为"批判语言学分析",是德曼《审美意识形态》的主旨。德曼以"修辞"为特征,提示我们如何阅读美学与意识形态"之间"的修辞。确切而言,所谓的意识形态是语言学与自然现实、指涉性与现象论的混合。"批判语言学分析"不仅解魅意识形态,而且还描述其必要性,亦即是说,描绘意识形态的生产与其历史、物质的生产条件。在德曼那里,"文学语言"主要意味着把索绪尔结构主义语言学用于文学文本,同时受到解构论影响的德曼又逸出了结构主义樊篱,认为审美占据了一种突出位置。德曼采用"偏常"(Aberrant)一词来描绘误解(理解)与意识形态操控。他认为:显而易见,文学能够受到意识形态的操控,但这并不足以证明这种扭曲是更大错误模式的一个特殊方面。任何文学研究迟早都必须面临其自身解释的真实价值的问题。文学语言学可能对意识形态偏常解魅,或许能够解释偏常,但它也能以自己的话语再生产这些偏常。"意识形态偏常"并非是来自于语言"外部"的某物,而是在很大程度上"内在于"语言。

　　在保罗·德曼看来,审视文学文本有两个视角或系统:语法系统与形象系统。两者呈现出微妙的关系。语法与指涉义的分离显露出"语言的形象维度"(the Figural Dimension of Language)。简言之,语言的形象维度就是修辞。德曼《抵制理论》(The Resistance to Theory,1986)探索文学理论的任务和哲学基础,关注西方学科体制的关系,涉及西方古典"三大学科"(Trivium):语言科学由语法、修辞和逻辑构成。而相关的"四大学科"(Quadrivium)则涵盖了数量(算数)、空间(几何)、运动(天文)和时间(音乐)之类的非语言科学(Nonverbal Science)。① 德曼入选《诺顿理论与批评选集》的论文《符号学与修辞》体现了其解构论的文学分析的基本路数。他通过对叶芝诗歌《在学童中间》(Among Schoolchildren)的分析,认为意义无法由语法决定,反而是语言的具象性更胜一筹。他列举了两种阅读方法:一是按照结构主义

---

① Paul de Man – Wikipedia, the free encyclopedia https://en.wikipedia.org/wiki/Paul_de_Man,2016年7月5日查阅。

惯例，强调语言修辞能够加强诗歌意象的统一性；二是解构论的旨趣，关注其戏剧化的非确定性而不是统一性。后者暗中破坏了前者的读法，因此，德曼的"语法的修辞化"（Rhetorization of Grammar）意指诗歌的修辞可以导致非确定性的解释。他还以普鲁斯特《追忆逝水年华》诠释"修辞的语法化"（Grammatization of Rhetoric），认为语言的形象性解构了我们假定意义的固定模式，形象构型所生成的非确定性适用于一切语言活动。从语法到语言，从语言到形象，从结构阅读到解构阅读，修辞意义的形象大于语言。或许德曼的观点有些契合于中国诗学关于言不尽意，立象以尽意的话语。

在写作构思上，德曼的《阅读的寓言》衍生于语言科学，而《美学、修辞、意识形态》（即《审美意识形态》）则衍生于非语言科学。实际上，德曼讨论问题是采用语言学与非言语领域交叉学科的糅合的方法。他所谓的"哲学美学"（Philosophical Aesthetics）实际上是企图证明语言科学历来确实不单纯是一种逻辑的尝试，因此文学理论会以非现象语言学对其加以质疑。而逻辑也十分重要，因为逻辑提供了"三大学科"与"四大学科"之间的"联系"。1982 年德曼举办"从康德到黑格尔的美学理论"研讨班，其课程宗旨是：我们关注作为哲学范畴的美学——在亚里士多德意义上的一个范畴；关注现存普遍哲学传统中美学与认识论问题的范畴关系……我们在此有着显性的哲学主题：美学之于认识论的范畴关系。隐性的问题则是美学之于语言理论的范畴关系。[①] 在此，"语言"意味着要考虑符号、象征、譬喻、修辞、语法等要素。

德曼《审美意识形态》第一章"隐喻认识论"以阐述英国哲学家约翰·洛克（1632—1704）相关思想为核心，关注语言形象的力量。贺拉斯《诗艺》倡导"寓教于乐"，形成传统。德曼借助洛克思想对此定式进行了解构、反思和扬弃，丰富了西方修辞学文艺思想。洛克观察到，人们很少关注、保护和完善真理与真知，反而是谬误的艺术更能获得支持与喜爱。事实证明，人们大多喜欢施骗与被骗，因为作为错谬与施骗的有力工具，修辞学拥有公认的

---

① Paul de Man, *Aesthetic Ideology*, Minneapolis: University of Minnesota Press, 2008, p. 21.

教授，教育公开，而且历来名声不错。修辞如淑女，宜出现在适合的位置，错位则乱，犹如谣诼。若在钟爱裸女（如同真理的形象）的地方以淑女的盛装出现，显然不合时宜。由此，德曼不仅提出应该修辞适当的合度说，而且还针对洛克关于"运动"的譬喻理论进行重释，认为譬喻（Tropes）不只是旅行者，它们更像是走私犯，而且可能是作案后的走私犯。语言形象性的取向难以驾驭，语言的运用与滥用是密不可分的，甚至语言"滥用"本身就是一种譬喻的名称：词语误用（Catachresis）。德曼评述了洛克关于语言的运用与滥用的混杂模式，认为洛克的著述包括了屠杀、乱伦、弑父、通奸，以及运动、光照、黄金、人类等例证，像是一部希腊悲剧，使得他看起来不像是写了名著《政府论》的那位启蒙作者温和稳健的风格。在最天真无邪的词语误用中蛰伏着某种怪物：当人们谈论桌子腿和山峰的脸面时，词语误用就变成了一种拟人论，人们开始感知一个世界潜隐的幽灵与妖怪。同时，洛克也严厉谴责词语误用以四不像式的喀迈拉代替了真知的物质性。由此，语言理论在洛克那里从简单的观念变成了混杂模式。

隐喻作为一种文学修辞如何与哲学认识论发生联系？德曼认为，认可了语言作为一种譬喻，人们就被导向了讲故事。于是，譬喻与叙事、节点与情节就建立了联系。心灵或主体是核心隐喻，是隐喻中的隐喻。哲学家的术语中充满着隐喻。文学编码是一个修辞系统的亚编码，无论这种功能如何具有否定性，修辞也无法与其认识论功能分离开来。因而人们可以想象一种历史修辞，它先于修辞史、文学史或文学批评史的尝试。无论如何，修辞学本身不是一个历史学科，而是一个认识论学科。

第二章"帕斯卡尔的劝说寓言"以讨论17世纪法国著名思想家帕斯卡尔的理论方法为主线。德曼认为，关于寓言（Allegory）的评价历来模棱两可：在美学范畴，寓言或常遭贬斥，被认为滞钝丑陋，毫无功效；或誉之契合心灵，无远弗届，寓言揭橥成功艺术品难以感知的审美疆域，乃是对真理孜孜以求的供应商。德曼的论述聚焦于帕斯卡尔的《几何学家的心灵》（*The Mind of the Geometrician*）一书，因为该书的第一部分"认识论"和第二部分"修辞学"（劝说的艺术）的题旨，契合德曼的美学图式。这两种完全不同的模式都具有存在的合理性。虽然人们会接受理性，相信证据，但心灵更趋向接近愉悦的语言和诱惑的语言，或者说，甜言蜜语更容易达到劝说的目的。劝（Persuasion）与诱（Seduction）是两种基本方法。真理与愉悦之间有模糊的平衡，而知识与意识之间微妙的战争结果难以预料。

　　认识论涉及名与事（Name and Thing）、象与实（Figure and Reality）、象与心（Figure and Mind）或喻与心（Trope and Mind）等二元关系。值得注意的是，西方思想传统上往往以第一品性与第二品性为基础，静态地解释它们的固定关系，但德曼借助帕斯卡尔式辩证法，以当代学术意识解构了一系列二元对立模式，描述了自然与习惯、醒与睡（知与梦）、怀疑主义与教条主义、民众与几何学家等关系图式及其变异。如就"自然"与"习惯"而言，帕斯卡尔认为：倘若没有我们从小到大所习惯的原则，那么，什么是我们的自然原则？孩子们从父辈的习惯那里学习原则，恰如动物猎食一样。不同的习惯会产生不同的自然原则。因此，自然与习惯在某种程度上聚合在一起，以致它们的对立被写入一个结构像譬喻（交叉融合）的交换系统。[①] 德曼对帕斯卡尔的这种解读，体现了他借鉴欧陆解构论和后结构主义思想重释经典的学术路数与理论风格。沃敏斯基在德曼《审美意识形态》的"导言"特别指出：该书第二章"帕斯卡尔的劝说寓言"可作为解读全书的一把钥匙，这是沃敏斯基称为四大学科的"指涉的寓言"之最佳例证。它不仅作为一座桥梁联结了"修辞与认识论"和"修辞与美学"的题旨，而且还提供了德曼简称"物质性"的"早期"文本例证。

　　帕斯卡尔的名著《思想录》（*Pensèes*）颇多警言隽语，蜚声世界，在中国被列入商务印书馆"汉译世界学术名著丛书"。德曼对帕斯卡尔的审美意识形态阅读，交织着哲思、认识论、政治批判与神学诸元素。譬如，伟大与悲惨（*grandeur et misère*）互携，形成无尽循环。人之伟大乃因其知道不幸。"从自我知识、人类学知识到目的论知识的转化，在帕斯卡尔那里，往往经由政治

[①] Paul de Man, *Aesthetic Ideology*, Minneapolis: University of Minnesota Press, 2008, pp. 62–63.

维度。"①德曼特别引证《思想录》关于"政治"与"权力"的句段，如"正义而无权力是软弱无力的，权力而无正义则是暴戾专制的"，"正义常受争议，而权力易于认可且无争议。不可能将权力赋予正义，因为权力历来与正义抵牾"。②语言在帕斯卡尔那里分成两个方向：一个是认识功能，它正确却软弱无力，另一个是声称正确的模式功能。这两种功能互为异质性。在某种程度上，语言总是同时具有认知、拓扑和表演的性质。

德曼在《审美意识形态》第三章"康德的现象性与物质性"借助福柯的历史论述展开题旨，探讨将意识形态与批判哲学并置的可能性。福柯只是将这种并置视为历史事实，而这实为当代思想领域需要持续探讨的要旨。法国意识形态理论家如特拉西试图勾勒出人类思想观念与再现的全部领域的图景，德国哲学家康德则致力于超验哲学的批判构想。德曼说，在福柯的历史诊断中，意识形态显现为一种古典精神的过时宣言，而康德则被作为现代性的开端，相比之下，我们更加感兴趣的是意识形态、批判哲学和超验哲学三种观念的相互作用。它们三位一体。第一个术语"意识形态"最难掌控，它与其他两个术语的关系会对审美意识形态的理解有所裨益。意识形态站在形而上学而不是批判哲学一边。意识形态与批判思维是互相依存的，任何分离它们的企图都会出问题：这样会把意识形态瓦解成为纯粹的错谬，把批判思维变成理想主义（唯心主义）。屈从于意识形态的哲学会丧失其认识论意义，而试图绕过或压制意识形态的哲学则会丧失所有的批判冲动。康德文本还建立了两个其他要点：移动的身体与美学思考。倘若意识形态被认为是静态的实体（身体、圣体或正典），那么它所衍生的批判话语就是超验运动的实体……超验原则与意识形态（形而上学原则）是同一个系统的组成部分。德曼认为：康德的第三批判呼应了建构批判哲学与意识形态之间、纯粹概念与经验所决定的话语之间因果关系的必要性。因此需要现象化的、经验的认知显现原则。康德把这种现象化的原则称为美学。论崇高一段文字涉及康德美学最难的问

---

① Paul de Man, *Aesthetic Ideology*, Minneapolis: University of Minnesota Press, 2008, p. 65.
② Ibid., p. 67.

题。美是一种形而上、意识形态的原则，而崇高则渴求成为一种超验原则。德曼讨论了康德崇高与愉悦、痛苦、想象、知识、理性、思想、欲望、语言模式、喻指系统等关联范畴，论述数学崇高、动态崇高、空间崇高、自然崇高、美学崇高、星空崇高、大洋崇高等概念，辅以华兹华斯名诗《丁登寺》、海德格尔"栖居"话语、马拉美"海面镜像"之喻等举证。

《美学意识形态》第四章"黑格尔《美学》的符号与象征"旨在讨论从康德到克尔凯格尔和马克思的修辞、美学与意识形态话语的关系。德曼关注文学经验与文学理论相互协调的问题，认为审慎是理论的主要德性。在亚里士多德的完整意义上，虽然美学名称多变，但始终是西方思想发展过程中的突出范畴。黑格尔将"美的艺术哲学"发展史分成象征型、古典型与浪漫型三大阶段，提出关于"思想观念的感性显现"的著名美学定义。黑格尔美学在艺术经验与美学阐释的平衡方面提出了最艰巨的挑战。"无论我们是否知道或是否喜欢它，我们大多数人都是黑格尔信徒，并且颇为正统。"[1] 但是，人们对黑格尔《美学》进行当代阐释和诗学审视之际，也会发现一些弱点和局限，如黑格尔关于作为象征的艺术史的理论似乎失于短视和缺乏同情心，忽视了"应和"（Correspondance，波德莱尔在他著名诗歌里精彩地对此予以了歌颂）的机制；作为象征理论家，黑格尔却未能回应象征语言问题；等等。"《美学》曾经是并且至今仍然是阐释黑格尔的一个症结。对克尔凯郭尔和马克思来说都是这样，克尔凯郭尔往宗教方向拓展了该问题框架，而马克思则是从法哲学的方向拓展了它。"[2] 今天人们仍然在对《美学》进行重构，海德格尔和阿多诺是 20 世纪试图重释黑格尔的两个至关重要的人物。至此，德曼《审美意识形态》文艺思想特征与学术路数基本呈现，该书其余各章分论康德的唯物论、康德与席勒、反讽的概念和答雷蒙德·盖斯，不再赘述。

---

[1] Paul de Man, *Aesthetic Ideology*, Minneapolis: University of Minnesota Press, 2008, p. 92.
[2] Ibid., p. 187.

二 伊格尔顿：英国马克思主义语境的《美学意识形态》特质

（一）伊格尔顿学术思想概览

学术领域地位：英国著名马克思主义美学家、文化批评家和文学理论家

主要代表著作：《文学理论：引论》（1983）；《美学意识形态》（1991）；《理论之后》（2003）等

重要理论话语：美学意识形态；理论之后

Terry Eagleton

在某种意义上，伊格尔顿的美学意识形态思想，是影响中国文艺美学界从政治意识形态走向审美意识形态的主要来源之一。长期以来，中国文学艺术的政治工具论禁锢了文艺生命。新时期思想解放，文艺美学界的学者钱中文、童庆炳等在总结当时苏联及我国学界关于文学本质的观点的基础上，借鉴西方思想资源，提出中国化的"审美意识形态"的文学本质观，凸显了文学研究领域全方位、多层次的重大突破，并逐步为学界较多人所认同，促进了新时期以来文化艺术的多元发展。

特里·伊格尔顿（Terry Eagleton，1943— ），当代英国最杰出的马克思主义美学家、文学理论家、文化批评家，享有国际声誉。伊格尔顿生于英国曼彻斯特附近的萨尔福德（Salford）一个工人阶级家庭，1964年获剑桥大学硕士（B.A.）学位，1968年获博士（Ph.D）学位，先后任教于剑桥大学、牛津大学（至2001），现为曼彻斯特大学文化理论讲座教授。

伊格尔顿被视为阿尔都塞学派在英语世界的主要代表人物，素为中国学界所重视。他是著名文化唯物主义理论家雷蒙·威廉斯的学生，秉承了其老师的马克思主义视野和工人阶级的大众立场。但伊格尔顿主要专注于文学批评与理论，而不是像其老师威廉斯那样关注文化与媒介研究。伊格尔顿宣称当代批评已经丧失其社会意图，因而被边缘化。他借鉴哈贝马斯"公共领域"的概念，呼吁更新文学批评在公共领域扮演的角色。由此被称誉为"当代文

学理论最重要的普及者"。伊格尔顿《文学理论：引论》(Literary Theory: An Introduction, 1983; 2008 第三版) 是学术畅销书，"对于学生或好奇的读者来说，也许是对当代理论最有影响的引论"，伊格尔顿在书中直言不讳地对当代西方文论的各种理论流派表达自己的爱憎并做出价值判断，批评它们忽视政治的缺陷，赞扬马克思主义与女性主义批评关注文学的政治效应。伊格尔顿擅长于将宏阔的历史审视与意识形态分析相结合。他认为英语在当代已经取代宗教的地位，是一种至关重要的意识形态机器。文学具有的社会意义不是一种简单的、天真的娱乐，而是一种加强主流社会秩序的重要工具。[1] 易言之，文学理论与政治情势、美学与意识形态之间的关系构成了一种特定的审美意识形态，衍生出文学和文学理论的意义。伊格尔顿在西方理论家中影响与声誉或许不及美国最杰出的马克思主义批评家詹姆斯，但是他将理论变得易于被大众和非专业人士所接受，不断地提醒读者在公共领域承担的社会角色，为青年一代批评理论家树立了榜样。进入 21 世纪后，伊格尔顿《理论之后》(2003) 认为"正统文化理论没有解决那些足够敏锐的问题，以适应我们政治局势的要求"，因此调侃和讽刺一些学者"对法国哲学的兴趣已经让位于对法式接吻的迷恋。在某些文化圈里手淫的政治远远要比中东政治来得更令人着迷。社会主义已经彻底输给了施虐受虐狂"。[2] 伊格尔顿对当代文化理论不接地气、忽视政治的缺憾，直言不讳地表达不满与抱怨。该书面世后引发国际性的重要反响与争议。

伊格尔顿以左翼激进政治和美学姿态而著名。《诺顿理论与批评选集》称他为"当代文学理论领域一流的马克思主义阐释者"，高度称赞他的著作《批评与意识形态：马克思主义文学理论研究》(Criticism and Ideology: a Study in Marxist Literary Theory, 1976)，认为他把阿尔都塞的意识形态理论迻译到文学领域，一方面嘲讽马修·阿诺德文化精英主义的文学观，另一方面改变了传

---

[1] V. B. Leitch ed., *The Norton Anthology of Theory and Criticism*, New York: Norton & Company, Inc. 2010, pp. 2137 – 2139.

[2] ［英］特里·伊格尔顿：《理论之后》，商正译，商务印书馆 2009 年版，第 4 页。

统马克思主义的现实反映论的文学观,代之以积极的文学文本的意识形态生产论,并且开始摈弃对宏大叙事的追求。伊格尔顿反对文学与政治无关的观念,倡导文学的"政治聚焦"(Political Focus)。其风格独树一帜,鲜活、睿智、清晰,经常不加掩饰地表达观点,也会夹杂一些幽默诙谐。伊格尔顿的主要代表作包括《美学意识形态》(1991)、《理论之后》(2003)等。他认为文学是社会力量与意识形态的产物,是一种审美意识形态。他借鉴阿尔都塞的主体与意识形态关系论,把主体始终视为生活于意识形态中并为意识形态所召唤的主体,但他又超越阿尔都塞,将这种关系创造性地与个体的审美身体、审美体验、审美感觉相联系,重视身体的物质性。一方面,这在阿尔都塞理论的两端——经济基础(物质生产)与上层建筑(意识形态)之间找到了联系的中介,使阿尔都塞戴着脚镣跳舞的主体看到了解放的希望。另一方面,又提示了上层建筑领域重要部门审美(文艺)与政治(意识形态)之间存在的意义生成空间。

伊格尔顿的《美学意识形态》的逻辑起点和基本范畴是"身体"(Body)。这种身体美学与梅洛-庞蒂的身体"意向弧"[①]概念各尽其妙。社会和技术作为身体的延伸部分是当代社会冲突的重要领域,对身体力量的控制和僭用的斗争不会轻易平息。他认为:从古希腊城邦制到后现代,西方社会的历史进程导致了认识、伦理-政治、力比多-审美三个重大领域的不可避免的分离。三大领域形成了各自的自律性模式。资本主义发展的历史进程把人的身体分化为劳动的身体、意志的身体和欲望的身体,而马克思、尼采和弗洛伊德正是分别从这三个方面阐述了现代化时期的重大问题,因而他们是三个最伟大的现代美学家。

伊格尔顿思想活跃,勤奋多产,20世纪七八十年代出版了三部马克思主义理论著作,两部文学批评著作。90年代出版了三部爱尔兰文化著作,至

---

① 意向弧(Intentional Arc):意向弧是对身体与世界的紧密联系的命名。身体是意义之核,身体向周边环境进行知觉投射与反馈,造成格式塔的意向弧。

2016 年仍然有新著问世。① 特里·伊格尔顿将宏大的叙事气势与基于德国哲学的美学史论结合在一起，他在《美学意识形态》"导言"中开宗明义地宣称："本书不是一部美学史。因此，在书中，对许多重要的美学家我缄口不提。……本书试图在美学范畴内找到通向欧洲思想某些中心问题的道路，以便从特定角度出发，弄清更大范围内的社会、政治、伦理问题。"② 伊格尔顿《美学意识形态》共分 14 章，论析现代美学、政治学和伦理学之间错综复杂的关系，在评骘人物中阐发自己的美学思想，建构独特的"美学意识形态"，堪称"我注六经和六经注我"的创造性结合。

（二）伊格尔顿美学思想分论

伊格尔顿的审美意识形态论与其美学思想特质密切相关。它们较为集中地体现在美学史视野、身体美学（身体与审美）、政治美学（审美与政治）、资本主义美学批判（哲学与意识形态）、审美矛盾（审美乌托邦与意识形态误认）、审美与文艺（神话、反讽等），以及审美与精神分析、审美与伦理学等方面。此外，伊格尔顿关于德国法兰克福学派美学家本雅明、阿多诺"星座化"概念的阐发，也颇为精彩。撮其牟牟大端，分述如下。

1. 伊格尔顿的身体美学。英国马克思主义美学家特里·伊格尔顿关于身体美学（身体与审美）的论述，是其《美学意识形态》的一个重要特征，也是思想的亮点。

首先，伊格尔顿强调在马克思主义美学中，身体具有非同寻常的重要性。③ 他说：身体是"本书不断涉及的一个主题"，"我试图通过美学这个中介范畴把身体的观念与国家、阶级矛盾和生产方式这样一些更为传统的政治主题重新联系起来"。马克思在《1844 年经济学哲学手稿》中从身体出发，对历史和社会做了重新思考。伊格尔顿赓续马克思的思脉，认为"马克思主义的目标是恢复身体被掠夺了的力量……马克思是最深刻的'美学家'"，他

---

① 英文目录详见维基百科 https://en.wikipedia.org/wiki/Terry_Eagleton。
② ［英］特里·伊格尔顿：《美学意识形态》，王杰、付德根、麦永雄译，中央编译出版社 2013 年版，第 1 页。
③ 伊格尔顿关于身体美学的论述，集中在中译本《美学意识形态》第 7、179、183、394 页。

曾经论述了历史怎样逸出身体的控制。人类身体是技术与社会的延伸,"对身体力量的控制与僭用的斗争不会轻易平息,这种斗争将在任何一种试图压抑它的社会制度内刻下自己的痕迹"。这种斗争伴随着整个制度史,聚焦于身体权力,涉及我们知识与社会的根底,马克思把它建构为"关于基础和上层建筑的学说"。

其次,伊格尔顿认为身体可以使美学内含的唯物主义得到拯救。在人类社会,由于身体的生物结构,"一切人类都需要温暖、休息、营养和住所,而又由于劳作与性的必然性,不可避免地卷入各种形式的社会联系和调控(我们称之为政治)之中。……对于唯物主义者来说,就是这些具体的生物规定的事实,在人类历史进程中如此最大程度的积累,并在我们称之为文化(在狭义上)的事物身上留下了它们的印记"。既然身体是人类作为"类存在"的物质规定性,并且与物质生产、人口生产和精神生产密切相关,那么,从身体视点出发是一种重新回到起源并且思考一切的"富于成效的策略"。"如果说可以把美学从窒息它的唯心主义沉重负担下拯救出来,那么只能通过一种开端于身体本身的革命才能实现,而不是通过以理性为开端的为美学争取空间的斗争方式来实现。……倘若大胆回溯到起点,在身体的基础上重建一切——伦理、历史、政治、理性等,这是否可能呢?这是一项无疑充满着危险的工程。怎样才能使它与关于身体的自然主义、生理主义、感觉经验主义,以及机械唯物主义或虚幻的超验论区分开来。"——伊格尔顿着力梳理和探讨的正是这样一个意义重大的问题。

再次,伊格尔顿对身体美学做了高屋建瓴式的典型归纳与独特分类。如马克思的劳动身体、尼采的权力身体、弗洛伊德的欲望身体、阿多诺的痛苦身体、本雅明的闲逛者身体和新天使身体,等等。他在第八章"马克思主义的崇高"指出:"现代化时期三个最伟大的'美学家'——马克思、尼采和弗洛伊德——所大胆开创的正是这样一项工程:马克思通过劳动的身体,尼采通过作为权力的身体，弗洛伊德通过欲望的身体来从事这项工程"。① 从身体美学和性话语的视野，伊格尔顿发现和补充了经典马克思主义的一个缺憾：文艺叙事的身体维度。他认为："如果美学要繁荣，那也只能是通过政治转变；政治支持着一种与美学的元语言关系。……马克思注意了一个具体的物质生活和社会再生产的历史，但是我们还必须增加性繁殖方面的论述，这是马克思最没有兴趣谈论的部分。但若没有叙述这些宏伟的故事，任何其他叙事都将索然无味。"② 物质生产、文化生产和人口生产，是人类文明嬗变的基础。这些都离不开感性的身体与社会文化的主体。

最后，伊格尔顿通过对不同的美学家的评述展现他自己的身体美学观念。从身体美学维度，伊格尔顿评述了叔本华、尼采等哲人。如他认为：叔本华是史上最悲观的哲学家之一，他关于身体存在的著述流露出不经意的喜剧性。叔本华在大学选修的生理学课程竟会改变西方哲学的整个历程，正是他对咽喉和痉挛、惊厥和疯癫的唯物主义思考，"使得尼采冷酷到底的生理学还原论受益匪浅"。叔本华坦然探索和热烈赞扬的意志，"作为盲目而永恒的欲望存在于现象的本质中，存在于打呵欠、打喷嚏、呕吐、多种痉挛和抽搐中"。叔本华的著述明显体现了深刻与平庸之间狂欢式的结合。"人类主体与肉体发生独特的双重关系，即本体与现象的关系；血肉之躯是模糊的临界点，在此临界点上，意志和表象，内在和外在神秘地、不可思议地结合在一起，把人类转化成动态的哲学之谜。"③

在伊格尔顿眼中，尼采精力充沛、令人注目，具有超越叔本华庸俗生理主义的意味，是一个"气质独特而又充满热情的唯物论者……人类身体对尼采来说意味着所有文化的根基"。要用鲜血与身体思考。哲学不谈身体就扭曲了感觉的概念，"正是身体而不是精神在阐释着这个世界，把世界砍削成大小合意的条条块块并赋予其相应的意义"，尼采"断言身体乃是所有传统哲学的

---

① [英]特里·伊格尔顿：《美学意识形态》，王杰、付德根、麦永雄译，中央编译出版社 2013 年版，第 178 页。
② 同上书，第 211 页。
③ 同上书，第 135、151 页。

巨大盲点却是一语中的",我们所思、所感、所做的一切,都只能是局限在基于我们"物种存在"的利益框架内的活动,而灵魂则是每一个体内部的"特警"。因此,"尼采要回归身体,从身体角度审视一切,将历史、艺术和理性都作为身体需要与驱使的动态产物",将美学的原有构想推向了一个革命性的极端,摧毁了所有非功利性思维的性质。在文学艺术领域,则必须要从修道士式的唯心主义者手中夺取权力,"回归身体,回归酒神祭仪的狂欢宴乐和节日庆典。审美的价值判断必须在力比多内驱力当中重新发现其真正的基础"。[1]

伊格尔顿从身体政治维度论及本雅明著名的资本主义城市美学与现代性范畴。他精辟地指出:本雅明拱廊计划的闲逛者"行走风格本身就是一种政治。这是闲散的前工业社会的、室内驯化的和非商品化对象的审美化身体;现代社会所需要的是一种重构的身体,一种与技术密切联系、能适合都市生活的突然连接与不连接……的新型人类身体;文化批评家在这种任务中的角色是让男男女女加入他所谓的'形象领域'"。福柯曾经精彩地论析过现代美学中身体的"规训与惩罚"问题,而本雅明"通过感官形象的力量重新规划和重新刻记身体。美学再次成为一种身体的政治"。伊格尔顿借此论及身体的"集体"重构,称赞巴赫金式的"狂欢节的流动的、复调的、分离性的身体"把雅致的古典美学,变成"一种叽叽呱呱的淫秽大笑,成为一种身体(胃、肛门和生殖器)的粗俗的、无羞耻心的唯物主义,粗暴对待统治阶级的礼仪。……狂欢的辩证形象领域(诞生/死亡、高级/低级、解构/更新)把身体重构为集体的"。本雅明美学的怀旧情绪,"轻微骚动着弥赛亚冲动"。伊格尔顿比喻说,在"崭新异常与腐朽不堪的事物令人震惊的联结"中,本雅明就像保罗·克利的油画《新天使》(*Angelus Novus*, 1920):面朝后方,却被吹向未来,而其双眼"仍然悲伤地凝视着过去"。[2] 英文维基百科对此油画及其意义有颇为详细的背景介绍:本雅明曾于1921年购买了该画,并且在1941

---

[1] [英]特里·伊格尔顿:《美学意识形态》,王杰、付德根、麦永雄译,中央编译出版社2013年版,第214—215、241页。
[2] 同上书,第320—322、324页。

年《历史哲学论集》中对这一形象做了精辟的评论。① 这个"历史的天使"（Angel of History）面朝过去、背对未来，眼前是一连串事件与灾难，天堂风暴无可抗拒地把他吹动，体现出一种本雅明式的特殊的历史进步观。

伊格尔顿从身体美学的维度认为，阿多诺痛苦的身体与欧洲奥斯维辛集中营的法西斯政治事件密切相关。阿多诺是犹太思想家，"对于阿多诺来说，身体的信号首先不是愉快而是痛苦。在奥斯维辛的阴影中，身体处在绝对物质性的痛苦之中，处在人性的山穷水尽的状态之中，以至于身体被纳入哲学家狭小的世界中去。……正如马克思已经认识到的，的确存在着一种特殊的故事，把所有的男人和女人都编入它的结构中去，从石器时代到星球大战时代；但这只是一个匮乏的和压迫性的故事，而不是成功的故事——正如阿多诺所指出的——一个永久性灾难的寓言。……在纳粹的死亡集中营，这种蹂躏达到了极点。在阿多诺看来，在这样的事件之后就再也没有真正的历史了……阿多诺的身体政治与巴赫金式的身体政治正好相反：只有身体的形象才能超越渎神的谎言——巴赫金式的人性创造物"。伊格尔顿认为阿多诺与巴赫金、本雅明齐名，称誉他们是马克思主义所产生的三个最富有创造力的原创理论家。② 伊格尔顿的论述，令人联想到阿多诺的名言：奥斯维辛之后，写诗是野蛮的！

2. 伊格尔顿的政治美学。美学与政治的关系是伊格尔顿"美学意识形态"的支撑性维度。据此而言，伊格尔顿的审美意识形态主要观点，可以从他对鲍姆加登、康德、席勒、霍克海默、克尔凯郭尔、葛兰西等人的政治评骘中予以归纳。

首先，审美意识形态难以争辩，但无疑具有政治基础，涉及领导权问题。鲍姆加登认为，审美认识介于感性的特殊性与理性的普遍性之间，而伊格尔

---

① 该形象激发了一众艺术家、电影制作人、作家和音乐家（包括 John Akomfrah and Carolyn Forché 等人）的灵感，促使他们创作出相关艺术作品，如 Otto Karl Werckmeister 认为这是"左翼天使的圣像"（an Icon of the Left）。

② ［英］特里·伊格尔顿：《美学意识形态》，王杰、付德根、麦永雄译，中央编译出版社 2013 年版，第 327、348 页。

顿则进一步认为美学与政治关系密切。在 18 世纪的德国，对美学的呼唤是对政治专制主义问题的一种反映。康德既是勇敢的启蒙思想家，又是普鲁士国王的驯顺臣民。诞生于 18 世纪的陌生而全新的美学话语并不是对政治权威的挑战，但可以解读为专制主义意识形态困境的预兆。"实际上，优美与崇高所起的作用是意识形态的重要的范畴"，"如康德的审美判断一样，意识形态话语在所指的形式中隐藏着必要的情感内容。意识形态的确包含许多伪命题……意识形态是一个关涉希望、诅咒、恐惧、尊敬、欲望、诋毁等的问题……并不依赖于真理或谬误这样的概念范畴，即使它涉及这些概念范畴。……这是为什么意识形态难以争辩的一个原因"。① 伊格尔顿认为，即使是席勒的《论秀美和尊严》，"也毫不隐瞒审美的政治基础"。审美意识形态具有移风易俗的功能。风俗是人类生活的伟大向导，暗示着政治领导权。席勒倡导审美教育，其"审美"也就是葛兰西的"领导权"，只是不同时代说法不同。②

其次，政治既有别于美学，又紧密相关，审美意识形态不能简单地充当政治的传声筒。伊格尔顿在论述克尔凯郭尔美学与政治的关系时指出，必须践行苏格拉底式的佯装无知的策略，不能刺耳地进行叫卖革命。"克尔凯郭尔没有将只会遭到拒绝的绝对真理灌输给读者"，而是"悄然地进入读者自己的立场"，在其内部发挥作用。"资产阶级社会领域的美学化政治是建立在自律性主体互相兼容的一种和谐反映之上的"，克尔凯郭尔十分吊诡地"紧紧抓住资产阶级社会潜滋蔓长的个人主义并将其推向一个难以接受的极端，从而使社会和意识形态的有序统一从其结合处裂开"。在政治领域，"审美化系谱可以要么向左转，要么向右转"。这些转向，会摧毁意识形态意义上的真理、认识与道德……把社会视为一种自我奠基的有机体，将其所有部分"都不可思议地解释成没有冲突，也不需要理性判断"。③ 因此，政治既有别于美学，美

---

① ［英］特里·伊格尔顿：《美学意识形态》，王杰、付德根、麦永雄译，中央编译出版社 2013 年版，第 75、80 页。
② 同上书，第 99、91 页。
③ 同上书，第 172—173、351 页。

学也不能脱离政治。

最后,美学扮演了重要角色,必须辩证地把握美学本身的复杂性。伊格尔顿指出:"审美从一开始就是个意义双关的矛盾概念。一方面,它扮演着真正的解放力量的角色……审美为中产阶级提供了其政治理想的通用模式,例证了自律和自我决定的新形式,改善了法律和欲望、道德和知识之间的关系。另一方面,审美预示了马克斯·霍克海默所称的'内化的压抑',把社会统治更深地置于被征服者身体中,并因此作为一种最有效的政治领导权模式而发挥作用。"美学本身具有真正的历史复杂性:美学既表达了对具体的特殊性的关注,又表达了一种似是而非的普遍性,既提供了一种和谐乌托邦形象,同时又阻碍走向历史一致性的现实政治运动。美学标志着向感性身体的创造性转移,是"早期资本主义社会里人类主体性的秘密原型,同时又是人类能力的幻象,作为人类的根本目的,这种幻象是所有支配性思想或工具主义思想的死敌"。[①]伊格尔顿引证康德说,"如果公众的标准得不到强化,社会生活就会彻底地崩溃。相反,文化领域则是个非强制性一致的领域,审美判断的本质恰恰在于它们是不可能被强制的"。"审美意识形态就是这样一种不确定的领域,深陷于经验和理论之间进退两难。"在伦理—审美领域,"如果意识形态根本上就是个情感问题……现实和理想的彻底分裂将会成为意识形态困境的永恒之源",因此人们需要"通过辩证法的话语把这两个领域结合起来"。[②]

3. 伊格尔顿的美学与批判哲学。在西方,美学作为一种理论范畴的出现,无疑与欧美资本主义物质发展紧密相关。秉持英国马克思主义美学大众立场和文化研究传统的伊格尔顿和美国学者詹姆斯相似,十分关注美学与资本主义发展的关联域。马克思在《1844年经济学哲学手稿》中论及资本"把工人的需要降低到维持生理存在所需要的最低限度"。伊格尔顿在前述身体美学的基础上,进一步拓展马克思关于资本主义的批判,对"异化"现象做了颇为

[①] [英]特里·伊格尔顿:《美学意识形态》,王杰、付德根、麦永雄译,中央编译出版社2013年版,第17、9页。
[②] 同上书,第83、81、86页。

精彩的描述与批判，他认为："资产阶级社会值得肯定的早期是一个社会人际关系文明开化的世界，但现在已腐败堕落，成了一个进程受管理、舆论被操纵的异化社会。"伊格尔顿指出：物质文明的畸形发展，资本主义导致把男男女女身体的丰富性降低到"原始和抽象的简单需要"，不仅用固定、单调、重复的劳作异化了工人的存在，而且也异化了资本家自己的情感。资本家越是清心寡欲，无情无义，就越能积攒金钱和资本。资本家之于工人的显著优势在于他实施了一种"双重置换"：资本异化了他的感性生活，于是他就用资本的力量替代性地弥补异化的感性。用金钱来帮助自己实现想办到的一切——吃喝玩乐、拥有艺术珍品和政治权力……因此，"资本是幻觉性的身体，一种魔怪般的酷肖者（Doppelganger，幽灵分身），它在主人睡觉的时候，偷偷跑到外面来，机械地享用主人严厉摒绝的快乐。……资本家与资本都如同行尸走肉一般，一方面有生命却麻木不仁，另一方面没有生命的东西却活跃着。如果说冷酷无情的禁欲主义是资本主义社会的一个方面，那么，幻觉性的审美主义就是它的颠倒镜像"。[①]伊格尔顿在《美学意识形态》最末一章，批判性地讨论了福柯审美权力与激进政治、利奥塔"后现代状况"、哈贝马斯"交往理性"等问题，对"家族相似"的后现代主义和后结构主义做了描述。他认为"二战"后，某种审美化也将渗透整个资本主义文化，"大多数后现代主义文化，既激进又保守，既反偶像又与之结合"，其根源在于晚期资本主义社会经济与文化形式之间的矛盾。伊格尔顿厌恶资产阶级，似乎也看不起中产阶级，他语带讥讽地说："中产阶级社会极像小孩玩耍的偏心轮玩具，不断地旋转，却永远成不了中心。"克尔凯郭尔的著述反映了"无所事事的中产阶级充满欲望的美学领域，代表着资产阶级在哥本哈根怠懒而自我满足的生活世界"。但是，他对劳动大众却充满着同情与关切："任何程度的自由、尊严和舒适安逸始终限于少数人，而贫困、不幸和苦役却是大多数人的命运。"[②]这

[①] ［英］特里·伊格尔顿：《美学意识形态》，王杰、付德根、麦永雄译，中央编译出版社2013年版，第280、181—182页。

[②] 同上书，第154、175、139、73页。

些话语，体现了他鲜明的美学立场与批判哲学的取向。

4. 美学意识形态与想象性误认。美学意识形态与想象性误认的关系是一个具有特殊意义的问题。在经典马克思主义的语境中，意识形态是一种虚假的信仰系统。尽管法国马克思主义结构主义的哲学家阿尔都塞在今天似乎已风光不再，他关于意识形态、国家机器、多元决定论、症候阅读法等理论话语现在可能已成为思想大海上漂流的"瓶中的纸条"，但是一旦拿出来，往往会激活人们的思考。阿尔都塞认为意识形态不是统治个体存在的真实关系的系统，而是"人与其所处世界的活的联系"，是"个体生活于其中的真实关系的想象性联系"。他非常关注结构主义精神分析学，曾经发表过著名论文《弗洛伊德与拉康》（1964），聚焦于拉康对弗洛伊德《图腾与禁忌》的"杀不死的父亲"的解读，尝试沟通无意识与意识形态两大领域，并且对拉康的 ISR（想象界、象征界、真实界）图式，尤其是作为"父亲之名"的"象征界"与"意识形态"的关系进行学理性的探讨，以期将马克思主义与精神分析结合起来。伊格尔顿作为阿尔都塞学派在英美语系最重要的代表人物，在《美学意识形态》中自然十分关注这个问题。该书第十章"父亲之名：西格蒙德·弗洛伊德"和第三章讨论"康德式的想象"中引入拉康著名的话语深化思考：拉康所描述的镜像阶段，婴儿面对镜像时发现了自己身体的"严重缺失"，康德审美主体面对美的客体时则在自身内发现了"统一与和谐"，在这两种情况中"都产生了想象误认"。从拉康的镜子到康德的镜子发生了主体与客体的反转。路易·阿尔都塞则告诉我们应该把主体的误解视为一切意识形态之不可或缺的结构。

5. 伊格尔顿星座化思维及其意义。伊格尔顿《理论之后》（2003）提出：我们需要在某些方面回归"朴实的现实主义"（Plain Realism），需要更新理论话语："随着新式的全球资本主义叙事的亮相，以及所谓的反恐战争，众所周知的后现代主义思维方式很有可能正在走向终点。……不可能只是简单地不断重复叙述老生常谈的阶级、种族和性别，尽管这些话题不可或缺。它需要冒险，从使人感到窒息的正统观念中脱身，探索新的话题，特别是那些它一

第四编　当代西方文论的中国化问题探索　第十章　三重语境的交叠：审美意识形态论

直不愿触碰的话题。"①"星座化"（Constellation）就是伊格尔顿在《美学意识形态》中评骘法兰克福学派、反思后现代与后结构主义的一种新颖的理论范式。

本雅明和阿多诺是法兰克福学派美学家中关涉"星座化"②概念的代表人物。伊格尔顿认为，他们在"密切合作中所详尽阐述的星座化概念，在现代时期可能是最引人注目的原创性的试图割断传统的总体性观念的努力"。星座化是本雅明"从论悲悼剧著作头几页一直到《历史哲学论集》的一个主题"，是辩证形象的一个实例。在当代文论语境中，星座化具有一体多元论的灵活特征，是对线性历史和形而上学二元论（本体论和认识论）的反拨，是伊格尔顿"美学意识形态"论与笛卡尔灵肉二元论、康德主体性、卢卡奇总体性的美学对话。伊格尔顿在评述本雅明时指出：可以通过令人震惊的"星座化"而暂时中断历史时间的顺利流逝，允许在目前的政治需要与过去的瞬间之间建立一种突然闪现的神秘一致性。

伊格尔顿阐释说：

> 思维必须运用一种整体的星丛式的坚持执著的特定概念……星座化的认识论反对笛卡尔学派或者康德学派的主体性要素，不太关注对现象的"占有"，而是更乐意解放现象……星座化拒绝把自己钉牢在一些形而上学的本质身上，而是让它的组成部分以悲悼剧或史诗的方式松散地联结起来；但是，它仍然提前描绘了那种重新谐调状态，它总会亵渎和政治地逆反直接表征的那种和谐。……星座化击中了传统美学范式的要害。③

伊格尔顿辩证地指出：尽管星座化确实有很多问题，但"在今天，星座化观念仍然是最耐用和最有建设性的"。他认为，本雅明的构想是用星座化、震惊、寓言、疏离、弥赛亚想象、异质性碎片、机械复制、超现实主义的蒙

---

① ［英］特里·伊格尔顿：《理论之后》，商正译，商务印书馆2009年版，第213—214页。
② 伊格尔顿关于"星座化"的论述，集中在中译本《美学意识形态》第197、312—318、341页。
③ ［英］特里·伊格尔顿：《美学意识形态》，王杰、付德根、麦永雄译，中央编译出版社2013年版，第317—318页。

太奇、革命性的怀旧情绪等武器，"炸开致命的历史连续性"。伊格尔顿在讨论海德格尔的"存在政治学"时指出：我们喜欢在时空中把事物"切割成一块块的横截面"，处理成为便于把握的"条条块块"，客体"都必须由一张巨大而纵横交织的要素之网包罗起来"，从而给我们"提供了判定和理解事物的矩阵"。① 作为一种现代审美模式，本雅明的"星座化"要比卢卡奇式的"总体性表述"模式更适用于"表述阶级斗争和性别政治之间的关系"。它涉及西方思想史一与多的经典命题，将审美经验与思想观念结合起来，突破生硬的等级制，"倾向于使一切对象的要素都平等化"，"呈现出一种古老的伊甸园式的情调"，只是在后现代语境中很容易带来将相对主义绝对化的弊端。

总括而言，作为美学概念，"星丛"（星座化）的精髓在于扬弃传统僵硬的中心主义、总体性与同一性，形成一种灵活的结构，将多元性、流变性与差异性纳入非权威意志的总体性之中；类似于印度神话的因陀罗之网。换言之，星座化概念与德勒兹千高原、块茎、游牧等概念皆具有消解树状"中心"或等级制结构的功能和特征，体现了当代哲学思维的性质。

三　童庆炳：中国辩证论语境的审美意识形态论

学术领域地位：中国著名文艺理论家、北京师范大学资深教授、博士生导师

主要代表著作：《文学理论教程》（1992）；《现代心理美学》（1993）；《文学活动的美学阐释》（1989）；《中国古代心理诗学与美学》（1992）

重要理论话语：审美诗学、心理诗学、文体诗学、比较诗学、文化诗学

童庆炳

童庆炳（Tong Qingbing, 1936 – 2015）汉族，福建连城人，中共党员，享有"中国文艺学理论领域的泰斗"的声誉。长期从事中国古代诗学、文艺心理学、文学文体学、美学方面的研究。1958年毕业于北京师范大学中文系，

---

① ［英］特里·伊格尔顿：《美学意识形态》，王杰、付德根、麦永雄译，中央编译出版社2013年版，第270页。

第四编　当代西方文论的中国化问题探索　第十章　三重语境的交叠：审美意识形态论

1993 年加入中国作家协会。童庆炳与黄药眠主编《中西比较诗学体系》（1991），著有长篇小说《生活之帆》（合作）、《淡紫色的霞光》，随笔散文集《苦日子甜日子》，专著《文学概论》《现代心理美学》《文学活动的美学阐释》《文学创作与审美心理》《文体与文体创造》《中国古代心理诗学与美学》《文学艺术与社会心理》（合作）、《文学创作与文学评论》《童庆炳文学五说》《中国古代意义》《维纳斯的腰带——创作美学》等。童庆炳教授"精通俄语、英语、中国古典文学、外国文学，对曹雪芹及其著作的研究也卓有成就，始终是一位在立身、为人、著述、学问诸方面都受人敬重的学者"。[①] 曾任中央马克思主义理论研究与建设工程文学组首席专家、教育部社会科学委员会委员、教育部人文社科基地北京师范大学文艺学中心主任、中国文艺理论学会副会长、中国中外文艺理论家学会副会长，兼任越南国立河内师范大学外语系专家、阿尔巴尼亚地拉那大学客座教授、韩国高丽大学中文系特聘教授等。童庆炳先生培养出了大批学者，著名作家莫言、余华、刘震云等都曾为其学生。

在审美诗学、心理诗学、文体诗学、比较诗学、文化诗学等领域，童庆炳都做出了卓越的贡献。作为国家级重点学科北京师范大学文艺学学术带头人，童庆炳在这五个诗学维度参与了对当代中国文艺学研究面貌的改写：审美诗学是他文学理论的起点和"核心"基座，贯彻始终；心理诗学是对于审美诗学的深化，是其文艺学团队学科建设的重要维度；文体诗学是审美诗学的细化，开放性地研讨文学的文本特征；比较诗学是审美诗学的拓展，将"古""今""中""西"理解为四个对话主体；文化诗学是审美诗学的提升，体现了域外文艺理论中国化的学术努力。"五大诗学，五大维度，环环相扣，递波而进"，[②] 立体地构建出童庆炳式的中国文论体系。

中国语境的"审美意识形态"具有辩证论的特征，曾任中国中外文艺理论学会会长的钱中文教授、副会长童庆炳教授是主要代表人物，集大成者当

[①] 参阅 360 百科 http：//baike. so. com/doc/5944451 - 6157385. html。
[②] 黄卓越：《童庆炳的求思历程》，《中国社会科学报》2012 年 11 月 12 日第 B - 02（学林版）。

309

推童先生。当代中国"审美意识形态"论生成的主要语境是马克思主义框架下苏俄文艺思想渊源与当代中国文艺问题的结合、反思与建构,经历过学界的讨论与争论,具有较为复杂的历史生成过程和系统性的理论范式。它较好地兼顾了文艺的审美特性与政治需要,历史性地扬弃与综合了文学反映论和"政治工具论",成为现阶段中国文艺理论的关键话语。

(一)童庆炳学术概览与审美意识形态问题生成

大致在德曼和伊格尔顿撰写与出版他们的"审美意识形态"题旨的著述时,中国文艺美学界似乎不约而同地开展了关于文艺与意识形态关系的问题争论。一些重要刊物如《文学评论》《文艺研究》《文艺争鸣》和《文艺理论与批评》从1986年到1990年发表了一系列讨论和争鸣的文章。[①] 这场"为文艺正名"的讨论,思想资源基本是苏联式的理论话语,争辩则围绕着中国社会的政治与文艺问题。

中国"审美意识形态"的提法主要是援引俄国著名文学批评家沃罗夫斯基和苏联著名"审美学派"主将阿·布罗夫的理论话语。[②] 如布罗夫认为,文学是与政治、宗教、哲学、道德等并列的一种审美意识形态,在马克思的思想观念里面,只有具体的意识形态,没有绝对抽象的意识形态:"意识形态只有在各种具体表现中——作为哲学意识形态、政治意识形态、法的意识形态、道德意识形态、审美意识形态——才会现实的存在",因此,审美是艺术作为意识形态现象的"特殊实质"。[③] 现在看来,审美意识形态概念在中国语境的提出、生成与嬗变与德曼著作《审美意识形态》关系不大,且时间上要早于伊格尔顿的英文版《美学意识形态》(1990)。但是伊格尔顿中译本1997

---

① 主要文章如吴元迈《关于文艺的非意识形态化》(《文艺争鸣》1987年第4期)、钱中文《论文学观念的系统性特征》(《文艺研究》1987年第6期)、陆梅林《何谓意识形态》(《文艺研究》1990年第2期)、毛星《意识形态》(《文学评论》1986年第5期)、栾昌大《文艺意识形态本性辨析》,(《文艺争鸣》1988年第1期)、董学文《马克思主义文艺学当代形态论纲》(《文艺研究》1988年第2期)等。

② 主要理论渊源是:[苏]沃罗夫斯基的《沃罗夫斯基论文学》,人民文学出版社1981年版;[苏]阿·布罗夫:《美学:问题和争论》,上海译文出版社1987年版。

③ [苏]阿·布罗夫:《美学:问题和争论》,上海译文出版社1987年版,第41、42页。

年出版后,作为重要思想资源进入中国语境,影响了审美意识形态问题研究的发展轨迹。

朱立元主编的《新时期以来文学理论和批评发展概况的调查报告》(2006)对国内"审美意识形态理论"做了专题调研和梳理,认为:中国学者钱中文早在《文艺研究》1987年第6期就发表了《文学是审美意识形态》一文,但是,其理论渊源主要来自苏联而非欧美。钱中文在"在总结当时苏联及我国学界关于文学本质的观点的基础上,把审美的和哲学的方法结合在一起,来探讨文学第一层次的本质特征。……认为审美意识形态以感情为中心,感情与思想结合,是一种具有特殊形态真实性的虚构,具有不以实利为目的的目的性,具有阶级性和广泛的社会性、全人类性。文学作为审美意识形态是一个审美的本体系统,它的存在形式是艺术语言的审美创造、审美主体的创造系统、审美价值和功能系统以及接受中的审美价值再创造三者的结合"。[1] 继而王元骧《文学原理》(1989)也阐释了文艺是一种审美意识形态的观点。类似地,王先霈主编的《文学理论导引》(2005)属全国通用"面向21世纪课程教材",也强调"作为一种社会意识形态,文学具有审美的意识形态性"。[2] 文艺是一种审美意识形态的理论观点提出后,在中国学界产生了热烈的回应,逐渐成为20世纪80年代中后期以来学界的共识。审美意识形态理论是对审美反映论的发展、完善和提升,体现了文学基本观念的突破和创新,是新时期文艺理论研究最重要的理论成果之一。[3] 此外,北京师范大学文艺学研究中心《文学审美意识形态论》(2008)较为集中地讨论了文学审美意识形态论的一些重要问题。实际上,审美意识形态并不是浑然一体的文艺美学概念,审美与意识形态之间充满着历史复杂性与现实矛盾性。就中国语境的美学与政治关系而言,审美意识形态概念的价值与意义,不仅是

---

[1] 朱立元主编:《新时期以来文学理论和批评发展概况的调查报告》,春风文艺出版社2006年版,第65页。
[2] 王先霈:《文学理论导引》,高等教育出版社2005年版,第1页。
[3] 朱立元主编:《新时期以来文学理论和批评发展概况的调查报告》,春风文艺出版社2006年版,第65—73页。

"对审美反映论的发展、完善和提升",更重要的是对曾经长期在中国历史性盛行的"政治工具论"模式的革命性扬弃,故而甫一提出,颇令学界顿有文艺天地豁然开朗之感。

(二) 童庆炳的审美意识形态理论话语

作为中国语境的审美意识形态研究的主要代表人物,童庆炳强调"审美意识形态是文艺学第一原理",[①] 并将此贯穿到其主编的《文学理论教程》教材中。由于这是全国通用的"面向21世纪课程教材",具有多项头衔,如教育部"高等教育面向21世纪教学内容和课程体系改革计划"的研究成果,面向21世纪课程教材和普通高等教育"九五"规划国家级重点教材,高等教育出版社"百门精品"课程教材等,为国内高校广泛采用,因此十余年来在文学理论教学领域独领风骚,影响深远。

童庆炳主编的《文学理论教程》[②] 以"审美意识形态"论为理论核心,它对"审美意识形态"做了中国式的系统界说,堪称标志性的成果:

> 审美意识形态,是指与现实社会生活密切缠绕的审美表现领域,其集中形态是文学、音乐、戏剧、绘画、雕塑等艺术活动。……文学的审美意识形态属性,是指文学的审美表现过程与意识形态相互浸染、彼此渗透的状况,表明审美中浸透了意识形态,意识形态巧借审美传达出来。
>
> 具体地说,文学的审美意识形态属性表现在,文学成为具有无功利性、形象性和情感性的话语与社会权力结构之间的多重关联域,其直接的无功利性、形象性、情感性总是与深层的功利性、理性和认识性等缠绕在一起。第一,从目的看,文学不带有直接功利目的,即是无功利的,但是这种无功利本身也隐含有某种功利意图;第二,从方式看,文学处处以形象感人,但也含有某种理性;第三,从态度看,文学富于情感性,

---

[①] 童庆炳:《审美意识形态作为文艺学的第一原理》,《学术研究》2000年第1期。

[②] 童庆炳主编:《文学理论教程》(教学参考用书),高等教育出版社1992年第1版,至2015年已经推出第5版。

但也带有某种认识性。①

"审美意识形态"不仅蕴含丰富，而且统摄六观。童庆炳认为：在中国影响最为持久、同时流行的有文学六种观念：第一，文学审美意识形态论；第二，文学活动论；第三，艺术生产论；第四，艺术情感论；第五，语言本体论；第六，文化论。审美意识形态论最重要的改变是引入"审美"这一概念，从而把文学看成是美的价值系统。审美意识形态论与其他各论相比，在整一性、文学客体、主体和功能等方面都具有"优越性"，因此它更符合作为文艺学第一原理的条件。它力图摆脱对"文学政治工具"论的单一的、僵化的思想的束缚，力图在马克思主义思想的视野中揭示文学自身的特征。审美意识形态论观念历久不衰，至今仍是文艺学的第一原理。审美意识形态也不是"审美"与"意识形态"的机械拼凑而是社会生活的反映。审美意识形态对政治意识形态的"规劝""监督""训斥"等，也是十分正常和合理的。审美意识形态自身形成一个独特的思想系统。从文学的功能看，一般意识形态（这里指积极的正面的）的功能重要性排列的先后是：真—善—美（如哲学），或者善—真—美（如道德），"审美意识形态"的功能的先后排列则是：美—真—善，或美—善—真，审美的功能应放置在最前面。② 在中国语境，审美意识形态的双重性主要是一种交织互渗关系。因此，审美意识形态具有三方面的特征：文学既是无功利的也是功利的；文学既是形象的也是理性的；文学既是情感的也是认识的。

但是，国内审美意识形态研究，包括童庆炳主编的《文学理论教程》在内，仍然有一个比较明显的缺憾：罕见将属于英美学术思想资源的德曼、伊格尔顿和中国学界关于审美意识形态的题旨作为问题框架，进行多重语境交叠的会通研究。以童庆炳主编的《文学理论教程》（2006）③ 为例：该书第四

---

① 童庆炳主编：《文学理论教程》（教学参考用书），高等教育出版社2006年修订二版，第56页。这段论述，是该教材"怎样理解文学的审美意识形态属性"问题的标准答案。
② 童庆炳：《审美意识形态论的再认识》，《文艺研究》2000年第2期。
③ 这里以距离1997年伊格尔顿《美学意识形态》进入中国语境较为近的《文学理论教程》（童庆炳主编、教学参考书，高等教育出版社2006年修订二版）为例。

章"文学活动的审美意识形态属性"属于专题论述,凸显了对审美意识形态问题的重视,虽然将伊格尔顿《文学理论:导论》列入参考文献,颇具眼光,因为这是美学意识形态观念定型之作,但是,其正文和所附的参考文献均未提及德曼《审美意识形态》和伊格尔顿《美学意识形态》两部同题旨的著作,未免令人有所遗憾。

第二节 三重交叠语境:审美意识形态范式及理论启迪

审美意识形态作为当代重大的文艺理论课题,有必要从上述三重语境交叠的维度展开题旨,以期拓展、深化和丰富当代"审美意识形态论"的学术空间。根据马修·博蒙特对伊格尔顿的访谈,审美意识形态的概念要大于美学意识形态的概念。"美学意识形态"可以定义为"美学本身在特定社会形态内的意义和价值",是文化意识形态的一部分。[①] 伊格尔顿对"美学意识形态"(Ideology of the Aesthetic)与"审美意识形态"(Aesthetic Ideology)做了区分,把前者囊括在后者的范畴内,因此,我们可以将美学意识形态纳入审美意识形态内进行研讨。在学理上,审美意识形态题旨在不同的语境中既交叠又变异,构成了特殊而富有意义的理论范式。

一 德曼"审美意识形态"范式

保罗·德曼《审美意识形态》生成的主要语境是欧洲传统学科分类,同时受到美国新批评与德里达解构论思想的综合影响。德曼的《审美意识形态》原书名是"美学、修辞、意识形态",图书分类是文学理论/哲学,基本形态是批判语言学分析,理论渊源主要是基于对法国哲人帕斯卡尔、德国康德、黑格尔、席勒的解构性阅读与评论。德曼原本拟写狄德罗、施莱格尔、费希特、克尔凯郭尔、马克思、"误读"理论、宗教批判和"政治

---

① [英]特里·伊格尔顿、马修·博蒙特:《批评家的任务》,王杰、贾洁译,北京大学出版社2014年版,第128页。

意识形态",以及修辞/意识形态(理论总结)等章节,遗憾的是他因癌症辞世而未能完成。

表10-1归纳了保罗·德曼《审美意识形态》的主要情况。

表10-1 保罗·德曼《审美意识形态》的主要情况

基本形态	关键范畴	主要评骘人物	主要理论关切	学术范式
批判语言学分析,核心是修辞学、认识论和美学之间的关系,体现物质性的基本观念	文学修辞、解构性阅读、美学意识形态	洛克、帕斯卡尔、康德、黑格尔、席勒	隐喻认识论,语言的运用与滥用的混杂模式,意识形态、批判哲学和超验哲学,核心是探讨修辞学、认识论和美学之间的关系	以修辞为标志性特征,强调寓意作为文学首要的审美意识形态;探究阅读的理论基础,倡导以洞见克服盲视;重视语言形象的力量

德曼《阅读的寓言》(Allegories of Reading)衍生于语言科学,而其《美学、修辞、意识形态》(即《审美意识形态》)则衍生于非语言科学。审美意识形态是语言学与非言语领域交叉学科的产物。德曼认为修辞学(劝说的艺术)是一个认识论学科,且颇有研究心得。德曼反对滥用语言,对美学观念进行了解神秘化,感兴趣于三种观念的相互作用:意识形态、批判哲学和超验哲学。他提出审视文学文本的两个视角:语法系统与形象系统。

二 伊格尔顿"美学意识形态"范式

特里·伊格尔顿《美学意识形态》生成的主要语境是德国哲学思想渊源、英国马克思主义美学视野和文化研究传统的大众立场的综合。德曼重视文学修辞,风格沉郁;伊格尔顿既有对经典作家如莎士比亚、勃朗特姐妹的文学批评著作,又擅长美学评骘,大气磅礴(表10-2)。

表10-2 伊格尔顿《美学意识形态》的主要情况

基本形态	关键范畴	主要评骘人物	主要理论关切	学术特质
基于德国哲学的马克思主义美学史论；关注知识、政治和欲望（认识、伦理—政治和力比多—审美）三个重大领域	身体美学（身体与审美）、政治美学（审美与政治）、资本主义美学批判（哲学与意识形态）、审美矛盾（审美乌托邦与意识形态误认）、审美与文艺（神话、反讽等），美学与心理学、伦理学等	夏夫兹博里、休谟、伯克、康德、席勒、费希特、谢林、黑格尔、叔本华、克尔凯郭尔、马克思、尼采、弗洛伊德、海德格尔、本雅明、阿多诺	自由心灵、领导权、人工制品、欲望、反讽、崇高、真实的幻觉、父亲之名、存在的政治学、星座化、奥斯维辛之后的艺术、从城邦到后现代（主义）	以大众立场的资本主义批判美学为特征，从美学史视野论析西方美学、政治学和伦理学之间错综复杂的关系，评骘人物以阐发自己的美学思想，建构独特的"美学意识形态"

伊格尔顿与德曼的类同之处皆是通过对相关人物，尤其是德国哲学家的评述表达自己的思想观点。但是，伊格尔顿"美学意识形态"的基本形态、关键范畴、主要评骘人物、主要理论关切更为丰赡完备，理论立场与学术特质更容易为中国学界所接受。

三 中国"审美意识形态"范式

当代中国语境的"审美意识形态"论（表10-3）较好地兼顾了文艺的审美特性与政治需要，历史性地扬弃与综合了文学反映论和"政治工具论"，成为现阶段中国文论的关键话语。中国审美意识形态的基本形态、关键范畴、主要评骘人物、主要理论关切都呈现出不同于英美同类研究的学术特质，实际上在当今中国语境中已逐渐演变成一种统辖性的伞状概念。

表 10-3　当代中国语境的"审美意识形态"论概况

基本形态	关键范畴	主要代表人物	主要理论关切	学术特质
基于苏俄思想渊源的、中国特色的马克思主义文艺美学伞状概念	政治与文艺，阶级性与人性，政治工具论与审美反映论、文艺的自律性的辩证关系	钱中文、童庆炳、董学文、王元骧、王向峰等	扬弃文艺为政治服务观念，为文艺正名，文学是人学，文论失语症，西方文论强制阐释，倡导人文精神，沟通古今，融会中西方文艺美学思想，西方文论中国化	马克思主义主导的审美意识形态是文艺学的第一原理，具有广阔的包容性和理论涵盖性，可较好地概括文艺的本质特征，适应当代文艺多元发展的基本态势

由于审美意识形态的概念突破了当时中国文艺学已经显得僵硬、陈旧的主流观念如政治工具论等，显然内涵更为丰富，外延弹性更佳，在美学与政治的张力关系上能够满足不同政治背景和学术关切的人物及多方诉求，因此很快得到广泛认可与接受，并且进入国家机构性实践范畴，甚至成为新时期以来高校文艺美学教材中的"第一原理"，具有马克思主义美学视野的辩证论特色。

四　审美意识形态的语境交叠与思想启迪

以德曼为代表的美国解构论语境、以伊格尔顿为代表的英国马克思主义美学语境与以童庆炳为代表的中国辩证论语境构成了当代审美意识形态的三重语境。作为理论图式，它们的题旨不可能完全吻合，而是既互相交叠，又不可避免地旁逸斜出。思想启迪意义由此生成。

（一）美国解构论语境与英国马克思主义美学语境的交叠

沃敏斯基在德曼《审美意识形态》的"导言"多处论及伊格尔顿与意识形态问题，而伊格尔顿也曾在其《美学意识形态》中数处评价或引证保罗·

德曼。在西方文论视域中，借鉴比较诗学注重实证的"影响研究"理论视野，我们可以看到，在德曼的《审美意识形态》与伊格尔顿的《美学意识形态》之间，存在着一种微妙而耐人寻味的思想交集与理论对话关系，凸显了两人的一些共同的学术旨趣与重要的立场分歧。

伊格尔顿与德曼在美学与意识形态问题上都十分重视德国哲学的思想资源，都对"反讽"概念进行了美学阐发。德曼的名著《审美意识形态》夹杂大量的德语，秉持着解构论的怀疑意识，重点讨论对象包括康德、黑格尔、席勒、施莱格尔，以及海德格尔、荷尔德林等欧洲哲学家、诗人。伊格尔顿则在《美学意识形态·导言》中表示：本书讨论的思想家几乎都是德国人（康德、席勒、费希特、谢林、黑格尔、叔本华、克尔凯郭尔、尼采、海德格尔、本雅明、阿多诺等），德国文化遗产分量很重，其影响已经远远超出国界。对于美学探索，以唯心论为特征的德国思想模式是比法国理性主义和英国经验主义更令人容易接受的中介。伊格尔顿声称：本书有意识地省略了两个主要方面。首先是省略英国美学思想传统。因为许多英式话语传统实际上是德国哲学的派生物，所以最好是直接讨论本源。其次是省略了对实际的文艺作品的研究。虽然这会让某些读者和那些训练有素、迷恋"具体说明"的文学批评家感到恼怒，但理论不是谦卑的婢女，"所以我尽可能对具体的艺术品保持最大的沉默。"[①]

伊格尔顿和德曼一样，都非常关注文学理论反思与文学批评实践。德曼以文学修辞研究为特色，辞世较早，但也留下了《阅读的寓言》（1979）、《盲视与洞见》（1983）、《浪漫主义修辞学》（1984）、《抵制理论》（1986）、《浪漫主义与当代批评》（1993）、《审美意识形态》（1996）、《后浪漫主义困境》（2012）等著作。伊格尔顿作为文论家，以马克思主义的立场与方法著称。他经历过迷恋和摒弃"宏大叙事"范式的转向，既撰写过针对具体作家的文学研究论著，又出版过纯粹的理论著作，譬如《莎士比亚与社会：莎剧

[①] ［英］特里·伊格尔顿：《美学意识形态》，王杰、付德根、麦永雄译，中央编译出版社2013年版，第11页。

批判性研究》(1967)、《权力的神话:勃朗特姐妹的马克思主义研究》(1975)、《克拉丽莎受辱:塞缪尔·理查森的作品中的书写、性和阶级斗争》(1982)、《文学理论:引论》(1983)、《批评的功能》(1984)、《理论的意义》(1989)、《文学理论》(1996)、《甜蜜的暴力:悲剧观》(2002)、《理论之后》(2003)、《英国小说:引论》(2005)、《如何阅读一首诗》(2007)、《文学事件》(2012)和《如何阅读文学》(2013)等。但可能更有意义的是美国解构论的语境与英国马克思主义美学语境之间的立场差异与思想抵牾。

沃敏斯基在德曼著作的"导言"中说:德曼给意识形态的定义——确切而言,我们所言的意识形态是语言与自然现实的融合,是指涉性与现象论的融合——同样被左翼和右翼的批评家阅(误)读和摈弃。譬如,左翼美学家特里·伊格尔顿在《意识形态》中赋予德曼一种"本质上的哲学悲剧"的思想特征,对它而言:

> 心灵与世界、语言与存在永远是乖离的;而意识形态则是一种姿态,它寻求去弥合这些颇为分离的秩序,满怀恋旧情绪去捕获词语中事物的纯粹存在,使物质存在的所有确切感觉充满意义。意识形态努力在言辞概念与感性直觉之间架设桥梁;但是真正的批判(或"解构的")思想力量却要展示话语的阴险的形象、修辞的本质如何总是会介入,打破这桩妥帖的婚姻。①

特里·伊格尔顿宣称:德曼为了解构论的"悬疑"(Aporias)和不可思议的文本悖反而完全放弃了现实世界,因此这种解构论是"政治隐遁"(Politically Quietistic)。② 沃敏斯基认为伊格尔顿的论断过于草率,多少有点误读了德曼。德曼努力用修辞而不是意识形态在心灵与世界、语言与存在之间缔结"婚姻"。伊格尔顿视之为阴暗的"悲剧",是语言虚假的自然化和"解放

---

① Terry Eagleton, *Ideology*, London: Verso, 1991, p. 200.
② V. B. Leitch ed., *The Norton Anthology of Theory and Criticism*, New York: Norton & Company, Inc. 2010, p. 1363.

政治的乌托邦主义"。沃敏斯基强调:"易言之,如果我们想理解德曼晚期论文构想的任何事情,那么我们就需要着手解读其题为《美学、修辞、意识形态》中'修辞'一词,因为确实是'修辞'标志了所有的差异,把德曼的构想与单纯的'美学意识形态批判'区分开来。"① 这揭示了德曼"审美意识形态"以修辞为核心的特质,但也可能有点偏颇。实际上伊格尔顿对德曼是褒贬皆有。如伊格尔顿在《美学意识形态》"导言"既讥评"德曼本人早年涉及极右的机体论意识形态"及其政治"过激反应",是一位"空想家",又赞赏德曼的思想路径:

> 我欣喜地看到,在德曼的著作和我所作的探索之间有着某种意想不到的一致性。他后期的著作表现了对美学观念所作的令人振奋又相当复杂的解神秘化,也许可以说这种解神秘化贯穿了他的思想;在这方面,他所说的许多东西我都是完全赞同的。德曼认为,审美意识形态经历了从语言学到感性经验的现象学还原,包含心灵和世界、符号和事物、认知与感知的混淆,在黑格尔的象征中这种混淆被视为神圣,而康德极力把审美判断与认知、伦理和政治的领域严格区分开来的行动则抵制这种混淆。②

保罗·德曼早期的重要著述,集中体现了其寓意或寓言作为阅读策略的观念。德曼认为语言的运作先于历史,历史知识不是基于经验事实,而是书写的文本。德曼激进的理论导向了对历史真实与意义可能性的质疑,这使得一些批评家把他当作文学的敌人,谴责他威胁到了文学批评的基础。在 20 世纪 80 年代的欧美文学理论领域,左翼理论家关注历史、社会和政治,他们与德曼以及解构论进行了针锋相对的斗争。后殖民批评家赛义德责备解构论滥用"伪饰的行话""模糊了社会现实",损毁了社会角色与批评任务。批判理

---

① Paul de Man, *Aesthetic Ideology*, Minneapolis: University of Minnesota Press, 2008, pp. 8–9.
② [英] 特里·伊格尔顿:《美学意识形态》,王杰、付德根、麦永雄译,中央编译出版社 2013 年版,第 9—10 页。伊格尔顿在此引证德曼的《康德的现象性与物质性》(1984)(该文后来被沃敏斯基编为德曼《审美意识形态》第三章)。

论家弗兰克·伦特里契亚分析德曼的修辞理论,挖苦他在语言问题上大放厥词,有如黑手党老大,与他的非确定性理论自相矛盾。[①] 德曼重视文学修辞,潜心挖掘学理性,风格沉郁。伊格尔顿擅长美学评骘,大气磅礴,是一位"卓越、有活力、好战的思想谋士""一位有战略的思想者",是"文学斗争中的军事家"[②]。伊格尔顿展现的高屋建瓴的概括能力和穿透性的眼光,恐怕是保罗·德曼也力有不逮。

德曼《审美意识形态》和伊格尔顿《美学意识形态》的思想特质与立场分歧,由此可见一斑。当代文学批评史家哈比勃《现代文学批评与理论史》(2008)指出:英国最杰出的马克思主义批评家伊格尔顿概括了马克思主义文学分析的范畴,坚持不懈地重新解释马克思主义与众多现代文学理论之间的交集与差异。伊格尔顿坚持了马克思主义文学批评的基本前提:任何意识形态的形式——宗教、道德、哲学、法律,以及语言本身——皆无独立的历史,且都衍生于人类的物质活动。他界说了马克思主义文学批评的双重特殊性:物质生产被视为社会存在的最终决定因素,而阶级斗争则被视为历史发展的核心动力。伊格尔顿还添加了一个马列主义的原则:对政治革命的理论与实践的承诺。他意识到经济基础与上层建筑之间高度复杂的中介联系,而敏锐地对物质生产首要性的坚持,实际上可以视为伊格尔顿对一切非马克思主义文学理论进行抨击的基础。[③]

(二) 三重语境的审美意识形态论的交叠及逸出

当"审美意识形态"题旨加入中国元素,从英美双重语境转向前述三重语境时,一些比较有意义的交叠及逸出形态无疑能够给我们以重要的思想启迪。

[①] V. B. Leitch ed., *The Norton Anthology of Theory and Criticism*, New York: Norton & Company, Inc. 2010, p. 1363.

[②] [英]特里·伊格尔顿、马修·博蒙特:《批评家的任务》,王杰、贾洁译,北京大学出版社2014年版,第9页。

[③] M. A. R. Habib, *Modern Literary Criticism and Theory: a History*, MA: Blackwell Publishing, 2008, pp. 81–82.

首先，辩证思维方式的叠合及逸出。辩证思维在英美和中国语境中都得到了不同程度的重视。德曼在讨论意识形态、批判哲学和超验哲学三位一体观念时强调它们的相互依存关系。伊格尔顿《美学意识形态》不啻一曲马克思主义美学视野中批判性反思的宏大叙事，他充分地认识到美学与政治之间的复杂性和矛盾性，他在书末归纳说："美学是一个明显矛盾的概念，只有辩证思想才能充分地评判它。"童庆炳在其《文艺理论教程》等著述中对审美意识形态的界说，同样贯穿着辩证思维特征，只是更加强调其整体性，使之成为某种一元多样化的伞状概念（包容、涵盖、支撑多个层面及其功能）。富于创新的伊格尔顿说："我们突然认识到如下事实：一切理性、真理、自由和主体性这些古老的话语都已经精疲力竭……需要深刻转变。"而美学与政治若没有"非常严肃地思考这些传统主题"，那么就不可能在反对权力专横的斗争中获得"充分的资源和活力"。[①] 前述"星座化"就是一个逸出传统问题框架的当代美学思维方式和理论建构尝试。

其次，美学与政治关联域的叠合及逸出。德曼所展示的主要是一种学理性的旨趣，他在《审美意识形态》中从美学理论史的维度讨论问题，认为在康德那里，美学理论是第二等级的批判哲学，是批判的批判。而在黑格尔这里，政治、艺术和哲学之间的联系，经由艺术哲学或美学的途径，被建构成为黑格尔式的系统。"历史事实可以证明，某些最深刻的政治思想和政治活动的贡献来自于'美学'思想家。马克思本人在这一点上堪为例证，他的《德意志意识形态》是沿着康德第三批判脉络而来的一种批判程序的模式——恰如距离我们时代更近的本雅明、卢卡奇、阿尔都塞和阿多诺的著述一样。"[②] 伊格尔顿更是历来强调文艺美学的政治维度。卡斯特在论及伊格尔顿时认为：马克思主义文学理论断言文学是一种社会力量和意识形态的生产。伊格尔顿坚持文学文本不是意识形态的"表达"，而是某种意识形态的生产。马克思主

---

① ［英］特里·伊格尔顿：《美学意识形态》，王杰、付德根、麦永雄译，中央编译出版社 2013 年版，第 399 页。

② Paul de Man, *Aesthetic Ideology*, Minneapolis: University of Minnesota Press, 2008, p.107.

义批评的"第一要务"是"积极参与、帮助引导大众的文化解放"。伊格尔顿反复强调:理论的出发点必须是实践的、政治的意图,"生产方式"包括人的主体性的生产方式,而最困难的则是被主流政治秩序殖民化的"主体空间的解放"。这意味着,"意识形态"对马克思主义批评而言,是物质与精神之间联系的至关重要的焦点。不同于解构论以"否定"为基础,马克思主义批评"肯定"物质基础,重视理论方法与实践目的之间的内在联系。伊格尔顿认可解构论的基本潜力,但认为马克思主义辩证法已蕴含了这种潜力。他斥责结构主义静态的反历史的社会观,指出它把劳动、性别和政治都缩减成了"语言",忽视了文学和语言皆是社会实践的生产方式,其反人道主义悬搁了人类主体,毁坏了主体作为政治代表的潜力。[①] 伊格尔顿在《美学意识形态》末章"从城邦到后现代主义",以原始的和寓言的形式讲述了"一种韦伯式的故事":

> 在资本主义崛起之前,甚或在人类堕落之前,确切而言在感知分离之前……哲学的三大问题——我们能认识什么?我们应该做些什么?我们感到什么有吸引力?——相互之间尚未完全区分开来。也就是说,在这个社会,认识、伦理—政治和力比多—审美的三个重大领域在很大程度上仍然互相结合。……所有这一切都发生了变化。蛇钻进了伊甸园;中产阶级开始兴起;思想与感情分离。……历史生活的三大领域——知识、政治和欲望——彼此分离;每一种都成为专门化和自主化,并封闭在自己的空间里。[②]

西方美学从古希腊城邦制条件下发展到现代性时期,并且向后现代开放。但政治始终是"认识、伦理—政治和力比多—审美的三个重大领域"的有机组成部分。而中国审美意识形态论是在扬弃与综合审美反映论和政治工具论

[①] Gregory Castle, *The Blackwell Guide to Literary Theory*. MA: Blackwell, 2007, p.108.
[②] [英]特里·伊格尔顿:《美学意识形态》,王杰、付德根、麦永雄译,中央编译出版社2013年版,第349—350页。

的基础上生成的,始终脱离不了对政治的关注。显而易见的是,伊格尔顿和童庆炳都站在大众立场,关注贫困阶层的苦难,以马克思主义美学原理论析美学与政治的关系,而这是书斋化的德曼比较冰冷隔膜的"审美意识形态"所匮乏的维度。因此,毫不奇怪,伊格尔顿会讥评德曼的"政治隐遁",调侃人们对"法式接吻"的兴趣超过了对"法国哲学"的兴趣,讽刺"在某些文化圈里手淫的政治远远要比中东政治来得更令人着迷"。[①]而童庆炳先生在国内"审美生活日常化、日常生活审美化"的争论中对大兴土木、到处建设街心花园的现象颇有微词,呼吁人们要更多地关注农民工艰辛的生存状态。

再次,学科体制的叠合及逸出。在"审美意识形态"的学科体制维度,美国语境的德曼与中国语境的童庆炳之间呈现出一定的叠合度:德曼关注欧洲大学教育史上的学科体制,如古典语言科学"三大学科"(Trivium):语法、修辞和逻辑;非语言科学的"四大学科"(Quadrivium):数量(算数)、空间(几何)、运动(天文)和时间(音乐)。他的"审美意识形态"以修辞为特征,呈现出密切的学科关系。童庆炳主编的《文艺理论教程》并非是德曼书斋式的学术探讨,而是体大虑周、影响深远的全国通用教材,是中国文艺美学高等教育体系的重要组成部分,居于其核心的"审美意识形态"已倾向于成为中国特色的马克思主义文艺美学的伞状概念。相形之下,伊格尔顿《美学意识形态》似乎对学科体制框架有所逸出。他宣称该书不是一部美学史,但实际上他的《美学意识形态》是基于德国哲学的马克思主义美学史论,具有鲜明的个性色彩,对中国的文艺美学学科产生了持续的强劲影响。

最后,缺类研究与理论启迪。在比较文学中,缺类研究属于文类学范畴,意指"一种文类在某国或某民族文学中有而在他国或他民族文学中则没有"[②]的形态,或者一种文类在不同国家或民族都存在,但差异极大的现象。通过对缺类现象的探析,可以对缺类现象背后的文化差异进行挖掘。我们可以在学理上借用比较文学"缺类研究"的概念,看到一些中国语境"审美意识形

[①] [英]特里·伊格尔顿:《理论之后》,商正译,商务印书馆2009年版,第4页。
[②] 参见陈惇、孙景尧、谢天振主编《比较文学》,高等教育出版社2011年版,第73页。

态"比较匮缺或比较薄弱的类型。譬如，身体美学。即使是西方文化艺术以展示人体美为特色乃至形成传统，伊格尔顿也在哲学和美学中发现了忽视身体的巨大缺憾。遑论在对身体比较内敛、保守、隐讳的中国审美文化——中国语境的审美意识形态论更加匮乏身体美学的维度。这是需要强化的一个重要环节。在中国当代文学中，女性文学的身体写作往往显得另类，或意在吸引眼球，呈现挑衅传统与常规的姿态，抑或因此遭到贬斥。伊格尔顿的身体美学无疑可以给我们以重要的思想启迪：他强调身体是物质基础与上层建筑的中介，代表着人类的存在。伊格尔顿在《理论之后》甚至讥讽批评地说："社会主义已经彻底地输给了施虐受虐狂。在研读文化的学生中，对交欢的人体兴趣盎然，对劳作的身体兴趣索然。"[1] 他的身体美学，实际上不仅坚持了马克思主义美学的大众立场，也对身体做了多元开放的分类：马克思的劳动身体、尼采的权力身体、弗洛伊德的欲望身体、阿多诺的痛苦身体、本雅明的闲逛者身体和新天使身体，等等。

中国语境的审美意识形态论是艰难走出文学"政治工具论"阴霾的理论形态，侧重于强调美学与政治、文艺与意识形态的辩证统一与和谐，重点论证的主要是其整体性或总体性，较为缺乏德曼式的质疑与批判哲学精神；较少像伊格尔顿美学那样重视其复杂性与矛盾性。德曼兼具欧美新批评文本细读与解构论的质疑精神，专注于语言修辞，启迪我们进一步重视文学的审美属性，加强文艺本体领域的研究。伊格尔顿宏阔大气、富于穿透力的史论眼光和马克思主义美学的大众、实践的立场，启迪我们审视自己的文化和美学传统，致力于建构贯通古今、会通中外的审美意识形态论。

三重语境的审美意识形态论构成一种理论建模，它既叠合又逸出，可以让我们借助不同的思想资源，从不同视野、不同维度抵近问题核心，从而拓展、深化学术空间，丰富我们的良知卓识。这种题旨，对于西方马克思主义文艺理论"意识形态"范式转向及其中国化问题研究，无疑具有重要的意义。

---

[1] ［英］特里·伊格尔顿：《理论之后》，商正译，商务印书馆2009年版，第4页。

第十一章　全球化语境中的东方文化与文学研究

从全球化宏观视野审视东方文化与文学研究的历史、现状和前景，是一项具有挑战性意义的研究课题。[①] 尽管东方学者（包括中国学者）传统的、微观的、本土化的东方研究非常重要，但西方学者在东方学领域中表现出来的现代意识的、宏观的、国际性的研究旨趣同样也值得我们加倍关注。

第一节　当代西方"东方研究"的主要理论图式

当代西方的"东方研究"在进入 21 世纪前后形成了若干富有意义的理论图式，它们已成为当前东方文化与文学研究的重要理论参照系，构成西方文论中国化的前沿性学术背景。

一　后殖民批评理论图式：赛义德"东方主义"

美国哥伦比亚大学教授赛义德的专著《东方主义》（*Orientalism*，1978；一译《东方学》）是后殖民批评理论的重要基石，面世后以"博尔赫斯式的

[①] 本章内容收入陈建华教授主编的《中国外国文学研究的学术历程》，重庆出版社 2016 年版，第 136—154 页；综合了笔者系列相关成果，包括《全球化语境中东方文化与文学的研究现状与前瞻》，《外国文学评论》2001 年第 4 期；《东方主义范式的转换与当代中国东方学的建构》，载《中国语言文学研究》，社会科学文献出版社 2015 年版；《全球化与数字化语境：审视中国东方学的三重视野》，《东疆学刊》2014 年第 4 期。

方式，衍化出许多不同的论著"，在东西方学界引起普遍关注乃至激烈的争论，成为我们反思中国东方学问题的主要参照系。

赛义德赋予后殖民批评以意识形态和地缘政治美学的意蕴。这种"东方主义"图式至少包括了两层含义。第一层是在本体论和认识论意义上，东方与西方具有不同的思维方式，存在着许多难以弥合而又富于意义的巨大差异。第二层含义则是指处于中心地位的西方，以强势话语对处于边缘地位和弱势话语的东方（非西方）长期以来的主宰、重构和话语权力压迫方式。同时，东方主义又叠合于三个领域：（1）长达4000年之久的欧亚文化关系史；（2）自19世纪以来西方不断培养和造就东方语言文化专家的东方学以及汉学学科；（3）一代又一代的西方学者所建构的东方的他者形象（东方被作为西方的对立面"他者"而树立起来，如在吉普林、康拉德和赛珍珠的笔下常可见到西方人对东方历史悠久的偏见：东方既远离文明的中心，东方人有懒惰、愚昧、迷信等习性，同时又充满着神秘色彩和异邦情调），是西方人对东方的一种根深蒂固的认识体系，反映了西方文化霸权的描述和裁决。"东方学"伴随着资本主义、帝国主义的殖民扩张和政治、军事侵略的近代世界历史进程而出现，本质上体现了西方人自居"中心"位置，对边缘性的东方诸国的社会、历史、政治、经济、宗教、文化、民俗，以及文艺等方面进行研究，居高临下地对东方加以解读和诠释，尽管在客观上这种东方研究有可能促进他们逐步深入地了解不同的文化。赛义德揭示了现代世界史中后殖民主义的政治文化逻辑与机制："东方不是东方"，而是西方生产出的东方镜像和臆造的他者。[①]

二　后冷战图式：亨廷顿"文明论冲突"论

20世纪90年代伊始，世界格局出现重大的变化：苏联解体，东欧动荡，柏林墙坍塌，东西德合并……第二次世界大战以来的东西方两大阵营的对峙和冷战状态结束，世界历史进入了后冷战时代。美国哈佛大学政治学教授塞

[①] 麦永雄：《全球化语境中东方文化与文学的研究现状与前瞻》，《外国文学评论》2001年第4期。

缪尔·亨廷顿作为白宫智囊团人士，站在维护美国利益的立场，于1993年底发表的政治性长篇论文《文明的冲突?》引起世界性的强烈反响。他认为各文明群落的冲突将成为21世纪的核心问题，在即将到来的新世纪里，冷战和政治意识形态的对峙已基本结束，重大的经济、军事冲突也将淡化和软化，西方、儒教、日本、伊斯兰、东正教、拉美、非洲和印度等八大文明之间的冲突将构成21世纪世界文明发展的主要格局。尽管亨廷顿关于文明冲突的观点引发争议，如有人认为未来世界中各文明的对峙远不及它们互相渗透融合发展的历史趋势那样明显，21世纪将呈现出较20世纪更为祥和的状态，但很难否认亨廷顿关于未来世界以文明群落划分的观点中所蕴含的多元化思想：把当代国际社会描绘为以多种文明或力量相互制约、互动为特征的世界，显然要比笼统地仅作东方与西方的二元划分更符合世纪之交和千年之交的多元化时代的国际社会现状。值得注意的是，亨廷顿原来以疑问的形式提出文明的冲突的问题，经过3年的论争与思考，他于1996年发表了专著《文明的冲突与世界秩序的重建》，[①] 对这一问题做了进一步的反思和总结。

三 全球"解辖域化"图式：哈特和奈格里"帝国研究"

当代美国左翼哲学家哈特与意大利哲学家奈格里合著《帝国》（2000）借助法国哲学家德勒兹的"辖域化—解辖域化—再辖域化"概念，言说和倡导了一种全球化与数字化语境中的理论新图式。他们认为，随着世界上形形色色的殖民统治政体垮台，以及苏联和东欧阵营的瓦解，一种新的"帝国"出现。异于历史上的东西方主权帝国，这种全球化的帝国没有中心与边界，是一种新型的高科技、经济市场、工业生产与文化传播的跨国机器，它意味着一种新的全球秩序结构与统治逻辑。虽然民族国家的力量依然有效，但是正在日趋衰微，越来越无力调控全球化语境中跨越民族国家边界的金钱、技术、人员和商品的流动，同时经济、政治、文化领域日益互相交叠。帝国力

[①] 麦永雄：《全球化语境中东方文化与文学的研究现状与前瞻》，《外国文学评论》2001年第4期。

量的运作已经清晰地吁求从福柯式（赛义德式）的规训社会转向控制社会。[①]《帝国》批评赛义德的东方主义把问题简单化的二元论思维，质疑这种东方主义工程的两个基本特点："一、它把东方同质化，整个东方被描绘成哪儿都差不多；二、它把东方原质化，东方和东方特点被描绘成千秋万代、一成不变的同一性。"[②] 由此，不仅由来已久的东西方二元论理论话语开始遭到质疑和否弃，而且国内几乎所有的东方文学史论著都采用的文化圈话语（如中古东方三大文化圈的话语）正在开始失效。中国东方学界借鉴于德国文化传播学派的文化圈的概念显然是"帝国主义"时代辖域化的产物，属于古老的东方帝国与近代西方帝国主义的意识形态，它强调区域性的帝国版图与权力中心（主权），依赖固定的疆界；而当代新型"帝国"无中心、无疆界，帝国全球的彩虹糅合着传统民族国家的各种色彩。

四　电子传媒时代图式：穆尔"万花筒"阐释学

在全球化与数字化的世界历史的进程中，东西方正在从互相暌隔的"存在"（Existence）经由"共在"（Coexistence）[③]发展到"多元生成"的文化间性形态，前所未有的开放、互动、流变关系正在出现，逐渐成为"东方研究"的新语境。全球化语境可以理解为世界文明的发展在促使整个人类日益趋于一致的历程中所形成的政治、经济、文化、哲学、文学、宗教，以及传媒方式等循环与交换关系。而当代数字化语境则是以电子传媒为标志的全球互联的伊托邦（E-topia）和新型的全球共存关系。美国信息技术与创新委员会主席米切尔曾在《伊托邦——数字时代的城市生活》一书的"序幕：城市的挽歌"拟了三篇耐人寻味的悼词，从文化信息技术角度分别哀悼了水井（作为古代聚落中心因水管而被边缘化）—壁炉（作为家庭的黏合剂因空调而

[①] M. A. R. Habib, *Modern Literary Criticism and Theory: a History*. MA: Blackwell Publishing, 2008, pp. 219-221.

[②] ［美］哈特、［意］奈格里：《帝国》，杨建国、范一亭译，江苏人民出版社2004年版，第150—151页。

[③] 赵汀阳：从存在（Existence）到共在（Coexistence）存在论 http://wenku.baidu.com/view/6780e88583d049649b665894.html。

被边缘化）—菩提树（作为佛祖讲经的圣地因印刷术而被边缘化）。[1] 米切尔强调了当今数字化时代由异类数字精英所引领的这场革命的里程碑意义。

从阐释学与文化交流的维度而言，国际著名美学家约斯·德·穆尔教授认为，全球化并不是一种近期的新现象，而是人类自起源时就具备的特性，只是步伐在不断加速。早在大约两百万年前，我们的始祖直立人带着他们的习俗和石器时代的工具走出非洲，散布到其他大陆；公元前三千年，苏美尔文明和印度河文明之间就有了重要的贸易联系；几千年之后，丝绸之路开始连接罗马帝国、波斯帝国和中国汉朝的经济与文化。欲理解全球化问题框架，阐释学视界（Horizon）是一个重要的概念。在这种美学视界中，全球化经历了视界局限（狄尔泰）的前现代、不断拓展的视界融合（伽达默尔）的现代，现在进入了万花筒式的视界播撒（德里达）的后现代阶段，而数字化正在推波助澜地加速这个过程，赛博空间体现出多媒体性、超链接性、虚拟性、多元互动性，以及沉迷性等特征。当代的全球化 KOF（各国经济发展指标）指数表明，由于传媒数字化的快速发展，全球化已经日益成为世界每一位公民生活中的决定性现象，从世界金融资本业的银行家到发展中国家的糖果店小职员都受到影响。[2] 法国社会学家鲍德里亚以"仿真"与"拟像"等概念阐发了后现代社会符号与现实的关系，对虚拟现实社会的拟像超越真实的景况心怀担忧，认为影像、时间、音乐、性、思维、语言、身体等的高科技、高清晰度仿真是一种"完美的罪行"。美国好莱坞影片《楚门的故事》集中折射了鲍德里亚的理论关注；关于数字美女故事的电影《西蒙尼》则精彩地凸显了虚拟现实对当代社会生活的微妙影响。当代国际经济文化交往空前频繁，东西方两大文明体系的互渗提速，非二元论关系的新"帝国"犹如万花筒，不断地生成新的文化间性与思想空间。

---

[1] ［美］威廉·米切尔：《伊托邦——数字时代的城市生活》，吴启迪等译，上海科技教育出版社 2001 年版，第 11 页。另外参见麦永雄《全球化与数字化语境：审视中国东方学的三重视野》，《东疆学刊》2014 年第 4 期。

[2] ［荷］约斯·德·穆尔：《阐释学视界——全球化世界的文化间性阐释学》，汝信主编《外国美学》第 20 辑，江苏教育出版社 2012 年版，第 312 页。

第二节　全球化与数字化语境：审视中国东方研究的三重视野

当我们面对当代西方文艺美学的全球"理论旅行"和东方诗学的"失语症"的世界诗学形态时，中国东方文学界的一项重要使命就是以跨语境的当代学术意识为基础，以西方诗学为参照，重视以东方理论话语探索与阐发东方文学作品，借鉴比较诗学的三重视野[①]审视中国东方学问题，让古代东方文艺思想的智慧焕发青春，进行理论反思及重构。

一　内文化视野：以东方理论话语研究东方文学

内文化视野（Intracultural Perspective）的特征是强调探讨自身文化内部传统嬗变的根由与模式，而不与其他传统进行明确的比较。以东方理论话语研究东方文学是题中应有之义。这里试以日本俳句与印度文艺作品为个案予以阐发。

（一）日本审美文化范畴与俳句阐释

日本俳句的阐释是以东方理论话语研究东方文学的一个佳例，同时也是一种富于东方韵味的国际性的文化与文学传播现象。近代以来西风东渐，日本明治维新之后大开国门，全盘西化。当代全球化进程中，不同文化与文学的交流不断提速。在第一次世界大战发生前，英文的"俳句"（Haiku）一词就已经流传至西方，西方国家开始出现仿照俳句形式以本国语言写成的"俳句-Haiku"文学，在各不同国家，以不同语言被吟咏也将近100年。第二次世界大战后，随着日本的政治、经济复甦，国际上"俳句"文化的广泛流传已成为不争的事实，甚至出现"世界俳句协会"（World Haiku Association）。[②]欧美人士不乏俳句爱好者和相关专门网站，如 http://www.haiku.com/网页

[①] Zong-qi Cai, *Configurations of Comparative Poetics*, Honolulu: University of Hawai'i Press, 2002, p. 3.

[②] http://olddoc.tmu.edu.tw/chiaungo/essay/wha-2011.htm.

就是一种电子传媒系统，具有可让人自由撰写英语俳句的电子墙，俳句爱好者可以提交自己创作的俳句作品"上墙"并且进行交流。众所周知，美国印象派诗人庞德名诗《在地铁车站》深受中国诗词与日本俳句的影响。法国著名文论家罗兰·巴尔特《符号帝国》(1970) 以自己访日的观感写成，将俳句视为一种比较文化符号，认为日本的符号系统与法国的符号系统截然不同。俳句精确、纯净、亲近、易懂，反西方式的描写，赏心悦目，性质奇异，唤醒欲望，让感觉留痕，擅长于符号叠加、语言瞬间的休止，以无声的断裂建立起禅悟与俳句简洁、空灵的形式关系，"以文笔之简洁而臻于完美境界，以文字之素朴而达于深邃意境"。[①] 诺贝尔文学奖评委、瑞典作家马悦然《俳句一百首》(2004) 是他为数不多、直接用中文写作的诗集。以"夹杂了四川方言和现代汉语"的酒后戏言，记录了他在中国游历的感悟。在他看来，俳句"最适合捕捉举杯陶然时偶然涌出来的妙句"。[②] 当代法国哲学家德勒兹注意到日本俳句更符合东方的光滑空间、多孔空间的特征，而不是西方条纹空间的特征，其原则上要求特定的标示——表示大自然四季征候的"季语"。[③]

但俳句毕竟是东方文学，尤其是日本文学的结晶，因此，在学理上需要从东方理论话语对此进行了解与阐释。作为世界诗坛中最短小精悍的诗体，俳句具有两大艺术原则：其一是 17 音，3 行，5-7-5 句调；其二是要有季题（季语）。俳句的审美旨趣在于禅悟与留白。借用德勒兹论东方美学的观点，日本俳句具有骨架空间与呼吸空间，它的艺术形式原则与留白是其骨架，禅悟审美则是其呼吸空间，体现出生命的律动。最短小精悍的诗歌形式中蕴含丰赡、秘响旁通、伏采潜发。吕元明教授《日本文学史》曾经论述日本十大古典美学范畴：真言、哀怜、物哀（怜）、艳（情）、寂（空寂）、幽玄、余情、有心、意气、可笑。尽管这些范畴的划分与界说未必完善，但是，却难能可贵地赋予了我们一种平台与思路。例如，日本禅宗文化和审美范畴

---

① ［法］罗兰·巴尔特：《符号帝国》，孙乃修译，商务印书馆1999年版，第103—113页。
② http://www.hangzhou.com.cn/20050101/ca690908.htm.
③ 麦永雄：《全球化与数字化语境：审视中国东方学的三重视野》，《东疆学刊》2014年第4期。

"幽玄""寂"（空寂）与俳句的关系就十分密切：幽玄——源出于中国道家的老、庄精神，重视冷寂、神秘、深奥、纯正的艺术美。寂（空寂）是以闲寂、澹泊为基调的艺术论，融合了禅宗意趣。"寂"在日本俳圣松尾芭蕉（1644—1694）"闲寂风雅"的诗歌风格中得到最典型的体现，可视之为芭蕉最基本的文艺审美观。此外，在高校东方文学教学中，适当引介日本古典美学范畴与俳句知识能够消除异质文化和古典文学的隔膜，提升学生的学习兴趣、理论意识与文学素质。①

（二）印度味论诗学与文艺作品的理论阐释

中国学界的外国文学与文艺理论研究，大多通过译文的媒介进行，尤其是东方文学与文论的研究，因国家、地区、语种较欧美更为复杂多样而凸显第二手语言媒介的性质。在这种情况下，从第一手语言入手开展东方文论与文学研究的一些成果尤其显得难能可贵。在东方文论的理论话语维度，有一批研究成果做出了较好的但仍然可能是筚路蓝缕的工作，如吕元明《日本文学史》（1987）、黄宝生《印度古典诗学》（1993）和《东方文化集成：梵语诗学论著汇编》（2008）、叶渭渠《日本文学思潮史》（1997）、倪培耕《印度味论诗学》（1997）、郁龙余《中国印度诗学比较》（2006）、尹锡南《印度文论史》（2015）和《印度古典文艺理论选译》（2018），以及曹顺庆借助国内东方研究领域学者力量主编的《东方文论选》（1996）；等等。这些学术资源，奠定了建构中国"东方学"的重要理论基础。

印度古典诗学的内容十分丰富，它与西方诗学、中国诗学一道构成了世界文化中三大成熟的诗学体系。以印度味论诗学对印度文艺作品进行理论阐释，是一种耐人寻味且富于学术价值的文学批评实践。印度诗学的核心精髓是味论。婆罗多牟尼的《舞论》在印度有如亚里士多德的《诗学》在西方文艺思想的地位。印度古典味论诗学的分类（范畴）源于印度舞台艺术的理论总结，它将文艺的感情因素分为多种类型的"味"（Rasa），同时与"情"

---

① 麦永雄：《全球化与数字化语境：审视中国东方学的三重视野》，载《东疆学刊》2014年第4期。

（Bhava）紧密相关。重要的（情）味包括：八"味"——艳情味、滑稽味、悲悯味、暴戾味、英勇味、恐怖味、厌恶味和奇异味（若加上平静味和慈爱味则为十味）；与八味相应的八"常情"（基本感情）：爱、笑、悲、怒、勇、惧、厌和惊；以及八"真情"和33种"不定情"。① 这些古典味论诗学的类型和观念构成了印度民族特殊的审美心理定式，是从东方文化语境理解与阐释东方文学内涵与特征的重要理论话语。②

在印度味论诗学的视域中，著名史诗《罗摩衍那》集中反映了达摩对非达摩的斗争，是以悲悯情味为基调的作品，兼具艳情味与英勇味。"悲悯"味是由困苦、灾难、杀戮、监禁以及与所爱之人分离造成的。艳情味因常情"欢爱"而生，以男女为因，以最好的青春（优美的少女）为本，"欢爱与相思"（会合与分离）是其两大基础。贯穿《罗摩衍那》始终的正是这种悲悯味兼艳情味。同样，印度著名作家迦梨陀娑的抒情长诗《云使》和诗剧《沙恭达罗》渲染缠绵悱恻的相思和爱情，优雅地表达了典型的"艳情味"，堪为东方古典美的标本，也是世界文学的瑰宝。我们还可以借助印度味论诗学和《薄伽梵歌》的理论话语，尝试对当代印度宝莱坞电影《阿育王》进行论析。电影《阿育王》宛如一扇窗口，凝聚了印度社会历史，积淀了文化心理的"集体无意识"。若以味论诗学加以观照，阿育王形象可谓八"味"纷呈，纠结着艳情味、滑稽味、悲悯味、暴戾味、英勇味、恐怖味、厌恶味和奇异味。通过宝莱坞惯常的"载歌载舞"形式反复表达，阿育王与公主荡气回肠的艳情味得以凸显。电影最终渲染极具暴戾味、英勇味的楞伽大战，以阿育王皈依佛教的悲悯味收束，让其回归达摩（正法），精神升华。

二 交叉文化视野："东方学"的理论纠结及其语境转化

交叉文化视野（Cross-cultural Perspective）的特征是：重视异质文化之间互为参照的关系，旨在克服文化偏执的障碍。这种视野能够丰富当代文艺

---

① 参阅黄宝生《印度古典诗学》，北京大学出版社1993年版；倪培耕《印度味论诗学》，漓江出版社1997年版。

② 麦永雄：《全球化与数字化语境：审视中国东方学的三重视野》，载《东疆学刊》2014年第4期。

理论形态,有助于破除西方"东方学"理论概念存在的"规训"与"学科"的纠结,反思"东方学"如何从西方后殖民批评语境转换到中国学术语境的一系列问题。

印度文艺理论话语的化身说在学理上似乎与西方文论的原型批评模式存在着文心相通之境。印度《本生经》与希腊伊索寓言并称的古代世界寓言文学的宝典,叙述释迦牟尼在成佛之前,经过的无数次轮回转生——国王、王子、婆罗门、商人、妇人、大象、猴子、鹿等等,每次转生皆成为行善立德的故事,寓有化身说的叙事学内涵。印度三大主神之一的毗湿奴(Vishnu),多次化身降凡显圣,十化身中包括印度史诗《罗摩衍那》的主人公罗摩、《摩诃婆罗多》中阿周那王子的御者和军师"黑天"大神,甚至佛陀释迦牟尼。同理,阿育王似乎也应该可以视为毗湿奴的化身。在西方文论中,以加拿大国际学者诺斯罗普·弗莱为代表的"原型批评"理论模式同样基于"循环论"思维,其逻辑起点是将繁复多姿的文学艺术视为神话的"置换变形"(Displacement),而"原型"是文学艺术中反复出现并且引发文化语义联想的要素,后世文艺作品的主人公不过是神的不同面具而已。以此观照电影《阿育王》,可以发现其中一些场景和题旨重现了印度两大史诗的原型,如美丽善良的戴维舍身挡住阿育王射杀小鸟的情境,不禁令人联想到《罗摩衍那》蚁蛭仙人以同情被射杀的麻鹬而揭开史诗序幕的典故。[①]《阿育王》结局宏大而惨烈的战场,犹如《摩诃婆罗多》之末的俱卢大战。坎贝尔《千面英雄》(*The Hero with a Thousand Faces*, 1949)作为西方神话学的经典,揭示了原型英雄的人类学、考古学、生物学、文学、心理学、比较宗教学、艺术及流行文化等不同蕴含。从跨语境维度思考,西方原型批评理论与印度文学、叙事学的化身说(如佛本生故事;文学形象毗湿奴—罗摩—黑天—阿育王……),都从不同侧面支持这种以历史哲学的循环观为特征的神话—诗性思维模式,是在很多方面可以交叠互补的文艺思想资源。

以交叉文化视野审视赛义德的"东方学",有助于反思其理论话语及其纠

[①] 麦永雄:《全球化与数字化语境:审视中国东方学的三重视野》,《东疆学刊》2014年第4期。

结，进而丰富中国东方学的问题框架。赛义德东方学的影响源主要是福柯的权力话语与新历史主义，以及葛兰西文化霸权论，核心题旨是一种悖论式的理论纠结：东方不是东方！在福柯哲学的意义上，东方学既是一门"学科"，同时也是一种"规训"（Surveiller/Discipline）。需要指出的是，"赛义德并不是第一个论述东方主义的学者，其对东方主义的阐述，也非最好。在赛义德之前，提巴威、阿拉塔斯、阿卜杜勒－马利克、贾伊特、阿卜都拉·拉鲁伊、阿萨德、潘尼迦、撒帕尔等学者对东方主义有过不同的论述"。① 但从影响力来说，赛义德"东方学"仍然是我们讨论中国"东方学"问题的最重要的参照。西方学术语境中的"东方学"理论概念存在着"规训"与"学科"的纠结，凸显的是福柯式的"规训"和赛义德揭示的地理想象空间！我们需要质疑：中国是否有性质类同的"西方学"？答案是否定的。而一旦我们把目光从后殖民批评语境的赛义德"东方学"转向中国语境的东方学，则显然立场与策略都有着根本性的差异。中国本身就属于东方文化的重要组成部分，"东方学"研究是题中应有之义，其核心问题不是赛义德—福柯—葛兰西揭示的文化霸权的"规训"，而是一种正面的、建设性的"学科"思考与机构性实践。长期以来，中国的东方文史哲的教学与研究，尤其是人才培养、教材编写、学术活动，都得到了国家、学会、科研院所和个人各方面的支持与努力。

三 跨文化视野：东方文学史论的"轨迹"与定位

跨文化视野（Transcultural Perspective）的特征是：寻求一种新型的、包容差异的宏阔视界，倡导异质文化与理论话语的际遇与生成新质的空间。跨文化的学术视野，是我们探讨和重构中国东方学新形态问题的逻辑起点，包括纵向梳理东方文学史论的"轨迹"，横向地探讨当代全球化与数字化的语境与中国东方学的定位与取向问题。

以跨文化视野审视印度文化与文学的"神阶—魔阶"说，可以触发新的思考。此说据称源于大史诗《摩诃婆罗多》的著名插话《薄伽梵歌》："神

---

① ［英］齐亚乌丁·萨达尔：《东方主义》，马雪峰、苏敏译，吉林人民出版社 2005 年版，第2页。

第四编　当代西方文论的中国化问题探索　第十一章　全球化语境中的东方文化与文学研究

阶"意味着践行达摩的正面形象：自我克制、怜悯众生、正直真诚、勇敢无畏、纯洁坚韧、超然物外、信守诺言；属于"魔阶"的是违逆达摩的反面角色，虚伪、自负、妄言、嗔怒、无知、骄矜。按照西方原型批评的学理，"神阶—魔阶"说反映了神话原型思维方式常见的二元世界的对峙——天神与阿修罗的对立，正法与非法的对立，正确与谬误的对立，光明与黑暗的对立……①但是，它也呈现出东方智慧，打破了较为传统的静态、封闭、非此即彼的理论窠臼，提示了人物性格与形象的阶梯式或色谱式的复杂理论形态。我们可以依据现代学术意识，借助美国哲学家皮尔斯的多元符号论，将其改造为一种"神阶—人阶—魔阶……"三元动态的文艺批评模式。② 这样不仅能够更贴切地阐释阿育王复杂多变的电影形象乃至众多文学典型形象，而且对包容差异的跨语境的世界诗学而言，具有积极的建构作用。

在跨文化视野的意义上，东方文学史论的"轨迹"伴随着世界历史的文化圈形成，以及各文明经济实力的博弈。德国哲学家雅斯贝尔斯的"枢轴"论较好地描述了古代东西方文明从原生态到文化哲学和认识论"大跃迁"的形态，各大文明都出现标志性的"精神导师"并且开创了不同的文化与文学传统；关于中古东方文化与文学的归纳比较困难，国内东方文学史普遍采用特殊形态的"文化圈"理论来描绘东方三大文化圈——以中国为中心的东亚文化圈；以印度为中心的南亚文化圈；以波斯－阿拉伯为中心的西亚北非文化圈。"文化圈"的理论话语源于德国文化传播学派学者格雷布纳《大洋洲的文化圈与文化层》（1905）。侯传文教授对中古东方三大文化圈的研究用功甚勤，论述颇为精辟。他曾以"东方文化三原色"为题论述三种基本类型。

---

① 笔者参阅了张宝胜译《薄伽梵歌》（中国社会科学出版社1989年版）以求证此说。虽未见其词，但可得其意。如第十六章"神资与阿修罗资质有别瑜伽"提出：神资趋向解脱，阿修罗资质趋向束缚。《薄伽梵歌》继承印度数论中的"原质"（自性）思想，并不囿于二元论樊篱，提出"三德"（萨埵——纯洁、光明、幸福、智慧；罗阇——贪欲、迷恋；达摩——愚昧、嬉忽、懒惰。三者纠结，或趋于上升，或趋于下层）的动态关系。既讲究"三德"，又倡导超越三德的梵我一如的解脱。数论的"五大、我慢、觉、十根、五根境"（第149页）等也是《薄伽梵歌》的内容。
② 麦永雄：《全球化与数字化语境：审视中国东方学的三重视野》，载《东疆学刊》2014年第4期。

337

(1) 文化人-知识分子：士人/仙人/先知；(2) 人生目的和生活方式：入世文化/出世文化/来世文化；(3) 文化心理：务实、想象和理想。而三大文化圈作为色彩学原理的三原色，隐喻中古东方文化与文学各具特色且交相辉映的景象。[①] 然而，近现代东西方文明与文化出现逆转性的势能落差，对于这种形态的论述，除了赛义德的"东方主义"之外，我们似乎仍然缺乏有效的理论话语。季羡林先生曾经用"三十年河东—三十年河西—回到三十年河东"的模式描绘东西方文明的宏观动态关系。但是，这种二元论的、此消彼长的关系，是否过于简单化？是否仍然是今天最有效、最有意义的中国东方学的理论话语？恐怕答案是否定的。哈特和奈格里的《帝国》和穆尔教授"万花筒式的后现代景观"揭示了一种全球互联、多元互动的思想观念，启示我们应根据变化的新语境调适中国东方学的视野。

第三节　东方主义范式的转换与当代中国东方学的建构

在由来已久的"东方主义"问题框架中，以赛义德为中轴，可以历时性地梳理出三种语境中的主要范式。其一是传统东方学术语境中的"东方主义"二元论范式，其理论与实践为赛义德的东方主义奠定了基础；其二是现代西方学术语境中赛义德借助福柯、葛兰西理论而提出的后殖民批评范式，但其东方学策略体现了"规训"与"学科"的理论纠结；其三是当代全球化与数字化语境中以哈特和奈格里"帝国研究"为标志的新自由主义范式。以中国学术立场对不同语境的"东方研究"的主要范式进行学术史梳理，筛选与扬弃其理论资源，对具有中国理论特色的"东方学"学科建设具有重要意义。

一　传统东方语境："东方主义"二元论范式

在传统东方语境中，"东方主义"的二元论范式具有代表性意义。英国学

[①] 侯传文：《东方文化通论》，山东教育出版社2002年版，第120页。

者萨达尔《东方主义》（Ziauddin Sardar, *Orientalism*, 1999, 中译本 2005）和美国学者克拉克《东方启蒙：东西方思想的遭遇》（J. J. Clarke, *Oriental Enlightenment: The Encounter Between Asian and Western Thought*, 1997, 中译本 2011）两部著作具有典型性。前者分章从东方主义的概念、简短的历史、理论和批评、当代实践和展望后现代诸维度展开题旨；后者则主要由"东方及东方主义介绍""制造'东方'"和"20世纪的东方主义"三部分构成。①

萨达尔以及克拉克所梳理的"东方主义"范式体现出如下特征。一是认为东方世界是西方思想史的镜像和重要参照系。二是以大量的文艺典型事例鲜活地展示了西方以东方为参照系而建构了现代性。三是通过一些代表性的例证较为清晰地梳理了赛义德之前的（反）东方主义范式。例如，提巴威《说英语的东方主义者》（A. L. Tibawi, *English-Speaking Orientalists*, 1964）、阿卜杜勒-马利克的著名论文《危机关头的东方主义》（A. Abedl-Malek, *Orientalism in Crisis*, 1963）和阿拉塔斯《懒惰的原住民神话》（Syed Hussein Alatas, *The Myth of the Lazy Native*, 1977）皆属于经典研究成果。萨达尔的《东方主义》侧重于描述、反思与批判西方对东方学学科"知识与权力危险的合谋"，而克拉克《东方启蒙：东西方思想的遭遇》则反过来强调"来自东方的启蒙——西方与亚洲思想的邂逅"②，进而关注与探讨跨文化交流的建设性问题。这些问题框架丰富和拓展了赛义德范式的关联域，但在学理性维度，这些话语显然都基于东西方二元论，包括赛义德式自我与他者之分和伽达默尔双向交流的阐释学思考。

二 现代西方语境：赛义德后殖民批评范式与理论纠结

从东方语境转换到西方语境，在学科背景、学术立场与理论策略上，爱德华·赛义德与前述传统东方语境中诸家所处的情境不太一样。赛义德因其里程碑式的《东方主义》而被视为后殖民批评理论范式的代表人物。在这部

---

① 麦永雄：《东方主义范式的转换与当代中国东方学的建构》，《中国语言文学研究》，社会科学文献出版社2015年版。
② ［美］J. J. 克拉克：《东方启蒙：东西方思想的遭遇》，于闽梅、曾祥波译，上海人民出版社2011年版，第2页。

引发广泛反响与争议的著作问世之前,对东方主义的讨论与批判主要囿于"伊斯兰研究、语言学、人类学、社会学、历史学等学科范围……提巴威所从事的是相对冷门的伊斯兰研究,而阿拉塔斯住在新加坡,所从事的是从第三世界的观点进行研究的社会学,贾伊特是用阿拉伯文写作,况且,他住在突尼斯(虽然他的作品首先被译成法文,随后又被译为英文),严格来讲,霍奇森是一个世界历史学家,而丹尼尔和萨瑟恩主要从事欧洲史研究"。① 而赛义德则是文学和文化批评家、社会活动家,在西方宗主国高等院校从事学术研究工作,同时具有康拉德式的双重语言文化身份,因此,视野与思想创造空间更为开阔,其"东方主义"话语与理论策略更为复杂深刻,内涵更为丰赡,但同时,其理论范式也更加纠结。

在翻译层面,赛义德著作标题"Orientalism"一词的中译构成了一个重要问题。该词字面上是"东方主义",但赛义德是在三种交叠的含义(一门学科、一种思维方式、一种权力话语)上使用它的,因此,在没有中文对应词的情况下,王宇根中译本以"东方学"译之。这就造成了在中文语境(包括本文)中该词"东方主义"与"东方学"的混用。耐人寻味的是,赛义德在其著作中描述东方学是西方"对有关东方的观点进行权威裁断,对东方进行描述、教授、殖民、统治等方式来处理东方的一种机制"② 时,特别提到福柯的名著《知识考古学》与《规训与惩罚》。如果我们在"权力话语"和"学科"的含义上使用"Orientalism"一词,那么,一种福柯式的理论纠结就出现了。福柯《规训与惩罚》的法文书名是《监视与惩罚》(*Surveiller et Punir*),但福柯本人建议英译本书名改为《规训与惩罚》(*Discipline and Punish*)。"这是因为 Discipline 是全书的一个核心概念,也是福柯创用的一个新术语",既指名词"学科",又指动词"规训","既是权力干预、训练和监视肉体的技

---

① [英]齐亚乌丁·萨达尔:《东方主义》,马雪峰、苏敏译,吉林人民出版社 2005 年版,第 108 页。
② [美]爱德华·赛义德:《东方学》,王宇根译,生活·读书·新知三联书店 1999 年版,第 4 页。

术,又是制造知识的手段。"① 因此,在西方语境中,赛义德的关键概念"Orientalism"是一种借助"知识型"以规训东方学的权力话语与理论范式。②

三 当代"后东方主义"语境:反思中国东方学学科建设

时至今日,全球化与数字化世界史进程给我们提供了重新审视"东方主义"(东方学)的学术语境,以反思它所呈现的当代新形态,进而思考中国特色东方学的建构问题。克拉克认为,传统东方学的语境已经转换,我们已经处于"后东方主义时代"(Post-orientalist Epoch),西方将在没有过去的偏见和歪曲的情况下走进东方,"东方主义这个现代社会中奇异的、充满异邦情调、即将消失的副产品可能会如预期般从历史中慢慢淡出"。③ 早在18世纪,西方的东方研究就已经作为一个学科出现在当时西方的中心——欧洲,相应地,人们在具有悠久历史的西方大学中设置了东方学系以及汉学系,使研究对象和领域学科化。但由于东西方文明在近现代世界文明格局中所处的地位有明显差异,因此,作为学科的东方研究,无论是在欧美大学还是在中国的高等教育中,长期以来都隐匿着不同程度的西方中心主义和西方优越论。在中国大学的人文科学中,尤其在本科教育中,欧美文学的教学与研究居于外国文学的核心地位,往往是必修的主干课程,而东方文学(亚非文学)多为选修性的辅助课程。④

世界文化多元化框架内不同文明的碰撞、交融和互动的重要性在今天日益显现,西方世界对东方语言文化的兴趣和研究在变化和拓展,在学科意义上处于一个重要的转型时期。"当前欧美学术界……有些教席则规定必须由东方血统的学者出任,有的学校为了标榜自己的多元文化主义的宽阔胸襟,甚

---

① [法]米歇尔·福柯:《规训与惩罚》"译后记",刘北城、杨远婴译,生活·读·新知三联书店2003年版,第375页。
② 麦永雄:《东方主义范式的转换与当代中国东方学的建构》,《中国语言文学研究》,社会科学文献出版社2015年版。
③ [美]J. J. 克拉克:《东方启蒙:东西方思想的遭遇》,于闽梅、曾祥波译,上海人民出版社2011年版,第304—309页。
④ 麦永雄:《东方主义范式的转换与当代中国东方学的建构》,《中国语言文学研究》,社会科学文献出版社2015年版。

至另增加一些新的东方研究职位,并且专门聘用来自东方国家的学者任教。总之,东方学在欧美正处于一个更新换代的转折时期,一批有着东方血统,并在西方受过系统教育的新一代学者将登上讲坛,给传统的东方学增添新的活力。"① 在欧洲汉学界,兼通东西方文化的国际知名的西方学者层出不穷,新一代具有东方血统的中青年学者在不断的成长、成熟。

中国自20世纪初,尤其是五四以来,对东方文学和文化的译介与研究一直都是学术界关注的一个重要领域。很多中国著名作家和学者都与东方文学/文化结下了不解之缘,如鲁迅与日本文学,冰心译介泰戈尔,季羡林、金克木与印度文化及文学研究,等等。纵览20世纪,中国的东方研究留下了一条曲折起伏的历史轨迹。五四和新时期呈现出双高峰的态势,从散漫的自发形态逐步走向系统的学科自觉形态。从文化语境的角度而言,东方人用东方话语研究东方有着得天独厚的条件。北京大学东方学系和中国社会科学院相关研究所长期以来做了大量深入细致的工作,普通高校中的中国东方文学教学与研究群体也不断壮大。② 东方文学不仅在大学本科的主干课程外国文学史中成为重要组成部分,而且在研究生培养方面成为比较文学与世界文学学科的重要研究方向之一。此外,学术机构、社团与刊物健康发展,使东方文学研究成为一种有序活动。中国东方文学研究会于2014年召开"'东方学'视野下的东方文学研究"(天津外国语大学),将中国东方学问题提上议程,可谓正当其时。目前我们亟待在学科观念上思考与实践下列范式转型。

第一,从二元论思维转向多元化理念。时至今日,我们已经可以比较清晰地看到,东西方之间的二元论划分正在失去效力。在法国哲学家德勒兹看来,二元论思维已经落后于自然,因为它遵循的是乔木逻辑,充盈着中心主义、等级制的弊端。无论多么"辩证",二元论都是最经典、最熟练、最古老,同时也是最软弱的思维方式。而多元、开放、流变的块茎模式,才是符

---

① 王宁:《欧洲人眼中的中国》,《东方丛刊》1998年第4期。
② 麦永雄:《东方主义范式的转换与当代中国东方学的建构》,《中国语言文学研究》,社会科学文献出版社2015年版。

合自然之道且充满着无限可能性。① 克拉克借助英国著名社会学家安东尼·吉登斯关于文化全球化的观点,也强调摈弃扭曲的"西方与东方"二元模式,通过繁复多样、互相交叠的话语实践,"塑造新的、非欧洲中心论的世界互相依存的模式"②。

第二,从批判性转向建设性。在当代"后东方主义"语境中,从批判性转向建设性是反思中国东方学学科建设的一个重要维度。认识自我往往需要他者作为参照系,近代以来在世界文论中占据主导地位的西方理论话语和学术范式,如与感悟性的中国文论或者艺术型的日本文化及美学比较,西方文化的浮士德式的永不满足的有为哲学,西方知识分子坚持正义的公共良心,西方文学与文论强烈的批判性,西方思想文化善于思辨、不断创新概念与体系的理论努力,在全世界不同文化构成中都是极为突出的。中国特色东方学学科反思与建设,即使是在当代理论话语众声喧哗的语境中也无法脱离对西方思想资源的参照与扬弃。

中国东方学建设是一项长期而艰巨的任务。在"后东方学"学术范式转型意义上,我们需要辩证地看待"后理论时代"的西方文论的"症候",汲取西方思想文化学术的"精魂",研究西方学术思潮的历史脉络和理论旅行,以及它们进入中国本土语境后的文化过滤与文化移植,力求弄清其思想文化的"语境",追问这些问题是怎么来的:仅仅是西方问题还是人类共同问题?是本土问题还是全球性问题?是现代性文论还是后现代文论问题?等等。只有真正弄清域外学术理论话语的"文化灵魂",同时也认清中国东方学亟待鼎新革故的症结,才能取长补短,扬优弃劣,努力建构"守正创新""正大气象"③的中国东方学学科。

---

① Deleuze and Guattari, *A Thousand Plateaus: Capitalism and Schizophrenia*, Minneapolis: University of Minnesota Press, 2000, p. 5.
② [美] J. J. 克拉克:《东方启蒙:东西方思想的遭遇》,于闽梅、曾祥波译,上海人民出版社2011年版,第303页。
③ 王岳川在《"后理论时代"的西方文论症候》(《文艺研究》2009年第3期)认为,在后理论时代西方文论"单一话语"正在让位于"多元文论对话"等症候,强调中国21世纪文论创新要强调"守正创新"之路,其基本美学特征是"正大气象"。这里借用其学术话语。

西方文学与文论面对的问题框架，脱离不了对资本主义全球化发展与扩张的阴暗面的反思与批判性揭露，这是其思想文化的"精魂"。但是，一些重要的西方理论话语进入中国语境后，脱离了原来的社会文化背景，可能会"水土不服"，亟待学术范式转型，理论焦点需要从批判性转向建设性。如"文化诗学"原为美国学者格林布拉特的理论话语，主张拓宽文学研究的视野，通过文学文本与其历史语境关系的研究，"使文学文本重新焕发光彩"。[①]格林布拉特的有关理论提出不久即被介绍到中国，"文化诗学"的问题引起中国学界的高度关注。童庆炳、蒋述卓、李春青等学者过滤福柯、格林布拉特等人的西方新历史主义理论话语，倡导中国式的"文化诗学"，阐释文化研究与文学研究的双向互动的辩证关系。如童庆炳先生在《走向"文化诗学"》演讲中指出：西方文化批评的一个特点就是反诗意，旨在通过这种批评对资本主义的罪恶进行揭露。中国"文化诗学"的基本诉求是通过对文学文本和文学现象的解析，提倡深度的精神文化，提倡人文关怀，提倡诗意的追求，批判社会文化中一切浅薄的、俗气的、丑恶的和反文化的东西。"文化诗学"具有三个特征：一是具有一种现实品格和批判精神，在历史理性和人文精神之间的张力中，既要历史理性，也要人文关怀。二是要求两种阅读：品质阅读和价值阅读。三是重视通过文本细读寻找文学意义。[②] 同理，作为西方文论话语的"东方主义"（东方学）需要而且可能在当代全球化与数字化语境中进行中国化的范式转型：从西方式的批判性转向中国式的建设性。[③]

第三，从散在性到规范化。以赛义德《东方学》为中轴，一方面可以历时性地梳理出前述三种语境中的主要范式的关系，另一方面可以共时性地思辨中国特色的"东方学"正面建设的问题。对于中国学界而言，这是一个开放、多元、动态的问题丛，众声喧哗、杂语共生，可以百花齐放、百家争鸣。

当我们把目光转向守正创新、正大气象的中国"东方学"学科建设时，

---

① 刘洪一：《文化诗学的思想指向》，《中华读书报》2002年11月28日。
② 童庆炳：《走向"文化诗学"》，http://tieba.baidu.com/f?kz=9774102，2004-11-7。
③ 麦永雄：《东方主义范式的转换与当代中国东方学的建构》，《中国语言文学研究》，社会科学文献出版社2015年版。

从散在性转向规范化是一个重要思想取向和理论特征。一种富于现代意识的"科学"东方学的学科建设,应该包括机构性实践(高校与科研院所体系、学位培养、大学教材、研究专著,以及学会与刊物等)、知识型(特定研究对象与领域、理论方法等)、专业人才(语言、翻译、教学与科研人才等)等要素。目前,中国东方学界这些要素仍然呈现出较为明显的散在性,亟待努力不断地进行合理化整合与规范化。譬如,虽然我们已经拥有较为完善的机构性实践,包括专门从事东方文学教学与研究的机构、相关硕博学位的培养、形形色色的东方文学(史)教材与著作、建立了中国东方文学研究会并且颇为健康活跃,但是,文史哲领域和学术学会之间会通不良,匮缺专门的期刊(仅北京大学东方文学研究中心有非正式出版的《东方文学通讯》);虽然也形成了大致的知识型,具有特定研究对象与领域,但是似乎匮缺系统而特定的理论方法,一些传统的理论话语如日本的十大美学范畴、印度味论诗学话语、中国文论亟待参照西方文艺美学(如从本体论、认识论、方法论等维度)进一步梳理、整合、比较、激活、会通和予以创造性的更新;虽然东方文学专业似乎人才济济,但是,外语专业背景与中文院系背景人才之间分别存在着"短板"的缺憾仍然比较明显,前者长于用东方不同语种进行研究,后者长于综合分析,真正能够贯通这两种背景的人才可谓凤毛麟角。如果说中国东方学是一个庞大的学科群,那么,其积极建设与逐步完善无疑是一项光荣而艰巨的历史使命。[①]

[①] 麦永雄:《东方主义范式的转换与当代中国东方学的建构》,《中国语言文学研究》,社会科学文献出版社2015年版。

第十二章　思想张力：英美"理论"之争与西方文论中国化

在当代西方文论领域乃至当前中国文艺美学界，都存在着理论与文学关系的争议。强调理论重要性与存在价值的学者不乏其人，而后理论与反理论的呼声也不绝于耳。理论重估已经成为文学理论安身立命的基础和未来发展的议题。美国文论史家雷奇主编的《诺顿理论与批评选集》被当代英美文论界标榜为理论的"黄金标准"，它对"理论"的看法颇具代表性：最近数十年来，理论与批评已经成为文学与文化研究的中心和目的。"理论"的构型与意义近年来也发生了重要变化。今天这个术语包含了一系列富于意义的著作，不仅涉及了传统的诗学、批评理论、美学等，而且还网罗了修辞、媒介、话语理论、符号学、种族与族性理论、性别理论、大众文化理论和全球化。[①] 近年来雷奇进一步提出涉及理论生态问题的"21世纪理论文艺复兴"的话语，值得关注，有助于我们了解西方不同思想观点的交锋与"理论的未来"前沿与趋势，推进西方文论及其范式转向的中国化的发展。

---

① V. B. Leitch ed., *The Norton Anthology of Theory and Criticism*, New York: Norton & Company, Inc. 2010, pp. xxxiii, 1.

第四编　当代西方文论的中国化问题探索　第十二章　思想张力：英美"理论"之争与西方文论中国化

第一节　后理论与反理论

　　西方文论本身进入 21 世纪前后，随着一大批著名理论家纷纷辞世，理论本身也出现了"后理论""反理论"或"理论终结"等重要议题。20 世纪 70 年代，美国"一位聪明的大学在校生可以在一个暑假内读完用英文撰写的全部重要的电影论著"，至 20 世纪 90 年代，美国电影理论家大卫·鲍德韦尔和诺埃尔·卡罗尔主编《后理论：重建电影研究》（*Post Theory*：*Reconstruct Film Study*）问世之时，情况已经大为改观。欧美盛行的各种文艺理论方法，促使原来"微不足道、默默无闻的"电影学术研究领域得到极大的丰富，相关成果层出不穷。作为当时影响较大的北美高校教材，《后理论：重建电影研究》借助西方文论形形色色的话语探讨电影，刻意将"理论"一词分为大写单数的"大理论"（Theory）和小写复数的"小理论"（theories），主张"大理论的终结"。鲍德韦尔指出大理论或宏大理论（Grand Theory）的观念"迷住了很多年轻人"，然而更具本色的电影研究不需要包罗万象的宏大理论，而是要聚焦于具体而特殊问题的小理论。他认为中间范围的问题研究是"对大理论的一个强大的挑战"，因此倡导理论与经验相结合的"中间层面"（Middle–Level）研究。卡罗尔则企图以辩证眼光解构与重构电影理论，他从后现代和后结构主义语境提出"碎片式的理论化"（Piecemeal Theorizing）的话语，高喊"理论死了，理论万岁！"[①]，电影研究今天已经变成文化媒介研究的重要领域。"后理论"概念质疑理论的定位、格局、范式、属性、功能、价值等问题，实际上已超出电影研究范畴，成为当代西方文论的议题。

　　在 21 世纪，"理论终结"问题的争议开始凸显。英国著名美学理论家特

[①] 特别参见鲍德韦尔《当代电影研究与宏大理论的嬗变》和卡罗尔《电影理论的前景：个人蠡测》两章（大卫·鲍德韦尔、诺埃尔·卡罗尔主编《后理论：重建电影研究》，麦永雄、柏敬泽等译，中国社会科学出版社 2000 年版，第 4—53 页）。

里·伊格尔顿《理论之后》①（After Theory, 2003）赓续"后理论"的话语，振聋发聩地提出"理论之死"的问题，很快引发中外文艺美学界的关注与争论。北京大学王岳川教授将伊格尔顿的这部著作标题译为"后理论"。②清华大学外语系和比较文学与文化研究中心联合发起主办了国际学术研讨会，探讨"批评探索：理论的终结？"詹姆斯（杜克大学）、王宁（清华大学）、米切尔（芝加哥大学）、鲁晓鹏（美国加州大学戴维斯分校）等中外学者纷纷发表自己的观点。伊格尔顿当年曾借助于编写文学理论教科书而成为蜚声世界的文学理论家，他竟然宣布理论的"终结"，自然在理论界掀起了一场轩然大波。因此，该会议实际上就是对伊格尔顿等人的断言的某种回应。③人们普遍认为伊格尔顿的基调是对西方文论界的主流形态持否定看法。伊格尔顿感叹西方理论大师纷纷离世，文化理论的黄金时代早已成为一个遥远的过去。国际暴恐事件"9·11"及伊拉克战争之后，文化理论提不出什么新的思想观点，而且事实上对诸多重大议题保持静默与回避。清华大学王宁教授的学术专著《"后理论时代"的文学与文化研究》（2009），体现了中国语境的理论反思。

从"后理论""理论之后"（理论终结）到"反理论"，构成了当代西方文论一条重要的学术思脉。20世纪，西方理论进入了黄金时代，来自哲学、社会学、人类学、心理学、历史学等领域的理论家成为主导人们审美趣味和社会反思的文化精英。西方文论成为各种学科思想渊源空前交织互渗的舞台，新颖的理论大行其道，思潮流派层出不穷，理论方法蔚为大观。西方文论明显脱离传统"文学性"研究模式和美学旨趣，衍生出大量理论话语与文本。雷奇指出：先前批评史乃是文学史的组成部分，而现在文学史却变成了批评史的组成部分。这种戏剧性的颠覆意味深长：理论与批评史日益为高等院校和研究机构研习文学与文化提供了总体框架。一些自称"反理论者"（Anti-

---

① 参见特里·伊格尔顿《理论之后》，商正译，商务印书馆2009年版。
② 王岳川：《"后理论时代"的西方文论症候》，《文艺研究》2009年第3期。
③ 清衣：《探索新的理论批评形式》，http://www.gmw.cn/content/2004 - 10/01/content_107399.htm。

theorists)的文学研究者和作家痛悔这种理论转向，认为它离开了文学及其核心关注。他们呼吁回归文学研究本体。

对此，雷奇主编的《诺顿理论与批评选集》（2010）设置了"反理论"（Antitheory）专题，所选择的主要反理论家包括柏拉图、G. 格拉夫、印度学者 C. D. 纳拉辛哈亚、芭芭拉·克里斯汀、斯坦利·费什、布鲁诺·拉图尔、S. 克纳普与 W. B. 迈克尔斯、哈特与奈格里。每个辞条包括了著者评介、评注式书目、详细注释的选篇。① 雷奇还在其专著《21世纪的文学批评：理论的文艺复兴》（2014）专辟"反理论"一章②，评介反理论的阵容：当代英美可辨识的反理论派别达十几个，它们是一个奇怪的方阵。其成员包括传统的文学批评家、美学家、批判的形式主义者、政治保守派、族群分离主义者、文学文体学家、语文学家、阐释学家、新实用主义者、低俗和中产阶级趣味文学的捍卫者、作家、左翼分子，等等。多数反理论派别以及标新立异的理论批评家标榜"我爱文学"的誓言，最具有特征意味的表现是呼吁回归正典文学的细读，要求清晰书写评论文章，规避含混与行话。反理论主义者经常痛苦地抱怨当代理论囿于社会构成论和关注种族—阶级—性别的多元文化主义，而不是重视科学的客观真理和文学分析的审美特性。

面对文化研究兴起和理论增殖的现实，美国比较文学学会《苏源熙报告》（2003）指出一个令人担忧的问题：最近几十年来，不读具体文学作品而从事文学研究也似乎成了可行之事，而且经常如此。③ 在当代艺术与美学关联域，也凸显了"反美学"的理论议题。国际美学协会年鉴（2012）序言指出：

> 哲学与美学之间的竞争可以追溯到古代。在20世纪这种竞争臻于顶峰……Hal Foster 出版了《反美学》（*The Anti-Aesthetic*，1983）一书，同年 Arthur Danto 和 Hans Belting 出版了其著作，告知我们艺术或艺术史已

---

① 参见 V. B. Leitch ed., *The Norton Anthology of Theory and Criticism*, New York: Norton & Company, Inc. 2010 年版一书的目录。
② V. B. Leitch, *Literary Criticism in the 21st Century Theory Renaissance*, London: Bloomsbury Publishing Plc. 2014, pp. 11 – 31.
③ ［美］苏源熙：《关于比较文学的时代（下）》，《中国比较文学》2004 年第 4 期。

告终结。……然而，人人皆有得意时。十年之后，Dave Hickey 做出预言：美将会是下一个十年的主流问题。……目前我们抵达了一个历史阶段，艺术与美学正在寻求和解。本书诸论文以不同的方式展示了这种新趋势。①

在美国，在理论与反理论议题之间发生了激辩。不同于雷奇重视理论、为理论辩护的学术立场，帕泰和科拉尔主编的《理论帝国：异议选集》(Daphne Patai and Will H. Corral ed., *Theory's Empire: An Anthology of Dissent*, 2005）以反理论为旨趣，被称为当代反理论的圣经。它收入跨度30年的作家撰写的48篇文章（含导论），逾700页。第一编"理论兴起"，第二编"语言转向"，第三编"帝国建设"，第四编"理论作为一种专业"，第五编"身份认同"，第六编"理论作为一种替代政治"，第七编"恢复理性"，第八编"这一切理论之后依然阅读"。《理论帝国》精心选择西方文艺理论界名家 R. 韦勒克《毁灭文学研究》、M. H. 艾布拉姆斯《解构的天使》、T. 托多罗夫《巡游美国文学批评》等人的论文。编者激烈地反理论，斥责理论的罪孽与错谬，倡导"对文学的感情和文学带来的愉悦"。

雷奇基于文学理论家的立场，认为《理论帝国》是一个大杂烩，旨在批判理论，为名著和文学分析的正典辩护。他评述了该书6位典型的反理论主义者及其论点，包括文化战争的主要代表人物约翰·艾里斯《理论要斥责吗?》(John Ellis, Is Theory to Blame?)、艾布拉姆斯《解构的天使》(M. H. Abrams, The Deconstructive Angel) 和迪克斯坦《"实践"批评的浮沉：从 I. A. 瑞恰兹到巴尔特和德里达》(M. Dickstein, The Rise and Fall of "Practical" Criticism: From I. A. Richards to Barthes and Derrida)、古德哈特《文化战争的死伤》(Eugene Goodheart, Casualties of the Cultural Wars) 等。他指出：在今天美国，"理论"常常指解构论和"耶鲁学派"。常用短语"理论之后"

---

① PENG Feng, "Preface" in *Aesthetics and Contemporary Art: International Yearbook of Aesthetics*, Volume 16, 2012 (PENG Feng ed., Peking University, 2016).

和"后理论"反映在20世纪90年代以来众多著作与论文的标题里。艾里斯斥责50年代以来的一切事情,他把20世纪最后30年的理论麇集在"种族—性别—阶级理论"的旗帜下,其任务是要把真理论从坏理论那儿拯救出来。因为在理论变得时髦之时,文学研究中就兴起了理论迷信,专业精英成了领袖。杰出文学史家艾布拉姆斯的《解构的天使》是当代反理论最明晰且最早的论辩之一。迪克斯坦强烈的反理论立场别具一格,他不满于文学批评的专业化,批评其艰涩行话、软弱无力,以及有意疏离公共领域。他认同伟大的正典文学人物,认为真正的文学是充满着意义、活力与经验的。理论的谬误尤在于形式主义。古德哈特旗帜鲜明地捍卫美学批评,反对意识形态批评,最终目标是为文化战争的双方带来和平。他认为,文学批评的主要工作就是在历史语境中文学作品的解释与评价。在他看来,文学美学(Literary Aesthetics)的突出特征包括:(1)语言的确切与辉煌,体现出睿智与精巧;(2)来自于艺术崇高的想象力与优美、愉悦与力量尤其令人感到熟悉亲切;(3)无功利性、自由嬉戏、不可言喻。古德哈特认为:70年代以后美国文学批评与理论最典型的转向是从形式主义到意识形态批评。目睹意识形态批评主宰一切,他倍感懊恼。因此,《理论帝国》的编者把他归入反理论者。

针对上述情况,雷奇认为,没有简单的理论之后或解构论之后。他的主要论点是:首先,不应该在理论与反理论之间进行非此即彼的选择;其次,若没有阐明众多敌手的思想观念,当代理论的阐释是不完全的;最后,反理论现象构成了理论史的一个发人深省的环节。由于《理论帝国》的编纂者曾经多方抨击雷奇主编的理论巨著《诺顿理论与批评选集》为理论而理论,让理论取代文学之爱,倡导意识形态批评,省略了一流的反理论家,因此,雷奇的回应有点情绪化。他反击说:在旧学科与秩序的名义下,反理论者要求理论扮演文学侍女的角色,大写的理论成为受诅咒的对象。而理论吞噬一切的宏大野心和跨学科的发展趋势,在《理论帝国》质朴的编纂者看来,标志着一种可悲的堕落。他们要求理论回头,宣称热爱文学,回到文学鉴赏,回归文学正典,扭转这种衰微。雷奇宣称,"我在多个场合回应了这些腔调,为理论辩护。譬如，《和理论共同生活》（Living with Theory）一书就是我的宣言"。理论与反理论之争，有点像欧洲文学史上的古今之争。《理论帝国》代表了一种保守的反潮流，旨在保卫文学批评的形式主义和审美主义模式，反对理论与批评领域无数的异端邪说。

在某种意义上，雷奇辩驳"反理论"的立场揭示了非此即彼思维方式的悖谬。《理论帝国》的编纂者给《诺顿理论与批评选集》起了个"大写理论"（big "T" Theory）的绰号，而自己是以"小写理论"（little "t" theory）切近文学及其审美鉴赏。雷奇说，对反理论家而言，问题在于我既是一个大写的理论家，又热爱文学，且无疑代表着大多数理论家这样说。更大的问题是：文学理论家坚持要考察"我爱文学"的"我"是如何进行工作的，是谁界说"文学"，在哪儿，为什么？热爱文学的方式多种多样，抨击理论无所助益。从古希腊的高尔吉亚、柏拉图到当代的贝尔·胡克斯、朱迪斯·巴特勒，构成了批评与理论悠久的传统，当代则进入了一个丰赡的理论时代，变化莫测，繁复多姿。反理论者的主要谬误在于没有看到这幅历史巨画，把理论简单地等同于当代文化研究或法国理论，或任何其他的流派与理论方法，因而对理论的文艺复兴也处于盲视状态。当人们说理论已经成为往昔之时，一般是指20世纪八九十年代结构主义或更为广阔的交叉学科的理论构型，消逝与丢失的是20世纪80年代理论暴热时的那种歇斯底里感。

第二节　理论重估与21世纪理论文艺复兴

就美国语境而言，文艺理论的主流20世纪中叶是形式主义（尤其是新批评），20世纪七八十年代是后结构主义，90年代是文化研究，其学术路数与审美旨趣差异明显。文化研究迥异于新批评的文学内部审美分析，视一切现象为社会构成，致力于解魅而不是审美鉴赏。文学审美与理论思辨变得格格不入。因此，在某种意义上，反对理论与坚守理论之争意味着当代西方文论走到了十字路口，何去何从，充满着不确定性，并且把理论重估的问题提上了文学理论的议程。

理论重估需要审视21世纪的理论存在的情境与价值。理论市场具有众多启迪思想的睿智的理论流派与方法，既充满着"好"理论，也充斥着大量的"坏"理论。作为文学与文化理论家，雷奇承认理论品相的差异，也反理论——反对坏的理论。他认为人们应该忌讳那种急功近利，囫囵吞枣的行径，警惕那些不管不顾地跳上最新的时髦马车的理论家。大多数理论家风格艰涩。坏的理论匮缺清晰简明的特点，遑论优雅精美。而好的理论则明白透彻，拥有强大的生命力。只要社会文化基础存在，理论就会有巨大的市场。而且理论裨益良多，尤其是对于高等教育和人文社会科学领域的机构、师生而言更是如此。理论是当代众多人文社会科学领域的DNA装配部分和文学的核心课程。在高等教育中，理论与数学、音乐一样是基础教育的组成部分。理论课程的学习经历有助于研究生专业形象塑造，为毕业求职应聘加分。理论思维富有交叉学科的特性与思想穿透力，有益于践行批判性和创造性工作；理论工具箱犹如宝库，具有多样性的选择，人们可以采用不同的理论方法与途径切近文化艺术。

在后理论、反理论、理论重估的问题框架中，雷奇引人瞩目地提出"理论的文艺复兴"话语。他在《21世纪理论文学复兴中的文学批评》（2014）开篇声明了四个要点：第一，近数十年来，尽管关于"后理论"（Posttheory）和"理论之后"（After Theory）的论断不绝于耳，但是，一场理论的文艺复兴正在凸显；第二，21世纪的理论是可知而不可控的；第三，21世纪的理论文艺复兴采取了一种富于特征的后现代形式，即众多分支、领域和论题无法加以组织或分解；第四，严格地说，大约有15个早期著名的20世纪理论流派和运动，从马克思主义、精神分析、形式主义到后殖民理论、新历史主义和酷儿批评，皆是20世纪的现象。尽管如此，它们仍然是今天文学批评实践和理论讲授的重要源泉。理论，无论好坏，无处不在。① 耐人寻味的是，这是对美国文论语境当前"理论的危机与生机"问题的一种回应。在雷奇看来，理论未死，理论的未来向好！大学各个学院、系科体制在20世纪中期基本凝固下来。在此基础上，理论衍生犹如蟹状草，枝条萌蘖，旁逸斜出，覆盖日广，不断生成。既是一种富于增殖性的复兴，也伴随着逆流和逆势。在卡西诺资本主义（Casino Capitalism）市场社会，制造领域和现实生活充满了快速变幻的时尚、淘汰与兴奋。理论就纠缠于这种高低起伏的流变过程。西方文学观的古今之争、当代文论的理论之死与理论常青观念的抵牾，都存在着类似的思想张力与辩证关系。

雷奇论证的"21世纪理论的文艺复兴"主要表现在以下几个方面。

第一，21世纪一系列的奠基之作共同提示了这种理论的文艺复兴。它们涉及了全球化、新自由主义经济、身份认同政治和公司式大学问题，而且大多是畅销书。尽管在遴选时可以见仁见智，这些具有开创意义的理论奠基著作出现就是标志。他重点评述了自己钟爱的六部重要著作②的力量与弱点。

第二，许多新探索的领域诞生于世纪之交，大学成为理论及其文艺复兴的家园。一些领域的开拓者筚路蓝缕，创建新学科，在不同的院系找到安身立命之所，其他一些则成为交叉学科的合作项目，或传统学科的分科。包括非裔美国研究、电影与媒介、修辞与创作，等等。如文化研究虽然遭受反学科、反方法论的指责，但是反过来也构成了其领域宏大、非组织聚合、不可控但可知的特点。跨大西洋研究、动物研究、表演研究等成为其亚领域。再如，北美文化研究快速分衍成为白人研究、身体研究、悲剧研究、贱民研究、

---

① V. B. Leitch, *Literary Criticism in the 21ˢᵗ Century Theory Renaissance*, London: Bloomsbury Publishing Plc. 2014, p. 6.

② 这六部书包括：聚焦于新世纪的全球化问题的代表性著作——哈特与奈格里的《帝国》；当代少数族身份认同研究最令人瞩目的学术著作——克莱格·沃马克的《红又红：本土美国文学分离主义》；新世纪最尖锐热情的身份认同理论批判——文学批评家迈克尔斯《多样性的麻烦：我们如何学会身份认同与忽视不平等》；意大利著名哲学家阿甘本《神圣人：至高权力与赤裸生命》；抨击自由市场资本主义的巅峰之作——大卫·哈维的《新自由主义简史》；刻画新自由时代残酷画面的法国畅销书——政治哲学家巴迪欧的《萨科齐的意义》。

工人阶级研究、奇卡娜研究等等，每一个领域皆有其历史与理论构型。21 世纪理论文艺复兴的一个关键因素就是在新自由主义的条件下，关注那些影响大学的戏剧性变化。[①] "公司大学"（Corporate University）取代福利大学，成为被广为接受的批判术语。伴随着所有这些政治参与的文化理论著作，文学理论在 21 世纪呈现出一场范围广泛的文艺复兴，尤其是体现在对全球化的回应，并且呈现出多种特征。形形色色的文学类型如华语风、英语风、法语风、黑色大西洋、本土研究、间性美国、太平洋流域与跨大西洋文学等等，都已经无可争议地获得学者们的认可，在 21 世纪繁荣昌盛。[②] 少数族语言文学重新被激活，妇女、有色人种、边缘群体的文学研究出现革命性的喷发，走向全球，进入不同制度与文化的新国度，部落、移民的非英语"外国"语言文学选集在英美出现，嘻哈文化（Hip Hop）等把新的口头表演和音乐力量注入诗歌界，数字电子文学方兴未艾，21 世纪见证了新理论、新形式与文学的高潮。

第三，理论公司（Theory Incorporated）和理论市场（Theory Market）形成，发展态势良好。我们生活在一个商品社会，广告形形色色，消费与竞争无处不在，选择丰富，淘汰加速。理论有选择与买卖的空间。大量的专业导读、辞典、书目、理论选集日益增长。不少理论著作成为畅销书。雷奇自称作为理论家，频繁接受世界各国讲学的邀请，其主编的《诺顿理论与批评选集》每年都有近半数在美国之外售出。

第四，理论走向全球化 + 域外元素。在欧美，理论通常不包括阿拉伯、中国、印度、日本、波斯或其他非欧洲传统的"外国"元素，无论是传统还是现代的理论。而在当代和未来，欧美理论界日益关注东方诸国。实际上，雷奇主编的《诺顿理论与批评选集》2010 年版突破了西方学术樊篱，增加了

[①] 近年来，美国有数十部著作在探讨这个题旨。杰弗里·威廉斯给它打上了一个有用的标志"批判性大学研究"（J. Williams, 2012）；该领域最佳著作当推马克·布斯凯《大学如何运作：高等教育与低工资国家》（Marc Bousquet, *How the University Works: Higher Education and the Low-Wage Nation*, 2008），它激活了个人批判与制度评价领域。

[②] V. B. Leitch, *Literary Criticism in the 21st Century Theory Renaissance*, London: Bloomsbury Publishing Plc. 2014, pp. 133 - 147. （这些文学类型的英语原文：Anglophone, Black Atlantic, Francophone, indigenous, InterAmerican, Pacific Basin, and Transatlantic literatures.）

当代阿拉伯的阿多尼斯、日本的柄谷行人、中国的李泽厚和印度的纳拉辛哈亚四位学者的简介和代表性理论文本。据此，雷奇有点志满意得地宣称：在当前的肇始阶段，美国颇像正在浮现的理论界的理想国中心。他做出关于理论未来的三个预言：（1）持续播撒；（2）迎接挑战；（3）走向全球化。

第五，20世纪大批有生命力的理论重新流行。在理论领域富于活力的反击与坚守的张力中，如形式主义、现象学的细读，后结构主义进入新阶段，后现代理论复归。21世纪的这种理论回归与重新流行的现象，促使理论家进行综合性反思，也促动众多出版商重印20世纪70—90年代的理论著作，使之成为跨国传播的全球性现象。新世纪的文学理论家也在反思与创新。譬如，美国20世纪60年代的文学批评聚焦于短小精悍的正典诗文，重视美学细节和佳作模式，进行结构主义的细读，令人受益匪浅。因此，雷奇在学理性上提出批判性阅读的理论方法，刷新形式主义，倡导以亲近批评、快乐阅读的方式将文本细读、意识形态批评、文化评论融为一体。

概言之，雷奇对理论的合法性与21世纪的复兴做了多方面的辩护及描述。尽管其中不乏亮点，但无可讳言，目前欧美仍然明显匮缺20世纪文艺理论"黄金时代"的顶尖代表人物与激动人心的雄浑气象。伊格尔顿所言的"理论之后"是否会有一场雷奇所期待的"理论文艺复兴"，人们拭目以待。从后理论、反理论到理论的文艺复兴的动态发展是个开放性的问题，其核心并不是非此即彼的选择，而在于"通变"之思。刘勰《文心雕龙》"时序"篇曰："时运交移，质文代变。""文变染乎世情，兴废系于时序。"[①] 时运与世情影响着质与文、兴与废的更替，而文学审美旨趣与理论思辨特质自身的发展规律和嬗变关系也是如此。刘勰"通变"篇"凭情以会通，负气以适变"的旨趣在于要求我们以充沛的感情打通传统，以旺盛的气势来适应新形势。事实证明：好的理论话语具有很强的增殖性，犹如大禹治水的"息壤"，进入异域仍然可以生生不息。

---

① 赵仲邑：《文心雕龙译注》，漓江出版社1982年版，第364—366页。

第三节　当代西方文论"黄金标准"中的东方学者

美国俄克拉荷马大学教授雷奇主编的《诺顿理论与批评选集》享有西方文论"黄金标准"之誉，号称"最全面深广""最丰富多彩"的文学理论权威选本，"入选篇章皆出自公认的、有定评的、最有影响力的杰出哲学家、理论家和批评家"。编者指出："虽然理论仍然保持欧洲中心，但我们那些来自非洲、亚洲及中东地区的选篇开始敞开更广阔的境界。"诺顿出版公司书籍简介自豪地宣称："来自非西方理论的新选篇及对20世纪选篇的彻底更新，使得此书甚至更为丰富多彩及更具权威性。"[①] 该书2010年第二版最重要的新特色是选入非西方学者的著作，包括阿拉伯的阿多尼斯、日本的柄谷行人、中国的李泽厚和印度的纳拉辛哈亚。这四位学者分别来自东方重要的国家和地区，具有不同的社会文化背景，同时又与西方文论有着不同程度的交集。当代西方文论权威著作将理论视野拓展到非西方领域，体现出克服欧美中心主义的努力，使之更具有世界性和代表性，不啻为理论文艺复兴的一个重要途径，因而意义非凡。我们有必要考察一下这四位非西方学者的思想特质，以丰富和深化本书题旨。

一　阿多尼斯：阿拉伯诗学的"稳定与变化"论

学术领域地位：当代叙利亚著名诗人、阿拉伯文学—文化批评家

主要代表著作：四卷本学术专著《稳定与变化》（1973—1978）；《阿拉伯诗歌选集》（1964）；《阿拉伯诗学导论》（1991）

重要理论话语：动态创新

Adūnīs

[①] 参阅贾晋华《走进世界的李泽厚（代序）》，载杨斌编著《李泽厚学术年谱》，复旦大学出版社2016年版；V. B. Leitch ed., *The Norton Anthology of Theory and Criticism*, New York: Norton & Company, Inc. 2010, p. xxxiii.

阿多尼斯（Adūnīs, 1930— ），笔名，原名为"阿里·艾哈迈德·赛义德"（Ali Ahmad Said）。① 阿多尼斯是当代叙利亚著名文学与文化批评家、翻译家和编辑，阿拉伯现代主义运动的倡导者，当代阿拉伯著名诗人。他出生于叙利亚一个阿拉维教派的家庭，具有黎巴嫩公民身份。阿多尼斯因家境贫穷，年少辍学。不料17岁时他朗诵的诗歌意外得到叙利亚第一任总统的青睐，得以就读于叙利亚的法语学校。他曾经因为诗歌被当地报刊所拒，借用神秘诗人"阿多尼斯"之名投稿另一首诗歌，很快获得成功，从此开始使用"阿多尼斯"的笔名写作。1954年毕业于叙利亚大学（现大马士革大学）哲学专业。1973年获圣约瑟夫大学阿拉伯文学博士学位。阿多尼斯具有强烈的泛阿拉伯主义情感，创办过多种有影响的杂志。亲政府作家和局势迫使他逃离了叙利亚，一生多在国外生活，常居黎巴嫩与法国两地。1960—1961年获得奖学金赴巴黎学习，1976年为大马士革大学访问教授。1980年移居巴黎以躲避黎巴嫩内战。1980—1981年在巴黎任大学教授。1970年到1985年，阿多尼斯在多所大学任教，讲授阿拉伯文学，包括黎巴嫩大学、大马士革大学、索邦大学（巴黎第三大学）、美国乔治敦大学和普林斯顿大学。1985年，他与妻子和两个女儿搬到巴黎，那儿成为他们的主要居所。他在20世纪下半叶领导现代主义革命运动，对阿拉伯诗歌所产生的震撼性影响，可媲美于T. S. 艾略特之于英语世界。阿多尼斯因批评伊斯兰教而遭到伊斯兰当局和学者的反对，一些叙利亚反对派曾对他发出死亡威胁并呼吁焚烧他的书籍。尽管如此，阿多尼斯仍然是诺贝尔文学奖的热门人选，被誉为阿拉伯世界最伟大的在世诗人。

阿多尼斯是勤奋多产的文学批评家、理论家、编辑、历史学家和闻名遐迩的诗人。他有意识地赓续和发扬阿拉伯文学传统，不仅出版关于文学史与文学批评的著作，而且还发表诗歌宣言，编辑出版阿拉伯诗歌遗产的选集。

---

① 参阅维基百科 https：//en. wikipedia. org/wiki/Adunis 和 V. B. Leitch ed. , *The Norton Anthology of Theory and Criticism*, New York：Norton & Company, Inc. 2010, pp. 1623 – 1627。

据英文维基百科,他出版了 20 余部诗集和 13 部文学批评著作,把诸多名著翻译为阿拉伯语,如第一个完整的阿拉伯语版的奥维德《变形记》(2002)。阿多尼斯以当代诗人的心灵概览逾 15 个世纪的诗歌前辈的作品,编辑出版了三卷本《阿拉伯诗歌选集》(1964)。他以自己的诗学原则对阿拉伯诗歌进行取舍,引发了文坛的震动和争议,进而导致他的博士论文《稳定与变化》的撰写。其四卷本学术专著《稳定与变化》(*The Static and the Dynamic*,1973—1978;一译《静态与动态》)出版后,在整个阿拉伯文化界引起轰动,被公认为是研究阿拉伯思想史、文学史的经典著作。此外,他还把自己在法国的系列演讲汇集成书,出版《阿拉伯诗学导论》(*An Introduction to Arab Poetics*,1991)等著作。他曾荣获布鲁塞尔文学奖、土耳其希克梅特文学奖、歌德奖等多项国际大奖。据《中华读书报》报道,2017 年 10 月,阿多尼斯造访中国,在北京外国语大学举行"在意义天际的对话——阿多尼斯和他的朋友们"诗歌对话活动,活动主题源自阿多尼斯的文集《在意义天际的写作》(中译本 2012 年版)。阿多尼斯与中国诗人、翻译家西川、树才、薛庆国等就诗歌、历史、语言等话题进行了深入交流,这也是他继五年前的中国之行后再度到访中国。作为在阿拉伯世界乃至国际文坛享有盛誉的作家,年至耄耋的叙利亚诗人阿多尼斯对于很多中国读者来说也不算陌生,他的诗集《我的孤独是一座花园》中译本(2009)更是在中国达到十万册以上的销量。[①] 阿多尼斯入选"诺顿"的,是其著作《阿拉伯诗学导论》第一章《贾希利叶时期的诗学与口述传统》及第四章《诗学与现代性》。北京外国语大学薛庆国教授是阿多尼斯《在意义天际的写作》(2012)和诗集《时光的皱纹》(2017)、《我的孤独是一座花园》(2017)的译者。2017 年 12 月,薛庆国陪同阿多尼斯到绍兴参观他心仪已久的鲁迅故居和纪念馆,微信告诉笔者,《在意义天际的写作:阿多尼斯文选》收入了《稳定与变化》的前言。他当面请教阿多尼斯是否知道自己入选《诺顿理论与批评选集》一事。阿多尼斯回答是并不知道,但是

[①] 丁杨:《叙利亚大诗人阿多尼斯与中国诗人在京对话》,《中华读书报》2017 年 10 月 18 日 02 版。

经常有人与他联系，希望将他的作品收入某种选集，他都让人与他的女儿或版权代理直接联系。令薛庆国稍感意外的是，入选作品并非其四卷本巨著《稳定与变化》的节选，因为阿多尼斯认为这是他最重要的理论著作。原因或许是此书尚未译成英文（迄今，此书全译本只有印尼文版），或许是此书不仅探讨文艺理论，而且是一部思想性的哲学著作。

在文学批评理论领域，《稳定与变化》体现了阿多尼斯的学术范式特点。它翔实地研究前现代阿拉伯诗歌传统，强调正在发生变化的文化张力。他以自己的现代化的视界重铸史论，借鉴当代法国批评传统的"断裂"概念，论证阿拉伯诗歌史上一些特殊的契机——此其时，某位诗人激进地打破既有的传统，引领一个新方向。他认为，阿拉伯阿拔斯王朝著名诗人艾布·泰马姆（788—845）和现代黎巴嫩美籍诗人纪伯伦（1883—1932），以及他自己都是这种"断裂"的佳例。

阿多尼斯认为：从理论上说，有两种主要的文艺思潮在阿拉伯语诗歌内部运作：一为保守，一为创新。阿拉伯语诗歌史一直是保守的文学和社会的境况，历来都是抑制诗歌实验、哲学和宗教思想。这种静态倾向，表现为把因循守旧的做派凌驾于原创的独立思考之上；试图使文学成为宗教的婢女；崇尚往昔，把《可兰经》视为语言和诗学的本源，因此不接受任何改变。他实际上在诗歌和诗学领域所看到的一切，大多是静止不动的。因此，阿多尼斯倡导动态或创新的观念。他认为，关键是必须定义"heritage"（该词兼具"遗产"和"传统"之义）。这个概念具有模糊性，流行看法是把它界说为所有后续文化产品的本质或起源。在阿多尼斯看来，我们不应该错误地认为惟有一种阿拉伯的文化遗产，而必须从构成阿拉伯历史的文化棱镜和社会斗争的维度来看待"heritage"。作为特定历史时期与特定秩序的一种特定文化产品，传统只不过是无数文化和历史的产物，它们有时甚至是彼此对立的。

阿拉伯文学和社会中的"现代"属性是阿多尼斯极为关注的问题。他进行了复杂的多层次的现代性探索：认为各个时代皆有"现代"；把文艺复兴的概念用于阿拉伯世界是有问题的，因为异于欧洲文艺复兴，阿拉伯存在着两种彼此抵牾的复兴潮流：一是复兴往昔及其文化传统；二是更新与欧洲的联系。后者作为一种殖民化浪潮，兴起于19世纪，把欧洲文化带到了阿拉伯语地区，让阿拉伯人接受欧洲教育，这也是一个借鉴过程。在西方，科技文化主导被认为是现代性的特征，但是，阿多尼斯认为阿拉伯情况不同，科技进步不等于人文进步。在现代性的框架下，东西方文明之间更多的是"政治与意识形态"的冲突，而非聚焦于"知识与诗歌"。阿多尼斯考察了整个阿拉伯文学传统，结论是：必须把对文学作品的态度和分析，纳入持续不断的重新评估过程。阿多尼斯关注特殊性的问题，认为特殊性反映了整个阿拉伯世界作家和评论家的现实，他们居住的地区既是广袤的，也是杂色斑驳、富于变化的（西北部与欧洲接壤堪为一个实例）。虽然某种阿拉伯团结统一的观念得到了承认，但是，每个国家和地区都需要更多地从本土和特殊的维度考虑考察当代的文化需求。更深层次的问题是要把握本土的现状与独特的往昔之间的关系，提供一种身份认同和特殊性的观念，生成异常丰富多样的传统，而21世纪的文学家则是这种动态传统的继承人。

二 柄谷行人：现代日本文学（史）的起源论

学术领域地位：当代日本著名文学批评家和哲学家

主要代表著作：《现代日本文学的起源》（1980）；《作为隐喻的建筑：语言、数字与金钱》（1983）

重要理论话语："文学"的意识形态

Karatani Kōjin

柄谷行人（Karatani Kōjin，1941— ）被广泛认为是当代日本最具影响力的文学批评家和哲学家。柄谷行人既受福柯影响，认为历史是一种建构，又暗含对福柯忽视创造性主体的批判。据英文维基百科和雷奇主编的《诺顿理论与批评选集》，柄谷行人有"思想机器"（The Thinking Machine）之誉。柄谷行人在学生时代就参加左翼诗人和文学家团体，深受吉本隆明（1924— ）和夏目漱石（1867—1916）的影响。1964年获东京大学经济学学士、1967年获英国文学硕士学位，曾经在日本东京法政大学（1970—1997）和近畿大学任教（1997年至2006年退休）。曾任近畿大学人文科学国际中心主任。1975—1977年曾作为访问教授应邀到美国耶鲁大学讲授现代日本文学，在那儿与德里达、保罗·德曼、詹姆斯相遇。1990—2004年作为比较文学访问教授在哥伦比亚大学任教。从柄谷行人的文学批评到重读康德与马克思，都展示了其核心观念："既不是从自己的视野观物，也不是从他人的视野观物，而是直面真实，即通过两者的差异揭示真实。"[①] 柄谷行人通过紧密封闭的符号系统、西方形而上学和资本主义世界之裂隙，探讨"他异性"（Alterity）题旨，涉及文学、艺术（史）、建筑、城市规划、语言学、文化人类学、精神分析、数学、哲学和政治经济学等多种学科领域。

作为文学批评理论家，柄谷行人以三部英文著作而驰名西方学界。一是《现代日本文学的起源》（*Origins of Modern Japanese Literature*，1980；英译本1993；中译本2006）堪称柄谷行人最负盛名的著作。这部批评理论随笔的结集以新历史主义和解构论为特色，采用尼采和福柯的系谱学方法，在现代日本与西方际遇的比较视野中，揭示与颠覆欧洲中心论的线性历史性概念。二是《作为隐喻的建筑：语言、数字与金钱》（*Architecture as Metaphor: Language, Number, Money*，1983；英译本1995）聚焦于形式问题，研讨"建筑意志"（the Will to Architecture）问题，视之为西方思维中一切形式的基础。三是《跨越式批判：论康德与马克思》（*Transcritique: On Kant and Marx*，2001；英译本2003；中译本2010）标志着作者离开了对内部性和文学的探讨，走向了外部性与政治。该书通过马克思重读康德，通过康德重读马克思，体现了柄谷行人试图建立一种抵抗全球化的资本、民族和国家的理论。齐泽克刊于《新左派》杂志的《视差之见》[②] 一文，至今仍然是对《跨越式批判：

[①] V. B. Leitch ed., *The Norton Anthology of Theory and Criticism*, New York: Norton & Company, Inc. 2010, p. 2031.

[②] S. Zizek, "The Parallax View", *New Left Review*, ser. 2 no. 25, 2004.

论康德与马克思》最具影响力的解读。此外，柄谷行人的其他英文著作①还包括《历史与重复》(*History and Repetition*, 2011)、《世界史构造：从生产模式到交换模式》(*The Structure of World History: From Modes of Production to Modes of Exchange*, 2014)等。

柄谷行人对非西方现代性话语的独特贡献在于他聚焦"文学"的意识形态角色，揭示日本作为现代民族国家本身就是一种历史建构，而西方话语则发挥了重要的作用。日本明治时期大开国门，文化与文学深受西方的影响，包括"风景的发现""内在性的发现"和"儿童的发现"。日本现代文学一旦确立了自身，其起源便被忘却。美学机制在意识形态生产中扮演了重要角色。自19世纪晚期以来，西方主流文化范式的威胁一直在塑造现代日本，促使日本成为第一个加入现代民族国家俱乐部的亚洲国家，离弃了与原来被视为世界文明中心的中国的联系，导致日本走上侵略道路，参与原来属于西方构想的殖民亚洲的计划，最终在"二战"中遭受灾难性的失败。在意识形态意义上，日本把自己在中国和亚洲的侵略扩张合法化，在策略上将其美化为从西方宰制中解放亚洲。柄谷行人坚定地拒绝对现代性提供一种可选择的非西方范式，因为他敏锐地意识到，对（西方）现代性的批判可能被反动的政治所利用。对于新历史主义范式而言，柄谷行人把历史视为一系列断裂，其起源随时可能遭到压制。他声称："从历史超然性的立场撰写现代日本文学的构成，这不是我的目的。"② 柄谷行人像福柯一样，把现代性视为一个"没有外部"的系统，但是却不同意福柯关于置身系统内部的个人因其感知结构而无法具有主体批判性的看法，而是认为存在着例外现象，夏目漱石就是这样创造性的个体。夏目漱石既受到浓郁的汉学熏陶，又留学英国，因此是日本夹杂在中国文化传统与全盘西化不同历史范式之间的罕见例子。

《现代日本文学的起源》英文版面世后，在太平洋两岸取代了原来作为标

---

① https://en.wikipedia.org/wiki/Kojin_Karatani，2016年11月20日查阅。
② V. B. Leitch ed., *The Norton Anthology of Theory and Criticism*, New York: Norton & Company, Inc. 2010, p. 2034.

准的撰史方法,"确实出于作者的意料之外,该书现在已经成为日本文学研究新的'标准历史',从而形塑了今天年轻一代文学批评家的著作"。① 柄谷行人的《现代日本文学的起源》以非西方语境审视现代文学的属性与构型,在国际上赢得了广泛的读者群,被译介为英语、韩语、汉语、德语和土耳其语。弗雷德里克·詹姆斯为该书英文版撰写的序《可选择的现代性之镜》已成为西方批判理论语境中的一篇重要文献。

三 李泽厚:"原始积淀"说

学术领域地位:中国著名哲学家和美学家、中国思想史学家

主要代表著作:《美的历程》(1981);《中国美学史》(1984);《美学四讲》(1989)

主要理论话语:层面和积淀;主体实践哲学;艺术情本论

李泽厚(Li Zehou,1930—)湖南长沙人,1954年毕业于北京大学哲学系。曾任中国社会科学院哲学研究所研究员、德国图宾根大学、美国威斯康星大学、密歇根大学、科罗拉多学院、斯瓦斯摩学院客席教授、台北中央研究院客座研究员等职。1988年当选巴黎国际哲学院院士,1998年获美国科罗拉多学院荣誉人文学博士学位。李泽厚在20世纪50年代美学大讨论中成名,继而以《美学论集》(1979)和《批判哲学的批判:康德研究》(1979)显示学术实力。他博采众长,融合东西方众多思想传统,由此构造哲学和美学体系,其著作深深植根于康德、马克思的观念,以及中国传统思想文化。

雷奇主编的《诺顿理论与批评选集》设计了两个目录,其一按著者的生年排序,其二是"选择性目录",按理论和批评的类别排序。在第二个目录中,李泽厚的名字被分别归于三种类别:美学、马克思主义及身体理论。它

---

① V. B. Leitch ed., *The Norton Anthology of Theory and Criticism*, New York: Norton & Company, Inc. 2010, pp. 2033–2035.

认为李泽厚是当代中国学界一个令人振奋的存在,他享有的声誉堪比雷蒙·威廉斯之于英国,萨特之于法国,其独创性的"原始积淀"(Primitive Sedimentation)话语尤为精致复杂,最具价值。以下主要依据该书,撮其要,[①] 归纳西方文论视野中的李泽厚评介。

李泽厚最著名、最具独创性的"积淀"(或"文化—心理构成")理论认为,一切先前的直觉、概念和原则皆是延续了数百万年的原初实践所积淀的心理学形式。它们超越了任何个体、群体或社会的经验,但是却没有超越作为总体的人类经验。为了探讨理性在感性的显现、社会在个人的显现和历史在心理的显现等问题,李泽厚创造了"积淀"的术语。积淀是一个过程,社会、理性和历史在其中积聚,并且突如其来地化成个人、感觉和直觉的形态。所谓长期积累,偶然得之。这个过程是通过"人的自然化"而实现的。"积淀"说反映了他努力赋予康德的先验主体性一种马克思式的物质基础,并以"天道即人道"的传统中国信仰予以塑形。他强调从两个方向进行一种活力论的拓展:一是人化自然以获得更好的生活场所;二是人化自身灵肉构造以日益脱离兽性。李泽厚融合中国和西方视界,以"人化的自然"弥补马克思"自然的人化"的愿景,又以基于中华民族长期经验和实践的一种唯物论"实用理性"弥补了康德的"超验理性"。在这种经验中,艺术扮演了关键角色。

由此,凸显了李泽厚对于美学理论的主要贡献——将实践引入关于美的本质研究,链接了其颇为重要的"主体实践的哲学"。他认为个体的自然审美能力基于作为集体的人类实践。因此,探讨美的本质不仅要考虑个体的感官、心理和文化反应,而且要关注创造性集体实践的物质与社会范畴,注意美感的历时发展和人类普遍化的艺术形式的历史积淀。李泽厚所谓的"主体实践的哲学"生发于对宇宙和历史的双重强调,在它们的内在而基本的张力中包含了积淀。在美学领域,李泽厚指出古代工具展示出美的成分和模式,尤其是对称、比例、均衡及韵律。人类的能量通过劳动("气"注入构造)而呈

---

① V. B. Leitch ed., *The Norton Anthology of Theory and Criticism*, New York: Norton & Company, Inc. 2010, pp. 1744–1748.

现出美的形式。审美对象在其制造过程中激发起美感愉悦。这些感情既不是逻辑的，也不是哲学取向的现象。任何具有实用因素或纯粹美学意味的对象或作品，总是积淀了"人世的情感"，保存了物化、劳动和感知的遗产，也保存了社会史、心理史及形式。美学形式构成了艺术传统，社会心理和历史凝结于其中。李泽厚的"积淀"论明确地将劳动理论加入社会心理和历史，这是富于意义的。

在美学基本原理上，李泽厚否弃了通常认为社会学关于艺术品是反映社会力量和人际关系的观点，主张历史主义和心理学的转换。他通过分析中国古代历朝不同文学形式的出现，论证了艺术品既是特定社会和特定时间的产物，同时也是人类精神构造的对应物。李泽厚关于艺术作品层面和积淀的理论也颇为引人注目。他阐述了艺术品的三个层面：形式、形象及意义。它们分别关联了三种积淀形式：原始积淀、艺术积淀和生活积淀。他并不讳言自己受到西方思想家（诸如维柯、马克思、弗洛伊德和荣格）的启发，从而创新了关于层面和积淀的完整理论。李泽厚将层面和积淀理论进一步与自然的人化观念相关联，认为人们正是通过形成于劳动过程的原始积淀而学会了认识美。

在西方文论视野中，李泽厚的中国思想文化资源具有异域特色，能够启迪跨语境的问题讨论。譬如，李泽厚认为任何艺术品的魅力都依赖于其材料，他采用中国诗学的"气"的观念来探讨控制"媒介材料"（Medium）的特定方式所产生的艺术魅力。在英文表述中，中文的"气"（qi）呈现出多种迻译，包括 Energy、Pneuma、Vital Energy、Material Force，等等。它不仅与人的生理的五官感知有关，而且也关涉物质媒介和形式结构。艺术作品的分层包含彼此联系的两个方面。一是"人的自然化"，创作者和欣赏者的身心向自然的节律接近、吻合和同构，它不仅表现为诸如中国的气功、养生术、太极拳之类的身心活动，也呈现在艺术作品的形式层。二是朝向不断变迁的、反映不同时代和社会的事件、物体及关系的延伸。两个方面错综交织且相互作用。

李泽厚的原始积淀的美学理论也受到一些质疑和批评。主要是这种理论侧重揭示了多方面的和谐一致的境况，但未能充分注意不和谐、抵牾和争论的美学场域。一些学者认为，李泽厚的思想体系，实际上仍然停留在黑格尔—卢卡奇—马克思主义框架内。尽管如此，通过把身体、劳动和气置于美学理论化的核心，李泽厚提供了关于艺术生产和接受的一种独特、宏阔、具有说服力的论述。由于强调历史的嬗变，他避免了多数原型理论的永恒化特征，而坚持将艺术植根于社会心理和历史。一股强烈的民主化冲动伴随着其原始积淀的理论，它作为均衡的力量运作于人和社会体的微观层面。在李泽厚的分析中，工艺和杰作始终都是艺术实践和艺术史领域的组成部分。

在西方文论界，李泽厚的著述划分为三个领域：哲学和美学；中国思想史和艺术史研究；中国文化和社会研究。李泽厚的著作被翻译为英、德、日、韩等多种语言，他在英语世界第一部有影响的著作是《美的历程》（1981；英译本 1988，1994），以及《马克思主义在中国》（1988；英译本 1993）。《诺顿理论与批评选集》将李泽厚所著的《美学四讲》第八章"形式层与原始积淀"选入，英文版书名为《美学四论：迈向全球视野》（*Four Essays on Aesthetics: Toward a Global View*, 2006）与中文版有所不同，省略了原文许多章节。由于李泽厚是当代中国思想家的杰出代表，因此在中英语言文化领域，对他的研究一直都引人瞩目。在当代中国文艺理论"走向世界"，而且真正"走进世界"的历程中，李泽厚的美学研究堪称一个重要的标志。

四 纳拉辛哈亚：印度梵语诗学的现代化

学术领域地位：当代印度著名作家、文学批评家，文化艺术评论家、尼赫鲁研究专家
主要代表著作：《天鹅与雄鹰：印度英语文学评论集》（1969）；《印度文学的共同诗学》（1984）
重要理论话语："梵语学者批评"；印度性

纳拉辛哈亚（C. D. Narasimhaiah，1919—2005；一译纳拉斯玛哈亚），印

度著名文学批评家、作家。① 生于南印度迈索尔邦，1947—1949 年就学于迈索尔大学和剑桥大学（获得奖学金攻读剑桥大学英语 Tripos，即文学学士荣誉学位考试），深受英国著名文学批评家 F. R. 利维斯的影响，并且被吸收到利维斯创办的著名文学批评季刊《细绎》（1932—1953）群体。1950—1979 年被聘任为印度迈索尔邦 Maharaja's College 英语教授。1958—1959 学年获得富布莱特奖学金，成为耶鲁大学访问教授。之后分别在美国各大学（耶鲁、威斯康星、得克萨斯、夏威夷）；英联邦利兹大学；澳大利亚弗林德斯大学任教。1968 年纳拉辛哈亚成为国际研究中心资深学者，1974—1975 和 1987 年两次担任夏威夷东西方研究中心顾问。2005 年病逝于印度南部城市班加罗尔女儿家里，时年 86 岁。纳拉辛哈亚对英语印度文学和英联邦文学研究的贡献，不仅在于其文学批评著述，而且还在于他 1979 年创办了印度研究的图书馆和研究中心（Dhvanyaloka Centre For Indian Studies），该中心犹如磁石一般吸引了世界各地的大量学者。

纳拉辛哈亚极为关注印度诗学的现代化问题。他在很大程度上反对用西方理论方法研究英语撰写的印度文学作品，赞成建构基于历史悠久的梵语理论的印度批评传统，倡导印度味论诗学的 Rasa（情感与灵魂）和 Dhvani（意义与提示）。他促进古代印度诗学的 Rasa – Dhvani 传统，同时又呼吁古典传统的现代化。

在日不落大不列颠帝国时期，印度是英国海外主要殖民地，英语对现代印度文化的渗透不言而喻，并对文学艺术产生了重要影响。罗伊（R. R. Roy，1772 – 1833）是较早用英语创作文学作品的作家；享有世界声誉的"印度诗圣"泰戈尔亲手将自己的孟加拉语抒情诗集《吉檀迦利》译成英文，成为东方文学史上第一位获得诺贝尔文学奖的作家（1913）。瑞典科学院的颁奖词奖掖泰戈尔说："由于他那至为敏锐、清新与优美的诗；这诗出于高超的技巧，

---

① 参阅维基百科 https：//en. wikipedia. org/wiki/C. _ D. _ Narasimhaiah 和 V. B. Leitch ed.，*The Norton Anthology of Theory and Criticism*，New York：Norton & Company，Inc. 2010，pp. 1378 – 1381。纳拉辛哈亚的出生年份不一致，维基百科是 1921 年，《诺顿理论与批评选集》是 1919 年。

并由于他自己用英文表达出来，使他那充满诗意的思想也成为西方文学的一部分。"英语随着英帝国和殖民主义的扩张在印度兴起，如何评价印度文学？采用什么标准来评价？——成为一个棘手的问题。斯瑞尼法撒·艾杨格的里程碑著作《英语撰写的印度作品》（*Indian Writing in English*，1962；1983年第三版），尖锐地提出了现当代印度文学评价标准的两难问题。一方面，这些作品具有英语皮肤，联结着从亚里士多德到 T. S. 艾略特的西方悠久传统，尤其是从锡德尼、本·琼生、德莱顿到当代贤哲艾略特、瑞恰兹和利维斯的英国传统。另一方面，这些又是印度人创作的作品，同样拥有一个源远流长的文学批评传统，强调一整套东方韵味的印度味论诗学话语，如"味"（Rasa）、"声律"（Dhwani）与"情态"（Bhavas）等，而且从古到今有一系列重要的文学家和批评家，包括从古代文艺思想家婆罗多牟尼到现代圣哲泰戈尔和"旭莲大师"室利·阿罗宾多。

纳拉辛哈亚非常重视印度梵语文学与诗学传统，致力于让本土文艺思想资源现代化，重新焕发青春。其《天鹅与雄鹰：印度英语文学评论集》（*The Swan and the Eagle*：*Essays on Indian English Literature*，1969）被誉为致力于用英文撰写真正的印度文学与批评的一部奠基之作。他不问诸如"印度人是否用英语写作或英语作为一种创造行为的媒介在印度是否有未来"之类的平庸无益的问题，而是专注于撰写兼具高品质和印度韵味的英语著述，认为西方文学批评实践是强加的帝国主义之轭，由来已久。在非洲英语后殖民文学领域，阿契贝也遇到与纳拉辛哈亚同样的问题：非洲作家是否能够和应该用英语创作。纳拉辛哈亚赞同后殖民文学作家需要更多更好的文学批评，需要异质因素，但是不宜降格为目录分类，纠缠于语法的皮毛之争，拘泥于雕虫小技，因为这会"让诗歌从我们的指缝溜走"。他否弃文学批评的西方标准、"普适"标准和英美纯文学标准，主张印度书写应该采用"梵语学者批评"（Sanskritist Criticism）的标准，尤其是表征情味与意蕴的 Rasa 和 Dhvani，倡导研究印度文学的印度性（Indianness）。

纳拉辛哈亚的《走向今日印度文学的共同诗学构型》是其著作《印度文

学的共同诗学》（*A Common Poetic for Indian Literatures*, 1984）的一个附录，被收入《诺顿理论与批评选集》。他所描述的文学批评原则，既饱含梵语文化传统韵味，又向西方诗学开放。他从文艺理论层面对印度与西方进行了比较研究，认为印度文学的传统意旨是睿悟与超脱，而不是西方式的准确再现或自我表达。文学批评的功能兼具评价与教诲。理想的印度文学批评家应该是受过良好教育，见多识广，具有古今印度传统和西方传统的意识。理想的读者则是胸襟开阔，具有同情心，充满知性，富有经验。印度诗学"味论"（Rasas）含有八味——八种原初情感与经验，通过作者、文本和受众之间的美学互动而圜转流动，发生共鸣，让大家共同感受其意蕴、弦外之音和微言大义（Dhvani）。古典梵语"Dhvani"一词蕴含广泛，包括形而上学、语言学和声音的生理学维度。我们天生就与声音密切相关，声音是我们身体存在的基础。如同古典西方文论的摹仿—教诲说一样，印度 Rasa - Dhvani 诗学千余年来广受评论，呈现出高度细微差别的形态。纳拉辛哈亚认为，它需要进一步修正与阐释，融入现代理论话语，如无意识的运作、象征的动力学、诗歌技巧（展示而不讲述，有意省略，采用含混语言等）。[①] 这样才能将印度诗学与西方文论有机结合，熔铸古今，会通内外，面向未来。

　　纳拉辛哈亚文学批评著作还有《觉醒的意识：英联邦文学研究》（*Awakened Conscience: Studies in Commonwealth Literature*, 1978）、《印度文学批评的功能》（*The Function of Criticism in India*, 1987）、《东西方诗学运用》（*East - West Poetics in Work*, 1991）、《英联邦文学评论集：多种遗产的传家宝》（*Essays in Commonwealth Literature: Heirloom of Multiple Heritage*, 1995）、《印度英语文学的制造者》（*Makers of Indian English Literature*, 2000）、《印度的英语研究：拓展视界》（*English Studies in India: Widening Horizons*, 2003），等等。但是，纳拉辛哈亚关于梵语传统和印度性的观念，遭到了流散作家萨尔曼·拉什迪，以及海外印度年轻作家的反对，他们认为在全球化和世界消费

[①] V. B. Leitch ed., *The Norton Anthology of Theory and Criticism*, New York: Norton & Company, Inc. 2010, p. 1380.

主义盛行时代,很多人已非"真正的"印度人。后殖民批评家斯皮瓦克和霍米·巴巴也对纳拉辛哈亚转向本土文学批评实践提出异议,认为不应将其作为失根的怀旧情绪。她们是接受欧洲理论家如德里达、拉康影响的典型的文学批评家。而印度更为年轻一代文学评论家和社会批评家,尤其是非婆罗门出身的年轻人,往往既反对后殖民批评,又反对过分接受西方影响的上一代批评家。虽然他们也赞扬纳拉辛哈亚回归和复兴传统印度语言文学理论,尤其是梵语理论,但他们也指责他的"婆罗门和封建"做派。

关于印度性及其性质与程度的争议并未消失。宝莱坞电影和其他以国际市场为目标的新兴印度文化产业正处于批评与接受的张力之中。《诺顿理论与批评选集》认为:即使是这个世界日益全球化,印度文学批评家和作家也一直在转向以独特的印度方式表达自己,并且要求采用印度标准予以评判。因此,纳拉辛哈亚强调印度思想文化传统和梵语学者传统,仍然是当代重要的关切。印度文艺理论是世界文艺思想发展史的重镇,当代印度文学批评理论所遇到的问题和相关情况,对于西方文论中国化的反思具有重要的思想启迪意义。

第四节 关于西方文论中国化的当代反思

当代西方文论从20世纪"黄金时代",中经"后理论或理论终结"乃至反理论,至今天"理论文艺复兴"回潮,生成和积累了丰厚的理论形态,既丰富多彩,同时也问题丛生。尤其是两个重大问题构成关于当代西方文论中国化反思的焦点:一是西方理论"全球旅行"与中西文论关系;二是文学与理论之间的张力及若干阐释话语。它们彼此交织,密切相关。

一 西方理论的"全球旅行"与中西文论关系

西方理论的"全球巡航"是现当代文艺美学的一个重要现象。当代中国前现代、现代与后现代社会文化纵横交错,形成接受域外理论的特殊土壤。

赛义德曾经论述过"理论旅行"离开发轫环境,跨界、跨情境、跨时空旅行的形态。① 当代西方文论及其范式跨越语境,不断地渗入中国学术的肌理。20世纪 80 年代中国引介西方文艺思想的"理论方法热"导致的理论增殖可谓盛极一时,源于自然科学领域的"老三论""新三论"引起的热烈反响至今令人难忘。中国学者关于"古代文论现代转型"和"失语症"的反思,尤其是近期对西方文论"强制阐释"弊端的清算,都是西方文论全球旅行与中国化进程的重要环节。

全球化与中国改革开放结合,为西方文论的中国旅行提供了良好的条件。中国社会科学院高建平研究员认为,西方文论"旅行",近 30 年来进入中国的现象有增无已。人们谈得比较多的是一些欧洲理论,在"二战"后经过美国向世界传播。欧洲种子在美国发芽长枝,再被剪下来嫁接到第三世界国家。一些著述有大量关于理论旅行的描述,这是本末倒置。比起旅行本身来说,更重要的是什么在旅行、到哪儿旅行、种子如何、长得如何、嫁接得如何。② 西方文论涌入中国语境,一方面源源不断地融入中国学术领域,激活中国学界的文艺美学思想,另一方面它作为异质文化的产物,容易水土不服,造成种种不适感。因此,关于中西文论关系的辨析和西方文论中国化形态的基本判断,都显得十分重要。这里拟列举近年一些在中外文论关系问题上有分量的成果和代表性的观点。如杨慧林"空间与张力"框架;张隆溪"引介而不盲从"观点;方维规对西方文论在中国积极的思想贡献的肯定和对"张力"的质疑;高建平关于中西文论古今错位的分析。

2013 年,北京大学出版社推出杨慧林教授主编的"人文科学关键词研究"丛书。该丛书"试图将当代西方文论置于广义的人文科学背景中,凸显其学理线索、问题意识和思想方法,以激发中国学人的进一步思考"。《文艺研究》翌年以"西方文论在中国学术语境的空间和张力"为题,专栏刊发著

---

① 赛义德:《理论旅行》,载《赛义德自选集》,中国社会科学出版社 1999 年版,第 138—154 页。
② 高建平:《在交流对话中发展中国文论》,《探索与争鸣》2016 年第 11 期。

名学者张隆溪《引介西方文论，提倡独立思考》和方维规《文学的位置与批评的空间》等五篇文章。① 张隆溪教授学贯中西，早年以比较诗学著作《道与逻各斯》蜚声学界，是国内最早评介西方文论的重要学者之一。他从1983—1984年在《读书》杂志开设"现代西方文论略览"专栏，连续发表11篇文章，读者反响热烈，1986年结集《二十世纪西方文论述评》出版。于今近30年过去，张隆溪始终认为：西方文论"各具特色，也各有局限，各派文论家在提出某种理论，把文学研究推向某个新的方向或领域的时候，往往又把话讲得过火冒头，走向某种极端。"因此"不可尽信盲从"。② 教育部长江学者特聘教授、北京师范大学方维规认为：数十年来"中国或许比世界上任何一个国家翻译介绍外国文学理论，尤其是西方文学理论都要多得多，我们看到的是一种万花筒景象。西方文论多少年来在中国可谓'得天独厚'，给中国带来了文论教学和研究的重大变化，为我们的硕博论文提供了诸多论题。我们不但译介了由于长期闭塞而未曾听说的学说，而且在'补课'之时还及时翻译了不少外国的时髦理论，给人以众声喧哗之感。我的感觉是，西方文论在中国不但有空间，而且空间很大；但是张力如何，的确不敢恭维。我所理解的张力，是理论运用的可能性，思考方式的改变或引发新的思考方式，否则只是译介而已，是理论的转述"。③ 确实，我们至今仍然明显匮乏中西文论的这种"张力"，更多的是两者之间呈现的反差或错位形态。20世纪90年代曹顺庆教授提出中国文论"失语症"问题，倡导"汉语经验"；中国文艺学界曾经热议中国古代文论的现代转型。这些论题的提出很有见地和价值，但是问题的解决至今似乎收效甚微。罕见当代中国学者创造的理论范式、学术话语和思维方式对西方世界的影响，更突出的反而是中西文论奇特微妙的古今错位的现象。高建平指出：

---

① 《文艺研究》2014年第3期"西方文论在中国学术语境的空间和张力"栏目包括张隆溪、方维规、孙郁、耿幼壮、陈剑澜诸位的专题论文。
② 张隆溪：《引介西方文论，提倡独立思考》，《文艺研究》2014年第3期。
③ 方维规：《文学的位置与批评的空间》，《文艺研究》2014年第3期。

在中国与西方的理论交流中,有着这样的错位:中国人了解西方的现代,而西方人关注中国的古代。谈到中国的哲学家、思想家、文艺理论家,西方学者会说,他们知道孔子、老子,他们还会津津乐道,庄子如何有趣,《文心雕龙》如何了不起。在比较文学界,似乎人人都在说要"跨文化对话"。实际情况是,西方人一下子就"跨"到了中国古代,他们的对话对象,是从魏晋玄学到程朱理学,再到阳明心学。对于许多西方的人文学者来说,"中国"一词是指古代中国……现代的中国并不存在。与此相反,中国人对西方的关注,却更偏向于当代。他们追踪当代西方最流行的思想,翻译、介绍、研究,并且不断地宣布某种思想过时了,现在流行某种更新的学说。①

高建平曾任国际美学协会会长,具有宏阔的国际视野、丰富的文艺美学经验。这番话反映了他的学术观察与判断。当代西方与古代中国之间秘响旁通,反观中国古代文论现代转型却问题重重。这种现象是耐人寻味的,也意味着西方文论中国化问题任重道远。但是,虽道阻且长,行则必至!

二 理论 VS 文学的张力场及若干阐释范式

理论骨感,文学丰满。理论与文学之间充盈着张力,尤其是它们相互抵牾的问题一直是国内外文学研究领域争议的热点,构成了当前西方文论中国化的一个重要维度。借用当代英国文学批评家安德鲁·本尼特的话语,理论以获知为特征,强调富于力量的理性思辨;而文学以"无知"为特色,凸显鲜活动人的感性空间——"无知尽管经常遭到忽视,但却是文学诗意叙事的重要构成部分"。② 易言之,理论务实,文学务虚。两种趋向不同的力量在博弈,构成了理论与文学的张力场:一种是重视抽象思维旨趣的理论倾向的力量;另一种是基于文学本体立场的反理论倾向的力量。

无论是国内还是国外,在这种理论与文学的张力场中,可谓问题丛生。

---

① 高建平:《在交流对话中发展中国文论》,《探索与争鸣》2016年第11期。
② [英]安德鲁·本尼特:《文学的无知:理论之后的文学理论》,李永新、汪正龙译,河南大学出版社2014年版,第3页。

中国社会科学院文学所在北京召开"文艺理论学科与文艺理论发展高峰论坛"（2015年4月），其会议宗旨高度概括了当前文艺理论界莫衷一是、疑窦丛生的窘境。文学、批评、理论之间的关系错综复杂，这次会议聚焦于当前文艺理论的危机与生机问题。笔者忝列其会。金惠敏研究员甚至重申"没有文学的文学理论"命题。他认为文学理论"冲出文学的限制，越来越作为一个独立的、自组织的和有生命的知识系统，直接向社会发言，承担一定的文化功能，并迂回地作用于文学。同时，没有文学的文学理论获取了哲学品性，能行宗教、哲学之用。这些都使得其存在有充足的理由。"[1] 在当代社会文化领域，传统纯文学在萎缩，边界在持续裂变、消解，同时西方文论领域各种理论和话语层出不穷，尤其是21世纪前后形成综合哲学人文社会科学，甚至自然科学思想资源、理论话语的"哲性诗学"，确实充盈着某种哲理思辨和爱智慧的快感，形成了体系性自主和自足的特质。但同时也无法否认，文学理论是源于和基于文学艺术本体的思想抽象。因此，高建平认为："文学理论不可能脱离文学"，否则理论就会成为"无源之水、无本之木"。这种关于文学理论合法性危机的争议，与美国文论家雷奇对《理论帝国》的辩驳异曲同工，是中国文论界关于理论与文学张力场的一个富于意义的"事件"。美国比较文学界有一个类似的著名例证。美国斯坦福大学教授苏源熙执笔的《美国比较文学学会报告》（2003）对"不读具体文学作品而从事文学研究"的做法予以批评。他认为"尽可把美学理论、文学史、接受理论、文学教育，甚至文学理论史当作独立的研究领域"，但是这样做并不适用于"像比较文学这样一个由例证（及例证引取理论）构成的学科"。[2] 因为这会影响到比较文学的学术独立性和扎根文学的安身立命之所。

文学理论与文学批评实践的结合，一直是文艺美学界的薄弱环节，尤其是理论与文学之间的隔膜与脱节，容易造成"过度阐释""强制阐释"或

---

[1] 肖明华：《"没有文学的文学理论"也是文学理论?》，《文艺报》2016年07月15日。
[2] 参阅美国比较文学学会《苏源熙报告》（2003），载《中国比较文学》2004年第3期和2004年第4期。

"阐释不足"等弊端。外国文学领域的学者尤其敏感于且不满于文艺理论界不顾语境,囫囵吞枣地滥用理论。确实,削足适履、生吞活剥地滥用理论的诸多荒谬例证,俯拾皆是。早在 2008 年,北京大学刘意青教授在外国文学专业委员会的大会发言《当文学遭遇了理论》,就比较典型地发出了抱怨和批评理论浮夸与滥用之弊的声音。她以解读 18 世纪英国理查逊的书信体小说《帕美拉》为例。贫穷美貌的女主角帕美拉抗拒贵族主人 B 先生的勾引,不断写信给父母言志。而调戏和勾引她的主人偷读了她所有表白自己贞洁不渝的信件,为之折服,最终正式娶她为妻。一种理论解读认为:写信要用笔,笔给了她一般女人没有的力量,有了笔就等于她有了男人的生殖器(Phallus),像男人一样有了"菲勒斯权力"(Phallic Power)。因此,可以用归谬法得出一个三 P 的等式:笔(Pen)= 阳物(Penis/Phallus)= 力量/权力(Power)。[①] 刘意青教授是令人敬重的资深英美文学专家,她的话语反映了理论与文学张力场的突出弊端。理论不能生搬硬套地滥用,不应该束之高阁,而是应该通过批评的中介,深入贴切地阐释文学文本。我们既可以基于文学立场反思和批评理论,也可以基于理论立场回应文学的焦虑,探讨两者之间消弭牴牾、相得益彰的可能性。

上述理论与文学的张力场的两种力量,催生了若干具有典型意义的阐释范式。包括意大利著名学者艾柯的"过度阐释",中国学者张江教授的"强制阐释""本体阐释"和"公共阐释",曾军教授的"有效阐释"范式,等等。它们之间或多或少存在着理论对话关系。

中国社会科学院张江教授的"强制阐释"是对艾柯的"过度阐释"进行中国化转换的话语范式。艾柯在其《诠释与过度诠释》(2005)提出"过度阐释"问题。张江教授自 2012 年始,连续发表系列文章,提出当代西方文论的根本缺陷是"强制阐释",并与国内外著名学者对话,引发重要关注。《文

[①] 刘意青:《当文学遭遇了理论》,林精华、吴康茹、庄美芝主编《外国文学史教学和研究与改革开放 30 年》,北京大学出版社 2009 年版,第 1—8 页。这是刘意青教授在外国文学专业委员会"近三十年来外国文学史教学与研究年会"(2008)上的大会发言。另参阅麦永雄《当理论遭遇文学:文学理论和批评实践的"迷阵"及反思》,《中国社会科学评价》2015 年第 4 期。

第四编　当代西方文论的中国化问题探索　第十二章　思想张力：英美"理论"之争与西方文论中国化

艺研究》2015年第1期，理论专栏刊发张江、朱立元、王宁、周宪四位著名学者的一组讨论文章；《清华大学学报》2015年第2期，发表四位学者的第二组笔谈，持续引起强烈反响。由此，"强制阐释"成为当前讨论"西方文论中国化"绕不过去的一个重大问题。"意大利小说家、文学批评家安贝托·艾科于1990年在剑桥大学与理查德·罗蒂、乔纳森·卡勒等人就阐释之边界展开辩论。这场讨论有效地唤醒了人们对散落的文学本质、文本意义的追寻，使文学批评从信马由缰的失控状态回归到作者和文本规定的限度，关注阐释的可能性、有限性等问题。时隔20余年，学者张江提出'强制阐释'的概念，直观看来它处于阐释学与批判理论的交叉口，既是阐释学链条的延伸，也是对中国现当代文学发展的反思。"① 张江认为当代文论重建路径应该由"强制阐释"到"本体阐释"和"公共阐释"，拓展和深化了理论与文学的张力场的论争。

张江"强制阐释"论主要建立于对西方文论弊端的分析和批判。他认为"强制阐释"的学理性阐释，主要体现为四项特征："一是场外征用。在文学领域以外，征用其他学科的理论，强制移植于文论场内。场外理论的征用，直接侵袭了文学理论及批评的本体性，文论由此偏离了文本。二是主观预设。批评者的主观意向在前，预定明确立场，强制裁定文本的意义和价值，背离了文本的原意。三是非逻辑证明。在具体批评过程中，一些论证和推理违背了基本的逻辑规则，有的甚至是明显的逻辑谬误。为达到想象的理论目标，无视常识，僭越规则，所得结论失去逻辑依据。四是反序认识路径。理论构建和批评不是从实践出发，从文本的具体分析出发，而是从现成理论出发，从主观结论出发，认识路径出现了颠倒与混乱。"而"本体阐释"则是以文本为核心的文学阐释，是让文学理论回归文学的阐释。"本体阐释"以文本的自在性为依据。原始文本具有自在性，是以精神形态自在的独立本体，是阐释的对象。"本体阐释"包含多个层次，阐释的边界规约本体阐释的正当范围。"本体阐释"遵循正确的认识路线，从文本出发而不是从理论出发。"本体阐

---

① 李啸闻：《"过度阐释"与"强制阐释"的机理辨析》，《文艺争鸣》2015年第10期。

释"拒绝前置立场和结论，一切判断和结论生成于阐释之后。"本体阐释"拒绝无约束推衍。多文本阐释的积累，可以抽象为理论，上升为规律。① 张江"强制阐释"论站在中国学术立场，具有强烈的问题意识和质疑精神，对于从事西方文论研究的学者尤其具有思想范式的启迪意义。张江最近又针对性地发表《理论中心论——从没有文学的"文学理论"说起》一文，进一步阐发说："20世纪80年代始，以后现代主义和解构主义的兴起为标志，当代西方文论总体放弃了以作者—文本—读者为中心的追索，走上了一条理论为王、理论至上的道路，进入了以理论为中心的特殊时代。其基本标志是：放弃文学本来的对象；理论生成理论；理论对实践加以强制阐释；实践服从理论；理论成为文学存在的依据。"由此，"极大地扭曲了文学理论的学科形态，文学理论失去了对文学的意义"。② 不同于刘意青教授的外国文学文学学科的感性焦虑，张江从文艺美学学科领域，深化了"反理论中心论"的理论品性，推进了守正创新的中国文论建设。

上海大学文学院曾军教授的《西方文论对中国经验的阐释及其相关问题》认为，当代中国文论话语体系的建设是一个古今中西处于多维时空的理论建构过程，因而倡导"有效阐释"。由此以开放包容的心态，展开对中国经验和世界经验的理解，增强中国文论话语阐释力。他分辨了西方文论话语对中国经验的阐释的两种类型："由西方学者对中国经验的阐释"和"中国学者运用西方文论话语对中国经验的理解和阐释"；论证了中国学者运用西方文论阐释中国经验的三种方式："跨文化比较""以中国经验印证西方理论"和"以中国经验来修正西方理论"。他认为，"西方文论"只是一套话语体系和理论范型，一种工具性的存在，它本身是无法完成对中国经验的阐释的。而走向有效阐释，则意味着超越文论话语的"中西"之别。因为西方文论进入中国语境，经历了"理论的旅行"和"翻译的转化"乃至重释，已经是中国化了的

---

① 张江：《当代文论重建路径：由"强制阐释"到"本体阐释"》，《中国社会科学报》2014年6月14日。
② 张江：《理论中心论——从没有文学的"文学理论"说起》，《文学评论》2016年第5期。

西方文论。我们一方面要坚决反对用西方文论既有的结论简单套用、强制阐释中国经验这种简单粗暴的阐释方式；另一方面还要认识到，我们用中国经验参与西方文论议题的讨论，也是中国学者在共同问题的讨论中发出中国声音的一种方式。面对中西文化越来越多的共同经验，中西方文论话语才具有了真正的可交流、对话的空间。当代中国文论话语体系的建构，最重要的工作是越来越多的中国学者创造性地提出了既具有中国经验阐释有效性，又具有世界经验阐释有效性的文论话语来。[①] 曾军承担国家社科基金重大项目"20世纪西方文论中的中国问题研究"（2016），具有良好的中外文语言文化视野和理论造诣，其"有效阐释"论丰富了理论与文学张力场的学术对话。

西方文论和文学批评主体不是笼统的铁板一块，浑然一体，而是可以多元细分的。法国著名文学批评家阿贝尔·蒂博代认为合理健康的文学批评应该是理论与文学之间的"热情相遇"、趣味生成和灵魂的博弈。他力图通过文学批评建立"共和国"，并且把文学批评分为三种：自发的批评；职业的批评；大师的批评。这种文学批评分类是富于启迪性的。自发文学批评的主体是广大的文学爱好者，这些芸芸众生只求获得精神上的享受和快乐，只说不写，伏尔泰称他们为最幸福的人，因为他们摆脱了职业的烦恼，无须用深奥难懂的术语壮胆唬人，是自发、口头、趣味、沙龙式的批评。众多默默无闻的作家与自发的读者维持着文学的生命，构成文学批评的基础，否则，就根本不会有文学，也就不会有职业批评和大师批评。所谓"职业批评"的主体是学院化的教授或学者，这种"讲坛上的批评、教授的批评"采用理论话语进行专业化的学术批评，他们反而是最容易出现"强制阐释"偏执的群体。而大师的批评是少数天才的专利，一言九鼎、振聋发聩。大师级的批评可遇不可求，不敢奢望，但可以作为我们大家的努力目标。[②] 从文学理论"自发的批评"迈向"职业批评"的学科背景差异来看，或许更欠缺的是"阐释不

[①] 曾军：《西方文论对中国经验的阐释及其相关问题》，《新华文摘》2017年第1期。
[②] 参见[法]阿贝尔·蒂博代：《六说文学批评》，赵坚译，生活·读书·新知三联书店2002年版；麦永雄《当理论遭遇文学：文学理论和批评实践的"迷阵"及反思》，《中国社会科学评价》2015年第4期。

足",尤其是外语院系背景的学者和文学专业的初学者。

理论与文学之间未必一定是互相抵牾和彼此排斥的,文学批评是理论联系实际的中介。经过理论之后的反思,本尼特认为:"文学批评——从根本上来说不过是对某一作品的阅读或接受——必须以文学理论为基础,并以文学理论为支撑,但同时,文学理论的优秀之作也必须对文学作品的独特品质与价值做出严肃的考察与分析。"① 特里·伊格尔顿《美学意识形态》曾经用"坏的"概念讨论德国哲学和美学。这启迪我们追求理论有机结合文学的"好"文论与文学批评实践,避免臆测偏颇之见和强行预设假想敌。编纂《诺顿理论与批评选集》的雷奇也论辩"坏"理论与"好"理论。他针对美国"反理论"派的指责,表达了这样的观念:他本人跟大多数理论家一样,既热爱理论,也热爱文学。中外正常的学者都具有理论智慧,尊重常识,具有文学感悟力,可以独立判断理论阐释文学的优劣好坏程度,具有动态调整能力。只有理论与文学相得益彰,理论之骨才能使文学意义更为丰赡,更显迷人风姿。同理,西方文论的"文化诗学"经过童庆炳先生等学者的中国化努力之后,较好地处理了文学与文化、文本与语境之间双向互动的关系,也适于理解与调谐理论与文学的关联域。

三 螺旋式回归:从跨语境视野审视世界文论

近年来,当代西方文论螺旋式地回归文学研究,尤其是迈向世界文学研究的趋向凸显。在苏源熙题为《全球化时代的比较文学》的十年报告中,世界文学被不断的提及。美国哈佛大学比较文学著名学者戴姆拉什的著作《什么是世界文学》(*What is World Literature*, 2003)和《如何阅读世界文学》(*How to Read World Literature*, 2009),重新赋予歌德"世界文学"观念以当代学术意识的多重诠释,在中国学术界不断被人引证,中文译本出版,由此,他也成为中国文学界瞩目的人物。

2010年第五届中美比较文学双边讨论会期间,王宁与戴姆拉什曾经有一

---

① [英]安德鲁·本尼特:《文学的无知:理论之后的文学理论》,李永新、汪正龙译,河南大学出版社2014年版,第1页。

个对话。戴姆拉什认为,这个全球化的世界比以往更加需要文学,尤其是世界文学。因为如今许多人的视野已变得更具国际性和全球性了,而且人们不断地跨越国界旅行,学术机构也愈加开放,中国学生大规模地到世界各地求学。假如莎士比亚今天还活着的话,他或许也会为电视连续剧撰写脚本,改编自己的剧作,观众会比任何时候的都要多。戴姆拉什一直在选编宏大的《朗文世界文学选》六卷本。朗文文选以及最新一版的诺顿文选就选了三分之二的西方作品,三分之一的非西方作品。其中朗文文选收入了大约23位中国作家的作品,古典作品包括孔子、老子、庄子的经典文本,还有唐诗、《西游记》和《红楼梦》的精彩章节。令人兴奋的"世界文学时代"给了我们新的语境、新的方式去考察世界文学的杰作。此外,在过去的十年里,参加美国比较文学学会年会的人数已多了十倍,而且越来越具有国际性,与会者来自韩国、日本、马来西亚、新加坡、印度尼西亚、印度以及中国等50多个国家和地区。[①]张隆溪在《引介西方文论,提倡独立思考》中论及西方文论的一些重要的嬗变趋向,认为西方文论后来的发展逐渐离开了文学本身,越来越具有意识形态和政治化色彩。文学研究逐渐被文化研究取代,传统文学研究中讨论的审美价值之类的问题不再是文学或文化批评关心的问题。恰如苏源熙明确指出的一样,文学理论取代文学本身已经成为当前文学研究面临的一个大问题。在西方,大部分学者对这种现象已经厌倦,抽象玄虚、空谈理论的风气已经过去了,目前在欧美和其他很多地方正在兴起的世界文学研究可以代表新的思想潮流,恰好可以纠正那种玄谈理论以及脱离文学的偏向。当前,西方文学研究的新进展体现为对经典作品的接受、深度文学的阐释和(尤其是)世界文学的研究。现在世界文学的兴起打破了欧洲中心主义,真正地以全球视野来讨论各个不同地区和国家的文学。比较文学后来没有实现歌德的理想,但现在,西方学界本身提出了超越西方中心主义的樊篱,世界文

[①] 王宁、戴姆拉什:《什么是世界文学?》,http://blog.sina.com.cn/s/blog_638ecf5e0100n2cz.html。

学在欧美和许多其他地方兴起,值得我们注意去了解和研究。① 上述情况表明,当前文学研究正在重归文学本体,不断地突破国别地域,跨越僵硬的疆界和不同的语境,迈向理论与文学的双向融合之途,以利于会通本土与世界的文艺思想。

这种文学和理论的关注,经历了螺旋式回归,生成了审视世界文论的跨语境视野。朱国华教授的一些观点颇具价值,他认为:目前西学中国化乃是中国学术原创未来的基本前提。但显然,如果西学达不到相当程度的忠实输入,它的中国化就无从谈起。在中国,西方任何一位大师都可能得到了译介,但是权威研究者屈指可数,在国际相关领域里也很少看到中国人的身影。不少西学研究者竟然很少征引或参考西方文献,不得不依赖中文译著(而不少中译本又不信不达更不雅,问题丛生)。我们首先必须摆脱各种抱残守缺的心态,超越各种民族虚荣心和文化自卑感(包括以自大形式表现出的自卑),诚实地批判性反思我们人文学科的不足。对于西学,我们应该遵循"澄怀观道,虚己以听"的原则,应该继续聆听80年前鲁迅斩钉截铁地呼喊:"运用脑髓,放出眼光,自己来拿!"许多西学研究者孤芳自赏、"自娱自乐",而本土文化的研究者往往满足于就事论事,缺乏真正的问题意识和理论视角,把学术最低层次的材料准备工作"视为学术研究的目的"。"从根本上来说,西学获得压倒性优势只是表面现象,中国的学术研究根底还是在乾嘉学派的余风流韵笼罩之下。"② 西方文论中国化的漫长革命,要求我们否弃画地为牢的狭隘心态,宽容开放,打破中学与西学之间看不见的壁垒,让西学接地气,启睿智,为践行学术的原创性而努力。

---

① 张隆溪:《引介西方文论,提倡独立思考》,《文艺研究》2014年第3期。
② 朱国华:《漫长的革命:西学的中国化与中国学术原创的未来》,《天津社会科学》2014年第3期。

结　　语

  近代以来，西方文艺美学思想呈现出强势发展的态势。20世纪是西方文论理论和批评的"黄金时代"，形形色色的学术话语蔚为大观。进入21世纪，西方文论进一步呈现出动态发展、复杂多元、交织互渗的形态，生成了星罗棋布的话语星丛，一些重要的范式转向值得梳理与研究。同时，西方文论对中国学界的影响持续不断，一些原创性的思想观念和理论话语跨越学术语境和文化边界，构成问题框架，凸显了西方文论范式转向及其中国化的议题。

  当代西方文论范式转向及其中国化研究的题旨，意味着一项浩大的学术工程。本书主要内容聚焦于两个重要维度：一是当代西方文论的重要范式转向与前沿性研究；二是当代西方文论中国化的问题研究。全书主要框架由四个板块构成：第一编"语境交叠与观念流转"，第二编"二元论陷阱与边缘话语转向"，第三编"空间理论与文化媒介"，第四编"当代西方文论的中国化问题探索"。我们尽可能采用中外文新材料和新视角，翔实地论析主要范式转向、理论代表人物，予以相关文学批评举隅，力图使"当代西方文论范式转向及其中国化研究"呈现出基本面貌和丰富多彩的理论形态。

  总括全书内容与思脉，可以抽绎出几个重要维度。

  充分尊重当代西方文论的脉络与特质，梳理好其史论结构和对话关系。当代西方文论引领世界文论的潮流，内涵丰富，流派纷呈，论述其来龙去脉和学术特质绝非易事，无法只靠汉语文献进行通透研究。只有充分尊重西方文论本身，在认真读解大量前沿的重要外文材料的基础上思考，才能勉力梳理好其脉络，揭示其特质。基于此，我们做了很大的努力。绪论所引的雷奇"21世纪文学与文化理论的文艺复兴"图表，提示了当代西方文论全局性的复杂多层的关联域。它呈现出星罗棋布或"星丛"式的形态，同时各思潮流派之间又具有交叠互涉的"横截线"，尤其是一些代表性理论家和思想观念贯穿多个"范式转向"。面对这种纵横交错的境况，我们追溯一些重要的理论话语的"原点"，以凸显对话关系。譬如，第一编"语境交叠与观念流转"三章分别以索绪尔、弗洛伊德和卢卡奇为对话"原点"，涵盖语言符号论、精神分析和西马转向的三个理论范式，论述其衍生的丰富理论话语和交织对话关系。从各编所选择的重要理论代表人物来看，如拉康、福柯、德勒兹、齐泽克等人，显然都穿梭于西方文论的多个范畴，其思想观念之间蕴含着丰富的理论对话和史论关系。

当代西方文论范式转向的精魂凸显于资本主义文化批判和倡导诗学正义等维度。自柏拉图以降，西方文艺思想史以同质性、二元论和等级制等"树状"结构和静态的存在观为特征，而当代西方文论，尤其是后现代思维范式转向，挑战和颠覆这些思想窠臼，倡导差异性、多元论、开放性和动态的生成观，并且以"块茎"思维和形形色色的关键词体现出来。第二编"二元论陷阱与边缘话语转向"三章旨在这种框架内论述欧美资本主义社会文化的性别、种族和亚文化的酷儿理论，揭示这三种学理上同质异构的边缘话语抵抗二元论陷阱隐含的压迫性机制。诗学正义与社会文化批判的特征，凸显了当代西方文论范式转向的"精魂"。

"当代"意味着要重视西方文论的新生代、思想赓续与理论话语的前沿发展。历史的"通变"是不能割断的。相对而言，本书关于新生代、新话语的阐述占据了较大的篇幅。譬如，特色斐然的马克思主义者齐泽克，第三波女性主义理论范式的代表人物里奇、维蒂希、胡克斯，"种族与帝国研究"范畴的安莎杜娃、艾伦、哈特与奈格里，亚文化范畴的塞吉维克、贝兰特与沃纳，文化研究领域的波尔多、赫伯迪格、骆里山、吉尔罗伊和罗斯等人，大多是西方文论的新生代。他们赓续与发展了西方文艺思想，拓展了西方文论领域。再如"空间理论"涉及的一系列代表人物及其思想，体现了空间话语的赓续与理论的前沿发展，丰富了我们的文学视域。

探索西方文论中国化，需要倡导跨语境视野，关注重点和热点问题。在世界文论交流对话中发展当代中国文论具有极为重要的意义。[①] 尤其是在西方文论的中国化的问题上，需要讲究学理性，适度阐释，力避强制阐释、过度阐释和阐释不足。比较文学与诗学秉持"人同此心心同此理"的原理与"和而不同"的新人文主义理想，强调跨文化、跨语言、跨民族等属性，为文学研究和理论建设做出了令人瞩目的贡献。但是学科方法论遭人诟病，且同一文化、同一语言、同一民族之间的比较研究不被认可，因此显得颇为生硬促狭。在当代哲学人文社会科学领域，文本（Text）与语境（Context）双向互动的关系已逸出语言学范畴。"语境"意指哲学与人文社会科学领域诸要素的关联域，"跨语境"则是意味着东方（中国）与西方等异质文化的当代化、国际化会通。当今全球化与文化电子传媒化催生的跨语境意识和视野更为细致丰赡，适用于把握不同思想文化资源的文学传统空前交叠互渗的理论形态，有利于促进异质文化的文艺思想对话与理论创新。文学形态与理论话语的丰富意蕴往往根据语境的不同而变化多端。中外文论跨语境对话交流有很多成功的例证：学理性的书面例证可将张隆溪"道与逻各斯"，童庆炳"文化诗学"，叶舒宪"文学人类学"视为代表性成果。学术交流的活态例证见于国内外日益增多的国际文学周、世界美学大会和国际高端论坛。跨语境视野的世界文论对话交流仍然有巨大的拓展空间，包括世界文论重镇如西方、中国和印度关联域的交叠互渗研究；交叉学科的对话交流；传统诗学、文化诗学和哲性诗学的结合；等等。我们探讨审美意识形态论、东方学和中西"理论"之争的重点问题和热点问题，在某种程度上体现了一种跨语境视野。

中外文论合理化交流对话是建设"守正创新"与"正大气象"的中国文论的有效途径。"当代西方文论范式转向及其中国化研究"的核心题旨和前沿

[①] 高建平：《在交流对话中发展中国文论》，《探索与争鸣》2016年第11期。

性研究，有助于激活当代文艺理论语境下新的话语实践和理论建设。第四编"当代西方文论的中国化问题探索"结合美国学界"21世纪理论文艺复兴"话语，评介了西方文论权威著作以"黄金标准"遴选的四位东方学者。这四位东方社会文化背景的学者与西方文论相交集并且获得认可，能够启迪我们反思在交流对话中发展当代世界文论的新取向。综合而言，充分尊重和深入研究当代西方文论本体和精髓，秉持鲁迅的"拿来主义"精神，实现中西互补，倡导学术原创（朱国华）；力避对西方文化与文论食而不化的"强制阐释"（张江）；坚持"守正创新"与"正大气象"的中国学术立场（王岳川）；倡导"合理化交流"的平等互惠的基本原则（哈贝马斯）；践行"在交流对话中发展中国文论"的道路（高建平）——我们只有将以上这些重要维度有机融合，拥有海纳百川、择善而从的开阔胸怀，贡献我们自己原创性的文艺思想，才能开辟当代文艺理论健康发展的坦途。

附录　中英文译名对照表

A

Agamben, Giorgio 吉奥乔·阿甘本

Achebe, Chinua 钦努阿·阿契贝

Adūnīs 阿多尼斯

Allen, Paula Gunn 波拉·甘·艾伦

Althusser, L. 阿尔都塞

Anthony, S. B. 安东尼

Anzaldua, Gloria 葛洛莉亚·安莎杜娃

Aristotle 亚里士多德

Arnold, Matthew 马修·阿诺德

Auerbach, Erich 埃里希·奥尔巴赫

Aurobindo Sri 室利·阿罗宾多

B

Bachelard, Gaston 加斯东·巴舍拉

Bahktin, M. M. 巴赫金

Baker jr., H. A. 小贝克

Bataille, Georges 乔治·巴塔耶

Belsey, Catherine 凯瑟林·贝尔西

Berlant, Lauren 劳伦·贝兰特

Bhabha, Homi K. 霍米·巴巴

Bordo, Susan 苏珊·波尔多

Bourdieu, Pierre 皮埃尔·布尔迪厄

Brewer, Reuben 鲁本·布鲁尔

Butler, J. 巴特勒

C

Carey, John 约翰·凯利

Chambers, Iain 伊恩·钱伯斯

Cheng, François 程抱一

Christian, B. 克里斯丁

Cixious, Hélène 埃莱娜·西苏

Clifford, James 詹姆斯·克利福德

Conrad, Joseph 约瑟夫·康拉德

Crang, Mike 麦克·克朗

D

Dalí, Salvador 萨尔瓦多·达利

De Mul, Jos 约斯·德·穆尔

Damrosch, David 戴维·戴姆拉什

De Beauvoir, Simone 西蒙·德·波伏娃

De Laoretis, Teresa 特蕾莎·德·劳瑞提斯

Deleuze, G. 德勒兹

Delphy Christine 克里斯丁·德尔菲

De Man, Paul 保罗·德曼

Derrida, J. 德里达

De Sade, D. A. F. 德·萨德

De Saussure, F. 德·索绪尔

Descartes, R. 笛卡尔

De Tracy, Destutt 德斯图·德·特拉西

Dilthey, W. 狄尔泰

Diogenes Laërtius 第欧根尼·拉尔修

Dollimore, Jonathan 多乔纳森·利莫尔

Du Bois, W. E. B. 杜波依斯

E

Eagleton, T. 伊格尔顿

Eco, U. 艾柯

F

Fanon, Frantz 弗朗兹·法侬

Felman, Shoshana 肖珊娜·费尔曼

Fiske, John 约翰·费斯克

Foucault, M. 福柯

Freud, S. 弗洛伊德

Frye, Northrop 诺斯罗普·弗莱

Fukuyama, F. 福山

G

Gates jr., H. L. 小盖茨

Geertz, Clifford 克利福德·吉尔兹

Gilroy, Beryl 贝丽尔·吉尔罗伊

Gilroy, Paul 保罗·吉尔罗伊

Glissant, Edourd 爱德华·格里桑

Gramsci, Antonio 安东尼奥·葛兰西

Girard, René 勒内·基拉尔

Greenblatt, Stephen 斯蒂芬·格林布拉特

Grosz, Elizabeth 伊丽莎白·葛洛思

Guattari, Felix 菲力克斯·加塔利

Guillaumin, Colette 科莱特·吉约曼

H

Hirsch, David 大卫·赫施

Halberstam, Judith 朱迪斯·霍伯斯坦

Hall, Stuart 斯图亚特·霍尔

Haraway, Donna 唐娜·哈拉维

Hardt, Michael 米歇尔·哈特

Harvey, David 大卫·哈维

Hayden, Dolores 多洛雷斯·海登

Hebdige, Dick 迪克·赫伯迪格

Hegel, G. W. F. 黑格尔

Heidegger, M. 海德格尔

Hirsch, E. D. Jr. 赫施

Hjelmslev, Louis 路易·叶尔姆斯列夫

Hoggart, Richard 理查德·霍伽特

Hooks, bell 贝尔·胡克斯

Hunt, Lynn 林·亨特

Huntington, Samuel 塞缪尔·亨廷顿

I

Ikas, Karin 卡琳·伊卡斯

Irigaray, Luce 露西·伊莉格蕾

Iyengar, Srinivasa 斯瑞尼法撒·艾杨格

J

Jameson, F. 弗·詹姆斯（詹明信）

Johnson, Barbara 芭芭拉·约翰逊

Jung, C. G. 荣格

K

Kǎlidāsa 迦梨陀娑

Knapp, N. S. 纳普

Knapp, Steven 史蒂文·纳普

Kojin, Karatani 柄谷行人

Konodny, A. 柯诺蒂妮

Kristeva, Julia 朱丽娅·克里斯蒂娃

Kuhn, Thomas 托马斯·库恩

L

Lacan, J. 拉康

Latour, B. 拉图尔

Leavis, F. R. 利维斯

Lefebvre, Henri 昂利·列斐伏尔

Leibniz, G. W. 莱布尼兹

Lentricchia, Frank 弗兰克·伦特里契亚

Levinas, E. 列维纳斯

Levin, Harry 哈里·列文

Lévi-Strauss, C. 列维-斯特劳斯

Li Zehou 李泽厚

Lloyd, David 大卫·劳伊德

Lowe, Donald M. 骆明达

Lowe, Lisa 骆里山

Lukács G. 卢卡奇

Lyotard, J.-F. 利奥塔

M

MagritteR. F. G. 马格利特

Mannheim, Karl 卡尔·曼海姆

Marcus, G. 马库斯

McRobbbie, Angela 安吉拉·麦克罗比

Meinecke 迈内克

Memmi, Albert 阿尔伯特·梅米

Michaels, W. B. 迈克尔斯

Miller, Hillis J. 希利斯·米勒

Moraga, Cherrie 雪莉·莫娜佳

Moi, Toril 托莉·莫伊

Montagu, Mary Wortley 玛丽·沃尔特利·蒙塔古

Montrose, Louis 路易·蒙特罗斯

Moraga, Cherríe 查丽·莫拉卡

Morrison, Toni 托尼·莫里森

Moulthrop, S. 莫斯罗普

Mulvey, Laura 劳拉·玛尔维

N

Narasimhaiah, C. D. 纳拉辛哈亚

Negri, Antonio 安东尼奥·奈格里

Nietzsche, F. 尼采

Nussbaum, Martha 玛莎·努斯鲍姆

P

Peirce, Charles Sanders 查尔斯·桑德斯·皮尔斯

Poulet, George 乔治·普莱

R

Radway, Janice 珍妮斯·拉德威

Rancière, Jacques 雅克·朗西埃

Rich, Adrienne 艾德里安娜·里奇

Ricoeur, P. 利科

Rorty, R. 罗蒂

Ross, Andrew 安德鲁·罗斯

Rubin, Gayle 盖尔·鲁宾

S

Said, Edward 爱德华·赛义德

Saidivar – Hull, Sonia 索尼娅·萨尔蒂娃–胡

Saussy, Haun 苏源熙

Scarry, E. 斯凯瑞

Sedgwick, E. K. 塞吉维克

Shu – mei Shih 史书美

Smith, Barbara 芭芭拉·史密斯

Soja, E. W. 索雅

Sollers, Philippe 菲利普·索罗斯

Spivak, G. C. 斯皮瓦克

Stanton, E. C. 斯坦顿

T

Thompson, R. F. 汤普森

Tompkins, J. 汤普金斯

Tong Qingbing 童庆炳

V

Viorst, Judith 朱迪斯·维奥斯特

Virilio, Paul 保罗·维希留

Vizenor, Glerald 杰拉尔德·维兹诺

Von Ranke 冯·兰克

W

Warminski, A. 沃敏斯基

Warner, Michael 米切尔·沃纳

White，Hayden 海登·怀特

Williams，Raymond 雷蒙·威廉斯

Wilson，Edmund 爱德蒙·威尔逊

Wittig，Monique 莫妮卡·维蒂希

Woolf，Virginia 维吉尼娅·伍尔芙

Z

Zimmerman，B. 齐默尔曼

Žižek，S. 齐泽克

主要参考文献

一 英文文献

R. D. Parker, *How to Interpret Literature*: *Critical Theory for Literary and Cultural Studies*, New York: Oxford University Press, 2015.

Vincent B. Leitch ed. , *The Norton Anthology of Theory and Criticism*, New York: Norton & Company, Inc. 2010.

——*Literary Criticism in the 21st Century Theory Renaissance*, London: Bloomsbury Publishing Plc. 2014.

J. A. Cuddon ed. , (revised by M. A. R. Habib) *A Dictionary of Literary Terms and Literary Theory*, 5th ed. , Wiley – Blackwell, 2013.

R. Shields and M. Vallee ed. , *Demystifying Deleuze*, Ottawa: Red Ouill Books Ltd. , 2012.

F. Doss, *Gilles Deleuze and Felix Guattari*: *Intersecting Lives*, D. Glassman trans. , New York: Columbia University Press, 2010.

Russell West – Pavlov, *Space in Theory*: *Kristeva, Foucault, Deleuze*, Amsterdam, Netherlands: Editions Rodopi B. V. , 2009.

M. A. R. Habib, *Modern Literary Criticism and Theory*: *A History*, 2008.

Jeffrey T. Nealon, *Foucaut Beyond Foucaut*, Calif. : Stanford University Press, 2008.

Paul de Man, *Aesthetic Ideology*, Minneapolis: University of Minnesota Press, 2008.

Gregory Castle, *The Blackwell Guide to Literary Theory*. MA: Blackwell, 2007.

Anna Hickey – Moody and Peta Malins ed., *Deleuzian Encounters*: *Studies in Contemporary Social Issues*, N. Y.: Palgrave Macmilan, 2007.

R. Bogue, *Deleuze's Way*: *Essays in Transverse Ethics and Aesthetics*, Hampshire: Ashgate Publishing Limited, 2007.

Lois Tyson, *Critical Theory Today*, 2nd ed. New York: Routledge, 2006.

Ian Buchanan and Adrian Parr ed., *Deleuze and the Contemporary World*, Edinburgh: Edinburgh University Press, 2006.

Adrian Parr, *The Deleuze Dictionary*, Edinburgh: Edinburgh University Press, 2005.

D. Downes, *Interactive Realism*: *The Poetics of Cyberspace*, 2005.

Ian Buchanan and G. Lambert, *Deleuze and Space*, Edinburgh: Edinburgh University Press, 2005.

Charles E. Bressler, *Literary Criticism*: *an Introduction to Theory and Practice*（［美］查尔斯·布雷斯勒：《文学批评》（第三版）英文影印版，高等教育出版社2004年版。

Mark Bonta and John Protevi, *Deleuze and Geophilosophy*: *A Guide and Glossary*, Edinburgh: Edinburgh University Press, 2004.

Claire Colebrook, *Gilles Deleuze*, New York: Routledge, 2002.

Hans Bertens and Joseph Natoli ed., *Postmodernism*: *the Key Thinkers*, Massachusetts: Blackwell Publishers Ltd., 2002.

Zong – qi Cai, *Configurations of Comparative Poetics*, Honolulu: University of Hawai'i Press, 2002.

Ania Loomba, *Shakespeare, Race, and Colonialism*, Oxford: Oxford University Press, 2002.

L. Garbe, *Identity Poetics*: *Race, Class, and the Lesbian – Feminist Roots of Queer Theory*, 2001.

Gary Genosko, *Deleuze and Guattari*: *Critical Assessment of Leading Philoso-*

phers, New York: Routledge, 2001.

Henri Lefebvre, *The Production of Space*, trans. Donald Nicholson – Smith, MA: Blackwell Publishing, 2001.

Deleuze and Guattari, *Anti – Oedipus*: *Capitalism and Schizophrenia*, Minneapolis: University of Minnesota Press, 2000.

Deleuze and Guattari, *A Thousand Plateaus*: *Capitalism and Schizophrenia*, Minneapolis: University of Minnesota Press, 2000.

E. W. Holland, *Deleuze and Guattari's Anti – Oedipus*: *Introduction to Schizanalysis*, New York: Routledge, 1999.

J. Hawthorn, *A Concise Glossary of Contemporary Literary Theory*, London: Arnold, 1998.

F. Lentricchia and T. Mclaughlin. ed. , *Critical Terms for Literary Study*, Chicago: University of Chicago Press, 1993.

David H. Hirsch, *The Deconstruction of Literature*: *Criticism After Auschwitz*, Hanover & London: Brown University Press, 1991.

Giorgio Agamben, Remnants of Auschwitz: the Witness and the Archive. trans. Daniel Heller Roazen, New york: Zone Books, 2002.

二 中文文献

（一）译著类

［英］特里·伊格尔顿、马修·博蒙特：《批评家的任务》，王杰、贾洁译，北京大学出版社 2014 年版。

［美］迪克·赫.伯迪格：《亚文化：风格的意义》，陆道夫、胡疆锋译，北京大学出版社 2009 年版。

［美］安得鲁·罗斯：《世界不平坦：来自上海的教训》，张萍、王福兴译，九州出版社 2008 年版。

［英］特里·伊格尔顿：《美学意识形态》，王杰、付德根、麦永雄译，

中央编译出版社2013年版。

——《理论之后》，商正译，商务印书馆2009年版。

［英］安德鲁·本尼特：《文学的无知：理论之后的文学理论》，李永新、汪正龙译，河南大学出版社2014年版。

［美］J.J.克拉克：《东方启蒙：东西方思想的遭遇》，于闽梅、曾祥波译，上海人民出版社2011年版。

［加］琳达·哈琴：《后现代主义诗学：历史·理论·小说》，李杨、李锋译，南京大学出版社2009年版。

［英］朱利安·沃尔弗雷斯：《21世纪批评述介》，张琼、张冲译，南京大学出版社2009年版。

［荷］约斯·德·穆尔：《赛博空间的奥德赛：走向虚拟本体论与人类学》，麦永雄译，广西师范大学出版社2007年版。

［英］齐亚乌丁·萨达尔：《东方主义》，马雪峰、苏敏译，吉林人民出版社2005年版。

［美］哈特、［意］奈格里：《帝国》，杨建国、范一亭译，江苏人民出版社2004年版。

［斯］斯拉沃热·齐泽克：《实在界的面庞》，季广茂译，中央编译出版社2004年版。

［英］阿雷恩·鲍尔德曼等著《文化研究导论》，陶东风等译，高等教育出版社2004年版。

［法］弗朗索瓦·多斯：《从结构到解构：法国20世纪思想主潮》（上、下），季广茂译，中央编译出版社2004年版。

［法］米歇尔·福柯：《规训与惩罚》，刘北城、杨远婴译，生活·读书·新知三联书店2003年版。

［法］加斯东·巴舍拉：《空间诗学》，龚卓军、王静慧译，台湾：张老师文化事业有限公司2003年版。

［瑞］马悦然：《俳句一百首》，广西师范大学出版社2004年版。

［叙］阿多尼斯：《我的孤独是一座花园》，薛庆国译，译林出版社2017年版。

［叙］阿多尼斯：《在意义天际的写作》，薛庆国译，外语教学与研究出版社2012年版。

［叙］阿多尼斯：《时光的皱纹》，薛庆国译，译林出版社2017年版。

［美］海登怀特：《元史学：19世纪欧洲的历史想象》，陈新译，译林出版社2009年版。

［美］海登·怀特：《话语的转义：文化批评论集》，董立河译，大象出版社2011年版。

［美］海登·怀特：《形式的内容：叙事话语与历史再现》，董立河译，文津出版社2005年版。

［英］麦克·克朗：《文化地理学》，杨淑华、宋慧敏译，南京大学出版社2003年版。

［法］阿贝尔·蒂博代：《六说文学批评》，赵坚译，生活·读书·新知三联书店2002年版。

［法］吉尔·德勒兹：《哲学与权力的谈判——德勒兹访谈录》，刘汉全译，商务印书馆2001年版。

——《尼采与哲学》，周颖、刘玉宇译，社会科学文献出版社2001年版。

［美］威廉·米切尔：《伊托邦——数字时代的城市生活》，吴启迪等译，上海科技教育出版社2001年版。

［德］卡尔·曼海姆：《意识形态与乌托邦》，黎鸣、李书崇译，商务印书馆2000年版。

［美］马克·波斯特：《第二媒介时代》，范静哗译，南京大学出版社2000年版。

［法］让·鲍德里亚：《完美的罪行》，王为民译，商务印书馆2000年版。

［美］大卫·鲍德韦尔、诺埃尔·卡罗尔主编：《后理论：重建电影研究》，麦永雄、柏敬泽等译，中国社会科学出版社2000年版。

[美] 史蒂文·贝斯特、道格拉斯·凯尔纳：《后现代理论：批判性质疑》，张志斌译，中央编译出版社 1999 年版。

[美] 爱德华·赛义德：《东方学》，王宇根译，生活·读书·新知三联书店 1999 年版。

[法] 罗兰·巴尔特：《符号帝国》，孙乃修译，商务印书馆 1999 年版。

[美] 詹明信（弗·詹姆斯）：《晚期资本主义的文化逻辑》，张旭东等编译，生活·读书·新知三联书店 1997 年版。

——《语言的牢笼·马克思主义与形式》，钱佼汝、李自修译，百花洲文艺出版社 1995 年版。

[美] 爱德华·索雅：《第三空间：去往洛杉矶和其他真实和想象地方的旅程》，陆扬译，上海教育出版社 2005 年版。

[美] 塞缪尔·亨廷顿：《文明的冲突与世界秩序的重建》，新华出版社 1999 年版。

[意] 艾柯：《诠释与过度诠释》，王宇根译，生活·读书·新知三联书店 2005 年版。

[德] 黑格尔：《美学》，朱光潜译，商务印书馆 1982 年版。

[英] 玛丽·伊格尔顿编：《女权主义文学理论》，胡敏、陈彩霞、林树明译，湖南文艺出版社，1989 年版。

（二）著作类

汪民安：《论家用电器》，河南大学出版社 2015 年版。

高建平、丁国旗主编：《西方文论经典》（六卷本），安徽文艺出版社 2014 年版。

王宁：《"后理论时代"的文学与文化研究》，北京大学出版社 2009 年版。

朱立元主编："耶鲁学派解构主义批评译丛"（杰弗里·哈特曼《荒野中的批评》、德曼《阅读的寓言》、希利斯·米勒《小说与重复：七部英国小说》和哈罗德·布鲁姆《误读图示》），天津人民出版社 2008 年版。

朱立元：《西方美学名著提要》，江西人民出版社 2000 年版。

——《当代西方文艺理论》，华东师范大学出版社 1997 年版。

——《现代西方美学史》，上海文艺出版社 1992 年版。

王岳川：《当代西方最新文论教程》，复旦大学出版社 2008 年版。

——《20 世纪西方哲性诗学》，北京大学出版社 1999 年版。

陈永国：《理论的逃逸》，北京大学出版社 2008 年版。

——《游牧思想：吉尔·德勒兹、费利克斯·瓜塔里读本》，吉林人民出版社 2003 年版。

——《文化的政治阐释学》，中国社会科学出版社 2000 年版。

吴辉：《影像莎士比亚：文学名著的电影改编》，中国传媒大学出版社 2007 年版。

陆谷孙：《莎士比亚十讲》，复旦大学出版社 2005 年版。

张一兵：《问题式、症候阅读与意识形态》，中央编译出版社 2003 年版。

王元骧：《文学原理》，浙江教育出版社 1989 年版。

王先霈主编：《文学理论导引》，高等教育出版社 2005 年版。

北京师范大学文艺研究中心编：《文学审美意识形态论》，中国社会科学出版社 2008 年版。

吕元明：《日本文学史》，吉林大学出版社 1987 年版。

黄宝生：《印度古典诗学》，北京大学出版社 1993 年版。

叶渭渠：《日本文学思潮史》，经济日报出版社 1997 年版。

倪培耕：《印度味论诗学》，漓江出版社 1997 年版。

曹顺庆等主编：《东方文论选》，四川人民出版社 1996 年版。

蓝棣之：《现代文学经典：症候式分析》，清华大学出版社 2002 年版。

倪培耕：《印度味论诗学》，漓江出版社 1997 年版。

冯宪光：《西方马克思主义美学研究》，重庆出版社 1996 年版。

陆扬：《德里达·解构之维》，华中师范大学出版社 1996 年版。

黄宝生：《印度古典诗学》，北京大学出版社 1993 年版。

聂珍钊：《悲戚而刚毅的艺术家》，华中师范大学出版社 1992 年版。

俞吾金、陈学明：《国外马克思主义哲学流派》，复旦大学出版社1990年版。

叶舒宪选编：《神话—原型批评》，陕西师范大学出版社1987年版。

（三）论文类

曾军：《西方文论对中国经验的阐释及其相关问题》，《新华文摘》2017年第1期。

张江：《理论中心论——从没有文学的"文学理论"说起》，《文学评论》2016年第5期。

——《当代文论重建路径：由"强制阐释"到"本体阐释"》，《中国社会科学报》2014年6月4日。

高建平：《在交流对话中发展中国文论》，《探索与争鸣》2016年第11期。

胡大平：《齐泽克：当代西方左派激进思想的幽灵》，《山东社会科学》2016年第6期。

周启超：《"巴赫金学"的一个新起点——俄罗斯科学院版多卷本〈巴赫金文集〉述评》，《社会科学战线》2016年第4期。

刘俊：《"华语语系文学"的生成、发展与批判——以史书美、王德威为中心》，《文艺研究》2015年第11期。

李啸闻：《"过度阐释"与"强制阐释"的机理辨析》，《文艺争鸣》2015年第10期。

张隆溪：《引介西方文论，提倡独立思考》，《文艺研究》2014年第3期。

方维规：《文学的位置与批评的空间》，《文艺研究》2014年第3期。

朱国华：《漫长的革命：西学的中国化与中国学术原创的未来》，《天津社会科学》2014年第3期。

潘一禾：《与公职人员讨论正义和幸福——柏拉图〈高尔吉亚篇〉阐释》，《杭州师范大学学报》2014年第6期。

黄卓越：《童庆炳的求思历程》，《中国社会科学报》2012年11月12日B-02（学林版）。

［荷］约斯·德·穆尔：《阐释学视界——全球化世界的文化间性阐释学》，麦永雄、方颀纬译，《外国美学》2010年第20辑。

徐贲：《扮装政治、弱者抵抗和"敢曝（Camp）美学"》，《文艺理论研究》2010年第5期。

王岳川：《"后理论时代"的西方文论症候》，《文艺研究》2009年第3期。

刘意青：《当文学遭遇了理论》，《外国文学史教学和研究与改革开放30年》，北京大学出版社2009年版。

张子凯：《列斐伏尔〈空间的生产〉述评》，《江苏大学学报》（哲学社会科学版）2007年第5期。

胡亚敏：《英美高校文学理论教材研究》，《中国大学教学》2006年第1期。

陆扬：《空间理论和文学空间》，《外国文学研究》2004年第4期。

［美］苏源熙：《关于比较文学的时代（下）》，《中国比较文学》2004年第4期。

黄晓武：《帝国研究——刘禾访谈》，《国外理论动态》2003年第1期。

童庆炳：《审美意识形态论的再认识》，《文艺研究》2000年第2期。

——《审美意识形态作为文艺学的第一原理》，《学术研究》2000年第1期。

王宁：《欧洲人眼中的中国》，《东方丛刊》1998年第4期。